U0584937

石铭华 石铭晖 著

作家出版社

　　石兄弟（石铭晖、石铭华），著名编剧，制片人。毕业于北京电影学院，北京金石兄弟影视文化有限公司创始人、石兄弟编剧工作室创始人。中国电影文学学会会员、中国电视剧编剧工作委员会会员。

　　主要编剧作品有：电视剧《欢喜密探》、《神犬小七2》，电影《咖啡风暴》、《一路顺疯》、《时光恋人》等。其中《欢喜密探》自2016年10月上线至今，播放量已突破三十二亿，斩获暴娱泛娱乐产业盛典"2016年度十佳网络电视剧"、微博视频台"最佳爆笑喜剧"，电视剧《神犬小七2》获得2016年暑期档全国卫视电视剧收视率冠军、2016年暑期档电视剧网络点击量第二名；电影《咖啡风暴》入围第73届威尼斯国际电影节威尼斯日单元、第62届意大利电影大卫奖、第七届北京国际电影节主竞赛单元。

目　录

第一章　冤家初识

民国初年。

天色微明，初春的早晨还泛着凉意，上海北外滩码头却已是一片热火朝天的景象，扛活的、卸货的、等人的，不一而足。

上海公共租界旧闸警署探长应喜也在等人，他约莫二十多岁，眉骨高耸，眼窝深邃，一头短发稍显凌乱，衬上脸旁的络腮胡子，邋遢中带着英俊和野性。

应喜穿着警服靠坐在撑住的自行车后座上，一双皮鞋趿拉在脚上，警服扣子没系，腰间的配枪若隐若现。他的脸冲着江面，一双深邃的眸子望着远方。

他已经等了许久，似乎觉得太无聊，掏出一个牛皮纸袋，开始自娱自乐，将纸袋里一粒一粒花生杂耍似的往上抛起，再用嘴巴接住。

突然远处传来一声悠长浑厚的轮船汽笛声，等待的人们仿佛被惊醒的鸟雀见到食物，一拥而上。应喜一跃而起想冲上前去，却被花生呛到，猛咳了几声，待抬起头来，前面已经是层层人墙。

"让开让开！不想惹本探长不高兴的都给我让开！"

应喜掏出警棍，一边驱赶人群，一边奋力向前挤去，终于挤到最前头，整理了一下警服。

一艘从大不列颠开往上海的轮船即将靠岸，一个二十出头的年轻人，不发一语地提着行李箱站在船头，他眉如墨画，身材修长，一双凤目盯着手中的照片，若有所思。但见他披着一件修身的亚麻色风衣，白衬衫的衣领上戴着一枚精致的领结，下身着一管笔挺的小脚裤，脚踩雕花布洛克皮鞋，周身散发着活色生香的英伦风尚。他不是别人，正是上海公共租界旧闸警署副署长陆祥的儿子陆何欢，而照片上模样稚嫩的男女，正是学生时代的他和恋人凌嫣。

"凌嫣，你还好吗……"

陆何欢喃喃自语，可惜回答他的只有阵阵清风。

江风拂面，吹得陆何欢一丝不乱的头发微微扬起，他眺望着上海的一山一水，重归故里，感慨万千，倏忽之间，往事浮现……

三年前，陆何欢和家人围坐在桌前吃饭。这本是陆家普通得不能再普通的午餐。小小的客厅尽管称不上富丽堂皇，却也说得上别具一格。在陆何欢的记忆中，母亲林芝爱穿紫色旗袍，梳着发髻，手上戴着一只玉镯，而父亲陆祥则显得严肃古板，常年穿着一件深色长衫，戴着金丝眼镜，唇上留着八字胡。

"陆何欢，我最后说一遍，你和凌嫣的事不要再想了！"陆祥吹胡子瞪眼责怪起儿子。

"为什么？爹，我和凌嫣青梅竹马，您不能因为凌嫣家境清寒就反对我们的事。我也最后说一遍，我要娶她。"

陆祥见儿子不服管教，气急败坏，"反了你了！你信不信我打折你的腿！"

"没用的，凌嫣不会嫌弃我是瘸子。"陆何欢笃定不移。

陆祥气得将碗筷往桌上一撅，指着陆何欢，"你再说一遍！"

未等陆何欢作答，一向爱子心切的林芝就坐不住了，她随即也将碗筷往桌上一撅，训斥丈夫，"吃饭！"

陆祥瞟了一眼林芝，林芝一瞪眼，陆祥见状，老虎瞬间变病猫，乖乖拿起碗筷。

三人又恢复安静，餐桌之上，仅有碗筷杯盘无意碰撞之声。

"想娶凌嫣也行，除非你答应我去大不列颠留洋，回来我就让你娶凌嫣。"陆祥再一次打破平静的饭局，不过这回他态度颇为和缓。

陆何欢讶然，未料到父亲竟会改变心意，唯恐其临时变卦，连连点头。

"一言为定！"

这下换林芝不乐意了，她又开始训斥丈夫，"你要死啊！把儿子送那么远干吗……"

其实，不愿陆何欢出国游学的何止她一人。

北外滩码头如同忘记关掉闹铃的钟表，似乎永不停息，它欢迎着送别着天南地北的行人过客。在陆何欢最后一面的记忆中，凌嫣来到码头为他送行，她扎着一条麻花辫，穿着一身素雅的粗布旗袍，模样清秀可人。陆何欢抓着她的小手，潮潮的，好似在江水中泡过一般。如果说凌嫣的双眼中流着一汪秋水，那么陆何欢眼中含着的是坚硬的磐石。

"凌嫣，等我回来娶你。"

陆何欢的诺言淹没在一片喧嚣之中，但凌嫣听得真真切切，她微笑着点了点头，直到陆何欢转身上了客轮，她望着远去的背影，依然微笑。微风拂面，吹乱她额前的发丝，她的笑渐渐夹杂着一丝苦涩和无奈。

客轮上的陆何欢看着站在风中一动不动望着自己的凌嫣，拼命向凌嫣摆手呐喊。

"凌嫣，等我回来……"

凌嫣拼命点头，已是泪流满面。

没想到这一等就是三年。

码头上此起彼伏的声响把船头的陆何欢拉回现实，他把照片重新放回贴近胸口的位置，望着缓缓靠近的码头，喃喃自语。

"凌嫣，我回来了。"

轮船靠岸放下扶梯，陆何欢随着人流下船。江水的腥味、行李的发霉味、工人的汗味混在一起，陆何欢一手拎着行李，一手捂住鼻子，举目四望，以期在人群中寻到凌嫣的踪影。

与此同时，应喜从兜里掏出一张褶皱的陆何欢的照片看了看，开始在人群中扫视。二人如同江上的一叶孤舟，飘忽不定，最后应喜寻觅的目光定格在陆何欢身上。

陆何欢正寻找凌嫣，冷不防被情绪激动的应喜来了个熊抱，他看见应喜乱糟糟的头发，赶紧捏住鼻子，拿食指戳着应喜的额头将他推开。

"臭小子！敢拿指头戳我？"应喜也戳了陆何欢的额头一下。

陆何欢皱眉看向来人，粗眉大眼、络腮胡子，浑身上下透着野性。待发现并不认识后，心生反感。

"Who are you？"

"什么油？"应喜眉毛一皱。

陆何欢了然，这是在国内。

"你是谁？"陆何欢追问。

应喜故作傲慢地扬了扬下巴，"旧闸警署探长应喜，你是陆何欢吧？陆副署长有事，派我来接你回警署入职。"

陆何欢点点头，思忖片刻。父亲是旧闸警署副署长，他自小耳濡目染，对警署的境况算是了解。

"应喜？我怎么没听过你？"

应喜以为陆何欢对自己不敬，握拳要揍陆何欢，想了想，又压下火来。

"你留洋走了之后我调到旧闸警署的，怎么，不可以？"

"来接人也不注意一下个人卫生，头发也不洗……看看，连鞋子都不穿好。"陆何欢一边打量应喜一边说。

应喜见陆何欢嫌弃他邋遢，登时不悦，"你让老子等这么久，老子还没发脾气，你还嫌东嫌西……要不是看在你爹是副署长的分上，老子早就收拾你了！"

陆何欢撇着嘴，倔强地盯着应喜踩着鞋帮的脚。

"好了好了，臭小子，这样行了吧？"应喜不耐烦地提上鞋。

陆何欢又嫌弃地看了应喜一眼，应喜作势要打陆何欢，"你小子再敢用那种眼神看老子，老子可真要动手了！"

陆何欢瞪了应喜一眼，转身就要走。突然，码头边的一条客船上一阵骚动，传来一个男人惊恐的喊叫声。

"杀人啦！杀人啦！"

陆何欢神色一凛，循着声音疾步走去，应喜也跟了上去。

陆何欢和应喜一前一后上了客船，客船上的乘客一见应喜穿着警服，纷纷让出一条路。

"哪里杀人了？"应喜态度跋扈，趾高气扬地问向众人。

乘客指指船舱，陆何欢自顾自地向船舱走去，全然不顾身后的应喜挥舞着警棍咧着嗓子向周围人大喊。

"我是旧闸警署探长应喜！现在船上的所有人都是嫌疑人，谁都不许下船，本探长抓到凶手你们才能走！"

乘客闻到此言，低声议论却也不敢反抗。

陆何欢和应喜来到船舱，刚刚喊杀人了的船工筛糠一样站在船舱里，指着躺在地上的一具女尸。

应喜抢先跑过去查看尸体，只见躺在地上的女子穿着一身粗布旗袍，胸前的衣服有些凌乱，衣领处被撕开，脖子上有些淤红。

"手印？"应喜仔细辨别尸体脖子上的痕迹。

陆何欢环视乘客，挑了一个穿着浅蓝色学生装看起来比较干净的姑娘。

"姑娘，麻烦你，别让箱子碰到船板，有细菌。Thank You。"陆何欢如托孤一般将手里的行李箱小心翼翼地递给姑娘。

姑娘看着帅气的陆何欢，花痴地点点头。陆何欢俯下身开始检验女尸。

"谁是船主？"应喜抬头询问周边众人。

"我是。"一个四十多岁的男人应声站出来。

"乘船的时候谁跟这女人一起待在船舱？"

"回这位探长，我这条船是短途，乘客都在外面，只有这位姑娘说是得了风寒不能吹风，待在船舱里面。"

"那又是谁最先发现的尸体？"

船工往前凑了一步，"是，是我，上船的时候我把两箱货放在船舱，刚才我看船要靠岸了，就进来拿箱子，谁知道就看见她躺在地上已经死了。"船工声音颤抖着，仿佛自己在一步步掉入一个精心设置的陷阱。

应喜环视四周，发现船舱只有几个透气的小窗。

"窗户这么小……凶手根本钻不出去。这是一起典型的强奸未遂杀人案，而凶手，就是你！"应喜一指船工。

"探长，冤枉啊！"船工骇然失色，连连喊冤。

应喜对此置若罔闻，侧脸发现陆何欢正在检查尸体。

"陆何欢，你干吗呢！案子我已经破了，过来跟我一起把凶手带回警署！"

陆何欢充耳不闻，继续认真查看女尸。

"冤枉啊，冤枉……"船工继续向应喜求饶。

应喜仍盯着陆何欢不放，他一心想要早些结案，见陆何欢聚精会神地查看女尸，不由烦躁。

"陆何欢你是不是聋了？案子都已经破了，你还瞎鼓捣什么？能不能让死者安息啊？"

陆何欢看都不看应喜一眼，"别吵。"

"哎你小子找打是不是……"

应喜气急走向陆何欢，却被船工拉住。

"探长，我是冤枉的……"

应喜冷冷甩开船工，恶狠狠驳斥对方，"证据确凿，瞎喊什么冤？这个船舱是一个密闭的空间，凶手只能从门出去，这一路除了你和死者，没有第三个人来过案发现场，而且死者胸前衣服凌乱，脖子上还有手印……所以，一定是你在进来拿箱子的时候见色起意，想对这位姑娘不轨，遭到她的反抗，就下手杀了她！"

船工仍不死心，"冤枉啊，探长，我进来的时候她已经死了……"

"你不用狡辩了，证据都摆在眼前，你以为探长是瞎子，只听你的一面之词吗？"应喜开始不耐烦了。

二人激烈争执，陆何欢似乎全然置身事外，他蹲在女子身前，翻开女子的眼皮，又摸了摸她的脉搏。突然他发现不远处的地上有半块馒头，若有所悟。蓦地，他想起了什么，迅速抱起女子，双手环住女子胸腹部，反复收紧双臂进行挤压。

众人见状纷纷目瞪口呆地看着陆何欢。

"陆何欢，你又在发什么神经？要奸尸吗！"应喜的注意力被吸引过去，显然他也被陆何欢的举动震惊了，眉毛扭打在一起。

突然，令众人意想不到的事情发生了，随着陆何欢的挤压，女子嘴里吐出一块馒头。陆何欢又赶紧给女子做心肺复苏，片刻，女子长舒一口气，动了一下。

"诈尸啊！"

应喜一声惊呼，众人跟着一阵慌乱。

"别吵，她没死！"

陆何欢安抚众人，众人旋即安静下来。

"她只是吃馒头不慎堵住了呼吸道，不过再晚一会儿就不好说了。"陆何欢见众人仍一脸讶然，道出原委。

船工听后，不禁大喜。不料，应喜对船工仍旧不依不饶。

"这么说你只是强奸未遂，并没有杀人。"

"我没有啊，探长。"船工一脸委屈。

应喜暴脾气上来，掏出警棍一边猛打船工，一边呵斥，"我让你撒谎！还说没有！让你说没有！那位姑娘的衣服都被你扯开了！"

船工被打得满地打滚，叫苦不迭。

陆何欢见应喜企图对船工屈打成招，面露不屑，一边拿出手帕擦手，一边质问应喜。

"旧闸警署就是靠屈打成招破案的吗？"

"你说什么？"应喜听出陆何欢嘲讽之意，一时愣住。

"这位姑娘的衣服分明是她自己扯开的。"

应喜撇撇嘴，"胡说八道！那脖子上的手印呢？难不成也是她自己掐的？"

"终于被你蒙对一次。"

"什么？"应喜一时不明所以。

陆何欢耐心地解释道，"如果我没猜错，这位姑娘当时应该是在吃馒头，她见船靠岸，一着急，便被馒头噎到，敞开的衣领和脖子上的爪痕都是窒息时自己抓的，"陆何欢看向清醒过来的女子，"我说得对吗？"

女子点点头，想起方才惊魂一幕，心有余悸，"谢谢您。"

众人搞清楚事情的来龙去脉，见陆何欢把女子从黄泉路上救回，纷纷鼓掌夸赞。

"这位先生真是神医啊，死人都能医活……"

"纠正一下，我不是医生，我是警察。"

陆何欢一本正经地亮明自己的身份，这并不能怪他一根筋，毕竟他从小就梦想成为一名警察，能够匡扶正义，为民除害。

"那就更了不得了……"

众人赞不绝口，应喜倒是十分不屑，自己的功劳竟被这个初出茅庐的小子抢走了，心中不免妒意翻滚，"不就是瞎猫撞上了死耗子吗，有什么了不起。"

陆何欢无奈地摇摇头，知是应喜心生妒意，没有理睬。

陆何欢从旁边的女孩手里拿过行李箱，说了句"谢谢"，然后转身离开。应喜连忙追上去。

陆何欢走上码头，应喜追上来，抬起右手搂住陆何欢的肩膀。

"一个小警员还没报到就这么爱出风头，你小子是不是想抢本探长的饭碗？"应喜尚未释怀。

陆何欢嫌弃地拿两根手指捏住应喜的袖口，拿下应喜的手。

"你这只手刚才提过鞋，该洗了。"陆何欢说罢，继续快步向前走。

"别以为你是副署长的儿子就了不起了，告诉你，你这种弄堂里扛木头——直来直去的性格在旧闸警署是行不通的。"应喜边追陆何欢边说。

陆何欢不理应喜，挤进人群。

应喜小跑着追上去，"陆警员，本探长命令你把刚才发生的事陈述一遍，包括你对那个女人做了什么。"

"我还没入职，现在还不是警员。"

"可你在入职的路上！我问你，你是用什么方法把那个女人弄活的？你在大不列颠该不会是学了什么奇门遁甲术吧？"

陆何欢见无法摆脱应喜，无奈地阐明原理，"这是一种急救法。可以将人的肺部设想成一个气球，气管就是气球的气嘴，假如气嘴被异物阻塞，可以用手捏挤气球，气球受压球内空气上移，从而将阻塞气嘴的异物冲出。"

应喜搓了搓胡子，似懂非懂，"留过洋的还真不一样，有那么点用……哎，你再多教我几招，等我用这些招升了官发了财，一定带上你！"

"庸俗！"陆何欢不屑，不再理睬应喜，疾步挤进人群。

应喜追上去拉住陆何欢的手，"这只手没提过鞋……这里人多，不拉着容易被挤散，陆副署长还等着呢。"

"我先不回警署……"

陆何欢忍无可忍，猛地挣脱应喜的手。

"你告诉我爹，我去找凌嫣了。"陆何欢说罢疾步离开。

"哎……"应喜一愣，惊愕地望着陆何欢消失在人群之中。

陆何欢兴冲冲地跑到凌嫣住处，发现大门没有上锁，门上的对联面目全非，门框上结着一层蜘蛛网。他的笑容僵在脸上，忙不迭推开门，脱漆的木门发出"吱呀"一声，走进去才发现与门外无二，屋子了无生气，一副荒废了许久的样子。

陆何欢不知所以，急忙跑出去，敲开邻居凤婆的门。片刻，门内传来凤婆苍老的声音。

"来了，谁呀……"

陆何欢焦躁不安，"凤婆，是我，何欢，凌嫣去哪了？"

凤婆打开门，眯着一双老花眼，细细地辨认了一会儿，"何欢？你留洋回来了？"

陆何欢点点头，"凤婆，凌嫣呢？"

凤婆看着眼前的陆何欢喟然长叹，"说是凌嫣杀了人，逃走了，已经失踪很久了。"

"什么？"陆何欢身子一抖，差点跌倒，连忙扶着门框，"那凌夫人呢？"他不死心，继续追问。

"凌嫣一走，凌夫人没多久就病死了……"

凤婆一番话如同一瓢凉水，浇得陆何欢浑身战栗，他头回觉得上海早春的天气如此阴冷。

"怪不得三年来你音信全无……不可能，绝对不可能，你平时见到一只蚂蚁都会绕路走，怎么会杀人呢……不行，我一定要查清楚，还你清白！"他又拿出合影，望着凌嫣自言自语。

陆何欢把照片放回胸口位置，马不停蹄赶往旧闸警署，他要去查看凌嫣的卷宗。

第二章　爱侣无影

旧闸警署坐落在上海公共租界，苏州河边，办公区是三层欧式小楼，外壁涂着醒目的红漆，显得气势宏伟，高耸的围墙遮住了外人窥探的视线，厚重的大铁门旁边立着一对石狮子，左右站着守岗的警员，门口挂着白底黑字的"旧闸警署"牌子。

陆何欢一阵风似的冲到警署大门，警卫吓了一跳，急忙拦住陆何欢。

"站住！干什么的？"

"我有急事！"

陆何欢试图绕过警卫，但却被警卫死死拦住。

"来这儿的谁不是有急事？"

"陆祥是我父亲！"

陆何欢情急之下，不得不搬出父亲为自己求方便，谁料警卫以为他大放厥词，反唇相讥。

"包康还是我大哥呢！"

就在陆何欢与警卫纠缠之时，一个温婉的女声忽然从警卫背后传来。

"何欢？"

陆何欢隔着大门循声望去，一个二十岁左右，留着荷叶头的姑娘跃入眼帘，乌发雪肤、温婉清秀，正是他青梅竹马的邻家妹妹——包瑢。

包瑢套着白大褂抱着一堆厚厚的文件，正惊喜地看着陆何欢。

"何欢，早就听说你要回来，没想到这么快。"

包瑢迎上来，举手投足间洋溢着掩饰不住的喜悦。警卫见状，互相交换了一个眼神，苦着脸偷偷溜走。

陆何欢趁机走进门内，细细打量包瑢，终于认出。

"小瑢，你怎么在警署？还穿着这一身？"

包瑢腼腆地笑笑，晃了晃手中的文件，"托我哥哥的福，我现在是法医了。"

"女法医？"陆何欢不可置信。

话刚说出口，陆何欢就想起包瑢的兄长包康是警署署长，对此也就不足为奇，他嘴角泛起浅笑，一脸欣慰，"不错，当年跟在我身后的小鼻涕虫长大了。"

包瑢脸上一红，头微微低下，紧紧地抱着文件。今日得见故人，纵有千言万语，却不知从何问起。

"在大不列颠过得好吗？"包瑢挤出一句话。

"挺好的，你呢？"

"挺好的，就是少了一个好朋友。"

陆何欢知道包瑢是在说自己，有些尴尬地笑笑。

包瑢察觉出陆何欢的尴尬，急忙转移话题，"听说你要入职当警员了？"

陆何欢点点头，"今天就是来入职的。"

"那太好了，以后我们就是同事了。"包瑢笑着说。

陆何欢点点头，语气突然变得急切，"小瑢，凌嫣的案子是怎么回事？凌嫣怎么会变成杀人犯了？"

包瑢笑意顿敛，似是料到如此，又似意料之外，"我也不清楚，那个时候我还没来警署当法医。"

"能不能帮我问问你哥哥？"

包瑢犯窘，"何欢，我不是不帮你，你也知道我哥那个人，我回来时听说了凌嫣姐的案子，问过他一次，可是他凶巴巴的，说已经结案了，只是凶手跑掉了，还让我以后做好本职工作，别乱打听。"

陆何欢不好再为难包瑢，点点头，"我知道了，小瑢，你先去忙吧。"

包瑢迟疑，想要和陆何欢细细长谈，但见对方似乎有些心急，只好故作大度，"嗯……那好吧，何欢，改日抽个时间给你接风洗尘。"

陆何欢点点头，匆匆转身离开。包瑢看着陆何欢的背影，迟迟没有挪动脚步。

陆何欢对警署的布局一览了然，他疾步来到档案室。档案室有警卫看守，他向管档案的女警楠姐敬了个礼。

"你好，我是刚入职的警员陆何欢，我想要看一下凌嫣杀人案的卷宗。"

楠姐看到陆何欢帅气俊朗的外形，春心荡漾，冲陆何欢抛了个媚眼。

"叫我楠姐。"

陆何欢为人耿直，见女警之举，一头雾水。

"楠姐，你眼睛有问题吗？"

"是啊，风大，眼睛进了沙子，你能不能帮我吹吹？"

陆何欢愈加疑惑，"室内怎么会有风呢？是不是得了眼疾？你还是去看医生吧。"

楠姐愠怒，见陆何欢如此不解风情，瞪了一眼便没好气地敷衍过去。

"要看卷宗必须请示包署长。"

陆何欢又匆匆走开，直奔署长办公室。

包康正在办公室向上海公共租界总督察长戈登汇报工作，戈登坐在椅子上翻阅文件，他三十出头，长得金发碧眼，宽额高鼻，神态之中显得庄重威严，以至于包康每每见其都不得不谨言慎行。

包康今天特意拾掇一番，但见他身材魁梧，一身警服干净利落，就连衣领最上面的扣子也工整地扣着。头发打了发蜡，油光锃亮地背到脑后，脸上流露出谄媚的笑容，恭恭敬敬地站在一旁向戈登汇报工作。

"总督察长，刚才跟您汇报的就是近几年我们警署破获的一系列重大案件，这些案件在上海堪称奇案，如果没有我们警署全体同仁的努力，很有可能会变成悬案。"

"现在许多警署都有不少陈年旧案，旧闸这一点做得 very good。"戈登神色满意地点点头。

包康又打开书柜，拿出一堆感谢信和几面锦旗。

"您看，这都是上海市民给旧闸警署和我送来的锦旗和感谢信……"

戈登看着一面锦旗，"'包康包康，保民安康'，是在说你吗？"

"惭愧，惭愧。"尽管嘴上说着惭愧，包康仍是大言不惭地连连点头。

戈登合上材料，颇为满意地起身看向包康，"good job，恰好这个月，我身边的督察 MR.ZHANG 被调走了，你就过来顶替他吧，嗯，下个星期一上任。"

包康喜形于色，向戈登敬了个礼，"谢总督察长！"

不过，包康似乎高兴得太早了，就在他被升职的喜悦冲昏头脑之时，门突然"砰"的一声被撞开，陆何欢闯了进来。

戈登和包康吓了一跳，同时看向陆何欢。

陆何欢见到戈登一愣，良好的修养让他克制内心的焦虑，礼貌地冲戈登点点头，继而转向包康。

"包署长，我有事找您，凌嫣杀人案到底是怎么回事？卷宗在哪？"

包康疑惑地打量了陆何欢一阵，半晌才认出来。

"陆何欢？原来是你这个臭小子，不知道我正在跟总督察长戈登先生开会吗？神圣的苏格兰场没教过你怎么敲门吗？你是不是喝洋墨水喝傻了！"

陆何欢见包康如此反应，转身向戈登敬了个礼。

"报告总督察长，我是新入职的警员陆何欢。我怀疑三年前的凌嫣杀人案有蹊跷，嫌疑人凌嫣也始终没有归案。我正式申请调查这件悬案。"

戈登听到陆何欢一席话，忿忿不满。

"包署长，你刚刚不是说陈年旧案已经全部结案了吗？怎么又出来一桩凌嫣杀人案？请你给我一个合理的解释。"

"总督察长，我……这……"包康一时哑口无言。

戈登冷哼一声，"想不到旧闸警署的丰功伟绩都是包署长报喜不报忧得来的……我看你还是继续履任署长一职，既然百姓都说'包康包康，保民安康'，我想你一旦升迁，他们也会想你的。"

戈登愤然离去，包康见升职的美梦转眼化为幻影，岂能甘心。

"总督察长，您听我解释……"

包康欲追上去，陆何欢挡在包康面前。

"包署长，我看就算您追过去，总督察长也不会改变主意，您还是关注一下凌嫣的案子吧。"

"陆何欢，你被开除了，给我立刻滚出去！"包康气极，咬牙切齿地瞪着陆何欢，粗声咆哮。

陆何欢一脸无辜，"包署长，凌嫣的案子……"

"滚！"

包康气炸，原本梳得利落的头发此刻也蓬松开来，如同一只老虎，而陆何欢就是送入虎口的小羊。不过老羊连连跑过来护崽了——陆祥披着警服闯进来，他四十多岁，天庭饱满，鼻翼饱满，耳大垂厚，眉目间和陆何欢有几分相似。他早就收到消息，陆何欢已经到警署了，于是慌忙赶来。

陆祥一脸讨好，"包署长息怒，犬子是不是出了什么差错惹您生气了？您别跟孩子一般见识。"

包康一脸嘲讽，"哼，陆副署长真是教子有方，你教出来的好儿子刚刚在我向戈登总督察长汇报工作的时候突然闯进来，翻出凌嫣的陈年旧案，现在我的升职泡汤了！既然我走不了，你也别想爬上来！"

陆祥气得深呼吸，瞪了一眼陆何欢，随即整理情绪继续求情。

"是我没教育好犬子，包署长大人有大量，随便给他个处分。开除……太严重了。"

"你儿子是从苏格兰场回来的大人物，旧闸警署庙小容不下他这尊大佛，还是请他高抬贵手离开吧，不然我能不能坐稳包署长的位置都说不定。陆副署长要是没什么公事就出去吧，我跟你一向也不是志同道合，没什么可聊的。"包康阴阳怪气地不依不饶。

陆何欢看向陆祥，父子久别重逢，情绪激动，"爹……"

不料，他刚刚张嘴，就被气愤不已的陆祥打断，"别叫我爹！"

陆祥气急败坏地离开，陆何欢追了出去。想来这对父子一定是上辈子的冤家，就是不知道谁欠谁的。

与陆氏父子刚刚争执过的包康火气未消，他在警署院子里一边翻腾草丛，一边喃喃自语。

"姓陆的没一个好东西，老子一见到就倒霉，倒大霉！"

旁边一只老母鸡趾高气扬地来回踱步，时而不时地叫几声。这只鸡名叫阿花，是包康的宠物，已经被他养在身边多年。

包康和包瑢两兄妹从小父母双亡，小时候包康就是靠阿花每天下一个鸡蛋来养活妹妹。等包瑢大了些，又是靠阿花每天下的鸡蛋才能换点钱贴补家用。阿花对包康来说就是他们兄妹俩的救命恩人，在包康的眼里，没有阿花，就没有他和包瑢，阿花对他们的恩情是大过天的。

包康听到阿花叫，抬头望去，全然不似方才那般凶神恶煞。

"阿花，你是不是饿了？我这就捉虫子给你吃，不要着急。"

包康望着阿花一脸宠溺，转而继续捉虫。

陆何欢跟着一脸阴沉的陆祥回到家，他有些心不在焉，仍在思索怎么才能拿到凌嫣的卷宗。

陆祥打开大门进去，陆何欢刚想跟着进门，陆祥突然转身一个耳光，又开始大骂起来。

"你这个逆子！竟然因为凌嫣那个杀人犯搅黄了我的转正计划！"

"爹……"

"你别叫我爹，我不是你爹。"

"那也得我娘答应啊。"陆何欢知道父亲一向惧内，"爹，凌嫣不可能杀人，我要为她翻案。"

"翻你个大头鬼！你给我滚出去！"陆祥把陆何欢推出去。

陆母林芝听到门外声响，端着一盘菜走过来劝解。

"又怎么了？儿子刚回来，吵什么……"

陆祥扔出陆何欢的行李，林芝上前阻拦不及，被陆祥拖住。

"你给我滚出去好好反省，醒悟之前不准回家！"

陆祥用力关上大门，陆何欢站在门口望着被扔出来的行李，有些怔愣。

门内继续传来陆祥和林芝的争执声。

"儿子出去三年，好不容易回来，你为什么要赶他出去！"

"他做错事我让他出去反省，我教育儿子有什么不对？"

"这么多年你又做对了几件事，怎么不见你出去反省，陆祥，要么儿子回来，要么你也滚！"

"这是我的家，我凭什么滚……哎哟，我的眼睛，你别打了，孩子就是让你惯坏的，慈母多败儿！"

院子里，林芝一边哭一边打陆祥，"我三年没见儿子，你说赶出去就赶出去了，陆祥，这事没完！"

陆何欢愣在门口，听着屋里的吵闹声，无奈地张了张嘴，料想里面又是一阵鸡飞狗跳。

"娘，你别打爹了，我老老实实在外面醒悟就是了！"

二老打得火热，怎会顾及招呼他，倒是对门包康家的门偷偷开了一条缝，包康的妹妹包瑢悄悄钻了出来。

"何欢？"包瑢见陆何欢吃了闭门羹，走过去安慰。

陆何欢有些窘迫地动了动嘴角，"小瑢。"

"你不要怪陆伯伯，《格言联璧》中说，'天下无不是的父母，世间最难得者兄弟'，不管陆伯伯做什么，都是望子成龙。"

陆何欢点点头，"知道了，谢谢你，小瑢。"

包瑢温婉一笑。

陆何欢仍念着凌嫣杀人一案，"小瑢，你能不能帮我求求你哥，让他把凌嫣的卷宗给我看看？"

包瑢刚要说话，包家大门乍然大开，包康霸气侧漏，他先是瞟了一眼陆何欢，又呵斥起妹妹。

"看什么看？我告诉你小瑢，以后你不准给我去档案室，更不许去借卷宗！赶紧给我回来，女孩子家也不知道注意点，随便跟男人说话！"

包瑢不服，"哥，韩愈的《除官赴阙至江州寄鄂岳李大夫》中说，少年乐新知，衰暮思故友，我跟何欢哥青梅竹马，你虽比我们年长几岁，却也是自小就在一起的朋友，你现在年轻，不看重这些，等到了暮年，就会发现何欢哥这种朋友的珍贵……"

包康见包瑢一嘴之乎者也，本就才疏学浅的他对此甚是不爽，气呼呼打断，"行了，不要讲大道理了。你要是不想跟他一样被赶出去，就赶紧给我进来，我还没到暮年呢。"

包瑢撇撇嘴，不情愿地回去，关门前冲陆何欢笑笑，陆何欢礼貌地点点头。

想来家是进不去了，陆何欢提着行李漫无目的地在街上走着，不自觉走到苏州河边，他坐靠着河边的树，静静看着河面，夕阳的余晖照在河面上，陆何欢记忆的闸门倏忽大开。

彼时身旁乔木，绿意盎然，年幼的陆何欢倒挂在树枝上玩耍，凌嫣坐靠在树上画画，陆何欢偷偷瞥了一眼凌嫣的作品，坏坏地笑了笑。

"凌嫣，你怎么会想到画柿子？"

凌嫣指了指缓缓西下的太阳，一脸认真，"什么柿子？这分明是黄昏时分的红日。"

陆何欢歪着脑袋，故意捣乱，"可是，我就看它像一颗柿子，一颗挂在枝头的柿子。"

凌嫣叹了口气，"真拿你没办法，你说是就是咯。"

凌嫣说罢，在画布上勾勒了一株古树，红日点缀在枝头上。

陆何欢得意洋洋，"这下就真成一颗柿子了。"

"不，这不是柿子。"

"怎么不是柿子？你刚才不是说是一颗柿子吗？"陆何欢讶然。

"不是柿子，是挂在枝头的陆何欢。"

"好啊，你捉弄我。"陆何欢恍然大悟，顺手扯下一片叶子，假装要扔向凌嫣。

"这颗柿子真调皮，不要再动了，否则我就把你吃掉。"凌嫣扮了个鬼脸吓唬陆何欢。

陆何欢不再捣蛋，凌嫣继续画画。

陆何欢偷偷把一只大青虫放在凌嫣身上，压低声音，故作神秘。"凌嫣，你有没有觉得你后背有东西？"

凌嫣还在专心画画，"什么？"

"看看嘛。"

凌嫣伸手摸了摸后背，感到有东西粘在上面，拿下来正想一探究竟，定眼一看，原来是只大青虫，立即被吓哭。陆何欢见状慌忙从树上跳下来，抱着凌嫣。

"凌嫣，你没事吧？我错了，我不该吓你。"

"你为什么要拿虫子吓我？"凌嫣边说边拿粉拳砸着陆何欢肩头。

"对不起，我不是故意的。"陆何欢自责。

凌嫣擦了擦眼泪，"你这颗烂柿子，一肚子馊主意，捉弄人家。"

陆何欢见凌嫣怒气已消，开始贫嘴，"对，我就是颗烂柿子，所以你还要不要把我吃掉？"

凌嫣破涕为笑，"谁要你这颗烂柿子？"

夕阳的照耀下，陆何欢抚摸着凌嫣的秀发，仿佛握着涓涓的撒着金粉的小溪。可叹夕阳无限好，只是近黄昏，景犹在，人无影。

河水缓缓流淌，一条鱼跃出水面，又落进水里，把陆何欢从回忆中唤醒。他望着水面一圈圈的波纹，脸上漾着笑容，眼中却含着清泪。

陆何欢长叹一口气，站起身，提着行李箱离开。

日暮四合，天色将晚，他要找个地方落脚。

一轮明月挂在当空，冷冷的月光下，凌嫣家破败的房子更显凄凉。无处可去的陆何欢决定在凌宅过夜。他推开门，房间里一片幽暗，什么都看不清。

恍惚间，陆何欢突然发现一个黑影背对着自己。

"凌嫣？"陆何欢一惊，冲上去抓住黑影，忍不住激动大喊。

黑影身子一抖，厉声呵斥，"小偷！"

"你才是小偷！"陆何欢回过神，知道不是凌嫣。

黑影随即回头袭击陆何欢，二人缠斗在一起。打斗中，陆何欢不小心踩到一根木棍，滑倒在地，黑影找准机会，抬腿一脚踢向陆何欢面门。

第三章　寄人篱下

黑影一脚踢向陆何欢面门，陆何欢当下一惊，顺手抄起地上的木棍，打在黑影的腿上。黑影"哎哟"一声吃痛倒地，抱着腿满地打滚。

"狗胆小偷，连旧闸警署探长你都敢打，我看你是不想活了！"黑影尽管战败，但气势不减，动手不行就开始动嘴。

陆何欢这才发现黑影身份，不由一惊，"应探长？我是陆何欢。你怎么在这？"

"我查案路过这，尿急进来方便啊……臭小子！尿都被你打回去了！"

陆何欢自知理亏，赶紧扶起应喜，"你的腿没事吧？"

"那么粗一根棒子打上去会没事？也不知道断没断。"

陆何欢摸了摸应喜的腿，一脸认真，"你腿短，骨密度应该不错，不会那么容易骨折。"

应喜不知陆何欢是嘴笨还是毒舌，没好气地调侃，"你可真会说话。"

陆何欢扶着应喜，"看看能不能走路。"

应喜一瘸一拐地走了几步，感觉不妙，"伤筋动骨一百天，看来有日子养了。"

"看样子骨头没事，养几天应该就没问题了。"陆何欢不以为然。

应喜瞪了陆何欢一眼，想到自己无端遭遇横祸，怒火中烧。

"这么晚了你不在家里来这儿干吗？"

陆何欢不理会应喜，应喜看见陆何欢手中提着行李，猜出一二。

应喜眼珠一转，搓着胡子，"白天，我回警署听兄弟们说，包署长今天被陆家父子惹怒，发了大脾气，提醒我不要往枪口上撞，想必是你今天搅黄了包署长的升迁，被革职了，陆副署长也很不高兴，你是不是被赶出家门，无处可去了？"

陆何欢依旧不发一语，应喜倒不生气，自顾自地笑笑。

"我腿疼走不动，你背我回警署宿舍吧。"

"你刚才不是还走了几步？"

应喜神色陡然一变，如同泼妇骂街般开始大声呵斥陆何欢。

"就是刚才走了几步腿伤才加重了，我告诉你，你得负责到底！"

陆何欢有些难为情，他倒不是不愿意帮应喜一把，"可是你刚刚在地上滚来滚去，很脏的。"

"你懂个屁！脏才是真男人，才有男人味，姑娘们喜欢着呢。"

陆何欢一脸不情愿，但因为理亏只好照办，他瞟了一眼灰头土脸的应喜，咬咬牙，在应喜面前蹲下。

"上来。"

应喜一听喜笑颜开，急忙手脚并用趴到陆何欢背上。

星空下，陆何欢背着应喜走在苏州河边，月光皎洁，水波粼粼，偶尔传来水鸟的鸣叫。在月光的映衬下，陆何欢俊俏的面孔美如冠玉，应喜竟一时瞧得入神了。

"你盯着我干什么？"陆何欢察觉，不知道应喜搞什么名堂。

"听说你是从英格兰的什么农场回来的，就是想瞧瞧外来的和尚怎么念经的。"

陆何欢不无骄傲地开始纠正应喜，"不是英格兰，是苏格兰，苏格兰场也不是农场，英文名 New Scotland Yard，是英国首都伦敦警察厅的代称，它位于伦敦的威斯敏斯特市，是英国首都大伦敦地区的警察机关。"

"听起来和旧闸警署没什么不同。"应喜讪笑。

"怎么能把苏格兰场和旧闸警署相提并论？苏格兰场神圣至极，负担着重大的国家任务，譬如配合指挥治安事务、保卫皇室成员和英国政府高官……"陆何欢驳斥道。

应喜嗤之以鼻，"不就喝了几年洋墨水吗，尾巴都翘得没边了，哼！"他又凑近陆何欢的脸，好奇满满，"听警署的人说，你今天是因为要查凌嫣杀人的旧案才惹急了包署长的，凌嫣是你什么人？她对你很重要吗？"

陆何欢嫌弃地把脸扭到一边，"和你无关。"

"说说吧，说不定我能帮你一把。"应喜不甘心，甚至动手摇起陆何欢。

陆何欢不理应喜，继续走着，"再乱动我就把你扔到河里去。"

应喜自讨没趣，"狗咬吕洞宾，不识好人心。"

陆何欢不说话，背着应喜加快脚步。

蒙眬的月光下，应喜的宿舍乱得像一片乱葬岗。门"咚"的一声被撞开，陆何欢气喘吁吁地背着应喜走进警署宿舍。

刚进去，陆何欢就嗅到一股怪味，他立刻腾出一只手捂住鼻子，"什么味啊？"

应喜嘿嘿一笑，"男人的味道。"

陆何欢微微皱眉，"男人味好浓……灯的开关在哪？"

"就在门边，我来开。"

应喜打开灯，陆何欢立刻被眼前的景象吓傻，直接将应喜扔在床上。只见宿舍凌乱不堪，鞋和袜子东一只西一只，垃圾和啤酒瓶堆得满地都是，最煞风景的是门上竟挂着一条男人穿的大裤衩。

陆何欢一阵干呕，"这是人住的地方吗？猪窝都比这干净点。"

"什么叫猪窝？真是狗嘴吐不出象牙。"

陆何欢做晕倒状，"My God，我真的想跳黄浦江了。"

应喜靠在床上，早就见怪不怪。

"别大惊小怪的，你要是看不过去就帮我收拾收拾。你看这样好不好？反正你没地方睡，我收留你，你帮我打扫卫生？"

"我宁可露宿街头。"陆何欢不领情。

"臭小子，你以为是我求你呢？我现在被你打伤了，你露宿街头，我就只能横尸宿舍了。所以在我的腿养好之前，你必须在这给我当牛做马，否则我就告你袭警！”

陆何欢的眉毛皱得愈加扭曲，他看看应喜，无奈地摇摇头。

应喜见硬的没用，缓了一下语气，“你都不关心关心我吗？以后再想和我拉好关系可就没有这么好的机会了。”

陆何欢面无表情地看了应喜一眼，恨不得离他远远的，怎么会想和他拉关系。

应喜翻了一个白眼，“你不会给我找瓶跌打油来揉揉腿吗？”

“你这猪窝里哪有跌打油？”陆何欢扫视一圈无奈地耸耸肩。

应喜看了看宿舍，“那你把那个架子上的酒拿来，麻痹一下神经也好。”

“给。”陆何欢不情愿地把酒拿过来递给应喜。

应喜打开酒瓶刚要喝，突然想起什么，“用酒揉揉腿好像也行得通，哎，给我揉揉。”

“你自己揉。”陆何欢不依。

“老子让你揉腿是看得起你，快点，别逼老子爆粗口。”

“粗俗。”说归说，陆何欢还是倒些酒在手上，单膝跪地，用力帮应喜揉腿。

“啊，舒服……哦，真舒服……”应喜一脸享受。

“你能不能别发出那种声音，听着恶心。”陆何欢抗议。

应喜拿好腿踹了一下陆何欢，“哪那么多废话？老子喜欢，就叫！啊……哦……”

陆何欢见抗议无效，狠狠拍了拍应喜的伤腿，应喜享受的声音顿时变为惨叫。

“啊——要死啊你！疼死老子了！”

陆何欢耸耸肩，故意气应喜，“Sorry。”

“骚什么骚，比我还不文明。”

“真是无法沟通。”陆何欢的头摇成拨浪鼓。

“别揉了，把酒拿来。”

陆何欢起身将酒递给应喜，应喜拧开瓶盖灌了一口，随即递给陆何欢。

“大不列颠的威士忌，我从一个小混混那儿缴来的，来一口？”

陆何欢迟疑片刻，接过酒瓶，尝了一小口，忍不住称赞，"在大不列颠的时候不想喝，这一回来，反而有点想了。"

应喜哈哈一笑，抢过酒瓶又灌了一大口，喝完递给陆何欢。

陆何欢坐下，神色黯然，一回来就听到凌嫣的噩耗，如今有家不能回，从早上到现在水米未进，腹中空空，于是决定借酒消愁。他狠狠灌了一大口，和应喜你一口我一口，很快一瓶威士忌就见了底。

晚饭过后，陆祥走进卧室想睡觉，却发现林芝躺在床中间，霸占着整张床。陆祥见林芝似乎已经睡熟，有些胆怯地轻轻拍了拍林芝。

"阿芝，阿芝？"

林芝不回应，陆祥无奈，只得小心翼翼地躺在床边，谁知刚躺下就被林芝一脚踹到地上。

"不让儿子回家睡，你也别想睡！"林芝怒气未消。

"哎呀，你就别不依不饶了，我赶儿子出去也是为了他好，你是不晓得，那小子白天去找凌嫣耽误警署报到不说，还为了调查凌嫣杀人案的事闯进包康的办公室，害得包康不能升迁，他走不掉，我转正的事也泡汤了。再这么宠着他，他要变成混球了！"

"哎哟，侬帮帮忙好哇，不要再打着教育儿子的旗号了，还不就是你这个官迷的官路子没了，拿儿子撒气。"

"我也是为了这个家，我好我们家才会更好，晓得吧？"

林芝猛地坐起身，怒气冲冲地指着陆祥，"你这个老面皮，说得像真的一样，儿子有家不能回怎么好？"林芝说着就忍不住哭起来，"我都三年没见儿子了，你就狠心让我们母子分离！陆祥，你不把我儿子找回来我跟你没完！"

陆祥见林芝一哭，顿时没了底气，但仍不服软，"不管你怎么说，那个臭小子不承认错误就别想回来。"

"你还我儿子！还我儿子！"林芝尖声咆哮，抓起枕头狠砸陆祥。

窗外夜色渐浓，包瑢仍未就寝，她正坐在书桌前看书，小小的房间满是书架，像一个小型图书馆。今天她似乎格外兴奋，心绪不宁，盯了半晌，仍然停留在那一页。

"小瑢，我再跟你说一遍……"包康推门而入，开门见山地教训起包瑢。

"大哥，我也再跟你说一遍，入室之前要先敲门。"包瑢不悦，语气不善地打断哥哥。

"敲什么门？你小时候尿布都是我换的。"

"可我现在已经长大了。"

包康不耐烦，但又不能拂了妹妹的意愿，"好好好。"他关上门，使劲敲了敲，"这样行了吧？我进来了。"包康说完，直接进来，包瑢无可奈何。

"小瑢，你今天出去跟陆何欢说什么了？"

"没说什么，就是安慰他几句。"

"不行！我警告你，陆何欢跟你不可能，你想都别想。"包康忽然发起飙来。

"哥，我长大了，我的事自己会做主。"

"你长大了，翅膀硬了是不是？你别忘了，你才满月爹娘就死了，是我又当爹又当娘把你拉扯大……"

"哥，我知道你带大我不容易。"包瑢再次打断包康。

"知道就听哥的话，哥一切都是为了你好，将来哥会帮你找一家有钱人嫁过去，享一辈子荣华富贵，哥也跟着沾光。那个陆何欢从小就一根筋，他配不上你，再说别看包陆两家表面和睦，其实陆祥跟我私下是死对头，我们两家不可能结亲，以后你跟陆何欢少来往。"

包瑢放下书，语重心长地教导起包康，"大哥，《刘氏善举》中说，'与人为善，乃为人之本'。唐寅说过'冤家宜解不宜结，各自回头看后头'。你回头看看自己后头前头，我们两家是不是该和好。古语云，'古之君子，其责己也重以周，其待人也轻以约'，就是说要严于律己宽以待人，这样才能及时改过与人为善，怎么你总是反过来呢，对别人总是要求严格全面，对自己宽容懈怠，古人还说过……"

包康实在受不了包瑢，就像孙猴子听到了紧箍咒，一脸痛苦，"好了好了，小瑢，你早点休息，记住，离陆何欢远点就行了。"

包康说完，不等包瑢回答便关上门，逃之夭夭。

夜已深，应喜房间被收拾得焕然一新，陆何欢直了直腰，擦了擦汗，再看床上的应喜，睡得呼声震天，口水直流。

陆何欢一脸嫌弃地拿脚踢了踢应喜，应喜迷迷糊糊睁开眼睛。

"我睡哪？"陆何欢没好气地问。

应喜翻了个身，拍了拍床边。

"我跟你睡一张床？"陆何欢觉得有些不可思议。

应喜不以为意，"都是男人怕什么，我又不吃男人的豆腐。"见陆何欢发窘，应喜开起玩笑，"我们俩可以同床异梦。"

应喜说完，换了个舒服的姿势又睡了。

"喂，喂……"

陆何欢试图唤醒应喜，但回应他的只是一阵又一阵呼噜声。

陆何欢嫌弃地看看应喜和他身下的床，叹了口气，从行李箱中拿出一条雪白的床单，一半将应喜整个身体包括头都盖住，一半铺在床上，然后躺下。

陆何欢合目睡去，好似躺在一具尸体旁边。

虽然已是半夜，陆家夫妻的战火还未平息，陆祥可怜巴巴地蹲在床边，不时打着瞌睡。

林芝躺在床上，翻来覆去睡不着，她看了一眼陆祥，发现陆祥正在打瞌睡。

"陆祥！"林芝大喝一声。

陆祥一个激灵，"我没睡，没睡……"

他知道这注定又是一个属于自己的不眠之夜，陆祥望着窗外的明月，无语凝噎。

早市刚开，霞飞路拐角处的一家商铺已经开门了，一间两出的门脸上挂着一个大牌匾"霜喜侦探社"，里面仿照着旧闸警署大厅的陈设摆放着家具古玩，甚是气派。

一个约莫二十岁的少女站在一张大桌子前，皱着眉头摸着下巴，研究桌上铺开的各种案件文件。她穿着一套女士西装，戴着一顶鸭舌帽，面若桃李身段玲珑，正是旧闸首富柳山的小女儿柳如霜。

突然，一个与柳如霜年纪相仿的男子咋咋呼呼地跑了进来，他是柳如霜的小跟班白玉楼，着一身白色西装，身材瘦弱，气质阴柔，三七分的头发上抹了不少头油，光可鉴人。

"霜姐，大新闻！槐花弄一处废弃的空屋子里发现了一具尸体，哦哟，听说整个脑袋都被砸烂了，是一个大妈早上买菜发现的，人家就住在那附近，好怕怕。"白玉楼一边用手背扇风一边娓娓道来，说完用手捂住胸口。

柳如霜"唰"地一下起身，"哪里有命案，哪里就有我们霜喜侦探社，我们无案不破！白白，我们走！"

柳如霜拉起白玉楼的胳膊就要走，白玉楼嘟着嘴抱怨，"你不会又要去找应喜吧？"

柳如霜不耐烦，"那当然，要不然你以为我为什么要给侦探社取名叫'霜喜侦探社'？你走不走？"

白玉楼委屈，试图劝阻柳如霜，"我说不走你会听我的吗？就我们两个去破案好不好？你爸爸可是全旧闸最有钱的富商，你想做什么做不成？非得天天跟在那个应喜屁股后面。"

"你又来了，你不走就在这看家。"柳如霜身子一抖，她知道白玉楼排斥应喜，但自己却迷恋得不能自拔。

柳如霜自行走开，白玉楼一跺脚，轻哼一声，郁闷地跟着走了。

柳如霜和白玉楼风风火火地跑到旧闸警署门外，还没站定便被值班警员拦住。

"哟，柳小姐，又是来找应探长的？"柳如霜有事没事就爱粘着应喜，警员们已经司空见惯。

"知道你还拦我？"柳如霜调皮地皱皱鼻子。

"哎呀，我拦谁也不敢拦您柳小姐呀，实在是这一大早的，大家都还没起呢，您去不方便。"

柳如霜立即掏出一把大洋数出三个塞给值班警员，眨眨眼睛，"我天天都来，没什么不方便的，你说呢？"

值班警员两眼放光，神色贪婪，迅速把钱塞进口袋，一脸讨好，"是是是，方便，方便得很。"

柳如霜笑笑，看向身后的白玉楼，"白白，我们走。"

值班警员看着柳如霜和白玉楼走远，掏出一块小镜子上照下照，摇头叹气。

"唉，我长得也不差啊，怎么就没一个有钱的小姐爱慕我呢？"

一缕晨光打进来，应喜保持着熊抱着陆何欢的姿势睡得正香，白色床单像一条蛇一样纠缠在二人中间。

柳如霜带着小跟班白玉楼风风火火推门而进，柳如霜进门就喊，"喜哥！发生杀人案了！"

陆何欢和应喜听到声音一惊，立马醒来，姿势别扭地看向柳如霜。

柳如霜一声尖叫划破长空，好似捉奸在床一般，带着哭腔指着应喜，"应喜！怪不得你不接受我，原来你喜欢男人！"

第四章　碎头女尸

陆何欢见状想推开应喜，却发现床单把二人缠住了。

"小姐，你误会了……"陆何欢一边挣扎一边支吾着。

柳如霜气得直跺脚，把白玉楼推上前，"白白，给我打！"

白玉楼跑过去对着应喜的脸就是一巴掌，这一巴掌打得应喜顿时头不晕了，眼不困了，就是火气上来了。

"大胆！你们敢袭警！"应喜厉声呵斥。

柳如霜嗔怪白玉楼，"谁叫你打喜哥了，我让你打那个勾引喜哥的男狐狸精！"

"哦，知道了。"

白玉楼刚要打陆何欢，陆何欢挣脱开床单，一把抓住白玉楼的手。白玉楼想挣脱，却挣脱不开。

陆何欢声音平静地，"不管什么事，打人就不对了。"

陆何欢放开白玉楼，白玉楼嘟着嘴揉手腕。

应喜不紧不慢地坐起来，"柳如霜，你脸皮怎么那么厚，跟你说过多少遍，你不合我的胃口，能不能不要再来烦我！"

柳如霜有些委屈，眨了眨水汪汪的大眼睛，指了指陆何欢，"喜哥，我哪里比不上这个男狐狸精？"

应喜不耐烦地摆摆手，"什么男狐狸精，（指着陆何欢）他是副署长陆祥的儿子，听说过吧，刚从苏格兰场回来。他没地方住，我好心收留他而已。"

"真的？"柳如霜立刻变回笑脸。

陆何欢在旁不满，"不信就算了。"

柳如霜见陆何欢这么说，吃下一颗定心丸，"这还差不多。"

"给你们介绍一下，这位是我们警署副署长陆祥的公子陆何欢……是个警员……不过被开除了……这位是霜喜私家侦探社社长柳如霜，这位是她的助手白玉楼。"应喜见战火平息，立刻介绍起双方，防止战火又起。

"你好。"柳如霜倒不认生，立刻爽朗回应。

"你们好。"陆何欢也不好再端着。

应喜想起了正事，"柳如霜，你刚才说发生杀人案了？"

柳如霜点点头，"槐花弄一处废弃的空屋里发现了一具女尸，根据弄堂负责人郝姐提供的信息，死者并不是槐花弄的居民。经过我的深入分析，不是槐花弄的居民却突然死在槐花弄的废弃空屋里，实在是有些蹊跷。"

"你分析半天就分析出个蹊跷？哪个杀人案不蹊跷？"

"嘿嘿，可不是，所以要请你这个足智多谋、慧眼识珠、英俊潇洒的大侦探来破案。"柳如霜趁机拍马屁。

这番话似乎让应喜颇为受用，"看来还是要我神探应喜出马。"

应喜套上衣服，掏出自己的配枪，摆了个帅气的姿势。一番卖弄之后，朝陆何欢抛了个戏谑的眼神。

"走吧，姓陆的，今天你就跟在我屁股后面，让你好好瞧瞧本探长是如何破案的。"

陆何欢不吃这一套，"可惜我已经被警署开除，现在不是警员，况且我现在心绪不定，没法集中精神查案。你还是一个人去吧，反正有他们帮忙。"

陆何欢说着看向柳如霜、白玉楼二人，柳如霜见状连忙接过话茬，"对啊喜哥，我和白白会协助你破案的。"

"对你个大头鬼啊，大男人说话，小姑娘插什么嘴。"

柳如霜遭到应喜的呵斥，吐了吐舌头。

应喜把陆何欢拉到一旁，压低声音，"你不是想看凌嫣案的卷宗吗？"

应喜说完，对着陆何欢挤眉弄眼，宛如一条狡猾的狐狸等待猎物走进圈套，陆何欢沉吟片刻。

"OK，一言为定。"

"一言为定。"

应喜见陆何欢上钩，暗暗得意，和柳如霜、白玉楼一同去往命案现场。

包康一向抠门，尽管警署备有一辆汽车，但是仅他一人能用，旁人是万万动不得的。四人走到宿舍门口，应喜瘸着脚推出一辆带着明显岁月痕迹的自行车。

"我腿脚不听使唤，你带我去吧。"

应喜不管陆何欢答不答应，瘫坐在后座上，不过他还没等来陆何欢接手，柳如霜就噌一下凑到跟前，一把抢过自行车。

"我来我来，不就是骑车带个人吗？我可以的。"柳如霜拍着胸脯向应喜保证。

应喜知道如果柳如霜说的话能信，她的胸脯早就拍没了，于是一屁股弹起，满脸惊恐。

"你有胆骑，我没命坐！"

柳如霜一把将应喜按在后座上，顾不得应喜反对，骑上自行车就走。陆何欢和白玉楼面面相觑，陆何欢骑上另一辆自行车，载着白玉楼追上去。

出了警署，四人骑车行驶在巴林路，此时已近晌午，车水马龙。应喜的破自行车叮叮当当，一路经过拉客的黄包车车夫、疾驰的电车、四处叫卖的小摊贩、时髦精致的旗袍女郎、不住鸣笛的雪佛兰……道路两旁极具西方特色的建筑、橱窗里琳琅满目的商品、巨大连绵的美女广告牌如幕布中的画面被甩在身后。

柳如霜艺不高胆挺大，歪歪扭扭地骑车带着应喜，途中经过的行人连连躲开。

"飞喽，飞喽！"柳大小姐心情舒畅，越骑越高兴，甚至振臂高呼。

后座上的应喜早已吓得脸色煞白，他又是威胁，又是央求，"哎，我说你慢点！你急着投胎，我可不急！"

柳如霜一听急忙刹车，自行车因为刹车过急失去平衡，七扭八拐了几下，柳如霜和应喜连人带车摔倒。

应喜被摔得七荤八素，腿上新伤加旧伤，他爬起来止不住大骂。

"柳如霜，你个丧门星，想死不要拉上老子！哎哟喂，疼死我了。"应喜手撑在地上，揉着痛处。

"喜哥，你怎么样，碍不碍事？我不是故意的。"柳如霜搓着手，低头道歉。

"摔你一下试试？"

应喜怒不可遏，柳如霜努了努嘴，但自知理亏，不好意思驳斥。

随后赶到的陆何欢和白玉楼看着事故现场，不知道该说些什么。

应喜看看陆何欢，"你傻站着干什么？快来扶老子一把。"

陆何欢急忙扶起应喜，不料他这一扶就被应喜缠上了。

"陆何欢！你骑车带我。"

"我？"陆何欢感到不可思议。

应喜挑了挑眉毛，"怎么？想违抗本探长的命令吗？"

陆何欢见应喜又拿官位压人，顿时无语，扶起自行车，载着应喜走远，柳如霜当即傻眼。

"霜姐，我来带你。"白玉楼借机又开始大献殷勤。

柳如霜瞅着应喜越走越远，跺着脚，不情不愿地坐上白玉楼的自行车。

一路上，柳如霜都在密切监视着前方应喜的动向，她一边歪着身子盯着前方的应喜，一边催促白玉楼。

"喂，你骑快些，都要追不上喜哥了！"

白玉楼一听，深吸一口气，使出吃奶的劲埋头冲刺。

相比之下，应喜可就悠闲多了，他气定神闲地坐在陆何欢身后，一只手环着陆何欢的腰。

被一个糙汉子"吃了豆腐"，陆何欢着实感到别扭，他局促地发问，"为什么搂着我的腰？"

"万一你跟柳如霜一样把我摔下来，老子就算是金刚不坏之身，也招架不住。"应喜回答得理直气壮。

陆何欢语塞，其实应喜倒是多虑了，陆何欢决计不会把他摔下来，不是说他车技精湛，而是因为这条路，他不知走了多少回，甚至连隐蔽的水坑都能一一避开。

当年上学的时候，每每放学归来，陆何欢就载着凌嫣回家。学生时代的陆何欢不似这般健壮，他费力蹬着车子，凌嫣则在后座上悠闲地晃动双腿。忽然，陆何欢加快速度，凌嫣身子一晃，害怕地搂着陆何欢的腰，陆何欢得逞一笑。

"哎呀，你怎么这么坏？"凌嫣回过神，说完也忍不住笑了。

自行车颠簸了一下，应喜搂紧了陆何欢的腰，陆何欢从回忆中醒来，继续骑车。

柳如霜一边嫉妒地望着前面有说有笑的陆何欢和应喜，一边恨恨地掐白玉楼。白玉楼粉嫩的脸上一片红晕，时而龇牙咧嘴，时而幸福微笑。

陆何欢、应喜、柳如霜和白玉楼骑着两辆自行车一前一后到达案发现场。这是一处废弃空屋，位于槐花弄的一处拐角，荒置了很久，墙不避风，瓦不挡雨，屋内落尽灰尘，结满蛛网，凹凸不平的地上铺着一堆荒草，已经有警署人员在现场维持治安，周围有一些槐花弄的居民叽叽喳喳指指点点。

"听说是个女人，死得很惨，衣服被扒光了，脑袋都被砸碎了。"

"是仇杀吧，搞不好是个生活不检点的女人。"

"不一定，说不定是老公讨了小老婆，容不下大的。"

四人进屋，包瑢正在验尸，应喜雷厉风行，上前一同观察女尸。

"小瑢，怎么样了？"陆何欢询问案情。

"死者二十五岁左右，尸体全裸，头部被重物砸烂，凶器应该是钝器……"

未等包瑢陈述完验尸结果，应喜突然发现女尸的左臂上似乎有一块东西，"那是什么？"

包瑢戴着手套，抬起尸体的手臂，端详了一会儿，"是一块胎记。"

应喜定睛一看，"我知道死者是谁了。"

陆何欢和包瑢看向应喜。

"死者是金露，百乐门舞厅的头牌。"应喜补充道。

众人见应喜一语道破死者的身份，纷纷侧目，应喜一脸得意。

"死者脸上都是血迹，根本无法辨认样貌，你怎么知道她就是舞女金露？"陆何欢质疑。

应喜嘿嘿一笑，搓搓胡子，"胎记，死者左胳膊上那块红色胎记和金露的一模一样。"

"喜哥，你太厉害了！我和白白可是旧闸有名的包打听，连我们都不知道死者身份，喜哥看了一眼胎记就认出来了，佩服！"柳如霜双手托着下巴看着应喜，一脸崇拜。

"小意思，旧闸的舞厅没有我没去过的，要说起舞姿还得是百乐门的小妞，小蛮腰一扭，小蛇一样，一个字——销魂！"应喜洋洋自得地说。

白玉楼撇撇嘴，"不就是留恋烟花之地认识个舞女嘛，有什么得意的。"

柳如霜不乐意了，"什么烟花之地，百乐门，那是有身份的人消遣娱乐的地方，是神圣高贵的地方，好多电影明星都是这里的座上宾。真是没见识！"

"你还给这个花心大萝卜脸上贴金。"白玉楼低声嘀咕。

柳如霜瞪了一眼白玉楼，"你懂什么，男人不坏女人不爱！花心是因为喜哥有花心的资本。"

白玉楼不敢驳斥柳如霜，又见不得她如此袒护应喜，继续低声嘀咕，"你也太盲目了吧。"

"什么盲目！我对喜哥是一见钟情！"

柳如霜火大，信誓旦旦地宣布爱情宣言，白玉楼登时说不出话来。

应喜这边倒是为金露的死嗟叹不已，他瞟了一眼尸体，头摇成拨浪鼓。

"你这一死，让多少男人少了多少欢乐……可惜了。"

陆何欢看不惯应喜，但有白玉楼前车之鉴，也不敢贸然批评柳如霜心中的"大神探"，一言不发地上前仔细勘查现场。

"何欢。"包瑢冲陆何欢点头打招呼。

陆何欢点点头，埋头继续勘查现场。

应喜对红颜薄命的哀叹仍在继续，过了半晌才想起正事，他作势清了清嗓子，"死者尸体裸露，旁边还有搏斗痕迹，用屁股想都知道是奸杀，而且死者死在这么一处偏僻废弃的屋子里，"他吸了吸鼻子，"尸体还没臭就被人发现报案，凶手多半就是报案人！（对旁边的警员）去把报案人带过来，一问就知道了。"

"是，应探长！"

警员领命走开。

围观群众一时哗然，低声议论。

"郝姐报的案！"

"是郝姐杀的人？"

"不会吧？"

"不好说……"

应喜冷眼旁观，笑望风云，似乎一切尽在掌握之中。

一旁的陆何欢隐隐不满，"应探长，我觉得你的分析太武断了，尸检还没进行完……"

"你懂个屁！这是'应氏破案法则'，快速观察现场，准确分析案情，锁定嫌疑人后再用点狠手段审问，案子基本上就破了。"应喜粗暴打断陆何欢。好不容易露一手，他岂能让旁人搅局。

柳如霜积极响应，不住地拍手叫好，"喜哥不愧是旧闸警署的Number One探长，办案果然快准狠，没用上一刻钟的时间，整个案件就清晰了！"

"少跟我溜须拍马，本探长的能力自己清楚，不吃你这套。"应喜暗暗得意，却又刻意板起脸装深沉。

"霜姐，你刚刚说什么万？"白玉楼低声问柳如霜。

"Number One，是英文，就是第一的意思。"

"霜姐，你可真厉害，连英文都会。"白玉楼瞬间矮一头，崇拜之情喷薄欲出。

"哎呀，我就是被我爹逼着去了几天洋学堂而已。"

"那你还会说别的吗？"白玉楼问。

柳如霜挠挠头，搜肠刮肚，"还会说一句。"

"什么？"白玉楼期待地等着柳如霜说出来。

"I……这话不能跟你说，我要跟喜哥说。"

柳如霜特意跑到应喜面前，"喜哥，I Love You。"

"什么油……"

应喜纳闷嘀咕，他忽然想起先前到码头接人时，陆何欢稀里糊涂冒出了一句和这差不多的洋文。想到这，应喜摆摆手。

"别学点洋玩意就在我面前显摆，本探长听得懂。"

"那喜哥的意思呢？"柳如霜一脸欣喜，期待地望着应喜，眨眨眼。

应喜一脸严肃，胜券在握，"不就是问我是谁吗？我是谁你不认识吗？瞎捣乱！"

"哎呀不是这个意思。"柳如霜像被戳破的气球，立时瘪了。

"好了，再捣乱我就清场了！"

柳如霜见应喜如此不耐烦，一脸委屈地撇撇嘴，不再说话。

陆何欢听着二人的对话，一边勘查现场一边忍俊不禁，应喜无意瞥到，大为恼怒。

"你小子笑什么？死者为大，你这是对死者的不敬！金露是谁啊？那是给广大男士送去欢乐的人，是有功之人！杀她的凶手一定要严惩！"

应喜指着陆何欢，慷慨激昂，如果柳如霜不是正在气头上，估计又要鼓掌欢呼。

说话间，郝姐被警员带进来，应喜定睛一看，眼前妇人四十来岁，眉眼温柔，身形略微发福。

"应探长，就是她报的案。"警员禀告。

"怎么是个婆娘？真是失算……"应喜低声嘀咕，但大话已经说在前头了，只能硬着头皮上，他低声询问警员，"这个郝姐可有什么亲人，或者来往密切的朋友？"

"报告探长，郝姐是个寡妇，丈夫早早就因病去世了，撇下个跛脚儿子叫大宝，据邻居反映，她性情寡淡，没什么来往密切的人。"

众人见二人低声一问一答，不知道葫芦里卖什么药，人带到跟前，却迟迟不见审问。

应喜理了理皮带，一拍手掌，又恢复了刚才的慷慨激昂，"这就对了，郝姐的儿子大宝一天天长大，却碍于家里穷得叮当响，腿脚又不好使，哪有女人肯靠近呢？所以，在大宝看见舞女金露独自经过的时候，就心生歹念，郝姐帮助儿子满足淫欲后就杀人灭口！"

柳如霜从失落中走出来，一边没心没肺地鼓掌，一边奉上溢美之词，"简直是神推理，喜哥太棒了。"

包瑢在一旁反驳应喜，"可是尸体表面并没有精斑。"

"那就是满足淫欲未果！"应喜坚持自己的意见。

"冤枉，探长，我只是早晨路过这里发现尸体，其他的什么都没干啊！"郝姐惊慌失措，连连喊冤，没想到热心肠报个案，却给自己带来无妄之灾。

应喜不屑地瞟了一眼郝姐，"世上没有哪个杀人犯会乖乖认罪，来人，押着她，跟我去她家把凶手大宝缉拿归案！"

"应探长，您这样做太草率了！"陆何欢看不下去，起身过来。

"什么草率，这是经过周密谨慎的推理得出的结论。"应喜怒斥。

"可是……"

"没有可是，再晚凶犯就逃了！"应喜粗暴打断陆何欢。

应喜不等别人说话，带人押着郝姐转身离开，柳如霜带着白玉楼也跟着应喜离开。

陆何欢欲言又止，气愤不已。包瑢见状上前，安慰地看了看陆何欢。

"何欢，别着急，古语云'锲而舍之，朽木不折。锲而不舍，金石可镂'，我相信你一定能找到真凶。"

陆何欢点点头。

外面传来郝姐哭泣喊冤声"冤枉啊，冤枉……"，陆何欢不禁微微皱眉，叹了口气。

"小瑢，你继续进行尸检，不要漏掉任何证据，不能让郝姐母子蒙冤。"

"好。"

陆何欢从衣服口袋里拿出一只放大镜，开始仔细勘查现场。

第五章　同床异梦

几个警员押着郝姐来到郝姐家门口，柳如霜和白玉楼也跟了来。郝姐家是一座简陋的普通民居，斑驳的大门上贴着褪色的年画和对联，就连门环都被岁月洗得油光发亮。

应喜上前一脚踹开门，屋内传来郝姐儿子大宝的声音。

"娘，你回来啦？"

大宝十七八岁，身材颀长，长得浓眉大眼，唇红齿白，若不是身患腿疾，本该是一个美男子。他半坐在床上欢喜地看向门外，赫然发现母亲被警员押着，笑容立刻僵住。

"你娘回不来了，你也得跟我走！"应喜语气不善。

"儿子，快跟探长大人好好解释解释，你没有杀人……"郝姐在门外哭号着。

"别再演苦情戏了。"应喜不耐烦地示意警员，"进去抓人。"

几个警员一拥而入，将大宝按住，大宝被应喜的阵仗吓哭，惊恐不已。

"你们要干什么？娘，救我……"

郝姐想冲过去，却被两名警员控制住，她心疼地望着儿子，"大宝乖，大宝不哭。"

应喜不屑地瞟了一眼母子二人，"带走！"

陆何欢和包瑢仍在案发现场勘查，二人几乎把空屋翻了个底朝天。槐花弄围观居民见二人又是拿放大镜，又是拿镊子勘查现场，感到新奇不已。

陆何欢忽然瞥见金露尸体身下以及旁边铺着的荒草几乎全部折断扭曲在一起。

"草丛有扭曲……搏斗应该很激烈。"

陆何欢若有所思地自言自语，他又站起身，走到门口，发现门内遗留着刚刚警员押着郝姐进来踩出的几个凌乱脚印，门外有几个清晰的女人的布鞋脚印，这几个脚印只停留在门口。他走到门外，拿出卷尺，量了一下女人布鞋脚印长度和宽度，又进入屋内在刚刚警员和郝姐踩出的脚印中量了量郝姐脚印的长度和宽度。

"这应该是郝姐的脚印……"

陆何欢似乎想到什么，看向一旁的包瑢，"小瑢，能确定死者的死亡时间吗？"

包瑢点点头，"从血迹的凝固程度以及尸体尸斑的形成程度推断，死亡时间大概在昨晚九点左右。"

陆何欢看向围观百姓，"你们有谁知道郝姐家在哪？"

"我知道，我就住她家隔壁。"一位居民站出来回应。

"太好了，那你知不知道昨晚九点左右郝姐和她儿子在不在家？她家里有没有什么异常？"陆何欢急忙问。

"郝姐儿子腿脚不好，很少出去。天刚黑的时候，也就七点左右吧，郝姐就回家了，之后就一直没出去过。她家里也没见什么异常。"郝姐的邻居说道。

陆何欢点点头，面露忧色，转而看向包瑢，"小瑢，应探长经常屈打成招吗？"

"屈打成招倒不至于，不过应探长审问犯人确实喜欢动手。"

"快点带我去郝姐家。"

陆何欢一听包瑢所言，意识到事情不妙，焦急地央求郝姐邻居带路。郝姐邻居点头答应。

"大家不要进去，要自觉保护案发现场。"陆何欢叮嘱围观百姓，这才放心地离开。

包瑢见陆何欢一走，忙吩咐留守的警员，"把尸体带回警署。"

"是。"警员领命。

包瑢匆匆去追陆何欢。

郝姐家因为应喜等人的到来一片狼藉。

"应探长，我儿子是冤枉的，你放了他吧！"郝姐跪在地上抱住应喜的腿苦苦哀求。

"放了他金露岂不是死不瞑目？"应喜理直气壮，冲警员下令，"带走！"

"娘……"大宝惊恐哭喊。

"冤枉啊，冤枉……"郝姐痛哭。

母子二人哭成了泪人，搞得应喜也哭丧着脸。

"你们就行行好别喊冤了，我熬到今天不容易，你们照顾照顾我，坦白交代算了，我们大家都轻松，好不好？"

应喜说完板起脸向门口走去，站在门边的柳如霜赶紧给应喜让路。

"喜哥英明。"柳如霜讨好。

"我怎么觉得他们不像凶手啊。"站在柳如霜身后的白玉楼同情地看着郝姐和大宝，对柳如霜嘀咕。

其实柳如霜心里跟明镜似的，她只是不想煞了应喜的威风，惹应喜不高兴。她咬了咬嘴唇，规劝起白玉楼。

"喜哥查案的时候别多嘴，他很没面子的，会不高兴。"

"可是冤枉了好人怎么办？"白玉楼一脸担忧。

柳如霜见白玉楼说得也有道理，无奈地追上应喜。

"喜哥，要不我们再多查一会儿？万一，我是说万一要是漏掉了一丝丝真凶的痕迹，岂不是会冤枉好人？"

这话着实说得委婉，不过应喜并不领情，他瞪着柳如霜，眼珠子都要瞪出来。

"你质疑我？"

柳如霜连忙摆手，"没有没有，喜哥英明！"

"那就行了，别废话了。"

"可是喜哥……"

"再说废话以后不理你啊！"

应喜打断柳如霜，柳如霜赶紧捂住嘴巴。应喜不理柳如霜，径直离开。

柳如霜苦着脸看着应喜的背影，欲言又止。

"真没原则……"白玉楼恨铁不成钢地看着柳如霜，低声嘀咕。

陆何欢和包瑢在郝姐邻居的带领下匆匆赶来，远远看见应喜等人从郝姐家出来。陆何欢见应喜要把嫌犯押到警署，慌忙阻止。

"应探长，等等……"陆何欢一边跑，一边喊。

"大呼小叫的干什么？"应喜回头看见陆何欢，瞬间板起脸。

陆何欢来到应喜近前，"应探长，我刚从小瑢那里了解了尸检结果，又仔细勘查了一遍现场，现场没有留下凶手的脚印和指纹，报案人郝姐的脚印只停留在门口，这说明郝姐并没有进去，而是在门口看见死者后报案。既然凶手已经将脚印和指纹擦干净，完全可以将自己和这桩凶杀案撇开关系，没必要再来一次案发现场当报案人……"

"也许是她自作聪明，以为做了报案人就会减轻嫌疑，结果弄巧成拙。"应喜挠挠头，自圆其说。

"金露不是槐花弄的人，郝姐以前跟她并无瓜葛，如果郝姐是凶手，只要她不在案发现场再次出现，很难查到案子跟她有关，自作聪明说不通。"

应喜想发怒，见身边人都看着他，忍住了。

"你说得很对，凶手并不是郝姐，而是她的儿子大宝！"

"不是我，我没杀人……"一旁的大宝害怕地喊。

陆何欢坚定地开口，"死者的死亡时间大概在昨晚九点左右，据郝姐邻居反映，当时郝姐和大宝就在家中，所以郝姐和大宝都有充分的不在场证明。"

"谁能证明，给我站出来！"

应喜粗暴地叫嚷，郝姐邻居有些害怕，颤抖着向应喜走了几步。

"应探长，我是郝姐的邻居，昨天晚上九点左右郝姐和大宝是在家。"

"你哪只眼睛看见的？"应喜企图用气势威慑对方。

"我从他们家路过看见他们家窗前有两个人影。"

"愚蠢，那是他们用两个枕头摆给你看的。"

"看形状不像枕头啊。"邻居挠挠头，一脸迷茫。

"那就是别的东西，我警告你，别捕风捉影，作伪证也要坐牢。"应喜厉声呵斥证人，"你到底看没看清？"

邻居先是点点头，看见应喜凶巴巴地盯着自己又摇摇头。

"再胡说八道，小心我抓你回警署！"

应喜警告完证人，又眼神犀利地盯着大宝，"是你奸淫金露之后把她杀了，你母亲是帮凶，你们休想抵赖！"

"冤枉啊，冤枉……"大宝继续喊冤。

"应探长，死者体表并无精斑，大宝强奸杀人说不通。"陆何欢帮腔大宝。

"强奸杀人说不通，那就是强奸未遂后杀人！"应喜不耐烦地回应。

"但从现场搏斗痕迹来看，这是一个手脚健全有力的成年男子单独杀人，（指着大宝）而他跛脚，根本不可能。"

陆何欢说罢，瞟了应喜的瘸腿一眼，腿伤还没好的应喜以为陆何欢在嘲笑自己，顿时炸了毛。

"臭小子你看什么？少指着和尚骂贼秃，含沙射影地放冷箭，老子我又不是瘸子。"

应喜说着怒火攻心地跺了一下脚，却疼得龇牙咧嘴，只好忍住。

"多说无益，对牛弹琴。"陆何欢嘴巴张了张，又合上，低声嘀咕。

"说谁呢！别以为喝了几天洋墨水就有多了不起，查案要靠经验！你一个毛头小子，连警员都没混上，倒摆出一副要教我查案的架势。"应喜不依不饶。

"查案不能全靠经验，还要靠证据。"

"不用你教，本探长就是根据证据追查的凶手。"

陆何欢见应喜睁着眼睛说瞎话，愈加不满，"追查？我只看见应探长抓人，没见您查案。"

"你现在是在质疑我？你问问在场的警员，他们支不支持我的判断？"应喜看向警员们，"支持郝姐和大宝是杀人犯的举手！"

应喜气愤地反击，但现场却没人举手，他有些尴尬，可气的是连一向对自己唯命是从的柳如霜都没有举手。

应喜慢慢走过去低声威胁，"柳如霜，你是不是不支持我？那我们以后也没有见面的必要了。"

"能不能这次不举手，在别的事情上支持你，以后我们继续见面啊？"柳如霜低声讨价还价。

"不能！要么举手，要么不见面！"应喜傲娇地拒绝。

柳如霜犹豫了一下，又怕只有自己一个人太扎眼，便拉着白玉楼举起手。

"我支持喜哥，那间空屋那么偏僻，如果郝姐不是凶手，怎么会去那？一定是郝姐协助儿子杀人，有的母亲溺爱孩子，就算是伤天害理的事也肯做。"柳如霜的一番话说得言不由衷，好像被枪指着，被刀架在脖子上。

"冤枉！"郝姐声泪俱下。

"柳如霜说得很对。"应喜就坡下驴。

包瑢看不下去了，"应探长，其实……"

"小瑢，你就别跟着起哄了，做好分内工作，审问罪犯的事就交给我吧。"应喜粗暴地打断包瑢，用眼神示意警员，"把郝姐和大宝带回去，大刑伺候！"

"你这是滥用私刑。"陆何欢气愤不已。

"再废话，老子就对你滥用私刑。"应喜一把推开陆何欢，没好气地承认了自己的无耻行径。

陆何欢不示弱地再次挡在应喜面前，"你要是对郝姐和大宝滥用私刑，我就去投诉你，一直投诉到你被开除为止。"

"你！"应喜指着陆何欢，一时气结。

"我说到做到。"陆何欢倒不怵，毫不畏惧地迎上应喜的目光。

看来是遇上硬骨头了，应喜气急败坏又无可奈何。

"本探长做事，不用你来指挥，把嫌疑人带回警署。"应喜讪讪地说。

陆何欢不再说话，应喜带人离开。

陆何欢刚回到宿舍，应喜也踢门进来，他一把脱掉帽子，粗暴地抽出椅子，发出刺耳的声响，一屁股坐下，白了陆何欢一眼。

"老子是馒头吃到豆沙边，眼看就要结案了，没想到遭你这个夜壶蛋横插一脚，晦气！"应喜语气不善。

"你这么马马虎虎是不行的，这关系到嫌疑人的身家性命和声誉，岂能如此儿戏。"陆何欢驳斥。

"你倒是说说凶手是谁？"应喜梗着脖子问。

陆何欢一时语塞，案发到现在，他确实无从查起。

"屁都崩不出来了吧，既然你是从苏格兰场回来的高材生，有本事就一个人破了这桩案子，不过到时候不要哭爹喊娘求老子拉你一把。"应喜一边吃花生米，一边嘲讽道。

陆何欢不理应喜，站在窗前，蹙额攒眉，转身出门。

"你干什么去？不吃饭啦？"

应喜冲着陆何欢的背影喊，回答他的只是关门声。

大上海的傍晚霓虹闪烁，管弦乐器的悠扬曲调声声入耳，一派繁华热闹的景象。

陆何欢抬头看看百乐门舞厅的牌匾，低头走进去。

舞女们以为生意来了，纷纷围上去。

"这位帅哥看着眼生呢。"

"第一次来吧？"

陆何欢招架不住，木讷地点头。

"一回生两回熟，三回四回这就是家了。"

舞女们说着，都凑近陆何欢，陆何欢赶紧向后躲，舞女金梅瞟了一眼陆何欢，有些不高兴。

"哟，这位帅哥怎么老是躲着我们呢？像是我们得了瘟疫怕传染给你似的。"

陆何欢打眼看过去，见金梅身着大红色的旗袍，开衩到大腿根部，甚为暴露，脸上浓妆艳抹，樱桃小嘴含着根香烟，不由得又往后退了退。

"各位小姐……"

陆何欢刚一开口，舞女们就笑得花枝乱颤。

"我金梅在百乐门这么多年，还第一次听到有人称呼我们小姐。"

陆何欢一脸尴尬，赶紧拿出金露的照片，"我是来问关于金露的事的。"

金梅拿过照片，吐了口烟，"露露今天没过来。"

"她昨晚被杀了。"

舞女们惊讶不已，金梅握照片的手都忍不住抖了一下。

"知不知道金露昨天是什么时候离开这里的？"陆何欢好不容易让这群叽叽喳喳的舞女安静下来，赶紧询问。

"昨天晚上六点多，露露临时请假回家了，临走才告诉我的，我原以为她是在外接私活，没想到……"金梅说着不禁眼眶泛红。

"她生前有没有得罪过什么人？"陆何欢追问。

金梅摇摇头，"来百乐门的人我们哪敢得罪，如果硬说得罪过谁的话，那就是旧闸警署的探长应喜。"

陆何欢听到应喜的名字，神色一惊。

金梅有些气愤，双手叉着腰，"那个家伙好色得很，却小气得要命，经常假装查案来揩油，有两次他找露露，露露都撒谎说不在，后来被应喜看到还发了一通脾气，说我们有眼无珠，看不出他的内秀。我们做舞女的要的是钱，要内秀干吗？"

陆何欢忍俊不禁，赶紧整理情绪，"那金露欠过什么债吗？"

"欠债也不至于，露露是这里的头牌，生意不错，她又不赌不抽，应该不会欠债。"

"谢谢。"

陆何欢点点头，转身要走，金梅叫住他。

"帅哥，来都来了，要不要在这坐会儿？"

金梅说着搔首弄姿，眼波流转。陆何欢脸上一红，疾步走开。

天色已晚，警署宿舍里，吃饱喝足的应喜悠闲地躺在床上，跷着二郎腿，一边剔牙一边哼着小曲。

陆何欢愁眉不展地回到宿舍，脚步沉重。

"苏格兰场回来的神探，查得怎么样，凶手逮到没？"应喜瞟了一眼陆何欢就开始说风凉话。

陆何欢盯着应喜看了半天，看得应喜直发毛。

"看，看什么？"应喜不自然地缩了缩身子。

"帮那些舞女们看看你的内秀在哪。"

"你去百乐门了？"应喜反应过来。

"原来应探长在百乐门真的很有名。"陆何欢点点头回应。

"那当然，那些舞女提到我了？"应喜听到自己声名在外，得意洋洋。

"是啊。"

应喜高兴地坐起来，期待着，"说我什么了？"

"说你小气，老假公济私去揩油。"

"岂有此理，风尘女子真是靠不住，转身就忘了跟我在一起的美好时光！"

应喜大怒，没想到自己一下从声名在外变成了声名狼藉，他忽然想到什么，冲陆何欢发火。

"你小子不去查金露的事，打听我干什么？我警告你，不许跟包署长胡说八道，当心我撕烂你的嘴。"

"放心吧，我留洋的时候没上过教人嚼舌根的课程。"

应喜松了口气，瞪了陆何欢一眼，正经起来，"你去百乐门查到什么了？"

"没查到什么，金露一没仇家二没欠债，昨晚也是突然离开，凶手是预谋的可能性很小，我怀疑凶手可能是陌生人，随机作案。"

陆何欢失望地耸耸肩，应喜却是一脸得意。

"这不还是大宝吗？陌生人，色心起，随机作案，哪一点都符合。陆何欢，我劝你就别瞎折腾了，赶紧结案领功算了。你是不知道，这旧闸警署虽小，竞争可激烈着呢，稍一不留神，我这个探长的位子就有可能坐不稳了。一个舞女的案子要是拖上个把月，那你也别在我这蹭床睡了，我自己都得夹着行李卷滚蛋！"

应喜说着叹了口气，"前几天你愣头愣脑地刚报出一件悬案，搞得戈登督察长非常不满，包署长升职的事都泡汤了，要是我这再添一件悬案，包署长的位子泡不泡汤都难说！"

陆何欢正色道，"我理解你破案心切，但是不能草草结案，我相信凶手另有其人……应探长，旧闸近年的变化不少，我刚留洋回来，各个方面了解不多，你能不能帮我查一查金露昨晚出了百乐门都遇到过什么人？"

"免谈，你不是厉害吗？那你就靠自己查出凶手给我看看。"应喜一口回绝。

"可是……"

"别可是了，我是不会帮你的，我要睡觉了，关灯。"应喜说着又要躺下来。

"我还没洗漱呢。"

"一个大男人，一天不洗会死啊。"应喜直接把灯关掉。

"我不习惯。"陆何欢站在黑暗中据理力争。

"慢慢就习惯了。"应喜躺在床上翻了个身，找了个舒服的姿势不动了。

陆何欢人在屋檐下，不得不低头，他借着月光找到床，躺在床上望向窗外。

明月高悬，几颗星斗眨着眼睛，多么安谧的夜晚。春意愈浓，陆何欢仿佛找回几分在大不列颠的感觉，他翻了个身，应喜震天的呼噜声此起彼伏，但他却毫无睡意，他在想该找谁帮他查金露昨晚遇到过什么人。

陆何欢在头脑中一遍遍回想着白天勘查案发现场时的蛛丝马迹，忽然想起柳如霜自诩为旧闸有名的包打听，他心下一喜，对啊，怎么把柳小姐给忘了。想到这，他心里轻松了，闭上眼睛安然睡去。

第六章　疑凶初现

翌日一早，陆何欢来到霜喜侦探社，他抬头望着店铺招牌，笑了笑，走了进去。

陆何欢一进去就见柳如霜正襟危坐地盯着一本案卷，白玉楼站在身后，一脸殷勤地捧着茶杯。

"柳小姐，贸然拜访，打扰你了。"

陆何欢敲了敲开着的门，柳如霜抬起头，又是惊讶，又是欣喜，"陆何欢？你怎么来了？是喜哥让你来找我的吗？"

"不是应探长，是我自己有事相求，不知柳小姐能不能帮我打探一下金露被害当天，在回家路上遇到过什么人？"

陆何欢表明来意，柳如霜一听，热情顿时冷却，连连摆手。

"不行不行，我不能帮你，你阻止喜哥结案，我要是帮你，岂不是在和喜哥作对。"

"我不是阻止应探长结案，我只是想避免冤案发生，柳小姐，我知道你是旧闸有名的包打听，你要是肯帮我，我也能帮应探长早些结案。"陆何欢不死心。

"哎呀，不行，喜哥的脾气你也知道，我犯不着因为你得罪他啊。"柳如霜不为所动，摇头拒绝。

"霜姐，其实我也觉得郝姐母子怪可怜的，要不就帮帮陆何欢吧。"白玉楼见状在旁相劝。

"不帮不帮，要是喜哥知道以后不理我了，我会比郝姐母子还可怜。"

柳如霜似乎铁了心，陆何欢见她不愿出手相助无非是因为不想得罪应喜，联想到柳如霜在应喜面前的言行举止，心下了然。

"你喜欢应探长对不对？"陆何欢试探。

"我为什么要告诉你？"柳如霜刻意板起脸。

"上次你对应探长说 I Love You 我听到了。"

"忘了你是从大不列颠回来的了。"柳如霜见对应喜的情愫被旁人知悉，微微害羞。

"要不这样，你帮我查金露的事，我想办法撮合你跟应探长？"

陆何欢再次试探柳如霜，谁知柳如霜一听，立即兴奋地直拍手。

"真的吗？说好了，不能反悔。"柳如霜说着伸出小手指。

"这是什么意思？"陆何欢疑惑。

"拉钩啊！无凭无据的怎么相信你？快点！"

陆何欢笑笑，跟柳如霜拉钩。

"一言为定。"

"你的事包在我身上，不过千万不能让喜哥知道我帮你。"

柳如霜再三叮嘱陆何欢，陆何欢连连点头。

"放心。"

白玉楼一听陆何欢要撮合柳如霜和应喜，气得小脸发烫，眉毛怒气冲冲地向上挑着，悔不该方才帮腔陆何欢。

柳如霜的办事效率和应喜真是有一拼，她广撒英雄帖，召集了手下众多线人，一时之间小商贩、算命的、鞋匠等三教九流之人纷至沓来，挤在霜喜侦探社。

柳如霜下达命令，众人纷纷聆听点头，她一挥手，众人四散而去。不出一日，众人便如百鸟归林般回到霜喜侦探社，柳如霜激动地询问众人，众人纷纷摇头，柳如霜和白玉楼面露失望。

柳如霜揉着太阳穴，正不知如何是好之时，一个算命先生扛着卦幡进来，他抬了抬手，凑近柳如霜低声细语，柳如霜边听边微笑点头。

光明电影院是旧闸最大的电影院，影星胡一曼的海报张贴在影院外壁，行人经过都会忍不住驻足惊叹。

柳如霜女扮男装，戴着鸭舌帽和墨镜，像个小偷一样徘徊在光明电影院门口，惹得来看电影的人纷纷捂住自己的皮包或者口袋，防范"小偷"下手。

陆何欢接到白玉楼的消息，和柳如霜约在光明电影院门口碰面，可是他寻寻觅觅了老半天，始终不见柳如霜现身，就在他以为对方爽约时，肩膀被人狠狠拍了一下，陆何欢吓了一跳。

"你想干什么？"

陆何欢质问来人，对方摘下墨镜，正是柳如霜。

"是我。"

"柳……"

陆何欢惊讶，柳如霜赶紧把手指放在唇边作嘘声状。

"你怎么穿成这样？"

"不能让喜哥看到我帮你，否则他肯定跟我生气。"柳如霜压低声音。

"这也太夸张了，至于吗。"陆何欢觉得柳如霜爱得有些卑微。

"当然至于了，我对喜哥的兴趣就像你对真相的兴趣一样，一个字，执着。"柳如霜觉得理所当然。

陆何欢一听开起玩笑，"这话说得倒有几分应探长的风范。"

"真的啊？"柳如霜只当陆何欢认为自己和应喜般配，高兴地追问。

"快点说正事。"陆何欢着急破案，催促柳如霜。

柳如霜凑近陆何欢，压低声音，"我发动了我所有的线人去查，他们查到，当天有人看到金露是坐着一辆黄包车离开舞厅的。"

"就这些？"

柳如霜点点头。

"Thank you。"

"明白了吗？"

柳如霜递给陆何欢一个意味深长的眼神，陆何欢一愣。

"明白什么？"

柳如霜煞有介事地，"在金露被害的途中，黄包车车夫有重大嫌疑。"

陆何欢点点头，"有道理。"

"这上面是金露家的地址。"

柳如霜嫣然一笑，又拿出一张纸条塞给陆何欢，陆何欢正要去金露家，没想到柳如霜已经贴心备好了，欣喜不已。

"谢谢柳……"

柳如霜一瞪眼，看看四周，陆何欢将后面的话生生咽了回去。

"别忘了你说过的话。"

柳如霜提醒陆何欢，说着不好意思地侧过脸，大眼睛弯成了小月亮，脸上荡起了红晕。

陆何欢想了一下，若有所悟，"好，我记住了。"

柳如霜压低帽檐，一溜烟跑走。

应喜吊儿郎当地走进警署，迎面看见包康，赶紧立正敬礼。

"包署长好。"

应喜这一声真是清脆悦耳，让人不得不怀疑他平时哼唱小曲就是在为跟领导问好做准备。

包康满意地点头，应喜想起什么，从衣兜里拿出一个小盒子，讨好地递给包康。

"包署长，我昨天没事给阿花小姐捉了点虫。"

包康满意地接过小盒子，"嗯，算你有心，阿花一定会喜欢的。"

"包署长，我先去工作了。"

"好。"包康忽然又想起什么，"哦，对了，金露的案子抓点紧，之前因为陆何欢那个混蛋，总督察长对我们有所误会，我们必须好好表现，挽回警署形象。"

"是。"应喜拍着胸脯保证。

包康一脸信誓旦旦，"五天之内必须破案！"

"啊？"应喜顿时慌了，知道这回胸脯拍大了。

"有难度？"

"没有！"应喜硬着头皮，掷地有声。

百乐门舞厅门口聚集了三五个等活的车夫。一个车夫忍不住伸长脖子瞄一眼舞厅里面的花花世界，被门卫狠狠白了一眼，车夫立刻缩回去。

陆何欢走过来，拿着金露的照片递给其中一个车夫。

"这位兄弟，见过这个女人吗？"

"见过，舞厅跳舞的，没少打照面。"车夫指着照片，点了点头。

"你最后见她是什么时候？"陆何欢见有些眉目，连忙追问。

车夫挠挠头，想了一会儿，"昨天晚上七点左右，平时她都不会这么早走的，舞厅那会儿正热闹。"

"谁拉走她的？"

车夫想了想，"大根。"

"大根？你知道他家住哪吗？"

车夫迟疑着点了点头。

旧闸警署警员办公室传来一阵阵嬉闹声，几个警员有的在打牌，有的在睡觉。

"知不知道这是上班时间！"

应喜走进来，见警员纪律涣散，忍不住大吼大叫。

"案子结了吗？自己给自己放假了？"

警员们惊慌失措，打牌的赶紧收起牌，睡觉的急忙爬起来。

"金露的案子审得怎么样了？大宝认罪了吗？"应喜环视警员，凶巴巴地问。

几个警员唯唯诺诺，你看看我我看看你，一齐摇头。

应喜火大，在包康面前开了海口，现在是收不回来了，只能催促手下赶紧查案，他狠狠敲打了几人的脑袋。

"一群饭桶！我警告你们，包署长已经过问这个案子了，都给我勤快点！五天之内大宝不认罪，你们之中就给我站出来一个认罪！"

众人一听，立刻打起十二分精神，各自忙碌起来。

大根家在苏州河边的一片贫民区，低矮的屋舍错落有致。

陆何欢敲敲门，大根老婆闻声跛着脚来开门，他老婆三十来岁，看起来温柔贤良，一身粗布衣衫洗得发白。

"你是？"大根老婆探出头，既好奇又带着些戒备。

"我是……"陆何欢想到自己已被警署开除，底气不足地自我介绍，"哦，我是旧闸警署探员陆何欢。"

大根老婆顿了一下，里面传来大根的声音，"谁啊？"

"是旧闸警署的警官。"大根老婆转身告诉丈夫。

"让警官进来吧。"

陆何欢跟着大根老婆进屋，屋内陈设简陋，大根老婆难为情地拿着抹布抹了抹凳子。

"警官，你坐。"大根走过来，弓了弓腰，热情地招呼陆何欢。

"是不是打搅你们吃饭了？"陆何欢瞟见桌子上的饭菜，诚恳地道歉。

大根憨笑，"没有，没有，警官要不要一起吃点？"

陆何欢笑笑，"不用了，谢谢。"

大根老婆撤去碗筷，陆何欢目送她一瘸一拐地走进厨房。

"警官找我有事？"未等陆何欢开口，大根就主动问起。

陆何欢回过神，拿出相片，"你见过这个女人吗？"

大根瞟了一眼相片，陆何欢盯着大根，仔细观察他的神情，以期捕捉到蛛丝马迹，不料大根只是一脸平静地点点头。

"见过，百乐门舞厅的舞女，前天晚上就是我把她拉回家的。"

"她叫金露，今天警署接到报案，她被人谋杀了，案发时间就是前天晚上，不过凶手还没抓到。"

大根又瞟了一眼相片，显得不可思议，"她……她死了？"

陆何欢目不转睛地审视着大根，大根被盯得有些不安。

"警官，你该不会怀疑我杀了她吧？"

"你别紧张，前天晚上金露接触的每一个人都有嫌疑，我只是例行调查。"

"前天晚上我把那女的送回家就收工了。"大根松了一口气，赶紧解释。

"你记得当时金露到家是几点吗？"

大根想了想，"好像八点多。"

陆何欢的大脑飞速运转，包瑢告诉她金露的死亡时间在晚上九点钟左右，也就是说如果大根没有撒谎，那么他应该可以摆脱嫌疑。

"有谁能够证明吗？"

大根想了一会儿，"哦，对了，我送金露回家的时候碰上了她邻居，你可以去问问。"

陆何欢听到这里，匆匆告别大根，直奔金露家。

陆何欢按照柳如霜给她的地址来到金露家，金露住处位于槐花弄旁边的金家巷，她住在一套小洋房里，虽是洋楼，但外表看起来却破破烂烂，听说是她早先的相好送给她的旧宅。

陆何欢见金露家大门已经贴上封条，移步敲了敲金露邻居家的门。

一名中年妇女打开门，陆何欢礼貌地向中年妇女点了点头。

"您好，我是旧闸警署警员陆何欢，有点事想向您了解一下。"

"是金露的事吧？听说她被杀了，做舞女勾引人家老公，活该被杀。"邻居早就听说金露被杀，言语间透着大快人心的味道。

陆何欢有点尴尬，赶紧提问，"前天晚上，你见过一个黄包车车夫送金露回来吗？"

中年妇女想了想，点点头，"看见了，大概八点多，我听见外面有敲门声，可打开门却发现没人敲门，只看见隔壁的金露坐着黄包车回来。"

"你确定是敲门声？"陆何欢求证。

"也不确定，也可能是风吹门响。"

"那个黄包车车夫送完金露之后，有没有什么可疑的地方？"

中年妇女摇摇头，"我看金露下车，那个黄包车车夫就离开了，没什么可疑的。"

"金露回家后又出门了吗？"

中间妇女又摇摇头，"不知道。"

陆何欢好不容易发现一个嫌疑人，却发现大根并没有作案时间，不禁皱了皱眉。

"谢谢，打扰了。"

陆何欢失意离开。

警署尸检室里，停尸台上放着金露的尸体，包璮正在给尸体解剖。空气中弥漫着一丝血腥气和金露身上脂粉气的混合气息。

应喜推门进来，火急火燎得像热锅上的蚂蚁，给阴冷的尸检室带来了一丝生气。

"小璮，有没有找到郝姐和大宝杀人的证据？比如头发丝啊，纽扣啊，指甲痕啊之类的？"

"没有，现在只能确定头部的伤口是石块猛击造成的。"

"知道了。"应喜有些烦躁，他决定想其他办法定郝姐和大宝的罪。

陆何欢不死心，再次来到大根家，他敲了敲门，片刻，大根老婆打开门。

"不好意思，又来打扰你了。"

"没事，进来吧。"

"不用了，我有几个问题想问你。"

陆何欢站在门口，大根老婆不再勉强，点点头。

"前天晚上，大根是几点回来的？"

大根老婆想了想，"九点钟左右。"

"大根收工后有没有出去？"

"没有，前两天我不小心扭伤了脚。"大根老婆说着不好意思地低下头，"不怕你笑话，连上个茅房都不能一个人去，我家大根一收工后就跑回家照顾我，这不，现在脚伤才慢慢好起来。"

陆何欢看了看大根老婆的脚，他第一次来就注意到了，"你的脚是怎么扭伤的？"

"走路不长眼，摔了一跤。"

大根老婆憨笑着，这笑容真挚得让陆何欢都不忍再继续追问下去。

"你好好休养，我走了。"

陆何欢点点头转身离开。

陆何欢走到大根邻居家门前，偶然瞥见一个七八岁的孩子蹲在地上斗蛐蛐，便走上前去询问。

陆何欢蹲下身冲小孩微微一笑，"你的蛐蛐真厉害。"

孩子听到大人的恭维，尤其是对自己玩具的赞赏，高兴不已，腼腆地笑笑。

"小弟弟，能不能问你一个问题？"陆何欢见小孩没有怕生，趁势发问。

孩子看看陆何欢，点点头。

"你知道大根叔叔前天晚上是什么时候回来的吗？"陆何欢边问边指着大根家。

小孩想了想，眼珠一动，"晚上九点钟。"

"你怎么记得那么清楚？"陆何欢有些疑惑。

"那时候我在我家门口玩蛐蛐，听见大根叔叔他家门响，然后大根婶就说话了，说'都九点了，怎么才回来？'"

陆何欢点点头，继续追问，"后来呢？大根叔叔有没有出去？"

"没有，他家的灯都灭了，我才回屋睡觉。"

陆何欢微微皱眉，这下大根就彻底没有作案嫌疑了。

"谢谢你，小弟弟。"

陆何欢转身离开，奔波了半天，他的腿上仿佛绑了一个铁块，一步一步地朝警署走去。

午后阳光温暖地照进屋内，包康一脸享受地躺靠在椅子上，双脚放在办公桌上，怡然自得。

桌上的电话铃声突然不识相地打破这份惬意，包康有些不耐烦地拿起电话。

"谁啊？"包康朝对方吆喝。

"是我，戈登。"

包康一听，吓得困意全无，立刻坐直身体，尽管戈登都看不见，他也殷勤地奉上满面的笑容，就连声音都温柔了许多。

"原来是总督察长，您亲自打电话来……"包康以为戈登要擢升他，心花怒放，"是不是我升职的事……"

包康话都没说全，电话那头的戈登就咆哮了。

"金露的案子影响很大，如果你在两天内破案，我保证你不会被降职，understand？"

戈登洪厚的男高音裹着电流"嗖嗖"地往包康耳朵眼里钻，包康忍不住把电话往外移了移。

"两天？"包康开始犯难。

"怎么？你之前不是说旧闸警署破获了一系列堪称奇案的重大案件，死个人这种小事有两天时间足够了。"戈登的怒火继续从话筒里往外冒。

"可是……"

没等包康说完，戈登就挂了电话，包康握着电话就像握着烫手山芋，一脸无奈地挠挠头。和应喜一样，又是说大话倒大霉了。

第七章　诡异足迹

陆何欢一回警署就直奔鉴定室，查案一筹莫展，他想从尸检报告中获取新的线索。

陆何欢敲了敲鉴定室的门，屋内传来包瑢温婉的声音，"请进。"

包瑢头都不抬地认真整理资料，陆何欢推门进去，直到走到面前，包瑢才意识到来者是陆何欢。

"何欢，你怎么来了？快坐。"包瑢一脸惊喜。

陆何欢坐下，扫了一眼包瑢手中的资料。

"小瑢，我来是想问问你，金露被杀案的尸检结果有没有什么新的发现？"

包瑢放下手中的资料，摇摇头，"老样子，没什么进展，你那边查得怎么样了？"

"我怀疑是黄包车车夫大根谋杀金露，但走访了大根老婆，还有大根的邻居以及死者的邻居，他们无一例外地表明，大根在送金露回家后，就返回家照顾受伤的老婆，而且在之后也没有出去过。"

"有没有可能是大根在送回金露后没有立即回家，而是又约出金露，然后在槐花弄空屋杀死金露？"

"这种情况，我也想过，可是……"陆何欢说着瞟见旁边放着的旧闸地图，直接拿过来边比划着边说，"你看，大根家在这个位置，金露家在这个位置，而槐花弄则是在大根家相反的这个位置，如果大根把金露送到家再约出来，再到槐花弄空屋杀人，回到家至少要十点钟，不可能是大根老婆和邻居所说的九点钟。"

包瑢点点头，叹了口气，二人陷入莫可名状的失望之中。

忽然身后传来应喜的声音。

"既然这样，这案子跟你说的那个大根肯定没有关系，一定是金露后来又出去私会什么人，走到槐花弄空屋时被大宝劫色杀人。"应喜说完一脸得意。

"大宝不可能是凶手，我在调查大根的过程中，感觉大根和他老婆都有点不对劲，但又说不出是哪里不对。"陆何欢驳斥道。

"苏格兰回来的高材生，查案不能靠感觉，要靠证据，你刚才不是说了，大根有充分的不在场证明，那又怎么会杀人呢？除非他有分身之术。"应喜说得头头是道。

陆何欢一愣，似乎想到什么，低声一字一顿地重复应喜说的话，"分身术……"

一个警员走进鉴定室，"应探长，包署长找你。"

"知道了，我这就过去。"

应喜转身离开，故意留给陆何欢和包瑢一个潇洒的背影。

"我还得去一趟金露家。"陆何欢打定主意。

"我陪你去。"

包瑢跟着陆何欢离开。

应喜一路小跑着来到包康办公室门口，恭敬地敲敲门。

屋内飘来包康熟悉的声音，"进来。"

"包署长好！"

应喜笑容满面地推门进去，看到的却是一脸阴沉、眉毛打结的包康。

"应喜啊，刚才总督察长来电话了，金露的案子影响很大，我已经答应他两天内破案了。"

"是从现在开始算吗？"应喜一惊，下意识地瞟了瞟墙上的钟表。

包康摇摇头，应喜遁入绝望。

"那今天就是第二天……"

"天还没黑，有难度吗？"包康的眉毛已经拧成麻花。

"没有！"应喜深谙包康的脾性，唯恐他动怒，只好硬着头皮答应。

日头开始西斜，照在霜喜侦探社的牌匾上。柳如霜匆匆出门，目的明确地往警署走去，小跟班白玉楼有些不情愿地跟在后面。

柳如霜看向街边水果店，想犒劳犒劳应喜，"白白，去给喜哥买点水果，也不知道金露的案子结了没有，喜哥这几天一定日夜操劳，你也知道，查案很费脑子的，得好好给他补补。"

"应喜查案什么时候用过脑子。"白玉楼低声嘀咕。

"你嘀咕什么呢？"

"我说是要好好补补脑子。"

白玉楼怕柳如霜生气，连连改口，柳如霜也开心地笑笑，"这还差不多。"

柳如霜说得没错，应喜确实应该补补，此时的他和大宝在审讯室斗智斗勇，但明显应喜处于劣势，他一脸憔悴，两手抓着头发，似乎已经到了崩溃边缘，两个警员站在旁边也是无精打采地打着哈欠。

"冤枉，冤枉……"大宝坐在应喜对面，哭哭啼啼。

"除了这句话你还会不会说别的？你说了一百二十七次冤枉了。"应喜不耐烦地也打了个哈欠。

"我真的是冤枉的！"

"看来你是不见棺材不落泪，不给你用点大刑你是不知道本探长的厉害！"应喜心一横，示意旁边的警员，"大刑伺候！"

"探长，你不怕陆何欢那小子投诉你？"警员犯怵。

"被投诉总比被逼疯强。"

"是！"警员见有应喜撑腰，瞬间来了精神。

"不要，不要……"

大宝又开始无限循环地喊冤说理，两个警员斗志昂然地把他架上椅子，其中一个警员把大宝的鞋脱掉，把大宝的腿拿砖块垫起来，像是要坐老虎凳的样子，应喜冷眼旁观。

"不要，我不要坐老虎凳。"

"这不是老虎凳，是我发明的'足底穿心刑'。"应喜恶狠狠地纠正。

"冤枉啊，我真的是冤枉的！"

"嘴硬！动刑！"应喜愠怒，催促警员。

两名警员拿着两根鸡毛来到大宝两只脚旁。

"大刑伺候！"

两个警员收到应喜指令，开始拿鸡毛搔大宝的脚心。

"哈哈，探长，哈哈哈，我是冤枉的，哈哈哈哈，冤哈哈……"大宝一边忍不住笑一边喊冤。

应喜见大宝招架不住，一本正经抬起手，"停。"

此刻大宝已经笑得泪流满面，应喜替他擦了擦眼泪，开始好言相劝。

"大宝，我劝你不要做无谓的挣扎，是你做的就认了吧。"

"探长，不是我，真不是我。"

应喜立刻板起脸，"哼，不见棺材不落泪！给他用'烈火刑'，烧他的五脏六腑。"

警员从一旁的竹筐里拿过一把红辣椒撕碎，硬塞进大宝嘴里。

大宝辣得直喘粗气，"辣死了，辣死了，探长，我，好辣……"

"大宝，你招是不招？"

"冤……辣……冤死辣……"大宝辣得不行，但仍没放弃喊冤。

"大宝，是你逼我的。"应喜眼神阴狠，一计不成，又生一计，看向警员，"给他用'伤心断肠刑'。"

警员们面面相觑，像根木头桩子一样杵在原地，谁都不愿意动。

应喜看向一个警员。

"光头，你去拿刑具。"

"又是我啊？"光头满脸不情愿。

"快去！"

光头见应喜催命般地催促，不情愿地离开。

"要不了多久我就叫你求生不得，求死不能。"应喜狠狠地盯着大宝。

"探长，你饶了我吧，我真的是冤枉的。"

"哼，看你这贪生怕死的样子，就没冤枉你！"

警员光头拿来一筐洋葱，站在大宝跟前开始剥洋葱。顷刻，大宝涕泪横流，光头自己也呛得直流眼泪，实在是伤人先伤己，这也是方才他不情愿用这刑的原因。

"小子快招吧，咱俩少受点罪。"光头感同身受地劝解。

"我招……我招……"大宝终于招架不住了。

"住手，把大宝放下来。"应喜怒色顿敛，换上一副慈眉善目的表情。

警员搀扶着大宝坐在椅子上，应喜俯身向前慰问，竖起大拇指。

"大宝，你可真是识时务，既然你已经招了，现在就画押签字。"

警员已经在大宝面前摊开了卷宗，大宝一脸茫然，应喜见状握住大宝的拇指就在上面重重按了个印子。

望着卷宗上血红的手印，应喜洋洋自得，大宝靠在椅背上，怅然若失，泪水大颗大颗地滑下来，砸湿了囚服。

柳如霜和白玉楼提着水果来到审讯室，看到哭湿衣服的大宝，顿时心生同情。

"应探长，你是不是给大宝用刑了？"白玉楼边问边掩着因害怕而发红的小脸。

"本探长审案，轮不到你插嘴。"

白玉楼看向柳如霜，柳如霜有些为难。

"如今大宝已经认罪了，这就证明我的推断是正确的。"

"很明显是屈打成招嘛，认罪会哭成这样？衣服都湿透了。"白玉楼壮着胆子又瞟了一眼大宝。

"你懂个屁，那是悔恨的泪水。"应喜睁眼说瞎话。

"喜哥……"

柳如霜也看不下去了，想上前替大宝说理，不料被应喜粗暴打断，"是不是你也要跟我作对啊？那以后我们也不用见面了。"

柳如霜咽下想说的话，看看吧嗒吧嗒掉眼泪的大宝，一脸同情，又开始劝慰起大宝。

"大宝，你放心，等你的案子结了，我就花钱买你出来，你顶多也就是有一个杀人犯的名声，不会受到杀人犯的处罚。坏处可能是以后会有人对你指指点点，不过好处呢就是她们只敢在背后对你指指点点，当面就会对你恭恭敬敬，你也算在槐花弄立威了。"

应喜冷哼一声，不理柳如霜，示意其他警员，"把犯人押回大牢，整理卷宗，准备结案。"

应喜拿着卷宗疾步离开，柳如霜提着水果追上去。

"喜哥，等等我，我给你买水果了。"

"倒霉蛋，我也帮不了你了。"白玉楼看了一眼哭泣的大宝，叹了口气，跟了出去。

应喜拿着卷宗回到办公室，懒散地坐在椅子上，现在案子已了，他心中的大石头总算落地。

柳如霜和白玉楼跟过来，柳如霜把一兜水果放在桌上，冲其他警员笑笑。

"应探长请客，大家随便吃。"柳如霜又开始收买人心。

"谢谢应探长。"警员们纷纷拿水果吃。

应喜白了一眼柳如霜，显得颇为不屑，"净搞一些乱七八糟的事。"

柳如霜一脸不在乎，白玉楼倒是记挂着方才应喜的严刑逼供，低声嘀咕，"还有你逼人做冤狱乱七八糟？"

"你小子说什么？信不信我现在就赶你们出去，以后再也不许你们进来？"应喜怒斥白玉楼。

柳如霜一听应喜要下逐客令立马急了，也开始呵斥白玉楼，"白白，你再惹喜哥不高兴，信不信我明天就辞掉你？"

"喜哥英明神武行了吧？"白玉楼赶紧服软。

"这还差不多。"

应喜怒气消散，搓着胡子，开始查阅卷宗。

突然，陆何欢跑进来，身后跟着包瑢。

应喜一见陆何欢，立马收好卷宗，生怕被人抢了去，准确地说是害怕被陆何欢抢了去。

"陆何欢，你来晚了，大宝已经认罪了。"应喜先声夺人。

"应喜，你为了尽早定案，竟对嫌疑人刑讯逼供，这是违规的。"陆何欢一脸气愤。

应喜一脸不在意，双手背在身后，趾高气昂。

"你哪只眼睛看见本探长刑讯逼供了？"

"我刚刚在牢房看到了大宝，大宝伤心不已，连你刑讯逼供的过程都讲不清。"

应喜嘿嘿一笑，"那是'烈火刑'的副作用，明天说话就清楚了。"

"你这是草菅人命！"陆何欢越说越气愤。

柳如霜跑到陆何欢跟前，一副有本事冲我来的样子。

"陆何欢，你凭什么这么大声跟喜哥说话？别说你已经被开除了，就算你是警员，那也是喜哥的手下，最起码的尊敬你懂不懂？"

"去去去，小丫头，有你什么事？"应喜并不买柳如霜的人情，不耐烦地把她往外推，转而扬着下巴看向陆何欢，"我告诉你陆何欢，这就是警署的规矩，你要是能耐大，就去向署长告状，眼下案子都要结了，你能拿我怎么样？"

陆何欢一时语塞，包瑢见陆何欢神色黯然，呛声应喜。

"应探长，何欢不必向我哥告状，这个状，我替他告。"

陆何欢见包瑢为自己挺身而出，心怀感激，"小瑢。"

包瑢看了看陆何欢，转而一脸正色地盯着应喜。

应喜摆出一副无可奈何的模样，"小瑢，你不能胳膊肘往外拐，包署长也是破案心切，我这也是让他宽心。"

"那也不能操之过急，冤枉无辜。"

“什么冤枉无辜？大宝自己认的罪，他要是没杀人，干吗要认罪？”柳如霜看不惯应喜被包瑢压一头，再次挺身而出。

包瑢冷笑一声，“若是好生审讯大宝，他未必会认罪，就怕是屈打成招！”

“你哪只眼睛看见喜哥屈打成招了？不能因为你是署长的妹妹就血口喷人！我柳如霜最不怕的就是有后台的！”柳如霜语气不善。

包瑢见柳如霜蛮不讲理，忍不住动怒，但她毕竟是个斯文人，放不开架子，“你……不可理喻！”

陆何欢一边拦住包瑢，一边低声劝慰，“算了，小瑢。”

“她实在欺人太甚。”包瑢一脸委屈。

柳如霜一听，左手搂着应喜的胳膊，右手叉腰，气焰愈加嚣张。

“你才不可理喻呢，是不是，喜哥？”柳如霜说着翻了个白眼。

应喜甩开柳如霜，“行了行了，都别吵了，戈登总督察下令今天之内必须结案，你们要是拿不出新的证据，我就要找一个安静的地方整理卷宗了，今晚还要向包署长汇报的。”

应喜转身就走，柳如霜也要跟着，应喜指了指柳如霜，“谁都别跟着我！”

柳如霜不高兴地噘起小嘴，应喜拿着金露案的卷宗走出办公室。

应喜回到宿舍，把卷宗往洒满夕阳的桌子上一铺，满意地看着卷宗。

突然，门被推开，陆何欢怒气冲冲追了进来。

“应探长，我有话要说！”陆何欢还是一副不依不饶的样子。

“冤家，你又干什么？我辛辛苦苦熬上一个探长的位子容易吗，你就不要再想方设法跟我作对了。”应喜烦躁不已，语气中又是威胁又是央求。

“金露案疑点重重，大宝根本就不是凶手。”陆何欢正气凛然。

“那谁是凶手，你是还是我是？”应喜抢白。

“我怀疑大根才是真凶！”陆何欢说得没有一丝犹豫。

“那拿出证据来呀，苏格兰场的高材生，我不能在卷宗上写着凶手可能是大根吧？”应喜一脸无奈。

“大宝作案就有证据吗？急于立功，不负责任，你真不配做探长！"陆何欢以其人之道还治其人之身。

应喜被将了一军，发起了火，"我不配你配吗？陆何欢，别给你点颜色就开染坊，在旧闸警署还轮不到你来教训我！你有本事就别在这废话，去抓个真凶来！"

"不用你说，我一定会抓到真凶！"

应喜随手从床上抓起一个枕头砸向陆何欢，"那还不快去！晚上也别回来气我了，去抓你的真凶吧！"

应喜边说边将陆何欢推出宿舍，将陆何欢的行李也扔了出去。

陆何欢捡起行李，正看见站在门口的包瑢。

"小瑢……"陆何欢有些难为情。

"你，没事吧？"包瑢关切地问。

陆何欢整理好衣服，"没事，我要再去一趟金露家。"

"我跟你一起去。"

包瑢跟着陆何欢离开。

陆何欢和包瑢一起来到金露家。夕阳穿过法国梧桐宽大的树叶照在地上，留下斑驳的光影，可惜二人只顾勘查，顾不得欣赏这美丽的景致。

光影移动，忽明忽暗地罩在金露家门口高跟鞋踩下的串串足迹上。

"这应该是金露临死前，在家中留下的最后一串脚印。"陆何欢望着脚印忽发感慨。

"如果她知道自己会遭遇不测，不知道她会不会改变主意，不再出门？"

陆何欢叹气，"可惜，没有如果。"

"这倒是。"

门前的梧桐似乎了然，枝杈摇曳，发出哗啦啦的声响。

"小瑢，你怎么会想到当法医？"陆何欢话锋一转。

包瑢仰了仰头，夕阳照在她的脸上，显出几分神圣。

"法医这个职业很神圣啊，不管死者生前是什么样的人，在我们法医眼里，他们都是平等的，在验尸时，我面对的不仅是一具冰冷的躯体，还有他们临死时最后的挣扎，我不仅是在解剖尸体，还是在和他们交流，倾听他们遗留下来的信息。"

"包署长听到一定为你骄傲。"

"我哥？他哪听得懂啊，他只会说（模仿包康的口吻）'小瑢，你别啰里啰唆的好不好？你说那么多什么意思？不就是觉得当法医还不错吗？'"

陆何欢被包瑢逗笑。

"何欢，其实我哥人不坏，就是庸俗了点。"

陆何欢点点头，"还有一点点粗俗。"

"你呀，还跟小时候一样，直来直去。"包瑢也笑了笑。

陆何欢有些尴尬，转而盯着地上的高跟鞋足迹，暗自出神，忽然他发现了什么，指着一枚足迹，情绪激动。

"小瑢，你有没有发现这枚足迹有些不同？"

包瑢在陆何欢的指引下，望过去。

"是不一样，内侧和外侧压痕不一致。"

"这应该是扭脚时的足迹压痕。"陆何欢推断。

包瑢点点头，"不过女人穿高跟鞋扭脚并不稀奇，我就扭过好几次。"

"但是如果三步之间两次扭脚，就奇怪了。"陆何欢继续望着前方的脚印，凝神端详。

包瑢顺着陆何欢视线看过去，又发现一枚具备扭脚特征的高跟鞋足迹。

"这还有一枚，照印痕看，脚应该扭得不轻，金露经常穿高跟鞋，怎么会这么不小心？"

"不是金露不小心，而是凶手不小心……"

陆何欢看着两枚扭脚形成的高跟鞋足迹，豁然开悟。

第八章　柳暗花明

傍晚时分，夕阳趴在警署高耸的围墙上缓缓滑落，这一天接近尾声。应喜正哼着小曲在审讯室不疾不徐地整理卷宗。

"终于结案了……这下总算跟包署长有交代了。"

应喜长舒一口气，可惜这份喜悦并没有维持多久，陆何欢便火急火燎地赶到审讯室。

"应探长，我查到真凶了。"

"真凶？真凶不就在监牢？"应喜仍在整理资料，丝毫没有放缓动作。

"不是大宝，是大根。"

"大宝已经认罪了，案子已经结了。"

"我都说了，大宝是被冤枉的！"

"我告诉你陆何欢，你再敢拆老子的台，老子就认定你是真凶！"应喜拍案而起。

"好好好，应探长，如果我证明不了大根确实杀人，我就来替大宝担罪，帮你结案，行不行？"

陆何欢试图先稳住应喜，应喜情绪缓和，有些不可思议地打量陆何欢。

"我恳求你给我一个证明的机会。"陆何欢语气诚恳。

应喜搓了搓胡子，"好吧，老子谅你也不敢捅出什么大娄子，不过丑话说在前头，戏台子给你搭好了，你若是演砸了，哼哼。"

应喜的坏笑声声入耳，陆何欢咬了咬牙。

"好，我后果自负。"

有了应喜的准许，两个警员很快押着大根夫妇来到警署审讯室，夫妇二人忐忑不安地坐下，仿佛凳子上布满尖刺，更不敢抬头看一眼桌子那端的陆何欢和应喜。

陆何欢看看旁边的应喜，"应探长，这回我来审讯，你在一侧旁观即可。"

"好，老子不插手，今天好好瞧瞧你唱哪一出。"应喜一心等着陆何欢出丑，爽朗答应。

陆何欢正襟危坐，扫了一眼坐在对面的大根夫妇，然后转头朝向身旁的警员耳语几句，警员点头离开。

片刻，警员回来，把一双高跟鞋放在桌上。大根老婆抬头瞥见高跟鞋，神色愈加紧张。

陆何欢拿着高跟鞋走到大根老婆面前，弯腰把鞋子摆在她面前。

"请你换上高跟鞋，走几步。"

"不不不，警官，我一个贫贱妇人，怎么敢穿这么高贵的鞋子？"大根老婆唯唯诺诺。

"这是在警署审讯室，你以为是在菜市场，能让你讨价还价？赶紧穿上，别浪费本探长的时间。"应喜见大根老婆推辞，喧宾夺主，把陆何欢方才交代他的话抛到了九霄云外。

"是是是。"大根老婆不敢再拒，唯唯诺诺地答应。她穿上高跟鞋，咬牙走了几步，却几次险些扭脚，最终摔倒在地。大根连忙上前扶起老婆。

陆何欢见状指着大根，厉声喝斥，"大根，你就是杀人凶手！"

大根一怔，随即大呼冤枉，"我没有杀人，冤枉啊，警官，冤枉……"

"小赤佬，你葫芦里卖的什么药？老子什么都不明白。"应喜"看戏"看得一头雾水，忍不住嘲讽陆何欢。

陆何欢冷哼一声，眼神犀利地看着大根，娓娓道来自己的推理。

"当日你杀死金露后，为了脱罪，脱下金露的衣服和高跟鞋，并清除了现场的足迹，然后你从后门回到家，让你的老婆穿上金露的衣服和高跟鞋。

"之后你们从后门出来，你用黄包车拉着她去往金露家，并故意让金露邻居看见，制造你送金露回家的假象。但是，你老婆没穿过高跟鞋，匆忙离开金露家时在金露家门口扭了两次脚，以致受伤。

"之后，你和你老婆分头回到家，你老婆从后门进去，你从前门进去，又故意让邻居看到你，同时听到你老婆口中说你回家的时间。而你所做的一切，无非是为了做出金露死时你不在场的假象。"

陆何欢眼神犀利地说出大根的犯罪过程，大根的双手开始微微颤抖。大根老婆也害怕地看着大根，似乎在等待丈夫的对策。

"大根，你认不认罪？"陆何欢厉声喝道。

大根一咬牙，"不认，我没有罪，那个舞女不是我杀的，你说的一切都是你想象出来的，没有证据，你们凭什么说我杀人？"

"你还不承认，金露家门口那几个扭了脚的脚印就是证据。脚印显示当事人扭的脚是右脚，你老婆扭的也是右脚。而且我问过你的邻居，你老婆在案发的前一天脚还好好的。大根，你还有什么话可说？"陆何欢见大根不见棺材不掉泪，抛出间接证据。

"冤枉，冤枉……"大根还是喊冤。

应喜见大根不住喊冤，仔细梳理了一下案情，似乎没有直接证据能断定大根就是真凶，又站起来凑热闹。

"大根的确冤枉，陆何欢，有一件重要的事情你忘了，金露的死亡时间是晚上九点左右，大根的邻居看见他回家也正是九点左右，一个人怎么可能同一时间既在家里又在凶案现场呢？难道回家的这个大根也是假扮的吗？"

"回家的那个大根就是大根本人。"包瑢插话。

应喜以为包瑢在声援自己，有些得意，"还是小瑢说了句公道话。"

"不过，金露的死亡时间有问题。"包瑢补充道。

包瑢的话惹得在场几人躁动不安，纷纷看向她。

"我重新查验了金露头部的伤口，发现有血液干涸的痕迹，这说明金露在被石块袭击后并没有立刻死亡，根据血液干涸程度推算，应该是一个时辰左右，也就是说金露在七点钟左右已经被袭击昏迷，直到九点钟左右才死亡。"

应喜搓搓胡子，佯装思索，"原来是这样，一个时辰的时间倒是足够在金露家和大根家往返了。"

"正所谓天网恢恢，疏而不漏，大根，你杀害金露终究逃脱不了应有的惩处。"包瑢话锋一转，把矛头指向大根。

"你们还有什么话说？"陆何欢趁势逼问大根和大根老婆。

大根和大根老婆对视一眼，各自摇头。

"冤枉，我没杀人。"

"我们是冤枉的。"

应喜见夫妇二人一个喊冤，一个助威，齐心协力，不由得嘲讽地看向陆何欢，"苏格兰场的高材生，怎么办？"

"把他们分开审。"陆何欢誓要撬开二人的嘴。

"有戏看喽！"柳如霜看热闹不嫌事大。

白玉楼贴心地从角落搬过来一把椅子放在柳如霜身后，"霜姐，你坐着看。"

应喜见二人如此随意，立刻板起脸，气派十足地端起架子，"这里是警署，不是戏台，闲杂人等都给我出去！"

柳如霜撇撇嘴，知道应喜是在赶她，作势要走，却看见包瑢还站在原地，便一把拉上包瑢做垫背的。

"你干什么？"包瑢又是惊讶又是生气。

"你只是个法医，也算闲杂人等。"

柳如霜说罢，不管三七二十一，硬拉走包瑢。

大根被警员押进牢房。

"审完你老婆，再来提审你。"

警员冷冷撂下狠话，锁好牢门转身走开。

大根不发一语，走到墙角坐下。牢房内比外面昏暗些许，一根忽明忽暗的电灯笼罩在上空，他抬头凝视着电灯，飞蛾扑向光源。大根瘦削的脸颊抽搐了一下，眼神一下没了光彩，焦虑肆无忌惮地蔓延开来。

丈夫被带走后，大根老婆愈加显得局促，她坐在陆何欢和应喜对面，眼帘低垂，双手握在一起放在桌子下方，双腿盘向椅子后。

"大根，大根他没杀人，我也没穿那个舞女的衣服。"大根老婆一说话就暴露了自己底气不足。

陆何欢眼神犀利地注视着大根老婆，"你的身体动作已经出卖了你，不敢直视我的眼睛说明你心虚，将手藏在桌子下面则表明你有所保留没有说出实情，而坐在椅子上向后盘腿表明你在躲避，有事隐瞒。"

"苏格兰场回来的高材生是不一样，说得头头是道，像真的一样。"应喜看看陆何欢，低声嘀咕。

"我没隐瞒。"大根老婆嘴唇微微颤抖，却仍不松口。

"大根背叛你，还杀了那个舞女，你却卑微地要去为这个男人隐瞒罪行。"陆何欢试图激怒大根老婆，对方抬头看向陆何欢，眼神中有一丝委屈。

"你为了这个男人付出这么多，可他呢？他从来没有爱过你，甚至把你当牛做马地使唤。"陆何欢继续采用攻心战术。

"你不要说了。"大根老婆情绪激动，用手捂住双耳。

陆何欢见方法奏效，再接再厉，"你知道那个舞女是怎么死的吗？是大根强奸未遂才下手杀了她，如果那个舞女不反抗，这件事你会知道吗？"

"别说了！"大根老婆哭着咆哮。

"他甚至让你穿上那个他刚刚还想强暴的舞女的衣服，他对你根本连起码的尊重都没有，他把你当什么？只是伺候他衣食住行的奴隶，不要说妻子，他甚至都未必把你当成女人……"

在陆何欢的连续攻势下，大根老婆情绪彻底崩溃，大哭起来。

应喜连日来听郝姐和大宝鬼哭狼嚎，对哭泣之声已经深恶痛绝，大根老婆一哭，他全身上下立马起了鸡皮疙瘩。

"别哭了，快点老实交代！"

大根老婆此时已经无法控制情绪，眼泪像苏州河泛滥般夺眶而出，放声痛哭。应喜痛苦地捂紧耳朵。

陆何欢见状走到警员身边低声耳语一番，警员点点头，将痛哭不止的大根老婆带下去。

应喜长舒一口气，半靠在椅子上。

"你这是什么套路？"应喜不知陆何欢葫芦里卖的什么药。

"心理战术，我去大根家调查的时候，大根老婆脚上有伤却还要来开门，说明大根平时对他老婆一点都不好，女人都是敏感动物，不可能感受不到。所以我利用这一点，攻击大根老婆的脆弱神经，直至她情绪崩溃。"

"把一个女人弄哭了，你还理直气壮。她这个状态还怎么审？我今天还能不能结案？"应喜一心顾着结案。

"要审的是大根，又不是大根老婆，这只是在大根的心理防线上施加压力。"

"搞什么洋名堂，切！"陆何欢套路太深，应喜仍然不解。

"应探长，你之前那份卷宗在哪？就是有大宝手印那份，能不能借我用一下？"

"干什么？"应喜愈加迷惑。

陆何欢笑笑，也不讲明，"当道具用用。"

警员扶着大根老婆走在悠长的走廊里，大根老婆还没有从崩溃情绪中走出来，痛哭不止。经过大根牢房时，大根闻声慌忙走到过道一侧，伸长了手想要拉住老婆问个究竟，就在这时，警员打开牢门，硬生生把他拖了出去。

大根迎头看着痛哭的老婆，心里乱作一麻，刚想说话，就被警员拉走。

"轮到你了。"

警员恶狠狠的训斥声回荡在空空的监狱过道，大根听着就好似厉鬼索命，心里没底，回头看了一眼老婆，就被警员推走。

"看什么看，她犯的事不大，顶多关个把月，你就不一样了，快走！"

大根蹒跚着往前走，尽管越往外走，光线越充足，但他的脸色却越发阴森。

大根被警员重新带回审讯室，他慢慢坐在椅子上，有些不安地看着对面的陆何欢和应喜。

"你老婆已经将事情的来龙去脉讲得清清楚楚，这是她的供词，已经按了手印。"

陆何欢说罢，拿着一份卷宗在大根眼前晃了一下，大根看不清卷宗上写了什么，但能看见那个清晰的手印。他终于崩溃了，整个人都颓废下来。

"我承认，人是我杀的。"

"你为什么要杀金露？"陆何欢问。

"还用问？一定是为财喽。"应喜见不得陆何欢一人要威风，连连插话。

"不是。"大根摇摇头。

"是见色起意？"陆何欢猜测。

"不是。"大根又摇摇头。

"下手那么狠，是不是有杀父之仇夺妻之恨？"旁边的警员也按捺不住了。

"不是。"

众人就大根杀人动机纷纷献出自己的推测，但大根一一否决，这有些让人摸不着头脑。

"那是为什么？"陆何欢继续追问。

大根犹豫了半晌，"为了尊严，男人的尊严。"

第九章　欢喜神探

大根说得铁骨铮铮，陆何欢和应喜倒是一脸疑惑，不约而同地发问，"尊严？"

"当日金露没带钱，对我提出要'车费肉偿'。"

大根一副世人皆醉我独醒的样子，陆何欢和应喜吃惊对视。

"我当时色迷心窍，就同意了。我拉着她经过槐花弄空屋，想着那里夜深人静正好行事……"

"哦！我知道了，一定是她反悔了，所以你杀了她！"应喜迫不及待地打断大根。

"不是，她说的一句话让我决定杀了她。"大根面色开始发狠。

"说话？什么话？"应喜不解。

"当时我拉着金露的手伸进裤子，那个该死的女人突然笑了，说……"大根恨恨地，但说到后面却没了声响。

"说什么？"应喜好奇追问。

大根的脸涨得通红，明明一个糙汉子瞬间小媳妇附体，嗫嚅着，"她说……说……她不吸烟。"

应喜愣了一下，突然哈哈大笑，打趣大根，"哪里是大根！原来是小根……"

陆何欢也忍俊不禁，旁边的警员已经笑弯了腰，可怜的大根倒是哭丧着脸，欲哭无泪。

"交代作案经过。"陆何欢一脸正色地看着大根。

大根看看陆何欢，眼神中透出一丝敬佩，"跟你说得差不多。"

原来，当晚金露坐上大根的黄包车后才发现忘了带钱夹，于是便和大根商定"车费肉偿"，大根拉着金露经过槐花弄空屋时，欲行苟且之事，金露嘲笑大根下体小得像一根香烟，大根一气之下与金露厮打在一起，情急之下，他抓起地上一块石头，猛砸金露的头部数下。大根看着尸体沉思片刻，想起自己平时等活时爱看的公案小说里提到过的制造不在场证明的方法，于是慌乱地脱下金露的旗袍和高跟鞋，然后用金露的衣服擦去地上的足迹。

大根从后门悄悄回到家，手里拿着一块带血的石头还有一件旗袍和一双高跟鞋，向老婆哭诉方才发生的一切，老婆知道他闯了大祸，却也拗不过他的苦苦哀求，决定替他掩饰罪行。

大根和穿着金露旗袍的老婆从后门出来，老婆坐上黄包车，他拉着黄包车经过金露邻居家，快速敲了几下门，然后迅速回到黄包车前，拉着穿着金露旗袍的老婆来到金露家。"金露"下车，他拉车离开。临走，大根看向金露邻居家，发现邻居开门看了一眼，便放心地离开。不料他的老婆没有穿过高跟鞋，偷偷从金露家出来时扭了两次脚。

大根老婆在后门下车回家，大根则拉着黄包车绕向前门。他经过邻居家，正好碰上邻居家的小孩在门口玩蛐蛐。为了制造不在场证明，他的老婆为他开门时故意大声说了一句"都九点了，怎么才回来？"

大根陈述完犯罪经过，应喜不由得敬佩地看了陆何欢一眼，但他嘴上并没有说什么。

审讯就此结束，应喜命人把大根押入大牢，总算在包康规定的期限内抓到了金露被杀案的真凶。

应喜在警署办公室整理好卷宗，长舒一口气，拍了拍站在一旁的陆何欢的肩膀。

"这回案子终于结了。"

陆何欢洁癖发作，下意识地看看肩膀，"你整理卷宗的时候舔了好几次手指，洗手了吗？"

"拍你肩膀又不是拍总督察长的肩膀，干吗要洗手？"

应喜满不在乎，陆何欢窝火，嫌弃地掸了掸肩膀。

一阵急促的脚步声铺过来，柳如霜拉着白玉楼欢天喜地地冲进办公室，跑到应喜面前，竖起大拇指。

"多亏喜哥神勇无敌智斗凶手，才让金露案真相大白，凶手伏法。"

柳如霜一个人讨好还不够，非得拉上小跟班。她向白玉楼使眼色，无奈白玉楼情绪不高，敷衍地竖起大拇指。

"喜哥最棒，旧闸警署 Number One……"

白玉楼不咸不淡地奉承了几句，说得应喜倒是一脸得意。

"其实我早就发现案情蹊跷，果然不出我所料，凶手就是那个看似老实的大根！"应喜又开始自夸。

门外的包瑢听到后，不悦地走来。

"依我看，金露案真相能大白于天下，何欢才是第一功臣，若不是何欢锲而不舍地追查下去，恐怕大宝一定会蒙受不白之冤。"

包瑢不顾情面说出实情，应喜脸上挂不住，但嘴上死不承认。

"小瑢，你看到的只是表象，其实是我一直掌控着整个局面。在我的指导帮助下，陆何欢才能这么顺利就破案。我抓大宝只不过是暗度陈仓，让真正的凶手也就是大根放松戒备，露出马脚……"

包瑢不买账，不满地看着应喜，"既然应探长'运筹帷幄之中，决胜千里之外'，那又为何没能亲自抓住凶手？"

应喜犯窘，伸了伸脖子，"我之所以没有直接出面抓捕，只是想试探试探陆何欢的深浅，看看苏格兰场回来的高材生到底有几分本事，现在看来还凑合。"

包瑢见应喜这般信口开河，登时无语。

"喜哥，你太厉害了，你是我见过最有能力，最有魅力的探长。"柳如霜继续拍马屁。

"行了，少拍马屁。"应喜不领情。

白玉楼见应喜总算是说了一句实话，不屑地撇撇嘴，低声嘀咕，"你知道是拍马屁就好。"

应喜耀武扬威地走到陆何欢对面，伸手刚想拍一拍对方的肩膀，陆何欢机警地躲开。

应喜尴尬地搓搓手，"陆何欢，舞女金露被杀一案虽然是在我的精心布控下成功侦破的，但毕竟你也出了一点力，你要是愿意，我可以想办法帮你跟包署长求情，让你重新入职做警员，你以后就跟着我，我应喜保证，有我一口肉吃，就一定有你一口汤喝。"

应喜说罢挺直腰板，把手背在身后，威风凛凛。

陆何欢冷哼一声，"你无非是想利用我破案，然后去邀功受赏，升官发财，我才不会同你苟合。"

"什么叫苟合？这是强强联合。"应喜狡辩着把两只手握在一起。

"不管怎么样我都不会帮你。"陆何欢态度坚决。

"我这一片好心还被你当成驴肝肺了。"应喜有些失望。

柳如霜见应喜劝人不成，立刻帮腔，"就是，陆何欢，你也太把自己当回事了，喜哥是在帮你，又不是求你，你以为没有你喜哥就破不了案啦？"

"还真难说。"白玉楼又来拆台。

"白白，你到底帮谁？"柳如霜瞪了一眼白玉楼，低声斥责。

白玉楼识趣闭嘴，见柳如霜还在瞪自己，又把手盖在嘴上。

包瑢来到陆何欢跟前，"何欢，明天我去向哥哥求情，让你留在警署。"

应喜不屑地笑笑，开始泼冷水，"小瑢，你去求情跟帮倒忙没区别，你又不是不知道，包署长最讨厌的就是你跟陆何欢走得近。"

包瑢觉得应喜说得在理，隐隐发愁。

"小瑢，不用担心，我已经想好了，如果回不了警署，我可以自己开一家侦探社，继续惩奸除恶。"陆何欢安慰包瑢。

应喜看了看陆何欢一身正气的模样，又忍不住笑了笑，继续怪腔怪调，"好，本来我是想着你在警署才方便查凌嫣的旧案，既然你不愿意，那就算了……哎呀，那个凌嫣该不会也像大宝一样是被冤枉的吧？算了，跟我也没关系，也不知道凌嫣的案子什么时候才能真相大白……"

应喜说着作势要出门，陆何欢连忙拉住应喜。

"等等！"

"怎么？改变主意了？"应喜抱着胳膊坏笑。

陆何欢稍一迟疑，下定决心，"你答应我帮我看凌嫣的卷宗，我就跟着你干。"

应喜搓搓胡子，打了个响指，"成交。"

夜幕降临，偌大的警署恢复了平静。

陆何欢提着行李跟着应喜回到宿舍，一进门，应喜就直接躺在床上。陆何欢把行李放在一边，不满地整理凌乱的房间。

"我刚出去一天这里就又变回猪窝了，应探长，你就不能保持一下室内卫生吗？"陆何欢抱怨。

"男人房间的特点就是脏乱差，我觉得这挺好的，很温馨啊。"

陆何欢见应喜不以为耻，反以为荣，无奈地摇摇头。

"真受不了你。"

"该我受不了你才对。"应喜说着打了个哈欠，"我要睡觉了，关灯。"

"房间还没收拾完呢。"陆何欢抗议。

"不急，明天接着收拾。"应喜一边说一边关了灯。

陆何欢站在黑暗中继续抗议，"我还没洗漱呢。"

应喜躺在床上，摆出一副大爷的姿势，"我都说了，慢慢就习惯了。"

黑暗中虽然看不见陆何欢无奈的脸，但是听得清他无奈的叹息。

翌日一早，应喜直奔包康办公室。

他停在门口，整理了一下衣服，捋了捋稍显凌乱的发丝，蹑手蹑脚地敲了敲门。顷刻，里面传来包康粗重的声音。

"进来。"

应喜推门进去，带着满面的春风，恭敬地向包康敬了个礼。

"包署长声若洪钟，一听这声音就知道您一定身体康健，魄力十足。"应喜一脸谄媚。

包康颇为受用，心情大悦，"应探长，金露的案子你做得不错，我刚刚向总督察长做了汇报，他对旧闸警署的表现非常满意，这次记你一功。"

应喜讨好地笑笑，"这都是包署长平日教导有方。"

包康满意地点点头，"嗯，应探长找我什么事？"

"我是特意来感谢包署长的。"

"感谢我？"包康疑惑。

应喜一本正经地点点头，先是清了清嗓子，又往前凑了凑，"感谢您一直以来对我们下属的孜孜不倦，感谢您带领旧闸警署勇往直前，感谢您鼓励我们勇破奇案，更感谢您在关键时刻能给我们一种力量，这种力量能冲破一切困难……"

包康听着应喜一番慷慨陈词，满意地点点头。

"就像金露的案子，要不是包署长您给我一个压力，我又哪来的动力两天就把案子破了呢？现在想来，您是知道下属们的潜力，恰如其分地在关键时刻做出关键决策，才让我们破了案，立了功。"应喜继续不厌其烦地拍马屁。

"你能懂得我的这份心，我就知足了。"包康脸上笑开了花。

应喜见包康十分受用，稍一迟疑，终于吐出真正的意图。

"除了感谢包署长呢，属下还有一个小小的请求，当然，这个请求是我经过深思熟虑，为了警署的荣誉，为了包署长的政绩才提出来的。"

"什么要求？说来听听。"

"包署长，我是想……陆何欢终究是苏格兰场回来的高材生，对破案还是有一定专业能力的，能不能……让他重新入职？"

包康微微皱眉，似乎有些顾虑。

"那个陆何欢本事是有一点，但是一根筋，太耿直了，我怕他会再给我捅娄子。"

"正因为这样才要让他回到警署，包署长您想啊，这种人有能力，孤芳自傲，要是自己在外面开一家私人侦探社，搞不好要跟我们抢功劳。但是让他做探员就不一样了，他破的案都可以算是警署的成绩，至于升不升他的职，那就是包署长您说了算了。"应喜步步为营，试图打消包康的疑虑。

包康想了想，点点头，"说得有点道理，好吧，就让他在你手下做探员，你好好教教他，让他学着机灵点。"

应喜见包康同意，喜上眉梢。

"知道，知道，包署长，陆何欢性格鲁莽，不如就让他跟我住一间宿舍吧，我也好时刻看着他，免得他闯祸。"应喜提议。

"看好他，要是再出现上次那种事，你跟他一起滚蛋。"包康忽然想起陆何欢刚来就搅乱自己的升职计划，火气上来。

应喜生怕包康反悔，脱口而出，"明白！"

陆何欢从警员办公室出来，迎面遇到包璐从走廊另一头走来。

"小璐，看见应探长了吗？"

"方才我还看见他了，哼着小曲，好像遇到什么天大的喜事一样，他没在警员办公室吗？"

陆何欢摇摇头，"我刚从警员办公室出来。"

"你这么急找应探长，有什么事吗？"包瑢一脸关切。

"我想找他帮我看看凌嫣的卷宗，抓紧调查凌嫣的案子。"

"是这样啊。"包瑢脸上浮现出一丝失落，自己从小喜欢的男人满心扑在一个失踪的女人身上，难怪她会失落。

"也不知道他一大早去哪了。"陆何欢环顾四周。

包瑢突然看向陆何欢身后，挤出一丝笑，"说曹操曹操到，应探长禁不住我们说他，自己来了。"

陆何欢回头，看见应喜手里捧着配枪和制服走过来。

应喜晃到陆何欢面前，将配枪和制服塞给陆何欢，一脸春风得意。

"搞定！"

"这是什么？"陆何欢接过东西疑惑地问。

"陆探员，你不会连以后工作的装备都不认得吧？"

包瑢反应过来，展颜欢笑，"我哥同意何欢回来做警员啦？"

"本探长出马，什么事情搞不定？"应喜眉飞色舞，全然忘记刚才自己在包康面前是如何卑躬屈膝。

"真是可喜可贺，何欢，我们以后就要在一起共事了。"包瑢喜出望外。

陆何欢笑笑，"是啊，以后我们可以一块查案。"

"还有一个好消息，包署长特意给你分了宿舍，要知道，在旧闸警署，一般只有探长级别才可以分到宿舍。"应喜拍了拍陆何欢的肩膀。

这对陆何欢来说称得上喜从天降，他终于不用忍受应喜了。

"不用继续跟你睡猪窝，这可真是个好消息。"

应喜无赖地笑笑，"不好意思，猪窝还是那个猪窝，只不过从之前的借宿变成了名正言顺的合住。"

"这算什么好消息。"陆何欢顿时泄气。

应喜倒不以为然，"怎么不是好消息？以后同住一间宿舍，你正好方便学习我多年的破案经验，连我都替你高兴！今后我们二人一起做一对儿神探，你我名字各取一个字，就叫'喜欢神探'……"

应喜说完想了想，不住摇头。

"不行，不好听……干脆我委屈一下，把你放前面，就叫做'欢喜神探',我带着你在旧闸警署扬名立万……不,为百姓伸张正义,欢欢喜喜破奇案。"

陆何欢冷哼一声,"我看你只是想利用我帮你破案而已。"

包瑢见二人你一言我一语,谁都不愿让步,照这架势,免不了争执,连忙从中调节。

"心口皆是是君子,心口皆非是小人,应探长可要做君子,不可做小人啊。"

"本探长当然是君子,讲得句句是真心话,我是欣赏陆何欢的才华,不想糟蹋了人才,才向包署长求情,留下陆何欢,你们别小人之心。"应喜嘴硬。

"那应探长就要履行承诺,帮我查看凌嫣的卷宗。"陆何欢趁热打铁。

应喜意识到又被陆何欢绕了进去,连连推托,"改天再查不迟……"

"应探长,你不会是想敷衍我,一直拖着这件事不办吧?"陆何欢盯紧应喜的双眼。

应喜目光闪躲,"当然不会。"

"不行,此事不办,我心里不踏实。"陆何欢不依不饶。

应喜被陆何欢步步紧逼,心里窝火,眼见推不掉,只能一口应下。

"哎呀,你可真烦,我现在带你去翻卷宗行了吧?"

应喜说罢看了一眼包瑢,"小瑢,你配合一下。"

"可是我哥不让我碰案子的卷宗。"包瑢为难。

"不用你碰卷宗,跟档案室的楠姐聊聊天总可以吧?"

包瑢表情更加为难,因为她根本不会和同事聊天,平时见面顶多打声招呼。

"好吧。"包瑢看着陆何欢急切的目光,勉强答应。

应喜冲包瑢耳语了一番,又安慰包瑢,"一会就按照我教你的话说就行了。"

包瑢犹豫了一下,点点头。

第十章 共住契约

警署走廊里，包瑢为难地看向藏在走廊拐角处的陆何欢和应喜，二人一齐向她投来鼓励的目光。

包瑢吸了口气，向档案室走过去，她朝管理档案的女警招招手，"楠姐。"

"有事吗小瑢？"楠姐从未见得包瑢这般亲切，有些诧异。

"楠姐，我有点事跟你说。"包瑢压低声音，语调有些生硬。

楠姐好奇地走过来，"什么事？"

"跟我来。"包瑢引着楠姐去了旁边角落。

"我听说最近有人向我哥打你的小报告。"包瑢平生第一遭嚼起了舌根。

"谁啊？这么阴损！"楠姐信以为真，怒气上涌。

"我也不清楚，只知道那个人说你经常……"包瑢有些难以启齿。

"经常什么？"楠姐追问。

"说你经常勾引男警员。"包瑢脱口而出。

楠姐气得胸脯一起一伏，"还说什么了？"

"还说你……"

趁着楠姐的注意力全在包瑢身上，陆何欢和应喜从楠姐身后悄悄溜进档案室。

档案室里飘荡着灰尘的味道，应喜带着陆何欢在里面翻腾，卷宗成千上万，二人一阵忙乎。

"快点找，小瑢嚼舌根不在行，很容易穿帮的。"应喜催促陆何欢。

陆何欢点点头，快速翻找。

"在这！"

陆何欢好不容易翻到凌嫣的卷宗，激动地拿起来，快速翻阅。

"凌嫣，女，一十八岁，旧闸人士，明德中学二年级学生，因日常小事嫉恨同学柳似雪、玛丽、宋晓婉、文慧等人，捉毒蛇欲害四人，不想误杀柳似雪之母，柳母当场身毙，凌嫣畏罪潜逃，不知所踪……"

陆何欢读着卷宗，心在滴血。

档案室外，包康抱着阿花带着一名警员径直走过来，见包璐和楠姐在走廊角落低声细语，忍不住上前询问。

"你们在干什么？"

包璐和楠姐俱是一愣。

"包署长，我们就是聊聊天。"楠姐咧开大嘴一笑，解释道。

包璐担心档案室的陆何欢和应喜，故意大声说话提醒二人。

"哥！你来啦？我去忙了！"

包璐说着惊慌失措地离开这个是非之地。

档案室里的陆何欢和应喜听到包璐的声音，顿时大惊。

"完了，包署长来了。"应喜大呼不妙。

"怎么办？"陆何欢仍舍不得放下卷宗。

"快藏起来。"

二人想藏起来，却发现档案室太小根本无处躲藏，慌乱间，两人的头撞在一起。

档案室门口，包康见包璐疾步走开，不好意思再多问，看看楠姐，"把金露案的卷宗放进去。"

包康说话间突然听到档案室传来声响，他把手指放到嘴边"嘘"了一声，倾听片刻，突然冲进档案室。

陆何欢和应喜见包康冲进来，不由得愣在原地。

包康指着二人火冒三丈，"好啊你们，没有我的允许私自闯进档案室翻卷宗，胆子不小！"

女警楠姐跟进来，看见陆何欢和应喜也是一惊，她实在弄不明白为什么眼皮子底下会闯入两个人，"你们是怎么进来的？包署长，这，这跟我没关系呀。"

陆何欢和应喜手忙脚乱地放下卷宗，应喜吓得拉着陆何欢向包康连连作揖求饶。

"包署长，您大人不计小人过，宰相肚里能撑大轮船……"

应喜说着往脸上涂了口唾沫假装抹眼泪。

包康不耐烦地扬了扬手。

"好了好了，这几年你给警署立了不少功劳，我心里有数，这回就放你们一马。"

"谢谢署长。"

应喜转忧为喜，连连道谢，但是他的喜悦并没有持续多久。

"不过私自闯入档案室翻阅卷宗，这事关警署的机密，不能就这么算了，该罚总归要罚一下的……"包康话锋一转。

陆何欢和应喜吃惊对视，二人就如同砧板上的鱼肉一般，惴惴不安，实在不知道包康是准备红烧、清蒸呢或是油炸了他们。

"罚什么呢？"包康摸着下巴寻思，忽然眼前一亮，"有了，就罚你们二人给阿花抓虫吃，阿花，你说好不好？"

包康说罢一脸宠溺地给阿花捋毛。

二人一听，望着包康怀中的宠物鸡，面面相觑。阿花趾高气扬地俯视二人，眼中充满了王之蔑视。

陆何欢和应喜对视一眼，只好认栽。

陆祥雄赳赳气昂昂地走进警员办公室，一连几天，他都在家养伤，今天脸上的瘀伤总算消退了。

懒散的警员们见副署长来了，立刻站直身体。

"陆署长……"警员们敬礼问好。

陆祥满意地笑笑，在家被林芝压迫得厉害，他在这里又重拾了自信。

"我听说陆何欢破了金露的案子立了大功，包署长已经准许他重新入职了？"

警员们点头。

"那他人呢？"

"刚才何欢因为偷看凌嫣案的卷宗被包署长惩罚，去院子里给阿花捉虫了。"

陆祥刚对陆何欢有所改观，闻此大发其火。

"这个臭小子又去搞凌嫣的案子？"

警员不置可否地点点头。

"哼，真是朽木不可雕！"

陆祥说罢气呼呼地离开。

陆何欢和应喜依照包康的指令，在警署院子里翻腾草丛。应喜跪在地上，龇牙咧嘴地捏起一条小虫，扔进手里的玻璃瓶中。玻璃瓶里只有可怜兮兮的两只虫子。

"这都不够给阿花塞牙缝！真是掉毛的凤凰不如鸡！我堂堂旧闸警署探长，竟然跪在地上为一只鸡服务！"应喜越说越生气，瞪着陆何欢，"让你不要太心急，就是不听老子劝！"

陆何欢置若罔闻，埋头捉虫，他看准草丛里有一只虫，抬手比划了一下，又收回手。

"Disgusting，脏死了⋯⋯"

尽管陆何欢不住地嘀咕，但为了完成任务，他还是硬着头皮拿出手帕，小心翼翼地隔着手帕捉起虫子，把虫子丢进应喜手里的玻璃瓶。

"平日坐在树下乘个凉，虫子噼里啪啦往下掉，现在老子要虫子顶任务，倒是找一只都难。"应喜忽发感慨。

陆何欢突然盯着应喜的头，盯得应喜直发毛。

"你，你看我干吗？"

"别动，你的头上有只大虫，简直就是阿花的饕餮盛宴。"陆何欢生怕虫子长翅膀飞了。

应喜不敢动，翻着眼珠向上看，他的头上确实站着一只蚂蚱。

陆何欢拿着手帕，突然扑上去，不巧却用力过猛扑倒应喜，陆何欢的嘴又不巧碰到应喜的额头上，更不巧的是这一幕正好被偷偷跑来找陆何欢的包瑢看见。

两个大男人来了个亲密接触，陆何欢和应喜尴尬不已。

应喜粗鲁地一把推开陆何欢，好似受到了天大的侮辱，"呸，呸，陆何欢，是阿花的饕餮盛宴，还是你的饕餮盛宴？岂有此理，竟然对本探长⋯⋯真恶心！"

应喜抬起袖子猛擦额头。

"你以为我想啊？刚刚是意外事故，我比你还恶心呢。"陆何欢也不停地擦嘴。

包瑢笑着走过来，"刚刚只是意外而已，何必挂心。书中有云，'古人异姓陌路，尚然同肥马，衣轻裘，敝之而无憾'，何况你们是兄弟。"

陆何欢和应喜不约而同地白了对方一眼,随即又冷冷别开头去,"谁跟他是兄弟!"

包瑢笑笑,不予置评。

"何欢,你拿着这些虫子给哥哥交差吧。"

包瑢说着从包中取出一个铁盒。

陆何欢接过盒子,应喜好奇地凑到跟前。陆何欢打开一看,差点手抖摔掉,原来盒中装满密密麻麻的虫子。

"佩服!我们费了九牛二虎之力才抓到一只,你一个女孩子家竟然抓了这么多。"应喜朝包瑢竖起大拇指。

"小瑢,你哪抓来的?"陆何欢对此感到匪夷所思。

"这些都是我哥自己抓的,你就拿去充数吧,反正他也瞧不出。"包瑢压低声音,生怕隔墙有耳。

"不行,这不是欺骗包署长嘛。"陆何欢推托。

应喜见陆何欢送上嘴边的鸭子不要,一把夺过盒子,"你懂个屁,这叫善意的谎言。"

"可是包署长知道了会更气。"陆何欢耿直的劲又上来了。

"你这个死脑筋,天下虫子一窝生,难道包署长还能认出是他捉的虫子不成?"

应喜说着,冲包瑢笑笑,"谢谢你啊,小瑢,我替何欢先收着。"

包瑢笑逐颜开地点点头,"那我先走了,被我哥发现就糟了。"

"谢谢你,小瑢。"陆何欢见推辞不下,也感激地道谢。

包瑢一副无所谓的样子,"跟我客气什么?这都是我应该做的,我哥不该无端惩罚你。"

应喜霍地举起手,"还有我,我最无辜了!"

应喜说着硬挤出一脸沮丧,陆何欢和包瑢忍不住发笑。

拿着虫子向包康交完差后,陆何欢和应喜精疲力竭地回到宿舍。陆何欢提着大包小裹进来,应喜走在前头替他推开门。

"我真是不明白,你买这么多东西做什么?像脸盆、毛巾之类的我这又不是没有。"尽管不是花自己钱,应喜也感到心疼。

"谁跟你用一个脸盆一条毛巾,现在我跟你是合住,不是蹭住,严格说，这宿舍有我一半。"陆何欢底气硬了不少。

"哎哟，扬眉吐气了？"应喜打趣。

"不寄人篱下，当然就扬眉吐气了！"

应喜痞气地笑笑，"没错，你是该扬眉吐气了，因为从今以后，你就是我的人了，以后出去混，老子罩着你。"

应喜说着去搂陆何欢的肩膀，陆何欢躲开应喜，把行李放到屋子里唯一一张床上。

"不能加一张床吗？"陆何欢实在觉得两个男人睡在一张床上不方便。

"床位紧张，经费紧张，屋子空间也紧张，什么都紧张，拿什么加？倒是你不用紧张，老子还能吃了你不成？"

陆何欢一时无话可说，开始收拾行李。

"咦，这是什么？"

应喜瞥见陆何欢的行李箱露出一团绒毛，好奇地拿出来一探究竟，原来是一条围巾。

陆何欢一把夺下围巾，怒斥应喜，"不要随便动别人东西，不尊重别人隐私，不礼貌……impolite！"

应喜没想到陆何欢会发脾气，吸了吸鼻子，"老子以为是什么宝贝疙瘩，原来是一条围巾，你在大不列颠的情人送的？"

陆何欢重新叠好围巾，小心翼翼地放进行李箱。

"胡说八道什么，这是我买来送给凌嫣的，她体寒，一到冬天，上海又湿又冷，她就犯风湿痛，我送给她好御寒。"

"哦，原来凌嫣是你的老相好，我说你怎么拼了命地要查她的案子呢。"应喜恍然大悟。

陆何欢怒气未消，又听到应喜言语粗俗，不免又训斥，"什么老相好，说得真难听，凌嫣是我爱的人，我们青梅竹马感情很深厚，我去大不列颠就是为了回来娶她，如果她不出事，我们现在可能已经成亲了。"

"想不到你小子还挺痴心。"应喜看看陆何欢，爱占便宜的毛病又犯了，"正好，我也有风湿痛，反正凌嫣已经不在了，你干脆就把围巾送给我。"

"不行，这条围巾是送给凌嫣的，尽管她现在不在，但迟早有一天，我要找到她，亲手把围巾送给她。"

应喜见陆何欢语气笃定，知道便宜不好占，无奈地摇摇头。

"小气鬼，随便你！"

陆何欢看着围巾，睹物思人，叹了口气，"凌嫣，你在哪呢？"

应喜看看陆何欢，故意将声音提高了几个分贝。

"一般的痴情种都没见过什么世面，今天是个好日子，本探长做东，请你去'烟花间'逛逛，长长见识，那里的姑娘个个赛过凌嫣。"

应喜说罢拉着陆何欢就要走，陆何欢不高兴地甩开手。

"不了，我一向对风月场所敬而远之，奉劝应探长不要贪婪女色，要懂得洁身自爱。"

应喜一听，顿时来了火气，"老子一滴汗掰八瓣，累死累活地图什么？不就是为了开心嘛！你这不吃不嫖的，活着多没劲。"

应喜说罢摆摆手，转到一旁坐下。

陆何欢不理应喜，开始整理行李，收拾床铺。

陆何欢一手捏住鼻孔，一手扇风，抱怨着，"应探长，你能不能不要随便放袜子。"

应喜瘫坐在椅子上，不屑地撇撇嘴。

"这是老子地盘，想怎么着就怎么着，你的闲心就别操了，如果你实在受不了，替我洗洗，我也不介意。"

陆何欢脸色一沉，"算了，我还是到凌嫣旧宅去住。"

陆何欢拿起行李，作势要走，应喜急了，起身抓住陆何欢胳膊。

"我好不容易有个得意帮手，岂能让你说走就走？"应喜一脸痞气。

陆何欢不吃这一套，神情漠然，没有答话。

"你宁愿与屎尿为伴，都不愿和本探长待在一起？"

陆何欢无动于衷，应喜使出杀手锏。

"你不是一心念叨着凌嫣杀人案吗？"

应喜失算，陆何欢继续无动于衷。

"好，我退一步，我答应你以后不邋遢了，行了吧？"应喜无奈服软。

陆何欢放下行李箱，应喜见状也放开对方的臂膀。

陆何欢不放心，怕应喜出尔反尔，"那我们约法三章，保管好自己的物品，不能随意制造垃圾给对方添乱，我这就写下来。"

"好好好，听你的，真麻烦。"应喜不耐烦地挠挠头。

陆何欢奋笔疾书写下一系列关于宿舍生活的规章制度，应喜拿起陆何欢草拟的规定读起来。

"共住契约……双方不得随意丢弃生活垃圾，以免给对方带来不必要的麻烦，这条倒说得过去。"

应喜继续往下读，"双方不得随意翻动他人物品，睡觉时不得超出协议范围。这是谁规定的？"

陆何欢指了指床铺，中间位置放着一根警棍，"我把警棍放在床铺中间，是为了划定休息范围，尤其在睡觉时，不得随意骚扰对方。"

"好吧，我没问题。"应喜妥协，"不过，你能遵守契约协议吗？"

"Sure，当然了。"陆何欢斩钉截铁。

"你呢？"

"我也能。"应喜信誓旦旦。

陆何欢拿过笔签下契约，递给应喜，应喜鬼画符一般写上自己的名字。

"职位恢复了，协议也签了，这回必须庆祝一下，我去买些下酒菜，今天我们不醉不睡！"

应喜兴致高昂，陆何欢不愿扫他兴，便由他去张罗。

第十一章　复职入警

应喜买回酒菜，在院子里的小桌摆上酒和烧鸡。二人坐在院子里一边赏月一边喝酒。

早春的夜晚寒气逼人，应喜向陆何欢敬酒。

"来，走一个，暖暖身子。"

陆何欢盯着酒杯，突然有些怅然。同一轮明月下，少时的他和凌嫣曾在一起赏月，不过月儿要比今夜圆得多，因为那是中秋节。

"你确定今天不回去你爹不会骂你？今天可是中秋节，一家人团圆的日子。"少时的凌嫣不安地问陆何欢。

"你也是家人啊。"陆何欢笑笑，话说得情深意重。

凌嫣面上顿时染上绯红。秋风拂过，她下意识地环抱住自己取暖。

陆何欢把酒杯递给凌嫣，"来，喝一口，暖暖身子。"

凌嫣摇摇头，她还从未沾过酒，"太辣了，我才不要喝。"

"多喝点就不辣了，慢慢地还会品出酒香，不骗你，你尝尝。"

凌嫣见陆何欢不像在骗自己，接过酒杯喝了一大口，不料被呛得咳嗽不止。

"陆何欢，你太坏了，哪有什么酒香，呛死人了！"

陆何欢见凌嫣涨红了小脸，忍住笑。

"谁叫你喝那么大口。"

"你不是说多喝点就不辣了吗？"凌嫣苦着脸。

陆何欢忍俊不禁，"我说的是一点点喝，喝的时间长一点，不是一口喝那么多。"

凌嫣伸出舌头，拿手扇风驱散酒气。陆何欢看着凌嫣可爱的模样，宠溺地笑笑。

一阵冷风吹过，陆何欢打了个冷战，他从回忆回到现实，看着眼前的应喜，满满的失意写在脸上。

应喜端着酒杯，"梦游呢？一个大男人婆婆妈妈的，快点，干了这杯。"

应喜将一杯酒搁在陆何欢面前，陆何欢端起酒，与应喜碰杯，二人一饮而尽。

陆何欢顺手想抓些应喜面前的花生米下酒，应喜见状拿筷子敲了一下陆何欢。

"花生米是我心头肉，旁人不许动。"应喜解释。

"这又不是什么稀罕物，你怎么这么吝啬？刚才还好意思叫我小气鬼。"陆何欢讶然。

"说了不能动就是不能动，我不介意和你睡一张床，但这花生米就算了，你想吃自己买去。"

应喜说着把盛花生米的碟子朝自己跟前又挪了挪。

陆何欢知道应喜凡事锱铢必较，没想到对一碟花生米也如此抠门，不屑地把头扭到一旁。

"怎么，不服？老子真不是小气，要不然我请你到'烟花间'吃酒席？那青楼的姑娘可比花生米有味多了。"

应喜又开始不正经，陆何欢一听，不悦地继续饮酒。

陆何欢抬头，见夜空星光闪耀，往事萦绕。

"你知道吗？以前我和凌嫣经常爬上屋顶赏月。"

应喜一边吃花生米，一边一脸无意地问，"她真的这么好，值得你这么做？"

"你不认识她，如果你了解她，就会知道她有多好。"陆何欢脸上荡漾着幸福。

"得了吧，大上海好女人多的是，你何苦一棵树上吊死？"应喜不屑。

"我宁愿一棵树上吊死。"陆何欢赌气般还嘴。

都说宁毁十座庙，不毁一桩婚，应喜不管那些，他是铁心要拆散陆何欢和凌嫣。

"你愿意，树不愿意！这凌嫣走后，连一星半点的消息都没有，我想她十有八九是不会回来了，你最好把她忘了，你瞧瞧你现在这副德行，饭碗差点砸了不说，还有家不能回。"

陆何欢苦涩一笑，"忘不了。"

"怎么忘不了？我瞧包瑢这小妮子可是对你十分迷恋，署长妹妹，配你不亏。"

"但我一直把她当妹妹。"

"她可没把你当哥哥。"应喜一副旁观者清的样子。

"别说我了，说说你和柳如霜吧？"陆何欢转移话题。

"我和她？"应喜局促地缩了缩身子，嗫嚅着，"她太嫩，不是我的菜，我喜欢那种胸大、屁股大，妖娆妩媚的熟女。"

"庸俗。"陆何欢嫌弃地看了看应喜。

应喜一副无赖相，"咱们是欢喜神探，天生一对儿嘛，为了衬托你的高雅，我就只能一直庸俗了，嘿嘿。"

陆何欢无奈地笑笑，和应喜碰杯，二人一饮而尽。

夜深，应喜鼾声如雷。陆何欢躺在硬邦邦的床板上，辗转反侧。回国后，他竟然连家门口都没进去，就住到了警署，也不知道母亲怎么样了。陆何欢想到母亲，不禁心生愧疚。

睡死的应喜像条八爪鱼一样贴过来，陆何欢无奈地转过身。

共住契约上的墨水还未干，应喜就已经不守规矩了，怪就怪陆何欢太天真，薄薄一张纸怎么能束缚住放荡不羁爱自由的应喜呢。

陆何欢使劲把应喜推回原位，合目睡去。

晨光洒进宿舍，给屋子里的一切镀上金黄，一道阳光将宿舍一劈为二，光柱下有点点碎尘。陆何欢站在这碎尘之中，优雅娴熟地在小厨房做西式早餐。人沉静内敛，但做出的早餐却是香气洋溢。

赖床的应喜嗅到饭香，伸了个懒腰，起床走到小厨房，见陆何欢正坐在餐桌旁品咖啡，忍不住嘲笑。

"留个洋连洋人吃饭的习惯都一并学来了，假洋鬼子。"

陆何欢并不动怒，放下咖啡，朝应喜招招手。

应喜坐到对面，新奇地看着眼前的西式早餐。

"一日之计在于晨，早餐对人体来说十分重要，必须营养均衡，不仅要吃荤食，而且要合理摄入五谷杂粮。"

应喜拿起一片面包，白了陆何欢一眼，"吃饱就行，讲什么大道理。"

应喜说罢大快朵颐起来。

"这都是有科学依据的，是西方的营养理论。"陆何欢较起真。

"吃个饭还理论……矫情。"应喜一脸不屑。

"食不言，寝不语，shut up。"陆何欢懒得和应喜再说话。

应喜一边不屑地翻白眼一边往嘴里塞煎蛋，他已经很久没有吃过这么丰盛的早餐了，噎得直伸脖子。

陆何欢不紧不慢地把牛奶推给他，应喜一饮而尽，嘴唇上沾了一圈奶脂。陆何欢忍俊不禁，应喜茫然不知，专心饕餮。

陆何欢和应喜吃罢早饭来包康办公室报到。包康稳坐桌前，陆何欢和应喜恭敬地站在他面前。

"应喜带新任探员陆何欢向包署长报到！"

包康盯着陆何欢，语气不善，"陆何欢，你是新来的，对警署的规矩不太熟悉，尽管你是副署长的公子，但我一向一碗水端平，既然你已经是警署一员，就得服从指挥。"包康说着看了看应喜，"应喜，你背一下警署的八大戒律、十六大准则和三十六大禁令。"

应喜一听，当即傻眼，这些条条框框都是包康吃饱了撑的想出来的，一开始包康还让警员每日背诵，过个十天半个月，包康新鲜劲一过就不提了，没想到今天吃错药又提起。

应喜结结巴巴地背了起来，"不准收受他人贿赂，不准勾结外人作恶，不准对长官言行不敬，不准……不准……"

应喜蹦出几个字眼，就陷入无尽的思考。

"行了行了，你已经给陆何欢开了个头了，陆何欢，你接着往下背吧！"

陆何欢没想到包康如此记仇，有些不知所措。

"不准……"

陆祥从旁经过，见儿子被如此刁难，走进来和包康争执。

"包署长，何欢今天才正式上任，你何必如此为难他。"

"作为警署署长，我教训一下探员，应该还轮不到你这个副署长来指手画脚吧？陆祥，你要是心疼儿子，就把他放在家里好好疼爱，但这里是警署，要公事公办。"包康丝毫没有想给陆祥面子的意思。

陆祥也不是闷葫芦，反唇相讥，"公事公办？警署历来没有女子担任法医的传统，你怎么让自己的妹妹当法医？你这个哥哥实在不是一般的称职。"

包康底气十足地辩解，"小瑢的人品和学识完全胜任法医这一职！你个老顽固，天天瞪大眼睛，捉扳头，阴损得厉害，你记住，我包康只要还坐在这张椅子上，就压你一头。"

"包康！你这个草包！"陆祥气恼，忍不住爆粗。

包康一听火冒三丈，眼看一场更大的骂战即将爆发。

应喜见机赶紧挤出笑脸，"包署长，陆署长，没什么事我们先出去了。"

"滚！"气头上的包康和陆祥难得步调一致一回。

应喜灰溜溜转身要走，见陆何欢还傻傻站在原地，急忙拉着陆何欢逃开。

应喜拉着陆何欢逃出包康办公室，长出了一口气。

陆何欢还惦记办公室里的二人，疑惑地问应喜，"应探长，我们走了，他们两个动起手来怎么办？"

应喜一脸无奈，"你真是块木头，署长和副署长动手，我们能怎么办？"

"劝架啊！"陆何欢脱口而出。

"要不说你是木头呢，劝谁啊？劝包署长，包署长就会以为我们偏帮你爹，劝你爹，陆署长也会以为我们偏帮包署长。所以，最好的办法就是躲。"

陆何欢似懂非懂地点点头。

包瑢迎面过来，见陆何欢便走上前打招呼。

"何欢，你今天来报到啊，住在宿舍，还习惯吗？"

"还行。"

"那就好……对了，凌嫣姐的案子查得怎么样了？"

陆何欢摇摇头，"还没什么进展。"

应喜一副无所谓的样子，"这种悬案就别抱希望了，慢慢来吧。"

陆何欢无奈地点点头。

包康和陆祥还在办公室里面斗嘴。

"你这个妻管严，一见老婆就像老鼠见到猫！"

包康主动出击，陆祥不甘落后地还击。

"你……你这个老处男…………一见女人就哆嗦！"

"你这个老古董，就爱装斯文假正经！"

"你这个大老粗，爬在门槛上不认得'十'字！"

"你这个千年老二，永远比我矮一头！"

"你这个万年童子鸡，就会抱着老母鸡耍威风！"

二人抓着对方的痛处，狠狠数落，无奈势均力敌，一时难分胜负。

"哼！"包康又甩起脸子。

"哼！"陆祥紧随其后。

一番争吵后，陆祥喘着粗气，包康也气急败坏，二人突然从窗子看见站在走廊里正在聊天的包瑢和陆何欢，急忙停止吵架，趴在窗前看着陆何欢和包瑢。

包瑢见陆何欢又因凌嫣而失意，忍不住劝慰。

"我和你一样，不相信凌嫣姐姐会杀人，上天有好生之德，一定会保佑凌嫣姐姐平平安安归来，沉冤得雪。"

陆何欢神色黯然，"案发距今已有数载，涉案人员死的死，走的走，到哪里去寻根问底？"

"何欢，你可以去明德中学问一下当时的任课老师，他应该多少了解一些情况。"

陆何欢抬起头，眼中闪着亮光，消沉的斗志又被重新点燃。

陆祥和包康冷冷地对视一眼，急忙跑出办公室插到陆何欢和包瑢中间。

"你，陆何欢，以后不许再接近我妹妹，十米，不，一米以内都不许靠近，连招呼都不准打！"

面对包康的警告，陆何欢目瞪口呆。

"哥，你不要这样，我跟何欢一起长大，一直是好朋友。"包瑢规劝。

"从今天起，就是仇人了，他和他老子没一个好东西，以后少搭理姓陆的。"包康迁怒于陆何欢。

陆祥也不是吃素的，他看着包瑢，"哼，我们陆家也不会跟包家结亲！你以后别缠着我儿子。"

"爹，小瑢是我的朋友。"陆何欢从旁插话。

"朋友也不行，总之不能跟姓包的走得太近！"陆祥把包康的话学了过去。

包康和陆祥针尖对麦芒地怒视对方一眼，包康拉走包瑢。

陆祥怒气未消，拿手指点了点陆何欢，"不成器的东西！"说完也转身离开。

走廊里只剩下陆何欢和应喜，陆何欢手足无措，应喜幸灾乐祸。

"陆何欢，你可真是开船遇上顶头风，往后有你好受的。"

陆何欢一脸无辜。

包康强行拉着包瑢走在路上。

"哥，你要带我去哪？我还在当班呢！"

"哥带你去一个好地方。"包康显得很兴奋。

"什么好地方？"

包康神神秘秘地，用手盖住嘴，"房地产大亨朱卧龙今天在府上办宴会，宴会上各界名流、富商和交际花云集，哥哥收到了朱老板的请帖，带你去见见世面。"

包瑢一听立马停住，"我不去。"

"怎么能不去呢！"包康着急，苦口婆心地劝解，"小瑢，你也老大不小了，哥也该为你的终身大事想一想了，朱家的宴会上非富即贵，不管少爷公子，你随便抓住一个，以后嫁进豪门衣食无忧多好，哥哥也能沾沾光。"

"哥，小瑢只愿得一人心，白首不相离，不会去攀龙附凤。"包瑢见包康贪图富贵，微微愠怒。

包康恨铁不成钢地看着包瑢，"我的傻妹妹，人心是那么好得的吗？只要嫁入豪门，一生荣华富贵，有好日子过就行了，要心干吗？"

包康硬拉走包瑢，"快点，第一次参加宴会，迟到就不好了。"

包瑢一脸不情愿，但毕竟胳膊拗不过大腿，只好任由包康拉走自己。

第十二章　英雄争美

朱卧龙府邸欧洲风格的宴会厅金碧辉煌，四处彰显着富贵。衣着体面高雅的各界名流、富商和交际花云集，一派奢靡景象。

包康看看自己的一身警服，又看看穿着白衬衫和马裤的包瑢，懊恼地挠了挠头。

"第一次参加宴会，忘记要换礼服了。"

"哥，这种地方不适合我，我们还是回去吧。"包瑢又打起退堂鼓。

"好不容易来的怎么能回去？"包康打定主意，端详着包瑢，点点头，"这样也不错，清新脱俗，一定能吸引富家公子的目光！"

包康看准一个西装笔挺的年轻男子，男子身材修长，容貌俊朗。

"小瑢，那个看上去还不错，走。"

"哥……"

包康不理包瑢，强行拉着包瑢过去。包康冲年轻男子礼貌笑笑，开始介绍。

"这位年轻有为的公子你好，这是我妹妹，就要到了成亲的年纪，我这个做哥哥的，正想为她说个好人家，你瞧我家小瑢长得多标致，月亮一见都不敢露脸，天上的大雁瞥见了都飞得远远的，这是……就是……"

"闭月羞花，沉鱼落雁。"年轻男子补充。

"对对对。"包康急忙附和。

包瑢暗自忍耐，双手下意识地紧紧抓住手包，感觉真是要被哥哥卖了。

就在包康四处"兜售"包瑢时，交际花李莺莺瞥见包康，一脸堆笑地走过去。

李莺莺身材婀娜，颇有几分姿色，一件修身的旗袍包裹着玲珑身段，露出白皙的手臂和修长的大腿。

"哟，这不是包署长吗？都说你是包青天再世，可你的脸一点也不黑……"李莺莺调戏着，但还没说完，却见包康的脸突然间变得通红，不由得咯咯娇笑，"看来包署长是红脸包公啊。"

包康恐女症发作，紧张得不行，"我我我我，你你你你……"

李莺莺脸上的笑渐渐消失，看着全身发抖满脸通红的包康，纳闷不已，"包署长，你怎么了？"

就在李莺莺奇怪包康的反应时，不远处的朱卧龙注意到这边的情况。朱卧龙是旧闸数一数二的富商，他身材魁梧，相貌堂堂，浑身上下透着一股霸道之气，一双眸子显示出商人的狡黠。他认出一脸尴尬的包康就是旧闸警署署长，想着以后少不了要和警察打交道，便走上前去解围。

"这不是旧闸警署的包署长嘛！您能大驾光临实在太给朱某面子了。"

李莺莺见宴会的主人与包署长说话，识趣地笑笑。

"朱老板，包署长，你们先聊着，我去郭行长那边转转。"

朱卧龙点点头，李莺莺花枝乱颤地离开。包康感激地望着朱卧龙。

"包署长对女人似乎有点……过敏？"朱卧龙也注意到了包康的异常。

包康尴尬笑笑，"是。"

"改天我请包署长去'烟花间'治治这过敏症。"朱卧龙哈哈大笑。

包璆一听朱卧龙要带包康去烟花之地，板着脸来到包康近前，"哥，物以类聚，人以群分，这里不适合我，我要回去了，你走不走？"

朱卧龙这才注意到包康身旁的包璆，见包璆一身素衣，和在场的女子大大不同，忍不住发问，"这位是？"

"这是小妹包璆。小璆啊，这位是朱老板，赶紧跟朱老板打个招呼。"包康顺势给二人搭线。

"朱老板。"包璆极不情愿。

朱卧龙又打量着包璆，眼都直了，"小姐长得真是月亮一见都不敢露脸，天上的大雁瞥见了都飞得远远的，这就是……就是……"

"闭月……落雁……沉鱼羞花……"包康连连补充。

"对对对，包署长好有学识啊。"

"哪里哪里，朱老板才是一表人才。"

包璆见两个白字先生互相恭维，忍不住皱了皱眉。

"包小姐相信一见钟情吗？"朱卧龙继续搭讪包璆。

"一见钟情钟的恐怕不是情，是脸。"包璆一针见血。

"那小姐觉得我的脸怎么样？"朱卧龙得寸进尺。

"不好评价。"包璆都还没有正眼瞧朱卧龙一眼。

朱卧龙得意一笑，他一向对自己的长相挺有自信，"包小姐可能对我还不太了解，他们都叫我旧闸第一少，我的一些文人朋友还特别为我作了一首诗：身高一八八，财富抵万家，学识似海深，嫁我有钱花。包小姐觉得如何？"

包璆笑笑，"要我说就是，身高比肩齐，满身铜臭气，霸道自恋脑中空，不遇算运气。"

朱卧龙一时发窘，不知说些什么，转动着手上的扳指。

包康连连赔笑打圆场，"我们还是聊聊别的。"

"好，好。"朱卧龙拿起酒杯，"我敬包小姐一杯。"

包璆不悦，包康用眼神示意包璆，她不情愿地接过酒杯。朱卧龙趁机揩油，顺手摸了一下包璆的手。

"请朱老板自重。"包璆怒视朱卧龙。

朱卧龙笑笑，一向眠花宿柳的他碰上个忠贞烈女，觉得新鲜，"包小姐是我见过的最有个性的小姐，不过我很喜欢包小姐的个性，我想，我们可以交个朋友。"

"抱歉，我不想随便交朋友，我还有事，失陪了。"

包瑢放下酒杯，转身跑开。

"哎，包小姐！"朱卧龙叫喊，这个浪荡子还不知道什么地方惹怒了对方。

"朱老板，不要见怪，我这个妹妹被我宠坏了。"

包康道完歉跑去追包瑢。

包康跑到院子，追上包瑢，他一边喘着粗气，一边竭力压制怒火，"小瑢，你中途跑出来，真是不给我面子。"

"我不愿意和朱卧龙这种人说话。"

"哪种人？人家是有钱人！"包康是掉进钱眼里爬不出来了。

包瑢一脸不屑，"哼，山间竹笋，嘴尖皮厚腹中空。一见到他就想吐，比第一次解剖尸体都恶心，你就不要再勉强我了。"

"人家朱老板一表人才，你竟然说人家比尸体还恶心，我的亲妹妹，你到底有没有审美啊？"包康苦口婆心。

"哼，有貌无才。"

"无财？"包康会错了意，"人家可是旧闸一等一的富豪，有的是财。"

"哎呀，此才非彼财，我说的是才华。"包瑢对包康有些无奈。

"才华值多少钱？能当饭吃？俗话说百无一用是书生！"包康不无羡慕地想起朱卧龙的派头，"你瞧瞧人家手上的大羊脂玉扳指，你要是能嫁给她，这一辈子都不用愁了。"

"哥哥，你攀附权贵，功利心实在太重，子曰'富贵不能淫，贫贱不能移，威武不能屈，此之谓大丈夫'，意思就是说真正的大丈夫，要有坚定的信念，不为荣华富贵所诱惑，不为贫贱困苦所改变，不为威胁暴力所屈服，这样的人才称得起真正意义上的大丈夫。"包瑢感到委屈，想要好好说教包康，她又指了指面前的一池白莲，"你再瞧瞧这一池白莲，周敦颐曾在《爱莲说》中说过'予独爱莲之出淤泥而不染，濯清涟而不妖，中通外直，不蔓不枝……'"

包康一如既往地听包瑢唠叨，痛苦地鼓起了腮帮子，连还嘴的余地都没有。

从朱卧龙豪宅回来后，包康就坐在办公室里皱眉思考，他好不容易为包瑢寻个富贵人家，是万万不肯放弃的。他突然眼前一亮，急忙抓起电话，拨通号码。

"喂，是朱老板吗？我是包康啊……是是是，我有一个想法，不知道朱老板能不能同意……嗯，就是英雄救美……真的？那太好了，我这就着手准备。"包康财迷心窍，为了把妹妹嫁入豪门真是豁出去了。

门外传来敲门声，包康挂上电话。

"进来。"

"包署长……"原来是应喜。

"应喜。"包康打断正要说话的应喜，"你来得正好，我派你去办件事，事关重大，不能有一丁点的闪失，明白了吗？"

"署长尽管吩咐，属下一定尽心尽力，保证让你满意。"应喜谄媚。

包康凑近应喜，对应喜耳语，应喜听后连连点头。

应喜平日没少和街头混混打交道，往常混混们一见他就跑，这回他千辛万苦逮住一帮混混，混混们提心吊胆地围着应喜听候差遣。

"你们去假装调戏包瑢，然后由朱老板上场'打跑'你们，救下包瑢。"应喜压低声音。

"这可是旧闸警署署长的亲妹妹，就算是演戏，我们也不敢啊！"混混害怕。

"没出息的东西，这都是署长安排的，怕个球，天塌了，老子顶着。"

应喜又是呵斥又是安慰，混混们总算答应下来。

"有探长这句话，哥儿几个就放心了。"

"记住，演得逼真些，尽量显得朱老板神勇非凡。"应喜叮嘱。

混混们得令，纷纷点头，"是，我们一定照办。"

"行了，去吧，先埋伏着，包瑢每天下班都要经过那条巷子。"

几个混混散开，应喜放心地回去。

几个混混在包瑢下班必经的巷子拐角处等了一会儿，果不其然，包瑢出现了，他们开始走上前去调戏包瑢。

"这是哪家小姐？长得真水灵。"其中一个混混喜眉笑眼地调戏，其他混混也附和着，"是呀是呀，好不容易逮到一个这么标致的妞。"

包瑢神色惊慌，双手护在胸前。

"你们不要过来，我是旧闸警署法医，我哥哥是旧闸警署署长，他不会放过你们的。"

"吓唬谁呢？"

混混们步步紧逼，包瑢往后退，终于退到墙角。

"你们不要过来！"包瑢壮了壮胆。

混混们不依不饶，继续靠近包瑢，包瑢绝望地闭上眼睛。

此时，藏在暗处的朱卧龙偷瞄了一眼包瑢的方向，整理好身上的西装，准备登场。

"小瑢，等着朱哥哥英雄救美吧！"朱卧龙坏笑着低声自语。

朱卧龙猛地从暗处跳出来，一身正气地指向包瑢方向，没想到，一个男人冲过来背对着他站在他面前先开了口，而这个人正是陆何欢。

陆何欢并未看到背后的朱卧龙，大声呵斥混混，"大胆，光天化日，敢调戏良家女子！"

混混们交换了一下眼色，发现来人并不是朱卧龙。几人没想到跳出来一个砸场的，只好硬着头皮把戏演下去。

"你少管闲事！"

陆何欢亮出证件，"我是旧闸警署探员陆何欢，你们被捕了。"

混混们互换眼色，一齐冲向陆何欢。陆何欢站定不动，待混混跑到近前，以迅雷不及掩耳之势一拳打在一个混混鼻子上，对方顿时喷出鼻血晕了过去。紧接着，陆何欢又一个回旋踢将还没反应过来的另一个混混踢飞。

两个倒地的混混突然看见陆何欢身后的朱卧龙，抬手准备向朱卧龙求救。朱卧龙一见这架势，吓得赶紧跑开。"英雄"还没出场，就落荒而逃了。

其他混混见状一齐冲向陆何欢，陆何欢出手利落，以西方拳击的招式将一众混混打倒在地。有几个混混不甘心还想偷袭，陆何欢鸣枪警告，混混们痛哭流涕跪下求饶。

"警官饶命，小的只是奉命行事，都是应探长让我们做的。"混混们磕头如捣蒜。

"胡说，应探长为什么要这么做？胆大包天，不但调戏女警还诬陷探长，我这就抓你们回警署。"陆何欢以为混混们为了脱罪张口乱咬，十分气愤。

混混们一听要被抓进警署，赶紧解释，"警官饶了我们吧，我们跟包小姐道歉，以后再也不敢了。"

陆何欢微微一怔，顿生疑窦，"等等，包小姐？你们知道她姓包，那你们一定也知道她是署长包康的妹妹！"

混混自知失言，低头不语。

"快说！到底怎么回事？"陆何欢料想其中必有隐情，厉声呵斥道。

混混一咬牙，想到事已至此，也没什么可隐瞒的了，"这件事是包署长和朱老板安排的，我们假装调戏包小姐，然后朱老板再出来英雄救美。警官，没有他们的指令，你就是给小的一百二十个胆，小的也不敢调戏包署长妹妹啊。"

包瑢一听，气愤不已，"原来如此！"

"行了，你们走吧，再有类似事情发生，我决不轻饶！"

"是，是，谢谢警官。"

混混们听到陆何欢放行，起身一溜烟逃走。

"小瑢，你没事吧？"陆何欢转身过来关心包瑢。

包瑢松了口气，突然趴在陆何欢肩头啜泣。

"他们都是我哥派来的，哥哥怎么可以这样？"

陆何欢双手僵硬，不知道该如何摆放，嘴上不住安慰，"小瑢，你哥肯定不是有意的，好了好了，不哭。"

包瑢擦干眼泪，想起陆何欢忽然闯过来救自己，"对了何欢，你怎么来了？"

"我去打听凌嫣老师和'四美帮'的下落，没想到碰巧遇上你。"

"有消息吗？"

陆何欢叹了口气，包瑢立即知道情况不妙。

"凌嫣老师已经搬走了，'四美帮'的几人移居的移居，留洋的留洋。"

包瑢一时不知道如何安慰陆何欢，心里只想着要回去找包康讨个说法。

警署办公室里，包康正襟危坐，时不时瞥几眼墙上的钟表，应喜立在一旁准备邀功请赏。可惜二人并未等来朱卧龙的好消息，等来的却是怒气冲冲的包瑢。

包瑢推门而入，二人吓得一哆嗦，包康见包瑢面露不悦，起身问候。

"小瑢，看你脸色不好，怎么了？"

包瑢狠狠瞪了包康一眼，转过脸死死盯住应喜。

应喜吓得双腿战栗，心里发虚，"小瑢，你盯着我做什么？我又没做什么对不起你的事。"

包瑢侧过脸，审视着包康。

"哼，今天多亏了何欢，哥，想不到你和朱卧龙竟然做出这种下作之事！"

包瑢转身就走，包康倾身向前，想喊住包瑢。

"小瑢！小瑢！"

包瑢头也不回地走了。

包康知道事情败露，不仅没让包瑢对朱卧龙有所改观，还让自己的形象在包瑢心中大打折扣，又气又恼。

"饭桶！你是怎么办事的？"包康呵斥应喜。

"属下都安排好了，应该是陆何欢搅的局。"应喜低着头辩解。

"我不管，总之是你办事不力，这个月薪水你就不用领了！"

气头上的包康丝毫不给应喜解释的机会，夺门而出。应喜望着包康的背影，动了动嘴唇，一脸的生无可恋。

"砰"的一声，警署宿舍的门被应喜一脚踹开，坐在宿舍床上的陆何欢一怔。

"你真是闲吃萝卜淡操心，专门坏我好事，署长可是答应我，办成了，就给赏钱的。"应喜拍拍手，"这下可好，煮熟的鸭子连锅一起飞了！"

应喜说罢捂住心口，做痛心疾首状，伏在桌子上。

"你这是助纣为虐，我绝不允许你和包康联合起来欺骗小瑢。"陆何欢语气坚决。

应喜霍地起身，指着陆何欢。

"陆何欢我告诉你，别忘了我们是欢喜神探，我们才是一条船上的！你竟然胳膊肘往外拐！"

"小瑢是我的发小，我不能让人这么欺负她。"陆何欢理直气壮。

"我还是和你一个锅吃饭、一张床睡觉的呢！噢，我知道了，敢情你的花花肠子这么绕，小算盘打得这么精，就是惦记着署长妹夫这个位子！"应喜嘲讽道。

"狗嘴里吐不出象牙！"陆何欢以牙还牙。

"癞蛤蟆想吃天鹅肉！"

应喜说着推了陆何欢一把，陆何欢反手推应喜。

"见钱眼开的守财奴！"陆何欢和应喜在一起虽然不久，但也学了些他耍嘴皮子的功夫。

"喂不熟的白眼狼！"应喜毫不示弱。

两人你一句我一句，终于动起手来。应喜抡起王八拳，陆何欢看准机会抓住应喜一只胳膊背在身上，想给应喜来个过肩摔，谁知应喜却顺势抱住陆何欢，陆何欢一时怎么也甩不开。

第十三章　槐花疑云

"你这个无赖！"陆何欢挣扎着。

"我这是本事！"应喜从背后抱紧陆何欢，沾沾自喜。

陆何欢挣扎着，应喜突然张口咬住陆何欢的耳朵，陆何欢痛得直叫，无奈伸出两根手指抠住应喜的鼻孔。应喜吃痛松手，被陆何欢趁机摔在地上。

"你这个无耻之徒！"应喜没想到光明磊落的陆何欢也会使阴招。

"我这是无奈之举！"

"老子也是无奈之举！今天跟你拼了！"

应喜不服气，摆出架势誓要和陆何欢一决雌雄。

陆何欢正面迎敌，摆出拳击的架势，左右蹦跳等待应喜进攻。

"来啊！"陆何欢挑衅。

应喜怒吼着抡起王八拳冲上去，却被陆何欢一拳打在鼻子上。

应喜捂着鼻子，"疼死老子了！"

"你自找的！"陆何欢怒吼。

应喜狂躁起来，低下头不管不顾抡着王八拳。

陆何欢一时无法招架，被打中眼眶。

"哈哈哈，报应！"应喜得逞大笑。

陆何欢和应喜打红了眼，一齐向对方冲去，再次打在一起。混乱中，两人掐住对方脖子，互不相让。

"放手，要不然我掐死你！"应喜威胁。

"你先放，要不然我也掐死你！"陆何欢反威胁。

"好，一起放！"应喜提议。

"OK。"陆何欢同意。

二人同时把手放开，直喘粗气。

"又不是杀父之仇，你干吗下死手？"应喜强烈谴责陆何欢。

"又没有夺妻之恨，你干吗下死手？"陆何欢反问应喜。

"你看，你打破了老子的鼻子，不知道老子靠脸吃饭吗？"

"你不是也抓破了我的脸？"

"你帮我上药，我看不见。"应喜语气缓和下来。

"好，那你也帮我擦脸，我不方便。"陆何欢同意，尽管不靠脸吃饭，但破了相毕竟不好。

"行行行。"

二人坐下互相给彼此止血擦药。

"你这是什么鬼招式！"应喜想起陆何欢刚才的招法。

"擒拿格斗和西方拳击。比你的王八拳厉害吧？"

"厉害个屁，下手也太重了……"应喜叫疼，"我脸上的是人鼻子，不是象鼻子！"

"我的是人脸，不是你拿来下酒的猪脸！"陆何欢也忍不住叫疼。

"好，我轻些。"

"嗯，我也轻些。"

"对对对，就是那，是不是都肿了？"

陆何欢往前凑了凑，"近些，我才能看清。"

应喜往前挪了挪，二人几乎抱到一起。

陆何欢感到莫名的尴尬，挪开身子，应喜来不及收手，瞬间又狠狠摩擦了一下陆何欢的脸。

"哑——"陆何欢吃痛。

"让你别动你不听。"

应喜责怪陆何欢，不管他愿不愿意，一手按住他，一手擦药。

"你生得这么英俊，要是不小心留了疤，岂不是毁在了我应喜手上？"

陆何欢懒得还嘴，乖乖让应喜擦药。

包康得知英雄救美的计划失败，唯恐钓上来的金龟飞了，立刻赶到朱卧龙家里。

朱卧龙和包康坐在大厅品茶。

"包署长，这到底是怎么回事？怎么还有人截胡我？"朱卧龙怒气未消，他到现在还搞不清状况。

"朱老板，这件事纯属意外，都怪我手下应喜办事不力，坏了我们布好的局。"包康劝慰道。

朱卧龙苦涩一笑，立马对包康表真心，"包署长，我对令妹真是痴心一片，我……我恨不得把心掏出来给她看看。"

包康赔笑，他一早就说真心不值钱，他要的又不是真心，"我晓得，我晓得，我们再找别的机会。"

朱卧龙宽下心来，"包署长，喝茶。"

"好，喝茶。"

包康端起茶杯，抿了一口，忍不住竖起大拇指夸赞，"好茶好茶。"

朱卧龙见包康满意，开怀大笑，"这是新进的铁观音，既然包署长中意，我就差人给你送些。"

"这……这怎么好意思？"包康客套着，不知道贪婪的眼神早就暴露了自己。

"包署长太客气了，都是一家人。"

"一家人？"

"如果包署长不嫌弃，我就认准令妹做我的夫人了。"

"我怎么会嫌弃？我高兴还来不及。"

"那真是太好了！"

包康高兴不已，想来金龟已入瓮中，品起茶来，觉得更加甘甜。

林芝忍不住思念之情，跑到警署探望陆何欢。刚走进警署，就看见站在院内的陆何欢，激动地跑过去。

"儿子！"

陆何欢转过身，看到林芝，也跑上去，"娘。"

"我的心肝，怎么瘦了这么多，来，让娘好好瞧瞧。"林芝疼爱地看着陆何欢。

"娘，你怎么来了？"

"我来瞧瞧你，清明到了，要祭拜列祖列宗，无论如何你今晚都得回家吃饭，娘做了一桌全鸡宴，都是你爱吃的。"

陆何欢点点头，"娘，我知道了。"

林芝一边抚摸着陆何欢的脸，一边微笑，"这就对了。"

陆何欢脸上的伤还未痊愈，忍不住哀叫一声，"嘶——"

"怎么了，儿子？"林芝一脸关切。

"就是不小心擦破点皮，没事。"

尽管陆何欢害怕母亲担心，连忙安慰，但是林芝见了依然红了眼眶，就连说话都带着哭腔。

"我的宝贝真是在外遭了不少罪。"

"不碍事的，娘，我都长大了。"

"无论多大，你都是我儿子。"

陆何欢见母亲仍然把自己当小孩子呵护，感动得红了眼眶，母子抱在一起，这是一别三年后的第一次拥抱。

陆何欢跟着母亲回到家里吃晚饭。陆家饭桌上，林芝开心不已，不断给陆何欢夹菜，仿佛想把三年来儿子缺席的饭局都补回来。

陆祥见林芝如此溺爱儿子，不由得板起脸，"夫人，你就让他自己夹菜，他都多大了。"

"我乐意，何欢多大都是我儿子。"林芝呵斥陆祥，转而换上和颜悦色的神情，"来，儿子，多吃点，多吃点才能长高。"

陆何欢笑笑，"娘，我都长大了，早就不长个子了。"

林芝这时才明白过来，一拍脑门，"我是糊涂了，总觉得你还是出国前的样子，儿子，你留学三年，娘是盼了你三年。"

"娘，我这不是回来了吗？"陆何欢安慰道。

"回来好，回来就好。"林芝发自内心地感到欣慰。

陆祥见母子二人聊得亲近，自己被晾在一旁，便正色下来，"何欢，你以后不许再查凌嫣的案子了，要专心事业，我们父子联手，早日取代包康。"

"是啊儿子，你爹说得对，你就不要再感情用事，娘晓得你放不下凌嫣那丫头，但过去的都过去了，你得朝前看。"林芝在旁劝导。

陆何欢放下筷子，"我会好好做探员，不给爹丢脸。"

"这就对了。"林芝笑笑，觉得儿子终于懂事了。

可惜她的喜悦并没有持续太久，陆何欢话锋一转，"不过，我绝不会放弃寻找凌嫣，我相信她是被冤枉的，我一定要还她清白。"

陆祥见儿子如此冥顽不化，登时放下筷子，一拍桌子，站起来指着陆何欢。

"你这个不争气的混账东西，我陆家怎么会有你这种不肖子孙，你给我滚出去，永远都不要再迈进陆家家门！"

"老东西，你坐下，好歹等儿子吃完。"林芝劝架。

陆祥被按在凳子上，狠狠地瞥了一眼陆何欢，陆何欢低着头，顿时没了食欲。

"儿子，你别理他，吃饭。"林芝又安慰起儿子。

"慈母多败儿！"陆祥火气翻滚。

"你给我闭嘴。"林芝拿起一根鸡腿塞进陆祥嘴里。

陆何欢看这架势，赶紧将碗里的饭吃光，站起身来。

"爹，娘，我吃完了，先回去了。"

陆何欢说完，赶紧离开。

"儿子，吃饱了吗？"林芝不放心。

"吃饱了。"陆何欢含糊着回应，迈步出门。

林芝失望地看了看门口，转头怒视陆祥，一边挽袖子一边咬牙切齿。

"老虎不发威你当我是病猫，你个老东西，今天我要你好看！"

门外，陆何欢听见屋内传来碗盘摔碎的声音以及父亲的惨叫，"别打我眼睛……哎哟……"

陆何欢叹了口气，转身离开。

一大清早，白玉楼就小跑着冲进警员办公室，他看向坐在椅子上的陆何欢和应喜，上气不接下气，"槐花弄……又，又死人了！"

"别着急，慢慢说。"陆何欢神色惊讶。

白玉楼深吸几口气，翘起兰花指，慢条斯理。

"今早，人家睡得正香呢，突然听到巷子里叽叽喳喳，我穿好衣服出去，发现隔壁陈家被围得水泄不通，我好不容易才挤了进去……"

陆何欢耐心地听白玉楼碎碎念，应喜却不耐烦地摸了摸枪，"说重点。"

白玉楼身子一抖，像被人拧紧了发条，不自觉加快语速，"我一问才知道，原来是住在我隔壁的陈秀娥上吊死了，哎哟，一大早就让人不得安生，我住的地方怎么老出人命，晦气晦气。"

陆何欢和应喜对视一眼，急匆匆往案发现场赶。

陆何欢和应喜来到陈秀娥住宅——槐花弄的一处普通民居，发现柳如霜已经在现场等着他们了。

"喜哥。"柳如霜兴奋地迎上去，想必白玉楼就是被她派去报案的。

"狗皮膏药，你怎么在这？这是案发地，你可不要毛手毛脚，破坏现场。"应喜一见柳如霜就没好气。

柳如霜早已习惯应喜的冷脸，不放在心上地笑笑，"我可没有破坏现场，相反，我已经勘查完现场了，初步判定是自杀。"

应喜回以讥笑，"你说自杀就自杀，小丫头片子懂什么？别瞎掺和。"

陆何欢和应喜走进死者上吊的屋子，开始勘查现场，发现除了房梁上系着一根麻绳，地上有几瓣槐花外，没什么特别。

应喜只好先从死者身上查起，他示意警员，"去查查死者的信息。"

柳如霜又接过话茬，"已经查过了，死者名叫陈秀娥，三十多岁，是个寡妇，丈夫不久前溺水身亡，他们没有孩子，她一人独居。"

应喜对此颇为满意，"这事办得还不错。"

"谢谢喜哥夸奖。"

柳如霜还没来得及高兴，应喜就又板起脸，"严肃点，死者为大。"

柳如霜立刻乖乖摆出伤心的表情，"这样行了吧？"

应喜瞪了柳如霜一眼，转身离去，柳如霜冲应喜的背影俏皮地吐了吐舌头。

包瑢在一旁验尸，陆何欢走过去。

"小瑢，有什么发现吗？"

"死者体内没有发现毒素，身上也没有伤痕，表面看像是自杀。"

"现场呢？有没有发现旁人留下的脚印、指纹或者别的物证？"陆何欢追问。

包瑢摇摇头，"我刚刚已经仔细勘查了一遍，什么都没有。"

二人的对话被应喜听了去，好大喜功的他又开始妄下定论。

"所以这桩案子是自杀事件，好了，可以定案了。"

柳如霜一听，得意洋洋，向应喜邀功，"我就说我的推断没错。"

"你这是瞎猫遇上死耗子，踩了狗屎运。"应喜不以为然。

陆何欢走到尸体前又仔细看了看，又看了看落地的几片槐花花瓣，"应该不是自杀。"

应喜匆匆走出陈秀娥家，陆何欢追了上来，包瑢和柳如霜等人也跟了过来。

"应探长，案子还有很多疑点，你不能草草结案。"陆何欢又和应喜杠上了。

应喜不耐烦地转回身，围着陆何欢转了一圈，拿手指点了点陆何欢。

"陆何欢啊陆何欢，我说你怎么总喜欢把简单的事情复杂化呢？明明就是一桩自杀案，你偏说是谋杀，找不到凶手怎么办？上头怪罪下来谁来顶？"

"这点你不用担心，上头怪罪下来我一力承担。"

陆何欢说得正气凛然，但应喜并不买账。

"你一个小小探员承担得起吗？到时候案子迟迟破不了，我得跟着你一块卷铺盖卷走人！"

应喜一番话把陆何欢噎得够呛，但陆何欢对案件仍然心存疑虑。

"那也不能草率结案。"

"哪里草率了？陈秀娥生前一没结仇，二没结怨，三没欠钱不还，根本没有被害的理由！"

应喜连珠炮般地说完，看了看包瑢，"小瑢，你说说，陈秀娥的死因是什么？"

"死者脖颈正面和两侧有清晰的勒痕，颜面肿胀，眼球凸出，符合自缢死亡的特征。"

包瑢所言正中应喜下怀。

"听见没有？自缢死亡！陈秀娥前不久死了丈夫，膝下又无儿无女，所以伤心厌世，一时想不开上了吊，合情合理！再说现场根本没留下任何线索，很明显就是自杀现场！"

"现场不是一点线索都没有，第一，陈家附近没有槐树，现场为什么会有槐花花瓣？第二，死者死前为什么没有挣扎？"陆何欢反驳道。

应喜见陆何欢紧咬不放，怒不可遏，"陆何欢，你是不是成心跟我作对？几片花瓣能说明什么？都说了是自杀，怎么会有挣扎？"

陆何欢不说话，突然上前用胳膊勒住应喜的脖子。应喜下意识地双手抓住陆何欢勒住自己的胳膊。

"你疯啦！"

柳如霜听到应喜嘶吼，赶紧跑过去，"陆何欢，你放开喜哥！吵两句没必要杀人吧！"

陆何欢仍旧勒住应喜不放，"我只是想证明一件事……你看，你的手在抓我的胳膊。"

"那又怎么样？你再不放开，我就告你袭警。"应喜受不了，没好气地训斥。

白玉楼见一向盛气凌人的应喜竟被人欺负，忍不住说风凉话，"警察袭击警察，还真是大新闻呢。"

柳如霜心系应喜安危，又气又急，"你再不放开，我可咬你了！"

柳如霜冲过去真的要咬陆何欢的胳膊，陆何欢急忙放开应喜。应喜咳嗽几声，柳如霜赶紧拍应喜的背，一脸关切。

"喜哥，你没事吧？"

"你离我远一点我就没事了。"应喜喘着粗气。

柳如霜见应喜这般忘恩负义，一脸委屈地退到一旁。

陆何欢看着应喜，"事实证明，人在被勒住脖子的时候会下意识地抓住勒住自己的东西，即使是自杀，这种下意识也会出现……"陆何欢为了让众人信服，补充道，"就算陈秀娥是自杀，她也会下意识地抓住麻绳，那么她的手上就会粘上麻绳的纤维。但是刚刚我问过小瑢，陈秀娥的手上并没有麻绳纤维。"

"那说明她的死意已决，意志力战胜了下意识。"应喜固执己见。

"wrong，这不科学。下意识是有机体对外界刺激的本能反应，心理学上指不知不觉，没有意识的心理活动。简单来说，上吊时抓住绳子是自己没意识到的动作，无法控制，也不存在意志力能否战胜的问题。"

"胡说八道！"应喜哪里会懂这么多，陆何欢的这番话对他来说都是天方夜谭。

"这是我在大不列颠留学时，心理学大师弗洛伊德的学生诺瓦教授讲的，是心理学知识，不是胡说八道。"陆何欢解释。

"别在我面前卖弄你喝的那点洋墨水，哦，照你这么说，陈秀娥是被人勒死又挂到麻绳上去的？"

"有这种可能。"陆何欢坦承。

"那你怎么解释陈秀娥颜面肿胀眼球凸出？只有上吊的人才会这样。"

"被掐住脖子窒息死亡也可以出现这种表象。"包瑢不声不响地插了一句。

应喜气急，看看包瑢又看看陆何欢，"你们俩一个鼻孔出气，我懒得跟你们争辩！哼！"

应喜转身离开，留下面面相觑的陆何欢和包瑢。

白玉楼可怜巴巴地看着柳如霜，小鸟依人般凑到对方身旁，"霜姐，隔壁突然死了人，我一个人不敢回家了，你能不能陪我啊？"

"当然不能，我还有正经事要做。"

柳如霜一口拒绝，疾步去追应喜。

"喜哥，等等我啊，我跟你一个鼻孔出气！"

白玉楼也追上去，边招手边娘声娘气地喊："霜姐，等等我啊，我跟你们一块出！"

陆何欢看向包瑢，包瑢向陆何欢点点头。

"锲而舍之，朽木不折。锲而不舍，金石可镂。何欢，我支持你。"

陆何欢听到包瑢鼓舞后微笑地点点头，小时候都是他安慰包瑢这个鼻涕姐，没想到现在轮到包瑢来安慰自己了。想到这，陆何欢心里暖暖的。

第十四章　乱点鸳鸯

朱卧龙在警署旁边的"好再来"茶馆品茶，茶馆里面并无其他客人，他坐在角落，时而不时地望望窗外。一会儿，包康鬼鬼祟祟地溜进来，谨慎地环视四周，发现没有其他人，才放心地走到朱卧龙的对面坐下。

"包署长，你来啦？"朱卧龙眉飞眼笑，立刻将茶壶推到包康面前，"刚泡好的上等大红袍，尝尝喜不喜欢？"

"喝茶事小，我们还得研究正经事。"包康压低声音。

"包署长今天不是要跟我说一些小瑢的喜好，让我对症下药吗？"

"朱老板小点声，当心隔墙有耳，要是被小瑢知道我跟你暗中通气，她肯定不会再见你了。"

朱卧龙见包康如此紧张，笑着安慰，"包署长放心，听说你今天要跟我在这见面，我索性把这茶馆买下来了，毕竟在自己的地方才最安全。"

包康又被朱卧龙的财大气粗震惊到了，他胁肩谄笑，"朱老板果然实力雄厚啊，若能跟朱老板结亲，真是小妹几辈子修来的福气！"

朱卧龙一脸得意，没想到这么迅速就收买了包康。

"朱老板，这上面详细记录了我妹妹的喜好。"包康拿出一张纸递给朱卧龙。

朱卧龙如获至宝般打开纸单，可惜字都认不全，只觉眼前爬着一串虫子，他咬着手指支支吾吾，"诶……这第一条是，是（试探着）小瑢喜欢，书？"

"对，小瑢从小就喜欢看书，见书没命！"

朱卧龙没想到蒙中了，继续往下猜，"这第二条，第二条这个字好难认……"

"第二条是……"

包康话还没说完，朱卧龙就直接打断。

"算了，既然小瑢喜欢书，我就先从书下手。"

包康点点头，"朱老板如果送小璿礼物就送书好了……对了，还有一点，我妹妹喜欢学识渊博有才情的人……"

朱卧龙一听就来了精神，"我就很有财情啊，财就不必说了，在整个旧闸也是数一数二，至于情嘛，包署长放心，我对小璿的感情是认真的，如果小璿能嫁给我，我保证她一辈子衣食无忧。"

"朱老板果然有才情，有才情……"包康有些尴尬地奉承。

陈秀娥的尸体被运到警署法医室。包璿和陆何欢站在尸体旁，看着陈秀娥脖子上清晰的勒痕。

"死者死亡时间是晚上九点左右，除了死前没有挣扎迹象外，基本符合自缢死亡特征。"包璿仔细验尸后，得出结论。

陆何欢微微皱眉，"这样应该不排除死者是先被勒死，又被吊在房梁上……"

包康听说槐花弄又发生命案，想过来询问案情进展，谁知一进来，就看见陆何欢和包璿肩并肩站着，顿时气不打一处来。

"陆何欢！"

"包署长？"陆何欢没想到包康会来。

"哥，你怎么来了？"

"我怎么来了？"包康说着站到二人中间，脸朝向陆何欢，"我还要问问他怎么来了？"

"包署长，我是来跟小璿探讨案情的。"陆何欢解释。

"什么探讨案情，狗屁！我看你就是假公济私接近我妹妹！还小璿，小璿是你叫的吗？以后要叫包法医！我警告你，以后你要是再有事没事接近小璿，别怪我不客气！"

陆何欢极力解释，"包署长，你误会了，我和小璿真的没什么……"

气头上的包康哪里听得进去陆何欢的解释，"你把我的话当耳旁风是不是？还叫小璿！赶紧走，以后没事别往法医室跑！"

陆何欢迫于包康的淫威，欲言又止，"小璿，我先走了。"

"臭小子，你还叫！"包康一听陆何欢又叫"小璿"，立马大发脾气。

陆何欢见包康作势要动手，赶紧离开。

包瑢见陆何欢被包康欺负，怒气冲冲地瞪着包康，"哥，你简直是无理取闹嘛，我跟何欢只是朋友而已。"

"少拿朋友做挡箭牌，总之你们以后不许来往。"

"哥……"

"不听我的话以后就别叫我哥！"包康板起脸。

"包署长……"包瑢改口。

包康没想到包瑢为了一个外人和自己顶嘴，连一声"哥"都不叫了，登时气结，"你——好哇，你翅膀硬了，我管不了你了，爹娘死得早，我累死累活把你拉扯大，你现在就这样报答我……爹，娘，你们看看，这就是你们的好女儿……"

包瑢见包康蛮不讲理，还恶人先告状，无奈地劝慰，"哥，爹娘早已入土为安，你就别再打扰二老了，我跟何欢清清白白，日月可鉴。"

"我不信……"包康眼珠一转，打起小算盘，"除非……"

"除非什么？"

"除非你试着跟别的男人也交交朋友……我就相信你跟陆何欢只是朋友，以后我也不再管你们两个来往。"

"你说那个朱老板？"包瑢瞬间猜出包康的心思，态度冷下来。

"朱老板哪点不好？"包康不解。

"哥，我和朱卧龙不合适。"

"连接触都没接触，怎么知道不合适？"

包瑢无奈地叹口气，实在不明白包康怎么就认准朱卧龙了，本是亲兄妹，眼光怎么就如此天差地别，只好耐住性子解释，"他喜富贵奢华，我喜清净平淡，我们道不同，言不和，心无灵犀，思维不通，又怎么在一起呢？"

"你是不是对陆何欢有意？"包康逼问。

"没有。"包瑢矢口否认。

包康目不转睛地盯着包瑢，仿佛早就看穿一切，"哼，骗得了别人骗不了我，你从小就爱跟着陆何欢那小子屁股后面跑，还不是对他有意？"

"怎么跟你就是说不通呢？"包瑢叹了口气。

"总之，你不答应跟朱老板交朋友，以后就别想跟陆何欢再做什么朋友，哼！"

"是不是我答应与朱卧龙交个朋友，你今后就不再管我跟何欢来往？"包瑢无奈问道。

"是。"

"好，我答应你，不过我只是跟他交个朋友，不会跟他谈感情。"

"先交朋友再说。"

包瑢实在不想和包康再继续纠缠，冷着脸，拿起桌上的资料，"我去给何欢送材料。"

"去吧。"包康和颜悦色，果真没有再阻止包瑢和陆何欢见面。

包瑢快快离开，包康却暗自高兴，一边手舞足蹈，一边自言自语，"等你和朱老板成了朋友，就会了解钻石王老五和清贫小探员的天差地别……"

包瑢按照包康的要求尝试和朱卧龙"交朋友"。本是阳春三月，包瑢却觉得恶寒侵袭，她冷着脸，站在朱卧龙身边，朱卧龙笑嘻嘻地指着"逸风书店"的匾额。

"听说你喜欢书，所以我特意带你来旧闸最大的书店转转。"

朱卧龙投其所好，包瑢礼貌地点点头。

"请吧。"

朱卧龙绅士地请包瑢先进去，自己跟在包瑢身后。

包瑢从书架上拿起一本书，一看封皮，欣喜地自言自语，"《苏东坡诗集》？这本书已经绝版了，想不到在这看见了。"

"你喜欢？"朱卧龙一脸殷勤。

包瑢点点头，一抬头又惊讶地发现另一本书《唐寅诗集》，高兴不已，"这本《唐寅诗集》也很难买到。"她又在另一个书架上看到一本《李商隐诗词全集》，爱不释手地捧在手上，"连这本《李商隐诗词全集》都有。"

"喜欢？"

包瑢又点点头，"李商隐是重情重义之人，但看他妻子过世后为其所作《锦瑟》，便可看出此人绝不凉薄。"

"金色？"朱卧龙一头雾水。

"锦瑟无端五十弦，一弦一柱思华年，庄生晓梦迷蝴蝶，望帝春心托杜鹃，沧海月明珠有泪，蓝田日暖玉生烟，此情可待成追忆，只是当时已惘然。"包瑢诗兴大发，不自觉吟了出来。

"你喜欢就好。"朱卧龙完全听不懂，挠挠头，冲旁边大喊，"老板！"

"朱老板，这里是书店，小点声。"包瑢皱眉提醒朱卧龙。

朱卧龙不以为意。

书店老板听到招呼连连跑过来，"先生，什么事？"

"这书店我买了。"朱卧龙一副霸气十足的架势。

"什么？"书店老板张大了嘴。

"听不懂吗？书店我买了，下午我会让秘书来给你送钱。"

书店老板和包瑢一脸惊讶，第一次见人如此豪气，要买下整个书店。

朱卧龙笑着看向包瑢，准备邀功请赏，"包小姐，既然这里有这么多绝版书，我就把这家书店送给你，开心吗？"

书店里的客人纷纷看向包瑢，有的惊讶，有的不满。包瑢尴尬不已，难为情地将书放回书架转身离开。

"哎，包小姐……"

朱卧龙追着包瑢跑出去。

包瑢快步走在街上，朱卧龙从书店追出来。

"包小姐，等等我啊……"

包瑢见行人纷纷侧目，只好停下，无奈地看向朱卧龙，"朱老板，天色不早了，我要回去了。"

朱卧龙抬头看看正午的太阳，知道包瑢要借故离开，便厚着脸皮，"包小姐真会开玩笑，天色还早着呢，急什么。"

恰在此时，两个小孩在不远处追打嬉嬉。

"你抓不着，抓不着。"其中一个小孩在前头喊，另一个小孩从后面追喊，"你给我站住！"

两个小孩打闹着，前头的小孩一不小心撞到包瑢身上，小孩刚要走，却被朱卧龙揪住耳朵。

"哎哟，疼死啦……"小孩吃痛大喊。

"小赤佬，小小年纪就知道揩油，以后小心着点，快向这位美女姐姐道歉。"朱卧龙满脸凶狠。

小孩委屈着向包瑢道歉，"对不起，姐姐。"

"是美女姐姐！"朱卧龙不依不饶。

小孩眼泪都要出来了，"美女姐姐……对不起……"

包璿本就不会和孩子计较，又见朱卧龙对孩子下重手，不由愠怒，"朱老板，你这是干什么，快放开他。"

"快滚。"朱卧龙放开手，冲小孩吼。

小孩吓得赶紧跑开。

"包小姐不晓得，这些小赤佬，不教训不行的。"

朱卧龙讨好地看向包璿，但包璿却始终冷着脸。

包璿见朱卧龙不仅言语粗俗，浑身上下还带着市井流氓的痞气，实在不想和他再多待一刻，只好无奈地叹口气，"朱老板日理万机，还是去忙事业，别在我身上浪费时间了。"

"这怎么是浪费时间呢，现在陪包小姐才是我的头等大事。"朱卧龙不识趣。

"我不太舒服，想先回去了。"

"不舒服？都中午了还没吃饭，一定是饿了，走，我们先去吃饭。"

"朱老板，我……"

朱卧龙不等包璿说完，硬拉着包璿离开。

朱卧龙强拉着包璿来到"喜来乐"饭店。

"包小姐，喜欢什么随便点。"朱卧龙大手一挥，在包璿面前摊开菜单。

"朱老板，我不饿，我想回去了。"

"吃完饭再回去。"朱卧龙不容置喙。

包璿欲言又止，朱卧龙自以为是地认为包璿不满意这家饭店。

"你觉得这里人多不方便说话是吧？"朱卧龙又不容包璿解释，便大声斥责饭店老板，"老板，你是怎么做生意的？我朱卧龙来了还不清场？（指着其他桌客人）把他们都赶走，看着他们我怎么吃？"

饭店客人一时躁动，没想到好好吃个饭，还要被人轰出去。

包璿终于忍无可忍，愤怒地一拍桌子，朱卧龙不明所以，看向包璿。包璿看看朱卧龙，实在不想浪费口舌，无奈地摇摇头，起身离开饭店。

包璃快步走在街上，朱卧龙一路小跑着追上包璃。

"包小姐，饭还没吃呢……"

包璃打断朱卧龙，"朱老板，我还是开门见山吧，我现在是'禅心已作沾泥絮，不逐春风上下狂'，何况我们两个根本不是一个世界的人，如果非要说我所爱的，像苏轼那种疏阔达观，激昂侠气，率真耿直，又懂得生活意趣的人，才是我中意的人。"

"苏轼是谁啊？比我有钱吗？"

包璃摇头，觉得朱卧龙真是俗不可耐，"不可理喻。"

包璃转身要走，却被朱卧龙缠住。

"包小姐别生气啊……要不这样，你喜欢做什么告诉我，我陪你一起去做？"

"我喜欢吟诗作对，你能陪我吗？"

包璃看看朱卧龙，刻意刁难，想让对方知难而退，没想到朱卧龙又自以为是。

"当然了，你想和谁作对你告诉我，我帮你跟他作对，我看他以后还敢不敢跟你作对！"

包璃倒吸一口凉气，觉得和朱卧龙根本不该是一个世界的人，逃也似的转身离开。

朱卧龙看着包璃的背影，不明所以地挠挠头，"我说错话了吗？"

陆祥和林芝坐在桌前吃晚饭。陆祥今天心情不错，老婆林芝竟破天荒地给他做了他最爱吃的白斩鸡。

"你什么时候把儿子给我接回来？"林芝仍然记挂着陆何欢。

"接什么接？一点悔悟之心都没有，他要是再这么执迷不悟，就别想回来。"陆祥脸色垮下来，才知道林芝为什么今天会这么贤惠，原来是有求于他。

"我不管，明天就让他回来住。"林芝语气不善。

"不行。"陆祥一口拒绝。

林芝一拍桌子，圆睁凤目，"怎么不行？"

陆祥害怕地耸了耸肩，但仍然嘴硬，"那个臭小子整天惦记着查凌嫣的案子，怎么说都不听，都是被你惯坏了。"

"他实在要查，就让他查去好了，你别管就是了。"林芝觉得儿子大过天。

"慈母多败儿。"陆祥痛呼。

林芝恼怒，瞪着陆祥，开始恐吓，"陆祥，你是不是皮痒痒了？"

"你想干什么？"陆祥看着林芝，预感不妙。

"你现在就给我把儿子接回来。"林芝给陆祥下最后通牒。

"不接，你要是想他就搬出去跟他一起住。"陆祥一副死猪不怕开水烫的样子。

林芝怒火中烧，一记铁拳不偏不倚打在陆祥的眼睛上。即便如此，林芝还不解气，边打边骂，"想赶我出去？我看你是活腻了！"

"林芝，你又打脸！明天让我怎么去当班……"陆祥捂着眼睛，眼前一片模糊，以往丰富的经验告诉他，这次又要破相了。

第十五章　拔刀相助

傍晚时分，朱卧龙又来骚扰包瑢。这回他没有冲进警署，而是捧着鲜花站在警署门口等包瑢下班。朱卧龙站在一辆豪华大轿车旁边，看了看手表，心急地往里面望了望。

包瑢刚要出警署，就看见朱卧龙伸长了脖子，吓得赶紧往回跑，情急之下撞在陆何欢身上。

"小瑢，怎么在警署院子里还这么慌张？"站在陆何欢旁边的应喜随口问。

包瑢刚要说话，朱卧龙就闻声捧着鲜花进来了。包瑢赶紧躲在陆何欢身后，陆何欢迎头看见朱卧龙才明白过来。

"小瑢？"朱卧龙不明白包瑢为何躲着他，"我是来送你回家的。"

"不必了。"包瑢冷冷拒绝。

"你不用跟我客气，我的车就在门口，走吧。"

朱卧龙说着就来拉包瑢，却被陆何欢拦住。

朱卧龙见陆何欢挡道，不悦地盯着对方，眼神充满敌意，"你，该不会就是那个苏轼吧？"

"他叫陆何欢，是新来的探员。"应喜连忙打圆场。

"原来是个小小探员。"朱卧龙卸下防备，眼角泛着轻蔑。

应喜知道朱卧龙不是善茬，忙向陆何欢使眼色，"陆何欢，这位可是旧闸数一数二的地产大亨朱卧龙朱老板。朱老板要送小璐回家，你还不快点让开。"

"小璐不愿意让他送。"陆何欢仍护着包璐。

"你怎么知道？"朱卧龙恼怒。

"小璐见到你，下意识地向后退了一步，整个身体也向与你相反的方向倾斜，这表明她的身心都不想靠近你。"

朱卧龙看向包璐，包璐点点头，但朱卧龙不死心。

"感情需要培养，一来二去熟悉了就不向后倾向前倾了。"

"朱老板说的对，就像一个人的心里本来没有另一个人，可这个人老是在她心里走来走去，再把其他的人都赶走，慢慢的她心里就只剩下这一个人了。"应喜在旁附和。

"对，我现在就是要在小璐的心里踩来踩去。"朱卧龙见应喜帮腔，有些得意忘形。

"是走来走去，朱老板。"应喜笑着提醒。

"不是要用脚踩上去才能走吗？差不多。"朱卧龙一把推开陆何欢，把鲜花硬塞给包璐，"走吧小璐，我送你回家。"

包璐求助地看向陆何欢，陆何欢会意，又上前阻止。

"小璐一时半会回不了家，她还要加班解剖尸体，朱老板有没有兴趣参观？"

朱卧龙一愣，默不作声。

陆何欢开始夸张地一边在朱卧龙身上比划，一边讲述解剖过程，"用锋利的手术刀，把尸体直线切开，自下巴下正中开始起沿中线绕过脐部左侧，直到耻骨联合，将皮肤、皮下组织、肌肉等一并切开，然后取出心肝脾肺肾等等器官检查……"

朱卧龙一阵恶心，打断陆何欢，"小璐，我突然想起来还有些事情要走，先走一步，明天再来看你。"

朱卧龙说罢，匆匆离开。

包璐见朱卧龙走远，终于松了口气，感激地看向陆何欢，"何欢，谢谢你啊。"

"没事。"陆何欢笑笑。

"这个朱老板整天缠着我，我实在不堪其扰，何欢，你能不能想办法别让他老缠着我？"

"你不喜欢他？"

包瑢使劲点点头。

"那好，我帮你。"

陆何欢决定替包瑢解决朱卧龙这块心病，包瑢对此是既高兴又感激。

"谢谢你，何欢。"

"没事。"

"那我先回家了。"

陆何欢目送包瑢离开。因为终于能够摆脱朱卧龙，包瑢的脚步都轻快了许多。

应喜看看陆何欢，摇摇头，"你这是棒打鸳鸯。"

"哪有那么大个儿的鸳鸯，下水都会沉下去。"陆何欢知道应喜不满他阻挠朱卧龙，满口不屑。

"即使沉下去也是因为人家的万贯家财。"应喜酸溜溜地反驳。

陆何欢懒得和应喜争辩，转身走开，身影隐没在夕阳里。

皓月当空，陆何欢趴在宿舍窗前抬头望月，微风拂过，带来阵阵凉意。

应喜半躺在椅子上，一边往嘴里丢花生，一边看着陆何欢有些孤单的背影。

"你干吗呢？都杵在那快一个时辰了。"应喜实在不知道外边有什么好看的。

"赏月。"陆何欢淡淡回应。

"今天的月亮有什么特别吗？"应喜不解，"我也看看。"

应喜收起花生，凑热闹地跟陆何欢挤在一个小窗口。两个大男人头挨着头，望着夜空的明月。

陆何欢眼前的明月突然水波荡漾，恍惚间，他又被回忆拉扯了进去。

往昔的陆何欢和凌嫣坐在草丛中，四周万籁俱寂，春虫的呢喃似有若无地传来。

两个人的头靠在一起，甜蜜地赏月。

　　"凌嫣，你喜欢什么？"陆何欢心血来潮地问。

　　凌嫣凄凉地笑笑，"我不敢有喜欢的东西，从小到大，只要是我喜欢的就都会失去，好像是个魔咒一样。"

　　"世上哪有什么魔咒，只要喜欢，就努力争取，最后总会得到。"陆何欢眼神坚定。

　　凌嫣笑笑，"我喜欢花。"

　　"那你先闭上眼睛。"

　　凌嫣顺从地坐直身体，微笑着闭上眼。

　　陆何欢疾步跑进附近草丛快速采花。

　　"何欢……好了没有？"

　　凌嫣忍不住想睁开眼，但还是听话紧紧闭上。片刻，陆何欢跑回来，手背在后面，坐在凌嫣面前。

　　"好了。"

　　凌嫣睁开眼睛，看清陆何欢递过来的是一个绚烂斑斓的花环时，又是惊喜，又是感激。

　　"好漂亮，是你编的？"

　　陆何欢把花环戴在凌嫣脖子上，"喜欢吗？"

　　"嗯。"凌嫣使劲点点头。

　　陆何欢将凌嫣揽在怀里。凌嫣一脸幸福，仿佛脖子上戴着一整个春天。

　　"何欢，你喜欢什么？"

　　陆何欢宠溺地看看凌嫣，"我喜欢你啊。"

　　凌嫣羞涩一笑，一枚紫色的花瓣像蝴蝶一般停留在她的肩头，又翩翩而去。

　　晚风从天际飞驰而来，衣衫飞动，搅乱了陆何欢的情思。

　　"应探长，你喜欢什么？"陆何欢叹了口气，悠悠地问身旁的应喜。

　　应喜坏笑着看了看陆何欢的侧脸，"我就喜欢你这种英俊潇洒才貌双全的小哥……"

　　"恶心。"陆何欢转身逃开。

　　应喜嵌在窗框，看着天上的明月，迟迟不愿走开。

一大早，朱卧龙改变战术，来到包康家接包瑢上班，不想依然被包瑢嫌弃。包瑢气冲冲地走了一路，朱卧龙开车拉着包康跟了一路。

眼见快到警署了，包康把头探出车窗，呵斥包瑢，"小瑢，你给我站住。"

包瑢不情愿地停下。

包康开车门下车，来到包瑢面前，碍于朱卧龙在场，只好压低声音。

"有车不坐偏要靠两条腿，你让我怎么说你好。"

"我坐不惯汽车，也不想坐。"包瑢使性子。

包康瞟了一眼下车过来的朱卧龙，继续压低声音嘱咐包瑢，"一会跟朱老板说几句话，人家好歹送你哥上班。"

包康为了给朱卧龙和包瑢制造独处的机会，赶紧冲朱卧龙笑笑，"朱老板，你们聊，我先走了。"包康说罢快步离开，走进警署。

包瑢也要走，却被朱卧龙拦住。

"包小姐，中午我们一起吃午餐吧。"

"对不起，我要工作，没空。"

"没关系。"朱卧龙不泄气，"我可以把午餐带到这里来吃，西餐怎么样？"

包瑢不理朱卧龙，直接走进警署。

"哎，包小姐……"朱卧龙又追进去。

"朱老板，这里是警署，请你不要再跟着我了。"包瑢转过身警告。

"没关系，我已经得到包署长的特许，可以随意进出旧闸警署。"

"你……"包瑢气结。

包瑢忽然想起什么，转而一笑，热情地看着朱卧龙。

"既然这样，朱老板，你跟我来吧。"

朱卧龙以为自己终于打动包瑢，喜不自胜地跟了上去。

包瑢在警署法医室解剖一具女尸，朱卧龙不敢看，背对着女尸站在一边。

陆何欢和应喜敲门进来，包瑢苦着脸向陆何欢使眼色。

陆何欢会意点点头，故意大着嗓门，"朱老板，你在这正好帮个忙，我们要解剖这具女尸，一会麻烦你帮我拿一下女尸的内脏。"

"内脏？"朱卧龙差点吐出来。

"要么你拿女尸的眼球也行，不过要小心点，还要做标本的。"陆何欢一本正经地诓骗朱卧龙。

朱卧龙终于忍不住，一阵干呕。

"朱老板要是不舒服就回去休息吧，警署就是这样，每天都是些凶杀案什么的。"陆何欢见好就收。

"好，那我先回去了。"朱卧龙慌忙地点点头，"包小姐，我们改天再一起吃饭。"

眼见朱卧龙就要走了，没想到应喜又来搅局。

"朱老板，其实你也可以在警署的院子里逛逛，等小瑢中午一起吃午餐。"

朱卧龙眼前一亮，"好啊好啊，我去院子转转……包小姐，我等你啊。"

朱卧龙兴奋地离开。

陆何欢和包瑢齐刷刷地瞪着应喜，如果眼神能杀人，此时应喜死定了。

应喜不以为意地刮了刮鼻子，"小瑢，我是为了你好，朱老板的家财把旧闸警署买下来都绰绰有余，嫁到他们家穿金戴银做少奶奶，比整天挖心掏肝做法医强多了。"

包瑢拿着手术刀怒视应喜。

"你想干什么？"应喜有些慌张。

"如果我没看错，小瑢现在想挖你的心掏你的肝。"陆何欢吓唬应喜。

应喜下意识地护住身体，转身溜走。

包瑢和陆何欢趴在走廊的窗户上，看着院子里跟阿花玩得正欢的朱卧龙，很是苦恼。

"何欢，怎么办？"包瑢叹了口气。

陆何欢想了想，灵机一动，"有了，去拿条绳子来。"

站在一旁的应喜探着头看向陆何欢，"陆何欢，你又有什么馊主意了？"

"不用你管。"陆何欢唯恐应喜又要从中作梗。

警署院子里，朱卧龙拿着一只虫子，追着阿花满院子跑得十分欢乐。

"阿花阿花……来，请你吃虫子……来呀……"

陆何欢拿着根麻绳，跟包瑢一起走到朱卧龙跟前。

朱卧龙稍显尴尬，整理了一下衣服，清了清嗓子，"包小姐，我们可以走了吗？"

"还不行。"包瑢拒绝，"朱老板，我要做一个实验，需要有人配合，你愿意配合我吗？"

朱卧龙求之不得，欣然地点点头，"当然愿意了，怎么配合你说吧！"

包瑢看向陆何欢，两人交换了一个意味深长的眼神。

陆何欢开口，"我们正在侦破的是一个受害者上吊死亡的案件，表面证据是自杀，但我觉得应该是他杀。现在我们只是想证明上吊自杀的人是否可以自救。"

"什么意思？"朱卧龙听得云里雾里。

"朱老板听我说完就懂了。如果上吊的人中途后悔了可以自救，那就证明这个受害者是自杀，因为她没有自救，如果上吊的人中途没办法自救，那么之前的假设就没用了。"

"我还是没明白，怎么证明上吊的人能不能自救？"

陆何欢来到院子里一棵树下，把麻绳系在树上，在麻绳下面放了一些砖块，"很简单，朱老板现在就踩着砖块，把头放进这个绳套里面，然后把脚下的砖块踢开……"

"那不是叫我上吊自杀？"朱卧龙明白过来，脸色瞬间难看起来。

"不是自杀，朱老板被绳子吊起来以后就可以开始自救了，如果自救成功就证明我们刚才的第一条推理是正确的，受害者确实是自杀。"陆何欢解释。

"那如果没成功呢？"朱卧龙胆战心惊。

陆何欢挠挠头，"哎呀，我怎么把这事忘了，不过朱老板放心，即使你自救没成功，我们也会第一时间抢救你的。"

朱卧龙苦着脸看看包瑢。

"朱老板，你不会是怕了吧？我可不喜欢胆小的男人。"包瑢装出一脸不悦。

朱卧龙进退两难，支支吾吾着，"这，我当然不是胆小的男人，只是，只是……"

就在这时，他的救星应喜又来了。

"陆何欢，既然是你想的办法，你自己怎么不去证明？"应喜走过来解围。

"就是，你自己怎么不去证明？我的命可比你的命值钱多了，万一出了差错怎么办？"朱卧龙急忙附和。

陆何欢一时语塞，包珞挺身而出。

"朱老板，这个实验既是论证受害者的死因，也是论证你对我的真心，你让何欢证明是什么意思？"

朱卧龙为难，但想了想还是命重要，三十六计，走为上策。

"包小姐，我不是不想证明，实在是还有事情要办，我先走了。"朱卧龙说罢，逃也似的离开。

陆何欢和包珞又瞪着应喜，应喜假装没事地走开，实际上每走一步都觉得芒刺在背。

"何欢，谢谢你。"想着朱卧龙一时半会儿应该不会再来，包珞的语调轻松了许多。

天刚擦黑，霜喜侦探社就关门了。柳如霜在屋内来回踱步，心情烦躁，想着陆何欢竟然说话不算话，明明答应只要自己帮他查案，他便撮合应喜和自己，现在连个影子也没有。

坐在一旁的白玉楼知道柳如霜定是在想应喜，不屑地撇撇嘴，"霜姐，应喜凶巴巴，又邋遢，又好色，哪里好嘛？"

"你懂什么，这样的男人才有男人味。"柳如霜说着不好意思地偷笑起来。

白玉楼见自己一心爱慕的霜姐竟如此不开眼，叹了口气，摇摇头，只觉一棵好白菜就要被猪拱了。

包珞下班刚走到警署门口，就发现朱卧龙又在门口等自己，她赶紧往回跑，正看见陆何欢跟应喜从警署出来。

"何欢，怎么办？朱卧龙还没走，在门口等着呢，一定是不死心，想约我吃晚饭。"包珞求救。

"不就是吃顿饭吗？跟谁吃还不是一样？何况跟着朱老板保管吃香喝辣。"应喜认为包瑢身在福中不知福，开始说风凉话。

"我不想跟他吃饭，看见他就饱了。"包瑢脸上愁云密布。

"那就推说忙不就行了。"应喜站着说话不腰疼。

"不行，他一定又说把饭拿到警署来吃。"包瑢无奈。

陆何欢见朱卧龙这般阴魂不散，决定想个一劳永逸的法子，他动动嘴角，"那就让他拿到警署来吃，说不定吃完了这顿晚饭，他就再也不敢纠缠你了。"

包瑢一愣，觉得陆何欢话里有话，"你有办法？"

陆何欢点点头，随即看向应喜，"你也得帮忙。"

"你别拉上我，我可不想得罪有钱人。"应喜推托。

包瑢摆出一副恶狠狠的模样，"那你想不想得罪署长妹妹？"

应喜立马蔫了，低头顺目，一副任人宰割的样子。

天已经黑透了。警员办公室关着灯，桌上摆着烛光晚餐。

朱卧龙和包瑢面对面坐着。男的有财，女的有貌，表面看，还称得上一派温馨浪漫的景象。

朱卧龙误以为包瑢准备接纳自己，再接再厉地拿出一本书递过去，"包小姐，我拜托了一个文人朋友好不容易找到的，他说这绝对是好书。"

爱书如命的包瑢微笑着接过书，一看书名笑容立刻消失，只见书的封面上赫然写着三个醒目大字"金瓶梅"。

"喜欢吗？"朱卧龙高兴询问。

包瑢尴尬，不知如何作答。

朱卧龙不明所以，继续卖弄，"他给我的时候说我一定会喜欢，我觉得我和你的品味差不多，你也一定喜欢吧？"

包瑢干笑几声，"我还是比较喜欢蒲松龄的《聊斋志异》，尤其喜欢'画皮'那个故事。"

"包小姐喜欢的故事一定很精彩。"朱卧龙没头没脑地恭维。

包瑢收起笑容，神情诡异，就连声音都变得阴冷起来。

"这个故事讲的是一个叫王生的男人，在一个午夜遇到一个美丽的女子……"

"原来是俊男靓女的爱情故事。"朱卧龙不以为然。

包瑢继续冷冷地讲着，"王生对这个美丽的女子宠爱有加，甚至想为了这个女人休了结发妻子。有一日，王生在窗外偷看这个女人化妆，这个女人却突然将头扭到身后盯着王生……"

突然，阴风阵阵，烛光摇曳起来，空旷的办公室传来窸窸窣窣的声响。

"头扭到身后人不就死了吗？"朱卧龙有些害怕。

包瑢面色阴冷，机械地扭了扭头，"不会死，因为那个女人早就已经死过了。"

"啊？"朱卧龙声音颤抖。

"那个女人接着把脸皮撕下来，露出血肉模糊的躯体，然后一点一点地在那张人皮上描眉画眼……"包瑢继续吓唬朱卧龙。

突然阴风又起，接着出现一阵阵怪声。

"包小姐，刚刚是什么声音？"朱卧龙害怕地缩了缩身子。

包瑢的脸向前凑了凑，在烛光的映衬下好似一张女鬼的脸，声音冷冰冰。

"没什么，就是警署经常闹鬼。"

朱卧龙浑身颤抖，结巴着，"闹，闹鬼？我，我怎么没听说？"

"大家都习以为常，说这个干吗？"

突然，一个鬼影在包瑢身边一闪而过。

第十六章　冤魂索命

"你后面……"朱卧龙指着包瑢身后，目瞪口呆。

"没什么，闹鬼而已……"包瑢摆出一副见怪不怪的样子，"吃饭吧，朱老板。"

朱卧龙不断看见鬼影，吓得不敢吃东西。突然，一阵风吹过，蜡烛熄灭了。

朱卧龙感觉身后有人碰他的头，他猛地回头，"谁？"

朱卧龙发现身后并没有人，待他转回头，忽然发现包瑢虽然身子面对自己，但面孔却变成了后脑勺，顿时吓得失声大叫。

"啊！啊！"

朱卧龙慌慌张张拿起桌上的打火机，颤抖着手点燃蜡烛，一抬头，包瑢又变回本来面目。

"包小姐，这里看着有点奇怪，要不出去吃吧。"

包瑢面无表情地开口，但发出的声音却是一个男人的声音，"在这不是挺好的。"

朱卧龙眼见包瑢说话，但声音的确是一个男人的声音，吓得摔倒在地。

"你怎么了？"包瑢开口，依然是男人的声音。

朱卧龙战战兢兢地爬起来。

"包小姐，我先走了，我们改天再约。"朱卧龙说完，踉跄着跑出门。

"终于走了。"包瑢松了口气。

藏在包瑢身后的陆何欢站出来，"小瑢，这家伙以后不会再敢约你在警署吃饭了。"

藏在朱卧龙椅子后的应喜也出来，"真是的，被你们逼上了贼船！我警告你们，今天的事千万不能让包署长知道，否则我就惨了。"

陆何欢和小瑢开怀大笑。

应喜看看眼前的烛光晚餐还没动一下，连招呼二人，"别浪费了，我们吃。"

突然门被推开，包康和朱卧龙一起闯进来。包瑢和陆何欢俱是一惊，想不到朱卧龙杀了个回马枪，还搬来了包康。

"我见朱老板慌慌张张离开就知道你们有问题，果不其然！"包康怒不可遏。

"原来是你们合起火来耍我！"朱卧龙明白过来。

"朱老板别生气，我一定好好责罚他们！"包康决定替朱卧龙讨回面子。

"哥，是我出的主意，也是我让他们帮我的，要罚你就罚我！"包瑢怕牵连陆何欢，主动站出来。

"你这丫头，真是不识好歹！"包康恨铁不成钢。

"我就是不识好歹，所以以后你别再逼我跟什么有钱人见面了！"

包瑢说完赌气离开。

包康向朱卧龙使眼色，朱卧龙追了上去，"包小姐，等等我……"

包康面容扭曲地看向陆何欢和应喜，这脸比鬼脸还难看。

"包署长，我是被他们逼迫的。"应喜委屈地推卸责任。

包康把应喜晾在一旁，怒视着陆何欢，"陆何欢！你扰乱警署秩序，我罚你连夜清洁整个警署的卫生！"

陆何欢看看应喜，不明白包康为什么不处罚他。应喜怕自己受连累，连忙看向别处。

一大早，陆何欢还在擦警署走廊的窗户，应喜打着哈欠走过来。

"昨晚的事是不是你偷偷告密？"陆何欢逮住机会，迎上去低声质问。

"当然……"应喜一脸无辜，但又掩饰不住心虚，"不是了。"

"那为什么包署长不罚你，只罚我一个？"陆何欢怀疑地盯着应喜。

应喜搓搓胡子，打量陆何欢一番，认真起来，"可能是你长得讨厌。"

陆何欢要掐应喜的脖子，应喜连忙抓住陆何欢的手。

"别闹，我要去结案了，包署长刚催完陈秀娥自杀案。"

"不能结案，不是自杀。"陆何欢一听要结案，着急起来。

"证据呢？"应喜坏坏地摊开手掌。

陆何欢把抹布丢给应喜，"我现在就去找。"

陆何欢说着要走，却被应喜一把拉住。

"你就别浪费时间和警力了，所有证据都指向自杀，就是自杀案件。"

"我去找小瑢问问，看看尸检有没有新进展。"

陆何欢不听劝导，说着就向法医室跑。

"陆何欢，你就别自找麻烦了，自杀案不好吗？"应喜边追边喊。

包瑢在警署法医室值班，她拿着尸检报告查看，期望能有新的发现。就在这时，陆何欢和应喜闯进来。

"小瑢，陈秀娥的尸检结果出来没有？"陆何欢心急询问。

包瑢还没说话，就听见走廊里传来柳如霜和白玉楼的声音。

"槐花弄又死人了！"柳如霜咋咋呼呼，白玉楼也跟着大喊，"第二个了！"

陆何欢等人闻讯冲出门去。

陆何欢等人在柳如霜和白玉楼的带领下来到槐花弄的案发现场。死者梁芳面朝下趴在巷子地上，她的身旁撒着几片槐花花瓣。郝姐和一些居民在旁边围观。

巷子两侧是较旧的三层民宅，白玉楼指着三楼窗户，告知众人，"那一间就是梁芳家。"

"一定是从那扇窗户掉下来的。"柳如霜推测。

"错，应该是跳下来的。"应喜纠正。

包瑢蹲在地上，开始进行尸检。

陆何欢皱眉，看了看梁芳家的窗户，然后仔细观察周围环境。他俯身查看尸体旁的槐花花瓣，想起陈秀娥尸体旁也有槐花花瓣，不由得眉头蹙紧，"这里也有槐花花瓣……"

柳如霜和白玉楼站在应喜身后，应喜回头看看二人，"是你们发现的死者？"

"是郝姐发现的死者，然后告诉白玉楼，白玉楼又告诉我，我就去告诉你了。"

应喜转头看向一旁的郝姐，郝姐战战兢兢地张了张嘴。

"早上我去买菜，就看见她躺在这了。"

"那你怎么不去报案？"

郝姐看了看应喜，壮着胆子，"我怕，我怕像上次一样……"

应喜知道郝姐还记着上回误认她是凶手的事，便瞪了郝姐一眼，郝姐低下头。

"这人你认识吧？"应喜追问。

郝姐点点头，"她叫梁芳，三十多岁，一年前死了丈夫，无儿无女，一个人住。"

"又是一个寡妇。"应喜这回相信了寡妇门前确实是非多，上一个案子还没破，紧接着又来一桩命案。

包瑢初步检查完尸体，看向陆何欢，"死者头部有撞击伤，肋骨骨折，初步判断是坠楼死亡，死亡时间大概在昨晚九点左右。"

"又是九点左右……"陆何欢微微皱眉，忽然抬头瞥见梁芳家窗户，"上去看看。"

陆何欢和应喜等人走进梁芳家，发现桌上放着一个酒壶。陆何欢打开酒壶盖，见里面满满一壶酒，他拿起酒壶闻了闻，"是米酒。"

陆何欢走到窗边，发现地上也撒着一些槐花花瓣，花瓣旁边是几个朝着窗户方向的女人脚印，他拿起门口放着的梁芳的鞋，跟脚印比了比，"脚印是梁芳的。"

陆何欢又看了看窗口处，拈起一丝死者梁芳衣服上的纤维，"和死者衣服的颜色和材质一样……看来死者就是从这掉下去的。"

一直跟在陆何欢屁股后的应喜等着坐享其成，他猛地一拍手，"现场没有留下任何线索，死者一定是跳楼自杀，回去准备结案吧。"

"No，不能结案，槐花弄连死两人，未免太过蹊跷，而且据郝姐提供的信息，这次的死者也是个寡妇，跟上一个死者一样都是独居，这说明凶手可能是有目的地选择性杀人。"陆何欢眼神犀利地看着应喜。

"是你想太多了，俗话说寡妇的日子最难过，我看这个梁芳跟那个陈秀娥一样，都是死了丈夫，无儿无女，对生活失去了信心，所以自杀……"应喜不满陆何欢，开始胡诌起来，说完又看向其他警员，"你们说是不是？"

警员们面面相觑不说话。应喜又看向包瑢，包瑢也不说话。

应喜想了想，转而看向柳如霜，"柳如霜，你说是不是？"

"喜哥英明，这两个寡妇一定都是自杀。"柳如霜受宠若惊地奉承着，她又看向陆何欢，"陆何欢，你就别疑神疑鬼了。"

陆何欢充耳不闻，看向包瑢，"小瑢，你那边有没有什么特别发现？"

包瑢无奈地摇摇头，"暂时还没有，不过我会继续帮你调查，相信一定会找到线索。"

"小瑢哪里是旧闸警署的法医，分明就是陆何欢一个人的法医。"应喜看着两人配合默契，禁不住说风凉话。

陆何欢不理应喜，拧紧眉头，转身离开。

应喜瞪了陆何欢一眼，连忙叫上旁边的警员，"不用理他，准备结案。"

警员点点头。

陆何欢走到梁芳邻居家，敲了敲门，片刻，一位妇女打开门。

"你找谁？"妇女语气生硬，一见身穿警服的陆何欢，神情充满了戒备。

"你好，我是旧闸警署探员陆何欢，想跟你了解一下梁芳的事。"

妇女听到陆何欢表面来意后，态度才和缓下来。

"那个寡妇啊，丈夫死了一年了。"

"她丈夫是怎么死的？"

"说是痨病，不过我看多半是被她气死的，那个女人嗜酒如命，几乎每天都喝酒，哪个男人能受得了这样的老婆？"

陆何欢突然想起梁芳家中放着满满的一壶酒。

"梁芳有没有仇家？"陆何欢追问。

"那倒没有，这个女人除了爱喝酒还是比较本分的。"

"谢谢。"

陆何欢了解完情况，转身离开。

应喜在警署办公室整理卷宗，准备结案，陆何欢匆匆进来。

"应探长，不能结案，有疑点。"陆何欢伸手压住卷宗。

"卷宗都快整理完了，有什么疑点啊？"应喜挪开陆何欢的手。

"据梁芳的邻居说，梁芳嗜酒如命，可是案发当天，梁芳家里放着的一壶米酒却一滴未饮，这不符合常理。"

"一个要自杀的人哪有闲情喝酒？再说一个人自杀本来就不符合常理，你就不要在这件案子上纠结不放了。"应喜烦躁，觉得陆何欢走火入魔，对什么都要质疑。

"应探长，这是一桩连环杀人案，不能草率！"

"什么连环杀人案，就是巧合！凑巧陈秀娥和梁芳都是寡妇，但正因为她们都是寡妇才同病相怜，所以都选择了自杀！"应喜继续强词夺理。

就在二人争执得脸红脖子粗时，柳如霜和白玉楼跑了进来。

"不是自杀，不是自杀……是鬼杀人！"白玉楼煞有介事。

"你少跟着起哄。"应喜呵斥道。

白玉楼往后退了退，柳如霜又凑到跟前。

"喜哥，外面都传开了，说是舞女金露冤魂索命。"

"冤魂索命？"应喜半信半疑。

柳如霜点点头，"金露生前最喜欢槐花，两个死者的死亡现场都有槐花花瓣，而且死亡时间都是晚上九点左右，金露不就是九点左右被杀的吗？"

应喜见柳如霜说得有鼻子有眼，搓了搓胡子，"有道理啊。"

"荒谬谣言有什么道理，说不定就是凶手为了掩盖罪行放出的谣言。"陆何欢语气坚决。

应喜白了陆何欢一眼，"不管是不是谣言，这件事可大可小，我得去向包署长汇报。"

应喜转身离开，柳如霜想追应喜，被陆何欢拦住。

"柳小姐，你能不能帮我查一下是谁放出的谣言？"陆何欢隐隐觉得谣言散布者和凶手一定存在联系。

"我为什么要帮你？上次你答应撮合我和喜哥的承诺还没履行呢。"柳如霜翻起旧账。

"你帮我这次，我一定履行承诺。"

"先履行承诺，否则免谈。"

陆何欢见柳如霜不依不饶，无奈咬牙答应。

"好，撮合你和应探长的事今晚就办。"

柳如霜咧嘴一笑，白玉楼皱起眉头，狠瞪陆何欢。

华灯初上。应喜跟着陆何欢来到临河路一家西餐厅。应喜跟着陆何欢上楼，他扫视餐厅，发现里面装修得十分气派，想着陆何欢今天是下了血本。

"你怎么这么好心请我吃饭？不会是黄鼠狼给鸡拜年吧？"应喜心存疑虑，老和自己作对的陆何欢今天死活要请自己吃饭，实在可疑。

"就算我是黄鼠狼，应探长也不是任人宰割的鸡啊？"

"那倒是。"

应喜放心地和陆何欢走到楼上，谁知刚进来就看见坐在角落里的柳如霜。

柳如霜惊喜地冲二人挥手。

"喜哥！太巧了，在这也能遇见你。"柳如霜佯装和应喜偶遇。

"是挺巧，怎么在哪都能遇见你呢？"应喜不耐烦，心想倒霉。

柳如霜向陆何欢使眼色，陆何欢赶紧帮腔。

"既然遇见了，就一起吃吧。"

"好啊好啊。"柳如霜立马响应。

应喜不情愿地坐在柳如霜的餐桌前，发现桌上摆满各色菜肴。他惊讶地看向柳如霜，"你们全家都来吗？"

"就我自己吃。"

应喜摇摇头，有钱人的世界他真是想不明白，"你们有钱人真奢侈。"

"我们一起吃就不奢侈了。"柳如霜迫不及待地大喊，"服务员，上酒。"

片刻，服务员拿上一瓶陆何欢早就安排好的伏特加。

"这是什么玩意？"应喜打量酒瓶。

"是洋酒。"柳如霜解释。

"vodka，伏特加。"陆何欢补充道。

"崇洋媚外！"应喜嘴上不满，但眼睛可是一刻都没离开酒瓶。

"应探长，尝尝？"陆何欢劝酒。

"那就尝尝，大家都尝尝。"

应喜说着夺过酒瓶，给三人面前的杯子满上。

"来，干杯。"柳如霜十分豪放。

陆何欢只喝了一口，柳如霜和应喜却将整杯酒喝掉，辣得两人直流眼泪。

"怎么这么辣！"柳如霜凑近陆何欢低声询问。

"都跟你说是烈酒了嘛。"陆何欢也低声回应。

应喜偷瞄两人，见他们似乎在密谋着什么，清了清嗓子。两人意识到应喜有所察觉，不再说话。

应喜笑笑，端起陆何欢的杯子，"你也得喝光，大男人别婆婆妈妈的，喝。"

陆何欢不得已，仰头将酒喝光。

在应喜没皮没脸、死缠烂打、丧心病狂的敬酒下，柳如霜和陆何欢很快脸颊绯红，醉眼蒙眬。

应喜眯着眼睛，打了个酒嗝，大着舌头指着陆何欢和柳如霜。

"喝，你们喝给本探长看……快点……"

柳如霜和陆何欢将杯中酒一饮而尽，纷纷醉倒。

"想灌醉我，没那么容易。"应喜睁开眼睛，恢复神智，看着趴在桌上人事不省的陆何欢和柳如霜，得意地笑笑。

原来应喜早已经识破陆何欢和柳如霜的诡计，于是干脆将计就计，灌醉二人。

此时已到深夜，服务员过来催促客人。

"先生，不好意思，要打烊了。"

"知道了，马上就走。"

应喜打发走服务员，看着不省人事的柳如霜和陆何欢开始发愁。

"怎么把你们弄回去呢？"

应喜踱步思考，他无意看向窗外，发现白玉楼就站在楼下等柳如霜，立刻像看见了救星，"幸好有这个痴情种……"

应喜挽着陆何欢走到餐厅门口，白玉楼看见应喜，忙看向应喜身后，以为柳如霜会跟着出来。

"别看了，我只能弄下来一个，你们家霜姐还在楼上趴着呢，快上去把她弄走。"

白玉楼惊慌地跑进餐厅。

应喜扶着陆何欢走了几步，发现这样太慢，干脆把陆何欢打横抱了起来，向警署宿舍的方向走去。

"砰"的一声，警署宿舍的门被一脚踢开，应喜抱着陆何欢进来。

其实应喜也喝了不少，他刚把陆何欢放下，酒劲便气势汹汹地涌上来。应喜打了个酒嗝，便扑倒在陆何欢旁边睡去。

陆何欢顺势搂住应喜，又不自觉地想起凌嫣，轻轻唤着，"凌嫣……"

鼾声渐起的应喜任由陆何欢搂着，他把头往陆何欢的怀里蹭了蹭，仿佛他就是凌嫣一样。

第十七章　抽丝剥茧

一缕晨光洒在柳如霜脸上，柳如霜睁开眼睛，她揉了揉头，再低头看看自己，发现有些衣衫不整，想起昨天和陆何欢合谋，定是计划成功，柳如霜不由窃喜。

"喜哥，你终于是我的人了！"

柳如霜欢呼着，她扭过头，却发现和衣躺在床边的白玉楼，对，没错，是白玉楼。

柳大小姐花容失色，惊得大叫，一巴掌打醒白玉楼。

"你怎么在我的床上！"

白玉楼睡眼蒙眬，一脸委屈，"霜姐，是你在我的床上。"

柳如霜环视房间，发现确实是白玉楼家。

"你家？"柳如霜不记得自己是如何从餐厅来到这里的。

白玉楼点点头，突然看见柳如霜胸襟露出白皙的胸口，双眼立刻直了。

柳如霜顺着白玉楼的视线发现他在看自己的胸口，毫不客气地抬起双指插向白玉楼的双眼。

"啊——"

白玉楼发出一声娘里娘气的尖叫，捂住双眼。

柳如霜若无其事地整理好衣服，"我怎么会在这？喜哥呢？昨天晚上怎么回事？"

白玉楼揉着眼睛，"昨晚你跟陆何欢醉得人事不省，应喜带走了陆何欢，把你交给了我，你喝得烂醉如泥我又不敢送你回家，只得把你带到我家来了。"

"你有没有乘人之危？"柳如霜逼问白玉楼。

白玉楼一听，立马红着眼睛流着泪指天发誓，"霜姐，我发誓绝对没有碰你一根手指头。"

柳如霜瞪了一眼白玉楼，觉得他不像在撒谎，当下放下戒心，"谅你也不敢。"

白玉楼松了口气，总算澄清误会，但他莫名挨了一顿打骂，却也只能自认倒霉。白玉楼继续龇牙咧嘴地轻揉双眼，谁料柳如霜怒气未消，突然抓起枕头砸向白玉楼。

"谁叫你带我回来的，坏我好事！"

白玉楼躲闪不及，被枕头砸得失去平衡，叽里咕噜摔到床下。

警署宿舍里洒满了阳光，陆何欢和应喜还在熟睡。阳光刺眼，陆何欢抬手想挡阳光，却发现动弹不得，他这才发现，自己的手被应喜握着。

陆何欢大惊，猛地推开应喜坐起来，"应探长，你为什么握着我的手？"

应喜打着哈欠，一脸厌恶，"昨晚你喝得烂醉，把我当成凌嫣死死抱着不放，我又困又怕你做出什么出格的事，这才抓着你的手。"

"凌嫣？"陆何欢不敢相信。

"你昨晚一直在喊凌嫣的名字，不知道的还以为凌嫣欠你债呢。"

陆何欢不禁有些伤感。

应喜见陆何欢如此失意，拍拍他的肩膀，起身下床伸了个懒腰。

"你还是早点忘了凌嫣吧，说不定凌嫣在外面过得好好的，孩子都能打酱油了。"

"凌嫣不会的，她会等我。"陆何欢生气反驳。

"等你？"应喜觉得陆何欢鬼迷心窍，"哼，她要是肯等你，就不会音信全无了。"

陆何欢置若罔闻，眼神暗淡，又像对应喜说，又像在自言自语，"我一定会找到凌嫣的。"

"那就先去做早餐，吃饱了才有力气找。"应喜坏笑一下，摸了摸肚子。

"为什么我做早餐？"陆何欢辩驳道。

"我是探长，哪有探长给探员做早餐的道理？"应喜又拿官位压人，"快点儿，老子饿了。"

陆何欢来到小厨房，不情愿地煎了两个荷包蛋，盛到盘子里，放在桌上。

"假洋鬼子，竟弄些洋玩意儿。"应喜一边撇嘴，一边把两个荷包蛋都吃了。

"这是两个人的早餐，你怎么都吃了？"陆何欢生气，忙活了好一阵，结果一口都没有吃到。

"这是对你的报复，别以为我不知道昨晚你是想帮柳如霜灌醉我……"应喜擦擦嘴，终于解了气。

"我……我只是在履行承诺而已。"陆何欢被说中，有些心虚。

"我不管你的什么狗屁承诺，总之，以后再有这种事，我就把你灌醉了扔到烟花间，让那些母老虎们吃了你！"

面对应喜这个威胁，陆何欢下意识地一个激灵，在他眼里，应喜确是什么事都干得出来。

柳如霜坐在霜喜侦探社的椅子上，少了往日的精气神。她一边揉着太阳穴，一边对坐在一旁的白玉楼发牢骚。

"什么破酒，像毒药一样，喝完什么都不记得了。"

白玉楼眼睛红得像兔子，见柳如霜还未彻底清醒过来，也觉得酒力强劲，"霜姐，你平时酒量不错啊，到底是什么酒这么厉害？"

"扶什么家……"柳如霜思忖，"哦，扶回家。"

白玉楼笑笑，"这酒还真是名副其实。"

二人说话间，有人敲门。

"进来。"

陆何欢推门进来，"柳小姐……"

柳如霜一看是陆何欢，立马板起脸，"事情办成这样，你还好意思找我。"

陆何欢知道事情办砸了，肯定会让柳如霜不满，急忙上前解释，"柳小姐，昨天的事也不能全怪我，你不是也被应喜灌醉了？"

"要不是你偏要喝'扶回家'那种酒，我能醉得不省人事吗？"柳如霜怪罪陆何欢。

"是伏特加，不是你说要劲头大一点的酒吗？"陆何欢见柳如霜怒气未消，又保证，"柳小姐，你放心，你和应探长的事我会再找机会，现在你就先帮我查探一下金露冤魂索命的谣言到底是谁传出来的，OK？"

"废话少说，我是不会帮你的，白白，送客。"柳如霜是铁了心袖手旁观。

白玉楼站起来，无奈地看向陆何欢，他那双红红的眼睛就是柳如霜火暴脾气的最好证明。

陆何欢见说不动柳大小姐，叹了口气，转身离开。

包瑢戴着手套，在法医室对梁芳的尸体仔细检验。她突然发现死者腰间戴着一块玉佩，急忙将玉佩取下来，仔细看了看，上面有一枚极其不显眼的指纹。

包瑢将指纹印在一张特质的纸上，又在纸上撒了些粉末，片刻，一枚指纹清晰可见。

包瑢拿着指纹匆匆出门。

包瑢刚出门口就看到陆何欢回来。

"何欢，我正要找你呢。"

"是不是尸检有了新发现？"陆何欢欣喜。

包瑢点点头，"我在梁芳身上找到一枚玉佩，玉佩上留有一枚他人的指纹。"

包瑢打开印有指纹的那张纸，给陆何欢看。

陆何欢拿着指纹看了半天，突然想起什么，猛地一惊。

"之前金露案大宝按手印的那份卷宗在哪？"

包瑢不明所以，但陆何欢既然要，必定能派上用处。

"在我那里，当天我见那份卷宗再无用处，就收了起来。"

"太好了，去看一下。"陆何欢兴奋不已。

包瑢回到法医室，拿出大宝按手印的卷宗，陆何欢急忙将指纹放在大宝的手印旁细细比对。

"两枚指纹果然一模一样。"

包瑢不由得赞叹。

"何欢，你的记忆力太好了，连指纹都记得住。"

"我在苏格兰场专门做过类似的训练，当时是以鸡蛋做训练项目，从一千个鸡蛋当中找出之前选中的那个。"

"怪不得，那可比选指纹难多了。"

陆何欢谦虚地笑笑，突然想起什么，"小瑢，梁芳死亡后是不是只有郝姐和你接触过她的尸体？"

包瑢点头。

"看来要把大宝抓回来审一审了。"陆何欢眉头锁紧。

"要通知应探长吗？"

陆何欢考虑到应喜一向急功近利，又爱对嫌犯动刑，拦住包瑢，"还是先别通知他，虽然发现大宝的指纹，但大宝也未必就一定是凶手，我怕应探长急于结案，强行将大宝定罪。"

包瑢点点头。

应喜哼着小曲走进办公室，催促光头警员，"光头，赶紧整理卷宗结案。"

"结什么案？"光头丈二和尚摸不着头脑，他才见大宝被带到了审讯室。

"你小子是不是在这跟我装傻呢？那两起寡妇自杀案啊！"

"应探长，寡妇不是自杀，凶手抓到了，就是大宝。"

"什么时候抓到的？"应喜惊讶。

"刚才，小瑢在尸体上的一块玉佩上找到了指纹，陆探员认出指纹是大宝的，就把大宝抓了回来，郝姐说不放心他儿子也跟来了，现在他们正在审讯室审问大宝呢。"

应喜听罢急忙走向审讯室。

审讯室里，大宝胆战心惊地坐在陆何欢对面。郝姐站在一边，担心地看着儿子。

"大宝，前天晚上你去梁芳家干什么？"

"我，我没去过。"面对陆何欢的审问，大宝眼神闪躲地否认。

陆何欢不得不加重语气，"你撒谎！梁芳身上的玉佩上留下了你的指纹。如果不是案发当晚去的，指纹不可能保存得那么完整。"

"我……"

大宝话还没说完，包康和应喜便一前一后地走进来。

"陆何欢，大宝交代没有？"包康一进来就询问案情进展。

"还没有。"陆何欢一怔，没想到包康会来，应喜也来了。

包康示意应喜，"总督察长刚刚打来电话催促这件案子，我们得加快进度，非常时期可以采取一点非常手段。"

"冤枉，我没杀人。"大宝一惊，联想到上回被屈打成招，忍不住呼喊。

包康哪里听得进去，他继续嘱咐着应喜，"听说已经在尸体上找到凶犯大宝的指纹了，应探长，我看不给点颜色他不会老实交代。"

"我早就看这个家伙形迹可疑了。"

应喜说罢走过去敲打大宝的头，"你招不招，招不招？"

郝姐心疼想阻拦，刚要说些什么，就被陆何欢拦下。

"应探长，你这是刑讯逼供！"陆何欢指责应喜。

"不逼供他会老实交代吗？"应喜想着包康在场，陆何欢也不敢放肆，底气十足。

"要用证据让他老实交代，不能靠屈打成招！"陆何欢坚持原则。

"那枚指纹就是证据。玉佩是贴身之物，如果不是他杀的人，怎么会在玉佩上留下指纹？"

"我没杀人。"大宝哭着，不得已道出实情，"我只是……我只是偷看芳姐换衣服。"

众人闻言，纷纷吃惊。

"什么时候？"陆何欢追问。

"前天傍晚，我家的扫把坏了，我就去芳姐家借，正赶上她在换衣服……"

原来大宝前天晚上确实去过梁芳家，他一进门，恰巧碰上梁芳躲在帘子后换衣服，帘子上映出梁芳曼妙的身影。大宝被吸引，鬼鬼祟祟走过去，偷偷蹲在帘子角落，将帘子拉开一条缝隙偷看。他见床边放着梁芳换下来的衣服，便将衣服轻轻拉到床边，拿起衣服送到鼻子前享受地闻了闻。就这样，大宝的手指按在衣服上的玉佩上面，留下了指纹。

"我承认这么做是有点不知羞耻，但我说的都是真的，我真的没杀人啊，我听说案发的时候是九点，那时候我已经睡了，不信你们问我娘，我真的没杀人。"大宝向众人哭诉。

"你撒谎！"应喜认为大宝的话是在蓄意脱罪。

郝姐突然站出来，恍然大悟地一拍脑门，"应探长，我想起来了！"

"想起什么了？"应喜斜睨了一眼郝姐。

"案发当晚，我看见梁芳相好的来过她家。"郝姐语气笃定。

"相好的？"应喜质问。

"你知道这个人是谁吗？"陆何欢从旁追问。

"我不认识，但我记得他的样子。"

"那就行了，我们可以画出来！"陆何欢惊喜不已，他在苏格兰场学过刑侦画像。

众人转换场地，来到警员办公室。警员们围在包康、应喜和陆何欢周围。

陆何欢、应喜和包康拿着纸笔根据郝姐的描述画像。

郝姐凭着记忆，开始描述梁芳相好之人的长相，"那个男人大概四十多岁，穿着一件深色的长衫，戴着金丝眼镜，还留着八字胡，四方脸，眼睛不算太大，有一点蒜头鼻，嘴唇薄薄的……"

三人画完，郝姐挨个评定。应喜和包康画得不忍直视，郝姐看看包康的画摇摇头，又看看应喜的画依然摇头，再看陆何欢画的，终于满意地点点头。

"这位警官画得最像。"

众人对着陆何欢所画的画像端详，都觉得十分眼熟。

"看着怎么这么眼熟？好像是……"应喜摸着下巴嘀咕。

包康突然灵光一闪，一语道破，"陆祥！"

第十八章　秉公灭私

陆何欢拿起画像，微微皱眉，"这……不会吧……"

"我跟陆祥不仅是同事还住对门，他化成灰我都认得，这画上的人就是他，没错。"包康态度笃定，似乎比他这个儿子还要了解陆祥。

警员们闻声也纷纷围上来，盯着画像低声议论。

"好像真的是陆副署长。"

"不会吧，陆副署长跟寡妇不清不楚？"

"竟然还杀了人？"

陆何欢听着这些闲言碎语，又羞又气，忍不住怒视几个警员，"shut up！"

警员们虽然把嘴闭上了，但一个个仍然在捂嘴偷笑。

"想不到堂堂旧闸警署副署长竟然干出这种事。"包康别有用心地看向陆何欢。

陆何欢看向郝姐，不得不再一次求证，"郝姐，你确定案发当晚去梁芳家的是画像中的这个人？"

郝姐还不知道陆何欢和陆祥的关系，她见陆何欢神情焦灼，以为对方急于破案，笃定地点点头，"没错，就是这个人，我看得清清楚楚。"

陆何欢不由得震惊万分，警员们也都齐齐望向陆何欢。

包康见状欣喜万分，这可是收拾陆祥的好机会，他已经忍不住瞧陆祥出洋相了，于是厉声喝道，"人证在此，去把陆祥带过来！"

"包署长，陆副署长不是生病请假了吗？"应喜低声提醒。

"生病？"包康轻哼一声，"我看是心里有鬼！"

陆何欢见包康执意要逮捕陆祥，抓着画像的手微微颤抖。

包康故意瞟了一眼陆何欢，阴阳怪气地，"陆何欢，既然你在调查这件案子，就由你带人去抓陆祥回来审问。"

陆何欢微微一怔，知道包康存心要自己抓捕陆祥瞧好戏，心想既然赖不掉，便点了点头，"好，我去。"

陆何欢说罢匆匆出门。

包康唯恐陆何欢包庇陆祥，示意两名警员，"你们跟着陆何欢。"

"包署长，毕竟陆何欢和陆祥是亲父子，为了避免出什么意外，我也跟着去看看。"应喜也赶紧凑上来。

包康点头应允，"看着点陆何欢，一定要把人给我带回来。"

"是。"

应喜应声疾步追上去。

走在回家的路上，陆何欢眉头紧锁，他万万没想到陆祥会涉嫌杀人，现在唯一能做的就是尽早侦破案子，想到这，他不由得加快步伐。

两个警员气喘吁吁地在后跟着陆何欢。

"你们跟着干什么啊？"应喜一溜小跑跟上来，呵斥两个警员。

"包署长让我们跟着陆探员去陆家抓人。"

"瞧你们那副缺心眼的德行，你们就那么确定陆副署长是凶手？"

应喜问得两个警员面面相觑。

应喜瞪了一眼二人，"你们想过没有，今天陆副署长是嫌疑人，你们穿着警服人模狗样地去陆副署长家把人带走，明天陆副署长要是洗脱嫌疑了，他还是陆副署长。"说到这，应喜语气加重，"到时候你们吃不了兜着走！"

两个警员对视一眼，觉得应喜话糙理不糙。

"谢谢应探长提醒，那我们就先回警署了。"其中一个警员决定听从应喜的建议。

应喜点点头。

另外一个警员看看走在前面的陆何欢的背影，有点担心，但忌惮陆祥的权势，勉强答应，"应探长，抓人的事就交给你了，可千万别出什么岔子，这个锅我们可背不起啊。"

"这是什么屁话，本探长亲自出马会出什么岔子？赶紧滚。"应喜恼怒。

"是是。"警员连连点头。

应喜瞪了一眼慌张跑开的警员，转过头去追已经走远的陆何欢。

陆何欢怒气冲冲往家走，应喜追上去跟陆何欢肩并肩。

"他们俩呢？"陆何欢纳闷包康派遣的尾巴怎么会擅自走开。

"被我打发回去了，你总不想让你娘看见你爹被两个小警员带走吧？"

"谢谢啊。"陆何欢没想到应喜会出手相助。

应喜白了陆何欢一眼，"我说按照自杀结案，你偏不听，非说什么连环杀人！你说你瞎折腾什么？这下好了，把你爹都折腾进来了……"

陆何欢拧紧眉头不说话。

"现在最重要的是看看怎么才能把这件案子重新定性成自杀，这样你爹的嫌疑就自动消除了。"应喜自顾自地叹了口气。

陆何欢耿直地一皱眉头，"这件案子本来就不是自杀，必须查出真凶！如果我爹真做了那种事，也该受到法律的惩罚。"

"你傻了吧？学人家大义灭亲也不看看这是什么世道……"应喜被陆何欢的反应吓到了，但见对方态度笃定，又继续劝解，"世风日下，就凭你一个人坚持真理就能世风日上啦？"

"我只知道作为警员，就该查出每一件案子的真相，现在我们的任务是去陆家带陆祥回警署接受调查。"陆何欢一脸坚决。

应喜恨铁不成钢地叹了口气，"你怎么这么一根筋呢！"

陆何欢不理应喜，快步向前走。应喜无奈地摇摇头，跟了上去。

陆祥因为被林芝打伤了脸，以身体抱恙为由请假在家休养。还不知道自己已经成了杀人嫌犯的他此时正瘫坐在沙发上，一边拿鸡蛋敷淤青的眼睛，一边低声埋怨林芝。

"说过多少遍了不要打脸，我陆祥好歹在外面有头有脸，这样让我怎么出门……真是个泼妇，不可理喻……"

陆祥的牢骚还没发完，就被端着水果走过来的林芝听到了，"你说谁不可理喻？"

"啊？"陆祥吓得虎躯一震，"我说，我说那个包康。"

林芝把水果盘往桌上一撇，逼问道，"那泼妇呢？"

"他妹妹！你不要对号入座好不好？"陆祥支吾着强词夺理。

陆何欢走到家门口，手抬到半空犹豫了一下，他没想到自己好不容易回家一趟，目的竟是要带走亲爹。他的手悬在半空中，门内突然传来陆祥和林芝的吵架声。

"老东西，我辛辛苦苦操持这个家，你竟然骂我泼妇！"林芝边打边骂。

"哎哟，疼死了！"陆祥旧伤未愈，又添新伤，忍不住哀号。

应喜知道林芝又在痛殴陆祥，见陆何欢犹豫不决，上前劝说，"我看就算你不把陆副署长带走，陆副署长也未必安全。"

陆何欢看了应喜一眼，咬了咬牙，抬手敲门。

屋子里，林芝正抢过陆祥手里的鸡蛋狠砸陆祥的头。

"别打了，别打了！"陆祥可怜巴巴地恳求。

敲门声响起。

"有人来了！"陆祥低呼。

林芝停手，把已经敲碎的鸡蛋扔到陆祥手里，没好气地走过去开门。

"要是找我的就说我不在，别让他进来。"陆祥低声叮嘱，生怕旁人目睹自己的窘境。

门开了，陆何欢看到林芝张了张嘴。林芝一见儿子，惊喜不已。

"儿子！你怎么这个时候回来了？要回家住了吗？"

陆何欢摇了摇头，为难地动了动嘴角。

"怎么了？"林芝察觉到儿子似是有难言之隐。

"陆夫人，您好。"应喜见状，连连凑过去解围。

"应探长？"林芝越发糊涂了，"你怎么也来了？"

应喜尴尬地笑笑，推了推陆何欢。

陆何欢知道躲不掉，索性直言来意，但唯恐林芝一时受不了，便委婉询问，"娘，爹呢？"

"你爹在里面，出什么事了？"林芝见陆何欢神情严肃，立马猜到情况不妙。

陆何欢没回答，径自进门，林芝和应喜跟了过来。

"你这个臭小子回来干什么？"屋内的陆祥一见陆何欢便气不打一处来，但看见跟着一起进来的应喜，有点纳闷，"应喜？你来干什么？"

陆祥说着想起什么，赶紧挡住自己淤青的眼睛。

"该不是包康让你来打探我是不是真的生病吧？"陆祥不满地诘问。

"陆副署长，您误会了，包署长派我来请您回警局一趟。"应喜为难地搓着手，好似握着一个烫手山芋。

"他不是知道我身体不适吗？竟然还派你们来请我，什么意思？"陆祥没好气。

"这……恐怕不是请……"应喜为难，侧过脸看看陆何欢，小声地催促，"说话呀。"

"陆祥！"陆何欢情急之下，厉声喝道。

陆祥一愣，忿忿不平，顾不得遮盖脸上的淤青，伸手指着陆何欢，"岂有此理，敢直呼老子名号！"

陆何欢正了正色，权当为自己壮胆，"陆祥，你涉嫌一桩杀人案，我现在要带你回警署接受调查。"

"什么？杀人案？"陆祥一头雾水，"什么意思？你们怀疑我是杀人凶手？"

"在没有确凿的证据之前，你只是作为嫌疑人接受我们的审问。"陆何欢解释。

陆祥大怒，猛地一拍桌子，"岂有此理，陆何欢，你可真够本事的，查案查到你老子的头上来了！"

"陆祥，你现在是嫌疑人……"陆何欢心头一颤，又是命令，又是请求，"请你配合一下。"

"嫌疑人个屁，配合个屁！"陆祥暴跳如雷。

"你要是不配合，那我只能采取强制措施了。"

陆何欢说着去抓陆祥的胳膊。

陆祥气急，没想到陆何欢动真格的，"你这个逆子，你今天要是敢动我一下，以后我就没你这个儿子！"

"儿子，你怎么能跟你爹动粗呢！到底什么事啊？你爹跟杀人案有什么关系？"一向偏袒儿子的林芝见状，也不由得斥责陆何欢。

"娘，有人看见……"陆何欢欲向林芝交代原委，但唯恐节外生枝，"算了，等案件调查清楚我再跟您解释，现在爹必须跟我回警署。"

陆何欢抓住陆祥胳膊往外走，陆祥气愤不已。

"陆何欢，你这是大逆不道！以后你别再叫我爹，我没你这个儿子！"

"儿子，有什么话好好说，你这是干什么！"林芝连连拉住陆何欢，苦口婆心地劝说。

陆何欢咬咬牙，向应喜求助，"应探长，麻烦你拦住我娘。"

应喜一脸为难地挡在林芝面前，好言好语，"陆夫人，请您配合一下我们的工作。"

"这到底是怎么回事啊？"林芝焦躁地捏着衣角。

应喜的脸色愈加为难，"您还是不知道比较好。"

林芝一听，料定其中必有隐情，誓要打破砂锅问到底。她见拦人不成，便跟着三人，一起去往警署。

陆祥被陆何欢带到警署审讯室，他脸色铁青地坐在椅子上，不服气地看着坐在他对面一脸得意的包康。

陆何欢扶着林芝站在一边，应喜站在陆何欢身后，找了一个陆祥看不见他的位置，他可不想因为这件事得罪陆祥。

包康清了清嗓子，迫不及待地开始审问陆祥，"陆祥，前天晚上八点到十点之间你在哪？"

陆祥不知道包康葫芦里卖什么药，稍一迟疑，"在家。"

包康怀疑地盯着陆祥，"在家？是在死者家吧？梁芳就是你杀的，你这个杀人凶手！"

"你这是什么话？前天晚上我一直在家，你可以问我夫人。"

陆祥看向林芝，林芝很有礼节地向包康点点头，看上去颇有贤良淑德的风范。

"回包署长，陆祥当时是在家，我能证明。"

"你证明没用。"包康故意刁难。

林芝表情微微变化，但竭力压制怒火，保持贤良形象，"为什么？"

"你们两个是夫妻关系，证言无效。"包康冷冷回应。

"可是家里就我们两个人，他在家我不证明谁证明？包署长这就有些刻意刁难了。"林芝强忍怒火。

包康往椅子上靠了靠，眼睛眯成一条缝，狡黠地盯着陆祥和林芝，"家里就你们两个人，所以你怎么说都行了。"

林芝慢慢握紧拳头，咬着牙，压抑心中怒火，"要是按包署长这么说，包署长前天晚上在哪？"

"我当然在家。"包康脱口而出。

"谁证明？"林芝追问。

"我妹妹包瑢就能证明。"包康还没意识到林芝在给自己下套。

"你们是兄妹关系，证言无效，你也可能是杀人凶手！"林芝当下给包康来了个下马威。

"反击得漂亮！"陆祥拍手称快。

包康见林芝戏弄自己，猛地站起来，一拍桌子，"你这是胡闹，槐花弄的郝姐亲眼看见案发时间陆祥在案发现场出现，如果没有第三人做不在场证明，陆祥就是凶犯！你若继续胡闹，就算包庇罪一并处理！"

"老虎不发威你当我是死猫！"林芝不惧，低声吼道。事到如今，她也不用刻意保持形象了。

陆何欢一见林芝的样子有些害怕地抓住林芝的胳膊，低声劝慰，"娘，这里是警署，忍一忍。"

"忍个屁！都被欺负到头上了还忍。"林芝甩开陆何欢，怒气匆匆向包康走去。

陆何欢一脸担忧，"My god。"

应喜敏锐地嗅到战火的气味，害怕地咬着手指，低声问陆何欢，"这里不会变成凶案现场吧？"

林芝雄赳赳气昂昂地走到包康面前，猛地一拍桌子，跟包康面对面叫板。

"包康，你别太过分！你是旧闸警署的署长，可不是我林芝的署长，你要是敢冤枉陆祥，信不信我拆了你的警署！"

包康咬了咬牙，再次猛拍桌子，想在气势上压倒林芝，连嗓门都大了不少，"岂有此理，你不但包庇嫌犯还口出狂言，你这是扰乱公务，我有权抓你！"

林芝娇躯一抖，一拳打在包康脸上，叫嚷着，"我现在还袭警了，你抓我啊！"

包康捂着脸怒吼，"你敢打我，你以为旧闸的署长跟副署长一样好欺负吗！来人，把她给我……"

包康话没说完，应喜和陆何欢冲过来，应喜捂住包康的嘴，对包康低声耳语。

"包署长千万别跟女人较劲，传出去会被笑话。要是传到戈登总督察长那里也会影响你深受群众爱戴的形象。"

包康想想应喜说得有理，咬了咬牙，咽下一口恶气。

陆何欢见应喜稳住包康，赶紧拉着林芝劝慰，"娘，这是警署。"

"警署怎么啦？我说你这孩子，你爹被冤枉你还傻杵在这干什么！"

包康怒火再起，"冤枉？应喜！带郝姐上来跟陆副署长当面对质！"

"哦。"应喜一脸为难地看看陆祥，却迟迟不见动。

"快去！"包康大吼。

应喜脚底抹油，一溜烟跑出去。

第十九章　乌烟瘴气

陆何欢害怕林芝得知陆祥的丑事，到时再大闹警署，他迟疑了一下，便又上前劝慰，"娘，我先送您回去吧。"

"你怎么跟你爹一个熊样，他包康要是敢冤枉你爹，我们娘俩就大闹旧闸警署！"林芝大怒，上前一把推翻包康面前的桌子。

包康没想到林芝这么泼辣，虽不示弱，声音却低下来，"损坏公物，照价赔偿。"

就在战火一触即发之时，应喜匆匆忙忙将郝姐带了进来。包康一见郝姐又有了底气，声音大了起来。

"郝姐，你仔细看清楚对面的人。"

郝姐按照包康的指示，仔细打量陆祥，陆祥一见郝姐，眼神闪躲，似乎在隐瞒着什么。

不一会，郝姐点点头，伸手指着陆祥，"包署长，就是这个人，他就是梁寡妇相好的，前天晚上七点多我看见他去梁寡妇家了。"

林芝一怔，方才的霸气顿时消散殆尽，她满腹狐疑，喃喃自语着，"梁寡妇相好的？"

"陆祥，现在人证就在眼前，你还有什么好说的？"包康趁热打铁。

陆祥冲陆何欢使眼色，压低声音，"何欢，把你娘先送回去。"

林芝知道陆祥有意欺瞒自己，怫然大怒，"我不回去！陆祥，你给我解释解释你和梁寡妇是怎么回事？"

"一定是陆祥与梁寡妇苟合，梁寡妇想逼宫上位，陆祥害怕事情闹大，所以杀了梁寡妇来解决自己的风流债！"包康从旁断言。

"一派胡言！那天我是去了梁寡妇家，可是……"陆祥情急之下，脱口而出。

林芝闻听，顿时气不打一处来，"好啊，你真去了！"

"……可是我待了没一会就走了！"陆祥面红耳赤地解释。

"走了？去了哪里？谁能证明？"包康抢在林芝前头逼问。

陆祥看看林芝，一脸为难，"去散步了，我哪记得住路上遇见的是谁？你们去调查一下吧。"

"陆祥，如果你找不到案发时间内你不在现场的证明，我就向上级申请，根据现有证据直接结案。"

陆祥见包康不依不饶，有点着急，"我真没杀人！当时我在……"

陆祥看看林芝，又把话憋了回去。

146

"当时你在哪？"包康追问。

"爹，你当时在哪？说出来你的嫌疑就洗清了。"陆何欢催促陆祥讲出实情。

"我……"陆祥为难，看看怒视自己的林芝，又看看一脸期待的陆何欢，再看看虎视眈眈等着看热闹的包康，咬一咬牙，"我当时去了孙凤莲家喝茶，不信你们可以去问她。"

"孙凤莲是谁？"林芝再一次逼问陆祥。

包康看向应喜，觉得他消息灵通，应该知道孙凤莲的情况。

应喜咽了口口水，撇嘴偷笑，"好像也是个寡妇，也住槐花弄。"

包康一听，脸上登时笑开了花，打趣道，"陆祥，想不到你还挺招寡妇喜欢的！"

"真是寡妇门前是非多，这句古话看来一点都不假啊。"应喜低声感慨。

"应喜，去把孙凤莲带来。"包康命令应喜。

"是。"

应喜小跑出门，看都不敢看陆祥一眼。

"陆祥……"林芝咬牙切齿地盯着陆祥，欲言又止，想来语言已经不足以表达她内心的愤怒。

陆祥耷拉着脑袋，好似霜打的茄子，不敢看林芝。

"哼，陆祥，别以为随便扯出个人来就能脱罪，如果人真是你杀的，你编什么瞎话都没用！"包康恶言恶语。

陆何欢不知道如何安慰林芝，急得直挠头。

林芝怒视着陆祥，两眼似乎能喷出火来，"陆祥，如果你真去了寡妇家，有你好看！"

陆何欢看看陆祥，又看看林芝，左右为难，上前好言相劝，"娘，您别生气，可能我爹只是走到槐花弄口渴，而孙凤莲家恰好有茶。"

"家里有茶不喝，跑去槐花弄喝，是寡妇家的茶更香吗！"林芝火气上来，忍不住迁怒儿子。

"那你往好的方面想想，我爹是杀人犯和去寡妇家喝茶你选哪个？"陆何欢继续劝解。

"选他是杀人犯，这种人就该直接枪毙！"气头上的林芝回答得倒是干脆。

陆何欢无奈地冲陆祥耸耸肩，表示自己已经尽力了，只能让他自求多福。陆祥瞪了陆何欢一眼，心中窝火，想来自己先是被儿子大义灭亲，又被老对手算计，再被老婆逼上绝路，真是倒霉到家了。

应喜跑到孙凤莲家门口已经上气不接下气，就连平时追击犯人，他都没有这么上心过。应喜急吼吼地敲门，里面传来孙凤莲的声音。

"谁呀？要把门敲破了！"

孙凤莲忙不迭地跑去开门，她体态丰腴，模样标致，虽说守寡在家，却偏爱穿红挂绿。孙凤莲见一身警服的应喜站在门前，当下一愣，"你是？"

应喜喘着粗气，亮出证件，"旧闸警署探长应喜，跟我走一趟。"

应喜说着拉起孙凤莲就走，顾不得对方解释。

"哎，警官，我没做什么坏事啊……"

二人刚走，一个奸夫模样的男人抱着衣服从屋里溜出来跑走。

警署审讯室里安静得可怕，每个人都怀着自己的心思。

陆祥咬牙切齿地盯着包康，像是在说："这个混蛋，本来完全可以私下去调查，却故意叫孙凤莲来这，就算我洗清嫌疑也要害我家里鸡犬不宁。"

包康幸灾乐祸地与陆祥对视，像是在说："哼哼，没错，我就是故意的，等孙凤莲来了我看你怎么办。"

陆祥视线移到林芝身上，林芝满眼怒火，陆祥立刻苦着脸，转变为祈求的表情，像是在说："老婆，我错了，以后我再也不去寡妇家喝茶了，你就饶了我这回吧。"

林芝暗暗咬牙，像是在说："老东西，回去我跟你没完。"

陆祥哭丧着脸，将目光移向陆何欢，满眼怒色，像是在说："臭小子，关键时刻屁用没有，你给老子等着！"

陆何欢一脸歉意，像是在说："爹，对不起啊，我也没想到事情会搞成这样，唉！你以后还是把茶戒了吧。"

就在四人"眉目传情"之时，门"砰"的一声开了，应喜拉着孙凤莲跑进来，二人累得上气不接下气。

"孙凤莲，我问你，前天晚上九点左右你和谁在一起？"包康单刀直入。

"啊？"

孙凤莲被问住了，她突然侧过脸，看见陆祥，惊喜不已，"陆副署长？"

"快回答我的问题！"包康逼问。

孙凤莲害怕地捂住胸口，愣愣地点点头，"哦，当时我跟陆副署长在一起，他在我家喝茶。"

本想好好教训教训陆祥的包康顿时有些失望，没想到陆祥确实在寡妇家喝茶。

不过，他大可不必太失望，毕竟林芝会替他好好收拾陆祥。林芝见事情已经坐实，怒火中烧，大声吼道："陆祥！你寻花问柳也就算了，还找的都是寡妇，真是不要脸！"

林芝气得走到陆祥近前，对着陆祥的眼睛就是一拳，陆祥立刻变成乌眼青。

"老婆，你听我解释，我只是喝喝茶，没干别的！"陆祥捂着眼睛不住求饶。

林芝充耳不闻，对着陆祥另一只眼睛又是一拳，"还想干别的？不要脸！"

陆祥捂住两只眼睛，把头埋在双腿间。

"陆夫人，这里是警署……"包康见陆祥和林芝把家庭恩怨纠纷搬到警署里，忍不住开口。

林芝凶狠地瞪向包康，包康下意识地揉了揉眼睛，将后面的话咽了回去。

"勾引有妇之夫，不要脸！"林芝不解气，又走到孙凤莲身边大骂。

"你，你怎么骂人呢……"孙凤莲委屈地还嘴。

林芝当即摆出一副十足的泼妇架势，"我好像确实不应该骂你，应该打你！对不对？"

孙凤莲唯恐林芝真动起手来，瑟缩着不敢再说话。

摆平了孙凤莲之后，林芝看向包康，语气让人出乎意料的平静，"包署长，孙凤莲和陆祥不清不楚，证言也应该无效。人就是陆祥杀的，赶紧把陆祥定罪吧。"

众人听罢俱是一惊。

"哎呀呀，黄蜂尾后针，最毒妇人心呐，你太狠啦。"陆祥刚逃过一劫，没想到又被自己老婆算计。

"罪大恶极，应该拖出去千刀万剐！"

林芝说完，一脚踹翻旁边的椅子。站在门口的应喜赶紧恭敬地给林芝让路，林芝瞪了应喜一眼，摔门而去。

林芝一走，陆祥悬着的心终于落地，他转脸看向包康，"包署长，我解释清楚了，现在该你解释了吧？还没调查清楚就把我抓来，搞得我家鸡犬不宁，我看你是公报私仇栽赃陷害！"

"陆副署长，一切都是误会，误会。"包康尴尬地赔笑。

"包署长和陆副署长都是开明大度之人，说清楚就好了。"应喜忙打圆场。

陆祥想起刚才应喜充当包康的狗腿子，现在又给自己戴高帽子，用尽全力地瞪了他一眼，然后气愤地向门口走去。

陆祥经过陆何欢身边，陆何欢一脸内疚。

"爹……"

陆祥以最快的速度打断陆何欢，"别叫我爹，我受不起！还是叫我陆祥吧！"

陆祥说罢气愤离开。陆何欢无奈地摇摇头，今天他是把家中二老都给得罪了。

天色暗下来，陆何欢和应喜疲惫地回到宿舍。应喜打开柜门，拿出一袋花生，边吃边半躺到床上。

"惊心动魄的一天。"应喜长出一口气，忍不住感慨。

"你外衣还没脱就躺床上，有细菌。"

"有细菌也压死它们。"应喜不以为意地诡辩。

陆何欢见应喜赖在床上，一边强行把他拉下床，一边念叨，"压死细菌不科学，别忘了我们的合住契约，你必须尊重合住伙伴的意见。"

应喜被陆何欢拉到椅子上坐下，不耐烦地扭动着身体，"真麻烦，你怎么像个女人似的！"

陆何欢一怔，觉得这话似曾相识。那是几年前一个天气晴好的日子，少时的他和凌嫣在草地上散步。凌嫣走累了，便拉着陆何欢歇息。

"何欢，我累了，我们坐这歇歇吧。"

陆何欢点点头。

"等一下……"凌嫣刚要坐下，就被陆何欢拦下，他掏出手帕垫在草地上，"地上脏，有细菌。"

凌嫣乖乖坐在手帕上，嘴角却止不住漾着笑意，"何欢，你怎么像个女孩子一样。"

陆何欢倒不生气，顺着凌嫣的意愿，"下辈子我当女的你当男的怎么样？我们还是一对。"

凌嫣笑着点点头。

应喜见陆何欢眼神放空，半天不理自己，忍不住拿花生砸他，"发什么呆呢？"

"没什么，我只是想起凌嫣。"陆何欢有些伤感地抿抿嘴。

"你心还真大，这个时候还想着女人。"应喜又开始说风凉话，"我看你应该想想你爹，看你娘那个性子，你爹恐怕没好果子吃。"

还真被应喜说中了。

尽管已是入夜，陆府卧室仍是灯火通明。屋内满地狼藉，一看便知刚刚经过一场激战。

一个苹果砸在陆祥的额头上，使得鼻青脸肿的陆祥更显狼狈。

"老婆，你听我解释啊……"陆祥两手护在胸前，不住求饶。

林芝叉着腰，"解释个屁！给我滚出去！"

"老婆，你赶我出去叫我睡哪啊？"

林芝冷哼一声，冷嘲热讽，"你不是有本事去寡妇家喝茶吗？就没本事睡在那？"

"我那天就是路过，顺道喝喝茶。"

"那你今天就顺道去睡睡觉，给我滚！"

林芝捡起陆祥的衣服扔过去，正好套在陆祥的头上。陆祥眼前一黑，连忙扯下衣服。

"老婆……"陆祥试图做最后努力。

林芝见陆祥赖在原地不动，抓起桌上的茶壶，怒目圆睁，"你自己滚还是我帮你滚？"

陆祥瞥了茶壶一眼，这是他珍爱的紫砂壶，想想就心疼，又觉得自己一把年纪实在承受不住这重重一击，想想就肉疼，便无奈地叹了口气，"我还是自己滚吧。"

陆祥胡乱捡了几件衣服，依依不舍地告别，"老婆，等你消气了我再回来。"

"想得美，以后你都别想回来！"林芝怒吼。

陆祥无限失意地离开。

林芝一脸怒气站着不动，听见关门声，怔了一下，开始号啕大哭。

应喜趴在宿舍窗台，一边吃花生一边赏月，表情突然兴奋起来。

"陆何欢，快来看。"

正在收拾床铺的陆何欢听见应喜召唤，好奇心油然而生，"今天的月亮有什么特别吗？"

"月亮倒没什么特别，不过月下的人倒是很特别。"应喜幸灾乐祸。

陆何欢不明所以，走到窗前向外看，只见陆祥狼狈地拿着几件衣服向警署宿舍走来。

第二十章　父子为邻

"爹？"陆何欢看着月下的陆祥，有些不可置信，他之前想了陆祥回家后的各种遭遇，唯独没想到母亲会这么快把父亲赶出家门。

应喜拿胳膊拐了一下陆何欢，不知是赞赏还是嘲讽，"你娘够厉害的啊，堂堂旧闸警署副署长，说赶出来就给赶出来了。"

陆何欢神色紧张，盯着缓缓走来的陆祥，"我爹来这干吗？"

"肯定是无家可回来这暂住呗，我听说隔壁有间空宿舍，估计陆副署长会住在我们隔壁。"应喜不以为意地嚼着花生。

陆何欢却当即傻了眼，如临大敌般地，"what？惨了……"

果然如应喜所料，陆祥拿着几件衣服来到隔壁宿舍，自顾自地拿钥匙开门，走进去。陆祥将衣服一股脑扔在床上，转身出来，来到应喜门前，用力敲门。

"陆何欢，你小子给我出来。"

陆何欢听到陆祥叫嚷，跑过去打开门，"爹，您怎么来了？"

应喜凑热闹般挤在门口，局促地问候，"陆副署长好。"

陆祥看了一眼应喜，朝着陆何欢清了清嗓子，"你娘太不像话，我离家出走了，让她面壁思过，等她承认错误我再回去。"

陆何欢看看陆祥脸上的伤，耿直地揭短，"我娘太过分了，怎么能把您打成这样！"

"她敢打我？反了她了。"陆祥睁着眼睛说瞎话。

"娘有什么不敢的，这些年她不是一直在反吗。爹，是娘把您赶出来了吧？"

陆何欢正好说到陆祥的痛处，陆祥作势扬手要打陆何欢，"你给我闭嘴，赶紧给我把隔壁宿舍收拾收拾。"

陆何欢整理了一下衣服，"OK。"

"你小子少跟我拽洋文！"陆祥抬起脚要踹陆何欢，陆何欢小跑着躲开。

陆何欢一走，气氛有些尴尬，应喜冲陆祥讨好地笑笑，"陆副署长，今天在警署陆夫人也是太爱你才一时糊涂，您也别太动怒，小小惩罚陆夫人一下就算了，毕竟那么多年夫妻了。"

"哼，这个女人不教训是不行的，我要在这多住一段时日，让她知道没有我的日子是多么的寂寞和凄惨。"陆祥佯装硬气，殊不知应喜早知实情，不过是在恭维罢了。

"是是。"应喜附和着赔笑点头。

片刻，陆何欢从隔壁出来。

"爹，都收拾好了，您早点休息。"

陆祥鼻子里嗯了一声，背着手，大摇大摆地回了宿舍。

"其实你爹挺可爱的。"应喜看着陆祥走开，低声向陆何欢打趣。

陆何欢意味深长地挤出一丝笑容，"Wait and see。"

陆何欢说完进屋，应喜一脸懵懂，"你那是什么笑？后面那句鸟语什么意思？"

"走着瞧！"

陆何欢进门，应喜晃晃头，实在搞不懂这一对父子，也跟了进去。

应喜回到宿舍坐在椅子上，屁股还没坐热，就听见隔壁敲墙的声音。

"几点了？赶紧熄灯，睡觉！"隔壁的陆祥大吼。

应喜跟陆何欢对视一眼，从语气中不难推断此时陆祥的面目有多狰狞。

敲墙声音再次传来，而且声音更大。

"关灯！立刻！"陆祥如催命般催促着，大有他让陆何欢和应喜三更睡，就不会留二人到五更的架势。

应喜赶紧把灯关上，二人摸黑上床，不小心头撞到一起，异口同声地呻吟一声，"哎哟……"

敲墙声音又一次传来，"还吵！"

应喜和陆何欢忍痛，互相扶着起来，摸黑上床。

"你怎么不去洗漱？"应喜压低声音调侃陆何欢。

"习惯了。"陆何欢有些没好气。

应喜忍住笑，和陆何欢爬到床上躺下。

天际刚泛出鱼肚白，应喜熊抱着陆何欢睡得正香，突然门外传来狠狠地砸门声。二人一惊，慌乱坐起来。

"发生什么事了？"应喜不解，揣测警署是不是紧急召集警员集合。

陆何欢倒是颇为淡定，"你知道我家为什么不买闹钟吗？"

"起床了！都几点了？快点！"陆祥的声音从门外伴着砸门声传来。

应喜心下了然，苦着脸看向陆何欢，"你爹太夸张了，比阿花起得都早！"

"年轻人别睡懒觉，赶紧起来晨练！"陆祥精力旺盛地仍在狠狠敲门。

陆何欢一副意料之中的样子，应喜一脸不情愿。二人恋恋不舍地离开温暖的被窝。

陆祥甩着手站在原地，看着陆何欢和应喜围着警署院内的小路跑圈。

"我招谁惹谁了，你们父子晨练，我睡觉不好吗？"应喜一脸苦相地向陆何欢抱怨。

"我爹最讨厌的就是他睡不着别人呼呼大睡。"

"你爹嫉妒心太强了。"

"跑步时不许说话！"陆祥见二人窃窃私语，厉声训斥。

应喜跟陆何欢赶紧闭嘴。

跑了几圈，应喜跟陆何欢气喘呼呼地站到陆祥跟前。

"陆副署长，三十圈我们已经跑完了，现在是不是可以……"

"是可以去做早饭了！"陆祥打断应喜。

"啊？"应喜目瞪口呆，嘴巴张着可以塞下一个拳头。

"啊什么？难道还要堂堂副署长给一个探长和一个探员做早饭吗？"陆祥理直气壮。

陆何欢和应喜只好乖乖顺从。

陆祥坐在宿舍餐桌前，面前摆着六个金灿灿的煎蛋和几片面包。陆何欢和应喜站在一边，眼巴巴地盯着早餐。

陆祥满意地笑笑，"这些洋玩意看上去还真不错。"

陆祥说完，接二连三，狼吞虎咽地将煎蛋和几片面包全部吃光。

陆何欢和应喜惊讶对视，没想到忙前忙后，到最后连口饭都吃不上。

陆祥吃完，擦了擦嘴，清了清嗓子，"我去上班了，你们也快点。"

陆祥说罢离开。

"你参把早餐都干掉了。"应喜盯着干净的盘子，似乎还不能接受现实。

陆何欢的肚子叫了一声，"我知道，我也在'案发现场'。"

"那我们吃什么？"应喜的哈喇子都要流出来了。

"等着吃午饭。"

陆何欢说完淡定地离开，应喜一脸的气急败坏。

陆祥背着手向旧闸警署走，正巧在大门口遇上来上班的包康。陆祥冷哼一声想从包康身边走过去，包康却不依不饶嘲笑陆祥。

"想不到堂堂旧闸警署的副署长竟然怕老婆，真不像个男人。"

"哼，堂堂旧闸警署的署长还不是一和女人说话就结巴，是个万年'童子鸡'？"陆祥反唇相讥。

"你！"包康哑口无言。

陆祥冷哼着加快脚步离开。

陆何欢决定继续侦查槐花弄的连环命案，他和应喜一来警署就直奔法医室。

应喜慵懒地靠着门框，苦着脸揉着肚子，"好饿……"

包瑢拿着两份尸检报告，神色凝重地站在陆何欢面前。

"我已经反复确认过，陈秀娥和梁芳的尸体没有其他异常，完全符合自杀要素。"

应喜一副意料之中的表情，"我早说了是自杀，陆何欢，你就是庸人自扰，赶紧跟我去结案，然后去吃饭，饿死了。"

"不对，一定不是自杀，可能我们漏掉了什么线索。"陆何欢不松口，执意要查下去。

"我是不是疯了，为什么要去求包署长把你这个被开除的家伙弄回来！"饥肠辘辘的应喜忍不住抓狂。

此时，柳如霜和白玉楼大呼小叫着跑过来。

"喜哥，槐花弄又死人了！"柳如霜一来就没好事。

"又是一个寡妇，叫孙凤莲。"白玉楼补充道。

陆何欢和应喜俱是一惊，异口同声："孙凤莲？！"

孙凤莲的尸体挂在自家房梁上，面容肿胀，眼球凸出，表面看与上吊自杀无异。

"把她弄下来。"应喜示意旁边两名警员。

陆何欢仔细查看死者房间，发现房间整洁干净，并没有留下任何线索。

白玉楼跟在柳如霜身后，抓着柳如霜的衣服，瑟瑟发抖。

柳如霜一把甩开白玉楼，恨铁不成钢地看着他，"你能不能爷们一点，大白天有什么可怕的。"

"这槐花弄一连死了三个了，我就住这，怎么能不怕嘛。"白玉楼带着哭腔，宛如一只受到惊吓的小猫，渴望主人的安抚。

柳如霜不仅不安慰白玉楼，反倒坏笑着，"我听说鬼最会欺负人，越是怕鬼的人越容易遇上鬼，晚上你一个人注意点，听到有女人的声音叫你别回头。"

白玉楼吓得要哭出来，双手合十恳求着，"霜姐，我晚上可不可以去你家住？"

"不可以。"

柳如霜说完向应喜走去，剩下白玉楼脸上满是害怕和失落混合在一起的奇怪表情。

两名警员根据应喜的指令将孙凤莲的尸体放在地上，包瑢戴上手套开始检查尸体。

陆何欢看向房梁上的麻绳，又看看地上被踢翻的椅子，突然发现椅子旁边散落着一些槐花花瓣，不禁皱眉。

"又是槐花花瓣……"陆何欢自言自语。

陆何欢看向一旁的白玉楼，"死者也是独居？"

白玉楼点点头，"她丈夫死得比较早，大概五六年了，她也没儿没女，自己一个人住。"

陆何欢点点头。

"陆警官，你一定要快点破案，帮这几个可怜的女人申冤，不然他们的冤魂常常回来怎么办？我还要住这儿的。"白玉楼害怕地催促陆何欢。

"放心吧，他们的冤魂不会回来，但是如果他们死得冤屈，我一定让他们沉冤得雪。"陆何欢表情坚决。

"喜哥，现在外面传得狠，都说是金露回来杀人，还有人说晚上听见金露唱歌了。"柳如霜又开始缠着应喜。

应喜还是老样子，一脸不耐烦，"金露回来怎么不找我？我可是她的老主顾。"

柳如霜着急，板起脸孔，"她敢找你我就找大师灭了她，打散她的魂魄，让她永不超生！"

"真是最毒妇人心。"应喜禁不住摇头感慨。

柳如霜一脸不高兴，明明自己一片好心，可惜应喜却不买账。

包瑢初步验尸完毕，起身开始陈述，"死者大概三十岁左右，脖颈上有明显勒痕，可以确定是窒息死亡，死亡时间大概在昨晚九点左右。"

"又是这个时间……"陆何欢一惊，连续三起命案，死者时间都在晚上九点左右。

应喜看了陆何欢一眼，赶紧抢话，"这又是一起自杀案件，回去准备跟陈秀娥和梁芳的自杀案一并结案。"

"不能结案。"陆何欢拦住应喜,"应探长,已经是第三个了,死者都是寡妇,独居,而且死亡时间都是晚上九点左右,案发现场都有槐花花瓣,这三件案子有这么多共性,一定是连环杀人案。"

"少来这套,证据呢?你有什么证据证明这三个人是他杀?"应喜刁难。

"只要追查下去,证据一定会有的。"陆何欢不厌其烦地坚持着。

"陆何欢,你知不知道一旦把这三起案件定义成连环杀人案,影响会非常恶劣,到时候上面就会给我们压力,限期内破不了案,你我都得滚蛋!"应喜又是苦口婆心地劝说,又是冷言冷语地威胁。

"那也不能草草结案。"

应喜见陆何欢软硬不吃,摇摇头,气急败坏,"真是对牛弹琴!"

"对,牛弹琴!"陆何欢斜了应喜一眼,话里有话。

就在二人剑拔弩张之时,白玉楼突然想起什么。

"应探长、陆警官,你们不要吵了,我好像想起一件跟这个案子似乎有那么一点关系的事……"

"说!"陆何欢和应喜的注意力被吸引过去,异口同声地催促白玉楼。

"案发当晚,我吃过晚饭出去散步……"白玉楼婆婆妈妈,卖起了关子,"你们猜我看到了什么?"

陆何欢着急地看着白玉楼,"这么关键的时候可不可以不猜?"

"行,你不想猜我就告诉你好了……"

"别婆婆妈妈的,快说!"应喜烦躁地打断白玉楼。

白玉楼白了应喜一眼,"我看见郝姐去过孙凤莲家。"

"郝姐?"

陆何欢感到不解,为何这个女人一直和槐花弄的命案纠缠不清?但无论如何,他还是要往郝姐家走一趟。

陆何欢等人忙得焦头烂额之时,包康却清闲得很,此时的他正带着朱卧龙偷溜进警署的鉴定室。

"朱老板,小璕去查案一会儿就能回来,你就藏在这屋里,趁这个机会给小璕一个惊喜。"包康又为朱卧龙出馊主意。

朱卧龙捧着一束花,高兴地点点头,"包老板果然想得周到。"

158

包康放心地离开，心想这次朱卧龙一定能打动包瑢的芳心。

朱卧龙在鉴定室寻找着躲藏的地点，很自然地，他藏到了桌子下面，可刚刚藏好，却又想起什么，"这样出来会不会太不帅了？"

朱卧龙感觉不妥，从桌子下面出来，又藏在门口，想了想又觉得不妥，"小瑢开门会不会撞到我的鼻子？"

朱卧龙再次寻找躲藏地点，无意间将目光落到停尸柜上。

郝姐站在家门口，神色自然地看向陆何欢、应喜等人。

"昨天晚上我是去过孙凤莲家，不过我只是去看望老街坊，拉拉家常。"郝姐解释。

"那你去孙凤莲家有没有发现她有什么不对劲？"应喜质问。

郝姐想了一下，语气平淡，"孙凤莲的情绪好像不太好，问她怎么了又不说，谁知道想不开就死了呢，早知道我就好好劝劝她了。"

陆何欢盯着郝姐，暗暗生疑，但他没有说什么，和应喜平静离开。

天色已晚，朱卧龙躺在鉴定室的停尸柜里，脸上结了薄薄的一层冰霜，眼皮渐渐沉下来，迷迷糊糊地自言自语，"包小姐怎么还不回来……好冷啊……"

原来这个脑子缺了根弦的家伙为了给包瑢来个惊喜，决定藏在停尸柜里，谁料包瑢却迟迟未归。

朱卧龙脸色苍白，终于因为低温和缺氧渐渐晕了过去。

门开了，晚归的包瑢走进来，她看向停尸柜，发现朱卧龙躲藏的停尸柜没有关严。

包瑢走过去，拉开停尸柜，与此同时，敲门声响起，包瑢没注意到"尸体"，直接看向门口，原来是警员光头。

"小瑢，应探长让我来取一下陈秀娥和梁芳的尸检报告，他说已经跟你说过了。"

"在这。"

包瑢拿起桌上的尸检报告递给光头。

"又发生凶杀案了吗？"包瑢不解为何停尸柜多出一具尸体。

"没听说啊，怎么了？"

"没什么，多了一具尸体……"包瑢决定现在就动手解剖，"光

159

头，麻烦你帮我把尸体抬到解剖床上吧。"

光头点头，将尸检报告放在桌上，冲走廊喊了一声，"再来个人。"

片刻，另一名警员走进来，光头跟另一名警员一起将朱卧龙抬到解剖床上。

"谢谢。"

"没事。"

光头拿起尸检报告，跟另一名警员离开。

包瑢来到"尸体"旁，随手拿来白布盖住"尸体"的脸，然后戴上手术手套，拿过手术刀准备解剖，昏迷的朱卧龙对此全然不知。

手术刀刚贴近朱卧龙胸口，朱卧龙的手动了一下。

包瑢一惊，眨了眨眼，"应该是眼花吧。"

包瑢整理情绪，手术刀再次贴近朱卧龙胸口，朱卧龙的手又动了一下。

包瑢见尸体挂着一层冰霜，"应该是神经没有完全死去，尸体的正常反应。"

包瑢平复心情，手术刀再次贴近朱卧龙的胸口，切了下去。

第二十一章　欢喜红娘

手术刀刚贴到朱卧龙胸口的皮肤，朱卧龙突然直挺挺地坐起来，白布还蒙在脸上。

包瑢大惊，朱卧龙突然抓住包瑢的手，包瑢尖叫想抽回手，朱卧龙却抓着不放，二人来回撕扯，包瑢顺手拿起一旁的一个玻璃罐砸在朱卧龙头上，朱卧龙大叫一声晕倒。

"原以为还魂诈尸皆属传说，想不到确实存在。"包瑢一边自言自语，一遍战战兢兢地拿下"尸体"脸上的布。

包瑢一见"尸体"面部，认出朱卧龙，登时惊住。

"朱老板？朱老板，你没事吧？"

包瑢推了推朱卧龙，见没有反应，赶紧摸了摸朱卧龙的脉搏，接着迅速给朱卧龙做心肺复苏急救。片刻，朱卧龙呼出一口气，脸色

160

渐渐红润起来。包瑢摸了摸他的脉搏，松了口气。

朱卧龙慢慢睁开眼睛，撇撇嘴，带着哭腔，"包小姐，我以为我再也见不到你了……"

包瑢脸上有些愠怒，想着朱卧龙自作自受，没事非往停尸柜里跑。

此时，门被推开一条缝。包康探着头，偷窥包瑢和朱卧龙的进展。

包瑢听到声响，怒从中来，"哥哥，你进来。"

包康讷讷地走进来，看看朱卧龙，当下一惊，"朱老板，这是怎么回事……"他旋即怒视包瑢，"小瑢，你太过分了，怎么把朱老板弄得这么狼狈！"

"哼，我也想知道朱老板为何会这般狼狈。"包瑢抱着胳膊，诘问包康。

"包署长，我想给包小姐惊喜，所以藏在停尸柜里，后来就……"朱卧龙尴尬，一时语塞。

"后来怎么了？"包康一脸关切。

"后来睡着了，险些被我当成尸体大卸八块。"包瑢没好气地接过话茬。

"啊？现在，现在怎么样？"包康惊讶，唯恐朱卧龙有所闪失。

"已无大碍。"

包康听到包瑢这句话，才终于松了口气。

"哥，落花有意流水无情，你以后别再撮合我和朱老板了，如果再有下次，我就真解剖了他。"

包瑢说着，拿手术刀在朱卧龙眼前比划，朱卧龙又昏了过去。

包康气急，觉得包瑢身在福中不知福，"你这孩子，朱老板为了你差点送了命，这是情比金坚！你现在不懂珍惜，以后会后悔的，我是不会让你做后悔的事的。"

包康说着，扶起朱卧龙离开。

包康扶着朱卧龙来到自己办公室，让朱卧龙半躺在沙发上，他拍了拍朱卧龙的脸，朱卧龙猛地睁开眼睛。

"我活着吗？"朱卧龙着急询问。

"朱老板，你没事了。"包康一本正经地回应。

朱卧龙喜极而泣，拥抱包康，"包署长，我以为再也见不到你了……"

包康安慰地拍了拍朱卧龙。

朱卧龙想起什么，连连追问，"包小姐呢？他答应嫁给我了吗？"

包康有些为难，脸色比朱卧龙还要没有神采，"还没有。"

朱卧龙重重地叹了口气，没想到自己豁上性命，还是没能打动包瑢。

包康见状，害怕朱卧龙就此放弃，赶紧安慰，"不过刚才在你昏倒之时，是小瑢出手相救的，既然小瑢肯救你并且收下了鲜花，这就表明她对你有好感，我想只要朱老板再接再厉，一定能成功。"

"有包署长这句话我就放心了，我一定再接再厉。"朱卧龙欣喜若狂，斗志重燃。

夜已深，奔波了一天的陆何欢和应喜气喘吁吁地回到宿舍，经过陆祥宿舍时，陆祥叫住二人。

"你们干什么去了，怎么回来这么晚？"

"我们去查案了。"陆何欢连连解释，生怕惹怒陆祥。

陆祥点点头。

光头见应喜和陆何欢回来，在走廊里喊，"应探长、何欢，兄弟们要出去喝酒，一起吧。"

应喜刚要答应，陆祥抢先回话，"他们不去！"

"那我们走了。"光头识趣地准备离开。

"陆副署长，我想去……"应喜着急，不料又被陆祥训斥。

"不行，年轻人不能老想着玩，赶紧回去。"陆祥打断应喜。

应喜不死心，指着光头，"陆副署长，他们也是年轻人啊。"

"我管不了那么多，只能管你们俩，赶紧回去睡觉。"陆祥态度强硬。

应喜和陆何欢不情愿地回到宿舍。

"这哪是回宿舍？这不是蹲牢房吗？"应喜发牢骚。

"知道为什么我爹这样管我们吗？"陆何欢见怪不怪。

应喜摇头。

"因为我娘这样管着他，这是规则心理学的一种，把自己无力反抗的事嫁接到他人身上。"陆何欢解释。

"这种情况怎么办？"应喜苦思对策。

"一般来说，只要当事人心胸开阔，这种心理纠结自会迎刃而解。"

应喜撇撇嘴，"以我对你爹的了解……还是应该想办法把你爹送回家去，你觉得呢？"

陆何欢叹了口气，觉得行不通，"我娘那边更难办。"

应喜叹息一声，从床底下拿出一瓶酒，"既然没办法，就一醉解千愁吧。"

让二人没想到的是，陆祥突然推门进来。

"醉什么醉？！把酒给我，宿舍不许喝酒！不早了，你们该熄灯睡觉了，明天还要早起晨练。"

陆祥说着毫不客气地拿走应喜的酒，直接关灯，然后"砰"的一声将门关上。

陆何欢和应喜愣愣地站在黑暗中，屋子里仿佛听得见此起彼伏的心碎声。

应喜咬咬牙，打定主意，"必须想办法把你爹送回去！陆何欢，你娘的兴趣爱好是什么？"

陆何欢想了想，"臭美。"

天色大亮。霜喜侦探社冷冷清清，柳如霜坐在椅子上百无聊赖地伸了个懒腰，无意间看见坐在旁边的白玉楼不停地冲自己眨眼。

"不要脸……"柳如霜呵斥白玉楼。

白玉楼一愣，左顾右盼，见四下并无他人，"霜姐，你说谁不要脸？"

"谁朝我乱抛媚眼谁就不要脸！"柳如霜以为白玉楼在明知故问。

"抛媚眼？我什么时候朝你抛媚眼了？"白玉楼不解。

"那你一直挤眉弄眼的干吗？"

白玉楼恍然大悟，拿兰花指揉了揉眼睛，"还不是你那天给我戳的。"

"我只用了三分力，至于嘛！"柳如霜不以为意。

"本来不至于，后来你说我越怕鬼鬼越找我，又说什么有女人叫我让我别回头之类的话，吓得我整夜睡不着，眼疾才越来越严重。"白玉楼越说越委屈。

柳如霜觉得白玉楼不像在骗自己，来到白玉楼面前，拿手在白玉楼眼前晃了晃，"能看见吗？"

"能是能，不过模模糊糊。"

"这么严重？"柳如霜关心起白玉楼，"那你还是去程泽生诊所看看吧，他是留过洋的大夫，医术很高明。医药费我给你报销。"

白玉楼点点头，"我明天去看看。"

"现在就去吧，眼睛的事可大可小，别耽误了。"

"霜姐，想不到你这么关心我。"白玉楼感动不已，觉得自己就算眼瞎都值了。

"我当然关心你了，你要是瞎了，以后还怎么帮我查案？"

"霜姐放心，我还有耳朵和嘴巴呢。"

"对啊，差点忘了，那算了，不用去看了，我还能省点医药费。"

白玉楼一听急忙把话往回收，"其实用不了多少医药费的……"

柳如霜见状扑哧一笑，"逗你的，快去吧。"

白玉楼兴冲冲地离开。

一大早，陆何欢就带着应喜回到家里。

林芝坐在椅子上，陆何欢和应喜配合着用火钳给林芝烫时髦卷发。林芝看着镜子中的自己一脸欣喜。

"这种发型真的适合我吗？"林芝问道。

"一般，娘的脸型偏方形，配上卷发会显得头部臃肿杂乱，而且显得脸更大……"

林芝一听陆何欢所言，脸立马垮下来。

应喜见状狠踩陆何欢的脚，陆何欢吃痛闭嘴，皱眉怒视应喜，应喜向陆何欢使眼色。

"陆夫人天生丽质，梳什么发型都好看，但这种跟当红电影明星胡一曼一样的发型会越发显露您的美。"应喜奉承着，"陆副署长特意交代，让我一定把您打扮得漂漂亮亮的。"

林芝听见应喜提起陆祥，情绪激动，但表面上假装不在乎，"那个老东西真这么说？"

应喜点点头，"陆副署长很后悔之前的事，他说如果您能原谅他，他一定做一个好的男人，好丈夫，好父亲。"

"真的？"林芝半信半疑。

"那当然，离开您的这几天，包署长瘦了一圈，总是不自觉地念叨着您，还说最爱的就是您了，以后别说去喝茶，就是外面的女人给他仙丹他都不吃了。"应喜继续胡编。

林芝猛地转头看向陆何欢，"应探长油嘴滑舌我不信他，儿子，你一向老实，你说。"

陆何欢一怔，"说，说什么？"

"你爹真后悔了，让你们来替他道歉，还给我烫头？"

陆何欢迟疑着张了张嘴，应喜盯着陆何欢，有些紧张，生怕他露馅。

"是啊，我爹还说这辈子他最爱的就是您，只有跟您在一起他才心里踏实。他还给您写了一首情诗呢，每天都念。"陆何欢咬了咬牙，也开始哄骗母亲。

"念来我听听？"林芝将信将疑。

陆何欢无意中想起了拜伦的情诗，便背了出来，"我见过你哭，晶莹的泪珠，挂在蓝色的双目，就像一朵紫罗兰沾满晨露。我见过你笑，璀璨的宝石，光焰也不再闪耀，它怎能与你回眸一瞥的灵光比较……"

"这还差不多。"林芝有些感动。

应喜悄悄向陆何欢竖起大拇指，然后拿过火钳继续给林芝烫头，并未注意到火钳太热。

林芝的头上突然着起火来，陆何欢和应喜惊慌失措，陆何欢直接端过旁边的一盆水倒在林芝头上。

骗完了一头，陆何欢和应喜又去骗另一头。二人跑到陆祥办公室，恭敬地站在陆祥对面，劝慰坐在办公桌前的陆祥。

"陆副署长，林夫人知道错了，想让您回家，几天不见，林夫人都瘦了一圈。"

陆祥听到应喜所言，一下得意起来，但仍装着硬气，"早干什么去了，现在想起来让我回去了。"

"林夫人也是一时糊涂，主要是她太在乎您了，所以才生那么大的气，现在她每天都想您，想让您快点回去。林夫人说以前都是吵吵架，这回第一次分开这么久，她真的很不习惯。"

陆祥不太相信地看着应喜，"她真这么说？"

"真的！"应喜说谎不眨眼。

陆祥不放心，侧脸看向陆何欢，"你老实，你说，你娘真知道错了？"

陆何欢点头如捣蒜，"是，爹，我娘还说这辈子她最爱的就是您，只有跟您在一起她才心里踏实。"

陆祥满意，但又有些疑虑，"那她自己怎么不来求我？"

"她……"

应喜眼见陆何欢要败露，连忙接过话茬，"陆副署长是男人中的男人，当然要绅士一点，也要给林夫人一个台阶下嘛。难道您想继续住在警署宿舍？吃吃不好睡睡不好的。"

陆祥点点头，装着大度的样子，"算了，我就给她个台阶下，怎么给？"

"我们帮您给。"陆何欢和应喜相视而笑。

程泽生四十几岁，浓眉大眼，穿着白大褂，戴着一副金丝眼镜，文质彬彬，看起来平易近人。

白玉楼来到诊所门口，清了清嗓子，"是程大夫吗？"

"哦。"程泽生反应过来，"我是，请进。"

白玉楼走过来，坐到程泽生旁边的椅子上。

"这位小兄弟哪里不舒服？"

"眼睛。走路不小心撞到树枝上了。现在有点不舒服。"

"我给你看看。"

程泽生说着拿过手电，给白玉楼检查眼睛。检查完毕，程泽生放下手电。

"结膜受到挫伤引起的反应，我帮你调理一下就好了。"

"怎么调理？"

"你看着我的眼睛，我的眼球怎么动你就跟着我怎么动。"

白玉楼点点头，看向程泽生的眼睛。

程泽生贴近白玉楼和白玉楼眼神对视。

"左……"

白玉楼跟着程泽生往左移动眼球。

"右……"

白玉楼跟着程泽生往右移动眼球。

陆祥在陆何欢和应喜的指示下，穿着西装捧着一大束玫瑰回到家，刚走到家门口，就看见一半卷发一半被烧成"鸡窝"的林芝站在门前。

二人慢慢走近，陆祥看着林芝的头发，忍不住赞叹，"阿芝，你的发型好别致。"

"喜欢吗？"林芝捋了捋头发。

陆祥点点头，将玫瑰放在林芝手中，"喜欢吗？"

林芝点点头。

二人盯着对方片刻，相安无事地拥抱在一起。

站在不远处的陆何欢和应喜看着这一幕，激动不已。

"我爹和我娘第一次这么甜蜜，这么幸福。"陆何欢感慨。

"有时候，这个世界还是需要一点善意的谎言的。"应喜说着拍拍陆何欢肩膀，"今天表现不错，我真怕你的耿直病会坏事，没想到你编起瞎话眼睛都不眨，我都差点信了。"

"我是偶尔一句假话，所以假的也像真的，你呢，是偶尔一句真话，所以真的也像假的。"

"听不懂你在说什么。"应喜装糊涂。

陆何欢拍了拍应喜的胸脯，"只有这里知道。"

应喜一怔，反手抓住陆何欢的手，开起玩笑，"你小子敢吃本探长的豆腐？"

"充其量也就是一摊豆腐渣。"陆何欢推开应喜。

"万人迷的应探长被你叫做豆腐渣？我看这里要变凶案现场了！"

应喜恼怒，作势要打陆何欢。

陆何欢摆出搏击架势，"那要看看谁是凶手了。"

两人追逐打闹，渐渐跑远。

夜色袭来，柳如霜正打算离开侦探社，白玉楼这时看病回来了。

"你回来了，白白，眼睛好了吗？"

白玉楼笑笑，"好了，霜姐不用担心。"

柳如霜看向白玉楼的眼睛，开起玩笑，"没有抛媚眼，看来果然好了。"

白玉楼笑笑。

柳如霜拍拍白玉楼，"下班了，你先走吧，今天我锁门。"

白玉楼点点头，转身离开。

淡淡的月光洒进警署宿舍，桌上摆着几瓶酒，旁边一台破得不能再破的留声机里飘出《毛毛雨》的音乐。看得出，陆何欢和应喜是在庆祝他们终于送走了陆祥这座"瘟神"。

"毛毛雨，下个不停。微微风，吹个不停。微风细雨柳青青，哎哟哟，柳青青……"

应喜跟着音乐一边唱歌，一边跳狂野的舞蹈，舞姿滑稽。

陆何欢看着应喜，笑得直流泪，渐渐泪眼模糊，忆起往昔。

昔日的教室里，凌嫣跟着《毛毛雨》的音乐跳舞，舞姿优美。少时的陆何欢欣赏地看着凌嫣，跟着节奏拍手。

"来嘛，我们一起跳，现在上海很流行的。"凌嫣拉着陆何欢一起跳。

陆何欢别扭地跳着，"男的跳这种舞太好笑了吧？"

凌嫣笑着，"开心就行了。"

陆何欢笑笑，二人一起欢快地舞蹈。

应喜见陆何欢神色黯然，停下舞姿，拿起酒杯。

"干吗哭丧着脸，不会是想你爹了吧？要不再让他搬回来？"

"NO，NO，NO。"陆何欢连连摆手。

"别说鸟语，听不懂，来，喝酒。"应喜豪气地给陆何欢敬酒。

陆何欢端起酒杯一饮而尽。

应喜想起什么，"哎，你今天念那个是什么诗啊，对女人挺管用啊。"

"哦，是英国著名诗人拜伦的一首情诗，叫《我见过你哭》。"

"能不能教教我？"

"干吗？"

"拿来讨女孩欢心啊！教教我。"

陆何欢有些不情愿，但又拗不过应喜，"好吧。我念，你听着。"

应喜点点头，一脸难得的认真。

陆何欢来到窗边，看着夜色，缓缓念着，"我见过你哭，晶莹的泪珠，挂在蓝色的双目，就像一朵紫罗兰沾满晨露。我见过你笑，璀璨的宝石，光焰也不再闪耀，它怎能与你回眸一瞥的灵光比较。夕阳给云海染上了绚丽的色彩，冉冉的暝色也不能，不能把这奇彩逐开。你的微笑让抑郁拥有了欢乐，像明媚的阳光，在我的心头闪烁……"

陆何欢念完诗，仿佛在夜空中看见凌嫣的一颦一笑，怅然若失。他回过神一转头，突然发现应喜泪流满面，顿时惊讶不已。

"你怎么了？"

"感动……"应喜哭天抹泪的样子实在少见，看来是被陆何欢的诗戳到了内心的痛处。

陆何欢一愣，好似听到一个天大的笑话，"what？你也会感动？"

第二十二章　催眠疑云

翌日一早，陆何欢和应喜到包康办公室报告案情进展。包康听罢二人汇报，猛地一拍桌子，站在对面的应喜和陆何欢垂头不语。

"戈登总督察长已经给我打了第二个电话，再破不了案，我们一块滚蛋！"包康咆哮着。

"包署长放心，我们一定尽快破案。"应喜拍胸脯保证。

"包署长，这件案子没那么简单……"陆何欢话还没说完，就被包康打断。

"我不是让你来帮我分析这件案子到底是简单还是难，我要的是结果，过程不重要，我不管你们用什么办法，两天之内必须把凶手给我抓来，不然你们就去替凶手顶罪结案！"

陆何欢还想说什么，被应喜拉住。

"我们知道了，包署长放心。"应喜赔笑。

"滚！"包康恶狠狠地。

应喜拉着陆何欢灰溜溜地退出包康办公室。

陆何欢和应喜刚走到走廊，应喜便忍不住教训起陆何欢，他叹了口气，看向陆何欢。

"陆何欢啊陆何欢，我说自杀结案，你非坚持是连环杀人案，这回被你害惨了！"

"只要坚持追查一定会有线索的。"陆何欢笃定地回应。

"你确定？"

"不确定，但我有信心。"

应喜不屑地翻白眼，"信心顶个屁用！"

二人说话间，光头急匆匆地跑过来。

"应探长，白玉楼来自首了。"

应喜和陆何欢一听，都怀疑自己耳朵出问题了，不禁异口同声地再次确认，"谁？"

"白玉楼。"光头又大声重复了一遍。陆何欢和应喜确定没有听错，匆匆跟着光头走向审讯室。

审讯室里，白玉楼魂不守舍地坐在陆何欢和应喜对面。

"我是来自首的，陈秀娥、梁芳、孙凤莲都是我杀的，陈秀娥和孙凤莲是被我勒死之后吊在房梁上的，梁芳是被我推下楼的。"白玉楼机械地认罪，声音不带一丝感情。

"你为什么要这么做？"陆何欢不解。

"因为她们老是嘲笑我是娘娘腔，她们该死！"

陆何欢和应喜震惊不已，没想到一向软弱的白玉楼竟然连杀三人，杀人动机仅仅是因为被人耻笑。当然，仅听嫌疑人供词是不够的，陆何欢和应喜决定去白玉楼家里查探一番。

包璐正在法医室解剖孙凤莲的尸体，忽然传来敲门声。

"请进。"包璐头都不抬地回应。

门开了，朱卧龙捧着一束玫瑰出现在门口。包璐一见朱卧龙，无奈地叹了口气。

朱卧龙走进来，尴尬地笑着，"包小姐，我……"

包璐打断朱卧龙，晃了晃手里的手术刀，"你来干什么？"

朱卧龙见包璐手里拿着明晃晃的手术刀，有些害怕，直接把花放在孙凤莲弯着的胳膊里。

"我是来给死者送花的。"

朱卧龙说完转身匆匆离开，包瑢无奈地摇摇头。

陆何欢和应喜进入白家，只见白玉楼家里放着许多花瓶，花瓶里面插满槐花。

"难怪几个案发现场都有槐花花瓣。"应喜指着槐花，发现案发现场的槐花终于有了解释。

陆何欢皱眉不语，环视四周，但除了槐花并没有什么特别，忍不住低声嘀咕，"奇怪……"

应喜打断陆何欢，"一个大男人喜欢槐花确实奇怪，不过这不影响结案。"

陆何欢动了动嘴唇，似乎想反驳，但终究没有反驳的理由。

柳如霜闻讯前来探监。她站在牢房外，牢房里的白玉楼哭着拉住柳如霜的手，不住恳求。

"霜姐，求求你，我求求你……"

"白白，你不用求我，我相信你没有杀人，我一定会救你出去！"柳如霜打断白玉楼。

"不！"白玉楼拼命摇头，"我求求你相信我，人真的都是我杀的！我求求你，一定不要救我，一定不要救我！"

柳如霜蒙了，她拧紧眉头，转身跑开。

应喜着急结案，拉着陆何欢来到包康门口敲门。

"进来。"包康熟悉的声音从门内传来。

应喜拉着陆何欢走进去，刚一进去，应喜就迫不及待地报喜。

"包署长，在我的精心调查下，终于锁定了三起连环杀人案的凶手！"

"是谁？！"包康惊讶，没想到应喜这么神速。

"这个人就是住在槐花弄的白玉楼。之所以之前没发现线索，是因为白玉楼在一个名叫霜喜的私人侦探社工作，反侦察能力很强。"

"应探长干得不错。"包康兴奋至极。

应喜拍起包康马屁，"都是包署长教导有方，包署长，白玉楼已经被关押，犯罪动机和犯罪过程也全都交代了，我这就着手整理案件卷宗，准备给白玉楼定罪。"

"好！"

包康和应喜俱是兴奋不已，唯独陆何欢皱着眉头不发一言，他始终觉得白玉楼状态不对。

应喜拉着陆何欢出门，拿胳膊拐了一下陆何欢，"别发呆了，去结案了。"

"我总觉得白玉楼自首时说话有些不对劲，但又说不上来哪里不对劲。"陆何欢向应喜坦承心中疑惑。

"既然说不出来，那就不要说，更不要想，我能坐上探长的位子不容易，你就不要给我没事找事了。我去档案室找前几起案件资料，你在这等我。"应喜安慰陆何欢，但又担心他节外生枝，特意叮嘱，"记住，别再找事了！"

应喜跑去拿资料，陆何欢在走廊一边走一边思索。柳如霜匆匆跑过来，她一脸焦急，环视四周没发现应喜，压低声音凑到陆何欢耳边。

"陆何欢，这件案子有蹊跷，白白不可能杀人，案发时他都跟我在一起，根本就没有作案时间，更没有杀人动机！"

陆何欢点点头，深以为然，"我也觉得蹊跷。"

"而且我刚才去看过白白，感觉他有点古怪……"

柳如霜还没说完，应喜就拿着案件材料回来了。

"你们在说什么呢？"

"白玉楼一案有很多疑点，我认为应该继续调查。"陆何欢耿直地回复应喜。

"你这是没事找事，连凶手自己都认罪了，你还查什么？"应喜指责陆何欢。

"是啊，白玉楼自己都认罪了，就应该结案才对。"柳如霜假意在一旁帮腔。

"柳小姐，你刚刚不是说……"陆何欢有些云里雾里，差点说出柳如霜向自己求助救出白玉楼的事情，幸亏他及时看见柳如霜拼命打眼色，急忙改口，"就算你刚刚说支持应探长，我也不相信，我要继续调查。"

应喜气愤不已，柳如霜暗暗松了口气。

陆何欢再一次来到孙凤莲家，模拟作案经过。他将麻绳套在一个笨重的袋子上，然后将麻绳另一头挂在横梁上，自己在这边拉着绳子，想将麻袋吊起来，却根本拉不动。陆何欢皱眉思索了片刻，快步离开。

陆何欢回到警署，直接来到审讯室，提审白玉楼。

白玉楼坐在陆何欢对面，盯着陆何欢，瞪着死鱼眼，眼睛都不眨一下。

"白玉楼，你明明没有杀人，为什么要说人是自己杀的？"

"人就是我杀的，是我杀的。"白玉楼机械地重复。

"孙凤莲体重一百三十八斤，你体重一百二十斤，你不可能吊起孙凤莲的尸体。"原来陆何欢方才在死者孙凤莲家发现了这个疑点。

"就是我杀的人，我认罪，你们快点枪毙我，别再冤枉其他好人。"白玉楼看上去很是不服气。

"你根本就没有杀人时间和杀人动机，你到底在替谁顶罪？"陆何欢直接逼问白玉楼。

"人是我杀的，人是我杀的！人是我杀的……"

白玉楼情绪激动起来，扑过来掐住陆何欢的脖子，大吼着，"你马上给我定罪，我是杀人犯，快给我定罪！"

陆何欢钳制住白玉楼，两名警员冲进来按住白玉楼。

"人是我杀的，人我杀的……"白玉楼仍在疯狂挣扎，大喊大叫。

陆何欢发现白玉楼眼睛发直，十分暴躁，心下生疑。他示意警员，"你们看着他。"说完疾步离开。

陆何欢回到宿舍，翻看自己书架上的医学书。

"到底是什么呢……"陆何欢一边翻书，一边自言自语，"那种眼神，反复只说一句话，脑子里只想着一件事……到底是什么？"

陆何欢一转身，不慎碰落书架上一本书，他捡起书，无意中扫到书名，顿时恍然大悟。

陆何欢打开手中的《催眠术圣经》，读着书中的内容。

"催眠术是心理暗示行为，催眠师通过语言、声音、动作、眼神的心理暗示在被催眠者的潜意识里输入信息……"

陆何欢忽然想起在大不列颠学习期间，外国教授讲述过有关催眠术的知识，而授课情景仍历历在目。

大不列颠大学课堂上，外国教授捧着《催眠术圣经》正在授课。教授一头白发，高挺的鼻梁上架着一副金丝眼镜，衬着碧瞳双目，显得无比矜贵。

"……从而改变其思维模式和行为模式，被催眠者甚至会无意识接受催眠师的心理暗示。"

坐在第一排的陆何欢一边认真地听课一边记笔记。

"催眠主要有两种基本形态，一种是'父式催眠'，另一种是'母式催眠'。"教授讲到这忽然看向讲台下的同学，话锋一转，"哪位同学愿意上来体验一下？"

同学们踊跃举手，教授点了坐在陆何欢旁边的一名英国男生。

男生阔步走上讲台，他衬衫的领口微微敞开，露出小麦色的皮肤，浑身洋溢着少年的性感和活力。

"准备好了吗？"教授一脸慈祥。

"准备好了，教授。"男生兴奋地比了个 OK 的手势。

"现在我以专业和经验向你保证，在各位同学的监督下，让你体会到催眠术，也肯定会保护你的安全，包括身体和心理的安全。"

男生放心地点点头。

教授示意台下学生保持安静，转而盯着讲台上的男生，发出指令。

"现在请闭上眼睛，双手用力握拳，尽可能地深呼吸。"

男生遵循教授的指令，闭上眼睛，双手握拳，深呼吸。

陆何欢慢慢放下笔，认真地看着讲台上的男生。

教授双手自然地放在男生的双肩上，忽然大喝一声"倒"，紧接着他双手同时用力把男生推倒，同时迅速伸手托住男生的身体。

男生因失衡而紧张，双手握得更紧，身体处于僵硬状态。

包括陆何欢在内的同学们都紧张地看向男生，教室里顿时鸦雀无声。

教授双手托起男生的身体，将他的头和脚各搭在一张桌子上。男生的身体处于悬空状态。讲台下的学生个个瞠目结舌。

"你已经处于被催眠状态，你的全身都很僵硬，像钢板一样僵硬，你的脖子，你的腰，你的腿，都非常的坚硬，像钢板一样，我手触哪里，那里就会更坚硬……你现在已经是一座'铁板桥'……"教授用十分肯定的语言继续深化暗示。

教授话音刚落，男生果然像一块木板一样横在两张桌子之间。

同学们惊讶得下巴都要掉下来。

教授满意地端详着男生，然后侧脸看向讲台下的同学，"这就是暴力催眠的震撼效果，它属于'父式催眠'的一种。而'母式催眠'则是用温情去突破被催眠者的心理防线，也就是一种柔性攻势……"

陆何欢从回忆中出来，慢慢合上书，忍不住喃喃自语，"原来如此……"

陆何欢马不停蹄地跑到包康办公室，向包康说明白玉楼是被人催眠而到警署自首，真正的凶手另有其人。

包康听罢勃然大怒，桌子拍得震天响，"狗屁！陆何欢，你当我是三岁小孩吗？胡编一个什么催眠术就想替白玉楼脱罪？不可能！"

站在包康对面的陆何欢一边将手里的《催眠术圣经》放在包康桌上，一边耐心地解释，"催眠术不是狗屁，是有科学依据的，这本书是催眠术大师夏蒙德所作，书中第二章'暗示的力量'和第四章'强力催眠'的内容就能证明白玉楼很可能被凶手进行了催眠暗示。"

包康不耐烦地拿过书随便翻了几页，实在看不进去，又丢给陆何欢，"我没工夫看这种胡编乱造的东西。"

"不是胡编乱造，有案例的，我之前在大不列颠上学，心理学教授也讲过催眠术，白玉楼应该是被'父式催眠术'催眠，简单来说催眠者就是以命令式的口吻发布指示，让被催眠者感到不可抗拒，而不得不臣服。"陆何欢试图借助科学的力量说服包康。

包康气急败坏地站起来，走到陆何欢身边。

"陆何欢，这几起案件影响非常恶劣，已经引起了群众的恐慌，戈登总督察长已经打电话催了三次，现在凶手已经投案自首，你就不要搞那么多事了！"

"可是投案自首的并不是真凶！如果定白玉楼的罪，只是多了一名冤死者，案件的影响会更恶劣。"陆何欢语气坚决。

包康见陆何欢一根筋，不禁怒火中烧，他又猛拍桌子，"陆何欢！"

陆何欢闻声立正，大喊一声，"到！"

"你……"包康气结地指着陆何欢的鼻子。

"我有办法证明白玉楼不是凶手。"

陆何欢话音刚落，一阵敲门声响起。

"滚进来！"包康满肚子邪火。

应喜推门进来，看见陆何欢他不由得冷汗直冒。

应喜料定陆何欢来包康办公室一定是为了槐花弄寡妇自缢的案子，他连忙凑到陆何欢跟前，压低声音，"陆何欢，我这边都准备结案了，你想干什么？"

陆何欢看着应喜，情绪激动，"不能结案，白玉楼不是真凶，他只是替凶手顶罪。"

"凶手是白玉楼的至亲至爱？白玉楼为什么要替凶手顶罪？"应喜一头雾水。

"白玉楼是被人施了催眠术，在无意识的情况下听从了凶手的指令。"

"催眠术是什么法术？陆何欢，你再这样搞下去，大家都被你搞死了。"应喜越听越糊涂。

"包署长，应探长，我这就去证明白玉楼不是凶手！"陆何欢不由自主地提高了嗓门。

应喜无奈，扭头看向包康。

包康怒不可遏，涨红的脸扭曲成暴怒的狮子，厉声咆哮，"我不管你们要证明什么，你们给我听着，案子破不了，你们两个一起滚蛋！"

"这和我有什么关系啊？"应喜一脸无辜。

"他是你手底下的探员，你说有没有关系？"

应喜一时被包康噎得无语，埋怨地看着陆何欢。

陆何欢避开应喜的目光，信誓旦旦地咬了咬牙，"我一定尽快破案。"

陆何欢转身离开。

"陆何欢，你别连累我啊！"

应喜追了出去。

第二十三章　替罪羔羊

阳光透过窗户照进警署牢房，陆何欢手里拿着一根粗粗的麻绳来到白玉楼的囚室。两个警员抬着一头死猪跟着陆何欢，累得气喘吁吁。

一名值班警员打开牢房的门，陆何欢等人走进去。

坐在牢房角落的白玉楼听到声响，眼神呆滞地盯着陆何欢。

应喜一路小跑追上来，费解地搓搓胡子，"陆何欢，你是不是还嫌这件案子不够复杂？把一头死猪拖来干什么？难道这头猪也是白玉楼谋杀的吗？"

陆何欢不理应喜，示意两名警员将死猪放在地上，接着他用麻绳将猪的脖子绑住，然后将麻绳的另一端抛起绕过房梁。

陆何欢拉住垂下来的麻绳，侧脸看向白玉楼，"白玉楼，这头猪和死者孙凤莲的体重相仿，只要你把这头猪挂上房梁，我就相信你是凶手。"

"你说话算话？"白玉楼立马来了精神，从角落站起来。

"只要你能做到，我立刻去找包署长给你定罪。"陆何欢一脸认真。

"太好了！"白玉楼兴奋起来。

应喜盘算着如果白玉楼真的吊起死猪，槐花弄的连环命案就能结了，于是也跟着躁动起来。

白玉楼接过陆何欢手中的麻绳。

应喜在旁握拳鼓励，"白玉楼，你要争点气，把那头猪吊起来……"他斜了陆何欢一眼，"给这头猪看。"

白玉楼点点头，开始用力拉麻绳。

"加油，加油……用力啊！要相信自己，你行的！加油！"应喜跟着使劲。

白玉楼将绳子扛在肩上，整个身子倾斜着，使出了吃奶的力气也没能把死猪吊起来。

陆何欢目睹此情此景，不禁大声欢呼，"Bingo, just what I thought！"

"小人得志！"应喜不满地瞪着陆何欢。

"你听得懂吗？"陆何欢莫名其妙。

应喜白眼一翻，"我通过你的语气猜出来的。不行吗？"

陆何欢看着气呼呼的应喜，无奈地耸耸肩，"我不是小人得志，只是在表达我的推理是正确的，白玉楼并不是凶手，他很可能是被真凶施了催眠术才来顶罪。"

二人说话间，白玉楼忽然发起疯来，扯着嗓子大喊大叫，"我没有被施什么催眠术！我真的是凶手，请你们相信我！"

应喜瞟了眼歇斯底里的白玉楼，顿时感到头痛欲裂，他揉揉太阳穴，一本正经地看着陆何欢，"如果你认定白玉楼无罪，你知道凶手是谁吗？"

陆何欢摇摇头，"现在还不知道，不过只要追查下去，就一定会知道。"

应喜被陆何欢气得来回踱步，"陆何欢啊陆何欢，是不是非害我被开除你才安心啊！"

陆何欢的眼神跟着应喜来回移动。

应喜气急败坏地拉扯拴猪的麻绳，突然灵光一闪，"有办法了！"

"有什么办法了？"陆何欢疑惑不解地看着应喜。

应喜不理陆何欢，示意身旁的两名警员，"去，给我搬一块石头进来，要重一点的。"

靠近牢房门口的一名警员应声离开，片刻，他抱着一块大石头走进来。

应喜满意地点点头，"放下吧。"

警员放下石头。应喜走过去，将麻绳的另一端绑在石头上。陆何欢和两名警员目不转睛地盯着应喜。

应喜起身看向白玉楼，一脸得意，"白玉楼，是这样对不对？来，你再拉一遍这头猪。"

白玉楼不明就里，过来拉着绑着石头的绳子一端，咬咬牙终于将地上的死猪拉起来。

"恭喜你成功了！"应喜高兴地跟白玉楼击掌。

"太好了！我成功了！你们快定我的罪吧！"白玉楼一脸惊喜。

一旁默默观察的陆何欢忽然想起什么，摇摇头，"不对，如果是用石头做配重吊起尸体，那么房梁上一定会留下摩擦痕迹。但是在孙玉莲死亡的案发现场，房梁上并没有摩擦的痕迹。"

"就算不绑石头，凶手将孙凤莲吊上房梁，也会留下摩擦痕迹。"应喜不服气地辩驳道。

"所以我猜想凶手是先在房梁上绑好绳子，然后再将尸体挂上去，制造死者上吊自杀的假象。"

"那你刚才为什么让白玉楼拉那头猪？"

"试试他的力气。"陆何欢轻描淡写地解释道。

"试力气干吗那么麻烦？直接让白玉楼去抱那头猪，看他抱不抱得动不就行了？"应喜认为一向聪明的陆何欢在这件事上犯了傻。

"猪的尸体很脏，有细菌。"陆何欢一脸认真。

应喜气得动了动嘴唇，转身离开。

包康办公室里，包康肃立在电话旁，一脸恭敬地跟戈登通电话。

"是，是……总督察长放心，我们已经锁定了凶手，很快就可以结案了……是，我明白。"包康赔着笑连连点头。

敲门声响起，一脸自信的陆何欢和垂头丧气的应喜同时出现在门口。

包康放下电话，一见陆何欢跟应喜立刻板起脸，"你们是来告诉我已经抓到凶手了吗？"

二人不吭声，一动不动好像镶在了门框上。

应喜耷拉着脑袋，不敢看包康，推了推陆何欢。

陆何欢立正敬礼，坚定地开口，"报告包署长，我们是来向您汇报，经过我们的仔细验证，白玉楼确实不是凶手。"

包康一听气得肺都要炸了，"总督察长对这个案子拖了这么久十分不满，已经给我打了第三遍电话，我跟他汇报说我们已经锁定了凶手……"

"锁定的凶手是谁？"陆何欢一脸认真地打断包康。

"这句话应该我来问你吧？"包康皱眉反问陆何欢。

"可是还没查到真正的凶手……"陆何欢摸不着头脑，以为包康破案心切，惶然上前安慰，"不过包署长放心，只要继续追查下去……"

"闭嘴！不用继续追查了，现在立刻结案，凶手就是白玉楼！"包康不容置疑地打断陆何欢。

"不能结案，您作为旧闸警署的署长，更要伸张正义，不能冤枉无辜！"陆何欢厉声劝阻道。

"再不结案我就不是旧闸警署的署长了！"包康想起戈登的警告，怒气冲天。

"包署长，请您再给我一点时间，我一定会查明真相。"陆何欢一脸真挚地恳求道。

应喜见陆何欢和包康发生争执，暗暗在心中祈祷莫要殃及自己。

包康瞪着陆何欢，思忖片刻，终于松下口，"好，限你三天之内查出真相，否则就立刻给白玉楼定罪。"

"包……"陆何欢还要说什么，被应喜一把拉住。

"是，包署长，我们一定尽力。"应喜抢过话头，恭恭敬敬地立下保证。

陆何欢认为三天期限远远不够，可事到如今，只能祈祷快些发现新的线索。

尽管是在大白天，警署牢房仍然显得光亮不足。

蓦地，牢房过道传来一阵阵急促的脚步声。柳如霜跟着一个警员来到白玉楼的牢房。

囚室里，白玉楼坐在角落，目光呆滞。

带路的警员见四下无人，蹑手蹑脚地打开牢房房门。

"柳小姐，不好意思，只能给你十分钟时间。"

柳如霜点点头，从口袋拿出些钱塞给警员，"谢谢。"

警员高兴地接过钱，径自站在牢房外面守门。

柳如霜迫不及待地走进牢房，将关切的目光投向缩在角落里的白玉楼，"白白，你怎么样？"

白玉楼闻声迟缓地抬起头，可怜巴巴地看着柳如霜。

"霜姐，我是杀人凶手，你们为什么都不相信我……"

"白白，我知道你没杀人，你放心，我会协助喜哥跟陆何欢尽快破案，洗脱你的嫌疑。"柳如霜打断白玉楼，信誓旦旦地劝慰道。

白玉楼突然起身逼近柳如霜，厉声呵斥，"你少管闲事，那些人都是我杀的，我是杀人凶手，我死有余辜！"

柳如霜从未见过这般脾气火暴眼神凶狠的白玉楼，有些害怕地退出牢房。

陆何欢和应喜争分夺秒地来到槐花弄案发现场，期望能获取新的线索。二人先来到陈秀娥家，陆何欢拉着应喜趴在地上仔细寻找线索，可惜一无所获，陆何欢不禁失望地摇摇头，应喜跟着叹了口气；接着他们又来到梁芳家，二人戴着白手套，拿着毛刷刷梁芳坠楼的窗户，但是仍然没有发现新的线索，应喜急得搓手顿足；陆何欢不甘心，拉着应喜来到孙凤莲家，陆何欢骑在应喜脖子上，仔细查看孙凤莲上吊的房梁，应喜抬头一脸期待地看向陆何欢，不料陆何欢又摇摇头，应喜气急败坏地将陆何欢扔在地上。

时间一分一秒地在流逝，陆何欢和应喜从孙凤莲家出来，二人走在槐花弄的小路上。

此时芳菲四月，两侧人家庭院的红杏纷纷探出墙来，不远处岸堤上的杨柳吐着娇媚的鹅黄，依依撩人，可惜经过的陆何欢和应喜都无意欣赏眼前的春日美景。

陆何欢揉着胳膊，没好气地责怪应喜，"心狠手辣，差点被你摔残了。"

应喜瞪了一眼陆何欢，怒气未消，"谁叫你瞎折腾！哼，这下你死心了吧？一点线索都没有，所以没有其他凶手，就是白玉楼杀人。"

"是啊，一点线索都没有，怎么能是白玉楼杀人呢？"陆何欢反驳道。

应喜见陆何欢撞了南墙还不回头，顿时火气翻涌，厉声呵斥，"你怎么一根筋呢！你想啊，既然一点线索都没有，如果白玉楼不是凶手，那他为什么自首？"

陆何欢若有所思地点点头，"有道理，应探长，我们可以用这一点去说服包署长，白玉楼的确是被人施了催眠术。"

应喜见自己又被陆何欢绕了进去，立时停下来，盯着陆何欢，一本正经地威胁，"陆何欢，我真的很想揍你一顿。"

应喜扬起手，作势要打陆何欢。

陆何欢下意识地闪躲，忽然瞥见应喜背后有一道人影闪过，他就势拉着应喜的手躲进巷子角落。

应喜嫌弃地抽回手，"干什么？探长的手你也敢摸……"

应喜话还没说完，陆何欢把手指放在嘴唇上作嘘声状，应喜识趣地闭上嘴，陆何欢侧身向孙凤莲家方向看去。

应喜不明所以，顺着陆何欢的目光看去，但见一个男人正鬼鬼祟祟地打量孙凤莲的房子。

男子二十来岁，穿着一件笔直的长衫，从外表看上去挺像一个教书先生。

陆何欢警觉地掏出配枪，与应喜对视一眼。

男人丝毫没有察觉到自己被窥视，仍在打量房子，时而发出嘀咕声，时而翻开随身携带的小本子做记录。

陆何欢快速冲过去，举起枪站在男人对面。

"不许动！把手举起来！"

男人听到陆何欢的警告，害怕地转身想跑，一扭头看见应喜端着枪站在身后。原来陆何欢和应喜早就料到男人会逃跑，早堵了对方去路。

应喜冷笑一声，"让你举起手，不是让你转过身。"

男人见无路可退，顺从地举起手，支支吾吾地问道："你，你们要干什么？"

陆何欢放下枪，亮出证件，"我是旧闸警署探员陆何欢，现在怀疑你跟一起连环谋杀案有关，请你跟我们回去协助调查。"

"什么连环谋杀案？"男人脸色越发慌张。

应喜放下枪，不耐烦地拍打男人的头，"臭小子，装什么糊涂，你在死者孙凤莲的家门口鬼鬼祟祟想干什么？"

"我不知道谁是孙凤莲啊……"男人辩驳道。

"属鸡的吧？嘴这么硬！"应喜打断男人，转而示意陆何欢，"带走，回去再审！"

忽然，男人扑通一声跪倒在地，声泪俱下地说道："两位警官，我跟连环谋杀案一点关系都没有，我是朱老板的手下，因为朱老板要把槐花弄这一片的房子拆掉重建再租出去，所以派我来估量房子的面积，因为现在还是保密阶段，所以朱老板让我低调行事。"

陆何欢和应喜不置可否地对视一眼。

男人见状立刻从怀中掏出小本子，补充道："不信你们看，这是我做的记录。"

陆何欢拿过本子，只见本子上简单画着房子规格，并记录着一些房屋面积的算式和数据。

"是真的。"陆何欢打消疑虑，冲应喜点点头。

"你说的是哪个朱老板？"应喜看看男人追问道。

"朱卧龙。"

陆何欢和应喜惶然对视，没想到朱卧龙会卷入槐花弄的连环命案。

"我明白了。"陆何欢恍然大悟。

"明白什么了？我怎么没明白呢？"应喜看着陆何欢，一头雾水。

陆何欢不理应喜，把记录本还给男人。

"你可以走了。"

"谢谢警官。"男人说罢逃也似的跑开。

"怎么回事啊？"应喜看向陆何欢询问道。

"死者都是孤寡独居，死后房产无人继承，那么朱卧龙自然可以省去一部分的补偿金……"陆何欢意味深长地看着应喜。

"你什么意思？"应喜眼珠一动，若有所思地盯着陆何欢。

"朱卧龙有重大作案嫌疑。"

"白玉楼那个软柿子你不捏，非找朱卧龙这个仙人掌捏！"应喜神色一凛，无奈地犯起嘀咕。

陆何欢不以为意，语气坚决，"别说他是仙人掌，就是总督察长，犯了法该捏也要捏。我现在就去向包署长汇报，申请带朱卧龙回警署调查。"

陆何欢说着就要走，应喜一把拉住他。

"你不会是怕吧？"陆何欢知道应喜攀附权贵，不愿得罪朱卧龙。

应喜叹了口气，"包署长一直撮合小瑢和朱卧龙，肯定不会同意我们调查朱卧龙。"

"我会跟包署长据理力争！"陆何欢一脸耿直。

"争个屁，你一个小探员能争过署长？"应喜摇摇头，忍不住爆粗。

陆何欢思索着挠挠头，"那我就给总督察长打电话投诉。"

应喜撇撇嘴，"还以为多能耐，原来是去告状，哼。"

"那就先斩后奏？"陆何欢试探着说道。

"这还像个主意，不过还是要按照程序先汇报……"

包康办公室里，陆何欢跟应喜别有用心地站在包康面前。

"包署长，经过调查，我们锁定了一个重大嫌疑犯。"陆何欢故意不说明嫌疑犯的身份。

包康眉开眼笑，立马催促道："那还傻站在这干什么？还不快去抓人！"

陆何欢与应喜见包康中计，意味深长地对视一眼。

"是！"

二人说罢转身跑开，直奔朱卧龙住处。

第二十四章　义无反顾

陆何欢和应喜飞速地把朱卧龙带到警署审讯室。朱卧龙坐在椅子上，十分不满。虽然平日里他都要踩破了旧闸警署的门槛，但万万没想到自己有朝一日竟被人逮捕进来。

包康兴高采烈地前来审讯犯人，没想到屁股刚坐下，眼珠子都要掉了。包康一见对面的朱卧龙，登时傻了，没想到陆何欢口中的重大嫌疑犯竟是自己中意的"金龟婿"。

朱卧龙以为包康知情，质问道："包署长，你能不能给我一个合理的解释，到底为什么把我抓到这来？"

包康尴尬不已，他斜了一眼站在一旁的陆何欢和应喜，压低声音训斥，"你们两个给我一个合理的解释！"

应喜偷偷指了指陆何欢，摆出一副"不关我事"的架势。

"陆何欢，这就是你说的重大嫌疑犯？"包康瞪着陆何欢，熊熊怒火在胸膛燃烧。

陆何欢点点头，坦承道："据我所知，朱老板要在近期把槐花弄一片的房子拆掉重建再租出去，而且已经开始派人暗中估量房子的面积……死者都是孤寡独居，死后房产无人继承，那么朱老板自然可以省去一部分的补偿金……"

"所以呢？你在怀疑什么？"包康不耐烦地打断陆何欢。

陆何欢正色道："我怀疑朱老板才是真正的杀人凶手！包署长，你不会因为嫌疑人是朱老板而包庇吧？"

屋内警员的目光纷纷投向包康。

包康碍于众人在场，自然不能明目张胆地包庇朱卧龙，他装腔作势地清了清嗓子，"我当然会秉公执法。"

"包署长，那我就开始审问了。"应喜最懂见风使舵，见包康都发话了，立刻上前请示。

包康从鼻子里轻嗯了一声，他故意扬起下巴，避开朱卧龙愤怒的目光。

应喜看向朱卧龙，煞有介事地问道："朱老板，大前天晚上九点左右你在哪？"

"大前天晚上九点……哦，我在……"

朱卧龙说着斜了包康一眼。大前天晚上，他一直在烟花间寻欢作乐，这自然不能让自己意中人的哥哥知道。

"朱老板？"应喜好奇地盯着支支吾吾的朱卧龙。

朱卧龙一脸为难地看了看包康，咬了咬牙，"我忘了。"

"朱卧龙，你吞吞吐吐，眼神游移，你根本是在撒谎。"陆何欢眼神犀利地看着朱卧龙。

在场众人纷纷看向朱卧龙。

"哎呀，你们就不要问了，我准备了一大笔钱算作居民的补偿金，根本就没有必要杀人。"事到如今，朱卧龙只能哑巴吃黄连。

"朱老板，请你配合一下，大前天晚上九点也就是案发时间，你到底在哪？"应喜追问道。

"可能在家？也可能在公司……"朱卧龙目光闪躲，模棱两可地搪塞。

陆何欢跟应喜盯着朱卧龙，二人眼神生疑，都觉得朱卧龙在说谎。

傍晚时分，槐花弄炊烟袅袅。柳如霜匆匆的脚步声敲碎了巷子里好不容易恢复的安宁。

柳如霜停在郝姐家门前，急促地敲了敲门。

片刻，郝姐打开门，有些惊讶地看着柳如霜。

"郝姐，我是柳如霜，你认识我吧？"柳如霜神色慌张。

郝姐想了想，点点头，"柳小姐找我有事？"

柳如霜没有回答，转而问道："郝姐，金露冤魂索命这个传言你也听说了吧？"

"那都是谣言，世上哪有鬼呢？我听说凶手都抓到了……"郝姐顿了一下，小心翼翼地继续说道："不就是柳小姐的搭档白玉楼？"

"不是，白白蚂蚁都不敢踩死，哪会杀人呢？所以我才要继续调查，帮白白讨回公道，郝姐，白白跟你都住在槐花弄，也算乡里乡亲，你也要出一份力呀。"柳如霜言辞诚恳。

"我？"郝姐有些诧异，她想不出自己该怎么出力。

柳如霜点点头，"我知道你跟这一片的住户都很熟悉，人缘也不错，所以想请你帮忙打听一下，金露冤魂索命的事到底是谁最先传出来的？你放心，我不会让你白帮忙的。"

郝姐一脸懵懂地看着柳如霜。

"这是定金，打听到了还有打赏。"柳如霜从兜里掏出些钱塞给郝姐。

郝姐迟疑地点了点头，握着钞票的手微微颤抖。

"那我走了，查到了就立刻去霜喜侦探社找我。"柳如霜不放心地嘱咐道。

郝姐点点头，柳如霜转身离开。

暮色四合，警署大牢显得越发昏暗。

朱卧龙郁闷地坐在牢房角落，没想到自己会身陷囹圄。

牢门被打开，包康快步走进来。朱卧龙一见包康，仿佛饥寒交迫之人见到食物，霍地站起身，一脸委屈。

"包署长，你一定要相信我，我真的没杀人。"

包康握住朱卧龙的手，面露难色，"我相信，只是你不说那晚去了哪，我没法帮你啊。"

朱卧龙动了动嘴角，话到嘴边，但想到包瑢本就对自己爱答不理，倘若知道他流连烟花之地，岂不是要和他决裂。想到这，朱卧龙又把话咽了下去。

包康见朱卧龙欲言又止，试探地问道："朱老板是不是有什么难

186

言之隐？"

"包署长，其实那晚我在……"朱卧龙实在说不出口。

"在哪？"包康一脸期待地示意朱卧龙说下去。

"包署长，你一定要明白我的心意，我对包小姐是认真的。"朱卧龙唯恐包康生气，事先安抚。

"我明白，只是那晚？"

朱卧龙看了看包康，摇了摇头，咬牙道："那晚我在烟花间，红牡丹、白玫瑰还有芙蓉她们都能作证……"

包康一时怔愣。

"包署长，你也是男人，你得理解我啊。"朱卧龙心虚地恳求包康。

"我理解，朱老板还未成家，自然流连花丛，一旦你跟小瑢成了亲，有了家，心就定了。"包康装作经验丰富的样子安慰道。

朱卧龙急忙赞同地点头，"那当然，有了包小姐，谁还会惦记那些破花烂草……包署长，包小姐那边……"

包康会意，信誓旦旦地说道："朱老板放心，我一定会帮你瞒着小瑢。"

"包署长，你真是我的知己啊。"朱卧龙感动不已。

牢房外，陆何欢一直在偷听包康和朱卧龙的谈话，他没想到包康为了富贵荣华甘愿牺牲包瑢的幸福，不禁气愤不已。

一旁的应喜生怕陆何欢冲动闹事，拍着他的肩膀以示安慰。

"我要去告诉小瑢，让她知道这个朱卧龙到底是什么货色。"陆何欢忍无可忍。

"俗话说宁拆十座庙，不毁一桩婚，那种缺德事不能干。"应喜竭力劝阻陆何欢。

"小瑢有权知道朱卧龙的品行，自己做出正确的选择。"

"十个男人九个色，别忘了善意的谎言会让世界变得更美好。"

两人你一言我一语地争执起来，不知不觉声音越来越大。

"不行，我不能看着小瑢被骗，我要去告诉她！"

陆何欢说着要走，却被应喜死死拉住。

"骗成骗不成还两说呢！"

"那我也要告诉小瑢……"陆何欢甩开应喜。

包康听到陆何欢和应喜的声音，怒气冲冲地从牢房出来，"你们两个在干什么？"

陆何欢刚要说话，应喜赶紧捂住陆何欢的嘴。

"没事……"应喜赔笑。

陆何欢猛踩应喜的脚，应喜疼得抱住脚跳，就势松开紧捂陆何欢的手。

"我要去告诉小瑢，朱卧龙去烟花间！"陆何欢耿直地道出心中所想。

"臭小子，你敢乱说话信不信老子开除你！"包康大怒着威胁陆何欢。

陆何欢还要说什么，又被应喜拉住。

"我看你们两个是闲得慌！给我滚出去，用牙刷把警署的厕所刷干净！"包康气得眉毛都快立起来。

"牙刷？！"陆何欢和应喜不可思议地齐声问道。

天色暗了些，陆何欢在警署走廊里拿着牙刷，一边假装刷墙一边慢慢向法医室靠近，他见四下无人，闪身钻进法医室。

法医室里，包瑢看见陆何欢顿时吓了一跳，不由得好奇一向稳重的陆何欢今天为何会搞起恶作剧。

"何欢，你怎么进来都没声音。"

"小点声，我有重要的事告诉你，是关于朱卧龙的。"陆何欢压低声音，显得神秘兮兮。

"我没兴趣听。"包瑢态度冷淡，对"朱卧龙"这三个字已经起了抵触心理。

"啊？那我还说不说？"陆何欢尴尬地挠挠头。

"怎么了？"包瑢被陆何欢的表情逗笑。

"朱卧龙去烟花间！"陆何欢一脸认真。

包瑢点点头，等着陆何欢继续往下说。

"没了。"陆何欢越发尴尬地看着包瑢，想不到她竟然平静如水。

"哦。我意料之中的事，他怎么样跟我没关系。"

"那我出去了。"陆何欢尴尬地指了指门外。

包瑢点点头，"谢谢你，何欢。"

陆何欢笑笑，转身要走，忽然想起什么又回来，"小瑢啊，本来你不知道这件事，但是现在我告诉你你就知道这件事了，不过就算你知道也要装作不知道，知道吗？"

包瑢被陆何欢绕得有点糊涂，挠挠头，"知之为知之，不知为不知……"

陆何欢打断包瑢，摇摇头，"不对，是知之装不知，尤其在你哥面前。"

"我明白了。"包瑢明白陆何欢的良苦用心，温婉一笑。

陆何欢放心地闪身出门。

夜色蒙眬，包康换上便装走到烟花间门口，他抬头看了一眼霓虹闪烁的匾额，望而生畏。

"包康，你可以的，不就是女人嘛，当她们是会说话的白萝卜就行了。"包康喃喃自语地为自己打气。

包康深吸一口气，大步走进烟花间。

此时的烟花间热闹非凡，大厅里摆着的几张桌子已经坐满了客人，一个胸部微隆的妙龄女子在舞台上唱着扬州小曲，引得台下一阵起哄叫好声。

老鸨见包康走进来，向身后的姑娘使了个眼色，"白玫瑰、红牡丹，有客人来了。"

"来了。"白玫瑰、红牡丹听到老鸨召唤，甩着丝帕迎上去。

包康一见两个妖艳女子迎上来，顿时面色发白，浑身颤抖，一句话也说不出来。

白玫瑰和红牡丹人如其名，长相可人，身材婀娜。二人一个身着白色旗袍，一个身着红色旗袍，扭着水蛇腰凑到包康跟前。

白玫瑰见包康浑身颤抖，提议道："这人不是发了羊癫疯吧？要掐人中吧？"

"他又没晕掐人中干吗？"红牡丹不同意。

白玫瑰拍拍包康的脸，"大爷，你没事吧？"

包康惨白的脸立刻红得像猴屁股。

白玫瑰和红牡丹面面相觑，不知该如何是好。

"我……我……我……"包康颤抖着嘴唇就是吐不出一句完整

的话。

"是个傻子吧？"白玫瑰皱了皱眉。

"没准是哪个地主家的傻儿子？这样的主有钱，又好哄。"红牡丹笑笑。

"那就带上楼去脱了衣服搜搜，看这傻子身上有多少钱。"白玫瑰跟着乐坏了。

"你们……你们……你们……"包康眼睛瞪得老大，还是说不出话。

白玫瑰和红牡丹不管不顾地拖着包康要上楼，正巧李莺莺从楼上下来，看见包康惊讶不已。

"包署长？您可是烟花间的稀客呀。"李莺莺凑到包康近前。

"包署长？"白玫瑰和红牡丹俱是一怔。

"你们不会连旧闸警署署长包康都不认得吧？报上登过的！"李莺莺厉声质问道。

白玫瑰和红牡丹赶紧放开包康，登时尴尬不已。

"包，包署长，我们刚才是开玩笑的。"白玫瑰讪笑着向包康赔罪。

"包署长英俊潇洒，怎么可能像地主家的傻儿子呢，开玩笑开玩笑。"红牡丹恭维起包康。

包康狠狠瞪了白玫瑰和红牡丹一眼，颤抖着手，努力控制自己的动作，慢慢从衣兜里拿出一张纸条递给白玫瑰。

"大前天晚上九点左右，朱卧龙是不是在烟花间？"白玫瑰接过纸条，念着上面的内容。

"没错。"白玫瑰和红牡丹还有李莺莺一起点点头。

包康机械地转过身，逃也似的跑出烟花间，留下三个打扮妖艳的女子愣在原处。

夜已深，陆何欢和应喜筋疲力尽地走到宿舍门口。二人谁也不让谁，一起挤进宿舍门。

应喜软塌塌地躺在床上，白了陆何欢一眼。

"我堂堂一个探长竟然拿着牙刷刷厕所，丢死人了！这都是你害的！"

"我不是也刷了一天厕所。"陆何欢一脸委屈。

应喜猛地坐起来，"那能一样吗？我是个探长……"应喜气愤不已，继续说道，"光头那帮小兔崽子，每个人去厕所都故意问我'探长，厕所能用吗？'他们就是幸灾乐祸！"

"你这人思想怎么这么偏激，人家明明是尊重你的劳动成果。"

应喜又白了陆何欢一眼，起身打开柜子拿出花生吃了起来。

"你洗手了吗？那可是刷过厕所的手。"陆何欢一脸嫌弃。

"老子的手都快洗掉层皮了！"应喜不耐烦地咆哮。

陆何欢拿应喜没有办法，他脱下外套，整齐地挂在柜子里，然后拿出一个干净的床单。

应喜一边吃花生，一边不满地瞟了一眼正在换床单的陆何欢，重重地叹了口气。

"地方都要换了，还换什么床单。"

"换什么地方？"陆何欢不解。

"别忘了包署长可是下了死命令，案子破不了，我们俩都得滚蛋！现在好不容易抓到朱卧龙，他又说案发时去了烟花间，你信吗？"

"看他一脸色相，倒不像说谎的样子，我觉得对他来说，美色可能比杀人更吸引他。"

"我可不觉得这个朱卧龙多可靠，回答问题支支吾吾顾左右而言他，一定是撒谎，我的直觉不会错，他肯定就是凶手……"应喜忽然想到什么，起身凑到陆何欢身边，压低声音，"我跟你说，这回你可别再帮人喊冤了，只要我们把事情往朱卧龙身上推，欢喜神探就皆大欢喜了。"

"什么皆大欢喜，这是冤枉人，栽赃陷害。"陆何欢耿直地驳斥道。

"你懂个屁，以朱卧龙的财势你以为能定得了他的罪？就算人真是他杀的，他也能用钱脱罪，这就是上面的事了，跟我们没关系……"应喜恼怒，伸手推搡着陆何欢，逼问道："你明不明白？"

"不明白。"陆何欢板起脸。

"你是木头吗？"应喜气得重重推了陆何欢一把。

"应探长，你就别再想歪门邪道了，我们就努力查明真相就好了。"陆何欢反过来劝起应喜。

"查查查，什么线索都没有怎么查？"应喜急躁起来。

"我负责找线索，你配合我就行了。"陆何欢铺好床，心平气和地安慰应喜。

应喜气呼呼地脱下外套，直接躺在床上，"死脑筋！"

"你占着整张床我怎么睡？"陆何欢示意应喜挪动身子。

"爱怎么睡怎么睡！关灯！"应喜气呼呼地装死。

陆何欢无奈地关上灯，用力挤上床。

应喜冷哼一声，转过身背对着陆何欢。陆何欢欲言又止，拉过被子给两个人盖上，应喜却粗暴地将被子抢过去，一个人独占。

二人背靠着背睡觉，应喜盖着被子，很快响起呼噜声。

寒气袭来，陆何欢蜷缩着身子，可怜巴巴地用双臂环住自己。

第二十五章　浮出水面

夜深人静，陆家卧室灯火通明。陆祥和林芝躺在床上，二人都未入眠。

"好想儿子啊，也不知道儿子在警署宿舍住得怎么样……"林芝的眼泪都要掉下来了。

陆祥打断林芝，安慰道："宿舍条件比家里好，应喜又很照顾他，吃不到苦。"

"好你怎么不在那住，还回来干什么？"林芝见丈夫就会说漂亮话，顿时气不打一处来。

陆祥生怕激怒林芝，一时语塞。

"要不还是让儿子回来吧。"林芝语气缓和，央求陆祥。

"算了，第一他对凌嫣还是念念不忘，知错不改，不能原谅；第二这小子像块木头一样，说话完全不经大脑，还是让他跟着应喜学学为人处世，不然以后都别指望他能升官发财光宗耀祖，当年我花了大半个家底把他送到大不列颠去留洋，图什么呀……"

陆祥理由充分，但话未说完就被林芝打断。

"陆祥，有你这么说自己儿子的吗！哼，我儿子才不会像你一样成为官迷财迷。"

"你看看，又来了，我不跟你吵，我睡觉。"陆祥说着转过身去。

"你以为我愿意跟你吵，哼！"林芝也生气地转过身去。

夫妻二人谁也不理睬谁，昏然睡去。

翌日清晨，阳光洒进宿舍的每一个角落。床上，应喜熊抱着陆何欢睡意正酣。

忽然，二人一起睁开眼，看清对方后立刻互相推开，俱是一脸嫌弃。

"你为什么抱着我睡，是不是又梦见凌嫣了？"应喜呵斥陆何欢。

"明明是你抱着我。"陆何欢辩驳道。

"我什么时候抱的你？你这是造谣！"应喜厉声驳斥道。

陆何欢听到应喜说造谣，忽然想到什么，一拍脑门，"对啊，还有金露索命谣言这条线索！"

晨光绚丽，照在霜喜侦探社的匾额上。

柳如霜在屋里来回踱步，忍不住喃喃自语，"都两天了，郝姐怎么还没消息呢……要不我再去查查别人？"

柳如霜想了想，下定决心出门，迎面却碰见陆何欢。

"柳小姐，你要去哪？"陆何欢一脸懵懂地进屋。

"你来得正好，白白的案子怎么样了？"柳如霜眉头略锁，迫不及待地询问陆何欢。

"我已经用实验证明白玉楼的清白了，可是包署长的意思是没抓到真凶之前，任何嫌疑人都不能放。"陆何欢面露为难。

"那怎么办？"柳如霜着急地追问道。

陆何欢想了想，"柳小姐，你能不能帮忙打听一下，之前造谣金露索命的人是谁？"

"这件事我已经在打听了，一有消息我立刻告诉你。"

陆何欢点点头，"还有一件事，我怀疑白玉楼是被凶手催眠才会去顶罪，所以我想让你帮忙打听一下旧闸懂催眠术的人。"

"好。"柳如霜一口应下。

"我和应探长从其他方面去查，我们双管齐下，相信很快就会有线索。"陆何欢如释重负，安慰柳如霜。

柳如霜点点头，期望真如陆何欢所言，把自己的小跟班给救出来。

陆何欢和应喜沿着朱卧龙收购槐花弄居民住宅这条线，顺藤摸瓜查到三名死者的住宅都被收购。

陆何欢和应喜来到土地局，一名工作人员正在办公桌前整理资料。二人走过去亮明身份。

"你好，我是旧闸警署探长应喜，这位是探员陆何欢。"

工作人员急忙停下手中工作，"二位警官有什么事吗？"

柳如霜派遣线人搜集消息，一时间，小商贩、鞋匠、乞丐、算命先生等三教九流之人又挤满了霜喜侦探社。

柳如霜对众人下令，众人纷纷点头，四散而去。过了半晌，众人又回到霜喜侦探社。柳如霜激动地询问众人，但见众人纷纷摇头，不禁感到失望。

柳如霜焦急地来回踱步时，一个小商贩跑进来，拿着一份名单交给柳如霜。柳如霜看罢大喜。

日头正好，陆何欢跟应喜调查完毕，快步走出土地局。从二人轻快的步伐中，可以看出他们收获颇丰。

"既然所有死者的房子都被这个叫赵若水的人低价买走，那么这个人一定就是杀人凶手。"应喜一脸得意地搓搓胡子。

陆何欢若有所思地摸着下巴，"即使不是凶手，也一定是一个关键人物，现在应该立刻调查这个赵若水。"

"这个简单，我回警署去档案室问问就知道了。"应喜自信满满。

事实证明，应喜的如意算盘打错了，他和陆何欢来到档案室刚说明来意，管理档案的楠姐就板着脸拦住去路。

"我说不行就是不行。"楠姐摆出一副一夫当关万夫莫开的架势。

"凭什么不行？"应喜气急。

"就凭你跟陆何欢上次偷看档案！你们已经上了档案室的黑名单，想查什么去包署长那申请，有包署长的批条我就给你查。"楠姐没好气地呵斥应喜。

"我就查个人也要找包署长拿批条？"应喜一脸不耐烦。

"没错，查什么都得有批条！"楠姐不依不饶地叉着腰。

"你这是拿着鸡毛当令箭，小题大做！"应喜气急败坏。

"说完了吗？"楠姐不为所动。

应喜点点头，"差不多了。"

"说完了就给我滚蛋！"

楠姐"砰"的一声关上档案室的门。

站在门外的应喜一个激灵，他万万没想到楠姐竟然如此不讲情面。

陆何欢和应喜跑到警署法医室求包瑢帮忙。

"你们要查什么？"包瑢看着陆何欢和应喜。

"查一下赵若水这个人。"陆何欢态度诚恳。

"好，我现在就去。"

包瑢正要出门，却跟莽莽撞撞冲进来的柳如霜撞个满怀。

"干什么慌慌张张的！家里死人啦！"应喜没好气地呵斥柳如霜。

"喜哥！我家里人长命百岁！你快说呸呸呸，快点。"柳如霜嗔怒道。

应喜无动于衷，柳如霜上前拉着应喜的胳膊左右摇晃。

"哎呀呀，怕了你了，呸呸呸，行了吧？"应喜无奈。

柳如霜满意地点点头，"行了。"

应喜想起正事，开口问道："到底什么事这么慌张？"

"槐花弄又死人了！又是一个寡妇！"柳如霜扬声答道。

三人听罢，大惊失色。

陆何欢和应喜等人慌忙来到案发现场——夏云家。死者家里干净整洁，夏云的尸体躺在床上，嘴角流血。案发现场还站着一位三十来岁的妇人，她面色苍白，双手紧紧攥着衣角。

包瑢戴上手套开始尸检，陆何欢环视四周仔细勘查现场。

应喜瞥见妇女筛糠一样杵在原地，走过去询问道，"你是报案人？"

妇女点点头，语句颤抖，"夏嫂昨天跟我约好今天逛街，我按时来找她，发现她已经……"

"死者叫什么，多大年纪？"应喜追问道。

"她叫夏云，今年应该三十岁了吧？是个苦命人，丈夫去年死了，原本有个儿子不到一岁就夭折了，一直一个人住。"妇女强忍泪水，回答应喜。

陆何欢走到尸体旁边，发现地上除了一个打碎的杯子外，仍旧留着几瓣槐花。

"寡妇独居，槐花花瓣……"陆何欢一边喃喃自语一边思索。

包瑢尸检完毕，起身看向陆何欢，"初步判断，死者是服毒死亡，毒药种类应该是砒霜，死亡时间大概在昨晚九点。"

"晚上九点……同一个凶手……"陆何欢越发觉得这桩案件和以往三起命案关系匪浅。

陆何欢走出门，来到夏云家院子。他在院子里勘查良久，忽然发现几片宽大的梧桐叶子躺在地上。

陆何欢走过去，在一片树叶前蹲下，发现树叶上印着半截脚印压痕。

应喜和柳如霜向陆何欢走过来。

"有什么发现吗？"应喜问道。

"半截脚印的压痕，应该是一个成年男子留下的。"陆何欢指着梧桐叶。

应喜根据槐花弄之前三起命案的经验，怀疑地问道："是不是我们的人踩的？"

陆何欢摇摇头，把梧桐叶放到证物袋里。

"那就把旧闸所有的成年男子都抓起来，让他们踩脚印对比！"应喜精神大振地提议道。

"应探长，我觉得还是先不要打草惊蛇。"

"怎么，你还有更好的办法吗？"应喜不解。

陆何欢不理应喜，看向柳如霜，"柳小姐，我让你帮忙查的事有没有线索？"

柳如霜突然想起，"哎呀"一声，"我怎么把这么重要的事忘了，本来去警署就是要给你送这个的。"柳如霜顿了顿，把一份名单交给陆何欢，"这是旧闸懂催眠术的人的名单。"

"上面的人都查了没有？成年男子有几个？"陆何欢接过名单。

"查过了，只有开诊所的程泽生是成年男子，其他人要么是女人，要么是老人。"

"看来这个程泽生有很大嫌疑。"陆何欢推断。

柳如霜又想起什么，"对了，白白出事前，我曾经推荐他去程泽生诊所看眼疾，仔细想想，好像白白看病回来就不太正常。"

"怎么不正常？"陆何欢追问道。

"平日里白白很唠叨，可是那天他回来以后，话特别少。"

陆何欢突然想起来什么，看看柳如霜，"金露冤魂索命的谣言是谁传出来的查出来了吗？"

"这个还没查出来，传这件事的人太多，之前我让郝姐帮我打探，可是等了几天也没结果。"

"继续找人打探。"陆何欢皱了皱眉，语气坚决。

"好。"

陆何欢看向应喜，"应探长，我们去程泽生诊所看看。"

应喜点点头。

二人刚要走，陆何欢突然想起什么，看看应喜和自己身上的警服。

"去换便装。"

"去个诊所换什么衣服？"应喜认为陆何欢办事拖泥带水，微微不悦。

陆何欢没有说话。应喜见陆何欢心事重重，定有别的意图，无奈照做。

临近傍晚，程泽生诊所病人少了些。陆何欢和应喜穿着便装走进诊所，程泽生正在洗手。

"大夫，我头疼。"应喜边说边摸额头，装着病恹恹的。

程泽生看向应喜，和蔼可亲，"我帮你看看。"

程泽生走向应喜，陆何欢故意将手帕掉在地上，程泽生不小心踩在手帕上，忙要捡起，却被陆何欢抢先捡起来。

"对不起。"程泽生一脸歉意。

"没关系。"

陆何欢收起手帕，跟应喜偷偷对视。

"大夫，你帮我开点头疼药算了，我这个就是老毛病，我自己知道。"应喜见已经采集好程泽生的脚印样本，想要开溜。

"不确诊病症，是不能随便开药的。"程泽生严肃地叮嘱道。

"那就算了，先不看了，我去药店买点头疼药算了。"

"对对，小毛病吃点药就行了。"陆何欢在旁附和道。

陆何欢跟应喜疾步离开，程泽生一头雾水。

夕阳西下，陆何欢和应喜一边走在回警署的路上一边探讨案情。

"以我多年的办案经验，这个程泽生一定是杀人不眨眼的凶手。"应喜搓着胡子，摆出一副洞察一切的姿态。

陆何欢微微皱眉，"我确实也觉得程泽生可疑，但还不至于就断定他是凶手。"

应喜忽然想起什么，一脸惊喜地看着陆何欢，"对了，你不是在苏格兰场接受过什么鸡蛋训练吗？两个鞋印一不一样你还看不出来吗？"

"目测是一样的，不过慎重起见，还是交给小瑢去鉴定一下。"陆何欢看着手里手帕上的脚印，一脸认真。

"你连指纹都能鉴定出来，何况一个鞋印，我看凶手一定是这个程泽生。"应喜不耐烦。

"还不能妄下定论，我总感觉这次的线索发现得有点容易。"陆何欢隐约感觉不对劲，但又说不出来。

"陆何欢，我警告你，一旦小瑢鉴定出两个脚印是一个人的，就立刻抓捕程泽生，不要再横生枝节了，已经死了四个人了，这个案子不能再拖了，必须赶快结案！"应喜脾气又上来了。

"正是因为已经死了四个人，才不能草率结案，必须查明真相。"陆何欢坚持原则。

应喜的耐心彻底折腾光了，他挡在陆何欢面前，大声怒斥，"陆何欢，你够了，我忍你很久了，这一个案子你牵扯出多少人？现在有了眉目，你就别再给我找麻烦了，我这个探长当得不容易，你别害我！"

"那些死者就容易吗？你是探长，做事就该配得上探长这个头衔，胡乱断案抓人跟草菅人命有什么分别！"

陆何欢义正词严，但话还没说完，眼睛就挨了应喜一拳。

"我忍你很久了！"应喜咬牙切齿。

"我也一样！"

陆何欢被激怒，回击应喜一拳。

"那就好好打一架！"

"Come on！"

二人说着扭打在一起，滚进路旁的草地。

绚烂的晚霞点缀在天穹之边，似乎一伸手就能触到。

一番扭打过后，陆何欢和应喜坐在草地上，头上身上全是杂草，两个人的鼻子都流血了，互相帮对方擦鼻血。

"你下手也太狠了，枉我平日罩着你，忘恩负义。"应喜埋怨道。

"你下手也不轻啊，枉我每天做早餐给你吃，狼心狗肺！"陆何欢怒火未消。

二人说着，用力帮对方擦脸，一不小心，劲儿使大了。

"哎哟……"陆何欢和应喜异口同声地叫痛。

二人擦完脸后，一起躺在草地上，看向远方的夕阳。

垂暮之时，大地被余晖染上了橘黄，隐退的亮光缓缓消退，一阵阵晚风，把一天的余温吹散了。

陆何欢被狗尾巴草挠得痒痒的，他挪了挪身子，看看躺在自己旁边的应喜，眼神恍惚起来，仿佛应喜渐渐变成凌嫣。

往昔的情景和此时无二，陆何欢躺在草地上，凌嫣躺在自己旁边。

"何欢，这种感觉真好。"凌嫣心情舒畅地感慨道。

陆何欢侧脸看向凌嫣，"你喜欢躺在草地上看夕阳？"

"是喜欢跟你一起躺在草地上看夕阳。"

凌嫣微微一笑，隐退的亮光迷人地、忧愁地、鲜艳地泛着红光，罩在她稚嫩的脸上。

陆何欢牵住凌嫣的手，"那就一直这样躺着吧，躺一辈子。"

凌嫣闭上了眼睛，陆何欢跟着也闭上眼睛。

归巢倦鸟的幽鸣穿过暮霭，回绕天穹，陆何欢飘荡的思绪被拉回。

"陆何欢，你够了啊。"应喜一脸嫌弃地看着陆何欢抓着自己的手。

陆何欢缓过神，见自己竟然抓着应喜的手，赶紧甩开。

"我只是一时想起凌嫣。"陆何欢心酸地解释道。

"你最近越来越离谱，不是半夜抱我就是无故拉我的手，像个神经病一样……"应喜叹了口气，"我劝你还是早点忘掉凌嫣，不然真的会变成神经病。"

"神经病倒是有利于破案呢。"

应喜疑惑地看着陆何欢。

"那些犯下连环杀人案件的人，他们的认识、情感、意志、动作行为等心理活动都是异常的，真变成神经病或许思维会跟他们同步。"陆何欢补充说道。

"还真是。"应喜被逗笑。

"应探长，问你件事。"陆何欢忽然想起什么。

"问！"应喜豪爽地答应。

陆何欢情不自禁地压低声音："你爱过吗？不是逢场作戏那种，是认真地爱。"

"奔跑在整片森林里不好吗？干吗非吊死在一棵树上。"应喜愣了一下，没有正面回答。

"我相信应探长以前对感情不会这么随便，你……"陆何欢壮着胆子，"被女人伤害过吧？"

"开玩笑，本探长铁石心肠、刀枪不入，哪个女人那么大本事，能伤害到我。"应喜迟疑了一下，又开始耍贫嘴。

陆何欢笑笑，"看见你对柳小姐的态度我就知道，你是一个害怕真情的人，只有受过伤的人才会这样。"

"什么狗屁真情，你不懂，我不敢沾柳如霜那样的女人是怕麻烦，她可是一件穿上就脱不掉的衣服。"

"衣服？"

应喜拉住陆何欢的手，"对啊，兄弟如手足，女人如衣服，手足是不能换的啦，谁能整天穿一件衣服，当然要时常换一下了。"

"庸俗。"陆何欢抽回手，痛骂应喜。

"我喜欢庸俗，越庸俗越好。"应喜一脸不在乎，又拉起陆何欢的手。

"脏死了，你洗手了吗？"陆何欢抽回手，一脸嫌弃。

"你刚才抓我手的时候可没这么嫌弃。"

"我是认真的，有细菌。"陆何欢洁癖发作。

"又来了。"应喜无奈地晃晃头，加快脚步。

警署法医室的大门敞开，包瑢拿着材料刚要出门，迎面遇到陆何欢和应喜。

"应探长，何欢，我正要找你们呢。"

"结果出来了？"陆何欢抢在应喜前头问道。

包瑢点点头，"鞋印对比鉴定显示，树叶上半截脚印压痕是程泽生留下的。"

"终于能结案了！"应喜兴奋不已。

"好像还早了点。"陆何欢微微皱眉。

"先抓了程泽生再说！"应喜的急性子又上来了。

第二十六章　嗜血仁医

在应喜的催促下，陆何欢很快就带人把程泽生抓到了警署审讯室。

程泽生坐在椅子上，表情淡然。

"一切都是我做的。"程泽生声音低沉，脸上挂着浅浅的笑痕，仿佛在和人闲聊。

坐在程泽生对面的陆何欢和应喜对视一眼，二人本来做好准备要和程泽生斗智斗勇，没想到一眨眼工夫，对方就主动坦白了。

"你杀了几个人？"应喜开口审问道。

"四个。"程泽生眉头都没皱一下。

"为什么杀人？"应喜追问道。

"因为她们不守妇道！我最恨不守妇道的女人！她们都该死！"程泽生情绪激动起来，一脸愤恨。

"她们勾引你了？"应喜试探地问道。

程泽生摇摇头。

"那你怎么知道她们不守妇道？"应喜不解。

"来我诊所看病的好多男人都跟她们有染。"

应喜疑虑消除，搓了搓胡子，"交代作案过程吧，你是怎么杀的人？"

"是催眠术……"

屋外的阳光不安分地跃上审讯室的窗台，程泽生扶了扶眼镜，对陆何欢和应喜讲述自己的杀人经过。

那一夜，程泽生面容阴鸷地来到陈秀娥家门口，抬手敲门。

片刻，陈秀娥打开门。没等陈秀娥说话，程泽生便拿出一条项链在陈秀娥眼前来回晃动，陈秀娥的眼珠跟着项链坠来回摆动，渐渐被催眠。

"你生无可恋，死是最好的解脱。"程泽生沉声念道。

"我生无可恋，死是最好的解脱。"陈秀娥跟着念道。

程泽生点点头。

陈秀娥转身回房从抽屉里找出一条麻绳，她站在椅子上将麻绳挂在房梁打上结，然后将头慢慢伸进绳套中。

程泽生从衣兜里掏出一些槐花花瓣，撒在陈秀娥身边，悄无声息地转身离开。

程泽生说完，陷入无尽的沉默。

"为什么要在尸体旁边撒槐花花瓣？"应喜盯着程泽生，仍心存疑虑。

"为了转移视线，让人们以为那几个女人是因为金露冤魂索命而死。"程泽生脱口答道。

"金露索命谣言是你传出的？"陆何欢忽然发话。

程泽生点点头，"是。"

"同样是上吊死亡的孙凤莲也是这么死的？"应喜追问道。

"没错。"

"那梁芳和夏云呢？"应喜趁热打铁。

"同样是运用催眠术，给她们下达自杀的指令，她们在'生无可恋，死是最好解脱'的心理暗示下，选择了不同方法自杀。"

"为什么要找白玉楼顶罪？"陆何欢盯着程泽生，转而问道。

程泽生不屑地笑笑，"因为我正想找一个替死鬼，他就送上门了。"

程泽生往后靠了靠，讲述起白玉楼来门诊看病的情景。

原来，当日白玉楼来程泽生诊所看眼病，程泽生便借着给白玉楼调理眼睛的机会对白玉楼施了催眠术。

"你是杀人凶手，陈秀娥、梁芳、孙凤莲都是你杀的，因为她们嘲笑你娘娘腔，所以你就杀了她们，你死有余辜，你要去自首……"程泽生催眠白玉楼后，开始下达指令。

"我是杀人凶手，陈秀娥、梁芳、孙凤莲都是我杀的，因为她们嘲笑我娘娘腔，所以我杀了她们，我死有余辜，我要去自首……"白玉楼机械地重复程泽生的指令。

程泽生说完，陆何欢看着程泽生，仍有一事未解。

"既然已经找到替罪羊，为什么还不收手，要再杀夏云？"

"因为我突然发现她跟卖豆腐的黄三有染……"程泽生顿了顿，目光凶狠，"我说过，我最恨不守妇道的女人！"

"你认识赵若水吗？"陆何欢突然发问。

程泽生微微一怔，随即摇摇头，"不认识。"

"你这个杀人狂，等着被枪毙吧！"应喜猛地一拍桌子，怒斥程泽生。

陆何欢盯着程泽生，若有所思。

包康坐在办公桌前翻看着槐花弄连环命案的卷宗，满意地点点头。

"包署长，原来真的有催眠术，程泽生就是利用催眠术控制死者的意识，让死者生无可恋，自己结果性命。"应喜站在包康对面补充汇报。

"难怪调查结果都显示自杀……"包康放下卷宗，看向应喜，"应喜，马上给程泽生定罪结案，我这就向戈登总督察长汇报。"

二人说话间，陆何欢匆匆走进来。

包康和应喜齐刷刷地看向陆何欢。

"不能结案，有疑点！"陆何欢语气坚决。

"你怎么又来了！"应喜气急败坏。

"还有一个关键人物没有调查。"

"谁？"应喜极其不耐烦地问道。

"赵若水！"陆何欢没有一丝犹像。

包康和应喜面面相觑，各自一脸的生无可恋。

应喜板着脸跟着陆何欢走在路上。

"人家程泽生作案动机和作案过程交代得多详细？你怎么就不信任人呢？"应喜不满地犯起嘀咕。

陆何欢皱起眉头，"我始终觉得一个人很难完成这么多起谋杀，尤其是死者跟程泽生不认识。"

"人家程泽生会催眠术，说让人自杀人就乖乖自杀！别说区区四个人，如果给他足够时间，整个旧闸的人都能死在他手里。"应喜驳斥道。

"我在大不列颠上课时教授讲过，这种带有指令暗示的催眠术要在相对较为信任的人身上才能使用，陈秀娥、梁芳、孙凤莲和夏云跟程泽生并无交集，怎么会那么容易被他催眠呢？"

"白玉楼跟程泽生也不认识，不是也被催眠了？"

"白玉楼跟程泽生是医患关系，患者对医生本来就有一种信赖。"

"说不定四个死者也去过程泽生诊所看过病呢？"

陆何欢忽然想起什么，看向应喜，"你倒是提醒我了……应探长，你现在去调查一下四个死者有没有去过程泽生诊所看过病，我按照小瑢给我的地址去查一查赵若水。"

"你是探长还是我是探长？"应喜不满地抱着胳膊。

"规定时间破不了案，你也不是探长了。"陆何欢着急。

应喜一时无言以对，气急败坏地转身离开。

尽管是在大白天，槐花弄的巷子仍然显得有些阴郁，青石板铺就的羊肠小道上空无一人。

陆何欢对照着手中的地址来到赵若水住处。

"槐花弄122号……怎么会是郝姐家呢……"陆何欢看向眼前的房子，不禁喃喃自语。

陆何欢一边寻思一边走到郝姐邻居家敲门。片刻，一个妇女开门出来。

"您好，我是……"

"旧闸警署的陆探员嘛，我认得你，上次金露的案子，我也在现场看热闹。"妇女热情地打断陆何欢。

陆何欢礼貌地点点头，赶紧询问，"我想打听一下，赵若水家在哪？"

妇女指了指郝姐家。

"这不是郝姐家吗？"

"赵若水就是大宝的大名。"

"原来是这样……"陆何欢恍然大悟。

"是不是大宝又犯什么事了？"妇女脸上挂着忧虑。

"没有没有，警署派我核实住户档案，所以来问一下。"

妇女放心地点点头。

"有邻居照应，郝姐母子生活应该不错吧？"陆何欢追问道。

妇女摇摇头，"郝姐要强，从来不接受别人的帮助。"

"我听说郝姐以前跟陈秀娥、梁芳还有孙凤莲关系都不错，她们都是寡妇，同命相连，按道理她们的帮助郝姐应该可以接受吧。"

邻居撇撇嘴，"她们跟郝姐可不一样，她们活着的时候没少挤对郝姐，还经常背地里嘲笑大宝是个瘸子。"

陆何欢点点头，忽然想起什么，"哦，对了，我还有一件事。"

"你问。"

"大婶，大宝的腿治不好吗？我听说程医生医术高明，怎么没让程医生看看？"

"大宝的腿是先天的，那时候大宝才几岁，郝姐在程医生诊所当护士，程医生没少给大宝看，什么方法都试过，没用……要说程医生对郝姐和大宝还真不错，可惜郝姐怕别人说闲话，后来就不去诊所上班了。"妇女一脸惋惜。

"我知道了。"

陆何欢若有所思地点点头。

陆何欢一脸自信地走进警署，他刚到门口，柳如霜就追了上来。

"陆何欢，我查到了。"柳如霜累得气喘吁吁。

"查到谁造谣了吗？"陆何欢问道。

"就是郝姐！"

"这就对了。"陆何欢淡然自若，似乎已在意料之中。

光头警员从陆何欢身边经过。

"光头，应探长呢？"陆何欢不见应喜踪影，拦住光头问道。

"应探长去找包署长汇报结案的事了。"

"糟了，不能结案！"陆何欢紧皱眉头，匆匆往包康办公室的方向走去。

包康坐在办公桌前，应喜拿着卷宗站在包康对面。二人合计着尽早结案。

"这次一定要赶在陆何欢回来前结案，别再让他插手，不然这案子没完。"包康忿忿地嘱咐应喜。

应喜赔着笑，讨好地点点头，"我知道了，我现在就去准备结案。"

应喜话音刚落，陆何欢火急火燎地闯进来。

"不能结案，真正的嫌疑人浮出水面了。"

"谁？"包康和应喜登时崩溃，齐声问道。

"郝姐。"陆何欢语气笃定。

包康和应喜面面相觑。

几缕亮光透过小窗户照在程泽生安详的脸上，他正坐在牢房角落里闭目养神。

两名警员打开牢房门，程泽生睁开眼。

"程泽生，跟我们去审讯室。"一名警员不客气地催促道。

"不是已经审完了吗？我认罪。"程泽生讶然。

"别废话，跟我们走一趟吧。"

程泽生慢慢站起身，忧虑爬上眉头。

陆何欢很快带人把郝姐带到警署审讯室。

郝姐坐在椅子上，神情有些紧张。陆何欢和应喜坐在郝姐对面。

程泽生跟着两名警员走进来，看见郝姐当下一怔。郝姐盯着程泽生，眼神也变得有些复杂。

陆何欢示意程泽生坐在郝姐旁边的椅子上，程泽生稍一犹豫，慢慢走到郝姐旁边坐下。

"警官还想问什么？"程泽生主动发问。

"真相，告诉我真相。"陆何欢斩钉截铁。

"所有人都是我杀的，这就是真相。"程泽生一口咬定。

陆何欢不理程泽生，转而盯着郝姐。郝姐嘴唇颤抖，努力抑制眼中的泪水。

陆何欢又看向程泽生，"我咨询了大不列颠的导师，他告诉我'父式催眠法'虽然可以以命令式的口吻发布指示，但其实很难对陌生人下命令，因为这种催眠术要比普通催眠术更难，要深入到大脑，干扰原有思维，建立新的意识。换句话说，必须要配合你或者对你足够信任才可以被催眠。你跟陈秀娥素不相识，她不可能信任你，更不可能被你催眠，所以陈秀娥根本就不是你杀的！"

陆何欢说完，眼神犀利地盯着程泽生。

"陈秀娥来我的诊所看过病。"程泽生一脸平静。

"胡说，据我调查，只有白玉楼和夏云去过你的诊所，白玉楼是看眼疾，夏云是看咳嗽。"应喜驳斥道。

陆何欢转而盯着郝姐，"郝姐，陈秀娥、梁芳还有孙凤莲是你杀的，对吗？"

"我，我为什么要杀她们？"郝姐强装镇定。

"因为房产。"陆何欢拿起桌上的一叠文件，"我去土地局查过，几名死者的房产都被一个叫赵若水的人低价买走，而赵若水，就是你儿子大宝的大名！"

在场众人瞠目结舌，郝姐惊慌起来。

"你无意中发现黄包车车夫杀舞女金露案后，附近的房子都被认为晦气，没人敢住，大幅降价，而在朱卧龙考察地皮时，你又无意中偷听到槐花弄要拆迁补偿的消息。而这个时候，你已经知道自己得了肝癌，命不久矣。"

陆何欢直直地看向郝姐，郝姐眼神生怯。

一旁的程泽生骇然失色，关切地看向郝姐，眼中写满痛惜。

陆何欢拿出一张诊断书，"这是我在医院查到的你的病情诊断，医生说你的病情已经到了晚期，最多还有三个月的时间。所以，你想到了大宝，你考虑到自己死后大宝的生活，决定在房产上做文章……"

郝姐低着头，默默地搓着衣角，情不自禁地想起大宝。

在确诊肝癌的那天，郝姐不知道自己是如何回到家的，更加不知道该如何面对自己唯一的儿子大宝。待她蹒跚着推开家门，大宝正一瘸一拐地拿着扫把扫地，样子有些可怜。

"大宝，你怎么不好好在床上躺着。"郝姐赶紧抢过扫把。

大宝憨厚地笑笑，"娘，我不想成为你的累赘，我想帮你干点活。"

"娘不用你干活。"郝姐眼中含泪，她觉得亏欠儿子太多。

"这段时间娘夜里翻来覆去睡得不好，我担心娘因为照顾我累坏身体，要是娘累坏了，大宝以后可怎么办。"大宝撒娇地靠在郝姐身上。

郝姐压抑着心中的痛苦，若有所思，她无法想象自己死后，大宝该如何活下去。

陆何欢盯着郝姐，继续说道："而你之所以将目标选定陈秀娥、梁芳和孙凤莲，是因为她们平时就对瘸腿的大宝冷嘲热讽，所以你就利用催眠术让几人自杀，再低价购入几人的房产，放到赵若水，也就是大宝的名下。"

在场众人听得面面相觑，纷纷看向郝姐。

第二十七章　慈母手辣

郝姐抬起头，眼神闪躲，"我怎么会杀她们，她们跟我都是邻居……"

"正因为是邻居，才会信任你，才能轻易被你用'母式催眠术'催眠。"陆何欢打断郝姐，义正词严地说道。

郝姐张了张嘴却说不出一个字，她又低下头去，回忆起自己催眠陈秀娥的情景。

那天深夜，陈秀娥正在家里收拾房间，郝姐走进来。

"秀娥，你在家吗？"郝姐言辞亲切。

"在呢。"

郝姐拿着一条项链，"秀娥，别人送我一条项链，你帮我看看值多少钱？"

"哟，这是谁送的呀？还挺漂亮。"陈秀娥羡慕地抚摸着项链。

"一个朋友，你要是喜欢，送你好了，这些年我一直把你当好姐妹。"

"真的？"陈秀娥眉开眼笑。

"当然了，好姐妹什么都可以分享，你看，漂不漂亮？"

郝姐将项链坠垂下，左右摇摆。

陈秀娥毫无防备地盯着项链坠，眼神随之摇摆，不知不觉中被郝姐催眠。

"你生无可恋，死是最好的解脱。"郝姐下达死亡指令。

"我生无可恋，死是最好的解脱。"陈秀娥无意识地重复道。

郝姐点点头。

陈秀娥从抽屉里找出一条麻绳，站在椅子上将麻绳挂在房梁打上结，然后她将头慢慢伸进绳套中。

郝姐从衣兜里掏出一些槐花花瓣撒在陈秀娥身边，转身离开。

陆何欢走到郝姐面前，郝姐一个激灵回过神。

"而你所用的催眠术是'母式催眠'，也就是用温情去突破被失眠者的心理防线，是一种柔性攻势。"陆何欢沉声说道。

"我根本就不懂什么催眠术，怎么会杀人？"郝姐眼中含泪却掩饰不住心虚。

"你又撒谎！"陆何欢厉声驳斥道。

陆何欢带着审视的目光继续盯着郝姐，"催眠术就是你在程泽生诊所上班时学到的，对不对？"

郝姐不理陆何欢，侧脸看向程泽生。

"你们不要冤枉郝姐，人都是我杀的，是我！"程泽生情绪激动，扬声大喊。

陆何欢不理程泽生，紧盯郝姐，"郝姐，你连杀三人，又散布金露冤魂索命的谣言，本以为警方会以自杀定案，没想到我们会继续调查，当查到大宝时，你就乱了阵脚，不得不去找程泽生商量……"

郝姐愧疚地低下头，大颗大颗的泪水夺眶而出，她后悔把程泽生卷入槐花弄连环命案中。

那日，她手足无措地来到程泽生诊所向程泽生求助。

"糊涂啊！大宝我会帮你照顾，没钱也可以跟我说，为什么要杀人！"程泽生一边叹气一边为郝姐惋惜。

郝姐抹去脸颊上的泪痕，"我欠你太多了……泽生，现在我不得不求你，如果我被警察抓了，你要帮我照顾大宝。"

"我不会让你被警察抓。"程泽生眼神一狠，语气坚决。

郝姐从思绪中出来，看向程泽生，眼神中流露着无限感激。

陆何欢走到程泽生面前，目光犀利，"郝姐找到你之后，白玉楼刚好来看病，所以他就成了替死鬼。"

"是我，都是我杀的，所有人都是我杀的！"郝姐情绪崩溃，不忍再让程泽生为自己牺牲，不禁泪如雨下。

陆何欢走到郝姐面前，"不，夏云不是你杀的。"

郝姐立时愣住。

陆何欢看着郝姐，"白玉楼的嫌疑被洗清，朱卧龙也有不在场证据，程泽生深知继续查下去，一定会查到你，所以他模仿你的杀人手法杀了夏云，并故意留下脚印……他想替你把一切顶下来。"

"泽生，你为什么要这么做……为什么要为了我杀人……"郝姐大惊，看着程泽生痛哭。

程泽生不说话，低声哭泣。

"因为他爱你。"陆何欢叹了口气。

郝姐终于忍不住号啕大哭。

程泽生爱慕郝姐多年，从她在诊所当护士时，程泽生就暗恋着郝姐。

年轻的程泽生给患者看病，郝姐在一旁忙着整理诊所的药品。

患者离开，程泽生看着郝姐忙碌的身影，眼里充满爱意。

儿时的大宝一瘸一拐地哭着走进来。

"娘，他们都欺负我，骂我是瘸子。"大宝一脸委屈。

郝姐搂着瘦小的大宝，不由得一阵心疼。

程泽生走过去，慈爱地抱起大宝，"大宝，走！带程叔叔去找欺负你的人！"

大宝抹着眼泪，一脸天真，"程叔叔，你会保护我吗？"

"当然会，叔叔会一辈子保护你和你娘。"

郝姐感动不已，泪中带笑。

郝姐泪中带笑地看着程泽生，如同多年前她听到程泽生说会保护她和大宝一辈子时一般。

程泽生深情地望着郝姐，眼里写满痛惜。

"你得病了，为什么不告诉我？"程泽生痛心地问道。

"医生说是绝症，治不好了，告诉你也是给你添麻烦。"郝姐凄然一笑。

"也罢，就让我陪你一起走完最后这一程吧。"

郝姐感动不已，全然不顾旁人在场，"泽生，下辈子，我一定嫁给你。"

程泽生流着泪重重点头。

陆何欢被眼前场景感动，警员们也纷纷擦眼泪。

应喜一边努力眨眼，想把眼泪眨回去，一边掩饰，"这里怎么会有沙子，把我的眼睛迷了……"

午后的阳光不再灼人、刺眼，而是变得温和起来。清风拂过，警署围墙上的藤蔓发出窸窸窣窣的声响。

郝姐和程泽生被警员们押走，众人站在警署院子里目送二人。

大宝闻讯一瘸一拐地哭着跑来。

"娘……"

"大宝，娘没办法照顾你了。"郝姐流泪拥住大宝。

"娘，你为什么要杀人，为什么？"大宝一边为郝姐擦眼泪一边追问道。

"大宝……娘对不起你……"郝姐泣不成声。

"娘，求求你别离开我，你跟大宝回家吧，娘，我不要钱，不要房子，我就要娘，娘，我们回家吧……"大宝苦着脸恳求道。

郝姐抚摸着大宝的头，这也许就是最后一次了，她还有好多话要交代，但话到嘴边却只能拣最重要的说。

"大宝，听娘的话，回去好好生活，别在意别人说你什么，做一个善良快乐的人。"

"我不要一个人回去，娘去哪我就去哪。"大宝摇着头，不肯走。

"儿子，娘回不去了，回不去了……"

大宝和郝姐抱头痛哭。

一旁的程泽生看着郝姐母子，泪流不止，他怨恨地看向陆何欢，忿忿地呵斥，"这就是你们想看到的真相吗？这就是吗！"

陆何欢一愣，一时无言以对。

郝姐拍拍大宝，"儿子，不要哭了，你这样，娘会走得不安心。"

"娘，回家不行吗？"大宝泪流不止。

郝姐帮大宝擦干眼泪，"傻孩子，娘杀了人，要接受惩罚……大宝，答应娘，一定要好好地生活下去，娘会在天上看着你。"

"娘不在，大宝也不想活了。"大宝泣不成声。

"大宝，你记住，娘愿意为了你去死，所以你必须为了娘好好活着，明白吗？"郝姐流着泪呵斥大宝。

大宝流泪点头。

"我的儿子，娘走了，记住答应娘的话，好好活着。"郝姐含泪微笑。

"娘，我记住了。"大宝哽咽着点点头。

"回家吧，儿子，娘看着你走。"

"我想看着娘走。"

郝姐摇摇头，"娘不放心，娘要看着你好好地回家，走吧，不要回头，娘会舍不得你。"

大宝擦干眼泪，点点头，转过身，慢慢往家的方向走去。

郝姐看着大宝一瘸一拐的背影，失声痛哭。在场众人无不动容。

程泽生搂住郝姐的肩膀，郝姐靠在程泽生肩膀上痛哭。

大宝渐渐消失在众人的视线中。

警员尽管不忍心，但还是上前提醒二人，"时间不早了，走吧。"

程泽生看向郝姐，"走吧。"

郝姐点点头。

程泽生握紧郝姐的手，跟着警员离开。

陆何欢看着郝姐和程泽生手拉着手，无限伤感，脑海中往事萦绕。

阳光从密密层层的枝叶间透射下来，地上印满大大小小的粼粼光斑。

陆何欢和凌嫣手牵着手走在树荫下，二人的倒影如同音符一般在潺潺流动。凌嫣踩着破绽开来的光影，恍惚中感到莫名的忧伤。

凌嫣侧脸看向陆何欢，"何欢，如果有一天我不在了，你会想我吗？"

"你要去哪？"陆何欢一脸担忧。

"我说如果。"

"那我就决不让如果出现。"

凌嫣一脸甜蜜地笑了，陆何欢跟着笑了，他握紧凌嫣的手，和凌嫣手拉着手继续前行。

陆何欢多想再拉一拉凌嫣的手，哪怕像郝姐和程泽生一样，是在共赴黄泉的路上。

陆何欢叹了口气，不由得感慨，"如果他们能不在意世人的眼光，在很多年之前就在一起该多好……现在，槐花弄一案水落石出，等待他们的只能是死刑。"

包瑢目睹此情此景，脸上也写满忧伤，"十里平湖霜满天，寸寸青丝愁华年，对月形单望相护，只羡鸳鸯不羡仙。凄美的爱情，却是苦涩的结局，真的令人扼腕叹息。"

柳如霜拉着应喜的胳膊，哭得鼻涕眼泪挂了一脸，然后往应喜身上一擦。

"脏死了！有细菌！"应喜嫌弃地推开柳如霜。

"你是不是被陆何欢传染了，以前你都不怕脏的！"柳如霜有些妒意。

几人说话间，包康高兴地拉着朱卧龙从警署出来，故意走到包瑢面前。

"小瑢，这次的事朱公子受了很大委屈，你要多安慰他。"包康千方百计地撮合包瑢和朱卧龙。

"包小姐，经历了这么多事，我更加确定你对我有多么重要，请接受我的心意。"朱卧龙一脸讨好地向包瑢吐露真心。

包瑢脸上一冷，"免了，朱老板这种话不知道跟烟花间的姑娘们说了多少次了。"

包康一脸尴尬，不知道包瑢怎么会知道朱卧龙流连烟花间。

"我看朱老板还是去烟花间压压惊，纾解一下心里的委屈吧。"包瑢不依不饶。

朱卧龙尴尬不已，他还想说些什么，但见包瑢丝毫不留情面，无奈地讷讷作罢。

包康怒视陆何欢，料到定是他背地里告诉包瑢，不免又加深了对陆何欢的怨恨。

柳如霜见朱卧龙已经无罪释放，想起白玉楼，急忙跑到包康面前，"包署长，白白的嫌疑也洗清了，也该放人了吧？"

包康指指众人身后，只见白玉楼目光呆滞地站在角落里。

柳如霜看向白玉楼，急切地催促，"白白，你站在那干什么，快过来。"

白玉楼听到柳如霜召唤，直直地走过来。

应喜又开始奉承起包康，"包署长，这次能破案，全靠您陪我们一起顶住压力，执着追查，更靠您的正确指引，鼎力支持，这个功劳是旧闸警署的，更是您的！"

包康哈哈大笑，"是应探长办案有功。"

"喜哥……你真棒！"

柳如霜边夸赞边要靠在应喜怀里，应喜一个错身，柳如霜顺势倒在白玉楼身上。

白玉楼毫无反应，柳如霜瞪了白玉楼一眼，跑去追应喜。

"喜哥，你立了大功，我请你吃饭！"

"又不是我一个人破的案，请我吃什么饭。"应喜不领情。

"那我就请所有人吃饭！"

众人一听柳如霜如此豪气，忍不住欢呼，就连应喜都不得不承认。

"果然是柳家大小姐，够豪气！"

华灯初上，旧闸最大的酒楼里人声鼎沸。

柳如霜言出必行，包下酒楼款待警署众人。

桌上摆满山珍海味，包康、应喜、陆何欢、包瑢等人与柳如霜、白玉楼一起围坐在桌前。

柳如霜端起酒杯，望着在场众人，"今天我请客……"

柳如霜话还没说完，朱卧龙突然闯进来，面朝众人，"不好意思，今天我也想请客……"

柳如霜打断朱卧龙，不满地呵斥，"朱老板，你什么意思？我柳如霜还不至于连一顿饭都请不起吧？"

"柳小姐别误会，我只是想请包小姐共进晚餐。"朱卧龙和柳如霜的父亲柳山素有生意上的往来，他自然不愿得罪柳如霜，惶然解释道。

包瑢一听朱卧龙又要缠着自己吃饭，心下又急又怒，慌忙起身，"朱老板，你也看到了，今天我已经有约了。"

"这儿的饭局也不像是专门为包小姐设的，包小姐在与不在好像也无关紧要吧？我那边的饭局可是专门为包小姐设的，只有我们两个。"朱卧龙不甘心地劝说道。

一旁的陆何欢见包瑢如此为难，忍不住起身帮腔，"朱老板，小瑢不想去，你就不要勉强了。"

包康见陆何欢又要从中破坏包瑢和朱卧龙的好事，不禁气恼，"陆何欢！你给我闭嘴，这里哪有你说话的份！"

陆何欢还想说些什么，身旁的应喜使劲冲陆何欢眨眼，示意他别再说话。陆何欢欲言又止。

包康收起怒容，满脸堆笑地看向朱卧龙，"难得朱老板屈尊邀请小妹，小妹一定欣然前往。"

"哥，我不想去……"

"别说傻话了……"包康打断包瑢，碍于旁人在场，他压低声音威胁包瑢，"别忘了我们的约定，你要是不跟朱老板做朋友，我也不让你跟陆何欢做朋友。"

朱卧龙征询地看向包瑢，包瑢无奈地叹了口气，点点头。

朱卧龙高兴不已，立马讨好地提议，"包小姐，我们去吃西餐怎么样？"

"随便。"包瑢冷冷答道。

包瑢不情愿地跟着朱卧龙离开，陆何欢盯着门口有些担忧。

包康目送包瑢和朱卧龙走远，转身瞪着陆何欢，狠狠地数落，"不该看的别看！不该惦记的别惦记！"

陆何欢连忙收回目光，生怕包康再揪着自己不放。

柳如霜见包瑢已走，对众人投以询问的目光，"我可以继续了吧？"

众人点点头。

柳如霜清清嗓子，扬声接过方才的话茬，"今天我请客，大家想吃什么点什么，想喝多少喝多少，千万别客气！"

柳如霜豪爽地端起酒杯，向众人敬酒。

"那就谢谢柳小姐了。"包康端起酒杯一饮而尽。

众人高兴地吃着酒菜，白玉楼却不动筷子，眼睛直勾勾地盯着桌上的一把餐刀喃喃自语。

"是我杀的人，我冤死了好人，我要给她们偿命……"

白玉楼说完眼神发狠，抓起餐刀，猛地刺向自己的喉咙。

第二十八章　催眠未醒

白玉楼拿着餐刀刺向自己的咽喉，柳如霜惊声尖叫。

危急时刻，坐在白玉楼对面的陆何欢将手里的碗甩手飞出，打掉白玉楼手里的餐刀。

"你们干什么？让我死，让我死！"白玉楼失控，抓起一把鱼刺塞进嘴里。

陆何欢一惊，朝众人大喊，"快阻止他，他要卡死自己！"

坐在白玉楼旁边的应喜猛地甩了白玉楼一记耳光，就势打吐了白玉楼嘴里的鱼刺。

"白玉楼，你这是闹的哪出啊？"应喜一脸无奈地望着疯癫的白玉楼。

"白白，你到底怎么了？"柳如霜忧心忡忡。

白玉楼不理众人，猛地冲向窗户，麻利地爬上去。

"我才是杀人凶手，我害死了郝姐和程泽生，我要给他们偿命！"白玉楼扯着嗓子大喊大叫，直接跳下去。

就近的包康眼明手快地抓住白玉楼的脚，因为惯性被白玉楼拉出窗外，包康半个身子悬在半空。

包康双手抓着白玉楼的脚，白玉楼则整个身子倒挂在窗外，二人形势岌岌可危。

包康吃力地拉着白玉楼，厉声朝众人求救，"快来人！这家伙是怎么了？"

"糟了，忘记让程泽生给白玉楼解除催眠术了！"陆何欢想起什么，大呼不妙。

柳如霜望着窗外的白玉楼，焦急地招呼陆何欢和应喜，"喜哥、陆何欢，快把他们救上来。"

陆何欢跟应喜跑去拉包康，二人刚要将包康和白玉楼拉上来，应喜突然一脸痛苦地捂着胃部。

"胃好疼……"应喜忍不住发出呻吟。

"怎么了？能坚持一下吗？"陆何欢关切地注视着应喜，他没想到一向活泼好动的应喜会忽然发病。

酒楼白晃晃的灯光撒在应喜瘦削的脸颊上，豆大的汗珠从应喜额前滑下。

应喜眯着双眼，咬了咬嘴唇，"好像不能了……"

应喜说完直接晕倒在地。

陆何欢急切地扶着应喜，下意识地放开包康。

马上就要被拉回来的包康和白玉楼再次被悬在窗外，包康忍不住叫了一声。

柳如霜见状冲过来抱住应喜，一脸关切，"喜哥，你怎么了，是不是胃病又犯了？喜哥……"

窗外，一心求死的白玉楼一边挣扎一边大喊，"让我死，我要赎罪！"

白玉楼如同脱缰的野马，一直把包康往外拉扯。包康精疲力竭，忍不住扭头朝屋内的众人怒吼，"你们再不拉我回去，我就要放手了！"

现场一团混乱。

柳如霜和陆何欢将应喜扶到一边，赶紧冲过去帮忙拉包康和白玉楼。

在众人的帮助下，包康和白玉楼终于被拉上来。

包康唯恐白玉楼再发疯，顺势抓住白玉楼的胳膊，将白玉楼擒住。

"放开我！你们让我死，我要赎罪，我才是杀人凶手！"白玉楼挣扎着大喊大叫。

柳如霜顾不上白玉楼，焦急地跑到应喜身边，跪在地上抱起应喜的头。

"喜哥，你怎么样了？"

陆何欢跟着走过来，俯身翻开应喜的眼皮，仔细检查病症。

"喜哥不会有事吧？"柳如霜急得哭起来。

陆何欢微微皱眉，忽然他想起什么，看向柳如霜，"你刚才说他有胃病？"

柳如霜点点头。

"估计是胃痛引起的暂时晕厥，应该没事。"陆何欢温声安慰柳如霜。

陆何欢转而掐着应喜的人中，片刻，应喜缓缓苏醒过来，看见陆何欢咧嘴笑了笑。

"喜哥，你可算醒了，吓死我了。"柳如霜搂着应喜，仍在抹眼泪。

应喜看见柳如霜，顿时皱眉，挣扎着起来。

"胃疼而已，老毛病了……干什么？哭丧啊！"应喜没好气地呵斥柳如霜。

柳如霜赶紧擦干眼泪，"我以为……"

"咒我是不是？不安好心！"应喜粗暴地打断柳如霜。

众人的注意力都被应喜吸引过去，没注意到白玉楼。白玉楼忽然趁机挣脱包康，直接将桌子掀翻。

桌子倒地，发出一声巨响。

柳如霜吓得直接蹿到应喜身上，环抱住应喜。

应喜险些被白玉楼弄出的噪声吓得再次晕倒，陆何欢连忙扶住应喜。

白玉楼随手抓起一个碗敲碎，拿着瓷片作势要割腕，一旁的包康抓住白玉楼的手，二人陷入僵持。

应喜缓过神，看看搂着他脖子，挂在他身上的柳如霜，不禁气急败坏地呵斥，"给我下去！你是不是想再把我勒晕了啊？"

柳如霜平复情绪，悻悻地从应喜身上下来，跑到白玉楼和包康面前。

包康和白玉楼仍在僵持。

包康瞪着身旁的陆何欢和应喜，没好气地低吼，"你们两个还傻杵在那干什么？还不快过来帮忙？"

陆何欢和应喜连忙跑过来按住白玉楼，包康如释重负地松了口气。

柳如霜见白玉楼没完没了地胡闹，不禁皱起眉头，无奈地喃喃自语，"白白一心想死，这可怎么办啊！"

包康灵光一闪，面露惊喜，"我有办法！"

西餐厅的夜晚是魅惑而迷人的，华丽的灯饰投下淡淡的亮光，使整个餐厅显得优雅而静谧。柔和的萨克斯曲充溢着整个餐厅，如一股无形的浪漫四处蔓延。

彬彬有礼的侍应生往返于餐桌之间，几桌客人不时地小声说笑，环境宁静而美好，而坐在角落里的朱卧龙和包瑢却似乎跟这种环境有些不搭调。

朱卧龙和包瑢相对而坐，横亘在二人之间的长形餐桌上摆着两份牛排和几份西点。

西装笔挺的朱卧龙跷着二郎腿，说话声音很大，包瑢脸上写满不情愿。

朱卧龙见包瑢兴致不高，眉飞色舞地提议，"我就说把场子包下来，我们二人世界多好！"朱卧龙嫌弃地瞟了一眼其他桌的客人，不满地抱怨，"跟这些庸俗的人挤在一起，吃饭的心情都搞没了……包小姐，要不我让老板把那些人打发走，我们还是二人世界吧？"

"不必了，我只答应我哥跟你共进晚餐，可没答应会跟你二人世界。"包瑢冷着脸，淡淡回复道。

说话间，一个侍应生捧着一大束玫瑰走过来，"朱老板，您定的花。"

朱卧龙瞟了一眼鲜花，正是他特意预订的九十九朵红玫瑰。朱卧龙转而看向侍应生，"去找个花瓶来，把花插在花瓶里放在包小姐面前，让她边闻花香边吃饭。"

"不必了吧……"包瑢有些为难，觉得太过招摇。

侍应生也有些为难，想说什么。

"快去。"朱卧龙自以为是地催促道。

"您稍等。"侍应生点头离开。

片刻，侍应生抱着插满玫瑰的花瓶走过来。

侍应生将花瓶放在包瑢面前，花束占了大半个桌子，直接将包瑢和朱卧龙的视线阻隔开来，二人谁也看不见谁。

朱卧龙登时愣住，一脸尴尬，"怎么这么大束……"

朱卧龙歪着头看向包瑢，改口提议，"包小姐，要不，花还是先拿下去吧。"

花束虽大，但正合了包瑢的心意，她一瞥见朱卧龙就心烦，连忙劝阻朱卧龙，"这样挺好的，朱老板不是让我闻着花香用餐吗？还是别拿走了。"

朱卧龙无奈，只好随了包瑢的意愿。二人就这样隔着一大束花边吃边聊。

朱卧龙有些尴尬，歪着头躲开花瓶看包瑢。

包瑢看了看桌上的菜，"朱老板快吃吧，吃完了我好回去。"

"不急，我想跟包小姐多说说话……"朱卧龙笑笑，小心翼翼地试探，"包小姐，其实感情是可以培养的……不如我们试着培养一下？"

包瑢看穿朱卧龙的心思，无奈地叹了口气，"菩提本无树，明镜亦非台，本来无一物，何处惹尘埃？不知道朱老板听过这首诗没有？"

"哦，听过。"朱卧龙迟疑了一下，不想在包瑢面前丢了面子，不懂装懂。

"那朱老板一定理解我的意思了？"

"啊？这个……"朱卧龙一脸懵懂，讷讷地张了张嘴。

包瑢知道朱卧龙不懂，不以为意地笑笑，"这首诗的意思是说，菩提原本就没有树，明亮的镜子也并不是台。本来就是虚无没有一物，哪里会染上什么尘埃？万事皆虚无，做人做事不必太执着于不属于自己的，只要心意快乐就好，就像朱老板喜欢流连于烟花间，那就可以去做喜欢的事，不必勉强自己跟我这种不懂情趣，又不解风情的书呆子在一起。"

朱卧龙似懂非懂地点点头，"包小姐，你可能还不太了解我，其实我这个人很喜欢看书的！我被关在牢房的这几天，读了好几本书，对了，我还特意看了你喜欢的那本'唐演诗集'。"

"唐演？"包瑢不解，她饱读诗书，却不曾读过什么"唐演诗集"。

朱卧龙挠挠头，"对，好像还叫什么'白虎'。"

"朱老板想说的是不是唐寅，唐伯虎？"包瑢明白过来，忍俊不禁。

"对对，其实我知道，我就是故意考考你。"朱卧龙露怯，尴尬地掩饰道。

"朱老板真会说笑，吃顿饭难不成还要考试？"

"包小姐别误会，我就是一时兴起……对了，他的诗有一首我非常喜欢……那两句是什么来着，我背了好长时间呢……让我想想……嗯，别人笑我很疯癫，我笑别人不会看。不见，不见什么人的墓，没花没酒不耕田。"

包瑢见朱卧龙张冠李戴、附庸风雅，无奈地摇摇头，自顾自地低头吃起牛排。

天色越发暗了些，酒楼里还是一片热闹的场面。

众人按照包康的办法把白玉楼捆绑起来，为防止他大叫，还特意在他嘴巴里塞了一块抹布。

柳如霜望着手脚被捆住坐在角落里的白玉楼，感到一阵心疼，她不禁向包康埋怨，"包署长，你这叫什么办法嘛。"

"总比他寻死觅活强吧？"包康怏怏地说。

柳如霜叹了口气，"那倒是。"

"现在必须马上去找程泽生，问他如何解除白玉楼的催眠术。"陆何欢认为捆绑始终不是长久之计，还是要从根源上解决问题。

柳如霜点点头，看向陆何欢，"陆何欢，你帮我看住白白，我跟喜哥这就去警署总部找程泽生。"

"关我什么事？我为什么要跟你一起去？"应喜不乐意，惶然推诿道。

"我又不是警署的人，这么贸然去找程泽生，警署总部的人会理我吗？"柳如霜苦着脸。

"那让陆何欢带你去，我看着白玉楼。"应喜不耐烦，变着法子摆脱柳如霜的纠缠。

柳如霜见应喜不肯，忙向陆何欢使眼色。

"我跟警署总部的人不熟悉，人家也未必配合。"陆何欢会意，上前帮腔柳如霜。

应喜仍是一脸的不情愿。

"包署长，我爹上次还说要赞助旧闸警署一些经费的……"柳如霜又求助地看向包康，开始利诱。

"应喜，你陪柳小姐去一趟总部。"包康见钱眼开，规劝应喜。

尽管应喜心中有一千个一万个不愿意，但碍于包康的面子，他还是无奈地点点头，"是。"

柳如霜高兴不已，拉着应喜蹦蹦跳跳地离开。

西餐厅，朱卧龙和包瑢还在谁也看不见谁地吃饭。在旁人看来，这可真是一场别开生面的约会。

朱卧龙歪着头，躲着花瓶看向包瑢，驴唇不对马嘴地侃侃而谈，"我觉得曹雪芹写的《红楼梦》很不错，毕竟我也是做地产生意的，所以对这种盖楼的书还是很有兴趣的，不过我倒是不喜欢红色的楼，我觉得金色才大气。尤其喜欢那种富丽堂皇的感觉，像我家那样，宫殿一样的房子，这样才能衬托我的身价。还有这个梦字我觉得不好，'红楼梦'就等于这座红楼没有建起来，对我们地产商来说，这个字不是很吉利，我想作者取这个名字，可能是在写自己的辛酸往事吧，我看，这个曹雪芹应该是生意失败才去写书的吧？"

包瑢实在听不下去了，无奈地叹了口气，"朱老板，我看吃饭的时候还是不要谈诗书了。"

朱老板歪着头，毫不自知地继续讨好，"那包小姐喜欢谈什么？"

包瑢看到桌上的餐刀，突然灵机一动，装作不经意地拿起餐刀。

"这把餐刀其实跟解剖时用的手术刀很像……"包瑢拿着餐刀，以解剖的方式切割牛排，嘴中不住地念叨，"身体挺直，两眼平视前方，足尖朝前；上肢垂于躯干两侧，手掌朝向前方……"

朱卧龙下意识地按照包瑢所说的坐直身体，脚尖并拢朝前，双臂贴着身体放下，手掌朝前，然后歪着头躲过花瓶看向包瑢。

"包小姐是要我这样做吗？"

包瑢歪头，视线绕开桌子中间的大束玫瑰花，看看朱卧龙，笑着摇摇头。

"不是，我是在说尸体被解剖前的姿势。"

"尸体？"朱卧龙大吃一惊，赶紧恢复正常的坐姿。

"其实解剖也有很多学问的，不是随随便便一刀切下去，跟切牛排不一样。"包瑢继续说道。

朱卧龙歪头看看包瑢正在切割的牛排，努力地吞了口口水。

"牛排一刀切下去，里面的质地跟外面一样，尸体不同，这么一刀划下去，里面的五脏六腑就都出来了，而且血会流得满地都是……"

朱卧龙终于忍不住干呕起来。

"朱老板这是怎么了？"包瑢歪头看向朱卧龙。

朱卧龙勉强忍住呕吐，脸色惨白，"包小姐，我突然身体不舒服，不如改日再约吧。”

“那朱老板快回去休息吧，正好我一会还要回警署，有一具尸体只解剖了一半，五脏六腑还暴露在外面呢，我要回去处理一下。”包瑢装作通情达理的样子，继续刺激朱卧龙。

朱卧龙又是一阵恶心，捂着嘴点头示意抱歉，匆匆离开。

包瑢望着朱卧龙狼狈逃离的背影，长长松了口气。

夜色蒙眬，几盏鹅颈状的街灯散射着昏黄的亮光，不远处就是警署总部。柳如霜跟着应喜快步走去。

路上静悄悄的，柳如霜壮着胆子挎住应喜的胳膊，应喜冷冷地甩开。柳如霜不气馁，又挎上去，应喜再次甩开，柳如霜还想挎上去，应喜终于怒不可遏，指着柳如霜的鼻子。

“你再动手，我告你袭警啊！”应喜厉声威胁道。

柳如霜见应喜“守身如玉”，连让自己碰一下都不行，委屈地噘起嘴巴，“干什么凶巴巴的，人家去警署紧张嘛。”

“你平时去旧闸警署像回自己家，没见你紧张过！”应喜没好气地驳斥道。

“这可是警署总部，怎么能跟旧闸警署比嘛。”

应喜板着脸，“借口倒是不少，我警告你啊，别再动手动脚，当心我抓你坐牢，骚扰探长也够关你几天的。”

柳如霜撇撇嘴，不敢造次，默默跟上应喜。

应喜瞪一眼柳如霜，走上警署总部门前的台阶，门口站岗的警员拦住二人。

“站住，有什么事？”一名警员厉声问道。

应喜亮出证件，“我是旧闸警署探长应喜，现在有要紧事要申请会见今天送来的杀人犯程泽生和郝琴。”

“去下面找吧。”另外一名警员答道。

“哪个下面，地下室？”应喜不解。

“程泽生和郝琴被判死刑，已经被枪决了！”先前问话的警员不耐烦地解释道。

应喜和柳如霜惊得目瞪口呆，白天还见到的大活人，天一黑就没了。

应喜无奈地向警员点点头，"谢谢了。"

应喜和柳如霜转身走下台阶。

"没想到总部和法院的办事效率这么高，我们那么久才抓到，他们一天就毙了，难怪下面的警署工作压力越来越大。"应喜一脸失意。

柳如霜无奈地叹口气，"现在只能祈求白白日后多福了。"

第二十九章　月下交心

夜色漆黑，包康回到家，发现包瑢房间的灯竟然亮着，他瞄了一眼墙上的钟表，料想包瑢定是早早就支开朱卧龙，不禁感到有些生气。

包康连招呼都不打就推开包瑢的房门，正坐在书桌前看书的包瑢有些无奈。

"哥，你又不敲门。"

"你怎么这么早就回来了，为什么不多陪陪朱老板？"包康板着脸开门见山地质问包瑢。

"酒逢知己千杯少，话不投机半句多。我和朱老板素来无话可谈，勉强坐一会已经很难受了。"

"你还难受了，你知道'卧龙'是什么意思吗，就是趴着的龙，早晚有一天能飞起来！"包康情绪有些激动。

"就算他真的是龙一飞冲天，我也不稀罕。"

包康急躁地走到包瑢面前，拿手指点了点包瑢，一副恨铁不成钢的样子。

"你呀你呀，饱读诗书却不明白这么浅显的道理。女人一辈子为了什么呀？还不就是嫁个好人家享受荣华富贵。朱老板那是人中之龙，想巴结他的姑娘从我们家门口能排到旧闸警署，人家看上你，那是我们包家的福气，是爹娘在天显灵，你却不知道珍惜。"

包瑢放下书，郑重地看着包康，"哥，我这一生不想追求荣华富贵，也不求轰轰烈烈，只求遇到相知相惜之人，平淡度过一生。"

包康气急，竭力压住怒火，痛心地劝慰，"你也要考虑哥的感受吧，我一把屎一把尿把你拉扯大容易吗？还指望你嫁进豪门跟着沾点光呢。"

包瑢站起来，怒视包康，"哥，我和你一奶同胞，是你亲妹妹，你不要拿我当生意去做好不好？"

"这是什么话？你怎么能把你哥想得那么龌龊！爹娘死的时候，我也不过是个十来岁的孩子，而你呢，还是个嗷嗷待哺的婴儿……"

包康说着，眼中泛着泪光，仿佛看到了过去艰苦的生活。

包瑢出生没多久，包家二老就溘然长逝，又赶上家道中落，年幼的包康不得已地抱着包瑢觅食，襁褓中的包瑢饿得哇哇大哭。

街道旁，一位妇女坐在门前逗弄怀中的孩子，包康抱着包瑢慌忙跪在妇女面前，哭着央求，"阿姨，求求你，我妹妹快要饿死了，你能不能给她一点奶吃……"

妇女见包康可怜，把自己的孩子放下，抱过包瑢，转过身去喂奶……

包康擦去眼角的泪水，不无委屈地面朝包瑢，"就因为每天抱着你找不同的女人要奶喝，我才患上了'恐女症'，一见到女人就像生了大病一样，既害怕又窘迫，到现在都不能成家。"

"哥，我现在长大了，我会孝敬你的。"包瑢有些理亏，动情地安慰道。

包康叹了口气，"小瑢啊，我拉扯你长大不容易，这些年，你跟着我也没少受苦，小的时候我就发誓，将来一定给你找个好人家，让你再也不受苦。"

"我知道你是为了我好，可我是你的亲妹妹，你总不能逼着我跟不喜欢的人在一起吧？"包瑢言辞委屈。

"正因为你是我亲妹妹，我才疼你，就因为疼你才为你打算，朱老板相貌英俊，年轻有为，家底又殷实，比陆何欢强得不是一星半点。"包康不厌其烦地为朱卧龙说好话。

"哥，我最后说一遍，这跟何欢没关系。我跟朱老板不合适。"包瑢不胜其烦，又板起脸。

"你看你看，还何欢，叫得那么亲热还说没关系，我看要是没有那小子，你跟朱老板早就好上了。"

"哥！我困了，想休息了，你也早点休息吧。"包瑢忍无可忍，打开房门，示意包康离开。

包康无奈地摇摇头，"不开窍！"

包康走出包璃房间，想起什么刚要说话，却被包璃隔在门外。

笼罩在夜色之中的槐花弄一片寂静，家家户户都关上门，熄了灯。陆何欢和应喜抬着被绑住手脚的白玉楼，在柳如霜的带领下奔向白玉楼家。

柳如霜从白玉楼身上拿出钥匙，指着一处屋舍，"就是这了。"

陆何欢和应喜停在门前，柳如霜打开门。

陆何欢跟应喜抬着白玉楼进去，一把将白玉楼扔在床上。

白玉楼嘴被塞住，在床上奋力挣扎。

应喜忽然想起什么，看向陆何欢，"你不是上过催眠术的课吗，不能帮白玉楼解除那个指令吗？"

陆何欢摇摇头，面露难色，"这种指令需要干扰大脑深层意识，所以要通过下达指令的人去解除，因为被催眠的人很难再接受其他人的催眠。"

"那白白岂不是一辈子都要这样了？说不定哪天就真的自杀了。"柳如霜骇然失色。

"现在最重要的就是让他好好休息，有助于他的精神恢复，这样或许也可以自愈。"陆何欢微微皱眉，他害怕柳如霜再受惊吓，没有直接回答。

三人说话间，白玉楼挣扎着将嘴里塞着的抹布吐掉，不住地大喊大叫，"让我死，人都是我杀的！我要给郝姐和程泽生偿命……"

柳如霜发愁地看着白玉楼，"白白这种状态怎么好好休息啊？"

"我有办法。"应喜说罢径直走过去，一拳将白玉楼打晕。

"这叫什么办法？"陆何欢哭笑不得。

"这是治标的办法。"应喜挠挠头。

"那醒了怎么办？"陆何欢质疑道。

"继续打晕他。"应喜若无其事地答道。

陆何欢一脸无语，这法子真是和应喜的品性一般，简单又粗暴。

柳如霜瞟了一眼昏厥过去的白玉楼，殷切地追问应喜，"喜哥，有没有治本的办法啊？"

应喜一时语塞。

陆何欢想了想，看向柳如霜，"其实也有很多被催眠者在精神愉悦的状态下自行恢复的。"

"心情愉悦？"柳如霜眼神一亮。

应喜打了个哈欠，"我困了，回去睡觉。"

柳如霜见应喜转身要走，连忙拉住应喜，"喜哥，先送我回家啊！"

应喜甩开柳如霜，瞟了一眼床上的白玉楼，"现在白玉楼身边不能离开人，你还是留下照顾他吧。"

柳如霜看看白玉楼，挠挠头，一时犹豫不决。

应喜不等柳如霜反应，拉着陆何欢跑出门。

柳如霜无可奈何地留下照看白玉楼。

夜色正浓，陆家卧室的灯仍然亮着。

陆祥正躺在床上聚精会神地看《和珅传》，他时而不时地扶扶眼镜，毕竟上了年纪，老眼昏花，看得有些不真切。

林芝贴着满脸黄瓜片走进来，上回烫毁的头发被她用头巾包裹起来。

陆祥瞟了一眼林芝，疑惑不解，"你晚上没吃饱吗？"

"你懂什么，这样可以美白的。"林芝白了一眼陆祥。

"什么意思？吃黄瓜美白？"陆祥越听越不明白。

"不是吃，就是像这样贴在脸上。"

林芝一边说，一边躺床上，将手里的两片黄瓜敷在眼睛上。

"是那些洋太太教我的。"

陆祥放下书，撇撇嘴，"崇洋媚外。"

"你不崇洋媚外，那你为什么要送儿子去大不列颠？"林芝反唇相讥。

"我那是给儿子镀金。"

"镀哪门子金？搞得我现在连见儿子一面都难，说起来我就气。"

"行了行了，贴你的黄瓜吧。"陆祥不耐烦。

林芝闭上眼睛，开始帮自己按摩，陆祥继续看着《和珅传》。

"听说旧闸新开了一家奇兽苑，里面什么珍禽异兽都有，明天正式开业，你抽时间陪我去逛逛。"

"我不去，动物有什么好看的，猫猫狗狗的你没见过？"陆祥头都没抬地拒绝。

"听说有大象，我都没见过大象长什么样。"林芝兴趣盎然。

"大象还没见过你长什么样呢，你去了到底是谁看谁还不一定。"

林芝猛地坐起来，脸上的黄瓜片纷纷掉落，厉声呵斥，"怎么说话呢！我最后问你一遍，你去不去？"

"不，不去。"陆祥有点害怕，但还是咬牙不屈服。

"你能去寡妇家喝茶，倒不能跟我去奇兽苑了？"林芝阴阳怪气地翻起旧账。

陆祥火大，把手里的书狠狠放在床头柜上，"林芝，你够了啊，别老跟我翻那些陈年旧账！"

"旧账也是你欠下的，哼！要是换个年轻寡妇邀你，别说看笼子里的珍禽异兽，就是把你关在笼子里被珍禽异兽看你也愿意吧？"

"你简直不可理喻！"陆祥恼羞成怒。

"陆祥，你说谁不可理喻？"林芝气愤地质问道。

"就说你，不可理喻！"

陆祥话音刚落，林芝出其不意地一拳打在陆祥的眼眶上。

陆祥捂住眼睛，厉声呵斥，"林芝，你能不能不打脸！"

林芝怒气未消，又一脚将陆祥踹到地上，"那你就滚下老娘的床！去客厅睡！"

林芝说完，把枕头重重地扔在陆祥身上。

陆祥悻悻地拿着枕头往客厅避难。

月光下，从白玉楼家回警署的小路幽静曲折。陆何欢和应喜并肩而行，边走边聊。

"郝姐和程泽生活得太累，一个为了儿子，一个为了爱人，都是为别人活丢了自己的人生……所以啊，人就是要活得自私一点，多为自己活。"应喜叹了口气，开始讲起自己的生活哲理。

陆何欢不住地摇头，"NO，我不赞成自私，如果每个人都自私，都只想着自己，那这个世界就会变得麻木不仁。"

"这么说，你赞成郝姐和程泽生的做法？"应喜不解。

陆何欢摇摇头，"郝姐和程泽生为别人的心是好的，但是选错了方式，对于大宝来说，他更需要的是母爱，郝姐其实可以在有限的生命里多陪陪大宝，教会大宝如何坚强地面对生活。而程泽生在知道郝姐杀人的时候，如果能劝郝姐自首，帮助郝姐照顾大宝，我想，这是郝姐更愿意看到的。"

"陆何欢，说实话，你后不后悔查郝姐？"应喜看着陆何欢的侧脸，认真地问道。

"真相就是真相，一定要大白于天下。"陆何欢没有一丝犹豫。

"可是被杀的人平日刁钻刻薄死有余辜，既然程泽生愿意替郝姐顶罪，为什么不成全他呢？追查下去无非就是枪决了两个好人。"

"在法律面前，没有好人和坏人之分，任何人都无权剥夺别人的生命，哪怕这个人刁钻刻薄或是道德败坏，都有活着的权利……"陆何欢顿了顿，带着些同情，"至于郝姐，我觉得无论出于什么目的，都要为自己做过的事负责。"

"说得真够无情无义的。"应喜摇摇头，显得颇不认同。

"不是我无情无义，是他们的一念之差，断送了本应延续的情谊。"陆何欢坚持自己的观点。

"唉，郝姐跟程泽生还真是一对苦命的鸳鸯。"应喜破天荒地大发同情心。

"可能死也是他们爱情的解脱，不用再去在意世人的眼光。"陆何欢伤怀地感叹道。

应喜跟着叹了一口气，抬头看向天空中两颗挨着的星星，"这两颗星星应该就是郝姐和程泽生了，一个护着另一个。"

陆何欢顺着应喜的目光，望向星空。

墨蓝色的天幕上繁星闪闪，游动的浮云如纱如雾。这是一个安静的夜晚，春天的气息愈发浓厚，不知名的虫鸣声隐隐约约地传来。

恍惚中，陆何欢想到了田野上的蒲公英和油菜花，想起了苏州河上漂浮的乌篷船，然后他望着应喜，笑了，这微笑是属于一个青涩少年的。

月光下，少时的陆何欢和凌嫣漫步在小路上。

陆何欢几次要牵起凌嫣的手，都被凌嫣挣脱。

"何欢，你爹今天找过我。"凌嫣停下，一脸严肃地看着陆何欢。

"你别理他，我们的事谁也干涉不了。"

"何欢，我不想让你为难，你爹说得对，我们门不当户不对，不应该在一起……"凌嫣低下头，小声嗫嚅道。

"凌嫣，我不许你再说这种话，相信我，我一定会娶你过门。"陆何欢强行握住凌嫣的手，深情款款。

"何欢……"凌嫣眼中含泪，欲言又止。

陆何欢自信地微笑，凌嫣也破涕为笑。

陆何欢指着天空中最亮的两颗星，"凌嫣，你看，那两颗星就是你跟我，我一直在你身边保护你，谁也不能欺负你。"

凌嫣感动落泪，将头靠在陆何欢肩上，仿佛自己就是浩渺星空下的一粒尘埃，因为陆何欢的陪伴，才能诗意地栖息在广袤的苍穹。

应喜推了推望着星空发呆的陆何欢，"喂，傻呵呵地想什么呢？"

陆何欢叹了口气，一脸沮丧，"我也想保护凌嫣，可是不知道凌嫣现在在哪。"

应喜稍一迟疑，试探地询问，"还没忘？"

"我对凌嫣的承诺太多，不敢忘。"陆何欢红了眼圈。

应喜不以为意地摸摸鼻子，拍了拍陆何欢的肩膀，"承诺都是说给活人的鬼话，就算你信，她也未必信，如果她真的相信你的承诺，那她早就回来了，为什么还躲着你？"

"我相信凌嫣有苦衷。"陆何欢态度笃定。

"别傻了，你以为女人都是望夫石？你走了三年人家就老老实实等你三年？没准那个凌嫣早就嫁作他人妇了。"应喜又开始说风凉话。

"凌嫣不会。"陆何欢毫无保留地信任凌嫣。

应喜摆出一副经验丰富的样子，"什么不会，我告诉你，女人是最靠不住的。"

陆何欢看向应喜，"你肯定被女人伤害过。"

"没有。"

应喜背着手快步向前走，陆何欢追了上去，拿胳膊拐了拐应喜。

"应探长，说说你的故事吧？"陆何欢隐约觉得应喜有秘密。

应喜玩世不恭地笑笑，"我的故事多了，你想听哪段？"

"就听你伤得最深的那一段。"

"你小子皮痒是不是？"应喜举起拳头作势要打陆何欢。

"好歹我们也是同床共枕的关系，应探长的秘密不用对我藏得那么深吧？"陆何欢边躲边开玩笑。

应喜放下拳头，"我哪有秘密？我的秘密你去百乐门打听一下就都知道了。"

"伤你的女人也是百乐门的？"陆何欢一脸认真。

应喜见陆何欢紧咬不放，无奈地翻了个白眼，"抬杠是吧？"

"不是抬杠，我只是想知道真相。"

"真相其实很普通，只是我爱的一个女人因为门不当户不对被她的家人反对，后来我也就认命了。"应喜不看陆何欢，自顾自地向前走。

"现在那个女人呢？"陆何欢跟在后面好奇地追问道。

应喜笑笑，"应该已经结婚生子了。"

陆何欢有些动容，他生怕触动应喜的情伤，小心翼翼地试探，"你，会想她吗？"

"已经是两个世界的人，还想她干什么呢？况且，放弃了那一棵树，我才发现了整片森林，比原来幸福美好多了！陆何欢，你也要学会放下。"

陆何欢撇撇嘴，"我没你那么薄情！"

应喜跟着意味深长地撇撇嘴。

陆何欢似乎想起了什么，话锋一转，"对了，你的胃病好了？"

"没事了，老毛病，都习惯了。"应喜一脸不在乎。

"年纪轻轻就得胃病，也太不爱惜自己了。"

"哎，谁叫我好喝那一口呢，酒喝多了，胃就不行了。"

"那就少喝点。"

"那可不行，宁可醉生梦死，也不苟且偷生！"应喜一脸大义凛然。

陆何欢无奈地晃晃头。酒鬼就是酒鬼，即使做了鬼，都不肯戒酒。

第三十章　象园失窃

翌日清早，陆祥站在客厅镜子前，望着眼眶上的淤青发愁。

"真是的，让我怎么去当班。"陆祥低声犯起嘀咕。

正一筹莫展时，陆祥似乎想起什么，摸着头喃喃自语，"那小子从大不列颠买回来的黑漆漆的眼镜呢……"

陆祥匆匆走进陆何欢的房间，从抽屉里拿出一副墨镜，他拿着墨镜来到镜子前戴上，左右照照，兴高采烈地冲正在擦地的林芝打招呼。

"我去当班了。"陆祥背着手满意地离开。

林芝嫌弃地瞪了陆祥一眼，压低声音，"戴儿子的墨镜，老不正经。"

一大早，陆何欢和应喜来到警署，迎面在走廊碰见包瑢。

包瑢快步走到陆何欢跟前，温婉一笑，"何欢，刚刚看到你爹戴着墨镜进来，很有风范。"

陆何欢叹了口气，心中已经猜到七七八八，"应该是被我娘打出来的'风范'。"

应喜和包瑢一听都忍不住窃笑，陆何欢也忍不住发笑。

"对了小瑢，昨天没事吧？"陆何欢忽然想起昨晚朱卧龙硬拉着包瑢吃饭，一脸关切。

"没事。"包瑢爽朗地笑笑，凑到陆何欢耳边，故作神秘地压低声音，"我现在基本摸清了朱卧龙的软肋，知道怎么对付他了。"

"什么软肋？"

"他对解剖尸体有阴影，我一提关于解剖的事，他就忍不住想吐，昨天吃饭的时候，我跟他说了一些解剖学的知识，他就灰溜溜地跑了。"

陆何欢忍俊不禁，想不到自己出的"鬼主意"竟真的成了朱卧龙的死穴。

"小瑢，看不出你也这么歹毒。"应喜见陆何欢和包瑢有说有笑，忍不住在旁插话。

"我这是好人说好话，混人出恶言，什么人什么对待。"包瑢不以为然。

"小瑢，总之那个朱卧龙是好色之人，你自己小心点。"陆何欢不无担心地提醒道。

三人说笑间，走廊一头忽然传来包康不满的声音。

"陆何欢，你让小瑢小心谁啊？我看最应该小心的就是你！"包康怒气冲冲地走过来。

应喜见到包康，急忙点头致意。

"包署长。"

"包署长。"陆何欢见应喜打招呼，急忙也跟着打招呼。

包康瞪了陆何欢一眼，语气不善，"刚刚接到一家刚开业的奇兽苑报案，你们两个去处理一下。"

"奇兽苑报案？"陆何欢讶然。

"难道是老板被谋杀？"应喜推测道。

"不是谋杀案，是失窃案，奇兽苑为了吸引游客从美利坚购买并海运过来的大象在象园里丢了。"

陆何欢愣了一下，大象体积庞大，窃贼想要偷走大象可要费一番工夫，"难道大象被肢解后运走了？"

包康摇摇头，"没有被肢解，是在众目睽睽之下，整只丢的。"

"大象怎么偷啊？"应喜不禁追问道。

包康见二人还在纠结如何偷走大象，厉声呵斥，"我知道还要你们干什么？别傻杵在这，赶紧去案发现场！"

"是！"陆何欢和应喜异口同声地答道。

二人径直奔去奇兽苑。

上午，日头正好。陆何欢和应喜匆忙来到奇兽苑门口，二人抬头望去，门口顶端挂着写有"奇兽苑"三个大字的匾额，匾额上缠着庆祝开业的红绸。

陆何欢和应喜对视一眼，走进去。二人刚进院子就发现林芝挎着手包左顾右盼，似乎正寻找什么。

陆何欢高兴地迎上去，"娘。"

"何欢！"林芝循声看见陆何欢，既惊又喜，她侧脸看看应喜，礼貌地点点头，"应探长。"

"陆夫人。"应喜点点头。

陆何欢没想到在奇兽苑碰上母亲，想起母亲刚才寻觅的模样，一脸不解，"娘，您在找什么呢？"

"大象啊，不是说这里有大象吗，娘没见过大象，想看看，可是刚才在象园，看见里面是空的。"

"娘，您别找了，大象丢了。"

林芝惊讶地捂住嘴巴，不可思议地看着陆何欢，"丢了？"

"是啊，陆夫人，我跟何欢就是负责调查这件案子的。"应喜在旁说道。

林芝有些着急，辛辛苦苦来到象园，没想到扑了个空，回家一定会让陆祥看笑话。

"那你们好好调查，一定要把大象找回来，我还没看过呢。"林芝嘱托道。

"知道了，娘。"

"儿子，我不耽误你破案了，我先回家了。"

陆何欢点点头，"好，娘你路上小心。"

"知道了。"林芝转身离开。

陆何欢望着林芝的背影，眼神坚定，示意应喜，"走吧，为了我娘，也得把大象找到。"

奇兽苑老板正焦急地在空空的象园里来回踱步，他四十来岁，身材魁梧，穿着笔挺的西装，戴着玳瑁眼镜，显得文质彬彬。早些年他曾在教堂做过帮工，耳濡目染下会说一口流利的英文，再加上结识了一众洋人，便在旧闸开办一家奇兽苑，并托关系从美利坚出高价购买了一头大象。没想到，开业当天大象就丢了。

杂耍演员站在一旁的简易舞台边，几个伙计按住名叫郑秋和张川的魔术师。郑秋和张川都身着黑色燕尾服，里面套一件白色衬衫，头上戴着圆顶硬礼帽，手上还拿着一根小权杖，二人脸上都涂满了花花绿绿的油彩。

象园外围着一群看热闹的游客，柳如霜和白玉楼也在其中。

陆何欢和应喜一来到象园，柳如霜就拉着白玉楼高兴地冲过去。

"喜哥！"

"你怎么无处不在啊？"应喜一脸嫌弃。

"我带白白来看动物舒缓心情啊，陆何欢不是说只要白白心情愉悦就有可能自己恢复意识吗？"

柳如霜看了看白玉楼，白玉楼默默地站在柳如霜身边。

应喜看看情绪相对稳定的白玉楼，"看起来是比昨天好多了。"

应喜不再理睬柳如霜，向众人亮出证件，"我是旧闸警署探长应喜，这位是探员陆何欢，今天早上是谁报的案？"

奇兽苑老板闻声赶紧从象园走出来，仿佛在悬崖边上看见一根救命稻草，殷切地握住应喜的手。

"警官，你们可来了，我是奇兽苑的老板，就是我报的案。"

"大象是什么时候丢的？"陆何欢问道。

"一个时辰前丢的。"

"怎么发现的？"

"今天是我们奇兽苑开业，为了吸引游客，我请来了一个戏班子搭台表演……"

正如奇兽苑老板所说，一大早，奇兽苑象园外的空地上就聚集了大量的游客。伙计们提前搭起了一个简易的舞台，几名杂技演员正在表演抖空竹。围观游客时不时起哄叫好，柳如霜跟白玉楼在人群中跟着叫好。

奇兽苑老板站在台下高兴地看着表演，他心想请戏班子搭台表演的钱总算没白花，观众的兴致都被调动起来了。

抖空竹演员表演结束，向观众鞠躬下台，接着两名街头魔术师走上舞台，正是郑秋和张川。

郑秋变出一些花束抛向台下，观众纷纷大喊，"好！"

张川变出几只鸽子，鸽子扑棱棱飞起，观众纷纷鼓掌。

郑秋有些不服气，又变出一些彩色丝绸。观众们大开眼界，忍不住惊呼，"太厉害了……"

张川跟郑秋较劲，变出一些鸡蛋发给观众，"来，这是给大家的礼物。"

观众得了便宜，跷起大拇指，"还是这位魔术师厉害……"

郑秋更加不服气地看向张川，"能变出东西没什么特别，能变走东西才叫本事！"

"我既然有变出东西的本事，自然也有变走东西的本事喽。"张川一脸傲慢。

"哼，那也要看是什么吧？"郑秋挑衅道。

"东西随便你选，什么我都奉陪。"张川底气十足地回击。

郑秋指着大象，"它，你能行吗？"

"那还要问问老板舍不舍得了。"

"变大象……变大象……"台下观众一听要变没大象，纷纷起哄。

奇兽苑老板饶有兴致地看向两人，然后指着笼子里的大象，"你们要真有本事，就把大象变没了让我们瞧瞧。"

奇兽苑老板把事情的经过原原本本地告诉陆何欢和应喜，他指着一旁的郑秋和张川，一脸懊恼，"没想到这两个挨千刀的最后真的把我的大象变没了，可是他们有变没的本事，却没有变回来的本事！"

应喜搓搓胡子，看向一旁的郑秋和张川，"看来这两个魔术师有重大嫌疑。"

"警官，我们冤枉啊。"郑秋和张川齐声大喊。

"什么冤枉，一定是你们把大象偷走了，说，大象被藏在哪了？"应喜恼怒。

"警官，我们只是变戏法，没偷大象啊。"郑秋一脸无辜。

"是啊，警官，我们真没偷大象。"张川附和道。

"还不承认，是我亲眼看见的，就是你们把大象变没了！"柳如霜见郑秋和张川抵赖，跳出来帮腔应喜。

应喜不耐烦，厉声威胁，"既然你们嘴硬，那就跟我回警署，严刑拷打！"

"应探长，先别妄下定论……"陆何欢在旁劝阻道，他转而看向奇兽苑老板，"老板，刚刚大象是在哪里变没的？"

奇兽苑老板指了指象园，"就在象园的象笼里面。"

陆何欢走进象园仔细观察象笼，发现象笼靠在象园一角，笼子一角突出，和两面的墙壁构成了一个"M"型，象笼里面空空如也。

陆何欢又走进象笼观察，突然发现什么，他抬手在象笼缝隙处敲了敲，发现虚空处竟然都放着镜子。

"原来是西洋魔术。"陆何欢恍然大悟。

在场众人仍是一头雾水。

陆何欢走出象园，面朝众人，"这两位魔术师并没有偷走大象，这是西洋魔术。魔术师利用象笼和墙壁形成的'M'形状，在幕布拉起的同时在笼子的铁栅栏后竖起等高镜子，利用镜子反射两边墙壁，造成错觉让人误以为大象消失了，其实大象仍然还在笼子里，只要打开笼子就能看见大象。"

"陆何欢，你这个推理太自以为是了，我敢跟你打赌，大象肯定不在笼子里。"应喜不屑地驳斥道。

"赌什么？"陆何欢毫不示弱。

应喜想了想，眼珠一动，"谁输了就给对方洗一个月的袜子。"

陆何欢一想能让邋遢的应喜洗袜子，豪爽地笑笑，"好啊。"

陆何欢看向老板，迫不及待地催促，"老板，麻烦你打开笼子，你的大象就在象笼里。"

奇兽苑老板急忙示意伙计，"你们快点打开笼子！"

两名伙计打开笼子，象笼里空空如也，根本没有大象的影子。老板四下望望，空欢喜一场。

"陆何欢啊陆何欢，你这次可是猪鼻子里插大葱——装象喽。"应喜一脸得意。

陆何欢既疑惑又羞恼，连忙岔开话题，"既然大象被运走，这个案子的难度就更大了，应探长还是把嘲笑我的时间用来找其他线索吧。"

"还找什么线索，大象就是那两个魔术师偷的。"应喜拿出手铐给两个魔术师戴上，"跟我回警署，先定你们的罪，再找大象。"

郑秋和张川对视一眼，急忙解释。

"是有人找到我们，让我们当着奇兽苑园长的面，演两个争吵的魔术师，借着表演给大象笼子外面围上幕布。"郑秋哭诉道。

"是啊，警官，台词本都是那人给我们的，我俩就是一时鬼迷心窍，想着不仅能提高知名度，还能拿五十块大洋才答应的。"张川帮腔道。

应喜半信半疑地瞟了二人一眼，"把大洋和台词本交出来。"

郑秋和张川摸遍全身上下也没找着，顿时焦急不已。

"刚刚还在的……"郑秋低声嘀咕。

"我就放在这个口袋了，怎么不见了……"张川脸色煞白。

应喜认定二人蓄意戏弄自己，大为恼火地厉声呵斥，"胡说八道！你们就是偷象贼，跟我回警署！"

陆何欢想拦住应喜，但见他在气头上，只好欲言又止。

警署审讯室里，郑秋和张川坐在陆何欢和应喜对面，二人苦着脸，大气都不敢出。

"说，你们到底把大象运到哪去了？"应喜没好气地逼问道。

"冤枉啊,我要是偷了大象,就让我不得好死。"郑秋带着哭腔。

"警官,我们一定是被人利用了。"张川可怜巴巴地看着应喜。

"按照你们所说,那个人指使你们演戏,然后神不知鬼不觉地偷走大象还有给你们的大洋和台词本?"陆何欢暗暗生疑。

"对!"郑秋一口咬定。

"没错!"张川深表赞成。

应喜猛地一拍桌子,"你们以为编点神奇的故事就能骗过本探长?"

"我们没编故事。"郑秋矢口否认道。

"句句都是真的。"张川信誓旦旦。

"看来不用点刑你们是不会说了。"应喜咬牙切齿。

郑秋和张川嗅到危险的气息,号啕大哭,"冤枉啊!"

陆何欢和应喜对视一眼,见二人哭得比窦娥还冤,不知该从何处下手。

案件一时陷入僵局。

第三十一章　神探寻象

黄昏时分,夕阳透过警署宿舍窗户照进来。应喜的花生撒得满地都是,阿花正兴奋地啄着花生吃。

陆何欢和应喜垂头丧气地回到宿舍,二人推门进来,把偷吃的阿花逮个"鸡赃俱获"。

应喜看到心爱的花生被这般糟蹋,怒气冲冲地追打阿花。

"你这个馋嘴鸡,本探长的花生也敢偷吃,我让你吃,让你吃!"

阿花扑棱着翅膀四处乱窜,应喜脱下一只鞋追打阿花。阿花跳到椅子上,踩着椅子一跃而起,从陆何欢脑袋边飞过去。

应喜为了追打阿花,直接扑向陆何欢,二人摔倒在地,阿花趁机夺门而逃。

"你给我站住!阿花!本探长命令你站住!"应喜大吼大叫。

陆何欢推开应喜,想起自己曾偷吃过几粒应喜的花生,不免心有余悸,好言相劝,"应探长,你就不要跟一只鸡一般见识了。"

"对啊，我哪有时间跟鸡较劲，我还得监督你给我洗袜子呢。"

陆何欢一脸郁闷，想想自己真是多嘴。

警署宿舍里，应喜一边吃花生一边看着陆何欢蹲在地上洗袜子。

洁癖发作的陆何欢屏住呼吸，洗到一半难以忍受，他将头歪向应喜，"My God！应探长，我愿赌服输，不过能不能用其他事情替代？洗袜子这事我实在难以胜任。"

"不行，君子一言驷马难追，再说你也别太夸张好不好？搞得给我洗袜子好像生不如死似的。"

"Sure！就是生不如死。"陆何欢可怜巴巴地看着应喜。

应喜恼怒，厉声呵斥，"你够了啊！"

"要不你给我来个痛快的吧。"陆何欢闭上眼睛，摆出一副视死如归的架势。

应喜瞪了陆何欢一眼，搓着胡子思忖，如果真把陆何欢逼死了，到时没人为他鞍前马后。想到这，应喜不耐烦地摆摆手，"好了好了，除非你让阿花以后再也不偷吃我的零食花生，我就答应不用你洗袜子了。"

"我这就去办！"陆何欢眼神一亮，高兴不已。

日暮时分，警署院子里显得格外静谧。阿花一顿饱餐后在院子里欢快地散步，陆何欢悄悄潜进院子，渐渐向阿花靠近。他看准时机，猛地向阿花扑去，阿花似乎意识到什么，扑棱着翅膀疯跑，陆何欢跟跄着在后面追。

终于，陆何欢一把将阿花抱住，阿花的毛被扑得满天飞。

"阿花，我警告你，再敢偷吃应探长的花生，我就拔光你的毛，让你裸奔。"陆何欢语重心长地教诲道。

夕阳下，一个巨大的影子将陆何欢和阿花笼罩，随即传来包康暴怒的声音。

"你敢让阿花裸奔，我就让你裸奔！"

陆何欢战战兢兢地转过头。在落日余晖的映衬下，包康的脸因为愤怒而扭曲，恐怖不已。

陆何欢下意识地咽了口口水，声音颤抖着解释，"包署长，阿花经常偷吃应探长的花生，我只是教育它要像个女孩子，矜持一些。"

包康怒视陆何欢，一把夺回阿花抱在怀里，"我的阿花，让你受惊了，不怕不怕。"

"包署长，要是没什么事，我先走了。"陆何欢转身就要走。

"站住！陆何欢，我的阿花你也敢动，我看你活得不耐烦了！"

陆何欢见包康不打算放过自己，急忙又解释，"对不起，包署长，我打赌输给应探长，不得不给应探长洗袜子，但是我实在受不了应探长的袜子，所以求他换一个别的惩罚，他说只要我能让阿花以后不偷吃它的花生，就不让我继续洗袜子。"

"原来是这样，你怎么不早说。"包康神色缓和，似乎另有打算。

"包署长，我是有一点点洁癖，你能理解我吗？"陆何欢满脸真诚。

包康冷笑了一下，"当然理解，所以为了治好你的洁癖，我就罚你给全警署的人洗袜子！"

"啊？"陆何欢登时傻眼。

天已经黑了，陆何欢哭丧着脸，鼻子用一个夹子夹住，端着一盆袜子走进宿舍。

"怎么？搞不定阿花？"应喜坐在椅子上，一脸幸灾乐祸。

"是搞不定阿花的主人，真是祸不单行，我在给阿花上品德教育课的时候被包署长抓到了，包署长罚我给全警署的人洗袜子。"陆何欢一副生无可恋的样子。

应喜哈哈大笑，指着陆何欢，"你终于有了一个治好洁癖的好机会！恭喜你。"

陆何欢不理应喜，自顾自把袜子盆放在地上，痛不欲生地将手伸进袜子盆。

"不愧是包署长的得力干将，你们为了治好我的洁癖真是操碎了心……"

应喜偷笑，他放下花生，旋即摆出一副仗义的架势走到陆何欢身旁蹲下，帮陆何欢一起洗袜子。

"你，干什么？"陆何欢以为应喜又要耍滑头，眼神中充满戒备。

"帮你一起洗啊，我们是欢喜神探嘛，有福同享，有难同当，有案同破！"

陆何欢放下戒心，拿胳膊拐了拐应喜，“原来应探长是刀子嘴豆腐心。”

“你可别想拍我马屁，我不吃这套。”应喜一本正经地板着脸。

陆何欢笑了笑，“你懂我的，我不会拍马屁。”

应喜仍旧板着脸，但眼角却明显有一丝笑意。

日上三竿，警署宿舍里，陆何欢和应喜还抱在一起呼呼大睡。柳如霜嘭的一声推门进来，看见两个人的睡姿顿时大惊。

“你你你，你们两个又抱在一起睡？”柳如霜没想到又把二人“捉奸”在床。

应喜和陆何欢被叫醒，尴尬地推开对方。

陆何欢挠挠头，“柳小姐，不好意思啊，我可能昨晚又梦到凌嫣了。”

柳如霜一头雾水，厉声怒斥，“你梦见凌嫣关喜哥什么事？我警告你，再敢抱着喜哥，当心我把你砍手砍脚，做成人彘！”

陆何欢下意识地吞了口口水，点点头，赶紧拿过自己的外衣穿上。

应喜烦躁地捋捋头发，“柳如霜，你怎么不敲门就进来了？你再这样我以后睡觉要锁门了。”

“喜哥，你们两个大男人睡觉，锁门干吗？”柳如霜撒起娇。

“废话少说，一大早你像个瘟神一样找我干什么？”应喜不耐烦。

柳如霜噘起嘴，“我想带着白白跟你们一起去破案。”

“不行！”应喜断然拒绝。

柳如霜不死心，一边给应喜拿衣服一边央求，“白白现在情绪稳定很多了，不会再闹事，我要继续帮他愉悦心情，只是我们两个又没地方去，喜哥，你就带着我们吧。”

“我是去查案，哪能愉悦心情？要是查不到线索心里还会很难受，更不利于白玉楼恢复，你还是带着他去看看戏，听听曲，要不带他去百乐门逛逛，那里是我去过最快活的地方。”

“我有线索！有线索去破案，心情不就愉悦了吗？”柳如霜着急。

“什么线索？”陆何欢急切地询问道。

“喜哥答应带着我和白白，我就说。”

“你先说，否则免谈。”应喜催促道。

"大象丢失的时候，听说有一辆卡车经过奇兽苑后门，我怀疑大象可能是被卡车运走了。"柳如霜摆出一副料事如神的样子。

陆何欢赞同地点点头，"这是一条重要线索，如果是卡车运走了大象，那么象园里面一定有通往奇兽苑外的暗门。"

柳如霜得意地抱住胳膊，"喜哥，白白在楼下等着呢，我们一起走吧。"

"谁答应带着你们了？"应喜耍起无赖。

"你刚刚不是说……"

"我说，你不说就免谈，你说了才可以商量带不带你们。"

柳如霜笑笑，"那我现在跟你商量。"

应喜冷着脸，"商量完了，不行！"

应喜不待柳如霜说话，拉着陆何欢就往外跑。

柳如霜气得直跺脚，"喜哥……"

大白天，奇兽苑一片冷清。陆何欢、应喜和奇兽苑老板来到象园。

陆何欢冲进象笼里查看，很快发现象园的墙角果然有一道暗门，而暗门的门锁已经被打开扔在地上。

老板凑过来，瞥见被撬的门锁，惊讶得如同吞掉了一只苍蝇。

"这门一直是锁着的，只有我才有钥匙。"老板翻遍全身，发现钥匙不见了，不禁愤怒地咒骂，"一定是那两个魔术师偷了我的钥匙。"

陆何欢抬手一推，门开了，他看向老板，"门后面是哪？"

"是一条街道。"

"这就对了……"陆何欢若有所思，他又看向老板，"知不知道那头大象多高？体宽多少？"

"大象还没成年，差不多有六尺高，体宽四尺左右，从美利坚运来的时候那边说有五千磅。"

陆何欢拿出卷尺量了一下暗门的高和宽，"刚好是暗门的宽度，看来大象是从这里被运走的。"

陆何欢走出暗门，应喜跟了出去。

阳光透过茂密的树叶照在街道的石板上，陆何欢和应喜来到奇兽苑后门外的街道仔细勘查。

应喜看了看街道，又拿警棍敲了几下，看着陆何欢，"这条街道是由石板铺成的，如果是装着大象的卡车应该很重，石板这么薄，承受不住便会有裂纹甚至断裂，而这整条街道的石板都完好无损，我看应该可以排除卡车运走大象的可能。"

陆何欢有些疑惑，仔细观察地面，突然发现石板上有断断续续滴落的液体痕迹。

陆何欢沾了一点液体痕迹，拿到鼻子下闻了闻。

"是煤油。"

应喜不以为意地撇撇嘴，"没什么大惊小怪的，旧闸的煤油一向是用卡车运输，石板路上有几滴煤油不算什么线索。"

"我倒觉得这几滴煤油很可疑。"陆何欢微微皱眉。

"你不要疑神疑鬼，大象不可能是卡车运走的，你看这平整的石板路就知道了。"

陆何欢摇摇头，目光坚定，"大象体积巨大，如果不是卡车运输，没有其他运输方式能在神不知鬼不觉中运走大象。"

陆何欢蹲下身观察煤油点，渐渐拧紧眉头，他侧脸看向应喜，"应探长，我们应该继续追查……"

河水微波荡漾，在明媚的阳光下闪着金光。柳如霜噘着嘴巴，用一根绳子绑在白玉楼的手上，牵着白玉楼走在河边，她一边走一边跟白玉楼发牢骚。

"白白，你说喜哥为什么对我那么冷淡呢？难道他不喜欢清纯可爱的类型？"

白玉楼似乎根本没听到柳如霜的话，眼神呆滞地看着柳如霜的背影。

柳如霜思忖片刻，开始自说自话，"喜哥对百乐门的舞女倒是很喜欢的样子，难道他喜欢妖艳狂野型的？要不我改变一下？"

柳如霜开始陷入臆想之中。

灯光蒙眬，在透着暧昧的房间里，应喜穿着睡衣半靠在床头。柳如霜身着性感的红色旗袍，脸上化着妖艳妆容，扭动着腰肢向应喜靠近。

应喜眼神迷离，似笑非笑。柳如霜走到应喜身边，抬手撩拨应喜的发丝，然后像一只小野猫一样龇着牙叫一声"喵——"

应喜邪魅一笑，猛地把柳如霜扑倒在床上。

冷风拂面，柳如霜一个激灵缓过神来，她想起方才的幻想，脸上瞬间升起一抹红晕，害羞地搓着手，"我在胡思乱想什么呀。"

柳如霜牵着绳子继续向前走，忽然感觉不对劲，她回头一看，白玉楼已经挣脱绳子，正准备投河自尽。

白玉楼站在河边，一脸坦然，"我终于可以赎罪了……"

柳如霜一惊，立即飞奔过去拉住刚刚起跳的白玉楼，白玉楼重心不稳，直接趴在地上。

"白白，你要干什么！"

白玉楼痛哭流涕，费力挣扎着向河里爬，"放开我，让我死吧，我罪孽深重，最近晚上睡觉总是能梦见郝姐、程泽生，还有那些被我杀死的寡妇……"

"白白，你冷静点……听我说……"

"我不听，我要死……"白玉楼置若罔闻，一心求死。

柳如霜拼尽全力拉着白玉楼，白玉楼开始手脚并用，挣扎着向河里爬。尽管柳如霜性格野蛮，平日没少欺负白玉楼，但论力气，身材娇小的她还是敌不过白玉楼。

在白玉楼即将挣脱时，柳如霜瞟见一旁的石头，她心一横，直接拿起石头砸向白玉楼。

白玉楼吃痛，一脸委屈地看向柳如霜，"霜姐，你打我？"

白玉楼说罢晕了过去。

柳如霜心虚地眨眨眼，推了推白玉楼，见白玉楼没有反应，不禁发愁地挠挠头。她实在是既拉不走又扛不动白玉楼，但又不能让忠心的小跟班躺在荒郊。

一筹莫展时，柳如霜忽然瞥见身旁的大树……

阳光直直照进奇兽苑象园，陆何欢和应喜回到案发现场继续勘查。

应喜跟寻宝似的在象园四处敲击墙壁，陆何欢在一旁向奇兽苑老板问话。

"你是从哪里请来的郑秋和张川？"

"他们是跟着杂技班走场子的，一台杂技穿插表演几个小魔术，活跃气氛。"

"那你知不知道，他们跟着杂技班多长时间了？"

"听那个班主说有两年了，其实之前我在别的地方看杂耍，也看过他们俩的魔术表演，他们在旧闸还算有点小名气。"

"他们两个人以前表演过西洋魔术吗？"

"没有，他们这种阶层跟洋人没什么联系，更没留过洋，哪会什么西洋魔术，平时只是变一些花鸟鱼虫，逗逗老百姓。"

应喜"寻宝"完毕，走过来催促陆何欢，"陆何欢，差不多就行了，回去下工夫审审那两个魔术师就真相大白了。"

陆何欢不理应喜，继续询问奇兽苑老板。

"那天郑秋和张川斗嘴一直到变没大象的过程中，有没有什么可疑的人？"

老板想了想，摇摇头。

"你再仔细想想。"陆何欢唯恐漏掉重要细节，追问道。

老板低着头，陷入思索。

奇兽苑开业当天，张川和郑秋在舞台上斗法，二人互不相让。郑秋一听张川能把东西变没，指着大象问张川，"它，你能行吗？"

张川倒不犯怵，转而望向台下的奇兽苑老板，"那还要问问老板舍不舍得了。"

"变大象……变大象……"台下观众纷纷起哄。

其中一名站在奇兽苑老板身旁的游客也跟着起哄，老板瞄了该男子一眼，见他三十来岁，戴着一顶猎鹿帽，压低的帽檐遮住了大半张脸，露出白净的面皮，仿佛从来没晒过阳光。

"要是他们真能把大象变没，这奇兽苑可就彻底出名了，搞不好外地人都会来这里看一眼曾经被变没的大象。"男子看似无意地自言自语。

"大象那么大怎么变没？我看是吹牛！"另一名游客驳斥道。

男子不以为意地笑了笑，"那就等着看他们出丑，两个魔术师在奇兽苑被大象捉弄，奇兽苑就更出名了，最后还是这儿的老板占便宜。"

奇兽苑老板听了这话，饶有兴致地看了男子一眼，但只看见一个侧脸。

"变大象……变大象……"台下观众仍在起哄。

奇兽苑老板稍作思索，随即兴趣盎然地看向郑秋和张川。

想到这，奇兽苑老板叹了口气，懊恼不已，"本来我还犹豫，毕竟大象是镇苑之宝，我也怕出了差错。正是听了那个人的话，我才让那两个魔术师变大象。说实话，我真没想到他们能把大象变没，我只想着让他们出出丑，奇兽苑出出名。"老板说着又情不自禁地陷入回忆。

郑秋和张川在老板的允许下，开始变魔术。待二人扯下幕布时，观众们惊讶地看向象园，发现大象果然不见了。

奇兽苑老板震惊不已，他一直目不转睛地盯着幕布，但大象就在眼皮子底下没了。

奇兽苑老板无意间一转头，发现刚刚站在身旁的男子跟着不见了，他当时心急并没有放在心上，但现在想来似乎不对。

陆何欢得知事情的来龙去脉，暗暗怀疑促使老板同意郑秋和张川变魔术的游客大有嫌疑。

"你知道那个人是什么时候不见的吗？"

老板摇摇头，"不知道，当时也没注意身边的人。"

陆何欢微微皱眉，"你还记得那个人的样子吗？"

"我只看了一眼他的侧脸，又没太在意，现在只依稀记得有这么个人，其他的都想不起来了。"

"这个人说不定就是郑秋和张川的同伙，只要回去好好审他们俩，就真相大白了。"一旁的应喜见陆何欢和老板聊得兴起，忍不住插话。

"对对对，一定是他们同伙！"寻象心切的老板附和道，接着带着哭腔恳求陆何欢和应喜，"两位警官，你们一定要帮我找回大象，买大象加上运费，一共花了我两千多块大洋！"

应喜惊讶地张大嘴巴，眼中闪过明晃晃的大洋，这够买多少花生和好酒。就冲这个，他也要把案子破了。

陆何欢没说话，若有所思地低着头。

第三十二章　徒劳无功

几缕阳光从窗户透进来，警署法医室的门虚掩着，包瑢正在屋内整理资料。

包康端着一盘葡萄，照例门都没敲地走进来，"小瑢，这是我一个朋友送来的龙眼葡萄，特别甜。"

包瑢站起身，接过葡萄，"谢谢哥。"

"你多吃点，女孩子越吃葡萄越水灵。"

包瑢看着葡萄笑笑，"根蒂蟠虬，龙须围绕。枝枝叶叶青青好。三光照曜结云棚，就中几穗非常宝。初似琉璃，终成玛瑙。攒攒簇簇圆圆小。这葡萄才是生得水灵。"

"吃个葡萄也得甩一堆词，真受不了你……我先走了。"包康一脸嫌弃地摇摇头。

包瑢笑着点点头，想着包康还是一如既往地讨厌旁人在他面前咬文嚼字。

包康大步离开，包瑢顺手将葡萄放在办公桌上，继续整理资料。

包康前脚刚走，朱卧龙后脚就捧着一束玫瑰来到法医室门口，他理了理领带，敲了敲门。

"包小姐？"朱卧龙殷勤地望着包瑢。

包瑢闻声抬起头，一看到朱卧龙顿时心烦意乱，"朱老板找我有事？"

朱卧龙抬起胳膊靠在门框上，摆出自认为魅力十足的造型。

"我想约你吃午饭。"

"可是我很忙……"

朱卧龙打断包瑢，他似乎早就料到包瑢会拒绝，赔着笑，"没关系，我不忙，我可以等包小姐忙完再去。"

包瑢无奈，瞟了一眼旁边的尸体储藏柜，"好啊，我要先把这具尸体解剖完才有时间。"

朱卧龙登时色变，他咽了口口水，竭力按捺住内心的恐惧，"好啊。"

包璐看了一眼解剖台，"可不可以麻烦朱老板帮我把尸体抬到解剖台上去？"

"啊？我……"朱卧龙掩饰不住地发抖。

"朱老板害怕吗？"

"我怎么可能害怕，不怕……再说死人有什么可怕的。"朱卧龙死死硬撑。

包璐不怀好意地笑笑，"那来吧。"

朱卧龙磨磨蹭蹭，不敢上前。

恰好此时，走廊上两名警员经过法医室，朱卧龙像是抓住救命稻草一样抓住其中一位警员的胳膊，"警官，那个，包法医要解剖尸体，能不能麻烦你们把尸体抬到解剖台上？"

朱卧龙说得言辞恳切，两名警员听得感动不已，他们万万想不到旧闸的大富翁竟然要自己伸手相助。

两名警员点点头，走进法医室。

朱卧龙暗暗对着两名警员的背影抱拳，感激不已。

其中一名警员指了指尸体储藏柜里的女尸，转而看向包璐，"小璐，是这具女尸吗？"

包璐点点头，警员和同伴麻利地将女尸抬到解剖台上。

"谢谢。"

"没事，我们走了。"两名警员朝包璐笑笑。

包璐点点头。

两名警员离开。

包璐看向门口处的朱卧龙，朱卧龙一脸讪笑。

一计不成，包璐又生一计，她不动声色地挪了挪椅子，"朱老板既然要等我，就进来坐吧。"

包璐示意朱卧龙坐在对着解剖台的椅子上，朱卧龙虽不情愿，却也没办法推辞，只能硬着头皮坐下，面对着解剖台上的女尸。

包璐笑笑，"朱老板，那我先忙了。"

包璐说着拿起手术刀，对准尸体。

"等一下……"朱卧龙大叫一声。

包瑢不明所以地看向朱卧龙，朱卧龙从衣服口袋里拿出一块黑布，将自己的眼睛蒙上。

"可以了。"朱卧龙安安稳稳地坐在椅子上，示意包瑢继续。

包瑢一脸无语，想不到朱卧龙这回学聪明了。

尽管是在大白天，从奇兽苑返回旧闸警署的必经小路上也没什么行人。陆何欢快步走在前面，眉头紧锁，若有所思。跟在后面的应喜狠狠瞪了一眼陆何欢的背影，小跑着追上去。

"陆何欢，算我求你行不行？不过是丢了一只大象，嫌疑人也抓到了，你可别再搞其他事了。如果十天半月破不了一桩盗窃案，其他同僚会骂我们旧闸警署无能的！"

"我答应你会尽快破案，不过这件案子存在很多疑点，郑秋和张川应该不是嫌疑人。"陆何欢不为所动。

"又来了。"应喜扶额，显得十分无奈。

陆何欢见应喜不愿继续追查，认真地分析起案情疑点，"第一，郑秋和张川是真正的魔术师，虽然跟着草台班底演出，但毕竟在民间小有名气，我想他们不会傻到为偷一只难以脱手的大象，断送自己的魔术师生涯；第二，如果大象真的是他们偷的，他们为什么不跟大象一起走，而是留下来被当做难以脱罪的嫌疑人？第三，郑秋和张川本来不懂西洋魔术，为什么突然会了这么高难度的魔术？到底是谁教他们的？第四，郑秋和张川曾经说有人出钱让他们照着台本'演戏'，而这跟奇兽苑老板口中那个煽动他把大象借给魔术师表演的人吻合，而这个人之所以消失，是因为他跟大象一起离开了。"

"你什么意思？"应喜不耐烦地质问道。

"我的意思是偷象贼另有其人，他和大象就是从象园的暗门乘坐巨型卡车离开的，并且有可能就是柳如霜所说的那辆卡车。"

应喜恼火，厉声呵斥，"你想太多了！那只大象有五千磅！如果真的是坐卡车离开，那条石板路肯定会留下压痕。依我看，郑秋和张川就是偷象贼，说有人让他们演戏是在混淆视听，专门骗你这种一根筋的！"

"郑秋和张川在说起有人给他们钱的时候，眼睛一直直视着我，没有恐慌和退缩，直觉告诉我，他们没有撒谎。"陆何欢坚持己见。

应喜见陆何欢学自己开始凭借直觉查案，不禁冷冷奚落，"直觉？你可是去过英格兰农场的高材生，科学点好不好？"

"是苏格兰场。直觉是科学培养出来的，是一种智慧的体现。"陆何欢耿直地驳斥道。

"哎哟，想不到耿直的陆探员也能讲出这种'真理'来，真让我刮目相看。"应喜没好气地继续挖苦陆何欢。

陆何欢知道应喜不会说好话，但还是一脸认真，"应探长过奖了！"

应喜气急，板起脸盯着陆何欢，"你不会耿直到听不出我在挖苦你吧？"

陆何欢豁达地笑笑，"如果内容是对的，何必在意语气？"

陆何欢说罢径自走开。

应喜指着陆何欢的背影怒斥，"陆何欢，讲歪理你还挺理直气壮！你有种！"

阳光洒满警署法医室，但朱卧龙眼前却是一片漆黑，他蒙着眼睛，手里捧着玫瑰花，腿不停地抖动着，嘴里还哼着小曲，看上去十分滑稽。

包瑢靠在解剖台边并没有解剖，而是一只手托着下巴，思索着如何对付朱卧龙。她无意间瞟见放在办公桌上的葡萄，眼前一亮，快步走过去，摘下两颗葡萄，剥掉葡萄皮，然后拿着葡萄走到朱卧龙身边。

"朱老板，把花放下，帮我拿点东西。"

朱卧龙顺从地将花放在地上，不解地伸出手，"拿什么？"

包瑢没回答，将两颗葡萄放在朱卧龙手里。

朱卧龙顺势揉着葡萄，越发好奇，"这是什么？湿乎乎，圆溜溜的。"

包瑢阴沉着脸，突然凑近朱卧龙，恐怖气氛瞬间浓郁起来。

"湿乎乎，圆溜溜，不就是刚刚那具女尸的眼珠吗。"包瑢故意压低声音，显得阴森森。

朱卧龙惊得大叫一声，扔掉葡萄拔腿就跑，但他忘记摘下蒙眼布，慌乱地撞在解剖台上，手刚好摸到女尸。

朱卧龙想拿下蒙眼布，声音颤抖，"包，包小姐？"

"朱老板还是别拿下那块布，你摸到的是解剖了一半的女尸，门在你身后。"包璐佯装关心地提示道。

朱卧龙被吓得再次大叫，他转身向门外跑，一不小心撞在门框上，然后摸索着调整方向，逃也似的跑出法医室。

柳如霜刚跑到警署大门口就跟慌慌张张跑出来的朱卧龙撞个满怀。

"朱老板，你这是怎么了慌慌张张的？"柳如霜觉得朱卧龙举止反常。

朱卧龙佯装镇定，挤出一丝微笑，"没什么，我没事，锻炼一下身体。"

"在警署锻炼身体？"柳如霜越发感到疑惑不解。

朱卧龙清了清嗓子，作势活动了一下胳膊，"是啊，我还有事，先走了。"

朱卧龙说完，逃也似的跑走。

"到底有事还是没事啊？都把我搞糊涂了。"柳如霜挠挠头，望着朱卧龙的背影不由得犯起嘀咕。

柳如霜回过头，刚要走进警署，看见从另一个方向回来的陆何欢和应喜，她赶紧迎上去。

"喜哥！"

柳如霜这一声叫得悦耳清脆，但应喜还是一如既往地嫌弃生厌。

"你怎么又来了。"

"喜哥，你快点跟我去看看白白吧，他又开始要死要活了，刚才还要跳河，幸好你教我用治标的方法对付他。"

"你把他打晕了？"

柳如霜点点头。

"那你还找我干吗？"

"可是他醒了怎么办？"

"醒了再继续打晕他。"应喜冷冷地敷衍道。

应喜迈步就要回警署，柳如霜抱住应喜的胳膊撒娇。

"喜哥，白白还在河边呢，我又背不动他，总不能让他一直晕在那吧？"

柳如霜见应喜还是无动于衷，又向一旁的陆何欢使眼色。

陆何欢会意，向应喜提议，"应探长，保护市民是警察应尽的责任和义务，我们还是去看看吧。"

应喜不耐烦地瞪了一眼柳如霜，"真麻烦！"

虽然应喜嘴上恶语相向，但心下已经决定听从陆何欢的提议。

柳如霜高兴地冲陆何欢眨眨眼，以示感谢。

日影西斜，白玉楼熊抱着大树被绑在树干上。他双眼紧闭，头部鲜血直流，在夕阳的映衬下显得既悲壮又滑稽。

陆何欢和应喜在柳如霜的带领下赶到河边，二人看着白玉楼的姿势俱是忍俊不禁。

"为什么是这个姿势？"应喜亲自绑过无数囚犯，但还是开天辟地头一回见有人这么绑人。

"我怕白白醒了以后害怕，这样起码他可以抱着树寻找一下安慰嘛。"柳如霜解释道。

陆何欢忍着笑，走近白玉楼，他见白玉楼头部流血，同情地咧咧嘴，"柳小姐这剂治标的药好像下得有点猛了。"

说话间，白玉楼缓缓睁开眼睛，他见到眼前三人，微微一怔。

"我这是在哪？"白玉楼挣扎了一下，才发现自己竟然被绑着，他抬头看向陆何欢，"为什么要把我绑在这？"

陆何欢指着柳如霜，"不是我干的，是柳小姐。"

柳如霜兴奋地冲过去，"白白，你醒了！"

白玉楼侧脸看到柳如霜，稍稍迟疑了一下，随即又大喊大叫，"我要死，让我死吧……"

"你们看，这可怎么办啊！"柳如霜忍不住发愁。

突然，陆何欢想起什么，若有所思地看向应喜和柳如霜，"我以前的导师好像讲过，进入深度催眠的人想要解除催眠可以用'转移注意力'的方法，当被催眠者将所有的注意力放在一个新的事物上的时候，他的大脑会放空，之前的催眠指令也就随之消失了。"

"就是想办法让白白集中注意力做别的事对吗？"柳如霜一脸惊喜。

"对。"

应喜忍不住亲自实践一下，他走到白玉楼面前，"白玉楼，看着我的眼睛。"

白玉楼别过脸去，根本不看应喜一眼。

"怎么集中他的注意力？跟他说话他都不看你的眼睛。"应喜无奈地叉着腰。

"想想其他可以吸引他注意力的东西，能让他一直盯着，眼神随着这个东西移动。"陆何欢补充说道。

柳如霜忽然想起什么，兴奋大叫："有了！"

明月高悬，陆祥和林芝对坐在陆家大厅桌前吃晚饭。

"我今天去买菜，看到街上有卖孔明灯的，我们也买一只去放怎么样？"林芝饶有兴致地提议道。

"不去，又没到十五，放什么孔明灯。"陆祥抬头瞟了一眼林芝，继续埋头吃饭。

"你当年追求我的时候经常陪我去放孔明灯的。"林芝不甘心地嘟起嘴。

"那都是年轻人干的事，你一把年纪了，就不要凑这个热闹了。"

林芝一听陆祥说自己老，立刻冷脸，放下碗筷，"你说谁一把年纪了？"

陆祥下意识地向后靠了靠，讨好地赔着笑，"我说我自己。"

"一把年纪了就别吃太多，免得消化不良。"

不待陆祥说话，林芝起身直接把菜拿进厨房。

陆祥不敢再抱怨，只好低声嘀咕，"放孔明灯本来就是年轻人该做的事，真是的……"

包瑢的房间亮着灯。包瑢坐在书桌前凝神看书，包康站在旁边，一副拿包瑢无可奈何的样子。

"你今天差点把朱老板吓病，人家不计前嫌约你去放孔明灯，你还不愿意。"

"哥，我真的没兴趣。"包瑢目不斜视地看书，冷冷地敷衍道。

"兴趣是要培养的，感情也要培养。孔明灯就是年轻人培养感情的东西，想想，两个人一起捧着一盏灯，放飞到天空中，多美！多浪漫！"

"哥，孔明灯不是用来培养感情的。孔明灯又叫天灯，是三国时的诸葛孔明发明的。当年，诸葛孔明被司马懿围困于平阳，无法派兵出城求救。孔明算准风向，制成会飘浮的纸灯笼，系上求救的讯息，后来，这盏灯被刘备发现，遂派兵支援，诸葛先生这才脱险。于是后世就称这种灯笼为孔明灯。不过是对古人的一种纪念方式，有何浪漫可言？培养感情更无从谈起。"

包康根本没听进去包瑢解释什么是孔明灯，他只听到包瑢不愿意和朱卧龙一起放孔明灯，着急地驳斥，"怎么不能培养感情，两个人拿着一盏灯，肯定会无意中互相摸到手，慢慢地就会牵着手了。"

"哥，我还要看书，没别的事你先出去吧。"包瑢微微愠怒。

包康有些难以置信，"你赶我出去？爹娘死得早，我一把屎一把尿把你拉扯大……"

包瑢不耐烦地起身推包康出去，"知道了，你带我不容易，长兄如父，我会孝顺你的，快出去吧。"

"哎呀，你这臭丫头就是这么孝顺我的吗！"包康不满地呵斥道。

包瑢不理包康，将包康推出房间，她直接关上门，长长地松了口气。

夜色撩人。陆何欢、应喜、柳如霜和白玉楼拿着几只孔明灯来到城外一片空地。

阵阵凉风刮过，应喜起了一身鸡皮疙瘩，他不屑地朝柳如霜撇撇嘴，"这种小孩子玩意能行吗？"

柳如霜胸有成竹地点点头，"行，放孔明灯的时候，我们不都是一直盯着孔明灯看嘛，我每次盯着看的时候，脑子里都是空的，什么都不想。"

"说得好像你平时脑子里有东西一样。"应喜不放过任何一个可以挖苦柳如霜的机会。

"柳小姐说得有道理。"陆何欢颇为赞同。

"有什么道理，我看就是浪费时间。"应喜不依不饶。

柳如霜噘起嘴巴，一脸委屈，"放孔明灯有什么不好，就算解除不了白白的催眠，也能让白白宽心，为他祈求平安……"她拿出一个纸条系在灯上，喃喃自语，"必须把这个为白白祈福的纸条挂上去。"

一旁的白玉楼深情地望着柳如霜，显出一丝感动。这一幕被陆何欢捕捉到，陆何欢瞬间明白了什么，但不动声色。

柳如霜把孔明灯放在地上，拿起灯罩，看向应喜，"喜哥，帮我点一下火，我们一起放飞它。"

应喜不耐烦地拿出火柴，白玉楼忍不住抢过火柴，满脸痴迷，"我跟霜姐放好了。"

"那太好了，求之不得。"应喜如释重负。

白玉楼划亮火柴点燃孔明灯，跟柳如霜一起将孔明灯慢慢放飞。

柳如霜盯着孔明灯，一脸兴奋，忍不住惊呼，"飞起来了，飞起来了……"

孔明灯越飞越高，柳如霜仰着头，目光随着孔明灯飘向空中，微微的光亮洒在她身上，红彤彤的脸十分可爱。白玉楼盯着柳如霜出神，眼中满是爱慕之情。

柳如霜转过头看向白玉楼，关切地询问，"白白，有没有感觉好点？"

白玉楼赶紧收回目光，看向孔明灯，默默地点点头。

柳如霜见白玉楼情绪转好，迫不及待地追问，"不想死了吧？"

白玉楼意识到什么，不再看孔明灯，一脸自责，"郝姐和程泽生是冤枉的，我才是杀人凶手……"

柳如霜见白玉楼还是一心寻死，失望不已。

这一切都被陆何欢看在眼里。

第三十三章　灵光乍现

"没关系，我们再放一只。"柳如霜为自己打气，又开始准备孔明灯。

陆何欢借机走到白玉楼身边，低声耳语，"你可以自如地集中注意力，就证明催眠术已经被解除了。"

"不知道你在说什么。"白玉楼一怔，低声掩饰道。

"你刚刚看柳小姐的眼神充满爱意，这应该不是催眠指令吧？"陆何欢知道白玉楼装疯卖傻，低声质问道。

白玉楼愣住，见自己的小伎俩被陆何欢看破，赶紧低声恳求，

"陆警官，真是什么都瞒不过你的眼睛，求求你，千万不要说出来，其实在河边醒过来的时候，我已经好了，可是我舍不得霜姐对我的这份照顾，所以……你能不能别揭穿我？"

陆何欢笑着点点头，知道白玉楼并无恶意，"放心吧，我也想成人之美，不过我也提醒你，强扭的瓜不甜。"

白玉楼不服气地竖起兰花指，妩媚地推了陆何欢一把，"贵在坚持。"

陆何欢一个激灵，赶紧退了两步，看来白玉楼确实彻底恢复了意识。

柳如霜又拿出一个纸条挂在灯上，看着应喜，抿着嘴笑，"喜哥，这是为你祈福的。"

应喜无动于衷，把头扭到一旁。

柳如霜提起孔明灯，却因力气过大差点将灯罩弄坏。

应喜看不下去了，从柳如霜手里抢下孔明灯，厉声抱怨，"实在是看不下去了，天下间怎么会有这么笨的女人！"

柳如霜委屈地嘟起嘴，"孔明灯本来就是两个人一起放的嘛，我一个人当然不行了。"她笑嘻嘻地凑上去，"喜哥，我们一起放吧。"

应喜一脸嫌弃地推开柳如霜，"走开走开，陆何欢，过来搭把手。"

陆何欢不明所以，走过来托起孔明灯。柳如霜见陆何欢又来坏她好事，狠狠瞪了陆何欢一眼，陆何欢一脸无辜。

应喜拿火柴点燃灯芯，和陆何欢一起将孔明灯放飞。

陆何欢看着缓缓上升的孔明灯，不禁陷入回忆。

几年前，旧闸郊外的夜晚显得格外热闹，长街旁，吆喝声不绝于耳。明月东升，星汉灿烂，三五成群的人们在放飞孔明灯。

少时的陆何欢手里提着孔明灯，拉着凌嫣走过来。

凌嫣望着漫天飞舞的孔明灯，轻叹一声，"人们的愿望如繁星一般，又有几个能够真的实现呢？"

"我怎么觉得凌小姐跟包家的包小姐有点像了呢？身上透着一股文人墨客的感觉。"陆何欢打趣道。

凌嫣自嘲地笑笑，"我怎么能跟小璐比呢，凌家早就随着我爹去世而家道中落了。"

陆何欢板起脸，"我不许你妄自菲薄。"

凌嫣见陆何欢一脸严肃，淡淡一笑，"说真的，其实青梅竹马的小璐才跟你门当户对。"

"你再胡说我要生气了，小璐是妹妹。"陆何欢一脸认真。

"她可不把你当哥哥，小璐对你的感情同学们都看出来了，只是你迟钝一些，看不出来。"凌嫣低着头，有些吃醋。

"是你想多了，我跟小璐从小就住对门，我一直把她当亲妹妹看待。"陆何欢语气坚决。

凌嫣不说话，但还是一脸不高兴。

陆何欢扳住凌嫣的肩，温声劝慰，"好了，我们的二人世界就不要让其他人打扰了。"

凌嫣忍不住笑着点点头。

"我们就在这放孔明灯吧？"

"好。"凌嫣拿出纸笔写着什么。

"写什么呢？"陆何欢好奇。

"我的心愿。"

"我看看你的心愿是什么？"陆何欢作势要看，凌嫣连忙挡住纸条，狡黠地笑笑，"是秘密。"

陆何欢坏笑一下，"秘密？那我就更要知道了……"

陆何欢凑过去挠凌嫣的痒痒，凌嫣咯咯笑个不停，二人追闹，陆何欢从身后将凌嫣抱住，凌嫣害羞地不敢再动。

"告诉我，你的心愿是什么？"陆何欢温声细语地问道。

"我们会永远在一起。"凌嫣一脸甜蜜。

陆何欢笑笑，"这算什么心愿，我们肯定会永远在一起的。"

凌嫣神色忽然暗淡下来，柔声叮嘱："何欢，答应我，不要为了我做让你爹娘伤心的事。"

陆何欢将凌嫣转过来面对自己，深情地望着凌嫣，凌嫣眼中已经藏着一汪水。

"是不是我爹娘又去找你了？"

凌嫣迟疑了一下，摇摇头，"就算他们找我，也是因为爱你。"

"下次他们找你，你就让他们去管他们自己的儿子，不要来烦你。"陆何欢眼神坚定。

凌嫣被陆何欢逗笑。

陆何欢牵起凌嫣的手,"别胡思乱想,你只要安心等着我娶你,我爹娘那边我会想办法。"

凌嫣苦涩地笑笑,"知道了。"

陆何欢见凌嫣心情转好,立马提议:"我们去放孔明灯吧?"

凌嫣点点头。

二人走到孔明灯旁,凌嫣把写着心愿的纸叠成一只千纸鹤系在灯上,陆何欢点燃灯芯。二人将孔明灯缓缓放飞,纸鹤被孔明灯带着升上夜空,灯火映着凌嫣的笑靥,美如一幅画卷。

孔明灯越飞越高,飞进灰暗的云层,不见了。陆何欢眼前的亮光消失,他从回忆里醒来,怅然若失。

应喜见陆何欢跟丢了魂似的,走过来拿肩膀撞了他一下,"又想凌嫣了?"

陆何欢沉默着点点头。

"还想什么呀,人家都未必记得你了。"

"你不懂我跟凌嫣的感情。"

"可我懂女人啊,百乐门里的舞女见了面个个跟我你侬我侬,可是几天不见就另结新欢。"

"你怎么能把凌嫣跟百乐门的舞女相提并论!"陆何欢愠怒,不由得提高了嗓门。

"不都是女人嘛,舞女怎么了,人家也是自食其力,你别搞歧视好不好。"

陆何欢叹了口气,"你不会明白的……当年我跟凌嫣一起将写着'永世不离'的孔明灯放飞,不知道这个愿望还能不能实现。"

应喜指了指天上星星点点的孔明灯,一副无所谓的样子,"那么多愿望,怎么可能都实现,想开点。"

陆何欢又陷入沉默。

"走吧,孔明灯也放完了,还是回去喝酒吧。"

陆何欢忧伤地点点头,临走时他无意地回头看了一眼天上的孔明灯,灵光一闪,突然想起什么,"我知道了。"

应喜和柳如霜懵懂地看向陆何欢。

"知道什么了？"陆何欢没来由的一句话着实令应喜费解。

陆何欢看向应喜，兴奋不已，"应探长，我知道大卡车是如何运走大象而不压裂石板的了！"

"你不会觉得是偷象贼许的愿望灵验了吧？"应喜看看天上的孔明灯，一头雾水。

陆何欢不理应喜，直接看向柳如霜，"柳小姐，还得请你帮我个忙。"

柳如霜生怕应喜不愿她出手相助，看看应喜。应喜摆摆手，一副无所谓的样子。

柳如霜放心地看向陆何欢，"什么忙？"

"我想请柳小姐帮我查一下，看看能不能找到大象丢失当天经过奇兽苑后门的那辆卡车。"

柳如霜点点头，"这个应该不难，我这就去查。"

清早，柳如霜牵着绑着白玉楼双手的绳子坐在霜喜侦探社桌前，白玉楼乖巧地站在她身后。

屋里挤满了小商贩、算命先生等人，众人认真地听柳如霜指示。

柳如霜拿出一些钱放在桌上，面朝众人，"任务都听明白了吧？有线索的人回来领钱。"

众人争先恐后地挤出门去。

一大早，包康把陆何欢和应喜叫到办公室。

包康猛拍桌子，一脸怒气，"现在不是让你们抓连环杀人犯，找个小偷这么难吗？"

陆何欢和应喜站在包康对面，低头不语。

"你们这是在给旧闸警署蒙羞！"

应喜抬起头，讨好地看着包康，"包署长，其实已经抓了嫌疑人了，只是嫌疑人还没认罪，再给我们一点点时间，我们一定想办法让他们认罪。"

"那还不赶紧去审？"包康怒吼。

"报告包署长，抓来的嫌疑人不是偷象贼，我需要时间来查明真相。"陆何欢唯恐应喜又要刑讯逼供，连忙抢过话头。

应喜冲陆何欢使眼色，陆何欢置之不理。

包康怒视二人，厉声呵斥："就知道跟我要时间，这么个盗窃的案子都破不了，你们也不用在警署里浑水摸鱼了，早点滚蛋我早点静心。"

"一天，给我们一天时间破案。"陆何欢脱口说道。

"你疯了！"应喜惊讶低语。

陆何欢眼神坚定。

包康冷哼一声，"好，就给你们一天时间，再破不了案，你们就给我……剩下的两个字等你们破不了案的时候说。"

应喜硬着头皮，带着哭腔，悲壮地点点头，"是。"

应喜跟陆何欢走出包康办公室，陆何欢微微皱眉，应喜看着陆何欢，一脸愁云。

"柳如霜找到那辆卡车了？"

陆何欢摇摇头，"没有。"

"那你还敢跟包署长夸海口说一天破案？"应喜大怒。

"我只是想推自己一把。"陆何欢直率地解释道。

应喜苦着脸，厉声呵斥，"那你也不能连我一起推啊，还是往悬崖边推！"

"越是这样才越有紧迫感，应探长，其实有时候，不逼自己一把，永远不了解自己的能力。"

"你逼你自己，带着我干吗啊！"应喜一脸无辜，委屈不已。

陆何欢眼神坚定地看看应喜，"应探长，你相信我，只要继续追查，一定会找出真相。"

"这种屁话以后就不要说了！没线索怎么查？"

"那辆卡车就是线索，相信我。"

二人说话间，柳如霜牵着白玉楼大喊大叫地跑过来。

"喜哥，我查到那辆卡车在哪了！"

"在哪？"陆何欢精神一振。

"煤油厂。"

很快，陆何欢一行人来到煤油厂。

柳如霜指了指停在角落里的卡车，"就在那。"

"柳小姐，这么短的时间你是怎么找到的？"陆何欢见柳如霜办事如此神速，好奇地问道。

"笨办法，是我的一个线人沿着卡车上滴落的煤油点找到这儿的。"柳如霜颇为得意地答道。

众人快步走到卡车旁。

陆何欢仔细检查卡车，他打开引擎盖，看了看机油和水箱。

应喜注视着陆何欢，"有问题吗？"

陆何欢不回答，绕到车旁，打开油箱闻了闻，又蹲下身查看车底。

"这下面能有什么线索？"应喜跟着蹲下看向车底。

陆何欢依然不说话，身手敏捷地攀上卡车车顶。

应喜站起身，也想爬上去，但试了试发现很难，只好尴尬地放弃。

陆何欢站在卡车车顶，发现卡车车顶变形外凸，他眼神一暗，跳下卡车。

"这辆卡车的车顶变形外凸，明显是在外力作用下造成的。"陆何欢十分有把握地说道。

"这还用你说，难不成卡车自残吗？"应喜以为陆何欢有什么重大发现，原来只是卡车车顶变形，没好气地说起风凉话。

"我觉得是在运走大象的过程中造成的。"陆何欢一脸耿直。

应喜瞪了陆何欢一眼，"上次已看了奇兽苑后门的街道路面，石板路好好的，根本就不像有超重卡车经过的样子。"

"如果我没有猜错，罪犯应该是利用热气球的升力减轻了卡车和大象的重量，这才导致路上的石板没有断裂。"陆何欢分析道。

应喜一听，不屑地笑了，"开什么玩笑？气球的力量能拉得动一辆载着大象的卡车？"

"这不是玩笑，是有科学依据的。跟孔明灯一个原理，利用加热的空气密度低于气球外的空气密度以产生浮力，而这种浮力的力量是惊人的。"

"陆何欢，你别异想天开行不行？你这么跟包署长汇报，我们只能听见'滚蛋'两个字。"应喜气愤地挖苦道。

"我会证明给你看的。"陆何欢眼神坚定。

"陆何欢，别浪费时间了，赶快回去审郑秋和张川吧，也许我们还能赶在天黑前破案，不然我们以后都不用破案了。"

陆何欢不理应喜，看向柳如霜，"柳小姐，知道这家煤油厂的老板在哪吗？"

柳如霜点点头，应喜瞪着柳如霜，柳如霜又慌忙摇头。

陆何欢知道应喜从中作梗，他看见不远处煤油厂角落里的办公室，自行走了过去。

煤油厂办公室里，煤油厂老板软塌塌地坐在椅子上，他才三十来岁，却带着明显的黑眼圈，显得精神萎靡。陆何欢等人坐在老板对面的沙发上。

老板打了个哈欠，漫不经心地看了陆何欢一眼，"你不说我还真没注意车顶变形了，这辆卡车已经大半年没有开过了，一直停在那边。"

众人一时愣住。

"不可能啊，之前奇兽苑开业，这辆卡车还在奇兽苑的后门开过呢，有人看见了。"柳如霜驳斥道。

老板挠挠头，低声犯起嘀咕，"不应该啊，最近半年运的煤油不多，所以没用这辆大卡车。"

陆何欢想起什么，"车如果半年不动的话，机油会很浓稠，相反，如果开过，因为受热和循环的原因，机油就会变得清稀。我刚才看过机油尺，发现机油很清稀，这说明，这辆卡车应该近几天被开过。"

煤油厂老板既惊讶又疑惑，使劲挠了挠头。

应喜看向老板，"最近煤油厂有没有发生过奇怪的事？"

老板沉思片刻，猛地一拍大腿，"我一直失眠，但这几天却不知何故经常犯困，白天夜里都想睡觉，前天白天整整睡了一天，到了晚上竟然又困了，不知道这算不算怪事。"

陆何欢和应喜一惊，对视一眼。

第三十四章　夜来迷香

"可能是被下了迷药。"应喜低声推测道。

陆何欢点点头，"应该就是那两天有人偷出了车又还了回来。"

"可是，既然那个人偷了车，为什么不直接把车开走呢？"

"车的目标大，很容易被发现。"

柳如霜见二人窃窃私语，忍不住从旁插话，"可是大象那么一个庞然大物，不用卡车运走还能用什么？总不能赶着大象走吧？"

"也许现在大象已经被藏起来了，罪犯想等风头过了再运走。"应喜想了想答道。

"不管是被藏起来了还是转换了运输方式，总之，大象是通过运送煤油的卡车从奇兽苑运走的，我们追着卡车的轨迹查就没错。"陆何欢语气坚决。

"怎么查？"应喜不解地问道。

陆何欢看向柳如霜，仿佛看着一位神通广大的名侦探，"柳小姐，你和白玉楼现在利用你们积攒的关系网，打听一下大象丢失当天，这辆卡车去了哪里，在哪里停留过。我和应探长顺着石板路上的煤油痕迹沿途寻找，有线索立刻通知彼此。"

应喜见陆何欢又要求助柳如霜，并且随意指挥自己查案，一脸不满，"这么喜欢指挥，我看，这个探长你来做好了。"

陆何欢知道应喜虚荣，连忙做了个请的手势，"还是应探长来做总指挥。"

应喜高兴地走到陆何欢等人前面，站直身体，清了清嗓子，一本正经做了个手势，"出发！"

江面在红日的照耀下闪动着耀眼的光芒。

陆何欢和应喜沿着煤油痕迹一路寻找，应喜抬起头，拍拍陆何欢的肩膀，指了指前方，"前面是码头了。"

"难道转换的交通工具是船？"陆何欢望着江面的船舶，陷入思索。

柳如霜和白玉楼站在码头冲二人招手。

"喜哥，喜哥！"

陆何欢和应喜闻声快步走过去。

"查到线索了吗？"应喜一脸急切地询问柳如霜。

"我们打听到，那辆卡车今天凌晨到过码头，好像是卸什么货，不过具体是什么货没打听到。"

陆何欢看着柳如霜，"去查查昨晚到现在开出去几艘船，都是开往哪的？"

"已经查过了，昨晚到现在只开出去几艘小渔船，船体都很小，根本装不了大象。"

"想不到柳小姐还真有私家侦探的样子。"陆何欢再次被柳如霜的侦察能力折服。

"不拍包署长的马屁，拍柳如霜的马屁有个屁用。"应喜不屑地嘲讽道。

白玉楼见应喜挖苦柳如霜，忍不住站出来，"霜姐可是旧闸有名的包打听，跟霜姐交好相当于在各行各业都安插了线人，陆警官这个马屁拍得值得。"

应喜瞪了白玉楼一眼，不满地呵斥，"脑子转得这么快，你是不是好了？"

白玉楼意识到自己失言，不知所措地捂住嘴。

"既然没有开出去的大船，大象应该还没运走。"陆何欢皱起眉头。

"光说没运走有个鸟用，你倒是说说大象在哪啊？"应喜又把矛头对准陆何欢。

陆何欢不理应喜，抬头望去，见码头泊着两艘大船，一艘吃水深，一艘吃水较浅。

陆何欢指着吃水浅的船，"So that's it！在那条船上！"

应喜看着两条船，不明所以。

"那两艘船一艘吃水深，一艘吃水浅……"陆何欢解释道。

"照你这么说，大象应该在吃水深的那艘船里了！"应喜心急地打断陆何欢。

陆何欢摇摇头，"丢失的大象体重有五千磅，在船离开码头之前，安全起见，罪犯一定会采取措施减轻大象的重量……"

"你的意思是罪犯利用了你之前说的热气球原理？"柳如霜似乎明白了什么，不禁问道。

陆何欢看向柳如霜，跷起大拇指，"柳小姐冰雪聪明，罪犯应该就是利用热气球减轻了大象的重量。"

柳如霜高兴地看向应喜，"喜哥，你觉得我聪明吗？"

应喜不屑地抱着胳膊，撇撇嘴，"我觉得你们可笑，气球能拉动大象，简直是无稽之谈。"

"我也觉得不可能，喜哥我支持你。"柳如霜立刻变脸，附和应喜。

"柳小姐刚才不是还……"陆何欢哭笑不得，没想到柳如霜翻脸比翻书还快。

"我只是看看你到底有多可笑，气球能拉动大象，简直是我听过最好笑的笑话。"柳如霜冷冷地嘲笑起陆何欢。

"陆何欢，大象肯定在吃水深的那艘船里，别浪费时间了，现在就去搜查吧。"着急破案的应喜催促道。

陆何欢见应喜死活不信，无可奈何地提议，"应探长，你敢不敢跟我再打一次赌？"

"好啊，赌什么？"应喜饶有兴致地看着陆何欢，气焰嚣张。

"如果大象在吃水较浅的那艘船里，我就不用再给你继续洗袜子，如果大象是在吃水深的那艘船里，我就再多给你洗一个月的袜子。"

"不行，筹码太小了，如果大象在吃水深的船上你要给我洗一年的袜子。"

"应探长你也未免太狮子大开口了吧？"

正当两人为赌注争执时，吃水浅的船内突然冒出滚滚黑烟。

白玉楼指着吃水浅的船，惊慌地呼喊，"着火了，那艘船着火了！"

众人闻声看过去，立时目瞪口呆。

"去看看！"

陆何欢率先冲上船去，应喜、柳如霜和白玉楼反应过来，急忙跟上。

陆何欢一行人快步冲进浅水船船舱，发现大象果然在浅船中，一个正在燃烧的热气球吊着大象。

"这么大的气球？难怪能拉动大象了。"应喜不敢相信地感叹道。

众人细细看过去，发现大象旁边站着一个头发、胡子和衣服被烧焦的可疑男人。

男人见被人发现，立刻冲到窗边企图跳船逃走。

陆何欢迅速掏枪连射男人身前的地板，男人不敢再动。应喜顺势控制住男人，一把撕掉男人的假胡子和假头套。男人登时露出真面目，但见他皮肤白皙，眉目俊秀，正是当日奇兽苑老板身旁的游客。

"'夜来香'？"应喜惊讶地盯着男人。

陆何欢看向应喜，"你认识他？"

应喜冷笑一声，"哼，他就是旧闸大名鼎鼎的神偷'夜来香'，想不到这次竟然偷大象这么离谱。"

原来偷走奇兽苑大象的就是旧闸百姓深恶痛绝的"夜来香"。"夜来香"本是上海著名"面粉大王"周天成的嫡孙，后来家道中落，"夜来香"便做起偷盗的勾当。因为他习惯在夜间作案，并擅长使用迷香，神不知鬼不觉就能得手，旧闸百姓便给他取了个名字叫"夜来香"。

柳如霜一听抓到"夜来香"，急忙往前凑了凑，上下打量着"夜来香"，"两年前他还偷过我爹的布庄。"

白玉楼见三人注意力都在"夜来香"身上，旁边的热气球已经燃烧起来，白玉楼怯生生地捂住鼻子，"我们要不要先救火啊？"

三人这才发现热气球烧了起来。

"快，快灭火！"应喜惊慌。

陆何欢、柳如霜、白玉楼手忙脚乱地用船舱内的渔网木棍等物灭火，却并不起作用。

"不行，有没有水啊？"柳如霜见火势越来越大，焦急不已。

"口水行吗？"白玉楼向热气球尴尬地吐了口口水。

"恶心死了！"柳如霜生气地拿着木棍就要打白玉楼。

陆何欢看到船舱角落里放着一个木盆，赶紧拿起盆冲出去，片刻，他端着一盆水泼在热气球上。

火被浇灭，众人松了口气。

陆何欢走到"夜来香"身边搜身，很快找到一张纸，他打开来看，发现纸上写满日文。

"日本商人的委托书，这就是你偷大象的动机，对吗？"陆何欢拿着委托书质问"夜来香"。

"夜来香"悻悻地低下头，一言不发。

应喜疑惑不解地看了看"夜来香"，又看了看陆何欢，"陆何欢，这到底是怎么回事？"

陆何欢不理应喜，眼神犀利地盯着"夜来香"，"是一个日本商人委托你偷大象吧？"

"夜来香"身子一抖，随即又恢复平静。

陆何欢思忖片刻，继续盯着"夜来香"，"如果我没猜错，你是先看到象笼里的暗门才有的全盘计划。你先委托郑秋和张川按照你的台词本演戏，然后将钱和台词本偷回来。接着，你迷晕了煤油厂老板，趁夜偷偷开走那辆大卡车，你提前将卡车停在象园后门，并且准备了热气球。然后你教郑秋和张川利用西洋物理知识——光的折射'变没大象'，趁众人慌乱之际，用事先偷来的卡车运走大象，你在卡车车顶放置热气球减轻卡车重量，就是为了拉走大象的时候不会在石板路上留下痕迹。得手以后，你连夜开着卡车拉着大象来到码头，然后把大象赶上船，为了减少船只的吃水深度以免引起他人怀疑，你如法炮制，在船舱内点燃热气球，把大象安置好之后，你把卡车悄悄送回煤油厂，然后神不知鬼不觉地返回船上。"

"夜来香"不动声色，回想着事情的经过。那是几日前，在夜色的遮掩下，他悄悄来到一个日式房间。他此番前来并不是为了偷东西，但多年的习惯还是让他尽量不要发出声响。

一个身材挺拔长相俊朗的日本男人正跪坐在桌前喝茶。门被拉开，"夜来香"走进来。日本男人示意他坐在对面，然后为"夜来香"倒了一杯茶。

"久闻'夜来香'的大名，听说没有你拿不到的东西，是这样吗？"日本男人说着不流利的汉语。

"夜来香"笑笑，倨傲地扬起下巴，"没错，只要我想，整个旧闸乃至上海滩没有我拿不到的东西。"

日本男人赞赏地点点头，"这次我要的东西有点特殊，不知道你敢不敢接这一单？"

"没有敢不敢，只有值不值得，我要看看价码。"

日本男人笑笑，亮出两根手指，"两根金条。"

"你要的东西是？""夜来香"微微一怔，心动不已。

"大象。"

二人最终达成交易，"夜来香"着手制定"盗象计划"。

"夜来香"穿着夜行衣潜入象笼，发现里面有一个暗门。他拿出工具打开暗门，发现外面是通往奇兽苑外的街道。"夜来香"望着空无一人的街道，若有所思。

街头角落里，乔装成普通游客的"夜来香"站在郑秋和张川对面，刻意压低声音，"我给你们的台词本背下来了吗？"

郑秋点点头，"背下来了。"

张川跟着点点头，"我也背下来了。"

"夜来香"露出满意的神色，将五十块大洋交给两人，"按照台词本来演，别出差错，事成之后，我还会另外再付你们五十块大洋。"

郑秋和张川喜不自胜地点点头，转身离开。

"夜来香"阴险地笑笑，亮出手里的五十块大洋和台词本。原来为了防患于未然，他趁机偷走物证，一旦二人被警署擒获，他可就势抵赖。

当天夜晚，"夜来香"悄悄潜入煤油厂，他来到一扇窗前，透过窗户看到因失眠坐在床上的煤油厂老板。"夜来香"拿出一支竹管，冲窗子里吹出一阵迷烟。片刻，屋内的煤油厂老板哈欠连天，躺下睡着。

"夜来香"跑到卡车前，拿一根铁丝打开卡车门，上车开车离开。

一切准备妥当，"夜来香"在奇兽苑开业当天，打扮成游客模样，他开着卡车来到象园后门，将车子靠边停下，卡车后排座位上放着热气球。

"夜来香"混入游客当中，待郑秋和张川按照指令用高大的幕布挡住象笼时，"夜来香"打开暗门，将大象赶上卡车，然后开着卡车离开。由于热气球减轻了压力，车轮压在石板路上，石板丝毫未损。

"夜来香"赶着大象进入船舱，船舱角落放着一个还没点燃的热气球。他将热气球绑在大象身上，然后燃热气球，热气球慢慢变大、升起，而船只吃水深度渐渐变浅。随后，"夜来香"开着卡车驶入煤油厂，将车子停在原位置后，下车偷偷跑开。

陆何欢对"夜来香"投以问询的目光，"'夜来香'，我说得对吗？"

"夜来香"咬了咬牙，仍然没有说话。

"至于为什么着火，想必是因为船舱封闭，热气球因为氧气快烧完了火势变小，因此你打开窗户，谁知江面风大，才不慎着火。"陆何欢见"夜来香"不服气，补充说道。

事已至此，"夜来香"无路可退，他冷哼一声，忿忿地看向陆何欢，"算你厉害！这次老子认栽！"

陆何欢看向应喜，得意地笑笑，"应探长，这回可以结案了。"

应喜没想到这回既能破了案子，又能抓住警署通缉多年的大盗，忍不住竖起拇指，"我们欢喜神探真是无坚不摧，无案不破呀！"

"恭喜你呀，喜哥！"柳如霜讨好地拍起马屁。

"还不是我们霜姐的功劳。"白玉楼不满地低声嘀咕。

应喜见白玉楼嘴唇一张一合，立马板起脸，怒视白玉楼，"白玉楼，你嘀咕什么呢？"

"哎呀，我不想活了，让我死吧！"白玉楼一怔，急忙掩饰道。

"又犯病了。"应喜一拳打在白玉楼脑门上。

应喜这一拳真是稳准狠，白玉楼应声倒地。陆何欢张了张嘴，一脸同情地看向倒地的白玉楼。

第三十五章　贪杯受罚

临近傍晚，包康终于等到了好消息，他坐在办公桌前，神色满意，他没想到陆何欢和应喜真的在一天之内把案子给破了。

"包署长，'夜来香'已经认罪，被关进大牢，郑秋和张川也已经被无罪释放了，一会我就整理卷宗，准备结案吧。"应喜站在包康面前，一脸谄媚。

包康嗯了一声，"这次你们的表现我还是比较满意的。"

应喜见把包康哄开心了，又要把功劳往自己身上揽，"本来案子一筹莫展，不过关键时刻，我注意到奇兽苑后门街道上有几滴煤油，于是我赶紧追查，果然查到在大象丢失那天，有人在奇兽苑后门看见有卡车经过，可是石板路却没被压坏，所以我就大胆假设，小心求证——会不会是有人利用热气球的浮力原理运走大象而不留痕迹呢？于是我们顺着这条线索调查，终于查到了真相。"

一旁的陆何欢无奈地看看应喜。

应喜生怕陆何欢横插一脚，用眼神示意他别多嘴。

"好，应探长一向都不让我失望，以后若有晋升的机会，我一定会考虑提拔你的。"包康大悦。

"谢谢包署长。"应喜眉开眼笑，他侧脸看向陆何欢，压低声音，"我受提拔了，自然也会提拔你。"

陆何欢一脸无语，他实在对应喜的厚脸皮甘拜下风。

光头警员敲门进来，"报告包署长，奇兽苑的老板来了，说是要特别感谢我们警署。"

"感谢？"包康高兴地站起身，"在哪呢？"

"在院子里。"

警署院子里，奇兽苑老板怀里抱着一只孔雀看着奔跑的阿花。一些警员围着奇兽苑老板，稀奇地看着他怀里的孔雀，议论纷纷。

"原来这就是孔雀啊。"其中一名警员指着孔雀说道。

另外一名警员撇撇嘴，"跟鸡长得差不多嘛。"

"比鸡好看吧？"先前说话的警员驳斥道。

"我听说孔雀要开屏才好看。"又有一名警员说道。

三名警员正说着，其中一名警员注意到包康，大叫一声，"包署长来了。"

警员们急忙噤声。

包康跟陆何欢、应喜走过来，惊讶地看着奇兽苑老板怀里的孔雀。

"这是野鸡吗？"包康张口问道。

"包署长，这是孔雀。"陆何欢小声提醒道。

"原来孔雀长这样啊，跟鸡差不多。"应喜好奇地注视着孔雀。

"差多了，不如阿花俊俏……"包康显得颇不赞同。

"感谢陆探长……"奇兽苑老板热情地要跟陆何欢握手。

陆何欢伸出手，被应喜握住。应喜挡在奇兽苑老板面前，暗暗指了指包康，示意奇兽苑老板，"这是我们旧闸警署的包署长，这次多亏了我们署长指导有方，才能这么快破案。"

奇兽苑老板心领神会，转而握住包康的手，"感谢包署长，包署长有所不知，此案名声大噪，我们'奇兽苑'游客激增，还要感谢您指导有方，帮我快速找回大象。"

"不客气，保护民众的利益是我们应尽的责任和义务。"包康高兴地打起官腔。

"包署长真是旧闸的福分，旧闸的百姓都说'包康包康，保民安康'。有了您，我们就能安心过日子了。"

包康受用地点点头，觉得爹娘真是给自己取了个好名字。

"为了感谢旧闸警署帮忙找回大象，我决定赠送警署一只孔雀。孔雀的寓意是富贵吉祥，步步高升，我希望旧闸警署的全体警官都能富贵吉祥，步步高升。"奇兽苑老板奉承道。

"好个富贵吉祥，步步高升，谢谢，谢谢。"包康情绪激动，一提到升官发财就乐不可支。

"包署长，这只孔雀放在哪？"

包康环视四周，指了指阿花的地界，"就放在那吧，跟我的阿花一起养着。"

奇兽苑老板点点头，将孔雀放在阿花旁边。

包康看向陆何欢和应喜，"以后这只孔雀就叫阿美，陆何欢，应喜，你们两个要好好照顾阿美。"包康情不自禁地畅想起来，"等阿花和阿美生下一窝小阿花，那该多么温馨啊。"

陆何欢和应喜尴尬地看着包康。

"包署长，这个任务我们好像没办法胜任，阿花，好像不太喜欢阿美……"应喜讷讷地说道。

包康侧脸看向阿花，只见阿花和孔雀一见如仇，已经打得不可开交，院子里鸡毛满天飞舞。

"快，快救阿花！"包康心疼地大喊。

陆何欢跟应喜跑过去，陆何欢抱着阿花，应喜抱着孔雀，阿花和孔雀的战火终于平息。

包康看着满地鸡毛，心疼不已，咬了咬牙看向奇兽苑老板，"我看，还是让阿美回奇兽苑吧，这么打下去，阿花会变尼姑的。"

应喜赶紧将孔雀交给奇兽苑老板。

"好，那我就帮忙代养，包署长需要的时候可以随时领走。"奇兽苑老板毫不生气地接过孔雀。

"就这么说定了！"包康一听既能得到一只美丽的孔雀还能不浪费自己的粮食，高兴不已。

夜已深，陆祥躺在床上正准备睡觉，林芝贴着满脸黄瓜片走进来。

陆祥瞟了一眼林芝，一副见怪不怪的样子。

林芝躺在床上，闭上眼睛，按摩脸部，"听说奇兽苑的大象找到了，你抽时间陪我去看看大象。"

"不……"

陆祥话还没说完，林芝猛地坐起来，脸上的黄瓜片纷纷掉落。

"不去肯定不会的啦，去，找时间我陪你去。"陆祥急忙改口。

"这还差不多。"林芝转怒为喜。

"黄瓜都掉了，不美白了，快贴回去。"陆祥捡起掉落的黄瓜片帮忙贴在林芝的脸上。

林芝一脸幸福。

陆祥将黄瓜片贴在林芝的眼睛上，狠狠瞪了林芝一眼。

林芝舒服地躺在床上，浑然不知。

包家客厅此时灯火通明，包瑢和包康坐在桌前吃饭。

"听说今天何欢又破了一起轰动旧闸的案子。"

包瑢说得兴致勃勃，包康却不以为意。

"不过就是一起盗窃案，有什么可轰动的，朱老板今天来看我，跟我说起他刚谈了一桩大生意，那才叫轰动呢。"

包瑢听包康说起朱卧龙，顿时冷下脸。

包康夹了一口菜，有意无意地敲打包瑢，"小瑢啊，明天警署没什么事，不如你跟朱老板……"

"哥，食不言寝不语，有什么事明天再说。"包瑢不耐烦地打断包康。

包瑢起身将自己的碗筷拿走。

"不是你先说话的嘛，真是的……"包康望着包瑢的背影不满地嘀咕。

夜色清凉，应喜悠闲地靠在警署宿舍窗前，一边吃花生一边哼唱着小曲。他一抬眼，突然看见陆何欢站在警署院子里，面前放着一张桌子，桌子上摆放着生日蛋糕、一瓶酒和几样小菜。

"臭小子，想背着我吃独食，没门！"应喜不满地放下花生，大步流星地转身出门。

院子里，陆何欢坐在桌前，对面放着一把空椅子。

陆何欢点燃生日蜡烛，为自己和对面位置的杯子倒满酒。此时的他眼中含泪，双眼模糊，仿佛坐在对面的就是凌嫣。

"凌嫣，今天是你生日，我买了蛋糕还有你最爱吃的菜。"陆何欢充满爱意地说道。

恍惚间，坐在对面的凌嫣冲陆何欢微微一笑，一脸伤感，"何欢，我早就不过生日了，因为没人给我过。"

"以后我给你过。"

凌嫣笑笑，"何欢，你对我真好。"

"我对你好是应该的，以后我会一直对你好，好一辈子。"

突然，凌嫣一个激灵，一脸嫌弃地看着陆何欢，"太肉麻了，这种话也能说出口。"

陆何欢眨了眨眼，看清坐在对面的原来是应喜，不禁感到一阵羞恼。

"应探长？你来干什么？"

"你也太不够意思了，好酒好菜不叫我。"应喜盯着生日蛋糕，一副垂涎欲滴的样子。

"今天是凌嫣的生日，我就是想给她过一个生日罢了。"陆何欢神色黯然地解释道。

"我也是今天生日啊，生日蛋糕也有我一份。"应喜嬉皮笑脸地没个正经。

陆何欢鄙夷地撇撇嘴，"我看过你的证件，你的生日不是今天，应探长，你为了蹭吃蹭喝毫无底线啊。"

"陆何欢，这话说得太狠了吧？本探长什么时候跟你计较过吃的喝的？"

"那是因为你一直在吃我的喝我的。"

应喜不满地指着陆何欢，"你这是忘恩负义，上次，就是柳如霜请客那次，你最清楚柳如霜为什么请客了吧？你还不是借我的光吃到山珍海味？现在擦擦嘴就不认账了？"

"是啊，托你的福喝到烂醉如泥。"

应喜毫无歉疚地笑笑，"那是你高估自己的酒力了。"

"我是低估应探长耍诈的手段了。"

"人在江湖，谁还没点手段，不然在这个社会上，早就被暗算到死翘翘了。"应喜洋洋自得。

"你一个男人都怕被暗算，凌嫣一个弱女子可怎么办？"陆何欢突然黯然神伤，低下头陷入沉思。

应喜趁机抠了一块蛋糕塞进嘴里，边吃边含糊不清地劝慰陆何欢，"她自有她的生存之道，你呀就别再念念不忘了。"

"可是，我真的好想她。"陆何欢眼圈泛红，由衷地说道。

应喜不以为意地舔舔沾着蛋糕的手指，"女人如衣服，手足兄弟情才长久，你想她都不如多想想我，我才是永远站在你身后支持你的那个人，那个凌嫣说不定早就嫁人了。"

"我和凌嫣的感情你不懂，她绝对不会背叛我。"陆何欢郁闷地将杯中酒一饮而尽。

"还敢摆酒仙的架势，本探长奉陪！"应喜跟着将杯中酒一饮而尽。

陆何欢将怨气撒在应喜身上，眉毛一挑，"你想挑战是吧？ Come on！今天就较量一下！"

"又说鸟语，不就是拼酒嘛，来就来！"应喜摆出一副奉陪到底的架势。

陆何欢拿起酒瓶倒酒，和应喜斗起酒来。

二人你一杯我一杯，最后两败俱伤，都喝得烂醉如泥。

三更半夜，警署宿舍门被撞开，应喜摇摇晃晃地背着陆何欢走进来，他将陆何欢扔到床上，一边帮陆何欢脱衣服一边大着舌头发牢骚。

"不能喝就别叫板，喝成一具尸体像什么样子……"

应喜将陆何欢的上衣脱下，最终也支持不住，趴在陆何欢身上睡着。

午后的阳光透过宿舍窗户洒满房间里的每一个角落，应喜跟赤裸上身的陆何欢熊抱着仍在熟睡，门外突然传来敲门声。

"应探长，何欢，包署长叫你们去他办公室。"光头一脸急切站在门外。

二人被吵醒，猛地睁开眼睛，烦躁地揉揉头。

应喜伸了个懒腰，哑着嗓子，"包署长找我们干什么？"

"好像是你们上午没有出警巡视的事被他知道了。"光头怯生生地答道。

应喜和陆何欢俱是一惊。

"上午？现在是什么时候？"陆何欢一头雾水。

"下午一点。"

陆何欢跟应喜登时大叫着站起来，没想到一觉醒来，一天都过去一半了。

二人慌乱地穿衣服，却发现穿错了衣服。

"哎，裤子是我的……"应喜指着陆何欢身上的裤子。

陆何欢指着应喜身上的衬衫，"你穿我衬衫干吗……"

陆何欢和应喜急吼吼地冲到包康办公室。二人笔挺地站在包康对面，愧疚地低下还没来得及梳理的鸡窝头。

包康怒不可遏地在二人面前来回踱步，厉声呵斥，"宿醉忘了去巡逻，你们简直是旧闸警署最不靠谱的警察！把警署的脸都丢尽了！"

"包署长，您别生气，我们下不为例。"

应喜信誓旦旦地保证，可惜包康并不买账。

"还想有下次？"

"这次是我们的错，我们愿意接受处罚！"陆何欢一脸耿直地主动坦白。

应喜狠狠瞪了一眼陆何欢，这不是引火烧身吗？但为什么偏偏拉上他！想到这，应喜打了个寒战。

"好啊，你们俩，给我互相掌嘴五十，给彼此长长记性！"

陆何欢和应喜面面相觑，登时傻眼。

陆何欢和应喜为难地看着对方，一动不动。

包康暴怒，厉声大喊，"打！"

陆何欢和应喜抬起右手，在对方脸上轻轻摸了一下。

"我是让你们打，不是摸！"包康不满。

陆何欢和应喜见包康这回铁了心要惩罚自己，不情不愿地抬起手。

"陆何欢……"应喜面露窘色，欲言又止。

"应探长，你不用为难，用力打吧，我扛得住。"陆何欢接过话茬。

应喜不放心，压低声音，"我是想告诉你，别太耿直，我们两人中有一个人用力就可以了。"

应喜言外之意就是他动真格的，陆何欢摆摆架子就行。一向耿直的陆何欢没明白应喜的意思，一脸大义凛然，"应探长，你不用考虑我，我们一起用力！"

包康见二人磨磨叽叽，忍不住催促，"打！"

应喜跟陆何欢认命般地一起扬起手，"啪"的一声又一起甩出去。霎时，二人脸上立刻多了一个红红的掌印。

应喜痛得龇牙咧嘴，陆何欢咬紧牙关，隐忍不发。

"继续，打！"包康怒气未消。

陆何欢再次举起手，"应探长，我来了！"他说着又一巴掌打过去，应喜没反应过来，直接又挨了一巴掌。

"陆何欢！"应喜低声怒吼，他没想到陆何欢这么实诚，说动手就动手。

"闭嘴！"包康在旁呵斥应喜。

应喜不敢再说话，生生咽下一口恶气。

"继续打，不要停，我看你们以后还敢不敢喝酒误事！"包康恶狠狠地警告陆何欢和应喜。

应喜跟陆何欢咬着牙，互相用力掌嘴。

你一耳光闪过，我一巴掌拍下，陆何欢和应喜下手越来越重，声响越来越清脆，包康在一旁幸灾乐祸。

第三十六章　亦敌亦友

太阳明晃晃地照在霞飞路一带繁华商铺的匾额上，临街而建的霜喜侦探社大门敞开，却无人光顾。

近来，旧闸风平浪静，别说杀人放火，就连小偷小盗都没有。

柳如霜坐在桌前，双手托着下巴，无所事事，站在一旁的白玉楼含情脉脉地看着柳如霜。

"没有案子要查，我也没理由去警署找喜哥啊。"柳如霜不由得犯起嘀咕。

白玉楼一听柳如霜念叨应喜，不悦地皱了皱眉。

柳如霜猛地看向白玉楼，白玉楼立马收起不悦的神情。

"白白，要不我给喜哥写一封情书怎么样？言辞恳切一点，告诉他，两年前，我是如何对他一见钟情的……"柳如霜说着，痴痴地陷入甜蜜的回忆。

两年多前，旧闸大盗"夜来香"趁夜潜入柳氏布庄，偷走了整个布庄的布料。第二天早上，柳老板发现大半家产不翼而飞，怒火攻心，倒地昏厥，柳如霜惶然跑到警署报案。

柳如霜大呼小叫地跑进警署院子，直接和刚从警署出来的应喜撞个怀里。

"大白天的慌什么？"应喜嫌弃地推开眼前的黄毛丫头，理了理衣服。

"不好意思，我是来……"柳如霜累得上气不接下气。

"报案是吧？"应喜不耐烦地接过话头。

柳如霜点点头。

应喜漫不经心地瞟了一眼柳如霜，"跟我说就行，怎么了？"

"小偷来了，我爹被盗了，他的布全都被偷了，整个一个布庄的布。"

"你爹的布庄被盗光了，是这个意思吧？"应喜镇定自若地抱着胳膊。

柳如霜眨眨眼，点点头，她唯恐应喜不明白，补充道："是。"

应喜搓搓胡子，"哪个布庄？"

"是旧闸最大的布庄——柳氏布庄，我爹叫柳山。"

"你爹是旧闸首富？"应喜一怔。

柳如霜点点头，"没错。"

柳如霜暗暗得意，心想应喜既然知道她是旧闸首富的女儿就不会再对她如此冷漠。没想到，应喜还是摆出一副不以为意的架势。

"知道了。"应喜木木地站在原地。

"现在不去勘查现场吗？"柳如霜不可思议地盯着应喜。

"我现在有别的事，你先回去吧。"应喜说罢大摇大摆地转身走开。

柳如霜一脸崇拜地望着应喜的背影，在这之前，她见过的男人都对她点头哈腰，个个恨不得入赘柳家，可是唯独应喜是个例外。

柳如霜感到既新鲜又兴奋，一股从来都没有的激动涌上心头。

"警官，你叫什么？"柳如霜叫住应喜。

应喜好奇地回过头，"我是新来的探长应喜，你可以叫我应探长。"

"喜哥，我叫柳如霜！"柳如霜高兴得要跳起来，瞬间把家中失窃的烦恼抛到九霄云外，她觉得这都是命中注定，多亏了"夜来香"，她才能认识应喜。

应喜对柳如霜莫名地攀关系感到不悦，皱了皱眉，径自离开。

柳如霜一脸花痴地望着应喜的背影，她下定决心追求应喜，不料，这一追就是两年多。

柳如霜收起思绪，托着下巴，一脸崇拜，"喜哥说话干脆利落，不拖泥带水，也不攀附权贵。以前我不管去哪，只要说我是柳氏布庄老板柳山的女儿，那些人都会巴结我，可是喜哥没有，他甚至没怎么理我……"她说到这情不自禁地低下头，掩饰脸上的娇羞。

站在一旁的白玉楼不禁醋意翻涌，不屑地撇撇嘴，压低声音，"你去报案他不理你，是他没有责任心，跟攀附权贵有什么关系。"

柳如霜没有听见，侧脸看向白玉楼，"白白，如果我写一封情书给喜哥，他会感动吧？"

白玉楼刚要说话，柳如霜想起自己的小跟班还是"痴人"一个，遗憾地摇摇头，"忘了你还是催眠状态，问你也是白问。"

柳如霜拿起纸和笔，一边动情地说一边写，"亲爱的喜哥……"

白玉楼暗暗着急，灵光一闪，故意挣扎着叫喊，"啊，我不想活了，让我死吧。"他跑到窗口，假装要跳楼，余光偷偷瞄向柳如霜。

柳如霜惶然跑过来拉住白玉楼，一脸关切，"白白，你怎么又犯病了。"

"霜姐，我心里难受，我对不起郝姐和程泽生，我要替他们偿命。"白玉楼重施故伎。

"哎呀，你别想这些了。"

"霜姐，我心情特别不好，老是想死。"白玉楼摆出一副可怜兮兮的模样，一边说一边偷瞄柳如霜。

柳如霜不知所措地挠挠头，扭头看了看桌子上的情书，一脸无奈，"算了算了，改天再写情书，我先带你去街上逛逛散散心。"

白玉楼高兴不已，柳如霜侧脸看向白玉楼，白玉楼立马换上一副生无可恋的表情。

傍晚，朱卧龙站在警署院子里等包璐，陆何欢和应喜从警署里走出来，二人的脸肿得跟刚出锅的馒头般。朱卧龙见了，忍不住指着陆何欢和应喜哈哈大笑。

陆何欢一脸懵懂地走到朱卧龙近前，"朱老板有什么开心事吗？"

朱卧龙忍着笑，"我刚才看到两位，还以为是两个气球，你们这是怎么了？"

"过敏。"应喜忍着痛抢先答道。

朱卧龙捂嘴笑了笑，陆何欢尴尬地愣在原地。

三人说话间，光头警员急匆匆地从警署跑出来，"应探长，你昨天要的材料。"

应喜实在不愿在手下面前丢了面子，头都不回地摆摆手，"明天再给我。"说罢拉着陆何欢阔步离开。

"应探长……"光头警员不明所以，兀自摸着滑溜溜的脑袋。

应喜权当没听见，拉着陆何欢继续大踏步地朝前走。

"为什么不理光头？"陆何欢一头雾水。

"被他们看到我被打成这样，以后会没有威严的，快走！"应喜说着直接跑了起来。

"应探长这是怎么了？"光头警员莫名其妙，昨天应喜还追着要材料，今天送到跟前都懒得接。

朱卧龙瞥了光头警员一眼，意味深长地笑笑，"你们应探长变成馒头脸了。"

"馒头脸？"光头警员越发迷糊地挠挠头，转身回警署。

到了下班的时间，包璐和包康一起从警署走出来。包璐瞟见在院子里守候的朱卧龙，转身就想走，不料被身旁的包康死死拉住。

包康赔着笑，"朱老板特意接我们回家的。"

朱卧龙一脸讨好地迎上来，"包署长，包小姐，我的车就停在门口。"

包璐板起脸，冷冷地开口，"双足健全为何要坐车？我步行回去即可。"她甩开包康，自顾自地走出警署大门。

朱卧龙不敢上前拦人，无奈地向包康求助。包康竭力按捺住心中的怒火，赔着笑，"朱老板别着急，小璐不经世事，还不懂得你的好，我会慢慢做她工作。"

朱卧龙叹了口气，点点头。

黄昏时分，街头上的行人稀稀疏疏，大道两侧的小摊小贩都无精打采地守着商铺，期望晚归的路人能把剩下的货品买走。突然，他们的注意力被一对男女吸引过去。这对男女身上并没有什么特别之处，令旁人感到罕见的是女人用一根绳子拉着男人，没错，正是柳如霜拉着白玉楼出门散心了。

柳如霜扯着绳子牵着白玉楼走在街上，街上的行人纷纷投来异样的目光，仿佛在欣赏一对怪物。

"那个女人为什么牵着那个男人啊？"

"好像牵着一只狗一样。"

"那个男人一定很可怜，搞不好天天被虐待。"

"说不定是个贱种，自己愿意呢。"

行人议论的声音传到柳如霜耳边，她生气地朝围观众人大吼，"喂，你们说什么？他被人用了催眠术，我牵着他是怕他去死！"

众人哄笑，嘴上仍不忘嚼舌根子。

"什么催眠术，都没听说过，是什么邪术？"

"那男的真可怜。"

"被当成狗一样牵着，不想死才怪。"

"怕他去死牵着手不就行了吗？"

行人的一番话倒是提醒了白玉楼，白玉楼眼前一亮，偷偷盘算着趁机和柳如霜拉近距离。

柳如霜恼羞成怒地指着众人，"你们……真是不可理喻！哼！"她扭头看向白玉楼，柔声安慰，"白白，非礼勿视，非礼勿听。"

白玉楼可怜巴巴地看着手上的绳子，撇撇嘴抽泣起来，"霜姐，你是不是因为我是杀人犯嫌弃我？"

"你说什么呢？"柳如霜骇然失色地驳斥道。

"那你为什么用绳子绑着我，不牵我的手？你一定是嫌弃我是杀人犯，我罪孽深重……"白玉楼声泪俱下。

"我……"柳如霜一时语塞。

"我还是不要活了，你让我死吧……"白玉楼放声大哭。

众人纷纷对白玉楼投以同情的目光。

柳如霜心生不忍，咬了咬牙，把白玉楼手上的绳子解开，直接牵住白玉楼的手，十分仗义地拍拍白玉楼，"我们走，白白。"

白玉楼见柳如霜主动牵起自己的手，极力克制心中的喜悦之情，假装哀痛地点点头，跟着柳如霜离开。

众人仍在交头接耳地议论，仿佛柳如霜和白玉楼的出现给他们百无聊赖的市井生活带来了一丝生气。

天色暗了些，微红的霞光从窗户透进来。陆何欢和应喜对坐在宿舍床边，互相给对方擦跌打药。

"脸上擦这种跌打药能行吗？不科学吧？"陆何欢一脸怀疑。

应喜没好气地白了陆何欢一眼，"怎么不科学，全身都能擦这种药，脸为什么不能？皮肤都是一样的，你别搞歧视啊。"

陆何欢不敢再说什么，沾了点药水为应喜擦脸。

"哎哟，轻点轻点。"应喜痛得龇牙咧嘴。

陆何欢微微皱眉，"你手也重了。"

二人都减小了手上的力度，但又太轻了，轻到好像在互相抚摸对方的脸，屋里飘荡着暧昧的气息。

应喜沾了点药水为陆何欢擦另外一边脸，手伸过来时，陆何欢看着应喜的手微微一怔，不禁陷入回忆。

夜色蒙眬，少时的陆何欢和凌嫣坐在凌嫣家桌边，陆何欢鼻青脸肿，脸上还沾着泥土，一看便知刚打过架。

凌嫣拿着丝帕为陆何欢擦掉脸上的泥巴，陆何欢就势抓住凌嫣的手，凌嫣害羞地低下头。

"何欢，以后你别再为我打架了。"凌嫣抬起头正色道。

陆何欢一脸孩子气地笑笑，"我不保护你谁保护你？"

凌嫣抽回手，慢慢帮陆何欢擦去脸上的泥土，许久，她才开口。

"他们爱说什么，就让他们说去，反正我也不往心里去。"

"那不行，你和你娘虽然生活清贫，可一没偷二没抢，凭什么被那帮臭小子骂贱骨头！他们再敢说，我还打他们。"陆何欢一脸认真。

"何欢，谢谢你。"凌嫣感动不已。

"你跟我不用说谢谢，保护我未来的夫人是应该的。"陆何欢笑笑，理所当然地说道。

凌嫣害羞地笑笑，伸手用力戳了一下陆何欢的额头，"谁答应要嫁给你了。"

"哎哟，疼死了……"陆何欢痛叫。

"没事吧？"凌嫣紧张起来，愧疚地解释道，"我一时忘了你有伤了。"

陆何欢揉揉头，调皮地冲凌嫣眨眨眼睛，"你戳这一下，比他们打得还疼。"

凌嫣心疼地看着陆何欢的额头，"哎呀，这里流血了，你等一下，我去拿药箱帮你包扎。"

"不用了，没事。"陆何欢不愿麻烦凌嫣。

"不行，不处理好会感染的。"

凌嫣走到柜子前，从柜子里拿出药箱，来到陆何欢旁边，她拿出消毒药水，认真地帮陆何欢处理伤口。

陆何欢盯着凌嫣，双眼中满是宠溺。

凌嫣拿出纱布，开始帮陆何欢包扎伤口。

陆何欢想起欺负凌嫣的同学，情绪不禁激动起来，"凌嫣，以后有人再欺负你你就告诉我，我饶不了他们！他们就是欺软怕硬，你一直忍让，他们就得寸进尺。"

凌嫣顿了顿，面露难色，"我不是忍让，是不想我娘为我担心。"

"你挨欺负你娘才担心，哪个做娘的愿意自己的孩子受欺负呢，所以啊，你过得好你娘才安心。"

"何欢，谢……"

"诶……"陆何欢截断凌嫣，把手指触在凌嫣的唇上，眉目深注地继续说道："不许说谢。"

凌嫣笑笑，调皮地吐了吐舌头，"知道了，不谢。"

陆何欢满意地笑笑。

不知不觉中，凌嫣帮陆何欢包扎好伤口。凌嫣一脸幸福地摸着陆何欢的额头，但见他头上用纱布系着一个漂亮的蝴蝶结，显得十分滑稽。

凌嫣晶莹的牙齿咬着纤巧的下唇，好不容易才忍住发笑。陆何欢傻傻地盯着凌嫣，恍惚中他仿佛已经听到了凌嫣清悦动人的笑声。

陆何欢愣住，眼前一脸笑意的凌嫣慢慢变成一脸嫌弃的应喜。

应喜不解地摆摆手，"你干吗直勾勾地盯着我？我脸上有东西？"

陆何欢回过神，摇摇头，一脸伤感，"凌嫣以前也这样帮我擦过脸。"

应喜不屑地撇撇嘴，"又是凌嫣。"

陆何欢叹了口气，"也不知道凌嫣现在在哪，过得怎么样，她一定吃了不少苦头。"

应喜不耐烦地走下床，"就算她吃苦受罪也是她自找的，跟你有什么关系？你呀，就不要操那份心了。"

陆何欢愧疚地低下头，"如果当初我没离开，一切可能都不一样了。"

"这世上哪有如果。"应喜粗暴地呛声陆何欢。

陆何欢看向应喜，动容地恳求，"应探长，你还是要帮我继续调查凌嫣的案子。"

"不行不行，你可别害我了，包署长知道一定扒了我这一身皮！"应喜连连摇头。

"别忘了，当初可是你答应帮我查凌嫣的案子，我才留在警署的。"陆何欢板起脸，盯着应喜。

应喜避开陆何欢直视的目光，局促地搓搓胡子，"那个案子那么久了，而且当事人都找不到，很难查的。"

"再难也要查！我不能让凌嫣蒙冤，必须帮她翻案！"陆何欢语气坚决。

"人都找不到了，翻案有什么用？就算你拼尽全力还她清白，她不回来又有什么意义呢？"

陆何欢见应喜推诿，霍地站起来，一脸严肃地盯着应喜，"应探长，你答应我的事还算不算数？"

应喜挠挠头，一声不吭。

"好，那我现在就去辞职。"

陆何欢作势要走，应喜惶然拉住陆何欢的胳膊，放下架子劝阻，"哎哎，你这是干什么？"

"你不帮我查凌嫣的案子，我为什么要继续帮你破案立功？"

"查查查，行了吧？真受不了你这一根筋。"应喜无奈地妥协。

"那我们明天就去查。"陆何欢唯恐应喜说话不算数。

应喜摇摇头，"明天可不行。要上面同意重新调查这件案子，我们才能事半功倍，否则我们拿不到这案子的全部资料，又名不正言不顺，查了也是白查。"

"要等到什么时候？"陆何欢心急。

应喜坐在椅子上，想了想才开口，"等到什么时候我也不确定，不过，你要是真想查就得听我的，这事不能操之过急，得从长计议。"

陆何欢不说话，赌气地坐回床上。

应喜看看陆何欢，起身从柜子里拿出两瓶酒，豪爽地朝陆何欢摆摆手，"行了，你的事，哦不，凌嫣的事我放在心上了，找到合适的机会我会申请重新调查的。"

"这可是你说的。"陆何欢看着应喜。

"大丈夫一言九鼎，我说的。"应喜一本正经地点点头。

陆何欢舒心一笑，瞟见应喜手中的酒，"你拿酒干什么？"

"小点声。"应喜神秘兮兮地压低声音。

"我们今天刚因为喝酒被包署长惩罚！我的脸现在还火辣辣的呢。"陆何欢没想到应喜这么不长记性，伤疤还没好就忘了疼。

"所以才要喝两杯啊。"应喜得意地笑笑。

"你疯啦？被抓到就惨了。"

应喜不以为然地看看床底下，向陆何欢示意，"不被抓到不就行了，来吧。"

陆何欢犹豫着点点头，"有道理。"

应喜跟陆何欢一前一后地钻进床底下，并排趴在床下，头挨着头。

"太脏了吧？有细菌。"洁癖发作的陆何欢抱怨道。

应喜没好气地瞪了陆何欢一眼，"那你出去，我不怕脏，我自己喝。"

陆何欢犹豫了一下，"大不了一会去洗个澡。"

应喜笑笑，分给陆何欢一瓶酒。陆何欢接过酒瓶，二人对饮起来。

陆何欢向应喜摊开手掌，"光喝酒有点单调，你的花生奉献出来吧。"

应喜拍了一下陆何欢的手掌，讥诮地笑笑，"你想都别想，有酒喝就不错了。"

"真抠门。"气头上的陆何欢不自觉地提高了嗓门。

应喜仿佛惊弓之鸟似的皱起了眉头，"你小点声，被人发现就惨了。"

"谁能想到我们会躲在床下喝酒啊？说起来我们为了喝酒也是做出很大的牺牲了。"

应喜转念一想，展颜欢笑，"说的也是，来，喝。"

陆何欢笑笑，和应喜拿着酒瓶对饮起来。

窗外的明月似乎不忍扫了二人的兴，缓缓钻进厚厚的云层。

第三十七章　河中浮尸

旭日东升，又是新的一天。白玉楼呈大字形躺在自家床上，手和脚分别被绑在床的四个角。

门外传来钥匙开门的声音，片刻，柳如霜拿着早餐进来，"白白，我给你买早点了。"

白玉楼睁开眼睛，两个大黑眼圈挂在眼睛上。

柳如霜走到床前，庆幸地看了一眼白玉楼，"还好我想出晚上把你绑在床上这个方法，不然我睡得也不安心，总怕你半夜自杀。"

白玉楼疲惫地打了个哈欠。

"白白，睡得怎么样？"

"这样睡能睡得怎么样？不累死已经不错了。"白玉楼低声抱怨。

柳如霜没听见，伸手把点心凑到白玉楼嘴边，"吃早点吧。"

"我现在不想吃。"白玉楼说罢把头歪向一侧。

柳如霜不由分说，直接把点心硬塞到白玉楼嘴里，"不吃可不行，多吃点。"

白玉楼眉头紧皱，有苦难言。

一会工夫，柳如霜将点心全部塞进白玉楼嘴里，白玉楼鼓着腮帮子，想说话却说不出，想要活动身子手脚又被绑着，十分难受。

"你怎么了白白？"柳如霜觉察出端倪。

白玉楼张了张嘴，勉强挤出一个字，"悔……"

"你还在忏悔是不是？"

白玉楼摇摇头，有些着急，含糊地说道："美……"

"夸我美是不是？"柳如霜说着还有些不好意思。

白玉楼又摇摇头，柳如霜生气瞪眼，白玉楼赶紧点点头。

白玉楼努力咀嚼着嘴里的点心，却因为点心太多根本咽不下去，他焦急不已，瞪着眼睛，扯着嗓子叫喊，"嘴……"

"嘴怎么了？"柳如霜不明所以。

白玉楼被噎得开始翻白眼。

"白白，你，你怎么了？"柳如霜害怕起来，赶紧帮白玉楼解开绳子。

白玉楼慌乱起身，吐出嘴里的点心，大喊一声："水！"

"哦，原来你刚才是要水啊，我这就去给你拿。"

柳如霜急忙从桌子上拿起水杯递给白玉楼，白玉楼喝了一口水，慢慢缓解，畅快地舒了一口气。

突然，白玉楼意识到自己在柳如霜眼中还是个一心求死的"病人"，急忙装腔作势地倒掉杯子里所剩不多的水，"霜姐，你为什么要给我水喝，为什么不让我噎死！"

柳如霜以为白玉楼寻死觅活的老毛病又犯了，一脸为难。

突然，一只蟑螂爬到白玉楼刚刚吐到地上的点心上。

"蟑螂！"柳如霜受惊大叫。

"在哪呢，在哪呢？"白玉楼伸出兰花指惊声尖叫，无意中恢复娘娘腔本性。

柳如霜指着蟑螂，"就在那！"

白玉楼吓得窜到柳如霜身后。

柳如霜咬咬牙，壮着胆子上前一脚踩死蟑螂。

白玉楼不住地拍着胸口，尖着嗓子，"吓死人了，吓死人了！"

柳如霜看了看白玉楼的反应，暗暗生疑，自从白白被催眠后，一直沉浸在悔恨自责中，很少再有娘娘腔的举动，除非他已经痊愈了。

晨光透过宿舍窗户照进来，陆何欢和应喜和衣躺在宿舍床下，

286

睡得正香。

突然，敲门声响起，二人立马被惊醒。

"谁，谁呀？"应喜惊慌失措。

"是我，光头。"门外传来光头警员的声音。

应喜心里咯噔一下，失声大喊，"完了！"

"不会又睡过头了吧？"陆何欢面如土色地望着应喜。

半晌，二人猛地起身，头却撞在床底板上，狼狈不堪地从床底下爬出来。

陆何欢挠挠凌乱的头发，扬声询问门外的光头，"现在是什么时候？"

"早上七点二十分。"

光头话音刚落，陆何欢和应喜悬着的心终于落地，二人长长松了口气。

陆何欢整理好衣服，朝门外的光头大喊，"进来吧。"

光头推门进来，看到陆何欢和应喜衣衫不整，头发凌乱，肿胀的脸上还有擦过药水的痕迹。

"应探长，何欢，你们……"光头吃了一惊。

应喜清了清嗓子，把手背在后面，摆出一副威风凛凛的架势。

"我们昨天夜里制止了一起黑帮打架事件，脸上的伤是我跟陆探员与黑帮战斗时留下的。"

光头一脸崇拜地点点头。

应喜得意地笑笑，旋即侧视光头，"你这么早来找我们有什么事啊？"

"哦。"光头想起正事，接口道，"警署刚刚接到市民报案，在苏州河里发现了一具尸体。"

陆何欢跟应喜对视一眼，急匆匆奔赴案发现场。

早市刚开，霞飞路上人来人往。柳如霜拉着白玉楼往苏州河走去，白玉楼不想柳如霜粘着应喜，故意放慢脚步，跟在后面。

柳如霜着急，转身催促，"白白，你快点，苏州河边有死尸，喜哥肯定会去。"

白玉楼一脸不情愿，继续迈着款款玉步。

"快点啊。"柳如霜说罢大步流星地朝前走去。

白玉楼不知道该怎么阻止柳如霜，急得抓耳挠腮，突然，他瞥见旁边卖菜刀的小摊。白玉楼眉头一皱，计上心来，他故意冲到小摊前，拿起一把菜刀架在自己脖子上，摊主被突如其来的状况吓得愣住。

"我不活了，我要给那几个寡妇偿命！霜姐，我活得好痛苦啊……"白玉楼朝柳如霜大喊。

柳如霜转过身看着白玉楼，不由得纳闷，心想白玉楼刚才还好好的，这会又要死要活，一定是装的。

想到这，柳如霜假装伤心地看着白玉楼，并不上前阻拦。

白玉楼见柳如霜不劝阻，眨眨眼，底气不足地叫嚷，"霜姐，我，我要砍断自己的脖子！"

柳如霜决定试一下真假，她淡淡地看着白玉楼，"白白，其实我也想过了，总拦着你不让你死也不是办法，你要是实在想死，就由着你吧，你放心，你死以后，我会把你的身后事办得风风光光！"

白玉楼顿时蒙了，手里的刀放下也不是，拿着也不是，带着哭腔大喊："霜姐，这次真的是永别了。"

柳如霜点点头，"你走好。"

周围的行人纷纷跟着起哄。

"你到底死不死啊？我还要回家做饭呢，要死就快点啊。"

"要死的人不会说这么多话，直接一刀就抹脖子了，像这种一看就不是成心死。"

白玉楼尴尬不已，硬着头皮握着菜刀，朝在场的众人怒吼："我现在就死给你们看！"

白玉楼握着刀的手动了动，柳如霜依然没有上前阻止。

白玉楼无奈地看向卖菜刀的摊主，低声提醒，"我拿了你的刀你也不管吗？"

看热闹的摊主回过神，去夺白玉楼手里的菜刀，白玉楼假装挣扎了两下，赶紧把刀半推半就地还给摊主。

"不买刀，就别想用我的刀自杀！"摊主忿忿地瞪着白玉楼。

白玉楼摆出生无可恋的架势，继续朝众人大喊，"你们让我死，我不想活了！"

柳如霜心下了然，走过来，拿出些钱给摊主，"老板，这把刀我买了，不用找了。"

摊主接过钱，高兴地把菜刀拿给柳如霜。柳如霜直接把菜刀放在白玉楼手上，一脸决绝，"白白，这把刀算是我在你人生尽头送你的最后一件礼物，看着你活得痛苦我也不好受，或许对你来说，死才是真的解脱，动手吧。"

"霜，霜姐……我……"白玉楼拿着菜刀，目瞪口呆。

柳如霜冷哼一声，不屑地质问："怎么不动手？"

"我……"白玉楼骑虎难下。

"竟然假装被催眠博我同情，害得我天天照顾你，哼！"柳如霜变了脸色，厉声训斥白玉楼。

"霜姐，我再也不敢了，你饶了我吧。"白玉楼苦着脸，不住地恳求。

"扣你半年工资！"柳如霜说罢自顾自离开。

白玉楼跟在后面哭喊："霜姐……"

五月天，苏州河在骄阳的照耀下微波粼粼，两岸的垂柳随风飘动，宛如身披绿纱的精灵，堤坝处的平地上绿意盈盈，一派生机勃勃的景象。

陆何欢和应喜赶到苏州河边，二人走近才发现一具西装革履、鞋底沾满泥泞的尸体躺在河边，包瑢正在认真验尸，旁边聚集了一群看热闹的群众，几名警员在周边维持秩序。

"后退，后退，不要破坏现场。"一名警员朝围观群众喊道。

围观群众被隔离在远处，开始七嘴八舌地议论。

"是水鬼抓替身吧？"

"这个季节，这条河很浅的，想不到也能淹死人。"

应喜走到跟前，向其中一名警员询问，"怎么回事？"

"早上六点左右，附近几个居民在晨练的时候发现一具尸体漂到岸上，就报了警。"警员回道。

陆何欢跟应喜对视一眼，走到尸体旁，二人盯着尸体俱是大吃一惊，齐声大喊："大宝！"

正在验尸的包瑢闻声看向二人，点了点头，颇为痛心地感慨，"想不到郝姐为了大宝而死，大宝却并没有好好地生活下去。"

陆何欢的脑海中情不自禁地闪现出郝姐和大宝依依惜别的情景，他看向大宝的尸体，目光坚定，"为了郝姐，也要查明这件案子，为大宝申冤！"

"申什么冤啊？是不是谋杀都不一定。"应喜不以为然。

陆何欢不理应喜，转而看向包瑢，"小瑢，尸检结果怎么样？"

"死者年龄大概十九岁，身上没有明显外伤，初步判断是溺水死亡，死亡时间大概在昨天晚上八点左右。"

陆何欢点点头，跟应喜一起勘查现场。

陆何欢看到大宝的鞋子沾满淤泥，暗暗皱眉，突然，他想起刚才一名大汉说过苏州河这个季节的水位极浅。

陆何欢走到大汉面前，恭恭敬敬地询问，"你刚才说这个季节这条河水很浅？"

大汉点点头，"还没到雨季，所以水位不深。"

陆何欢若有所思地点点头。

应喜四下查看，突然在河边发现一条车辙印，他沿着车辙印走，发现车辙印一直延伸到河水中。

应喜站在河边挠挠头，看向身旁的警员，"去河里看看有没有汽车。"

维持现场的警员立马脱掉警服，扑进河里准备游泳，却发现河水很浅，他尴尬地站起来，水位仅仅到膝盖。警员慢慢地向前走，当河水没过胸前时，他在水中拍了拍。

陆何欢看着水中的警员，若有所思。

警员潜入水中，片刻，他浮上水面，朝应喜大喊："是一辆轿车！"

"案子破了！"应喜恍然大悟地拍拍手。

陆何欢看向应喜，一脸懵懂，"破了？"

应喜指着车辙印，得意洋洋地解释，"这条车辙印一直通向河水中，车子也在水里找到，而小瑢通过尸检也证实大宝是溺水死亡，所以，事情的真相就是，大宝是驾车坠河溺亡，也就是说，这是一起意外案件，不是谋杀。"

"这绝对不是意外！这条河水位不深，大宝虽然是个瘸子，但只要从车里出来，应该很容易脱困。"陆何欢立即驳斥道。

警员爬上岸，陆何欢注意到警员的鞋子上并没有淤泥。

陆何欢想了想，快步走到河水中，做拼命挣扎的动作，然后走上岸，发现自己的脚上沾满淤泥。一向患有重度洁癖的陆何欢对此丝毫不感到嫌弃，反而露出一抹微笑。

众人奇怪地看着陆何欢。

"陆何欢，你搞什么？"应喜一脸不耐烦。

陆何欢一边走向应喜一边解释，"刚才我注意到，正常在水中行走，鞋子上是不会有淤泥的……"他略一停顿，指了指自己鞋上的淤泥，"只有在狠狠挣扎的时候，鞋子才会沾满淤泥。而大宝的鞋子沾满淤泥，这说明是有人压住大宝溺死，然后伪装成意外。"

"陆何欢，你为什么每次都要和我作对！"应喜见陆何欢认定大宝是他杀，恼羞成怒。

"我不是跟你作对，只是做探员要怀疑一切可能。"陆何欢义正词严。

"怀疑一切还怎么破案？"

"怀疑一切线索，逐个去验证，才能找出唯一的真相。应探长，生命是最宝贵的东西，任何人都没有权利剥夺，作为警员，我们有责任为死去的生命找出真相！"

"满口大道理，按你这么个破案法，我这个探长的职位早晚要丢了！"应喜气急败坏。

"可是不能为了怕丢职位就草率断案啊，这对死者不公平！"

"行了行了，你不用再说了，道不同不相为谋！"应喜悻悻地转身离开。

这时，柳如霜和白玉楼赶到苏州河边，刚好看到离开的应喜，柳如霜追着应喜大喊，"喜哥……"

"滚开！"应喜头都没回地呵斥柳如霜。

柳如霜委屈地撇撇嘴，差点哭出来。

一旁的白玉楼见柳如霜受委屈，大步跑过去安慰，"霜姐，应喜太过分，我们别理他。"

"滚开！"柳如霜把怒气撒在白玉楼身上。

白玉楼悻悻地不再作声。

应喜气呼呼地向警员办公室走去，光头迎面看见应喜，却不见陆何欢的人影，一脸不解，"应探长，何欢呢？"

"死了！"应喜气急败坏，口出恶言。

"什么？何欢他因公殉职了吗？"光头误以为真，震惊不已。

应喜瞪了光头一眼，懒得再理他，直接冲回警员办公室，用力将门关上。

光头忍不住红了眼圈，"想不到何欢会英年早逝。"他叹了口气，痛心地走开。

陆何欢来到槐花弄大宝家，发现大宝家家门紧锁，大门上贴着一个醒目的"囍"字。

陆何欢正要返回警署时，大宝的邻居买菜回来，打开自家的门。

陆何欢大步走过去，点点头，"你好。"

邻居看着陆何欢，想了想，"原来是陆警官啊。"

陆何欢点点头，赶紧询问，"大宝的事你应该听说了吧？"

"唉，听说了，不过要我看也是他咎由自取。郝姐为了他不惜杀人，给他攒下一些钱，可是他却不学无术，还娶了个交际花当老婆。"邻居一脸惋惜地说道。

"大宝娶的是谁？"陆何欢追问。

"烟花间的李莺莺。"

"他怎么会认识烟花间的人呢？"陆何欢有些疑惑。

邻居叹了口气，"大宝领了拆迁补偿金以后整天花天酒地，变成了烟花间的常客，结果就被那个李莺莺迷得七荤八素的，李莺莺说要星星他都不摘月亮，简直百依百顺。前阵子，李莺莺说出门不方便，大宝就买了一台汽车！"

"那李莺莺对大宝的感情怎么样？"陆何欢隐约觉得大宝的死和李莺莺脱不了干系。

邻居不屑地撇撇嘴，"烟花间的女子能有什么感情，还不就是为了钱。"

陆何欢若有所思，"你知不知道昨天晚上八点左右李莺莺在不在家？"

"不在，她在理发店。"

"你怎么知道？"

"我昨天八点的时候经过街口的理发店，看见李莺莺正坐在里面烫头呢，哼，娶了这种女人，家产早晚会被败光。"

"请问那家理发店在哪个方向？"陆何欢决定前去核实一下。

邻居指着一个方向，"一直走，第一个街口右转就是了。"

"谢谢。"

陆何欢顺着邻居所指的方向走去。

第三十八章　神探遭戏

理发店坐落在槐花弄巷子街头，生意不错，旁人一走近就能闻到浓浓的洗发膏的味道。陆何欢推门进入理发店，一名二十出头的男店员热情地迎上来。

"欢迎光临！"

陆何欢亮出警员证件，"你好，我是旧闸警署探员陆何欢，有几个问题想了解一下。"

店员愣了一下，旋即恢复笑脸，"警官，什么事啊？"

"昨天晚上八点左右，有没有一个叫李莺莺的女顾客在这里烫头？"

"你说莺莺姐啊，没错，她是我们这的老顾客了，昨天大概是晚上六点左右来的，烫完头应该在九点左右。"

陆何欢暗暗思忖，如此一来，李莺莺确实没有作案时间。

"警官，还有别的事吗？"店员着急做生意。

陆何欢回过神，摇摇头，"没有了，谢谢。"

天色微暗，霜喜侦探社里，柳如霜趴在桌子上大哭。

白玉楼在旁急得手足无措，柔声安慰，"霜姐，你都哭了一天了，连饭都没吃，身体要吃不消的。"

白玉楼一安慰，柳如霜反而哭得更加伤心了。

"哎哟，你别伤心了，应喜看不上你是他瞎眼！"

"你闭嘴，我不许你骂喜哥！"柳如霜一边哭一边厉声责怪白玉楼。

白玉楼见柳如霜如此痛心都不忘维护应喜，翘着兰花指，一脸委屈，"人家这不也是为你鸣不平嘛。"

"谁说喜哥看不上我，他只是，只是还没彻底了解我，我也还没彻底了解他。"柳如霜一边抽泣一边说道。

白玉楼点点头，"说起来还真是，这个应喜一直神神秘秘的，也不知道从哪来，也没什么亲人。"

"我不是指这种了解，我是指他喜欢什么样的女孩。"

"他喜欢百乐门的舞女，整个旧闸都知道。"

"那只是表面，他要是真喜欢那些舞女，干吗不娶她们？"

"也许是不想只娶一个呢？"白玉楼低声嘀咕。

气头上的柳如霜抓起桌上的记录本砸向白玉楼，"闭嘴！喜哥找百乐门的舞女一定是还没找到真爱。"

白玉楼狼狈地接住记录本，不敢再吭声。

柳如霜深吸一口气，咬咬牙，"我决定，从明天开始跟踪喜哥，搞清楚喜哥的喜好，努力做喜哥的真爱！"柳如霜说罢握紧拳头为自己打气。

一旁的白玉楼拧紧眉头，暗暗盘算着如何搅局。

傍晚，陆何欢筋疲力尽地回到警署，他拐进走廊，快步向法医室走去。

光头迎面走过来，看见陆何欢惊讶不已，碰见鬼一样。

"何欢？你没死啊！"光头直勾勾地盯着陆何欢。

"怎么了？"陆何欢莫名其妙，自己明明好端端的。

"应探长说你死了，我还以为……你活着太好了！"光头喜极而泣。

陆何欢恍然大悟，皱了皱眉，"应探长太过分了，只是闹了点小矛盾就乱诅咒人。"

光头意识到失言，生怕应喜找自己算账，急忙压低声音凑到陆何欢耳边，"何欢，你可别说是我说的啊。"

陆何欢点点头，拍了拍光头的肩膀，"知道了，我去小瑢那看看。"

光头感激地笑笑。

陆何欢继续朝法医室走去。

法医室的门开着，包瑢正在给大宝做进一步尸检。陆何欢敲了敲门，包瑢转头看向陆何欢。

"何欢，你回来啦？进展如何？"

陆何欢摇摇头，"没什么线索，不过我查到，大宝娶了一个烟花间的交际花，叫李莺莺。"

包瑢一怔，似乎想起了什么，"李莺莺？我见过她，模样娇俏却十分轻浮，她跟大宝应该不是真心的，会不会是李莺莺谋财害命？"

"我也怀疑过，不过大宝对李莺莺百依百顺，李莺莺没有作案动机，案发时李莺莺在烫头，也没有作案时间……所以暂时把她排除了。"

"想不到郝姐刚走，大宝就出事了。"包瑢点点头，伤感地说道。

"世事难料……你这里有新发现吗？"

"我在大宝的胃里发现了大量酒精，如果李莺莺排除了嫌疑，那会不会真的是意外？"

"我总觉得这个案子不像是意外。"

包瑢好奇地盯着陆何欢，陆何欢眉头锁紧。

明月如同一弯梳子悬挂在天边，应喜半靠在宿舍床头，一边吃花生一边望着窗外。

陆何欢推门进来，应喜跟没看见陆何欢一样，冷冷地把花生放在一边，脸朝墙躺在床上。

陆何欢走到近前才发现床中间放着一根警棍，试探地问应喜，"还在生气？"

应喜板着脸，不说话。

"So，看来是打算跟我冷战喽？"

应喜依然不说话。

陆何欢叹了口气，脱下外套躺在床上，"那就等我破了案我们再和解。"

应喜闭上眼睛不理陆何欢。

陆何欢无奈地摇摇头，关上灯躺在应喜身边睡去。

翌日清晨，白玉楼站在柳如霜家门口翘首等待。片刻，柳如霜走出来，看见白玉楼有点惊讶。

"你在这干什么？"

白玉楼脸上堆着笑，"霜姐，你今天不是去跟踪喜哥吗？我陪你。"

"不用你陪。"柳如霜一口拒绝。

白玉楼抱着柳如霜的胳膊，"霜姐，你就带上我吧，万一有危险，我也好保护你啊。"

"万一有危险正好让喜哥保护我，促进我们之间的感情，你跟着，他还能保护我吗？"柳如霜不耐烦地拿开白玉楼的手。

白玉楼不死心，摆出可怜相，"霜姐，你就带着我吧，我保证不给你添乱，任你差遣，一旦有英雄救美的机会一定让应喜上，绝不抢功还不行吗？"

"走吧走吧，真烦。"柳如霜无奈地答应。

白玉楼乐呵呵地跟上柳如霜。

柔和的晨光洒进宿舍，陆何欢收拾妥当，看了一眼依然赌气躺在床上的应喜。

"我去查案了。"

应喜阴阳怪气地回了一句，"你还用跟我汇报吗？"

"你，不想一起去吗？"陆何欢试探着问。

"当然不想。"应喜没好气地拒绝。

"那你今天做什么？"

"我做什么还要向你汇报吗？"应喜冷冷地反问道。

陆何欢无辜地眨眨眼，没想到应喜真生气了。

"那我走了。"陆何欢继续试探。

"赶紧走，别废话。"

"真的走了？"陆何欢往门口迈了两步。

应喜翻过身去，不理陆何欢。

陆何欢欲言又止，唯恐惹怒应喜，想了想还是决定一个人前去破案。

陆何欢转身出门，躺在床上的应喜听见关门声，急忙起来。他看着已经关上的房门，想了想，迅速穿好衣服出门。

陆何欢走出警署宿舍大门。片刻，应喜溜过来，悄悄跟上去。

躲在角落里的柳如霜和白玉楼走出来，悄悄跟上应喜。

陆何欢来到大宝家，大宝家家门紧闭，门上的“囍”字已经被撕去。大门没有上锁，陆何欢敲了敲门。

片刻，李莺莺懒洋洋地打开门，脸上丝毫没有丧夫之痛。

“找谁啊？”李莺莺一脸不耐烦。

陆何欢亮出警员证，“你好，我是旧闸警署探员陆何欢，想了解一些关于大宝的情况。”

李莺莺打量了一下陆何欢，不满地撇撇嘴，“人都死了还打听什么？”

“我怀疑大宝是被人谋杀，所以请你配合我的调查。”

“你问吧，警官。”李莺莺生硬的口气稍微收敛了一些。

“大宝出事当天是几点离开家的？”

“我哪知道啊，我白天去逛街了，晚上弄了个头发，回家都快十点了，见他没回来就睡了，一觉醒来就听说他死了。”

“大宝有没有什么仇人？”

“这我可不知道，不过他平时话都不太敢说，应该也不会跟谁结仇吧。”

陆何欢见李莺莺一问三不知，稍一停顿，忽然想起案发现场的汽车，“听说大宝那辆车是为了你买的？”

李莺莺撇撇嘴，颇为生气地抱着胳膊，“算了吧，说是为我买的，自己却宝贝得不得了，每天都要亲自擦洗保养，别说让我开了，就是摸一下他都未必肯。”

不远处，应喜躲在暗处偷偷观察着陆何欢。

同时，跟踪应喜的柳如霜和白玉楼也站在另一个角落看着这一切。

“喜哥为什么跟着陆何欢？他们不是在冷战吗？”柳如霜犯起嘀咕。

“不放心呗，想暗中保护陆何欢。”白玉楼习惯性地竖起兰花指。

柳如霜吃醋，忿忿地咬咬牙，“陆何欢平时老跟喜哥作对，喜哥怎么还对他这么上心！”

“说不定应喜是受虐型，不喜欢百依百顺的，霜姐，你就是太围着他转，所以他根本不把你当回事。”

柳如霜噘起嘴，瞪着白玉楼，“你最近说的话，每句我都不爱听，以后要么你闭嘴，要么我打到你闭嘴！”

白玉楼下意识地捂住自己的嘴。

"必须想办法让喜哥讨厌陆何欢，爱上我！"柳如霜望着应喜，目光坚定。

白玉楼不敢反驳，但心中暗暗决定跟柳如霜反调唱到底，那就是尽快想办法让应喜跟陆何欢和好。

包康正在办公室整理应喜的资料，他已经选中应喜参加总警署"破案明星"的选拔活动。

门外突然响起敲门声。

"进来。"包康头都不抬地继续整理资料。

陆祥推门进来，包康看到陆祥，脸色顿时沉下来，没好气地看着陆祥，"有事吗？"

"听说总部那边正在评选'破案明星'，最近这儿起大案都是何欢破的，是不是应该向总部推荐一下何欢？"陆祥竭力堆着一脸笑。

包康摸清陆祥的心思，倨傲地扬起下巴，"陆何欢刚刚入职，经验不足，我觉得应该把这个机会给应喜。"

"何欢虽然经验不足，但能力突出，我觉得应该把这个机会给何欢。"

"陆祥，全警署谁不知道陆何欢是你儿子，你这是假公济私！"包康厉声指责陆祥。

"全警署都知道你偏袒应喜这个马屁精，你又清廉多少？"陆祥气恼地诘问道。

"废话不用说了，我已经决定了，应喜的资料都已经准备好了，这就报上去。"

"包康，你这是赏罚不分！"

"陆祥，你这是公私不分！"

两人火气十足地瞪着对方，这时，电话铃声响起。

包康怒气冲冲地接起电话，粗暴地大喊："哪个不长眼的家伙现在打电话？"

"我就是那个不长眼的家伙！"电话里传来戈登恼怒的声音。

包康怒容立刻变作笑脸，讨好地压低声音，"总督察长，我，我不知道是您，对不起，对不起……"

"我看，这么莽撞的上司也带不出什么好的下属，'破案明星'选拔活动，你们旧闸警署不用参与了。"戈登打断包康，冷冷说道。

"总督察长……"包康着急解释，但话还没说完，戈登就挂断了电话。

"怎么样？骂总督察长是不是很过瘾呢？"陆祥幸灾乐祸地嘲笑包康。

包康忍住怒火，不在意地笑笑，瞪着陆祥，"刚才总督察长说，我们旧闸警署不用参与'破案明星'的选拔活动了，你也不用为你儿子争了。"

陆祥收起笑容，回瞪包康，"都是因为你得罪了总督察长！"

"还不是你先惹我生气！"

两人互相指责，吵得不可开交。

大街上，陆何欢走在前面，应喜悄悄跟踪陆何欢，柳如霜和白玉楼悄悄跟着应喜。

陆何欢似乎察觉到什么，回头查看，应喜赶紧躲进旁边的一家茶楼。

柳如霜见状跟着要去茶楼，却被白玉楼一把拉住。

"干吗？我要去跟喜哥制造偶遇。"柳如霜又急又气。

"霜姐，冷静点，应喜正在跟踪陆何欢，你现在跟他偶遇，陆何欢要是发现了他，他多没面子！他会恨你的！"

"啊？那可不行！"柳如霜一听会让应喜恨上自己，害怕地连连摆手。

白玉楼竖起兰花指，"霜姐，你想想，现在应喜怕陆何欢发现，不敢再跟，但是他一定又很想知道陆何欢的行踪，如果你现在去跟踪陆何欢，搞清楚陆何欢有什么发现，再抢先把这些告诉应喜，应喜肯定高兴。"

柳如霜眼前一亮，竖起大拇指，"白白，你被催眠之后变聪明了。"

白玉楼见诡计得逞，得意地笑笑，"霜姐，你去跟踪陆何欢，我帮你盯着应喜。"

"孺子可教。"柳如霜高兴地点点头，喜滋滋地去追陆何欢。

白玉楼瞄了一眼应喜去的街边茶楼，坏笑着走过去。

茶楼的旗子迎风招展，白玉楼走进茶楼，看见应喜坐在角落。他想了想，悄悄来到小二身边。

"客官有什么吩咐？"小二殷勤地看着白玉楼。

白玉楼从口袋里拿出一块大洋赏给小二，霎时，小二脸上的笑容更加灿烂了。

"我要一杯特浓的苦丁茶，还要借用一下你这身衣服。"

小二点点头，想都没想地照办。

应喜正坐在靠窗位置，看着不远处询问街边摊贩的陆何欢。

打扮成小二的白玉楼端着一杯特别浓的苦丁茶放在应喜桌上，决定趁机让身患胃病的应喜吃点"苦头"。

应喜只顾着观察陆何欢，并未注意到遭人暗算，他端起茶一饮而尽。眨眼工夫，应喜就被苦得大皱眉头。他一抬头，正好看见穿着小二衣服的白玉楼，立刻明白过来。

"你竟然扮成茶摊伙计暗算我……"应喜起身刚要好好收拾一下白玉楼，不料才蹦出几个字，直接晕倒在地。

"应探长，应探长？"白玉楼大惊，他万万没想到后果这么严重，带着哭腔喊道："你别吓我啊……"

白玉楼惊慌失措地抱起应喜，直冲医院跑去。

第三十九章　初察端倪

医院病房里，昏迷的应喜躺在病床上，手上挂着吊瓶，一名慈祥的女医生正在为应喜做进一步检查。

柳如霜和陆何欢望着医生，白玉楼战战兢兢地站在旁边。

"大夫，他有没有事啊？"柳如霜一脸担忧地问道。

医生微微皱眉，"我建议他留院观察，再做一个系统的检查。"

"很严重吗？"陆何欢忍不住问道。

"因为没做系统的检查，所以没法确定病情的程度。"

柳如霜见状，瞟了一眼病床上的应喜，"那就让他住院吧，我去交住院费。"

几人说话间，应喜的手指动了动，跟着苏醒过来。他虚弱地呵斥柳如霜，"我的事，什么时候轮到你来决定了，医生，我刚刚就是胃有点疼，老毛病了，不用住院。"

一旁的医生皱皱眉，驳斥应喜，"你这可不是胃病，是肝病，过量的苦丁茶恰好引发了病情，以后不能多喝这种茶，否则可能会有生命危险。"

应喜不以为意地笑笑，"我的肝好好的，是胃病，老毛病了。"

众人疑惑不已。

"可是……"

"大夫，我自己的身体自己清楚，谢谢你啊。"应喜打断医生，勉强地笑笑。

医生欲言又止。

柳如霜见应喜恢复意识，好奇地往前凑了凑，"喜哥，你知道自己有胃病怎么还喝苦丁茶呢？"

应喜不说话，看向一旁的白玉楼，咬了咬牙。

"霜姐，是我泡了一碗加量的苦丁茶给应探长喝。"白玉楼心虚地哭诉道。

"你干吗要害喜哥？"柳如霜怒气冲冲地盯着白玉楼。

白玉楼低着头，"我只是想跟应探长开个玩笑，没想到会这样……"

柳如霜生气，大力揪住白玉楼的耳朵，"再扣你半年的工钱给喜哥买补品！"

白玉楼哭丧着脸，一副生无可恋的模样。

柳如霜扭头凑到应喜病床前，一脸堆笑，"喜哥，既然是白白害得你，我也有责任，我来照顾你吧！"

应喜嫌弃地皱皱眉，"不用你，整天吵吵闹闹的，不利于病情恢复。"

"应探长，还是让陆警官照顾你吧，毕竟男人照顾男人，也更方便一些。"白玉楼趁机插话。

应喜没有说话，算是默许。

"好吧，我留下照顾应探长，你们先回去吧。"陆何欢见应喜身体虚弱，豪爽地答应下来。

"喜哥，那你好好养病，我们先走了。"柳如霜依依不舍地向应喜告别。

应喜不耐烦地摆摆手，"快走快走，眼不见心不烦。"

柳如霜噘着嘴跟白玉楼离开。

病房里只剩下陆何欢和应喜。陆何欢看看应喜，"应探长，有什么需要你就吩咐我吧。"

"好啊。"应喜狡黠一笑，"我要喝水。"

陆何欢端着一杯水走过来，应喜起来喝了一口，喝剩的水，陆何欢喝掉。

"陆何欢，我饿了。"

陆何欢扶应喜坐起来，喂应喜吃饭，吃剩的饭，陆何欢吃掉。

"陆何欢，我要吃苹果。"

陆何欢帮应喜削苹果，喂应喜吃苹果，剩下的苹果核，陆何欢吃掉。

"陆何欢，我要吃……"

"应探长，你这么一直吃一直喝，胃受不了吧？"陆何欢终于不耐烦了。

应喜想了想，"说得也是，你扶我下床走走。"

陆何欢擦擦额角的汗，去扶应喜。

这时，包康抱着阿花和一篮鸡蛋来探望应喜。

"包署长，您怎么来了？"应喜眉开眼笑，没想到包康亲自来探望自己。

"听说你病了，我来看看你。"包康把鸡蛋放到桌上，"这些鸡蛋给你，补补身体。"

"谢谢包署长，谢谢。"应喜感动不已。

包康看看应喜，舒心一笑，"看样子已经没事了，既然没事就要尽快调查大宝死亡的案子，最近我跟总督察长有一点小误会，我们警署必须尽快破个案子，我好有资本向总督察长汇报，顺便解释一下。"

"可是应探长的身体……"陆何欢害怕应喜旧病复发。

应喜打断陆何欢，讨好地看向包康，"我没事，明天一早就出院。"

"应探长一向不会让我失望。"包康满意地笑笑，抱着阿花离开。

天气转热，陆祥和林芝把桌椅搬到院子里吃晚饭。小院子里种着几株翠竹，竹林下是一畦春韭和稀稀疏疏的花草，散发着院落主人的闲适和清雅。

"那个包康就是一个小人，要不是他，何欢一定能拿下总部的'破案明星'！"陆祥气愤地向林芝抱怨道。

"算了，儿子也未必就喜欢当这个'破案明星'。"林芝一脸不在乎。

陆祥烦躁地横了一眼林芝，气呼呼地鼓起腮帮子，"你懂什么？妇人之见！"

林芝拿筷子敲了敲碗，没好气地看着陆祥，"你要是不饿就给我滚下桌去，不然你就老老实实吃饭。"

陆祥不敢再说话，继续老老实实地吃饭。

夜晚的医院显得格外安静，应喜躺在病床上，望着窗外。陆何欢坐在床边的椅子上，似乎有些困意。

"应探长，你没别的需求了吧？"陆何欢苦着脸。

"暂时没想到。"

"那我先睡了。"

"嗯，有事我随时叫你。"

陆何欢无奈地点点头，趴在病床上准备睡觉。应喜看陆何欢趴着实在难受，向病床边挪了挪，"看在你照顾我一天的分上，上来吧。"

"你让我跟你睡一张床？"陆何欢瞪大了眼睛。

"又不是没睡过，在宿舍不是天天睡一张床吗？"

陆何欢想了想，"那倒是。"

陆何欢躺在应喜旁边，不一会便睡去。

应喜跟着闭上眼睛，慢慢睡着。

一大早，柳如霜拿着鲜花和白玉楼来到病房，二人走进去却发现病房已经没人了，一名护士正在整理应喜的床铺。

"护士小姐，这张床的应先生呢？"柳如霜指着应喜的病床问道。

"已经出院了。"

"出院了？"

"天刚亮就走了。"

"喜哥这么着急出院干吗呀？"柳如霜一脸忧虑。

白玉楼伸出兰花指在空中划了一下，"出院就是没事喽！我就说嘛，一杯苦丁茶，还能要了他的命不成？"

柳如霜板起脸，冷冷地瞪着白玉楼，"走吧！"

"霜姐，我们去哪？"白玉楼欣喜地问道。

"去茶馆，我请你喝特浓的苦丁茶，看能不能要了你的命。"

白玉楼明白过来，连忙苦着脸恳求，"霜姐，求你了……"

柳如霜狠狠瞪了白玉楼一眼，"去河边看看吧，喜哥和陆何欢说不定去案发现场了。"

温暖的阳光照在平静的苏州河面上，陆何欢和应喜来到苏州河边的案发现场。

陆何欢望着河面，微微皱眉，"现在掌握的线索太少了，我觉得需要更加仔细地搜查轿车，现在轿车在水里不方便查探。"

"你什么意思？"应喜不解。

"把轿车捞上来。"

应喜猛地一阵咳嗽，不可思议地盯着陆何欢，"你没搞错吧！汽车那么重怎么捞？"

"我有办法。只要找好角度架起滑轮组，利用杠杆原理就能把汽车打捞上来，不过还需要两个人帮忙。"

二人说话间，柳如霜和白玉楼从远处走过来。

"喜哥，原来你真在这！"柳如霜兴奋地朝应喜大喊。

应喜望着柳如霜，得意地笑笑，"两个人倒是送上门来了。"

一会儿工夫，柳如霜和白玉楼就在陆何欢的指挥下，在河边架起滑轮组，应喜和陆何欢在河里将绳子绑在车上，然后回到岸上，四人一起拉绳子，终于将汽车拉上岸。

陆何欢打开轿车门，里面的水倾泻出来。待车里的水流干净，陆何欢和应喜仔细察看轿车内部。

"这里有一个洞。"陆何欢指着车内副驾驶的皮座椅。

应喜顺着陆何欢所指的方向看过去，不以为意地撇撇嘴，"洞有什么稀奇的。"

陆何欢盯着那个小洞，突然意识到什么，"这是一个很重要的线索。"

陆何欢看着副驾驶座椅上的小洞，他想起李莺莺告诉过他大宝格外珍惜这辆汽车，每天都要亲自擦洗保养。按理说，大宝的车子上不应该出现如此明显的小洞，除非是在大宝死时留下的。

愣了一会儿，陆何欢回过神，看向应喜，"有镊子吗？"

"没有。"应喜摇摇头，看向身旁的柳如霜，"你呢？"

柳如霜摇摇头，不屑地抱着胳膊，"谁会随身带着镊子啊？"

一旁的白玉楼害羞地点点头，"我有。"

柳如霜不可思议地盯着白玉楼。

"不会吧？镊子都有？"柳如霜没想到白玉楼不仅外表像女人，就连骨子里都透着女人的阴柔气质。

"这是人家修整眉毛的工具。"白玉楼从怀中拿出一支小镊子，翘起兰花指拂了一下眉毛，慢条斯理地解释道。

"用镊子修眉毛？"柳如霜盯着镊子，一脸懵懂，"怎么修？"

白玉楼立马来了精神，拿着镊子，一边得意地讲解一边比划，"像这样，把多余的眉毛拔下来，留下一条好看的眉形，怎么样？这是我发明的方法。"

"这方法真不错，你怎么不早告诉我？"柳如霜和白玉楼开始跑题。

应喜见二人聊得火热，皱了皱眉，"你们两个再不严肃点，我就要清场了。"

柳如霜一听立马住嘴，调皮地吐了吐舌头。白玉楼不高兴地嘟起嘴，他好不容易能和柳如霜多说几句话，没想到被应喜搅了局。

应喜不客气地从白玉楼手中一把抢过镊子，递给陆何欢。

陆何欢将镊子伸进副驾驶座椅上的小洞，在里面寻找着什么。片刻，从小洞中提取出一块白色的碎片，他拿到众人面前，"你们看看，这是什么？"

应喜漫不经心地看了看，"一块塑料，没什么特别。"

"会是什么东西上掉下来的呢？"陆何欢百思不得其解。

柳如霜走到近前，认真看了看，兴奋地拍拍手，"我知道了，一定是发夹上掉下来的。"

"谁头上戴白色发夹？发丧啊！"应喜没好气地驳斥柳如霜。

柳如霜被噎得无话可说，一旁的白玉楼似乎猜到什么，掩嘴偷笑。

"你笑什么？你知道？"柳如霜气鼓鼓地问白玉楼。

白玉楼点点头，往近凑了凑，指着白色碎片，"如果我没看错，应该是高跟鞋鞋跟上的碎片。"

"对啊，我怎么没想到。"柳如霜恍然大悟。

"鞋跟碎片？"陆何欢低头陷入思索，他好像看到了一幅画面：灰蒙蒙的夜色中，浸在苏州河中的汽车里，一只穿着白色高跟鞋的女人的脚慌乱地踩在副驾驶的座椅上，细细的鞋跟将皮座椅踩出一个洞。鞋跟被卡住，女人用力抽出鞋跟，鞋跟上少了一块碎片。

陆何欢握着碎片，似乎在喃喃自语，又似乎在和众人说话，"李莺莺说过，大宝对这辆轿车非常爱惜，每天亲自擦拭和保养……那么在出事之前，座椅上应该不会有洞……"

"不就是一个破洞嘛，有什么大惊小怪的，说不定是大宝跟女人在车里鬼混的时候留下的。"应喜不以为意。

陆何欢摇摇头，一脸认真，"我觉得这个洞很可能是案发当天造成的，甚至很有可能就是案发当时……"

"如果是案发当时造成的，那这块鞋跟碎片就有可能是凶手的喽？"柳如霜接过话茬。

陆何欢点点头。

"霜姐真是冰雪聪明。"白玉楼趁机拍起马屁。

柳如霜得意地笑笑。

陆何欢盯着手中的碎片，目光坚定，"鞋跟碎片很可能就是凶手留下的。"

"我看你要是把对女人鞋子研究的精力放在破案上，我们早就升职加薪成为总督察长面前的红人了。"应喜见陆何欢如痴如醉的模样，不禁冷嘲热讽。

陆何欢不理应喜，皱眉沉思，他始终觉得这小小的碎片是破案的关键线索，但偌大的旧闸，该到何处去寻找高跟鞋的主人？陆何欢一时没了主意。

一大早，朱卧龙就来警署骚扰包瑢，包瑢还是一如既往的冷漠，他只好来到包康办公室。此刻，他正坐在沙发上，一边喝茶一边向坐在他对面的包康诉苦。

"包署长，我对包小姐一片痴心，可是包小姐却始终对我不冷不热。"

"小瑢是比较内敛的女孩子，不太会表达内心的情感，可能还要朱老板主动一点。"包康赔着笑安慰朱卧龙。

"可是我已经很主动了，我几乎每天都给她送花，可是每次她都把花转送给尸体。"朱卧龙郁闷地叹口气。

"其实小瑢不太喜欢花。"

"那我送她珠宝首饰？"朱卧龙将问询的目光投向包康。

"其实一般女孩子喜欢的东西，小瑢都不太喜欢。"包康脸上挂着难色。

朱卧龙顿时泄了气，"你说过她喜欢书嘛，可是我之前送过她一本书，她却很生气的样子。"

"哦？"包康疑惑不解，"不知朱老板送的什么书？"

"《金瓶梅》，是我好多朋友都推荐的一本好书。"朱卧龙毫不知情地向包康炫耀。

"小……"包康尴尬地咳嗽起来，委婉地说道，"小瑢是不大喜欢那一类的书。"

"是吗？那她喜欢哪一类的书？"朱卧龙不明所以地追问。

"嗯……"包康想了想，为难地说道，"这个，其实我平时也不读什么书，还真不知道给你什么建议……"

"唉，包小姐跟一般的女孩子不一样，搞得我都不知道怎么下手……"朱卧龙意识到自己用词不当，急忙改口，"是不知道怎么追求。"

包康毫不介意地笑笑，"小瑢肯定不会跟外面那些女孩子一样了。"

"包署长，你说我现在应该怎么办？"朱卧龙苦着脸，一副可怜兮兮的模样。

包康想了想，突然灵光一闪，"有了，朱老板，小瑢一向喜欢有才情的人，不如你写一首情诗送给她，或许能打动她呢？"

"写诗？"朱卧龙为难地扭捏着身子，脸上仿佛罩着一块红布。

包康期待地点点头。

朱卧龙见没有其他更好的法子，只好硬着头皮，咬咬牙，"好！就写一首情诗！让我想想……"他站起身，在屋子里来回踱步，一边抓耳挠腮，一边苦思冥想。

包康眼神跟随朱卧龙来回移动，一脸期盼。

过了一会，朱卧龙猛地停下来，眼前一亮，"想好了！"

"说来听听。"包康洗耳恭听。

朱卧龙煞有介事地背着手，开始吟诵，"如果你是一只狗，那我就是一坨屎，虽然我闻起来很臭很臭，但你会时常想念着我，特别是你见到我时，就恨不得一口吃了我，因为……狗改不了吃屎！"

包康惊得张大嘴巴，连他一个俗人都没想到朱卧龙会低俗到如此地步。

朱卧龙期待地看向包康，试探地询问，"怎么样？是不是完美诠释了我和包小姐密不可分的关系？"

包康尴尬地咽了口口水，无奈地放弃了让朱卧龙作诗的想法，"我们还是直接找一首文人的情诗吧。"

"找谁的？"

包康得意地朝朱卧龙笑笑，冲门口大喊，"光头！"

片刻，光头警员慌慌张张地从外面跑进来，他先是向包康敬了个礼，然后毕恭毕敬地低下头，"包署长，您找我什么事？"

包康清了清嗓子，"现在有一个十分重要的任务交给你，去给我找一首文人墨客的情诗来。"

"情诗？"光头疑惑不解。

"对，要特别深情，情真意切，爱到骨髓，永生难忘那种。"包康补充道。

"是。"光头转身就要走。

"记住，要快！"包康不放心地叮嘱光头。

光头应声离开。

陆何欢和应喜带着那块鞋跟碎片又来到大宝家。

陆何欢敲了敲门，应喜站在陆何欢身后，故意遮掩自己。

片刻，李莺莺打开门，一看见陆何欢，脸色立马冷起来。

"警官，又有什么事啊？"李莺莺不耐烦。

陆何欢还没回答，应喜就猛地从身后窜出来，对李莺莺暧昧地笑笑，"没事就不能看看你吗？"

李莺莺一见应喜，顿时媚态百生，不管陆何欢还站在一旁，伸手亲切地拉住应喜，"哎哟，这不是应探长嘛，什么风把您吹来了，快进来。"

陆何欢惊讶地看着应喜，应喜一脸得意，抢在陆何欢前面进了屋。

第四十章　风月无边

大宝家被布置得焕然一新，不似陆何欢第一次来拜访时的清贫、逼仄。郝姐舍命为儿子换来了富足的生活，但大宝却在她死后不久就跟着命丧黄泉。

李莺莺妩媚地坐在沙发上，熟练地点了一支烟，她吐出一圈烟雾，悠悠地向陆何欢和应喜示意，"你们随便坐吧。"

话音刚落，应喜就笑嘻嘻地坐在李莺莺身旁，眼睛盯着李莺莺旗袍下裸露的大腿。

李莺莺觉察到应喜色眯眯的眼神，娇笑着推开应喜，故作矜持地盖住裸露的大腿，"应探长，您这是往哪看呢，人家可是已经嫁作他人妇了。"

应喜拿手撩拨了一下李莺莺的头发，明目张胆地挑逗，"你不是刚刚变成寡妇了吗。"

李莺莺粉面一红，和应喜不避嫌地打情骂俏起来，"死鬼，讨厌。"

应喜一边跟李莺莺调笑拖住李莺莺，一边眼神示意陆何欢。陆何欢会意，装作不经意地四处查看。

"应探长是知道我死了男人才来的吗？"李莺莺一双媚眼盯着应喜，丝毫没注意到陆何欢。

应喜嘻嘻哈哈没个正经，"当然了，于公于私都是因为你死了男人才来的，于公呢，我是来了解一下大宝的信息和案件的相关情况，于私嘛……"应喜意味深长地笑笑，将手放在李莺莺的大腿上，"也是来安慰安慰我曾经的红颜知己。"

李莺莺咯咯娇笑，这回倒没有挪开应喜的手，"应探长能把我比作红颜知己，真是莺莺的福气呢。"

二人说笑间，陆何欢已经悄悄溜到鞋柜前，他打开鞋柜，迅速看了一眼里面的高跟鞋，发现里面并没有白色的高跟鞋，而且高跟鞋的鞋跟也并无缺损，陆何欢不禁暗暗皱眉。

应喜的手在李莺莺的大腿上来回摩挲，漫不经心地询问："莺莺啊，大宝经常夜不归宿吗？"

"是啊，男人嘛，当然是野花更香了，我最清楚这一点，不过我也知道，他们不会对外面的女人动真心，所以就由着他喽。"

"那他出事前有没有什么异常？"

李莺莺摇摇头，"没什么异常。"

陆何欢不动声色地关上鞋柜，走到客厅，用眼神示意应喜。

应喜会意，轻轻掐了一把李莺莺的大腿。陆何欢见应喜言行轻浮，忍不住又皱眉摇头。

"那就这样吧，如果想起什么有价值的线索就去警署找我。"应喜含情脉脉地看着李莺莺，柔声叮嘱道。

李莺莺妩媚地冲应喜抛了个媚眼，左手捋了一下头发，深情地点点头，"好，不过即使我没线索，应探长也要常来哦。"

"一定。"应喜意味深长地朝李莺莺坏笑几声。

一旁的陆何欢不耐烦地示意应喜赶紧离开。

墙上的钟表拖沓地走着，朱卧龙和包康在办公室里交错着来回踱步，苦苦地等待着光头。

过了良久，光头快步返回办公室，手上拿着一张纸。

"报告包署长，情诗已经准备好了。"

包康一听喜上眉梢，忙不迭地走过去，"符合要求吗？"

光头点点头，"按您的要求，特别深情，情真意切，爱到骨髓，永生难忘。"

包康满意地点点头，催促光头，"快拿给朱老板看看。"

朱卧龙接过情诗，瞟了一眼又为难地看向包康，"包署长，不怕你笑话，好多字我都不认得。"

包康狠狠拍了一下光头的脑袋，"去给朱老板注上音！"

"是！"光头说着在办公桌上将情诗的每个字都注上音。

片刻，光头赔着笑看向包康，一脸讨好，"包署长，注好了。"

"你出去吧。"

光头疑惑不解，但也不敢发问，只好按照包康的意思转身离开。

朱卧龙满意地拿起情诗，仔细端详，许久，他信心满满地对包康承诺，"我一定把这首诗特别深情、情真意切、爱到骨髓、永生难忘的感觉念出来，打动包小姐。"

"加油！"包康握紧拳头为朱卧龙鼓劲。

朱卧龙信誓旦旦地点点头。

包瑢被包康强拉硬拽到警署院子里。

"哥，你到底让我看什么？我还有工作没做完呢。"包瑢见包康神神秘秘，一脸不耐烦。

"让你看真心！"包康指向院子一角。

"真心？"包瑢莫名其妙，顺着包康所指的方向看过去，只见朱卧龙穿着长衫站在一棵歪脖树下，阿花站在朱卧龙身边，微风拂过，吹动着朱卧龙的头发和阿花的鸡毛。

"哥，这是……"包瑢惊讶地看向包康。

"嘘……"包康打断包瑢，把手指放在唇边，做了一个噤声的动作，低声说道，"现在静下心，认真聆听，用心感受。"

包瑢看向朱卧龙，越发感到莫名其妙。

一切准备妥当，朱卧龙摆出一副文人墨客的样子，深情地念着手里的情诗，旁边的阿花有节奏地跟着咯咯哒地叫，气氛显得有些滑稽。

"……蔷薇泣幽素，翠带花钱小。娇郎……痴若云，抱日西帘晓。枕是龙宫石，割得秋波色。玉……簪失柔肤，但见蒙罗碧。忆得前年春，未语含悲辛。归来已不见，锦……瑟长于人。今日……洞底松，明日山头……檗。愁到天池翻，相看不相识……"

朱卧龙支支吾吾地念完情诗，包康感动得热泪盈眶，动容地看向包瑢，"小瑢，朱老板可是人中之龙，竟然屈尊为你写情诗，你难道一点都不感动吗？"

"这诗是他写的吗？这不是李商隐的《房中曲》吗？"包瑢一脸懵懂，怀疑地问道。

"只是借鉴了一点点。"包康尴尬地辩解。

包瑢鄙视地看了一眼朱卧龙，"一个字都不差，明明是抄袭。"

"天下文章一大抄，只要感情是真的，抄一首诗又怕什么？"包康不以为意。

"就算抄一首诗没什么，可你们知道这首诗的含义吗？"包瑢哭笑不得。

"当然知道，是深情的流露。这首诗情真意切，爱到骨髓，永生难忘。"包康理直气壮。

包瑢见包康如此厚脸皮，无奈地点点头，"没错，这首诗是情真意切，爱到骨髓，永生难忘，但这是李商隐纪念亡妻的诗。"

朱卧龙听到包瑢的解释，一脸迷茫，"王妻？是王的妻子？那个写诗的爱上了皇上的女人？"

"是亡妻！他妻子去世后他写的悼亡诗，纪念死去的妻子。"包瑢没好气地解释道。

包康和朱卧龙一听，尴尬地齐声大喊，"啊！"

"我还有工作没做完，没什么事我先走了。"包瑢说罢径自离开，留下包康和朱卧龙面面相觑。

阿花不合时宜地咯咯哒地叫着，像是在嘲笑二人。

"该死的光头！"包康铁青着脸咆哮。

落日的余晖洒满大地，陆何欢跟应喜从大宝家出来，并肩走在夕阳照耀下的小路上。

陆何欢时不时地看一眼应喜，欲言又止。

应喜发觉，好奇地侧脸看向陆何欢，"为什么一直偷看我？"

"应探长，想不到你真的是那种人。"陆何欢一脸耿直。

"哪种人？"应喜毫不客气地追问。

"朱卧龙那种。"陆何欢不好直说，只能含糊地答道。

应喜生气地挑了挑眉毛，"他有我英俊潇洒风流倜傥吗？"

陆何欢认真地打量了一番应喜，"除了风流，其他的都没有。"

应喜狠狠白了一眼陆何欢，不满地呵斥，"你懂个屁，这叫逢场做戏，我不缠上李莺莺你能有机会查她？"

陆何欢想了想，点点头，"那倒是。"

应喜坏笑着搂住陆何欢的脖子。

陆何欢嫌弃地将应喜的手拿下来，微微皱眉，"如果我没记错的话，你这只手刚刚好像摸过李莺莺的大腿。"

"你的记忆力不错。"应喜不以为意地笑笑，忽然他想起正事，"说真的，其实李莺莺这种女人也不错，漂亮妖媚又解风情，对男人从来都是笑脸相迎，又不要什么承诺，懂得进退，所以才有那么多男人喜欢这种女人。"

"不要承诺，懂得进退，那是因为心中没有爱。"陆何欢不屑地道出真相。

"欢乐一时就够了，有爱多麻烦……所以呢，我最喜欢风月场的女人，女人如衣服嘛，这种衣服想穿就穿，想脱就脱，方便。"应喜毫不避讳地对陆何欢诉说自己和女人的相处之道。

陆何欢无奈地耸耸肩，"God，我完全理解不了你。"

应喜摇摇头，故作深沉地搓着胡子，"彼此彼此，我也理解不了你，尤其是你对凌嫣的痴。陆何欢，听我的，试着放手，爱情一旦犯了痴，就会变成悲剧。"

陆何欢叹了口气，望向天边的夕阳，"不管是喜是悲，我都要找到凌嫣，和她一起走到最后。"

应喜有些动容，拍了拍陆何欢的肩膀，一脸认真地岔开话题，"陆探员，其实我觉得你现在没有太多时间多愁善感，因为今天已经是大宝案发的第三天了，再不破案，我保证不但你和凌嫣是悲剧，我跟你也会成为悲剧。"

陆何欢看看应喜，应喜郑重其事地点点头，"刚才在大宝家有线索吗？"

陆何欢摇摇头，一脸沮丧，"我查了李莺莺的高跟鞋，那块鞋跟碎片不是她的。"

"不是李莺莺的？那鞋跟碎片的主人可就难找了。"应喜挠挠头，面露难色。

陆何欢有些发愁，他顿了顿，目光坚定地看着应喜，"这块鞋跟碎片很可能是凶犯留下的，无论如何必须想办法找到碎片的主人。"

应喜想了想，"有方向吗？"

陆何欢一怔，摇摇头，"毫无头绪。"

"既然这样，不如去放松一下，劳逸结合效率才高。"

"怎么放松？"

"当然是去烟花间喝酒了。"应喜一脸坏笑。

"烟花间？"陆何欢大吃一惊，连连摇头，"不去！"

"只喝酒不干别的。"应喜笑嘻嘻地引诱陆何欢。

"那也不去！"陆何欢倔强地别过脸，加快脚步。

华灯初上，大上海悄无声息地进入蒙眬的夜色。写着"知音楼"三个字的匾额上霓虹闪烁，透露着一股暧昧的气息。

陆何欢被应喜强拉着走进知音楼，众多打扮时髦的风尘女子立刻将二人团团围住。应喜与众女子调笑，一旁的陆何欢却紧皱眉头，直向应喜身后躲。

"应探长，你可是好久没来了。"一位打扮得花枝招展的红衣女子媚笑着凑近应喜。

"是不是想我了？"应喜嬉笑着和女子调情。

"当然想了。"

这时，一名白衣女子注意到陆何欢，她一脸娇笑，"哟，这位帅哥第一次来吧？"

陆何欢耿直地点点头。

应喜坏笑着扫视周边围上来的女子，"看你们有没有本事让他第二次，第三次来了。"

女子们一听应喜的话，纷纷上前去拉陆何欢。

陆何欢十分不适应，左推右挡，"请你们自重。"

白衣女子盈盈一笑，暧昧地捂着樱桃小嘴，"我们自重了，你们还怎么开心。"

陆何欢见状赶紧向应喜身后躲。

一名身穿蓝色旗袍的女子指着陆何欢妩媚一笑，"你们看，还挺害羞的。"

众女子都忍不住大笑，陆何欢尴尬地搓着手。

应喜见陆何欢为难，实在不好意思再捉弄他，朝身旁的女子摆摆手，"行了，别逗他了，给我找个包间。"

红衣女子一听，身子软绵绵地贴着应喜，"跟着我上楼吧。"

陆何欢、应喜赶紧跟着女子疾步上楼。

陆何欢和应喜跟随女子经过一个包间，忽然瞥见朱卧龙正坐在里面的桌子前，几个妖艳女子相伴左右，正在喂朱卧龙喝酒。

"朱老板，这么巧。"应喜忙不迭地向朱卧龙打招呼。

朱卧龙一见应喜和陆何欢，顿时慌了神，"你们可千万别告诉包小姐。"

陆何欢不说话，一旁的应喜无所谓地笑笑，"朱老板放心，我们也是来寻开心的，懂得什么话该说，什么话不该说。"

"应探长真是聪明，来来来，既然遇上了，不如一起喝点。"朱卧龙高兴不已。

"那就一起喝点。"应喜说着不管陆何欢反对的眼神，拉着陆何欢走进去，坐在桌前。

应喜拿起桌上的酒给朱卧龙、自己还有陆何欢倒上，然后端起酒杯，"朱老板，第一次跟您喝酒，非常荣幸，这杯我敬您。"

朱卧龙一手搂着一个美艳女子，一手举起酒杯，"我朱卧龙就喜欢四海结兄弟，来，干。"

应喜拿胳膊拐了一下身旁的陆何欢，陆何欢心不在焉地拿起酒杯一饮而尽。

应喜再次为朱卧龙倒酒，"原来朱老板钟情这里，实不相瞒，我还是比较喜欢百乐门。"

"百乐门的舞女虽然漂亮，但是没有这里的姑娘妩媚，骨子里少了点风尘味。"朱卧龙觍着脸解释道。

应喜哈哈大笑，竖起大拇指，"朱老板研究得真是相当透彻。"

应喜和朱卧龙兴致勃勃地交谈着，陆何欢却将注意力放在女子们的鞋上，他扫视一圈，发现屋内七八个女子竟无一人穿高跟鞋。

"奇怪……"陆何欢暗暗思忖。

"什么奇怪？"朱卧龙不解地问道。

陆何欢指了指旁边的女子们，"为什么她们穿的都不是高跟鞋？"

女子们一听忍不住捂嘴偷笑，陆何欢满脸尴尬。

红衣女子忍住笑，看向陆何欢，"大爷若是能买给我们，我们自然愿意穿了。"

陆何欢不知何意，仍是一头雾水。

朱卧龙喝了一杯酒，看着陆何欢，"陆警员有所不知，高跟鞋虽然在英格兰已经普及，但在上海还是稀罕物，只有名媛和交际花才穿得起。"

陆何欢若有所悟地点点头。如此一来，大宝丧命时出现在案发现场的女子一定是交际花。

傍晚时分，霞飞路上一派繁华热闹的景象，霜喜侦探社却已经打烊了。

柳如霜坐在大厅的椅子上，白玉楼站在柳如霜面前，正在拿镊子为她修眉毛。

"哎呀，轻一点！"柳如霜忍不住痛叫。

白玉楼嘟起嘴，"不行啊霜姐，不用力拔不下来，你分散一下注意力，再坚持一下。"

"我知道了，你快点。"柳如霜咬了咬牙。

白玉楼继续为柳如霜拔眉毛，柳如霜的手掐住白玉楼身上的肉。白玉楼一拔柳如霜的眉毛，柳如霜就狠掐白玉楼的肉，二人最终都忍不住一起痛叫。

这时，一个小商贩急匆匆地推门进来。

"柳小姐……"小商贩进门见两人姿势暧昧，一脸歉意地改口道，"打扰了。"说着转身就要走。

"站住！"柳如霜起身叫住小商贩，这名小摊贩是柳如霜在警署周边布下的眼线，专门为了跟踪应喜的踪迹。

小商贩转身看向柳如霜，一脸严肃，"柳小姐，我有重要的事要汇报。"

"说！"柳如霜急不可耐地催促道。

小商贩壮着胆子往柳如霜跟前走了几步，"你不是让我跟踪应探长吗？我刚刚看到他跟那位陆警官去了烟花间。"

"烟花间？真的？"柳如霜瞬间皱起眉头。

小摊贩面不改色地点点头，"千真万确。"

柳如霜愤怒地猛拍桌子，"白白，跟我去烟花间'捉奸'！"

第四十一章　为情所扰

灯火摇曳，烟花间包房里，应喜和朱卧龙还在兴致勃勃地推杯换盏，一旁的陆何欢无聊地自斟自饮。

突然，老鸨慌慌张张地跑进来，"不好了不好了。"

朱卧龙狠狠瞪了一眼老鸨，"什么不好了？"

"就是，大呼小叫，影响老子喝酒的心情！"应喜大为光火地责骂老鸨。

"是不是发生什么案子了？"陆何欢插嘴问道。

老鸨摇摇头，看向应喜，"应探长，那位柳小姐气势汹汹地来了，说是要捉奸，已经往这来了。"

"这个柳如霜真麻烦，简直阴魂不散。"应喜一脸不耐烦。

"看来是应探长惹下的风流债喽？"朱卧龙趁机幸灾乐祸。

"唉，一言难尽，朱老板，一定要保密。"

"理解，你也是。"朱卧龙的意思自然是让应喜不要告诉包瑢自己喝花酒的事。

应喜点点头，"我先告辞了。"

老鸨见状，慌忙地迎上去，"应探长，快点跟我从后门走吧。"

"快走。"应喜拉着陆何欢刚跟着老鸨走出门，就听见柳如霜气愤地大呼小叫，"你们这哪个贱女人敢陪喜哥喝酒，我就缝上她的嘴！"

应喜一惊，低声催促老鸨，"快点，快点……"

应喜和陆何欢跟着老鸨赶紧从另一边下楼离开。

夜色渐浓，知音楼后巷一片寂静。应喜拉着陆何欢跑出一段路，回头见柳如霜没有跟来，二人这才停下来。

"总算躲过一劫。"应喜长长松了一口气。

"劫？"陆何欢疑惑不解，"应探长怕什么，柳小姐又不是母老虎。"

"你是不知道柳如霜的厉害，想当初我去百乐门被她抓个正着，她在百乐门大闹一通不说，还在我宿舍门口整整哭了三天三夜，那哭声比狼嚎还难听，我实在是怕了。这次被她抓到，准又没完没了。"应喜说罢庆幸地搓搓胡子。

陆何欢笑笑，"那是因为她爱你，才会做过激的行为。"

"算了吧。"应喜摆摆手，坏笑着看向陆何欢，"有你在，不缺她这份儿爱。"

陆何欢面露尴尬，转身就走，"胡说八道什么，不早了，赶紧回宿舍。"

应喜坏笑着跟了上去。

知音楼里，柳如霜带着白玉楼怒气冲冲地闯进朱卧龙的包间，朱卧龙正被一群妖艳的女子围着喝酒。柳如霜四下看看，又看了看桌子下面，没发现应喜，不禁有些疑惑。

"喜哥呢？"柳如霜以问询的目光望着朱卧龙。

"他没来过。"朱卧龙故作镇定地答道。

"没来过？"柳如霜不信，死死地盯着朱卧龙。

朱卧龙眼神闪躲，点点头。

柳如霜怀疑地盯着朱卧龙看了许久，朱卧龙有些心虚。

忽然，柳如霜想起什么，"朱老板，你怎么在这？你不是喜欢包瑢吗？"

朱卧龙愣了一下，讪笑着看向柳如霜，"我就是没事放松一下，柳小姐千万别告诉包小姐。"

柳如霜冷哼一声，语气不善，"我跟包瑢同病相怜，怎么能帮你瞒着她？"

"柳小姐，我以后不来了，你手下留情，别告诉包小姐，算我求你了。"朱卧龙不住地恳求柳如霜。

柳如霜脸上挂着冷笑，"好，我不告诉包瑢。"

"多谢柳小姐。"朱卧龙松了口气。

柳如霜突然变脸，笑容褪去，怒目圆睁，"哼！你想得美！我不但要告诉包瑢，还要抓你去见她！白白，押他去包家！"

朱卧龙顿时惊慌失措。

柳如霜和白玉楼揪着朱卧龙离开。

灯光下，包瑢正在房间看书，包康在包瑢身边来回踱步。

"小瑢，你就听我一回，朱老板是难得的青年才俊，错过了可是要后悔一辈子的。"

包瑢放下书，一脸无奈，"哥，我跟朱老板真的不合适。"

"怎么就不合适呢？"包康不死心地问道。

"我们的兴趣爱好都不同，也没有共同的话题，如果勉强在一起，只会痛苦，全无幸福可言。"

"朱老板对你情深义重，他会迁就你的兴趣爱好，也会陪你聊你喜欢的话题。"

"哥，本性难移，朱老板心不在我身上，他留恋的是烟花间。"

"上次他去烟花间是因为工作压力太大，去放松一下，况且就那么一次。"包康知道包瑢介意朱卧龙花心，信誓旦旦地劝解道，"朱老板已经向我保证过，绝不会有下一次。"

"我可不信。"

"我相信！"

包康话音刚落，门外响起敲门声。

包瑢不理包康，走过去打开门，只见柳如霜揪着衣衫不整的朱卧龙站在门口。

包康跟着走出来，一看是朱卧龙，惊讶不已，"朱老板？发生什么事了？"

"朱老板在烟花间搂着一群女人喝花酒，被我抓来了，包瑢，交给你解决了。"柳如霜抢在朱卧龙前头答道。

朱卧龙不敢看包瑢，斜眼看了一眼包康，冲包康求助地眨眨眼。

包康一脸为难，他才向包瑢保证朱卧龙不会再喝花酒，没想到朱卧龙就又去喝花酒了。

柳如霜气鼓鼓地看向站在一旁的白玉楼，"白白，我们走。"

白玉楼跟着柳如霜离开。

包瑢看看朱卧龙，又看看包康，没好气地摇摇头，"据说上次是最后一次？"

朱卧龙和包康都尴尬不已，不知道该说什么。

与此同时，陆祥将院子里的大门开了个缝隙，躲在大门口一边偷瞄包康家，一边幸灾乐祸地捂嘴偷笑。

院子里，林芝慢慢走过去，好奇地问陆祥，"干吗呢？"

陆祥忍住笑，"在看戏。"

林芝越发不明白，凑过来，"看戏？看什么戏？"

"包康想让她妹妹麻雀飞上枝头做凤凰，异想天开要钓朱卧龙这个金龟婿，可是朱卧龙留恋烟花地，被抓了！"陆祥压低声音答道。

林芝从大门门缝看了一眼包家门口的朱卧龙，差点把门扑开，陆祥赶紧关上门，林芝把耳朵贴在门上。

"这回包康的如意算盘算是打翻了。"陆祥一边重新把耳朵贴在门上偷听，一边说起风凉话。

二人贴着门偷听，外面传来包康的声音。

包家大门口，朱卧龙低着头站在包瑢和包康对面。

"我们进去说吧。"包康看看包瑢的脸色，唯恐家丑外扬。

包瑢冷着脸，"我看没这个必要，天色不早了，也不方便。"

"小瑢，你也不要太认真，在旧闸，有几个男人不去烟花间的？那只是放松的地方，没什么大不了。"包康打起圆场。

"对对对，陆何欢和应喜也在烟花间。"朱卧龙连忙附和包康。

包瑢猛地一愣，忿忿地看着朱卧龙，"何欢不可能去那种地方。"

"千真万确，我还跟陆何欢还有应喜一起聊天喝酒，还探讨了女人的高跟鞋。"朱卧龙脱口答道。

陆祥和林芝趴在门上，听到朱卧龙说陆何欢去了烟花间，陆祥顿时冷下脸，林芝跟着发起火。

"朱卧龙这个王八蛋乱咬人，竟然诬赖我儿子去烟花间！我看他是不想活了！"林芝说着气急地冲进屋子，陆祥赶紧追进去。

林芝跑进厨房，拿了把菜刀就要出去。

"你要干什么！"陆祥大喝一声。

"我要去砍了朱卧龙！"林芝杀气腾腾。

陆祥连忙拉住林芝，"你疯啦，真以为旧闸谁都怕你？那可是旧闸有名的房产商，得罪不起。"

"我管他什么房产商，诋毁我儿子就不行。"

陆祥皱了皱眉，"把你厉害的，我告诉你，你今天动他一下，明天他就能让我们一家无家可归。"

"他有那个本事？"林芝有点害怕。

陆祥趁机抢下林芝的菜刀，"也就是我让着你，被你欺负欺负，你以为你欺负谁都行啊？"

林芝讪讪地不再说话。

夜深，警署宿舍恢复了一天的宁静，走廊上不再有吵闹的喧哗声。陆何欢跟应喜回到宿舍，应喜从柜子里拿出花生，半靠在床上一边往嘴里抛花生，一边发牢骚。

"还没喝尽兴就被柳如霜那个臭丫头搅了局。"

陆何欢一边脱下外套挂在衣柜里，一边劝慰应喜，"其实柳姑娘不错，长得漂亮，人也热情，父亲又是旧闸首富，我看配你倒是绰绰有余。"

"小瑢也不错，长相清秀，饱读诗书，通情达理，他哥哥又是旧闸警署的署长，配你更说得过去。"应喜反过来调侃起陆何欢。

"你别胡说，我一直把小瑢当妹妹。"陆何欢冷下脸，一本正经地说道。

"柳如霜是我的死对头，我们八字不合。"应喜也板起脸。

陆何欢见应喜生气，走过来，坐在应喜对面，一脸不解，"其实我真有点不明白，你连李莺莺那种女人都喜欢，为什么就不喜欢柳小姐呢？"

应喜不回答，眼神闪躲。

"有苦衷？"陆何欢试探着问应喜。

"能有什么苦衷，门不当户不对嘛。"应喜敷衍着答道。

陆何欢一怔，忽然又想起凌嫣。

竹林唱晚，苏州河笼罩在秋日归鸿的倩影下。

少时的凌嫣快步走在前面，陆何欢跟在后面。

"凌嫣，你等等我，凌嫣……"陆何欢边走边喊。

凌嫣不理陆何欢，自顾自地向前走，陆何欢跑过去，抓住凌嫣的手。

"你放开我，我们两个门不当户不对，就不要再纠缠了。"凌嫣泪流满面。

"不放。"陆何欢紧紧地握住凌嫣的手。

"你这样做又有什么意义？不过是平添两个人的痛苦罢了。"

"我放手才是平添两个人的痛苦，我抓住你的手，痛苦的只有我爹一个人。"陆何欢开起玩笑。

"你……"气头上的凌嫣被陆何欢逗笑，虚骂了一句，"无赖。"

陆何欢见凌嫣怒气已消，顺手将她拉入自己的怀中，"只要能跟你在一起，做什么我都愿意。"

凌嫣将头靠在陆何欢的胸前，泪流不止，"何欢，我们放弃吧。"

"为什么要放弃？就算爹娘给了我生命，可是我有权选择与我共度一生的人。"陆何欢情绪激动地看着凌嫣。

"可是我不想成为你和你爹之间的隔阂。"凌嫣面露难色。

陆何欢抚摸着凌嫣的头，一脸宠溺，"傻丫头，父子之间哪会有隔阂？一切都是暂时的，只要我们熬过这一关，一切问题都会迎刃而解。"

"何欢……"凌嫣还想说些什么，却被陆何欢打断。

陆何欢眼神坚定地看着凌嫣，"凌嫣，我只要你答应我一件事，不要退缩，抓着我的手，勇往直前，无论遇到什么阻力，我们都不要放弃。"

凌嫣看着陆何欢，终于点了点头，陆何欢高兴地笑了。

二人的倒影依偎在苏州河如镜的水面上，晚风吹拂，镜中人的衣衫随风摆动，泛起一圈圈涟漪。皓月远去，如同滚滚消逝的红尘，而凌嫣荡漾的笑靥就似陆何欢掌心蔓延的生命伏线，延伸至每一年、每一天。

陆何欢眼中闪烁着泪花，应喜装作没看见，将花生放回柜子，"哎，不要庸人自扰了，感情的事千万别较真，不然都受伤。"

陆何欢叹了口气，悄悄将眼中的泪消化掉，"是不应该庸人自扰，不过感情的事还是要认真的。"

应喜脱了外套，自顾自地躺在床上，伸展了一下手脚，"傻瓜，你有多认真，伤得就会有多深。"

陆何欢躺在应喜旁边，一言不发。

应喜得意地笑笑，"你看我对柳如霜，就是敬而远之，免得出状况。"

"现在还真不能敬而远之，我们需要她帮忙打听线索。"陆何欢笑笑，回到正题。

"没别的办法？"

陆何欢板起脸，"你说呢？你有柳如霜'包打听'的本事吗？"

应喜一时无言以对，翻了个白眼，翻过身去睡觉。

包家客厅。包康跟包瑢对坐在桌前，包康一脸沉思。

"哥，你要跟我谈什么？"包瑢睡意袭来，忍不住催促道。

包康叹了口气，一脸认真，"小瑢，哥哥在警署这么多年，什么人都见过，大多数有钱人都是大腹便便，毫无形象可言，可就是这样，他们也都是三妻四妾。朱老板真的是我见过最优秀的年轻人，虽然他经常去烟花间，但凭我对男人的了解，我相信朱老板对你是真心的。"

"清风不似明月恒，明月与风不相行。就算朱老板是明月，我也只是一抹清风罢了，根本不会有结果。"包瑢坚持己见。

包康不甘心，盯着包瑢，"你跟我说实话，是不是因为有陆何欢你才会拒绝朱老板？"

包瑢顿了顿，微微皱眉，"哥，感情的事要两情相悦，与任何人无关，我累了，我要去睡了，你也早点休息。"

"小瑢……"包康还想再说些什么。

包瑢不理包康，径自回到自己的房间。

包康懊恼地叹了口气。

夜色清冷，柳如霜失落地走在苏州河边，一边走一边抹眼泪。白玉楼默默地跟在柳如霜身后。

"霜姐，既然明月偏要照沟渠，你也就别难过了。"白玉楼柔声劝慰柳如霜。

柳如霜生气地捡起一块石头扔到河里，"我就是想不明白，喜哥为什么这么对我，我到底哪里不如那些烟花女子？"

白玉楼竖起兰花指，故作老练地扬起下巴，"其实有时候男人喜欢女人不是看女人好不好，主要是看是不是对心情，可能你恰好就不对应喜的心情。"

"我怎么就不对他心情了？"柳如霜转过身，有些不高兴。

白玉楼仔细打量了一番柳如霜，"你看，刚才我们看到的烟花间的女人都是前凸后翘，身材饱满，你这前面平平，后面也平平，实在是没什么能拿出来跟那些女人比拼的……"

"你说什么？"柳如霜咬牙切齿地打断白玉楼。

白玉楼没注意到柳如霜已经恼怒，继续滔滔不绝，"还有就是，烟花间的女人都温柔妩媚，走路摇曳多姿，可是霜姐你粗枝大叶，走路虎虎生风，粗暴，老爱大吼大叫……"

"是这样大吼大叫吗？"柳如霜忍不住怒吼。

白玉楼还是没看出柳如霜的脸色，"没错，就是这样。"

柳如霜忍无可忍，走到白玉楼跟前，"我再粗暴一点给你看！"说着抬脚把白玉楼踹进河里，转身独自回家。

"霜姐，救命……救命……"落水的白玉楼惊慌挣扎。

柳如霜不理白玉楼，大步朝前走去。

白玉楼挣扎了一阵，突然意识到河水水位非常浅，他慢慢地站起来。

河水刚到白玉楼的膝盖，白玉楼狼狈地爬上岸，快步去追柳如霜。

第四十二章　以履识凶

翌日清晨，陆何欢和应喜来到霜喜侦探社门前，二人默契地对视一眼。

"应探长，看你的了。"陆何欢一脸期许地看着应喜。

应喜没好气地白了陆何欢一眼，"看心情吧。"

陆何欢跟应喜走进侦探社。

大厅里，柳如霜正无聊地托着下巴，愁眉不展，白玉楼坐在她旁边不停地打喷嚏。

"柳小姐。"陆何欢亲切地打招呼。

柳如霜抬起头，看见应喜，面上一喜，随即又板起脸，故作冷漠，"你们来我这干吗？我这又没有前凸后翘、温柔妩媚的女人陪你们喝酒。"

"柳小姐，我们来是有事求你帮忙。"陆何欢开门见山。

"哟，原来是无事不登三宝殿呀。"白玉楼阴阳怪气地挖苦陆何欢和应喜。

柳如霜气恼，冷哼一声，"不帮。"

"对柳小姐来说只是举手之劳。"陆何欢不死心。

"别说举手，就是动一动手指我也不愿意，你们去找烟花间的女人帮你们好了。"

陆何欢见柳如霜怒气未消，忽然想起什么，"柳小姐可能误会了，我和应探长去烟花间是为了查案。"

"查什么案要去烟花间？少骗人了。"柳如霜侧过脸。

"查那块鞋跟碎片啊，大宝经常出入烟花间，所以我和应探长才会去烟花间查。"陆何欢说着向应喜使眼色。

应喜会意，清了清嗓子，故意装可怜，"算了，既然如霜不愿意就不要勉强了，虽然破不了案包署长就会变本加厉地折磨我，也许会让我去给阿花捉虫，捉一天一夜；或者罚我用牙刷刷厕所，一直刷到吐；还有可能让我自己抽自己耳光，抽到鼻青脸肿。"

一旁的陆何欢一直在偷瞄柳如霜的表情，柳如霜一脸同情，张了张嘴。

"总之不管他想出什么方法折磨我，我都忍着吧，谁叫我没本事找到线索呢。"应喜说罢看向陆何欢，"陆探员，我们再去想别的办法吧。"

"哦。"陆何欢跟应喜作势要走。

"等等。"柳如霜咬咬牙，终于不再摆架子。

二人欣喜若狂，但转过身却又是一副神情低落的样子。

"怎么了？"应喜淡淡地问柳如霜。

"你们想让我帮什么忙？"

应喜和陆何欢对视一眼，暗暗高兴。

陆何欢有些迫不及待，"想麻烦柳小姐帮我们查一下大宝经常去哪些风月场所，我们也好有针对性地去调查。"

"这还不简单，我帮你们就是了。"

应喜见柳如霜答应帮忙，高兴不已，顺手揽住陆何欢的肩膀，"那我跟陆探员就回警署等你消息了。"应喜说罢搂着陆何欢大步离开。

"有事就找我，没事就跟陆何欢欢欢喜喜。"柳如霜望着应喜的背影，不满地犯起嘀咕。

白玉楼在一旁娘声娘气，"谁让人家是欢喜神探呢。"

柳如霜瞪了白玉楼一眼，白玉楼不再说话。

一大早，林芝急匆匆地奔去警署，自从昨晚听朱卧龙说陆何欢流连烟花间，她就着急去找儿子问个究竟。没想到，在去往警署的路上，林芝正好看见徘徊在警署附近的朱卧龙。

"我该怎么跟包小姐解释呢？说昨天是去烟花间找人？太假了……说去谈生意？好像也不太像……"朱卧龙一边踱步，一边低声嘀咕。

林芝看见朱卧龙，顿时气得咬牙切齿，经过朱卧龙时，她故意用力狠狠踩了朱卧龙一脚，冷哼一声走开。

"喂，大婶，你走路不长眼啊？"朱卧龙既恼火又莫名其妙。

林芝恼怒地转过身，指着朱卧龙，"你叫谁大婶？你这个没教养的家伙！"

"你说谁没教养，你踩到我脚了！"朱卧龙气急败坏。

"好狗不挡路，你娘没教过你吗？"

"你……"朱卧龙气结。

"我什么我？挡路也就罢了，还乱咬人！真是条疯狗！"林芝不依不饶。

"你再说一句，信不信我打你！"朱卧龙忍无可忍，作势要打林芝。

林芝凑上去，有恃无恐地看着朱卧龙，"你打你打，前面就是警署，不如你到里面去打我！"

"你，你别以为我不敢。"朱卧龙有些心虚。

"哎呀，打人了，打女人了！"林芝大声叫嚷。

朱卧龙慌乱不已，看了一眼警署方向，忿忿地指着林芝，"我不跟你计较。"

朱卧龙转身离开，林芝狠狠瞪了一眼朱卧龙，不依不饶地啐了一口，"看你下次再乱咬人！"

林芝骂完继续向警署走去。

"真是个疯女人！"朱卧龙咬牙切齿地暗暗骂了一句。

警署里，包瑢走出法医室，正看到陆何欢迎面走来。

"小瑢。"陆何欢主动上前打招呼。

包瑢笑着点点头，张了张嘴，欲言又止。

"怎么了？"陆何欢不明所以。

"何欢啊，有件事……"包瑢为难地开口，但话还没说完，走廊里就传来林芝的声音。

"儿子！"

陆何欢循声看向林芝，又惊又喜，"娘？你怎么来了？"

"我有事问你。"林芝迈着箭步走到近前。

"林阿姨。"包瑢微笑着向林芝打招呼。

林芝笑着点点头。

陆何欢不解地看着林芝，"娘，你特意跑来，什么事啊？"

"儿子，娘问你，昨天你是不是去了烟花间？"林芝单刀直入。

"是啊。"

"啊？你为什么去那种地方，娘把你拉扯大不容易，你可不能自甘堕落啊！"林芝没想到陆何欢不打自招，立时伤心不已。旁边的包瑢也是一脸的不可思议。

陆何欢哭笑不得，情不自禁地扶着林芝，"娘，我是为了查案才去的。"

林芝立刻高兴起来，脸上浮现出骄傲的神色，"原来是查案，我就说嘛，我儿子不可能无缘无故去那种地方。"

一旁的包瑢跟着暗暗释怀。

几人说话间，应喜从办公室走出来，看了看林芝，"陆夫人。"

林芝笑着点点头，"应探长。"

应喜看向陆何欢，"陆探员，包署长让我们去他办公室。"

"娘……"陆何欢为难地看向林芝，欲言又止。

林芝会意，毫不介意地笑笑，"你去忙吧，不用管我。"

"何欢，我送林阿姨出去。"包瑢善解人意地说道。

陆何欢感激地点点头。

包康办公室弥漫着一股浓浓的火药味，陆何欢跟应喜低着头站在包康对面。

"你们两个办案越来越拖沓了，苏州河浮尸案已经几天了？到现在还没抓到凶犯吗？"包康板起脸责怪陆何欢和应喜。

"包署长，您放心，我们一定尽快破案。"应喜赔着笑讨好道。

"尽快？尽快是多快？以后不要跟我说尽快、马上之类的话，我要的是具体时间！"包康怒气未消。

"是！"应喜硬着头皮，厉声答道。

包康冷哼一声，没好气地白了应喜一眼，"你们最近都在调查什么？"

应喜看看陆何欢，陆何欢会意站出来，"报告包署长，我们去了烟花间调查，虽然之前查到的线索断了，但是我有信心一天之内会有新的线索。"

包康一听陆何欢提及烟花间，态度顿时缓和下来，"既然没有线索，就要多去烟花间调查，一定要调查详细。"

陆何欢不明所以地看向应喜，应喜明白包康的意思，冲陆何欢使眼色。

"是！"应喜和陆何欢齐声答道。

陆何欢和应喜从包康办公室里出来。

"奇怪，怎么一提到烟花间包署长态度就变了，一点都不凶，甚至有点和蔼可亲？"陆何欢不解地问应喜。

应喜坏笑几声，"包署长是想让你多去烟花间转转，好让他妹妹对你死心。"

"小璇？"陆何欢讶然。

应喜笑着点点头，不可思议地看着陆何欢，"你不会那么迟钝吧？整个警署都看出来小璇对你有意思。"

陆何欢微微皱眉，"你别乱说，我把小璇当妹妹，你知道我心里只有凌嫣。"

"反正凌嫣现在也不见了，小璇其实也不错啊。"应喜打趣。

"Shut up。再说我生气了！"陆何欢一脸认真地示意应喜住嘴。

"好好好，不说，不过又不是我不说事情就不存在。"

"你！"陆何欢气结。

应喜又忍不住偷笑。

二人说话间，柳如霜和白玉楼大呼小叫地跑过来。

"喜哥，喜哥！有线索了！"柳如霜气喘吁吁。

"把气喘匀了再说。"应喜一脸嫌弃。

柳如霜深呼吸几下，接过方才的话头，"我查到线索了，大宝经常去的风月场所主要有两个地方。"

"哪里？"陆何欢在旁问道。

"百乐门和大上海俱乐部。"白玉楼替柳如霜答道。

"有了具体范围就好查了。"应喜喜形于色。

柳如霜看着应喜，"喜哥，我和白白帮你们一起查。"

"你就别添乱了。"应喜不耐烦地摆摆手。

"我不是添乱，是想帮忙。"

陆何欢见柳如霜执意帮忙，主动向应喜提议，"也好，人多力量大，事不宜迟，分头行动！"

天还未黑，百乐门显得十分冷清。陆何欢和应喜刚一进门，便恰巧遇见金梅，二人向她询问大宝生前在舞厅的状况。过程中，应喜伸手搭在金梅的肩膀上，趁机揩油。

"应探长，查案不用这样吧？"金梅不满地侧过脸。

应喜厚着脸皮，嬉笑着摸了摸金梅露出的胳膊，"这样查案不行吗？"

陆何欢把应喜的手拿下来，冲金梅笑笑，一脸歉意，"不好意思。"

金梅打量了一番陆何欢，展颜欢笑，"不过这位帅哥要是想把手搭上来，我还是愿意的。"

陆何欢尴尬地笑笑，"我不习惯那种查案方式。"

金梅生气地撇撇嘴。

说话间，应喜想起正事，收起脸上的嬉笑，"金梅，我问你，大宝最近是这的常客吧？"

金梅想了想，"哦，你说那个暴发户啊，没错，他是常来，不过姐妹们都不爱搭理他。"

"就没有一个跟他交好的舞女吗？"陆何欢在旁插话。

金梅稍一停顿，"只有岳小冬跟他关系不错，那个女人穷怕了，饥不择食。"

"岳小冬？我怎么不认识她？"应喜说着两眼放光。

"她是我们这新来的舞女。"金梅没好气地解释道。

陆何欢点点头，"岳小冬人呢？"

"没来呢，今天她是晚上八点的班。"

陆何欢若有所思。

"别跟岳小冬说我们来过的事。"应喜嘱咐道。

金梅点点头。

陆何欢跟应喜对视一眼，决定晚上亲自会一会岳小冬。

与此同时，柳如霜跟白玉楼向大上海俱乐部走去。

"早知道是分头行动，就不帮忙了，还不如直接跟着喜哥。"柳如霜边走边发牢骚。

白玉楼竖起兰花指，侧脸看向柳如霜，"你又不是不知道，陆何欢就是一块木头，指望不上他什么。"

柳如霜点点头，登时气不打一处来，"陆何欢真的是一点都不机灵，我说要帮忙很显然是冲着喜哥啊，他看不出来吗？真是木头。"

白玉楼抬头看看"大上海俱乐部"的匾额，转而看向柳如霜，"霜姐，到了。"

柳如霜点点头，跟白玉楼走了进去。

暮色四合，警署周边人家的烟囱上升起袅袅炊烟。陆何欢坐在办公室椅子上若有所思，应喜坐在陆何欢旁边，把双脚搭在办公桌上，向嘴里抛着花生。

突然，门嘭的一声被撞开，应喜一下被花生卡到，不停地咳嗽。

柳如霜和白玉楼走进来，柳如霜看着应喜，一脸担心，"喜哥，你怎么啦？没事吧？"

应喜好不容易将花生吐出来，气愤地瞪着柳如霜，"你当警署是你家吗？会不会敲门？会不会？"

"喜哥，我查到线索了。"柳如霜一脸委屈。

应喜怒视柳如霜，大喊一声，"出去敲门！"

"应喜，你太过分了吧？警署不是我们家，可也不是你家啊！"白玉楼为柳如霜鸣不平。

应喜看着白玉楼，没好气地怒吼，"你也一样，出去敲门！"

白玉楼吓得浑身一激灵。

柳如霜撇着嘴，眼圈含泪，"白白，我们出去敲门。"

柳如霜跟白玉楼走出门，敲了敲门。

"进来。"应喜冷冷地应了一声。

柳如霜和白玉楼走进来，白玉楼暗暗瞪了应喜一眼。

一旁的陆何欢有些歉意地看着柳如霜，"柳小姐，你查到什么线索了？"

"大上海俱乐部的舞女说，她们都不喜欢大宝这个暴发户，不肯接他的单，只有百乐门的岳小冬跟大宝关系密切。"柳如霜情绪有些失落地答道。

"跟我们查到的结果一样。"陆何欢不由得心中窃喜。

应喜搓了搓胡子，看向陆何欢，"看来这个岳小冬真的很有嫌疑，晚上我们去一趟百乐门，查查她。"

陆何欢点点头，"我也觉得应该查一查这个人。"

"晚上我也去。"柳如霜倒是不记仇，又要粘着应喜。

"不行。"应喜一口拒绝。

"怎么不行？百乐门又没有规定不许女人去。"

"我说不行就不行！"

柳如霜不死心，连忙向陆何欢使眼色，陆何欢不说话。

"那让陆何欢说我能不能去。"柳如霜着急。

"为了不打草惊蛇，我觉得柳小姐还是不去的好。"陆何欢一脸为难。

"哼！"柳如霜气愤地瞪着陆何欢。

陆何欢无奈地看向别处。

夜幕降临，穿着西装的陆何欢和应喜走进百乐门，舞厅里面轻歌曼舞，好不热闹。

舞厅的兰姐热情地迎上来，"哟，这不是应探长嘛，好些日子没来了。"

应喜笑了笑，"兰姐，没看我们这身装扮，今天我带兄弟来乐呵乐呵，只谈私事不谈公事，别叫我探长，叫我喜哥。"

兰姐一只胳膊搭在应喜肩膀上，一脸媚笑，"知道了，喜哥，你是找钟意的姑娘，还是我帮你挑几个？"

"听说新来的岳小冬挺有滋味，就她吧。"

兰姐看看陆何欢，好奇地看着应喜，"你们两个只要一个姑娘？"

"怎么？我喜欢这种，不行啊？"应喜理直气壮地呛声兰姐。

兰姐不敢再多嘴，连连点头，"行行行，喜哥跟我去包间吧。"

百乐门包间里，陆何欢和应喜坐在沙发上，前面的桌子上放着水果和酒水。

片刻，岳小冬踩着高跟鞋妩媚地走进来，但见她身穿一件修身的蓝色旗袍，模样俊俏，一双圆圆的眼睛格外诱人，可爱中不失灵气。

陆何欢和应喜同时注意到岳小冬的高跟鞋是白色的，暗暗对视一眼。

岳小冬来到陆何欢和应喜近前，暧昧一笑。

应喜色眯眯地盯着岳小冬，伸出一个手指勾了勾，岳小冬乖乖地靠过去。应喜将岳小冬揽在怀里，岳小冬顺势坐在应喜身上。

"岳小姐真是个大美人，看得我心痒痒。"应喜赞赏道。

"喜哥真会说话。"岳小冬撒起娇。

应喜用手指拨弄着岳小冬的脸颊，岳小冬含情脉脉地看着应喜。

一旁的陆何欢趁着岳小冬的视线被挡住，快速钻到桌子底下查看岳小冬的高跟鞋鞋底。

岳小冬转头发现陆何欢不见踪影，有些疑惑，"喜哥，刚才那位帅哥怎么不见了？"

陆何欢在桌下急忙抓住应喜的脚，应喜吓了一跳，随即反应过来，掩饰地笑笑，"哦，他内急出去了。"

"内急？"岳小冬看向门口，半信半疑。

应喜捏着岳小冬的下巴看向自己，假装生气，"你不会是看上他了吧？我可是会吃醋的哦。"

"讨厌，人家的心一直在你身上嘛。"岳小冬弱弱地捶了一下应喜。

"那就一直看着我，不许看其他地方。"

岳小冬被应喜逗得咯咯娇笑。

桌下的陆何欢松了一口气，抬眼细看，惊讶地发现岳小冬的一只高跟鞋鞋跟缺了一块。陆何欢赶紧从口袋里掏出高跟鞋碎片，轻轻放在岳小冬的鞋跟处比对。

鞋跟碎片与鞋跟缺口完全吻合。

第四十三章　山重水复

夜色浓郁，霜喜侦探社大门紧闭。柳如霜坐在大厅的椅子上，气呼呼地大骂陆何欢。

"陆何欢简直就没长脑子，不知道给我和喜哥创造机会，下次他再找我帮忙，门都没有！"

"说不定是应喜想去百乐门玩得开心一点，陆何欢也不敢说什么呢？毕竟应喜是探长，陆何欢只是个探员。"白玉楼在旁劝慰道。

柳如霜冷眼一翻，"你少挑拨我跟喜哥的关系，喜哥是去查案，不是去玩！今天这事就怪陆何欢！"

白玉楼被柳如霜斥责，委屈地闭上嘴。

百乐门包间，陆何欢钻出桌子，岳小冬吓了一跳，赶紧从应喜身上下来。

陆何欢看向应喜，点点头，"鞋跟碎片是她的。"

应喜立马变了脸色，上下打量着岳小冬，语气不善，"真想不到，一个娇弱女子能干出这事来？"

"你们，你们在说什么啊？"岳小冬有些心虚。

陆何欢眼神犀利地盯着岳小冬，"我们在死者大宝的车里发现了你的高跟鞋鞋跟碎片。"

岳小冬慌了，反手指着陆何欢，"你，你胡说什么？你们的生意我不接了。"说着转身就想走。

应喜紧紧抓住岳小冬的胳膊，"我是旧闸警署探长应喜，他是探员陆何欢，请你配合我们调查一起谋杀案。"

"谋杀案跟我有什么关系。"岳小冬驳斥道。

"当然有关系，因为大宝就是你杀的！"陆何欢说着反手指向岳小冬。

"不是，不是我……"岳小冬连连摇头否认。

"那你怎么解释你的高跟鞋碎片在大宝的车子里？"

"我……"岳小冬一时语塞，不知该如何回答。

"说！"应喜厉声逼问。

岳小冬犹豫了一下，咬咬牙，"车子是意外掉进河里的。"

"到底怎么回事？"应喜放开岳小冬。

"是大宝喝多酒发疯开车，把车子开进河里，我当时特别害怕，慌得六神无主，只顾着自己游上岸，一时忘了大宝是个瘸子，不会游泳……等我冷静下来才发现，大宝他……他已经淹死了。"岳小冬字句颤抖，声泪俱下。

"你为什么不报警？"陆何欢隐约觉得不对劲。

"我看事情到了那步田地也没法挽回，况且我和大宝是偷情，所以就没敢声张。"岳小冬大哭起来，恳求道："两位警官，我真的没有杀大宝，这都是意外啊。"

应喜盯着岳小冬看了一会，转而看向陆何欢，"哭得情真意切，不像是假的，况且一个弱女子也很难完成杀人之事，陆探员，我看事情已经水落石出了，就以意外结案吧。"

陆何欢微微皱眉，仔细观察岳小冬。

岳小冬一边抹眼泪，一边用左手将了一下头发。

陆何欢立刻想起在大宝家时，李莺莺顺便用左手将了一下头发，和岳小冬将头发的动作十分相似。想到这，陆何欢灵光一闪。

"岳小冬，你认识李莺莺吗？"陆何欢目不转睛地盯着岳小冬。

岳小冬一口否认，"不认识。"

陆何欢眉头蹙紧，眼神深邃起来。

天色已晚，陆何欢和应喜筋疲力尽地回到警署宿舍。应喜从柜子里拿出花生，一边往嘴里抛花生，一边慵懒地坐在椅子上。

"钱真不是什么好东西，大宝要不是有了点钱得意忘形，也不至于醉酒开车冲进河里，搞得车毁人亡。其实也都怪郝姐，要不是她滥杀无辜给大宝留下一笔钱，大宝也不会有今天，真是报应啊！"应喜叹了口气，对一旁的陆何欢感慨道。

陆何欢脱下外套挂在柜子里，坐在应喜对面，"我总觉得事情没有那么简单。"

"什么意思？"应喜一脸懵懂。

陆何欢想了想，盯着应喜，"你醉过酒吗？"

"开玩笑，别人可都叫我酒神！"应喜沾沾自喜地自吹自擂。

"酒神？"陆何欢半信半疑地点点头，"醉过酒吗？"

应喜心虚地笑笑，"经常。"

"我也醉过酒，但是我从来没有失去意识的时候，我觉得人即使在醉酒的状态下，也会有一种自保的意识，而失去这种意识以后，人就会处于昏迷状态……"陆何欢顿了顿，"我觉得，大宝醉酒开车冲进河里不太可能。"

应喜霍地站起来，煞有介事地搓搓胡子，"这你就不懂了，根据我多年喝酒的经验，我觉得醉酒可以分为三种状态，轻度醉酒、中度醉酒和重度醉酒。"

"要不要这么专业啊？"陆何欢见应喜说得头头是道，似信非信地笑笑。

"轻度醉酒，也就是微醉。微醉的人会感到心情舒畅、妙语趣谈、诗兴大发，虽然这时视力和行为动作会受到一定影响，但绝对可以分清哪里是路哪里是河。"应喜不理陆何欢，绘声绘色地描述起大宝醉酒时的情景。

晚风习习，苏州河边一片静谧。大宝面上潮红，一边心情大好地开车，一边摇头晃脑地作诗。

"鹅鹅鹅，曲项向天歌，白毛浮绿水，红掌拨清波。"

"大宝，你真有才华。"坐在副驾驶上的岳小冬一脸媚笑地为大宝鼓掌。

大宝春风得意，猛地一踩油门，开着车贴着河边行驶。

陆何欢想了想，觉得有几分意思，向应喜示意，"继续。"

应喜清了清嗓子，把手背在身后，"这个时候，如果继续喝酒，慢慢就会过度到中度醉酒。中度酒醉的人会表现为举止轻浮、情绪不稳、激动易怒、不听劝阻，但这个时候，意识也还是清醒的，如果没人刺激，也是不会把车开进河里的。"

大宝眼睛发红，一只手握着方向盘开车，一只手放在岳小冬的腿上。

"大宝，开车呢，别急嘛。"岳小冬娇羞地挪开大宝不安分的手。

"老子喜欢，怎么样！"大宝恼怒，恶狠狠地拧了一下岳小冬的大腿。

岳小冬委屈地低声抽泣。

说到这，应喜坐回椅子上，向后靠了靠。陆何欢看着应喜，耐心地倾听他对于醉酒的高见。

应喜稍一停顿，伸手往嘴里塞了一颗花生，"而这种情况下，再继续喝，很快就会进入重度醉酒的状态。这种状态下会说话含糊不清、呕吐、烂醉如泥……大宝一定是喝到了这种状态，才会把车开进河里。"

大宝眼神迷离，摇摇晃晃地开车，坐在副驾驶上的岳小冬一脸恐惧。

"拿酒来，我还没尽兴。"大宝大着舌头乱叫。

"大宝，开车注意安全。"岳小冬神色紧张。

"拿酒来……"大宝说着突然一阵呕吐。

在大宝俯身的一瞬间，车子直挺挺地向苏州河中开去。

应喜说完，眉毛一挑，得意地看着陆何欢。

陆何欢似乎想到了什么，拍案而起，"不对！这个时候，岳小冬是有意识的，她出于自保应该会扭动方向盘！"

"什么？"应喜一愣。

"车子向河中疾驰时，岳小冬不会坐以待毙，她一定会扭动方向盘，把车子拐向别处。"陆何欢坐回椅子上，耐心地解释道。

应喜不以为然地摇摇头，"你以为谁都像你一样可以在危险来临

336

的时候有保护意识吗？岳小冬只不过是一个舞女，她不懂什么。”

"岳小冬是一个意识清醒的人，她为什么会把自己的生命交给一个无意识的醉鬼？你不觉得奇怪吗？"陆何欢微微皱眉。

"有什么奇怪的？岳小冬是舞女，她为了赚钱，不管客人醉成什么样都会跟着客人走。再说这是一起意外事件，她怎么可能预见到呢？"应喜见陆何欢疑神疑鬼，没好气地说道。

"照你所说，大宝能把车开进河里就已经到了重度醉酒的状态。而这种状态下会说话含糊不清、呕吐、烂醉如泥……"陆何欢顿了顿，若有所思地接口道，"难道岳小冬预见不到这种状态下的人开车会十分危险吗？我觉得这个岳小冬有问题，她说的话未必都是真的。"

应喜撇撇嘴，"岳小冬一个弱女子，哭得那么伤心，能有什么问题？"

"她只是一个弱女子，却能在客人死亡后若无其事地继续回到百乐门上班。"陆何欢眼神深邃地盯着应喜，话里有话。

应喜心头一颤，看向陆何欢。

"直觉告诉我，这个岳小冬没那么简单。"陆何欢语气坚定。

应喜一听陆何欢又要靠直觉破案，无奈地摇摇头，"你真是太多疑了。"

应喜困意袭来，忍不住打了个哈欠，他站起身，脱下外套随意地扔在椅子上。陆何欢拿起应喜的衣服，挂在柜子里。

"我要睡觉了。"应喜说罢就要躺在床上。

陆何欢忙不迭地拉住应喜，连连摇头，"NONONO！你刚去过风月场所，一定要换上干净的衣服再睡。"

"风月场所又不脏，就这么睡吧。"应喜挣脱陆何欢，直接和衣躺在床上。

"不行，你快去换衣服！我们可是有合住契约的。"陆何欢强行把应喜拉下床，郑重其事地说道。

"行了行了。"应喜不耐烦地摆摆手，"真麻烦！"

应喜无奈地拿了件衣服出门。

"就在这换吧。"陆何欢也不想让应喜太麻烦。

应喜一脸坏笑，"想看我满身的腱子肉，没那么容易。"

陆何欢无奈地摇摇头，"真不知道你哪来的自信。"

应喜笑嘻嘻地走出门去。

陆何欢趁机从柜子里拿出一件新床单，把旧床单换掉。

片刻，应喜换好衣服回来。

"这回行了吧？"应喜没好气地叉起腰。

陆何欢看看应喜，满意地点点头，"OK。"

"真麻烦。"应喜说着躺在床上，一翻身便打起呼噜。

陆何欢看着应喜，无奈地摇摇头，也上床睡去。

夜已深，陆家卧室仍然亮着灯。陆祥四仰八叉睡在床上，打着呼噜。

林芝卸完妆走过来，一把推醒陆祥，不客气地翻起白眼，"躺得安分一点，这张床是你一个人的吗？"

陆祥敢怒不敢言，乖乖向床的内侧挪了挪。林芝大模大样地躺在床上，舒服地伸展四肢。

陆祥闭上眼睛刚想入睡，林芝就兴奋地拿胳膊拐了拐陆祥。

"干什么？"陆祥有些不耐烦。

"我今天去问过儿子了，他是为了查案才去的烟花间。我就说嘛，我儿子怎么会无缘无故去那种地方，那个朱卧龙简直就是乱放屁。"

陆祥没好气地冷哼一声，"那个臭小子要是敢无缘无故去烟花间，我就打断他的腿！"

"你凭什么打断我儿子的腿？你自己还不是往寡妇家里跑！"林芝爱子心切，厉声说道。

陆祥面露尴尬，咬咬牙，"陈芝麻烂谷子的事你还提来做什么？"

"哎哟哟，这才多久啊？就陈芝麻烂谷子了？"林芝说着鄙夷地横了一眼陆祥。

"孙凤莲人都死了，别再提了。"陆祥有些不耐烦。

林芝不依不饶，"要是她活着你还会去喽？"

"你，简直不可理喻！"陆祥气急，直接背过身去。

"自己生活不检点还怪我说，哼！"林芝说着也背过身去。

夏日临近，天亮得越来越早。晨光洒进警署院落，阿花在院子里一边欢快地扑棱着翅膀，一边咯咯地叫。

一抹阳光透过宿舍窗户洒在陆何欢的脸上，陆何欢眼睛眯成一条缝，他想要伸开手臂遮挡刺目的阳光，却发现动弹不得，因为应喜此时正熊抱着他呼呼大睡。

陆何欢嫌弃地推开应喜，"应探长，麻烦你睡觉的时候自重一些。"

"我怎么了？"应喜被吵醒，揉了揉眼睛，一脸懵懂地问道。

"你抱着我睡的。"陆何欢怒气未消。

应喜挠挠头，"不可能啊。"

"什么不可能，我让你抱得现在还喘不过气呢。"陆何欢气恼地盯着应喜。

应喜打了个哈欠，不以为意地笑笑，"那我一定是梦见旁边躺着一个丰满性感的美女，才不小心被你占了便宜。"

陆何欢哭笑不得，没好气地皱起眉头，"是你占我便宜吧？"

应喜一听麻利地坐起来，"反正都是肌肤之亲，谁亲谁还不是都一样。"

陆何欢瞪了应喜一眼，被气得无话可说。

"起床，上班！"应喜笑嘻嘻地催促陆何欢。

吃过早饭，陆何欢和应喜朝警署走去，二人刚走近警署，就看见门口围了一圈看热闹的路人，众人议论纷纷。

"负荆请罪啊？"

"真的是荆条吗？"

"已经很有诚意了。"

"这位小姐真幸福。"

陆何欢跟应喜闻声大步走过来，看见众人堵住门口，二人不明所以地对视一眼，挤了进去。

"让让，让让，干什么呢，一大早堵门口！"应喜一边开路一边朝人墙嚷道。

陆何欢和应喜好不容易才挤进去，定睛一看，原来是朱卧龙光着上身，背着一捆树枝，跪在地上负荆请罪。

包瑢、包康和警署的同事都站在门口，就连一向懒散不爱动的陆祥都站在包康旁边，脸上挂满幸灾乐祸的笑容。

"你这是干什么？简直有辱斯文！"包瑢脸色涨红，斥责朱卧龙。

“包小姐，我这次来负荆请罪就是要你原谅我，我错了，我以后再也不去烟花间了。”朱卧龙深情地看着包瑢，看似真诚地恳求道。

“你跟我请什么罪？还不快走！”包瑢一脸不耐烦。

朱卧龙见包瑢还是不肯原谅自己，继续赖在地上，“包小姐不原谅我，我绝不走，包小姐，你打我吧，我心甘情愿被你打！”

包瑢的脸更红了，手足无措地站在原地。围观众人纷纷看向包瑢，不时地指指点点。

一旁的包康目睹此情此景，凑到包瑢耳边，压低声音，“小瑢，朱老板这么有诚意，你就原谅他，跟他和好如初吧。”

“哥，我跟朱老板本就毫无瓜葛，何来原谅之说？又何来和好如初之说呢？”包瑢气急。

“什么毫无瓜葛，你们之前明明就是好朋友嘛。”包康趁机和稀泥。

包瑢不理包康，看向跪在地上的朱卧龙，一脸窘迫，“朱老板，我还有工作要做，先走了。”

包瑢转身想走，包康拦住包瑢，“小瑢，朱老板一番诚心，你好歹给句话，是原谅还是不原谅。”

“我……”包瑢一时语塞。

正在包瑢窘迫不已时，陆何欢走过来，包瑢像抓住救命稻草一样，用眼神向陆何欢求助。

陆何欢会意，上前一步，意味深长地看着包瑢，“小瑢，我觉得朱老板一番诚意，你确实不该无视。”

“可是……”包瑢欲言又止。

陆何欢眼睛一边瞟向朱卧龙背后的树枝，一边向包瑢使眼色，包瑢会意，点点头。

“何欢说得极是，如果朱老板负荆请罪不成，想必心里也会一直有所负担，那就是我的不对了。”包瑢改口道，她抽出朱卧龙背上的树枝递给陆何欢，“男女授受不亲，就请何欢代劳吧。”

陆何欢接过树枝，“好，既然朱老板诚心诚意负荆请罪，就要圆了朱老板的心愿。”说罢扬起树枝抽打朱卧龙。

“哎哟！疼！疼！疼！”朱卧龙冷不防地挨了抽打，龇牙咧嘴地痛叫。

一旁的包康瞪着陆何欢，陆何欢装作没看到，继续狠狠抽打朱卧龙。

"何欢说得极是，我确实不该无视朱老板的诚意。"包璃见朱卧龙受罚，心中暗暗叫好，忍俊不禁地说道。

陆何欢更加用力地抽打朱卧龙，朱卧龙实在忍受不了皮肉之苦，大声吼叫。

"别打了！"

围观众人纷纷看向朱卧龙，包璃不解地盯着朱卧龙。

朱卧龙羞愧难当，推开人群跑走。

包璃和陆何欢对视暗笑。

应喜望着朱卧龙的背影，拿胳膊拐了拐陆何欢，"人家负荆请罪又不是求你原谅，真是狗拿耗子多管闲事！"

"我是在帮小璃的忙，你刚刚没看到小璃求助的目光吗？"陆何欢皱皱眉，一脸认真。

"不该看的我从来都不看。"应喜侧脸翻起白眼。

陆祥和包康不约而同地铁青着脸瞪着陆何欢，陆何欢有些尴尬地看看陆祥。

"爹。"陆何欢向陆祥点头问好。

"以后不是你分内的事就不要管。"陆祥顿了顿，瞟了一眼包璃，"更不要和不相干的人走得太近，他们家的事够乱的了。"

包康知道陆祥指桑骂槐，恼怒地瞪了一眼陆祥，侧脸恶狠狠地盯着陆何欢，语气不善，"陆探员，以后请你自重，癞蛤蟆是吃不成天鹅肉的。"

陆祥瞪着包康，反唇相讥，"你说谁是癞蛤蟆？你以为你们家的书呆子就是天鹅吗？"

"你说谁是书呆子？明明是你儿子多管闲事！也不掂量自己几斤几两，就凭你们家一个副署长的家世怎么跟朱老板比？"包康针锋相对。

"你以为你家的书呆子能顺利嫁进豪门？别做梦了！那个地产商不过是图新鲜罢了！"陆祥跟包康面对面地大吵起来。

"就算嫁不进豪门，也轮不到你们家！"包康怒火中烧。

"我们家怎么会娶一个书呆子进门，笑话！"陆祥脸上泛起冷笑。

二人吵得不可开交，应喜见况不妙，不声不响地偷偷溜走。

陆何欢跟包璿随之对视一眼。

"爹，我还有事先走了。"

"哥，我工作也没做完，你们慢慢聊。"

陆何欢和包璿说完，逃也似的离开。

其他警员们也迅速离开，留下包康和陆祥吵得天昏地暗。

第四十四章　引蛇出洞

柳如霜背着手在霜喜侦探社来回踱步，白玉楼坐在椅子上，头跟着柳如霜移动。

"霜姐，你晃了一早上了，晃得我头好晕。"白玉楼晃了晃脖子，继续埋怨道，"脖子都酸了。"

柳如霜停下，冷哼一声，"谁叫你跟着我晃了？活该！"

"你有心事，人家跟着着急嘛。"白玉楼一脸委屈。

"着急就帮我想办法啊！喜哥现在就是一座碉堡，我得想办法攻破！"

白玉楼撇撇嘴，吹了吹手指甲，"我看百乐门的那些舞女前仆后继的，也没见应喜这座碉堡多难攻破，哼，我看他就是跟你装腔作势！"

柳如霜咬着嘴唇，若有所思地点点头，"说的是呢，喜哥既然能接受那些舞女，为什么不能接受我呢？"她走到白玉楼面前，双手撑着桌面凑近白玉楼。

白玉楼一脸懵懂，眼神中透着恐惧。

忽然，柳如霜灵光一闪，欣喜不已，"白白，帮我换个形象！"

"换什么形象？"白玉楼一头雾水。

柳如霜神秘一笑，"舞女的形象。"

警署法医室大门敞开，包璿坐在办公桌前，陆何欢和应喜站在一旁。

包璿将大宝的尸检报告递给陆何欢，"这是大宝的尸检报告，胃里的酒精浓度很高，死亡时应该处于重度醉酒状态。"

陆何欢看着尸检报告，微微皱眉，应喜倒是一脸得意。

"我就说是意外吧？大宝处于重度醉酒状态，在意识模糊，情绪狂躁的情况下，把车开进了河里。岳小冬在极度害怕的情况下只顾着自保，所以大宝淹死了。"

包瑢听应喜说完，不禁跟着皱起眉头，"如果我是岳小冬，在大宝要把车开进河里的时候，可能会下意识地去帮忙打方向盘，不会坐以待毙。"

"这一点跟我想的一样。"陆何欢振奋地看着包瑢。

"小瑢，岳小冬跟你不一样，你饱读诗书，她只是一个舞女……"

"应探长，我们再去河边看一下车辙印。"陆何欢打断应喜。

"开玩笑吧？都几天了，哪还能有什么车辙印？"应喜抱着胳膊，一脸嘲讽。

"你跟我来就是了。"

应喜不明所以，迟疑着跟陆何欢离开。

陆何欢和应喜来到苏州河边，因为最近发生命案，附近的居民几乎都不再往河边靠近。

河边盖着几片席子，一名警员站在席子旁边。警员见陆何欢和应喜走过来，急忙迎上去。

"应探长，陆探员。"

"辛苦了。"陆何欢向警员点点头。

"应该的。"

陆何欢俯身掀起盖在河边的几片席子，应喜凑过去，发现车辙印居然都在。

"之前我担心车辙印有用，所以让人用席子把车辙印盖上，保护好现场。"陆何欢解释道。

应喜恍然大悟地笑笑，"行啊，心思还挺细的。"

陆何欢跟应喜蹲在地上，聚精会神地看着地上的车辙印。

"奇怪……"应喜搓着胡子，低声嘀咕。

"车辙印的方向是沿着河边，然后直接拐进河里。"陆何欢用手比划了一下车辙印跟河边的角度，继续说道，"车辙印跟河边线呈七十度角，如果醉酒状态开车，车轮偏离驶进河里，这个角度至多不会超过三十度……这个七十度角应该是猛打方向盘所致。"

"会不会是大宝紧急避让，才把车拐进了河里？"应喜推测。

"这条路人烟稀少，应该没什么可避让的。"陆何欢提出质疑。

"那他是正开着车的时候突然发疯，猛打方向盘，把车开进河里？会不会是岳小冬说什么话刺激他了？"

"也可能是大宝正常行驶的状态下，岳小冬猛打了一把方向盘。"陆何欢若有所思地说道。

"岳小冬想自杀？"应喜说完就觉得太荒谬，连忙改口道，"不对，岳小冬想跟大宝殉情？"

陆何欢无奈地笑笑，反问道，"应探长，你是百乐门的常客，见过舞女跟客人殉情的吗？"

"那你的意思是？"

陆何欢不说话，皱起眉头，陷入沉思，许久，他才缓过神。

"我还不确定，还要去验证一件事。"

知音楼一到白天就恢复了宁静，陆何欢跟应喜走进去，老鸨媚笑着迎上来。

"哟，喜哥，这么早就来玩了？"

"不是来玩，有事问你。"应喜不苟言笑。

老鸨一听立马收起笑容，庄重地站在一旁，"应探长，您要问什么呀？"

应喜侧脸看了看陆何欢，陆何欢会意，点点头。

"你认识岳小冬吗？"

"岳小冬？"老鸨思忖片刻，"见过一次，模样还不错。"

"不是让你评价她的长相。"应喜不满地插话。

"你在哪见到的岳小冬？"陆何欢追问。

"就在这啊，有人推荐她到我这来上班，我没答应。"

"推荐她的人是不是李莺莺？"陆何欢试探地问道。

"你怎么知道？"老鸨惊讶不已。

陆何欢不回答，一脸严肃，"你知不知道岳小冬跟李莺莺是怎么认识的？"

"哦，她们是老乡。"

陆何欢若有所思地点点头，"她们两个应该不止是老乡那么简单，我观察过，两个人撩头发的动作几乎一模一样，一定是长时间在一起才会互相同化动作。"

应喜斜了陆何欢一眼，"懂得倒不少。"

"夫妻相就是这个道理。"陆何欢解释道。

老鸨点点头，"李莺莺和岳小冬的关系是很要好，两个月前，莺莺带岳小冬来过我们知音楼……"

两个月前，李莺莺带着一身粗布衣衫的岳小冬来到老鸨面前。岳小冬素面朝天，脸上没有涂抹胭脂，有的仅仅是乡下姑娘的憨态。

李莺莺笑着向老鸨介绍，"丽丽姐，这是我的好姐妹，叫岳小冬，我们是同乡，现在兵荒马乱的，家里待不了了，想来这边闯荡一下。"

老鸨打量了一番岳小冬，满意地点点头，"模样倒是还不错，会什么啊？"

"丽丽姐，我会跳舞。"岳小冬堆出生硬的媚笑，讨好地说道。

"喝酒呢？"

"酒量不行。"

"客人来我们知音楼主要就是喝酒，你酒量不行怎么办？"老鸨面露难色。

"丽丽姐，您帮着想想办法嘛，这是我好姐妹。"李莺莺在旁说好话。

老鸨想了想，"这样吧，我一个姐妹在百乐门做头牌，我介绍你到那去，那地方兴跳舞。"

"谢谢丽丽姐。"岳小冬高兴地点头哈腰。

老鸨说罢看向陆何欢，"……后来我就介绍她到百乐门了，听说干得还不错。"

陆何欢若有所思地点点头。

忽然，老鸨想起什么，脸上掠过一丝疑惑，"开始的时候，她们两个好得不得了，一下班就往一块儿跑，形影不离的，可是不知道为什么，突然有一天两个人就疏远了，见了面也不说话。有一次岳小冬陪客人来我们这喝酒，两个人见面像陌生人一样。"

陆何欢看看应喜，"她们两个隐藏关系，一定有问题。"

老鸨被陆何欢的话吓到，不安地捂住胸口，"警官，她们有什么问题？"

"不该问的别问。"应喜不耐烦地警告老鸨。

老鸨顺从地点点头，"知道了，应探长。"

陆何欢用眼神示意应喜，应喜会意，登时板起脸，"我们问过你什么不许透露给别人，知道吗？"

老鸨连忙点点头。

"走吧。"陆何欢说着跟应喜离开。

车水马龙，上海街头一派繁华的景象。陆何欢跟应喜走在大街上。

应喜看看陆何欢，搓了搓胡子，"依我看，李莺莺和岳小冬一定是因为大宝才从闺蜜变成陌生人的，你想啊，被闺蜜抢了男人，两个人还能好吗？这个大宝也真是，为什么偏偏跟自己老婆的闺蜜有奸情呢？"

"可能你只说对了一半。"

应喜不明所以，看向陆何欢，陆何欢却神神秘秘地不再说话。

"你怎么想？"应喜好奇心发作。

陆何欢没有回答，他抬眼看见街口有一家咖啡厅，突然格外想念咖啡的醇香，于是停下来看向应喜，"应探长，你喝过咖啡吗？"

应喜摇摇头。

"我请你。"

应喜坏笑了一下，"赏你这个脸。"

陆何欢跟应喜走向咖啡厅。

陆何欢和应喜走进咖啡厅，里面顾客稀少，侍应生正在柜台打瞌睡。二人特地选了一个偏僻角落坐下。

侍应生走过来，热情地招待陆何欢和应喜。

"请问两位要点些什么？"

"Coffee latte，Thank you。"陆何欢习惯性地说起英文。

侍应生转而看向应喜，"这位先生，您呢？"

应喜有些尴尬地看向陆何欢，压低声音，"你刚才要的什么？"

"拿铁，咖啡的一种。"

应喜皱起眉头，"铁的不行吧，牙受不了。"

"latte，too。"陆何欢笑着看向侍应生，替应喜答道。

侍应生礼貌地点头离开。

应喜不屑地撇撇嘴，"看不惯这些洋玩意。"

陆何欢无奈地笑笑。

片刻，侍应生端来两杯咖啡，分别放在陆何欢和应喜面前。

"二位请慢用。"侍应生转身走开。

应喜不管不顾，端起杯子喝了一大口，结果直接喷了出来。陆何欢赶紧拿纸巾帮应喜擦拭。

"怎么像猫尿一样？"应喜苦着脸。

"你喝过猫尿吗？"陆何欢忍着笑问道。

应喜瞪了陆何欢一眼，没好气地擦擦嘴，"这东西太难喝。"

"我觉得不错。"陆何欢小口品尝，一脸享受。

"咖啡我是没兴趣了，还是说说案子吧。"应喜摇摇头，急忙岔开话题。

"案子也没什么可说的了，我已经理出头绪了。"

应喜一本正经地点点头，"我也觉得可以结案了。"

"嗯？"陆何欢眉毛一挑。

应喜往后靠了靠，"大宝娶了李莺莺之后又看上了李莺莺的姐妹岳小冬，两个人一拍即合，背着李莺莺偷情，却被李莺莺撞破。所以李莺莺跟岳小冬翻脸，二人从闺蜜变成最熟悉的陌生人。李莺莺回到家对大宝下最后通牒，大宝呢，就去跟岳小冬摊牌。因为舍不得岳小冬，所以大宝去找岳小冬的时候喝了很多酒，之后就带着岳小冬开车离开百乐门来到苏州河边。大宝要跟岳小冬一刀两断，这激怒了岳小冬，她一时激动做了傻事，才发生意外。"

咖啡厅的顾客逐渐多了起来，外面一辆电车经过，发出嗞嗞声。

应喜看向陆何欢，"岳小冬之所以没有报警，就是怕因为自己的一时冲动被追究责任……"

"你只说对了一半。"陆何欢打断应喜。

"又是一半？"

"你有没有想过，岳小冬为什么要否认认识李莺莺？"

"两个女人为一个男人结仇很正常，或许在她的心里已经当作不认识李莺莺了。"应喜想都没想地答道。

陆何欢摇摇头，"直觉告诉我，岳小冬和李莺莺这两个人都跟大宝的死脱不了关系。"

"你多疑的毛病又犯了。"应喜无奈地晃晃脑袋。

陆何欢抿了一口咖啡，想了想，抬头看向应喜，"不如策划一场'好戏'，试探一下她们两个？"

"怎么试探？"应喜的胃口被吊起来。

陆何欢笑而不语，眼神神秘起来。

大白天，警员们各自忙碌，在走廊上来来回回。忽然，走廊一头响起高跟鞋的声音，从旁经过的警员们纷纷驻足观看。

柳如霜穿着一身艳红色的旗袍，踩着高跟鞋，披散着大波浪的头发，化着艳丽的妆容，在白玉楼的搀扶下，别扭地向警员办公室走去。

"白白，喜哥会被我惊艳到吧？"柳如霜边走边问。

"谁知道那个怪人怎么想。"白玉楼撇撇嘴，酸酸地说道。

"我美吗？"柳如霜不放心，又问了一遍。

"那还用说？简直沉鱼落雁闭月羞花！"白玉楼这回倒是答得极为爽快。

"那就行了。"柳如霜高兴得手舞足蹈。

警员办公室大门敞开，陆何欢伏在桌前，一边看着李莺莺在供词上签名的笔迹，一边模仿李莺莺的笔迹在写一张字条。

"你这是干什么？"应喜盯着字条发问。

"模仿李莺莺的笔迹给岳小冬写字条。"陆何欢边写边回答应喜。

"为什么这么做？"

"约她们出来见面啊，她们两个不见面戏怎么开场？"

应喜不明所以地搓着胡子。

陆何欢写好字条，侧脸看向应喜，"把岳小冬的供词给我，我还要模仿岳小冬的笔迹给李莺莺写一张字条。"

应喜拿过一张供词递给陆何欢。陆何欢看着供词上岳小冬的签名，开始模仿岳小冬的笔迹写信。

应喜站在陆何欢身后，一边看字条，一边念上面的字，"傍晚五时，外白渡桥桥下见面，有要事商量……"

陆何欢写完字条，左右手各拿着一张字条交给应喜，"我左手上的字条是给李莺莺的，右手上的字条是给岳小冬的，现在派人分别给他们送去，别搞混了。记住，别让我们的人露面。"

"什么意思？"应喜彻底糊涂了。

"看戏啊！走吧。"

应喜一脸懵懂地跟着陆何欢正要出门，柳如霜突然出现在门口，她一只胳膊搭在门框上，摆出性感的造型，应喜吓得一个激灵。

"喜哥……"柳如霜声音妩媚。

"你，你好好说话。"应喜起了一身鸡皮疙瘩，烦躁地打断柳如霜。

柳如霜冲应喜抛了个媚眼，"我今天美吗？"

应喜嫌弃地上下打量柳如霜，一脸不悦，"今天是清明节吗？"

"不是啊。"柳如霜不明所以。

"那你为什么打扮得跟鬼一样？"应喜嘴下毫不留情。

"不好看吗？"柳如霜眨了眨眼。

应喜猛摇头，夸张地作干呕状，"不但不好看，还很恶心。"

"百乐门的舞女不都这样吗？"柳如霜登时泄气，像一个膨胀的气球被戳破般。

应喜干笑几声，"开玩笑，差多了，人家那是骨子里透着妩媚性感，你这是装出来的，真的很恶心。"

"喜哥，人家为了这个造型忙活了一上午了。"柳如霜委屈地扯着发梢。

"那你就用一下午换回原来的样子吧。"应喜极其不耐烦。

柳如霜一听眼睛又亮起来，一脸欣喜，"喜哥，你是不是还是喜欢我原来的样子？"

"谈不上喜欢，只是不恶心罢了。"应喜不耐烦地答道。

白玉楼看不惯应喜对柳如霜冷嘲热讽，气愤地伸出兰花指指着应喜，"应喜，你太过分了！霜姐为了你煞费苦心，你却出言中伤她，霜姐一个女孩子容易吗？"

应喜板起脸，有恃无恐地扬起下巴，"我实话实说，你们要是不喜欢听请自便，不送。"

"你！"白玉楼气结。

一旁的柳如霜愣在原地，眼圈泛红。

"柳小姐要是没事，就跟我们一起去看戏吧？"陆何欢连忙打起圆场。

柳如霜立马来了精神，没心没肺地点点头，"好啊，我最爱看戏了！"

傍晚时分，红日西斜，外白渡桥人迹罕至。

浓妆艳抹的柳如霜跟白玉楼躲在桥旁的花丛里，一群蜜蜂围着柳如霜嗡嗡地飞，柳如霜不胜其烦地驱赶蜜蜂，白玉楼也在一旁帮忙。

"怎么回事？蜜蜂为什么都跟着我啊？"柳如霜烦躁不已。

白玉楼看着柳如霜的浓妆，登时恍然大悟，"我的粉是用花粉做的，可能你用得有点多。"

"那怎么办？"柳如霜苦着脸。

白玉楼拿出丝帕，深情款款地看着柳如霜，"擦擦吧。"

柳如霜接过丝帕一顿狠擦，瞬间变成了一个大花脸，蜜蜂果然渐渐散去。

柳如霜见状，带着怨气斜了一眼白玉楼，"果然就是你的粉有问题。"

白玉楼不生气，反而看着柳如霜擦花的脸忍俊不禁。

"你笑什么？"柳如霜嗔怒道。

"没什么。"白玉楼立马忍住笑。

柳如霜狠瞪了白玉楼一眼，转而将头微微探出花丛，观察情况。

二人不远处，应喜跟包康正躲在树丛后等待着。不远处，陆何欢躲在一棵大树后，手里拿着一把匕首。

包康瞥了眼外白渡桥，正色看向应喜，"你确定一会就会真相大白？"

"确定。"应喜看看不远处的陆何欢，硬着头皮答道。

"如果让我白来一趟，有你们好看。"包康把丑话先说在前头。

应喜眨眨眼，额头上冒出冷汗。

柳如霜目不转睛地盯着远处的外白渡桥，突然，桥上闪过一个人影。

"来了来了！"柳如霜低声惊叫。

众人闻声急忙藏好。

第四十五章　杀人狂魔

人影越来越近，正是李莺莺。她一边走一边鬼鬼祟祟地环顾四周，最终停在陆何欢躲藏的大树的不远处。

片刻，岳小冬鬼鬼祟祟地走过来，看见李莺莺后径直走过去。

李莺莺看着走近的岳小冬，不放心地环视四周，压低声音，"什么事快说！"

"我还想问你什么事！"岳小冬花容失色，没好气地说道。

二人说话间，躲在树后的陆何欢偷偷把匕首扔到李莺莺脚下，李莺莺和岳小冬听到刀掉落的声音，同时向地上看去，发现地上的匕首俱是一惊。

"你想杀人灭口？"二人怀疑地看向对方，异口同声地指责道。

"岳小冬，你够狠的啊！"李莺莺抢先怒骂。

岳小冬冷哼一声，"胡说！刀是从你身上掉下来的！你想杀了我独吞大宝的财产吧！"

"岳小冬，你少血口喷人，刀明明是你带来的！"

岳小冬气急，反手一指李莺莺，"李莺莺，别装无辜了，我算看明白了，那天晚上你不出现，还故意留下不在场证据，为的就是让警察不怀疑你，然后找机会杀了我，独吞财产，真是太狠毒了！"

"我看是你杀人杀惯了，想连我一起杀了吞了大宝财产！你这个贱人，枉我把你从乡下带出来，还找地方安顿你，你竟然要对我下杀手！"李莺莺恶狠狠地看着岳小冬。

岳小冬愤怒地抓住李莺莺的头发，"你骂谁贱人？你才是贱人！"

"就骂你，你这个心狠手辣的贱人！"李莺莺还手，跟岳小冬厮打起来。

二人吵打间，陆何欢等人从隐蔽物后出来。

"李莺莺，岳小冬，你们被捕了。"陆何欢声音沉静。

李莺莺和岳小冬见到陆何欢等人，瞬间呆住，颓废下来。

夜幕降临，警署审讯室一片沉寂。陆何欢和应喜坐在李莺莺和岳小冬对面，包康坐在一边，柳如霜和白玉楼站在一边旁听。

应喜敲了敲桌子，"都这个时候了，就老实交代吧。"

李莺莺和岳小冬对视一眼，低头不语。

陆何欢扫视一眼对面的二人，"你们不说，我替你们说。"

李莺莺和岳小冬猛地抬起头，看向陆何欢。应喜、包康、柳如霜和白玉楼也把注意力转移到陆何欢身上。

陆何欢正色道："李莺莺，事到如今，一切都是因为你的贪得无厌。自从你嫁给大宝以后，每天挥金如土，但仍然欲壑难填。我问过知音楼的白牡丹，她说你嫁给大宝不久就染上了抽大烟的恶习，很快就入不敷出。所以你和同样入不敷出的闺蜜岳小冬一拍即合，决定制造一场'意外'杀死大宝，事后平分大宝的遗产。你故意把岳小冬带回家里，让岳小冬勾引大宝，然后找机会下手。"

陆何欢稍一停顿，转而看向岳小冬，继续说道："岳小冬找机会故意灌醉大宝，然后让大宝开车带自己到苏州河边兜风。趁大宝酒醉开车，岳小冬抢过方向盘将车子开进河里。车子落水后，大宝试图逃走，岳小冬拉大宝的过程中鞋跟踩在座椅上，留下鞋跟碎片。大宝逃出汽车后，岳小冬追上去拼命把大宝按进水里，这才使大宝的鞋底留下大量淤泥。大宝淹死后，岳小冬逃之夭夭。"

陆何欢说罢，眼神犀利地盯着李莺莺和岳小冬，"我说的对吗？"

李莺莺和岳小冬垂头默认，李莺莺悔恨落泪，她苦心孤诣才让大宝迷上自己，却没想到自己亲手葬送了来之不易的美好生活。岳小冬看着李莺莺，心中是说不出的酸楚，眼前的这个人曾经是自己的好姐妹，帮助自己脱离战火纷飞的乡下，却没想到转眼就把自己推入火海。她忽然无比想念老家日出而作、日落而息的田园生活，但一切都迟了。

陆何欢侧脸看向应喜，神色释然，"应探长，这回可以结案了，我说过继续追查就会找到真相的。"

"你这是瞎猫碰上死耗子，全靠猜测。"应喜不屑地看着陆何欢。

"不是猜测，是推理，李莺莺和岳小冬明明相识，但当我询问岳小冬时她却一口否认，这就是欲盖弥彰，只能说明她心里有鬼。"

"陆探员，你也不要太骄傲，其实我早就有所察觉，只是给你面子才装作不知道。"应喜又开始大言不惭。

柳如霜见状，连忙凑到应喜近前，"喜哥果然是旧闸第一神探，喜哥强，喜哥妙，喜哥破案呱呱叫！"

应喜毫不领情地瞪了一眼柳如霜，"我又不是蛤蟆，呱呱叫什么！"

"我是打个比方，夸你厉害的意思。"柳如霜一脸嬉笑。

应喜颇为受用地扬了扬下巴，"事实摆在这儿，要你夸吗？"

这时，一旁的包康坐不住了，他站起来，清了清嗓子，"这件案子的侦破确实也还轮不到夸奖某一个人，毕竟这是一次整体行动，一次整体行动的成功当然是因为有一个好的指挥。"

应喜会意，赶紧拍包康马屁，"这次案件告破都要归功于包署长领导有方，如果没有正确的指引，我们又哪找得到方向呢？"

包康受用地笑笑，一脸得意。

陆何欢无奈地摇摇头，但又不好明说什么。

"现在我宣布，大宝谋杀案正式结案。我现在就去向戈登总督察长汇报。"包康说着乐颠颠地转身离开。

陆何欢等人刚想出门，陆祥就寒着脸推门进来，堵住门口。

"爹？"陆何欢好奇地看着陆祥。

陆祥先是打量了一下应喜，然后冷着脸看向陆何欢，"我听说你最近经常去一些风月场所？"

"哦，我是为了查案……"

陆祥粗暴地打断陆何欢，"为了什么也不能去，你还没成亲，不要整日流连于风月场所，免得被某些人带坏。"

应喜见陆祥拐着弯责骂自己，往前走了一步，"陆副署长，某些人是什么意思？我可没带坏陆何欢。"

"哼，风流下作，整天带着何欢去那种地方，保不准哪天就会跟你学坏！"陆祥语气不善。

"陆副署长，你说的这是什么话？什么叫我风流下作？"应喜气愤地质问陆祥。

"难道不是吗？"陆祥盛气凌人。

陆何欢见陆祥和应喜越吵越激烈，赶紧拉着应喜，绕过陆祥向外走，"爹，我知道了，我们还有别的事，先走了。"

"我不走，让你爹把话说清楚。"应喜咽不下这口恶气。

"快走，还有事呢。"陆何欢直接拉走应喜。

天色更暗了些，陆何欢拉着应喜往外走，经过警署院子时，阿花突然飞扑上来。

"人跟我过不去，鸡也跟我过不去。"应喜一边闪躲一边发火。

阿花再次扑上来，应喜刚要打阿花，身后突然响起包康的声音。

"应喜！"包康大喊一声。

应喜立刻僵住。眼见阿花又扑上来，他急忙将陆何欢拉过来挡在自己面前，结果阿花拉了陆何欢一身鸡屎。

陆何欢看了看身上的鸡屎，发疯般跑向宿舍。

应喜回头朝站在门口的包康笑笑，转而看看阿花，一脸谄媚地冲阿花打招呼，"嗨，阿花。"

不料，阿花扑棱着翅膀飞起来，又拉了应喜一身鸡屎。应喜一脸恶心，急忙向宿舍跑去。

包康走过来抱起阿花，一脸心疼，"阿花，你是不是乱吃东西拉肚子了……"话还没说完，阿花突然拉了包康一手屎。

包康咧着嘴，又不好拿阿花撒气，看着手上的鸡屎不知所措。

警署澡堂没有人，陆何欢发疯般冲进去，随便找了一间隔间，顾不得关门就打开水龙头，一边脱衣服一边冲洗。

陆何欢把衣服全脱下来，正洗得尽兴，应喜突然冲进澡堂，与赤裸全身的陆何欢四目相对。

"啊——"应喜惊声尖叫。

"怎么了？"陆何欢跟着吓了一跳。

应喜赶紧背过身，"你，你洗澡怎么不关门？"

陆何欢莫名其妙地挠挠头，"都是男人怕什么？"

应喜粗暴地将隔间的门关上，咬牙切齿地警告陆何欢。"老子只喜欢和姑娘一起洗澡，以后你注意点！"

"放心，就算没有凌嫣，我对你也没什么非分之想。"陆何欢一脸无奈，想不明白应喜为何会如此介意。

"那最好了。"应喜说着走进旁边的隔间，关好隔间的门，打开水龙头洗澡。

翌日一早，警署会议室座无虚席，陆何欢、应喜、包璐、陆祥和警员们在包康的主持下召开紧急会议。

"刚收到总警署的消息，曾经流窜于江南几省的杀人狂魔龙震天最近来到了上海滩，此人极为神秘，身份信息一无所知。"包康手里拿着一份资料，表情严峻地朝众人说道。

陆何欢微微皱眉，"看来这件案子的难度不是一般的大。"

包璐从旁补充，"不单是难度大，危险系数也很高，根据资料显示，这个龙震天的手上至少已经有十一条人命了，而且都是用利刃将死者拦腰斩断，一分为二，杀人手段极其凶残。"

霎时，众人陷入恐慌。

包康见状，狭促地笑笑，"难度大，危险大，奖励才会大嘛，上头有批文，抓捕到龙震天赏金丰厚，还会得到总督察长的亲自接见和嘉奖。"

应喜一听有嘉奖，立刻来了精神，讨好地看向包康，"包署长，这案子就交给我跟陆何欢吧。"

陆祥暗暗皱眉，一脸担忧，"我觉得何欢是新入职不久的警员，经验不足，还不适合接这么危险的案子。"

"危险对于新人和老人来说是一样的，陆副署长不会是心疼儿子，不想让儿子担风险吧？"包康不乐意地呛声陆祥。

陆祥清了清嗓子，收起脸上的忧色，"我陆祥一向公私分明，龙震天为人狡诈，我是担心陆警员经验不足应对不来。"

"这你就不用担心了，有应探长在，不会出什么差错的。"包康铁了心要让陆祥为难。

陆祥见状，冲陆何欢又是摇头又是使眼色，示意陆何欢不要接受抓捕龙震天的任务。

陆何欢一脸耿直，"爹，你又是摇头又是眨眼的，哪里不舒服吗？"

"我落枕了，眼里又进了沙子。"陆祥瞪了陆何欢一眼，没好气地答道。

"不要紧吧？"陆何欢信以为真。

陆祥气急败坏，"已经好了！"

包康见陆祥出丑，得意地笑笑，他看向众人，"还有什么问题吗？"

"没有了。"众人齐声答道。

"好，那这件案子就由应探长和陆何欢负责，其他人全力配合他们二人。"

"是！"

包康点点头，看向陆何欢跟应喜，一脸严肃，"根据现有情报，龙震天常常出没于风月场所，你们两个就乔装成嫖客潜入青楼，抓捕杀人狂魔龙震天。"

"是！"陆何欢和应喜齐声答道。

陆祥眉头皱了皱，还不死心，"包署长，何欢还未成亲，就算是为了查案，可经常去风月场所也不好吧？"

"你的意思是要等他成了亲之后再来当警员吗？"包康咄咄逼人。

"这……"陆祥一时语塞。

陆何欢见陆祥担心，信誓旦旦地看向陆祥，"爹，你放心，我有分寸。"

"你有个屁分寸！"陆祥忿忿地拂袖而去。

包康得逞地笑笑，环视在场众人，"还有问题吗？"

"没有了。"众人齐声答道。

"散会！"

知音楼在蒙眬的夜色中霓虹闪烁。陆何欢和应喜打扮得衣冠楚楚，一副十足的绅士派头。为了掩人耳目，陆何欢贴上了假胡子，应喜还特意戴了一副眼镜。二人大摇大摆地走进知音楼，原本羞涩腼腆的陆何欢在应喜耳濡目染的影响下，对风月场所不再避之不及。二人刚进门，白牡丹、红玫瑰等应喜的一群老相好就纷纷围上来。

"应探长，你怎么才来，人家想死你了。"红玫瑰顺手搂住应喜。

"人家也想死你了。"白牡丹拉住应喜的胳膊。

舞女们动"手"又动"口"，陆何欢和应喜很快就被印了满脸的红唇印，应喜无比享受，陆何欢则一脸嫌弃地不停擦脸上的唇印。

"我打扮成这样，你们也能认出来？"应喜好奇地询问众女子。

白牡丹往应喜脸上蹭了一把，"当然了，应探长得英俊潇洒是掩盖不了的。"

应喜无奈地挠挠头，如果让混迹青楼的龙震天知道自己的身份就大大不妙了。

这时，老鸨迎上来热情地招呼陆何欢和应喜。

"哎哟，应探长，你可是有日子没来了。"

"我这不是来了嘛。"应喜见老鸨都能认出自己，笑着提醒众人，"在温柔乡里只提风月，就别提我探长的身份煞风景了。"

"知道了，大爷。"众人立马改口。

应喜满意地笑笑，"乖。"

陆何欢斜眼瞟了一眼应喜，无奈地摇摇头。

知音楼包间里灯光璀璨，陆何欢和应喜坐在满满一桌酒菜前自斟自饮。二人喝得正尽兴时，老鸨领来一位柔柔弱弱的姑娘。

"两位爷，这是新来的白莲姑娘。"老鸨捅了捅白莲，"白莲，说话。"

白莲行了个礼，"白莲见过两位大爷。"

应喜细细打量了一番白莲，见她眉清目秀，身材婀娜，宛如一朵纯洁无暇的白莲，果然人如其名。

"白莲姑娘生得真标致，想不到这知音楼还有如此货色。"应喜不住地点头。

"二位爷喜欢就行，那就让白莲姑娘留下，陪二位爷喝酒。"老鸨说罢走出去。

应喜喜上眉梢，朝白莲示意，"好，来来来，坐我旁边伺候。"

白莲袅袅婷婷地走到应喜身边坐下，给应喜和自己斟满酒，"大爷，白莲敬你一杯。"

应喜接过酒杯，色眯眯地盯着白莲，"好，美人敬酒岂有不喝的道理。"

一旁的陆何欢见应喜色迷心窍，不禁微微皱眉，一脸嫌弃。

应喜喝完一杯，白莲又为应喜倒上酒。

"给那位爷也倒上。"应喜对白莲说道。

白莲点点头，"是。"

白莲起身要给陆何欢倒酒，陆何欢连连摆手，"不用伺候我，伺候好这位爷就行，我不好这个。"

白莲似懂非懂地点点头。

"不管他，我们喝。"应喜瞟了一眼陆何欢，跟白莲碰杯，"来，干杯。"

应喜和白莲一饮而尽，白莲再次帮应喜和自己倒满酒。

应喜看着白莲，见她略施粉黛，仪静体闲，忍不住好奇地问道，"我说白莲姑娘，看你没有什么风尘气，怎么到这来的？"

白莲眼眶一红，微不可闻地叹了口气，"白莲命苦，还未成年就被卖到地主家做丫鬟。"她顿了顿，终于忍不住流下两行清泪，"地主见我有几分姿色，不管我是否成年就凌辱了我，地主夫人发现了，就把我卖到这里来。"

"白莲姑娘的身世好凄惨，这样吧，我认你做妹妹可好？"应喜有些动容。

"那当然好了。"白莲喜极而泣地为应喜倒上酒，亲切地说道，"妹妹敬哥哥一杯。"

"好好好。"应喜连连应下。

白莲举杯示意陆何欢，陆何欢点点头，跟着举起酒杯。

陆何欢跟应喜正仰头喝酒，白莲突然眼神一冷，偷偷拿起一个空碗，手一用力，轻易掰下一块瓷片，瞬间划向应喜的脖子。

第四十六章　蛇蝎美人

危急关头，喝完酒放下酒杯的应喜看向白莲，白莲急忙将瓷片藏进袖子，故作姿态地捋捋头发。

白莲转而观察陆何欢，她悄悄从头上取下一支发簪，准备刺向陆何欢的脖子。突然，陆何欢转过头，白莲一惊，失手把发簪掉在地上。

"白莲姑娘，你怎么不坐？"陆何欢疑惑地看着白莲。

"我的发簪掉在地上了。"白莲强装镇定。

应喜突然把发簪递到白莲面前，"是不是这支？"

"是。"白莲慌乱地点点头。

"来，我帮你戴上。"应喜说着帮白莲插上发簪。

"谢谢。"白莲佯装感激地笑笑。

应喜并未发觉白莲的异样,趁着酒意慷慨而谈,"白莲姑娘,以后要是再有人敢欺负你,我就帮你出头!"

白莲假装感动地拿起酒壶为应喜倒酒,同时偷偷扭动戒指,一滴毒药从戒指里滴出来,正好滴向应喜的酒杯。不料,应喜突然拿起酒杯,毒药滴在了桌子上。

应喜从白莲手里拿过酒壶,"白莲妹妹,我自己来,我们既是兄妹,你也不用再伺候我,就由我来照顾你吧。"应喜说着反倒为白莲倒起酒来,白莲不禁感到一阵懊恼。

"来,喝!"应喜一饮而尽,白莲也只好将酒喝下。

白莲见应喜不好对付,便拿起酒壶走到陆何欢身边,"既然哥哥不让我伺候,那这位大爷我总要伺候着吧。"白莲说着要给陆何欢倒酒,同时偷偷扭动戒指,一滴毒药从戒指里滴出来,滴向陆何欢的酒杯。

陆何欢直接将手挡在酒杯口上,白莲赶紧抽回戴戒指的手,毒药滴到地上。

"白莲姑娘不用照顾我,我自斟自饮就行了。"陆何欢尴尬地笑笑。

白莲暗自懊恼,勉强挤出一丝笑。

过了一会儿,应喜又拿起酒壶,将三人的酒杯倒满,"来来,我们接着喝。"

白莲敷衍着拿起酒杯一饮而尽。

"来,咱们俩单喝一杯。"应喜举杯邀请陆何欢。

白莲看准时机,趁陆何欢和应喜不注意,迅速抓起桌上的筷子,绕到二人身后,再次意欲行刺。

危急关头,应喜一把抓住白莲的筷子夺过去,"我说了,让我来照顾你嘛,你吃什么,我来给你夹。"应喜说着夹了一块肉,不管不顾地直接塞进白莲嘴里,"吃块肉吧,有营养。"

白莲被硬塞进嘴里一块肉,暗暗恼怒,她好不容易才把肉咽下,应喜又夹了一块肉塞进她嘴里,"多吃点,看你那么瘦!"

白莲气急,勉强敷衍地笑笑,她偷偷转过身,眼神一狠,从怀中拿出一个小盒子。白莲稍一抖动,小盒子顷刻间打开,一番变形后变成一把足有三尺的大刀。

白莲举着大刀,凶狠地看着陆何欢和应喜的背影。

应喜给自己和陆何欢倒上酒，端起酒杯，"来，喝酒！"

陆何欢接过酒杯，和应喜举杯畅饮。

白莲手握大刀，站在陆何欢和应喜身后，她盯着二人，眼神阴狠。恍惚中，白莲想起了不堪回首的往事。

青楼包房里灯火摇曳，一个十几岁、头发凌乱的小女孩蜷缩在床上，眼神惊恐不安。

"来，喝酒！"两个嫖客坐在桌边对饮。

二人喝完酒，一脸淫笑地向小女孩靠近。

"听说是老鸨刚买来的，今天咱们尝尝鲜！"二人说罢饿狼般扑向小女孩。

白莲身子一颤，咬牙切齿地盯着正在喝酒的陆何欢和应喜，仿佛眼前的二人就是曾经凌辱过她的嫖客，狰狞不堪。

应喜和陆何欢浑然不知，继续举酒豪饮。

白莲面上一冷，举起大刀对准应喜的腰间横扫过去，应喜站起身拿酒壶，无意中躲过大刀。应喜拿着酒壶倒酒，发现酒壶已经空了。

白莲反手去砍陆何欢，陆何欢见应喜手里的酒壶没酒了，起身去拿另一壶酒，无意中躲过一刀。

白莲接连失手，不禁恼羞成怒，她咬咬牙，举起大刀，照着二人的腰部再次横扫过去。

忽然，敲门声响起，白莲急忙把大刀折叠收起，放进怀里。

知音楼包房外，老鸨站在门口，惊恐地攥着手绢。她身后站着几个彪形壮汉，威风凛凛地堵在走廊。

领头的壮汉身着黑色镶红的劲装，方面大耳，鼻正梁高，嘴角挂着一丝凶意，目不转睛地盯着老鸨。

"白莲，白莲……"老鸨战战兢兢地敲了敲门。

不见白莲开门，老鸨一脸幽怨地看向壮汉，壮汉们对视一眼，正要冲进去，不料，门忽然开了。

白莲刚一出门，壮汉们二话不说上来制住白莲。

"你们干什么？"白莲一时愣住。

"你心里清楚，带走！"领头壮汉冷哼一声，语气不善地回道。

壮汉们要将白莲抓走，白莲意欲反抗，她眼角余光瞟到正坐在屋里喝酒的陆何欢和应喜。

"救命啊，两位哥哥救我！"白莲凄切地朝包房大喊。

应喜闻声看向门口，见两个壮汉押着瘦弱的白莲，而白莲正楚楚可怜地看着自己，他顿时大怒。

"哪里来的嫖客竟然欺负一个弱女子！"应喜说罢拍桌而起，直接冲出去，一旁的陆何欢想阻止已经来不及了。

"把手给老子拿开！"应喜走到跟前，一把推开押着白莲的壮汉。

领头壮汉气恼，朝手下示意，"把他一起带走。"

"是。"

壮汉们开始围攻应喜，应喜抡起王八拳跟众人厮打在一起。一旁的老鸨吓得抱住头，尖叫着跑走。

两名壮汉一前一后围攻应喜，二人一同出拳，应喜迅速蹲下，二人彼此吃了对方一拳。应喜趁机一个扫堂腿，将两名壮汉踢倒。

另一名壮汉见同伴失手，立马冲上来，熟悉知音楼的应喜迅速打开一个包间的窗户，壮汉直直撞在窗户上，顿时头晕目眩。

领头壮汉见应喜屡屡得逞，不由得怒火中烧，他咬了咬牙，指着身旁的两名手下，"给我抓住他！"

原本押着白莲的两名壮汉立马冲上去，应喜双拳难敌四手，登时骇然色变。

"跟你们拼了——"应喜闭着眼睛，一边抡起王八拳一边扯着嗓子喊道。

一通王八拳抡完后，应喜睁开眼睛，发现两名壮汉双臂环在胸前，正盯着自己。

应喜眨眨眼，推了推鼻梁上的眼镜，吓得倒退几步，转身想跑。不料，其中一名壮汉追上去，揪住应喜的衣领，另一名壮汉将拳头攥得咯咯响。

站在一旁的陆何欢见应喜惹祸上身，无奈地摇摇头，"多管闲事。"

"我只有一个要求，别打脸！"应喜自认躲不过，朝两名壮汉求饶。

"那就由不得你了！"壮汉们一脸狞笑。

壮汉们扬起拳头，应喜绝望地闭上眼睛。在几个拳头即将砸向应喜脸颊的一瞬，陆何欢冲上去，三拳两脚将围攻应喜的壮汉打翻在地。

"别忘了我们是来做什么的，快走！"陆何欢一边拉走应喜一边压低声音提醒。

应喜回过神，顺手拉起战战兢兢站在一边的白莲，"白莲妹妹，跟我走！"·

白莲一脸感激地点点头，跟着陆何欢和应喜跌跌撞撞地向知音楼后门跑去。

被打倒在地的壮汉们先后爬起来，他们见白莲一行人已经逃走，个个鼻青脸肿地看向领头的壮汉。

"头儿，现在怎么办？"其中一名壮汉开口问道。

领头壮汉微微皱眉，"跟我来！"

几名壮汉离开。

夜色蒙眬，还带着满脸唇印的陆何欢和应喜拉着白莲在知音楼后巷狂奔。白莲见壮汉们一时半会儿追不上来，企图摆脱陆何欢和应喜。

"哎呀，好疼。"白莲假装扭脚。

陆何欢和应喜停下来，应喜俯下身，一脸关切，"怎么了？"

"刚才不小心扭到脚了……哥哥，真的谢谢你们，你们别管我了，快走吧，万一坏人追上来就麻烦了。"白莲眼中含泪，故作可怜地说道。

"我先帮你找个安全的地方。"应喜说着不管不顾地背起白莲。

陆何欢见应喜铁了心要救白莲，摇摇头，"别忘了正事……"

"救人救到底，走吧。"应喜打断陆何欢，笃定地说道。

"往哪走？"陆何欢叹了口气，不再劝阻。

应喜抬头朝前望了望，但见不远处写着"如意客栈"的匾额闪着亮光，他想了想，朝陆何欢示意，"刚才那帮人也不知道是什么来路，先去那家客栈躲一躲。"

白莲暗暗着急，惶然劝阻道："不用你们送了，我自己会找个安全的地方。"

"不行，你一个人怎么行？"应喜态度坚决，他误以为白莲不愿麻烦他人，温声安慰道，"白莲妹妹别客气。"

"我一个人没事，你们走吧。"白莲真急了。

"听我的，安全起见，我们送你过去。"

"真不用！"白莲微微愠怒。

"你就别跟我客气了。"应喜说罢，强行背着白莲向客栈跑去。

陆何欢无奈地跟上应喜。

如意客栈的匾额上散发着几缕亮光。应喜背着白莲，跟陆何欢一起走进如意客栈。

不远处，一名卖糖炒栗子的街头小贩借着亮光，见应喜急匆匆地背着白莲跑进客栈，他皱了皱眉，摊子都不管，转身就跑。

霜喜侦探社灯火通明，柳如霜气愤地猛拍桌子，吓得站在她旁边的白玉楼和站在她对面的小贩浑身一哆嗦。

柳如霜冷眼一翻，忿忿地盯着小贩，"你确定没看错人？"

小贩胆怯不已，支支吾吾地不敢回答。

柳如霜着急，跺了一下脚，"你倒是说话呀，你到底有没有看清楚，背着女人去如意客栈的真是喜哥？"

"应该，应该没看错，那个人虽然戴着一副眼镜，不过看起来就是应探长。"小贩壮着胆子回道。

"岂有此理，竟然带女人去客栈鬼混！"柳如霜咬牙切齿。

一旁的白玉楼心中暗爽，趁机向应喜泼脏水，"我看这就是应喜的本性，霜姐，我看这种不识好歹的人，应该早点跟他划清界限，远离他才好。"

"少废话，跟我去如意客栈！"柳如霜牙齿咬得咯咯响，厉声说道。

白玉楼一听立马来了精神，喜笑颜开地凑到柳如霜跟前，"霜姐是要去跟应喜一刀两断吗？"

"我要去把那个勾引喜哥的贱女人一刀两段！"柳如霜眼圈含泪，挥手比划道。

白玉楼大惊失色，没想到柳如霜对应喜痴情不改，反而把怒气撒在别的女人身上。

应喜热心过头地把白莲安顿在如意客栈房间。

"你们不是普通的客人吧？"白莲坐在床边，一边假装揉脚踝，一边问道。

应喜点点头，"我们是……"他才蹦出三个字，站在一旁的陆何欢暗暗捅了捅应喜，压低声音，"别忘了我们是便装出来执行任务的。"

应喜会意，急忙对白莲改口，"哦，我们是做生意的，现在世道不太平，生意不好做，心情不好就去知音楼放松一下。"

"做生意的？"白莲怀疑地盯着应喜。

"对。"应喜点点头。

"做什么生意？"白莲装作漫不经心地追问道。

"嗯……"应喜一时语塞。

陆何欢从旁替应喜解围，"白姑娘，我们做的生意不太方便透露，你见谅。"

白莲不好再追问下去，佯装善解人意地点点头。

应喜见白莲身形单薄，一脸关切地走上前，"你的脚没事吧？"

"没事……谢谢你们救了我，刚才要不是你们，不知道会出什么事。"白莲摇摇头，楚楚可怜地说道。

"白莲姑娘，刚才那些到底是什么人？为什么要跟你过不去呢？"陆何欢想不通白莲一个弱女子为何会得罪这么多人，忍不住问道。

"哦，我先前得罪了客人，那些人就是客人找来报复我的……唉，做我们这行，身份卑微，受客人欺负打骂是常有的事。"白莲微微一怔，解释道。

"白莲姑娘，你就放心地在这好好休息……"应喜一脸同情，不料话还没说完，身后的房门嘭的一声被踹开。

一股冷风袭来，柳如霜和白玉楼站在门口。二人一个怒，一个喜，惊魂未定的应喜如坠云雾之中，不知道柳如霜和她的小跟班是如何跟到这的。

柳如霜死死盯着白莲，胸脯起起伏伏，不知道里面憋着多少怒火。

"想好好休息，没门！"柳如霜接过应喜的话茬说道。

应喜看向柳如霜，"你怎么来了？"

"想不到你竟然跑到这里跟一个贱女人鬼混！"柳如霜大哭大闹地冲向白莲，"你这个狐狸精，我今天要你好看！白白，给我打！"

白玉楼冲过去就要打应喜，却被柳如霜一把推开，"我让你打这个狐狸精！”

白玉楼点点头，冲过去和柳如霜撕扯白莲，应喜和陆何欢赶紧阻拦。

“你闹够了没有！”应喜拉住柳如霜。

陆何欢拉住白玉楼。

“你放开我，我要毁她的容！”柳如霜不依不饶。

“把他们两个弄出去！”应喜力不从心，向陆何欢求助。

柳如霜和白玉楼被应喜、陆何欢拉住往外拖，二人不停地挣扎，应喜和陆何欢无奈，只好强行将二人抱出门去。

来到客房外，应喜放下柳如霜，勃然大怒，“柳如霜，你太过分了！”

“你看你的脸！白白，把喜哥脸上的唇印擦下去！”柳如霜指着应喜的脸继续哭闹。

白玉楼一边拿出丝帕递给应喜，一边嘲讽道：“顶着青楼女子的唇印满街跑，你们不知道害臊吗？”

“脸上有唇印说明姑娘们喜欢，被喜欢有什么可害臊的？我看你是吃不着葡萄说葡萄酸。”应喜接过丝帕，一边擦脸上的唇印，一边不以为意地回击道。

白玉楼撇撇嘴，不屑和应喜置气，他鄙视地瞟了一眼旁边的陆何欢，将另一只丝帕递过去，冷哼一声，“真是近朱者赤近墨者黑，想不到这么快你就被应喜带进茅坑里去了。”

“这都是误会！”陆何欢尴尬地夺过丝帕，一边奋力擦脸，一边解释道。

应喜三下两下擦净唇印，冷冷地把丝帕还给白玉楼。

柳如霜气急地一把将应喜脸上的眼镜抓下来，“喜哥，你的放荡不羁呢？风流倜傥呢？你怎么能为了那种女人戴着眼镜装斯文！”

“柳如霜，你闹什么！”应喜不耐烦。

“柳小姐，你误会了！”陆何欢唯恐二人再起争执，在旁劝解道。

柳如霜趁机拿陆何欢撒气，一把扯下陆何欢的假胡子，“竟然粘上假胡子帮着喜哥去干坏事，不要脸！”

“你到底想干什么！”应喜见柳如霜如疯狗一般，逮谁咬谁，不由得怒火中烧。

柳如霜流着泪，深情款款地看着应喜，一字一顿，"我要捉奸！"

"柳如霜，第一，我跟你什么都不是，你来捉谁？第二，我跟陆何欢是在救人，哪有什么奸情可捉？"应喜强压怒火。

"救人？"柳如霜眼中含泪，心存疑虑。

陆何欢赶紧插话解释道："看来柳小姐是误会了，我跟应探长本来是乔装去知音楼查案，正巧白莲姑娘遇到麻烦，应探长便拔刀相助，救下白莲姑娘，可是又担心那些坏人会继续对白姑娘不利，这才把白姑娘暂时安置在这。"

"真的这么简单？"柳如霜将信将疑地盯着应喜。

应喜避开柳如霜问询的目光，不耐烦地看向陆何欢，"你为什么要对她解释这些？"

"一场误会，还是说清楚比较好。"陆何欢正色道。

柳如霜知道陆何欢一根筋，根本不会撒谎，顿时理亏地低下头，"你们本来是在执行任务？那个女人有难才出手相救的？"

"你以为呢？"应喜没好气地反问道。

忽然，柳如霜想起什么，抬起头，"那喜哥为什么要背着那个女人？"

应喜冷冷地别过头，一言不发。

陆何欢看了看应喜，转而看向柳如霜，"逃跑的时候，白姑娘扭伤了脚，应探长这才背着白姑娘一路来到客栈。"

"真的？"柳如霜想最后求证一下。

陆何欢认真地点点头。

应喜见柳如霜问东问西，不禁烦躁，把火气撒给陆何欢，"解释什么？我应喜愿意背哪个姑娘就背哪个姑娘，关她什么事？"

柳如霜暗自高兴，立刻摆出一副懂事的乖巧模样，"喜哥，你们先回警署汇报公务吧，我会帮忙照顾白莲姑娘的。"

应喜惊得下巴都要掉下来了，没想到柳如霜刚才还恨不得要撕了白莲，现在又信誓旦旦地要照顾白莲，他怀疑地看着柳如霜，"你？"

柳如霜拍拍胸脯，一脸真诚，"放心吧喜哥，包在我身上。"

应喜仍然不放心，但眼下必须回警署报告情况，他皱了皱眉，看看陆何欢，"我们先回警署。"

陆何欢点点头，跟着应喜离开。

柳如霜见二人走远，脸色一变，看向白玉楼，"白白，你在门口守着。"

"知道了，霜姐。"白玉楼顺从地点点头。

柳如霜整理了一下衣服，大模大样地走进房间。

白玉楼失意地站在门口，想到应喜和柳如霜冰释前嫌，不甘心地跺了跺脚。

客栈房间的电灯发出昏黄的亮光，白莲坐在床边，若有所思。忽然，柳如霜闯进来，她顺手关上房门，晃到白莲面前，方才她光顾着和应喜吵闹，还没来得及瞧清白莲的模样。

柳如霜挑剔的目光游走在白莲周身，但见对方的确有几分姿色，不无嫉妒地撇撇嘴，"也不怎么样嘛。"

白莲捋了捋头发，默默地低下头。

柳如霜靠近白莲，皱了皱眉，捏着鼻子，一脸鄙视，"一股庸脂俗粉的味道，真恶心！"

白莲捋头发的手暗暗用力，匆匆瞟了一眼柳如霜。

"勾引别人的意中人，不要脸！"柳如霜看向别处，继续含沙射影道。

白莲咬了咬牙，目光中透出几分凶狠。

第四十七章　酿成大错

柳如霜丝毫没有察觉白莲的恨意，继续挖苦嘲讽，"我现在算是理解了，为什么那么多人骂青楼女子，就是因为她们不自重，有手有脚做什么不行？偏要靠出卖色相赚钱，一点尊严都没有……"她顿了顿，瞟了一眼白莲，"某人听好了，安分守己自然大家都好，要是想打喜哥的歪主意，别怪我不客气，哼，以我柳家的实力，绝对有能力让她滚出旧闸！"

柳如霜故意加重"滚"字的语气，白莲听到后眼神一暗，不由得陷入回忆。

数年前，春寒料峭，一个瘦弱的小女孩身着一件粗布衫，跟着一个猥琐男子站在青楼门口。

　　"爹，这是哪儿啊？"小女孩仰起脸，不解地问男子。

　　猥琐男子坏笑一下，"好地方。"

　　说话间，老鸨走过来，猥琐男子急忙上前，讨好地笑笑，"花姐，人给你带来了。"

　　老鸨看了小女孩一眼，两只手一起夸张地掐起小女孩的脸蛋，左右拉扯，小女孩痛得哭起来。

　　老鸨点点头，看向男子，"模样一般，声音还不错，可以让她唱曲子。"

　　猥琐男子春风得意地摊开手掌，老鸨递过去一些银元。

　　"爹——"小女孩目送猥琐男子数着钱离开，脏兮兮的脸上挂着清泪。

　　小女孩想追上去，却被老鸨硬生生拉进青楼。

　　一个嫖客搂着青楼女子喝酒，小女孩站在一边唱歌，不料，她刚一开口，嫖客就将一盘菜扣在她的头上，小女孩头上顶着菜叶放声大哭。

　　没有人来替她擦去脸上的油污，嫖客还不忘恶狠狠地训斥她。

　　"唱得真难听，滚出去！滚！"

　　小女孩在白眼和嘲讽中长成少女，跟着老鸨站在另一个青楼门口。

　　一个大腹便便的青楼老板拿手里的竹竿狠狠抽打女孩，女孩疼得一边蹦跳一边哭。

　　青楼老板眉开眼笑，满意地点点头，"身段不错，可以让她跳舞。"说罢给了老鸨一些银元。

　　"花姐——"

　　少女目送老鸨数着钱离开，这一幕对她来说是何等的熟悉与痛楚，可她来不及自怜，便被青楼老板拉进青楼。

　　几个嫖客围在桌前喝酒，女孩在旁翩翩起舞，如同一只折断翅膀的蝴蝶，小心翼翼地踮着脚尖。

忽地，一个嫖客把一只空碗打向女孩，嫌弃地摆摆手，"跳得什么玩意！滚出去！滚！"

女孩跟着青楼老板来到另一个青楼门口，此时的她已经出落得楚楚动人，但却始终低着头，好似埋在土里的珍珠。

一个打扮妖艳的老女人揪住女孩的头发，迫使女孩抬头，女孩疼得直掉眼泪。

老女人如同在欣赏一件货品，喜不自胜地点点头，"模样不错，可以培养成头牌。"说罢给了青楼老板一些银元。

"于老板——"女孩目送青楼老板数着钱离开，她的眼中已经没有了期盼。

老女人把女孩拉进青楼。

红烛垂泪，一个丑陋不堪的嫖客坐在床前，淫笑着盯着女孩，女孩战战兢兢地向嫖客靠近。

女孩开始为嫖客解衣服，一不小心弄掉了衣服上的一枚纽扣。

"毛手毛脚的，滚出去！滚！"嫖客一脚将女孩踹倒在地，破口大骂。

女孩趴在冰冷冷的地上，看着嫖客，眼中没了恐惧，全然是毫不掩饰的恨意。

在银元"当、当"脱手的瞬间，在客人脱口大骂"滚、滚"的瞬间，女孩仿佛听到了往自己心脏钉钉子的声音，一声声击破耳膜，一声声刻骨镂心。

女孩就是白莲。

自然，柳如霜不知道这一切，她盯着白莲，疑惑不解，"你发什么呆，听清楚了吗？你要是敢勾引喜哥，我就让你滚出旧闸！"

白莲咬了咬牙，微微点了点头，一枚仇恨的钉子再次钉在心头。

柳如霜得意地背着手，"我们先礼后兵，该说的话我都说了，以后喜哥要是再去知音楼，你不许陪酒，找几个难看的去陪。"

"知道了。"白莲沉声答道。

"这还差不多。"柳如霜喜上眉梢。忽然，她想到什么，眼珠一动，"你等着，我去给你倒杯水。"

柳如霜转身去倒水，白莲眼神狠下来，悄悄从身上拿出折叠大刀打开，缓缓站起身，提着刀向柳如霜逼近。

夜色愈加浓烈，旧闸已经进入梦乡。

陆何欢和应喜并排走进警署。此时二人已经换上了警服，全然没有方才的狼狈，显得器宇轩昂。

陆何欢瞟了眼手表，不满地看向应喜，"为什么非要浪费时间换回警服？我们去知音楼不也是包署长同意的吗？"

"但是包署长并没有同意我们可以在知音楼打架。"应喜解释道。

"打架的人是你，跟我没关系。"

"最后那两个人可是你打晕的。"应喜理直气壮。

"What？你有没有良心？我可是为了救你！"陆何欢没想到应喜这么会推卸责任。

应喜坏笑几声，狡黠地看着陆何欢，"既然有救我的心，那就跟我一起同甘苦共患难吧。"

陆何欢狠狠瞪了应喜一眼。

二人说话间，光头从走廊另一头迎面走过来。

"应探长，何欢。"

应喜点点头，"包署长在办公室吗？"

"在，总部的元督察来了，好像是为了龙震天的案子。"

"元督察？"应喜还从来没见过。

"会不会是龙震天的案子有新进展了？"陆何欢一下来了兴致。

"去看看就知道了。"应喜说着大步朝前走去。

陆何欢跟了上去。

包康办公室一下变得拥挤不少，几个壮汉鼻青脸肿地坐在沙发上，正是先前在知音楼围堵白莲的几人。包康一脸恭敬地坐在众人对面。

"本来我们的人已经控制了龙震天，谁知半路杀出两个劫匪，把龙震天劫走了！"领头的壮汉握着拳头，瞋目切齿。

"哦？元督察，是两个什么样的人？"包康讨好地询问道。

原来领头的壮汉就是警署总部的元督察，他方才带人出现在知音楼就是为了抓捕龙震天，而白莲不是别人，正是连环杀人魔龙震天。

包康问完，不待元督察开口，身旁的一名总部警员站起来，"那两个人穿着打扮很斯文，却满脸红斑，一个人戴着眼镜，另一个人留着八字胡……"

说话间，陆何欢和应喜刚好走到门口，总部警员指着二人随口说道，"身形跟他们两个差不多！"

元督察等人的目光纷纷聚焦到陆何欢和应喜身上。

应喜扫了一眼屋内几个鼻青脸肿的壮汉，立刻认出这就是先前在知音楼和他们打过架的几人，顿时倒吸一口凉气。

应喜额头上直冒冷汗，拿胳膊拐了拐陆何欢。陆何欢这才注意到沙发上坐着的几人，他环视一圈，也认出了几人。

陆何欢暗暗吃惊，试探着问："你们是……"

"这几位一定就是总部的同僚吧？"应喜忙不迭地打断陆何欢，暗暗对他使了个眼色。

一旁的包康闻声站起来，"我来介绍一下，这位是警署总部的元森督察，这几位是元督察的得力助手。"

元督察等人应声站起来。

"元督察，这两位是我们旧闸警署的探长应喜和探员陆何欢，之前的'舞女金露案''槐花弄连环杀人案''大象失窃案'以及前几天'苏州河浮尸案'，都是他们两个协助我破获的。"包康眉欢眼笑。

元督察等人与陆何欢和应喜一一握手。

"元督察好。"应喜一脸谄笑。

陆何欢面露窘色，"元督察好。"

元督察不无赞赏地看着陆何欢和应喜，"原来是传说中的'欢喜神探'，你们的破案能力我早有耳闻。"

"元督察过奖了。"应喜心虚地低下头。

包康见元督察和陆何欢、应喜寒暄完毕，凑到跟前，"元督察，他们两个也是去调查龙震天的案子，不如大家交流一下案情？"

元督察点点头，"我们接到线人的情报，龙震天化妆成青楼女子白莲潜入知音楼伺机作案，便前往抓捕。虽然我们做了周密的准备，却还是出了意外。"

"白莲是龙震天！"陆何欢大吃一惊。

应喜显得镇定自若，他眼珠一转，接过话头，"我们也怀疑那个白莲有问题，今天本来就是要去查这个白莲的，结果正好目睹了白莲，哦，不，是龙震天被劫走的经过。"

陆何欢不敢相信地看着应喜胡编乱造。

应喜一脸认真地满口胡诌，"那两个满脸红斑的劫匪带着龙震天从后门跑了，我跟何欢追了几条街，可惜最后没有追上。"

元督察信以为真，激动地握住应喜的手，"谢谢应探长配合我们工作，谢谢旧闸警署。"

"配合总部工作是我们应尽的责任和义务，请元督察放心，我们一定全力缉拿龙震天以及劫走龙震天的人。"包康在旁附和道。

元督察感激地点点头，"包署长费心了。"

"这是我应该做的。"包康喜形于色，暗暗想着今年升职全靠龙震天了。

元督察见包康和手下警员如此尽职尽责，舒心一笑，"那缉拿龙震天的事就交给你们了，我还要回总部去汇报。"

"好。"包康点点头。

元督察等人走出办公室。

陆何欢和应喜一听抓捕龙震天的任务全权交由旧闸警署，对视一眼，不禁暗暗着急。

如意客栈客房外，白玉楼正百无聊赖地拿着小镜子修眉毛。屋内，柳如霜站在桌边给白莲倒水，她偷偷从衣兜里拿出一包药粉，决定好好惩罚一下勾引应喜的白莲。

在柳如霜笨手笨脚地打开药粉包时，白莲眼神阴狠地举着大刀，一步一步地向柳如霜靠近。她本不杀女人，但认为柳如霜实在太可恶，决定破例杀掉柳如霜。

白莲走到柳如霜身后，照着柳如霜的头举刀就要劈下去。生死攸关的当口，柳如霜突然发现壶里没有水，向一旁走了两步拿水壶，侥幸躲过一刀。

白莲跟上去再次举刀劈下，柳如霜又提着水壶走回原来的位置，向杯子里倒水，又侥幸躲过一刀。

白莲恼怒不已，将大刀横握在手里，准备横扫过去将柳如霜拦腰斩断。不料，柳如霜手一抖，不小心将药粉包掉在地上。恰巧在白莲出刀之时，柳如霜蹲下身捡药粉包，又侥幸躲过一刀。

柳如霜捡完药粉猛地转过身，白莲迅速将大刀藏在身后，柳如霜也急忙把药粉包藏在身后。心中有鬼的二人尴尬地对视。

"你，你要干什么？"柳如霜忍不住先开口问道。

"我，我想看看你要干什么。"白莲支支吾吾地答道。

"你为什么要看我干什么？"柳如霜心虚不已。

"我为什么不能看你干什么？"

柳如霜见白莲嘴硬，佯装理直气壮地扬起下巴，"我照顾你嘛，给你倒水喝。"

白莲暗暗松了口气，"好啊，倒吧。"

柳如霜唯恐被白莲发现自己下药，眨眨眼，看了看床，"你去坐下等着吧。"

"不用了，我就在这看着。"白莲意欲再次偷袭。

"你什么意思？不相信我吗？"柳如霜嗔怒。

白莲摇摇头，"不是。"

"那你还不去坐下。"柳如霜带着命令的口吻说道。

白莲见柳如霜不肯让步，犹豫了一下，一步一步倒退着回到床前。

"坐下等着就好。"柳如霜挤出笑容。

白莲看着柳如霜，背在身后的手快速将大刀折叠，藏在身上，然后装作若无其事地坐下。

柳如霜转过身，手忙脚乱地将药粉倒进水杯，故作镇定地端起杯子。

白莲郁闷地坐在床边，想起自己接连失手，忍不住在心中发起牢骚。知音楼包房里的那两个蠢货杀不死就算了，但是眼前这个小姑娘居然也屡杀不成，莫非是流年不顺，今天不宜杀人？想到这，白莲冷哼一声，盯着柳如霜，眼神顿时阴狠下来，既然大刀不成，她便悄悄从身上摸出一把匕首。

柳如霜浑然不知，端着水杯慢慢走向白莲。

夜色苍茫，包康、应喜和陆何欢站在警署院子，目送元督察等人离开。包康向元督察挥手，元督察等人头也不回地走出大门。

一旁的陆何欢和应喜紧张地对视一眼。

应喜凑到陆何欢耳边，压低声音，"柳如霜有危险。"

陆何欢会意，点点头，"好在白玉楼跟她在一起，龙震天不会贸然行动，我们现在去救人。"

应喜点点头。

包康还在冲着警署大门挥手，可是元督察等人的身影已经淹没在夜色中。

应喜着急抓捕龙震天，走到包康近前，"包署长，我们还有事，先走了。"说罢拉着陆何欢转身就走。

包康一脸阴森地拦在陆何欢和应喜面前，"干吗去？"

"包署长，今天的进展不是已经汇报完了吗？"陆何欢不解地问道。

包康意味深长地盯着陆何欢和应喜，"全部汇报了，没有保留吗？"

陆何欢一时不知该如何作答，看向应喜。

"能有什么保留……"应喜嘴硬。

"你们是怎么发现龙震天被劫的？"包康厉声质问应喜。

应喜摸了摸鼻子，煞有介事地答道："我们刚赶到知音楼，就发现里面的人打起来了，然后我跟何欢就冲了过去，就看见两个满脸红斑的人拉着一个青楼女子从后门跑了，我一看就觉得不对，于是追了上去，我们追了几条街，可惜最后被他们跑了。"

包康竭力压抑住心中的怒火，一把揪住应喜，指着应喜脖子上因为疏忽还没有擦干净的红唇印，"既然是赶到知音楼就发现了龙震天，那你脖子上的唇印怎么解释？"

应喜下意识地捂住脖子，一脸心虚。

包康心下了然，忿忿地盯着应喜，"你们就是那两个劫走龙震天的人对不对？"

"我们怎么会做那种事，这唇印是我一进知音楼就被老相好亲的，太热情，没办法。"应喜企图抵赖。

包康见应喜还不承认，照着应喜的腰间狠狠掐了一把。

"哎哟，包署长，疼疼疼……"应喜痛叫不迭。

"还狡辩！"包康说着又狠狠掐了一把应喜。

应喜终于忍不住，道出实情，"包署长，您手下留情，那个白莲看上去柔柔弱弱楚楚可怜，谁能想到她就是龙震天呢！我一时眼拙，被她骗了。"

"说！到底怎么回事？"包康大怒。

一旁的陆何欢主动走上前，"包署长，您别为难应探长了，龙震天是我们无意中救走的。"

包康看向陆何欢，怒气未消，"到底怎么回事？"

"我跟应探长去知音楼调查，老鸨送来的姑娘刚好就是龙震天伪装的白莲，他编了一个凄惨的身世博得同情，我们就信以为真了。元督察他们来抓捕龙震天，没有亮明身份，我和应探长以为是客人欺负弱女子，这才出手相助的。"陆何欢看了一眼应喜，坦承道。

包康越听越气愤，"出手相助？你们这是助纣为虐！放走了一个杀人魔，你们还有理了！"

应喜见包康怒不可遏，咬咬牙，"包署长，这件事确实是我们的错，我们一定尽量弥补！"

包康怒火未消，"我不管你们用什么办法，总之要不惜一切代价抓住龙震天，在总督察长发现是你们放跑龙震天之前把人偷偷送回警署总部，否则就拿你们两个当龙震天的同伙上交给总督察长完成任务！"

"是！"陆何欢和应喜硬着头皮，齐声答道。

"这件事低调行事，不能给你们派增援。"包康补充道。

"明白。"应喜使劲点了点头。

包康点点头，陆何欢和应喜刚要走，包康又叫住二人。

"等等！"

二人一惊，手足无措地愣在原地。

"检查好配枪。"包康叮嘱道。

"是！"陆何欢和应喜异口同声地答道。

第四十八章　放虎归山

天色已晚，林芝贴着满脸黄瓜片，悠闲地躺在床上。陆祥心神不宁地走进来，悄声躺在林芝旁边。

林芝猛地睁开眼睛，"怎么了？今天你一回来就心神不宁的样子，不会是在外面又惹上什么桃花债了吧？"

"哎呀，你不要乱猜疑好不好。"陆祥不耐烦，顺手抓起床边的报纸。

"那你倒是说啊，你不说我只能乱猜了。"林芝不依不饶。

陆祥叹了口气，"包康让何欢抓捕龙震天。"

"龙震天？"林芝想了想，"名字有点耳熟，谁啊？"

"就是在江南几省流窜作案的杀人狂魔龙震天，现在知道的就已经有十一条人命了！"陆祥带着些怨气答道。

林芝一听，猛地坐起来，脸上的黄瓜片纷纷掉落，"我在报纸上看过那个杀人狂魔的报道，那个人不正常，专杀男人，还把人腰斩！何欢去抓他岂不是很危险？"

"这正是我担心的。"陆祥点点头，沉声答道。

林芝气恼，迁怒陆祥，"那你是干什么吃的，怎么不拦着呢？"

陆祥没好气地瞪着林芝，"还不是你那个呆头呆脑的儿子犯傻，我这边向他使眼色，他还问我是不是眼睛进了沙子，我都懒得管他！"

"儿子耿直你又不是不知道，你是副署长，直接下命令不让他去不就行了？"

"你也知道我是副署长了，我上面不是还有一个包康！"

林芝不理陆祥，怒气冲冲地要下床，"我去找包康！"

陆祥拦住林芝，一脸为难，"我的姑奶奶，你找他怎么说？人家是正常下派任务。"

"我不管，大不了不干了，总之不能让我儿子去冒险。"林芝胡搅蛮缠的脾气上来。

情急之下，陆祥直接朝林芝怒吼，"都是做警员的，都是有爹娘的，你儿子不去冒险，你让谁的儿子去冒险？"

林芝理亏，看着陆祥，不由得眼圈泛红，"儿子不会有事吧？"

陆祥拉住林芝的手，语气转柔，"何欢好歹是去留过洋的，虽然性格耿直，但应对危险随机应变的能力还是有的。"

林芝叹了口气，双手合十，带着哭腔祈祷，"老天爷一定要保佑何欢。"

如意客栈门口灯火阑珊，白玉楼实在支撑不住，靠在客房外的墙壁上哈欠连连。

客房里，白莲左手接过水杯，右手偷偷从腰间抽出一把匕首，紧紧盯着柳如霜。

柳如霜在白莲面前来回踱步，心想："刚才给她水的时候她有点迟疑，难道是发现我在水里做手脚了？"

白莲放下水杯，握着匕首，心想："这个笨女人有些古怪，难道发现我的身份了？"

想到这，白莲看准机会向柳如霜后背刺过去。不料，柳如霜却突然转身向反方向走去，白莲迅速藏起匕首。

柳如霜抬头看着白莲，试探着，"你刚才看到什么了？"

"没，没什么啊，你看到什么了？"白莲也有些心虚地反问。

柳如霜有些没底气，"我也没看到什么。"

白莲心虚地看向别处。

柳如霜怀疑地看了看白莲，继续来回踱步，心想："如果这个妖女真向喜哥告状，喜哥一定会生气……"

与此同时，白莲也目不转睛地盯着柳如霜，心想："她一定是发现什么了，现在正在想对策，必须尽快解决她……"

想到这，白莲再次挥舞匕首刺向柳如霜，不料，柳如霜再次转身向反方向走去，白莲只好再次藏起匕首。

柳如霜转头看了看白莲放在一旁的水杯，"你怎么不喝水？"

"我不渴。"白莲摇摇头。

柳如霜盯着白莲，心想："这个妖女不会是现在装作什么事都没有，一会喜哥回来就哭天抹泪地装可怜告状吧？"

白莲盯着柳如霜，心想："这个笨女人看样子一定是发现什么了，不行，我要先下手为强……"

想到这，白莲开口问柳如霜，"你看着我干什么？"

柳如霜清了清嗓子，板起脸，"白莲，我们明人不说暗话，你要是发现什么，我们就把话说清楚，别背后捅刀子。"

白莲一怔，以为柳如霜识穿了自己的诡计，下意识地将匕首往身后藏了藏。

柳如霜决定以退为进，讪讪地解释，"我承认，刚才我是想往你的水里放点东西，不过那都是一些助消化的补药，不是别的。"

"哦。"白莲装作无所谓的样子。

柳如霜走到白莲身旁，拿起水杯，"算了算了，你要是信不过我，我就重新给你倒一杯水。"

柳如霜说着端着水杯走到桌前，把水泼在地上，然后一边倒水一边犯起嘀咕，"你看好，这次我可什么都没放。"

白莲见柳如霜正背对着自己倒水，悄悄起身，拔出匕首向柳如霜一点一点地靠近。

客房门外，白玉楼靠着墙不时地打着哈欠。

忽然，走廊里传来一阵躁动。白玉楼循声望过去，原来是陆何欢和应喜匆匆跑过来。

陆何欢见白玉楼独自一人站在门外，不禁一怔，"白玉楼，柳小姐呢？"

"霜姐跟白莲在房间里呢。"白玉楼漫不经心地答道。

"那你怎么出来了？"应喜有些着急。

"霜姐让我在门口把风。"

"糟了！"应喜大呼不妙。

"怎么了？"白玉楼一脸茫然。

"白莲就是杀人狂魔龙震天！"陆何欢面色凝重。

"什么！"白玉楼目瞪口呆，"不行，我得去救霜姐！"

白玉楼失控，眼看就要冲进房间，眼明手快的陆何欢一把按住他。

"你冷静点！"陆何欢生怕白玉楼打草惊蛇。

"霜姐在里面，霜姐跟杀人狂魔在里面！"白玉楼声泪俱下。

"你听着，想救柳小姐，就听我的。"陆何欢竭力安抚白玉楼。

白玉楼哭着点点头。

陆何欢放开白玉楼，看向一旁的应喜，"我们进去。"

陆何欢示意应喜躲在门边，自己举枪准备破门而入。

屋里，茶壶的水缓缓流入茶杯，水在杯中形成一个旋涡，渐渐将杯子填满。

378

柳如霜放下水壶，双手端起水杯。白莲正站在柳如霜身后，举着匕首对准柳如霜的脖颈。

　　柳如霜端起水杯刚要转身，白莲眼神一狠，举着匕首的手就要落下。

　　千钧一发之际，"嘭"的一声，陆何欢持枪破门而入。

　　"龙震天！你已经被包围了，放下手里的匕首！"陆何欢把枪指向白莲，厉声说道。

　　龙震天见自己的图谋被撞破，顺势将匕首抵到柳如霜的脖颈上，气焰嚣张地威胁陆何欢，"不许动，再动一下我就要了她的命！"

　　柳如霜登时惊慌失措，手上的杯子重重砸在地上，摔个粉碎，她又是恼怒又是不解地看向龙震天，"你这个妖女想干什么？"

　　龙震天凶相毕露，狠狠打了柳如霜一下，"你给我老实点！"

　　"啊！"柳如霜痛叫，"你干吗！"

　　陆何欢见龙震天企图劫持人质逃窜，皱了皱眉，冷静下来，"那就看看是你的匕首快，还是我的枪快。"

　　龙震天看了看正对着自己的手枪，不禁有些紧张，佯装镇定地威胁陆何欢，"把你手里的枪扔过来，否则我就杀了这个女人！"

　　陆何欢没有放下手枪，目不转睛地盯着龙震天的手，"我手上的勃朗宁有效射程三十米，我跟你现在距离三米，只要我扣动扳机，不用半秒就可以打爆你的头。"

　　龙震天一听，拿着匕首的手忍不住抖了一下。

　　客房外，应喜拿着枪躲在门口，白玉楼躲在应喜旁边，眼圈通红，紧张地听着里面的动静。

　　陆何欢的声音从屋内传出来，"所以，你觉得是不是我更有资格让你放下匕首呢？"

　　白玉楼猜测柳如霜可能已经被龙震天劫持，不由得低声犯起嘀咕，"不行，我要去救霜姐！"说罢猛地冲进房间。

　　应喜想拉住白玉楼却失了手，不禁一阵懊恼。

　　屋内，龙震天与陆何欢对峙之际，白玉楼突然冲进来，一边哭一边大吵大闹。

"霜姐！陆何欢你快把枪给他，他让你做什么你就做什么！"

龙震天气焰愈盛，朝陆何欢怒吼，"把枪扔过来！"

"这是什么情况啊？白白，这个妖女到底是谁啊？"柳如霜仍是一头雾水，不知白莲为何要杀她。

白玉楼带着哭腔，"她是杀人狂魔龙震天！"

柳如霜闻之一惊，身体立时瘫软，字字颤抖，"龙，震，天？"

柳如霜意识到到自己被一个杀人魔头劫持，忍不住放声大哭，"我跟你无仇无怨，你别杀我，快放了我！"

龙震天耳膜被震得厉害，气急败坏地警告，"别吵！再不把枪扔过来，我就动手了！"龙震天逼视陆何欢，把手里的匕首逼近柳如霜，柳如霜的脖子流出血来。

"疼死了，你快放开我！"柳如霜吓得大哭。

一旁的白玉楼突然跪在地上，泣不成声，"龙震天，我求求你，放了霜姐吧，我做你的人质好不好？"

"白白。"柳如霜心底一暖，感动不已。

"你们都给我闭嘴！"龙震天气急败坏。

"你放开我！放开……"柳如霜还在置若罔闻地奋力挣扎。

龙震天忍无可忍，眼神开始发狠。陆何欢见状，唯恐龙震天失去理智，连忙制止柳如霜。

"柳小姐，别吵，听我说，相信喜哥……"

"喜哥？"柳如霜顿时安静下来，抬头看向陆何欢。

陆何欢点点头，"安静，相信我。"

柳如霜听到陆何欢话中有话，不再哭闹。

陆何欢看向龙震天，"龙震天，我这就把枪给你，你别做傻事。"他说着慢慢靠近龙震天，扔掉手里的枪。

在手枪掉在地板发出声音的一瞬间，龙震天所有的注意力转移到枪上，与此同时，一直躲在门外的应喜冲了进来。

应喜扣动扳机，轰然枪响，措手不及的龙震天被子弹打中左腿，手上的匕首掉落在地。

白玉楼迅速跑过来扑倒柳如霜，用身体将柳如霜保护起来，陆何欢和应喜顺势扑上去抓捕龙震天。

龙震天忍痛从地上捡起匕首刺向应喜，陆何欢见状挡在应喜身前。危急关头，应喜一把推开陆何欢，胳膊被龙震天的匕首划伤。

陆何欢见应喜受伤，大吃一惊，龙震天趁机跳窗逃走。

陆何欢冲到窗口，跟着跳出窗外。

天色已晚，如意客栈后面的巷子十分昏暗。陆何欢跳出窗外，却发现四处都没有龙震天的人影，他低下头，无意间发现地上残留着血迹。

陆何欢沿着血迹追了几步，不料，血迹竟然凭空消失了，他环视四周，仍不见龙震天的踪迹。

陆何欢沮丧地转身回到客栈窗下，敏捷地攀上窗户钻了进去。

客房内乱作一团，应喜正捂住伤口坐在地上，柳如霜和白玉楼愣在一旁。

"又被他跑了！"陆何欢叹了口气，一脸懊恼。

应喜一听，忍不住跟着叹了口气。

劫后余生的柳如霜见应喜为救自己而受伤，不禁大为感动，她推开护着自己的白玉楼，跑到应喜身边，带着哭腔，"喜哥，你没事吧？"

应喜没好气地扭过脸，"我又没死你哭什么，这点小伤，不算什么。"

被晾在一旁的白玉楼看着柳如霜和应喜，失落地撇撇嘴。

陆何欢大步走到陆何欢近前，扯下一块衣服帮应喜包扎伤口。

柳如霜看着应喜的伤口，潸然泪下，"喜哥，虽然你平时对我不冷不热，又经常吼我，但是在生死攸关的时候，你却能拼了性命保护我，我真的很感动。"

应喜嫌弃地咧咧嘴，"别说得那么肉麻好不好？我不是救你，是救人质，你别想太多。"

"喜哥，我知道你是嘴硬心软，不管你怎么想，反正这辈子，我就喜欢你一个，非你不嫁。"柳如霜一边抽泣，一边信誓旦旦地说道。

应喜烦躁地板起脸，"这不是无赖嘛！"

二人说话间，白玉楼冷着脸冲过来，"霜姐，有的人为了破案竟然让你陷入如此危险的境地，这种心怀叵测的人还是离远点比较好。"

柳如霜知道白玉楼指桑骂槐，怂怂地看着白玉楼，"白白，我不许你这么说喜哥！我命令你立刻给喜哥道歉！"

"霜姐，我是为了你好，你忘了刚刚我也奋不顾身救你了吗？"白玉楼一脸委屈，弱弱地说道。

柳如霜丝毫不领情，嫌弃地皱起眉头，"我刚刚就看见你哭了，一点都不像个男人，还给那个杀人魔头下跪，没骨气！"

"霜姐，人家可都是为了你！"白玉楼委屈不已。

柳如霜翻脸不认人，"谁让你为了我丢骨气了？"

"霜姐……"白玉楼还想说些什么。

应喜见柳如霜和白玉楼你一言我一语，没完没了，一脸不耐烦地呵斥二人，"你们有完没完？走走走，你们不嫌烦我还嫌烦呢。"

"我不走，喜哥，你受伤了，我要留下来照顾你。"柳如霜一脸关切。

应喜烦躁地摆摆手，"谁用你照顾，不让我看见你就是对我的照顾了，眼不见心不烦，快走吧。"

柳如霜委屈地撇撇嘴。

陆何欢生怕二人再起争执，在旁劝慰柳如霜，"柳小姐放心，我会照顾好应探长的。"

柳如霜点点头，"那我走了，你要照顾好喜哥。"

陆何欢点点头。

白玉楼见状立马凑过来，"霜姐，我送你回家。"

"谁用你送？没听见喜哥说眼不见心不烦嘛！"柳如霜冷冷地拒绝白玉楼。

"可是刚才没抓到龙震天，万一你回家的路上遇到她怎么办？"白玉楼不甘心。

柳如霜一听心有余悸，自己给自己台阶下，"那你就送我回去吧，烦你也不是一天两天了，也不差这点时间。"

柳如霜说罢转身就走，白玉楼高兴地跟上柳如霜。

客房里只剩下陆何欢和应喜。

陆何欢扶应喜坐在床边，"我们回宿舍吗？"

"住店的钱都花了，就在这睡一宿吧。"应喜摇摇头，有气无力地答道。

陆何欢尴尬地挠挠头，"如果不是宿舍，两个大男人住一个房间有点奇怪。"

应喜径自躺在床上，不以为意地看着陆何欢，"有什么奇怪的，我们同床共枕也不是一天两天了。"

"说是这么说……"陆何欢仍然心存顾虑。

"做也这么做就行了。"应喜不拘礼节地笑笑，闭上眼睛。

陆何欢看着躺在床上的应喜，犹豫片刻，最终还是躺在应喜身旁。

翌日清晨，陆何欢和应喜来到警署法医室，二人和包璿隔着一张桌子相对而站，一沓厚厚的资料放在桌子上。

包璿看着资料，"何欢，这是龙震天连环杀人案十一名死者的资料。"

陆何欢拿起资料，"都是些什么人？"

"各行各业都有，不过都是男人。"

应喜似乎想起什么，猛地拍了一下桌子，"龙震天仇视男人？"

陆何欢和包璿看向应喜，点头表示赞同。

陆何欢想了想，转而看向包璿，"死亡时间有规律吗？"

"有。"包璿点点头，"一般都是晚上。"

"还有其他吗？"陆何欢追问。

包璿想了想，"龙震天杀人应该都是偷袭，死者都是一刀被拦腰斩断，没有挣扎。"

应喜一听，不屑地抱着胳膊，"偷袭？原来是个草包。"

"也可以理解为这个凶手比较谨慎。"陆何欢看看应喜。

包璿看看陆何欢和应喜，"龙震天杀人从未失手，目前除了你们两个，还没有生还者。"

陆何欢和应喜对视一眼，唏嘘不已。

三人说话间，光头匆匆跑进法医室，"应探长！出事了！"

"怎么了？"应喜神色一凛。

"百乐门后巷昨晚发生两起命案。"

陆何欢、应喜和包璿俱是一怔。

第四十九章　踏破铁鞋

百乐门后巷已经被警员围起来，几个舞女站在不远处围观。角落里躺着两具被腰斩的男尸，一个拿着扫把的妇人战战兢兢地站在死者身旁。

陆何欢、应喜和包瑢来到现场，包瑢戴好手套准备进行尸检，陆何欢开始勘查现场，寻找线索。

应喜向附近的一名警员走过去，"谁是报案人？"

警员指了指拿着扫把的妇人，"是这里的清洁工。"

应喜大步走到清洁工面前，盯着眼前的妇人，但见她三十来岁，衣着朴实，面容清丽。

"你是怎么发现的？"应喜正色问道。

"早上五点左右，我来清扫这里，就……"清洁工顿了顿，"就发现这躺着两个人，我还以为是喝醉酒的，走近一看才发现……"她说到这不由自主地捂住胸口，"都被分成两段了！"

应喜听后忍不住一阵干呕，冲清洁工摆了摆手，示意她不要再说下去。

陆何欢闻声走过来，一脸关切，"没事吧？"

应喜摇摇头，陆何欢见应喜无碍，侧脸看向警员。

"查到死者的身份了吗？"

"询问过百乐门的领班，说死者是昨天在百乐门喝酒的客人，凌晨三点左右离开的。"

陆何欢点点头，走向包瑢，"有什么发现吗？"

包瑢微微皱眉，面色凝重，"两名死者都是男性，一个三十岁左右，一个四十岁左右，两人的死亡时间相近，都是在凌晨三点左右。根据伤口来看，应该是同一凶手所为，凶器是大刀。"

陆何欢若有所思，皱紧眉头。

应喜走到陆何欢身边，一脸担心，"龙震天干的，这下惨了。"

陆何欢和应喜对视，二人眼神中透出浓浓的不安神色。

陆何欢和应喜勘查完案发现场，匆匆来到包康办公室。

包康得知百乐门后巷昨晚发生两起命案，暴怒地将一沓资料扔到陆何欢和应喜脸上。

"饭桶！都是你们两个坏事放走了龙震天，才导致后面这么多麻烦！现在老子还要想办法给你们擦屁股！"包康破口大骂。

陆何欢拿掉脸上凌乱的资料，"包署长，凶手未必就是龙震天。"

包康怒不可遏地瞪了一眼陆何欢，"小瑢的验尸报告写得清清楚楚，凶器是大刀，龙震天的标志性凶器就是一把可折叠的三尺长的大刀！"

应喜在旁帮腔陆何欢，"包署长，这次我支持何欢，昨天龙震天被我打伤，行动不便，怎么可能带着伤去杀人呢？"

"如果她是正常人，那她就不会杀了十一个，不，是十三个人了！她是个魔头，你们懂吗？放走一个魔头会有什么后果，你们知道吗？"包康没好气地盯着应喜。

应喜一时语塞，低下头去。

"所以你们一定要尽快抓获龙震天。"

"包署长，我们一定会尽快缉拿龙震天。"应喜硬着头皮说道。

"也一定会尽快破获昨晚旧闸这起命案。"陆何欢补充道。

包康怒气未消，狠狠瞪了两人一眼，"总督察长十分关心这个案子，三天之内你们两个要是抓不到龙震天，就不用干了！"

旧闸一带的小户人家习惯枕水而居，一条条街巷如同游蛇一般，蜿蜒在一排排粉墙黛瓦间。巷子两侧的长壁上铺陈着密密麻麻的爬山虎藤蔓，清风拂过，细语呢喃。

陆何欢和应喜并肩而行，明媚的阳光洒在二人的肩头。

"苏格兰场回来的高材生怎么连一个受伤的凶手都抓不到，要是昨晚抓住龙震天，会有今天的事？"应喜埋怨道。

陆何欢盯着应喜的侧脸，叹了口气，"你真是一个又能抢功，又会推卸责任的探长。"

应喜气恼，捶了一拳陆何欢，"你说什么？想造反啊？"

陆何欢不以为意地耸耸肩，"我只是感叹，要不是应探长突然热心肠，恐怕龙震天早就被元督察他们抓回总部了。应探长终日穿梭于花间柳巷，却被一个男扮女装的杀人狂魔迷住，英雄救美救得实在有些尴尬。"

"人有失手，马有失蹄。"应喜理亏，但仍然嘴硬，"哼，苏格兰场的高材生不是也连辨别雌雄的本事都没练到家吗？"

"就算我眼拙，可也没笨到被男扮女装的家伙迷住，还认人家当妹妹。"陆何欢不服气地辩驳道。

"你……"应喜气结，悻悻地别过脸，"我是有同情心。"

"我看你是同情心泛滥，唐僧一样，分不出妖魔鬼怪，乱发善心。"陆何欢不依不饶。

应喜思忖片刻，心中不由得懊恼万分，但仍然摆出一副理直气壮的架势，"你既然像孙悟空那么有本事，就不要追究之前的事了，想想下一步怎么办吧。"

"你平时头头是道的，还是你来想。"陆何欢事不关己地向前走去。

应喜一听立刻泄了气，可怜兮兮地追上陆何欢，"龙震天狡诈阴险，之前流窜作案十几起都没有被抓到，现在只给三天时间抓他归案，真是难上加难。"

"再狡诈的凶手也会露出破绽。"陆何欢态度笃定。

应喜闻声看向陆何欢，动了动嘴角。

忽然，陆何欢停住脚步，沉思片刻，转而看向应喜，"你打伤龙震天大概在什么时间？"

"应该是在凌晨两点半左右，睡觉时我看时间是凌晨三点。"应喜若有所思地搓搓胡子。

"如果那两个嫖客是龙震天所杀的话……"陆何欢顿了顿，陷入思索，忽然他眼前一亮，"从如意客栈到百乐门走路大概多长时间？"

"二十分钟左右。"应喜脱口答道。

陆何欢皱起眉头，陷入沉思。

应喜盯着陆何欢，一脸不解，"龙震天昨天被抓，又被我们攻击，应该躲起来才是，怎么还会在受伤的情况下跑到百乐门杀人呢？"

"龙震天杀那两个嫖客应该是一时起意。"陆何欢猜测道。

应喜一时怔住，似懂非懂地看着陆何欢，"你的意思是龙震天逃走的时候路过百乐门，正巧撞见两名嫖客，就杀了他们？"

陆何欢点点头。

应喜越听越迷糊，"那杀人之后，他会逃去哪呢？会不会出城了？"

"我听说今早四点上面下令封城了，龙震天只有一个小时能出城。"陆何欢顿了顿，眼神一凛，"我们先确定龙震天目前是否还在旧闸。"

应喜瞟了一眼陆何欢，"怎么确定？"

"别忘了龙震天腿受了枪伤，如果他三点到四点之间没有离开旧闸，一定会去处理伤口。"

应喜恍然大悟，一拍脑门，"去医院查一查就行了。"

陆何欢摇摇头，"我猜他未必敢去医院治疗，先去药铺查一查。"

"节省时间，分头行动。"应喜点点头。

"查完以后在新江路街角那家咖啡馆门口会合。"

"好。"

陆何欢和应喜分头离开。

应喜来到旧闸最大的"百草堂"药铺，药铺老板告诉他最近一个月都没有人来包扎过伤口。

陆何欢来到"仁爱"药铺，药铺伙计告知他最近没有人买过消炎药。

二人逛遍了旧闸大大小小所有的药铺，没有发现龙震天的踪迹。

应喜站在新江路街角的咖啡馆门口左顾右盼，他等了半晌，陆何欢才大步走过来。

"我这没线索，你那边呢？"陆何欢脸上是掩饰不住的失意。

应喜耷拉着脑袋，"一样。"

陆何欢叹了口气，思忖片刻，"难道他去医院治疗了？"

应喜若有所思地搓着胡子，"去医院目标大，龙震天昨天是男扮女装，昨晚被我们识破以后，应该不会再以女人的装扮示人。"

陆何欢点点头，"医生在治疗的过程中很容易看出性别，既然他的本来面目没人见过，那他就没必要男扮女装去医院惹人怀疑。"

"所以我们可以缩小范围，查一查昨晚有没有去医院治疗腿伤的男人。"应喜见抓捕龙震天有了眉目，立马来了精神。

陆何欢点点头，和应喜一起朝医院走去。

不到一会儿工夫，陆何欢和应喜便来到百乐门附近的同仁医院，因为是礼拜天，医院病人比较多，患者在走廊上排起了长长的队伍，一名文文弱弱的女护士站在门口。

　　外科门诊室里，一个穿着白大褂的外科医生正坐在桌前，他三十来岁，挺拔的鼻梁上架着一副金丝眼镜。陆何欢跟应喜带着问询的目光站在医生对面。

　　医生扶了扶眼镜框，看向陆何欢和应喜，"昨天晚上没有男患者来治疗腿伤。"

　　陆何欢跟应喜对视一眼，脸上露出失望的神色。

　　"如果是男扮女装的患者您能看出来吧？"应喜不甘心地追问道。

　　医生愣了一下，底气十足地看着应喜，"当然了，我们做医生的如果连男女都分辨不出，还看什么病？"

　　应喜大惑不解，皱眉看向身旁的陆何欢，"难道龙震天带伤出城了？"

　　医生摇摇头，不理眼前的二人，吩咐门口的护士，"叫下一位患者进来吧。"

　　护士点点头，冲门外大喊，"李清月，李清月……"

　　片刻，一个五大三粗的男人走进来。

　　"排队就诊，别插队。"护士不满地斥责男人。

　　男人挠挠头，"我没插队，你不是叫我名字吗？"

　　"我什么时候叫你名字了？我叫的是李清月患者。"护士微微愠怒。

　　男人胸膛一挺，口气转硬，"人家就是李清月。"

　　护士一脸尴尬，"你怎么叫个女人的名字呢？"

　　"名字是爹娘给的，我怎么知道！再说谁规定李清月就是女人的名字了！"男人脾气上来，厉声说道。

　　陆何欢盯着男人，转而看向应喜，登时恍然大悟，"谁说龙震天一定是男人的名字了？"

　　应喜会意，猛地一拍脑门，"我就说嘛，枉我出入烟花间多年，怎么会看不出真女人和假女人的分别？龙震天本来就是女的，我们被她的名字迷惑了！"

　　医生和护士疑惑不解地看向陆何欢和应喜，不知道眼前的二人是不是患了失心疯。

陆何欢急迫地走到医生跟前,"大夫,昨夜有没有一个女子来看腿伤?"

医生缓过神,惶然地摇摇头。

陆何欢和应喜见状顿时陷入失望,这时,门口的护士走过来,"大概凌晨四点左右,有一个女人来处理腿伤,那时候是王医生当班。"

陆何欢和应喜一惊,同时看向护士。

护士继续说道:"那个女人的腿受了枪伤,子弹伤到了腿部动脉,幸亏王医生及时做了止血处理,又帮她做了手术缝合了伤口。"

"伤到了腿部动脉?"陆何欢没料到龙震天的腿伤这么严重。

护士点点头,心有余悸,"如果再晚来一会,会有生命危险。"

陆何欢点点头,"谢谢。"

陆何欢和应喜对视一眼,走出医生办公室。

医院走廊里到处弥漫着消毒水的味道,偶尔,病患和亲人的啼哭声从两侧的病房里传出来。陆何欢和应喜走在走廊里。

应喜不解地盯着陆何欢的侧脸,"既然龙震天是个女人,腿伤得又那么重,你为什么没有追到她?"

陆何欢停下脚步,皱起眉头,"我也很奇怪,我一追出去,就不见了龙震天的踪影,连地上的血迹也凭空消失了。"

"这怎么可能呢?"应喜不信,"难道龙震天会飞天遁地不成?"

陆何欢一怔,若有所思地低下头,"飞天,遁地?"他反复咀嚼着这四个字,头脑中浮现出昨夜追捕龙震天的情景,突然想起当时自己的脚边有一个下水井井盖。

陆何欢恍然大悟,一脸懊恼,"我怎么没想到她会藏在那!"

"藏在哪了?"应喜不解地问道。

"下水井,龙震天当时藏在了下水井里,而那个下水井就在我脚下!如果我当时再仔细一点,就不会漏掉这么重要的信息。"陆何欢越说越自责。

应喜明白事情的来龙去脉后,得意地托着下巴,挑衅地看向陆何欢,"苏格兰场的高材生怎么这么粗心大意。"

气头上的陆何欢狠狠瞪了一眼应喜,"还不是你受伤了我担心才会粗心?没良心!"

陆何欢说罢转身走开。应喜笑笑，跟了上去。

天气晴好，温暖的阳光从窗户照在包康办公室光洁的木桌上。陆何欢和应喜站在包康对面，汇报案情进展。

"包署长，我们已经锁定了龙震天的性别，原来龙震天是个女人。"陆何欢本以为包康会十分震惊，没想到对方却显得颇为镇定。

包康漫不经心地耸耸肩，瞟了一眼站在桌前的陆何欢和应喜，"所以呢？抓到人没有？"

陆何欢和应喜摇摇头。

包康恼怒，猛地一拍桌子，"忙活了一整天只锁定了龙震天是个女人？"

应喜讨好地笑笑，"锁定了龙震天是女人，抓捕范围就缩小了，您放心，我们一定尽快把这个臭娘们儿捉拿归案。"

包康怒气未消，直直地盯着二人，带着命令的口吻，"我不管龙震天是男人还是女人，你们两个先把人给我抓回来再说！还剩下两天时间，不管用什么办法，必须把龙震天抓回来！"

"包署长，两天有点……"应喜面露窘色。

"两天有点太长了是不是？"包康粗暴地打断应喜。

"不是。"应喜连忙否认。

"那就立刻滚出去做事！"

"是！"陆何欢和应喜齐声答道。

第五十章　守株待兔

傍晚时分，太阳收敛起刺眼的光芒，给湛蓝的天空增添了千丝万缕的霞光。霞飞路上行人如织，汽车的喇叭声、自行车的铃声、小贩的叫卖声、女人的高跟鞋声……千奇百怪的声音交织成了扰人的噪声。

霜喜侦探社正门紧闭，把嘈杂的噪声隔绝在外，室内寂静无声，大厅的桌子上摆着一些报纸，柳如霜和白玉楼正认真地看着报纸。

"白白，都看一下午了，有什么发现吗？"柳如霜打破沉闷。

白玉楼摇摇头，"没有。"

"书里面的那些连环杀人犯杀人都有规律，这个龙震天杀人也一定有自己的规律。"柳如霜挠挠头。

"就算龙震天杀人有规律，也只有他自己知道，单凭他的这些杀人报道能看出什么？"白玉楼有些为难。

柳如霜突然抬起头，认真地看向白玉楼。

白玉楼以为自己说错话，有些发毛，"霜姐，我……"

"你说得有道理。"柳如霜并没有发火。

白玉楼听罢松了口气。

柳如霜神色郁闷，"本来想从这些杀人报道里找到龙震天的杀人规律告诉喜哥，帮喜哥抓住龙震天。"

"陆何欢那么有本事，用不着我们帮他们忙。"白玉楼不想让柳如霜和应喜见面，忙不迭地劝阻柳如霜。

柳如霜瞪了白玉楼一眼，白玉楼不敢再说话。

"走……"柳如霜把报纸整理好，起身要出门。

"霜姐，我们去哪啊？"白玉楼跟着起身。

"把这些报纸给喜哥送去啊，说不定我们经验少，里面有什么线索没看出来呢。"柳如霜说罢疾步出门。

白玉楼讪讪地跟上柳如霜。

天色将晚，陆何欢、应喜和包瑢正在法医室里分析案情，中间桌子上摆满了龙震天杀害的死者的资料。

陆何欢若有所思，手指慢慢划过第一份死者的资料，照片上是一个四十岁左右的男性，肥头大耳，显得富态十足。

"这名死者叫胡万，四十岁，江南一带有名的富商，是去兰桂坊的路上遇害的，被一刀腰斩。"包瑢在一旁介绍。

陆何欢一边听，一边在脑海中闪现对应的死亡现场。

通往兰桂坊的小巷淹没在苍茫的夜色中，不远处，兰桂坊的牌子霓虹闪烁，胡万淫笑着向兰桂坊走去。

黑影晃动，龙震天尾随其后，她屏住气息，缓缓靠近胡万，拿出一个小盒子一甩，小盒子瞬间变成一把锋利的大刀。

胡万发觉什么，猛地回过头，他只看见龙震天美貌的俏脸，却看不见龙震天背后夺命的大刀。

龙震天冲胡万妩媚一笑，胡万见色起意，淫笑着伸手想摸龙震天的脸。龙震天笑容顿敛，举起大刀横扫向胡万腰间，眨眼工夫，胡万被拦腰斩断。

溶溶月色，溅出的鲜血晃动了一地花丛。斜巷口，龙震天面无表情地擦了擦脸上的血迹，闪身离开。

陆何欢脑中一清，双手又划过第二个死者的资料，死者血肉模糊，面容不清。

"这名死者叫刘三，嗜赌成性，输了钱经常拿青楼女子出气，曾经为了还赌债将女儿卖给青楼，幸好女孩的娘及时找到，把女孩带走……"包瑢继续介绍。

陆何欢拿起刘三的资料，"他的心被狗吃了？"

包瑢点点头，"很奇怪，刘三的死法跟其他死者不同，刘三死前受到极大的折磨，他的嘴巴被塞满泥巴，手指全部被切断，心脏被挖出。"

陆何欢身子一颤，又陷入想象中。

万籁俱寂，夜色笼罩着一条冷清得近乎死寂的陋巷，巷子藏在一大片老房子里，被爬满青苔的墙壁挤成窄窄的一条。

刘三坐在巷子角落，嘴里塞满泥巴叫不出声，他两只手血肉模糊，身旁的地上散落着几根手指。

阴风卷地，刘三惊恐地看着龙震天，不停地向后退缩，但早已经无处可退。

龙震天眼神阴狠，手持大刀面无表情地向刘三靠近，她一脚将刘三踢倒在地，举刀划向刘三的胸膛。

霎时，血渍溅满本就狼藉的墙壁。

应喜见陆何欢久久不说话，忍不住站出来，"她为什么这么对刘三呢？难道她恨赌徒？"

陆何欢微微皱眉，压低声音，"可能龙震天跟那个女孩一样……"

"哪个女孩？"应喜不明所以地打断陆何欢。

"刘三的女儿。"

包瑢似乎察觉到什么，看向陆何欢，"你的意思是龙震天也是被她爹卖到青楼的？"

陆何欢点点头，"只是龙震天没那么幸运，没人将她带出青楼，所以她一直生活在青楼里，过着非人的生活。"

应喜和包瑢同时看向陆何欢，面露同情。

包瑢忍不住怒骂，"她爹真是个禽兽！"

陆何欢看完所有的资料，如拨开云雾见到青天一般，心思顿时澄明。

"龙震天在青楼里经常遭受嫖客的凌辱，饱受折磨，所以内心极度仇视嫖客。为了报复，长大成人的龙震天依然穿梭在烟花柳巷之间，随身携带一把可折叠的三尺大刀，专杀去青楼寻欢作乐的嫖客。"陆何欢一边说，一边在头脑中模拟龙震天杀人时的情景。

夜色撩人，晚风萧萧。

醉酒的嫖客歪歪斜斜地从青楼里走出来，龙震天悄悄跟上，打开折叠的大刀，向嫖客拦腰砍去，嫖客霎时一分为二，墙上喷满鲜血。

应喜以为陆何欢是在危言耸听，不解地搓搓胡子，"怎么就能得出这些结论了？你是在瞎猜吗？"

"不是猜，是 profile，我在苏格兰场学过的犯罪心理学中的侧写。根据罪犯的行为方式推断出犯罪人的心理状态，从而分析出他的性格、生活环境、职业、成长背景等等。"陆何欢解释道。

一番讲解后，包瑢崇拜地看向陆何欢，就连应喜也不得不服，但是他仍然嘴硬。

"故弄玄虚。"应喜小声嘟囔。

陆何欢看向应喜，"那天在知音楼，龙震天一定是把我们当成嫖客了。"

"现在想想真有点后怕。"应喜变貌失色，向后退了一步。

"后怕什么？"陆何欢一脸懵懂。

"那天如果不是元督察他们来抓龙震天，我们会怎么样？"应喜没好气地反问道。

"应该已经变成四段了。"陆何欢想了想，耿直地答道。

应喜不住地搓着胡子，"太可怕了。"

"所以烟花之地还是少去为好。"陆何欢趁机教诲起应喜。

应喜倨傲地看着陆何欢，"那可不行，牡丹花下死，做鬼也风流。"

陆何欢和包瑢见应喜恶习难改，一起无奈地摇摇头。

包瑢瞟了眼桌上的资料，皱起眉头，"说起来，这个龙震天也很可怜，小时候经常被嫖客打骂，十二三岁就被逼接客，小小年纪身心受辱。"

"所以龙震天报复嫖客也是可以理解的。"应喜点点头，显得颇为赞同。

陆何欢却在一旁摇摇头，"不管因为什么，都不能成为滥杀无辜的借口。"

三人说话间，柳如霜和白玉楼推门而入。

"喜哥……"柳如霜人未到，声先到。

应喜一见柳如霜就不耐烦地板起脸，"你怎么又来了！我不是让你离我远一点嘛，没见过脸皮这么厚的女孩子！"

白玉楼看不惯应喜如此嫌弃柳如霜，走到近前，反手一指，"应喜，你别狗咬吕洞宾，霜姐好不容易才搜集到龙震天杀人案的所有相关报道，想送过来给你看看会不会有什么线索。"

"你才是狗！你是狗拿耗子多管闲事！"应喜怒视白玉楼，以牙还牙。

"你！"白玉楼气得小脸煞白。

"我什么我？再多嘴多舌小心我揍你！"应喜咄咄逼人。

陆何欢见应喜和白玉楼一见面就起了冲突，唯恐二人在警署法医室动起手来，他走到柳如霜面前，岔开话题，"柳小姐来得正好，这些报纸上有准确的杀人日期，我们刚好结合一下小瑢找到的死者资料，找找看龙震天作案有什么规律。"

应喜一想也是，觍着脸伸出手，"报纸呢？拿来吧。"

柳如霜高兴地将报纸放在应喜手上。

晚霞满天，林芝手里拿着一个小小的红布包，快步走在通往警署的路上。

恰在此时，朱卧龙乘车来警署接包瑢下班，他透过车窗无意间瞥到林芝。

"怎么又碰上这个疯女人了……"朱卧龙掐灭了雪茄，低声犯起嘀咕。

司机是一个长相俊朗的小伙子，一对亮目显得精神十足，他闻声看了一眼林芝，"老板，你说的是那个手里拿着红布包的女人吗？"

"你认识？"朱卧龙讶然。

司机点点头，"她是旧闸警署副署长陆祥的老婆。"

"那不就是陆何欢他娘？"

"对，她是有个儿子叫陆何欢，之前去留过洋，回来以后去旧闸警署做了警员。她那个儿子是个没头脑，听说去报到的第一天就把警署署长得罪了。"

朱卧龙兴致勃勃地看向司机，"你怎么知道得这么清楚？"

"我表姐就住陆家附近，这女人叫林芝，泼辣得很，经常打她老公。"

朱卧龙咬咬牙，怒火中烧，"果然是个泼妇！她还骂过我呢！"

朱卧龙恶狠狠地盯着车外的林芝，昔日惨遭辱骂的一幕涌上心头。那次林芝不但踩了他的脚，还骂他没教养、是疯狗。

朱卧龙咬了咬牙，决定一雪前耻。

"既然是陆何欢的娘，就没必要客气了。"朱卧龙顿了顿，向司机示意，"停车。"

司机停下车，朱卧龙气呼呼地下车，快步向林芝走过去，他故意撞了一下林芝，林芝手里的红色包被撞在地上。

"喂，你走路不长眼啊？"林芝生气。

朱卧龙转过身，若无其事地看着林芝，"怎么了？"

林芝微微一怔，认出朱卧龙，"原来是你这个讨厌的家伙，你撞到我了！"

"好狗不挡路，你娘没教过你吗？"朱卧龙以其人之道还治其人之身。

林芝双手叉腰，"我娘早就去地下了，我祝你早点去地下问她。"

"你，你敢咒我？"朱卧龙恼怒。

"随你怎么想了！我娘教过我，遇到乱咬人的疯狗最好的办法就

395

是避开，失陪了。"林芝说着转身就走。

朱卧龙不甘心，堵住林芝的去路，"你说谁是疯狗，别以为你是女人我就不敢打你！"

林芝一听怒火愈盛，主动凑上去，"你打你打，前面就是警署，不如你到里面去打我！"

"你别以为我不敢。"朱卧龙咬牙切齿。

"哎呀，打人了，打女人了！"林芝毫不犯怵，重施故伎。

朱卧龙见林芝胡搅蛮缠，气鼓鼓地跺了跺脚，"算你狠！怪不得你儿子没头脑，整天傻乎乎地到处得罪人，你这种泼妇，儿子不是傻子已经万幸了。"

"敢说我儿子，你活得不耐烦了吧？"爱子心切的林芝勃然大怒。

"陆何欢就是个傻小子，还癞蛤蟆想吃天鹅肉，打包小姐的主意，做梦！"朱卧龙故意气林芝。

"你竟敢骂我儿子是癞蛤蟆！"林芝失控大吼，抬手就把朱卧龙打了个乌眼青。

"你竟敢……"朱卧龙话还没说完，又挨了林芝一拳，登时鼻血直流。

林芝揉揉手腕，捡起红布包，瞪了朱卧龙一眼，"没什么是我林芝不敢的！以后再发现你嘴巴贱，我见一次打你一次！"说罢继续朝警署走去。

"你这个泼妇！泼妇！"朱卧龙气急败坏，一边捂住鼻子，一边大骂。

这时，几个路人从旁经过，指着朱卧龙议论纷纷。朱卧龙窘迫不已，立马跑回到车上。

司机看了看朱卧龙，面露窘色，"老板，还去不去找包小姐？"

朱卧龙借机把怒气撒在司机身上，破口大骂，"蠢货！现在这样还找什么包小姐？去诊所找大夫！"

"是！"

司机一踩油门，开车离开。

林芝急匆匆地向警员办公室走去，在走廊迎面遇上光头。

光头迎上去，"陆夫人，来找何欢吗？"

林芝点点头，"何欢在不在？"

"他在小瑢那呢。"

林芝笑着点点头，又快步走向法医室。她走到法医室门前，直接推门进去。

屋内，陆何欢、应喜、包瑢、柳如霜和白玉楼听见门响，循声看过去，陆何欢定睛一看是林芝，立马走过去。

"娘？你怎么来了？"

林芝不管其他人，径自走到陆何欢面前，她打开红布包，拿出一条项链直接挂在陆何欢的脖子上，项链坠是一把黄金斧子。

"娘，这是干什么？"陆何欢手足无措，一头雾水。

"这是娘托高僧给你开了光的，保平安，'一斧压百祸'。"林芝欣然解释道。

"娘，这是封建迷信。"陆何欢说着就要摘掉项链。

林芝急忙按住陆何欢的手，一脸关切，"你给我戴着，不许拿下来。"

"好，我戴着。"陆何欢不想辜负林芝的苦心，无奈地答应。

林芝满意地点点头，眼神一扫，这才注意到在场的其他人，她看向包瑢，想起方才的一幕，便走到包瑢近前。

"小瑢啊，有些话呢本来我不该说，可我是看着你这孩子从小长大，不说我心里又不好受。"

包瑢笑笑，目光宁和，"陆伯母，有什么话您尽管说就是了。"

林芝毫不避讳，"那个朱卧龙是个人渣，千万不能嫁给他。"

包瑢听得心里暖暖的，微笑着点点头，"我知道，谢谢伯母提醒。"

一旁的柳如霜凑过来，"对对对，朱卧龙还是个色鬼，整天去烟花间喝酒，嫁给他可是要倒大霉的。"

林芝看到柳如霜，眼前一亮，"这位姑娘生得标致可爱，你是……"

"伯母，我叫柳如霜。"柳如霜不待林芝说完，大大方方地答道。

"柳如霜？你也是警员？"林芝一脸亲切。

柳如霜摇摇头。

沉默许久的应喜在旁插话，"陆夫人，这位是旧闸首富柳山的女儿柳如霜，不是我们警署的人。"

林芝见柳如霜既有美貌又有家底，很是喜欢，她拉住柳如霜的手，"一看就是大家闺秀。"

柳如霜笑笑。

"如霜啊，你多大了？"林芝越看越中意。

"二十了。"

林芝侧过脸，压低声音，"二十，比我们何欢小两岁，正合适。"她又看向柳如霜，小心翼翼地试探，"没定亲吧？"

"我的亲事要自己做主。"柳如霜摇摇头，颇为得意地说道。

"自己做主好。"林芝稍一停顿，意味深长地笑笑，"你觉得我们家何欢怎么样？"

柳如霜不明所以，"有点呆，有点直，不怎么样。"

一旁的应喜忍俊不禁，就连陆何欢都有些不好意思。

林芝一脸尴尬，"何欢是耿直了一些，不过这才能托付终身啊。"

"托付终身？伯母，你什么意思？"柳如霜隐约觉得不太对劲。

林芝打开天窗说亮话，"我觉得你可以试着跟我们家何欢交往一下。"

"娘！"陆何欢尴尬不已。

柳如霜一听急忙从林芝手里抽回手，"伯母，我有喜欢的人了。"

"谁呀？"林芝显得有些不甘心。

柳如霜不说话，看向应喜，害羞地低下头。

林芝会意，看看应喜，不高兴地撇撇嘴，"毛毛躁躁的，哪有我儿子好。"

陆何欢越听越尴尬，委婉地催促林芝，"娘，我送您回去吧。"

林芝点点头，看了看墙上的钟表，"已经到下班时间了，你直接跟我回家吃饭。"

"娘，我还要查案。"

林芝有些生气，语气中带着责备，"查案也得吃饭啊！你都多长时间没回家吃饭了？"

陆何欢为难地看看应喜，应喜冲陆何欢点点头，示意他回家。

"快走。"林芝说完转身离开。

陆何欢无奈地跟上去。

夜色弥漫，月光如雾如纱般笼罩在层层叠叠的瓦片上，应喜独自回到警署宿舍，他将报纸和资料平铺在床上，站在一旁看着材料。

"兰桂坊、情人苑、百花阁、群芳汇，还有旧闸的知音楼和百乐门，这些作案地点到底有什么关联呢？"应喜想到这，不解地皱起眉头。

这时，陆何欢推门进来，接过应喜的话茬，"这些作案地点都是当地比较繁华，客人较多的烟花场所。"

应喜脸上一喜，看向陆何欢，"你怎么知道？"

"我爹说的。"陆何欢关上门，淡淡答道。

应喜一时愣住，不明白陆祥为何会对烟花之地如此了解。

陆何欢看了看应喜，"我爹前几年去江南出差，对那边有点了解，刚才吃晚饭的时候，我跟我爹探讨了一下案情，他说兰桂坊、情人苑、百花阁和群芳汇是江南有名的烟花之地。"

"这么说，龙震天的目标应该是当地较为出名的烟花之地。"应喜搓着胡子说道。

陆何欢若有所思地点点头，"龙震天作案地点有几个共同点，一是当地比较知名；二是娼妓聚集；三是嫖客较多。而且，除了百乐门作案以外，龙震天大多是在嫖客去烟花间的路上下手。"

应喜点点头，忽然，他想起什么，不可思议地看着陆何欢，"你爹在你娘面前说的这些话？"

陆何欢眨眨眼，点了点头。

"你爹没事吧？"应喜一脸忧色。

陆何欢叹了口气，"当然有事了，我走的时候我娘还在打他。"

应喜被逗乐，扑哧一声笑出来。

陆何欢想起正事，一脸认真地看着应喜，"应探长，旧闸除了知音楼和百乐门之外，还有其他知名的、娼妓聚集、嫖客较多的烟花间吗？"

应喜想了想，眼前一亮，"四马路的寻芳巷！"

"看来我们可以守株待兔了。"陆何欢嘴角微动。

第五十一章　铤而走险

应喜对陆何欢守株待兔的提议心存顾虑，"可是现在我们只剩下两天时间抓捕，守株待兔恐怕来不及吧？"

陆何欢不回答，自顾自地走到床前，伸出手指在几份报纸上点了点日期，"你有没有注意到，龙震天每次杀人都是在初一这一天？"

应喜一听快步走过去，匆匆浏览了一番报纸，惊喜地点了点头，"还真是！"

陆何欢托着下巴，略一思索，"龙震天可能是在初一被卖到青楼的，所以初一这一天给她留下了阴影。"

"今天初几？"应喜有些急迫地问。

陆何欢狡黠一笑，"明天就是初一。"

"这么说，明天龙震天很有可能在娼妓聚集的四马路出现？"应喜推测。

陆何欢点点头。

"果然可以守株待兔。"

应喜激动不已，但陆何欢却显得颇为淡定，他坐回椅子上，看向应喜，"根据龙震天选择的杀人目标来看，她只杀嫖客，我们可以从这一点入手，找一个人假扮嫖客当诱饵，引蛇出洞。"

"好主意，你来当诱饵。"应喜一拍大腿，当即决定。

陆何欢慌忙摇头，"我不行，我没经验，还是你来吧。"

"让你假扮嫖客，又不是真去做嫖客，不用经验。"

"就是假扮嫖客才要有经验，扮得才像。"陆何欢顿了顿，煞有介事地看着应喜，"应探长经常出入烟花之地，还是应探长来扮嫖客吧。"

应喜摇摇头，走到窗边，一脸为难，"不行，龙震天习惯腰斩嫖客，我腰不好，扛不住她的大刀。"

陆何欢哭笑不得，"这是什么话？腰好就能扛住她的大刀吗？我看应探长就是贪生怕死，才不肯做诱饵。"

"你不贪生怕死，你来啊？"应喜扬了扬下巴。

"我当然不会贪生怕死，可是我有爹娘要照顾。"陆何欢一脸耿直。

应喜瞪了一眼陆何欢，"就算我没爹娘要照顾，可是龙震天认识我，会上钩吗？"

"龙震天也认识我。"

"那怎么办？"应喜犯难。

陆何欢皱了皱眉，"再想想其他人。"

应喜思忖片刻，突然眼前一亮，脸上堆满坏笑，"包署长上次不是说'不管用什么办法'，都必须把龙震天抓回来吗？"

"什么意思？"陆何欢一脸茫然。

应喜叹了口气，"你还能再傻点吗？我们可以想办法让包署长当诱饵。"

"这不好吧？"陆何欢大惊，不自觉地压低声音。

"有什么不好的？"应喜不以为然。

"太危险了。"陆何欢还是没底。

应喜理直气壮地看着陆何欢，"包署长能坐上这个位子，当然也不是无用之人，放心，自保还是没问题的。"

"Sure？"陆何欢仍是不放心，情急之下竟说起了英文。

"啊？"应喜一愣。

"确定不会有危险？"陆何欢改口问道。

"放心吧，我们不是也要暗中保护包署长吗？"

"OK。"陆何欢见没有其他更好的办法，犹豫着点点头。

应喜得意地笑笑，"这句我听懂了。"

翌日清晨，润红的骄阳为湛蓝的天空添加了一抹色彩，包康正在警署院子里喂阿花吃虫。

"阿花，多吃点。"包康一脸宠溺。

不远处，应喜拉着陆何欢故意大声聊天。

"我说让你跟我一起去四马路的寻芳巷，你偏不去。"应喜偷偷瞟了一眼包康，意犹未尽地咽了口口水，"以前我都是去百乐门多一些，这是第一次去那边，没想到那里的女人如此销魂！你不知道我昨天晚上有多快活！"

"能有多快活？"陆何欢佯装迫不及待地追问应喜。

"像成了仙一样！"

"真的假的？"

应喜拍拍胸脯，神色得意，"当然是真的，我跟你说，如果一个男人没经历过这些，那就不叫男人。"

"没这么夸张吧？"

"不信你去试试。"应喜一脸享受，意味深长地挤眉弄眼，"包你欲仙欲死。"

"骗人的吧？"陆何欢假装动心。

"不信就算了！"应喜说着径直往前走。

陆何欢追过去，"我信还不行嘛。"

听到这，包康站直身子看向陆何欢和应喜。

应喜停下来，继续侃侃而谈，"以我多年的经验，我可以负责任地告诉你，四马路那边的女人最有味道。"

陆何欢吸了吸鼻子，"什么味道？"

"嘴巴甜，身材辣……"应喜忍不住坏笑几声，"保证你试一次就会欲罢不能。"

"有没有这么夸张啊？"

"骗你干什么，昨天晚上我有一种飞起来的感觉。"应喜神情陶醉。

"飞起来？那么神奇？"陆何欢故作羡慕。

应喜不耐烦地摆摆手，"少啰唆了，去不去随便你，难道你想做一辈子老处男不成？那不是白活了？人生苦短，应该及时行乐！"

陆何欢打了个响指，"Right，说得还蛮有道理的。"

二人一路说说笑笑地走进警署。

包康望着陆何欢和应喜的背影，一时愣住，"四马路，寻芳巷……"

一阵冷风吹过，包康打了一个激灵，他仿佛意识到什么，用力地摇摇头，"我堂堂旧闸警署署长，怎么能想这种龌龊的事！"

包康转过身，继续给阿花喂虫，"阿花，来，多吃点，别听他们胡说。"

阿花一见虫子就咯咯乱叫，扑棱着翅膀飞起来，包康看着飞起来的阿花若有所思。

"飞起来是什么感觉？"包康忍不住喃喃自语，木木地望着阿花出神。

一大早，警员办公室空无一人，陆何欢和应喜走进去，趴在桌前低声商量。

陆何欢看着应喜，忐忑不安，"你觉得包署长会上钩吗？"

应喜搓搓胡子，"现在不好说，时间紧迫，看来还要再给他加把火。"

"怎么加?"陆何欢往近凑了凑。

"用这个。"应喜说着偷偷从兜里拿出一张春宫图给陆何欢看。

陆何欢顿时脸现红晕,害羞地将头转向别处。

应喜鄙视地瞟了一眼陆何欢,"一个大男人害什么羞?"

"我没见过这种东西。"陆何欢一脸耿直。

"那不正好开开眼界?"

"算了吧,我没什么兴趣。"

应喜忍住笑,"你没兴趣,包署长有兴趣。走,把这个送到包署长办公室去。"

陆何欢大吃一惊,无意中提高了音量,"你疯了!他不把我们轰出来才怪!"

应喜故作神秘地笑笑,似乎早有对策,"当然不能直接给他了,看我的。"

陆何欢跟着应喜走向包康办公室。

包康慵懒地半躺在办公室椅子上,望着窗外出神。阿花扑棱着翅膀飞起来,这一幕在他的脑海中反复闪现。

包康甩了甩头,纳闷地托着下巴,"怎么搞的,老是想这个飞起来的画面……"

忽然,门外响起敲门声,包康立马坐直身体,打起精神。

"进来。"

陆何欢跟应喜应声走进来。

"包署长,我和陆探员大致摸清了龙震天的行动规律,想申请几名警员进行抓捕。"应喜装出一脸紧迫地开口道。

"不是告诉你们没有增援吗?"包康微微愠怒。

"包署长,如果这次再不成功,您也会跟着受牵连的。"应喜有恃无恐。

包康狠狠瞪了一眼应喜,强压怒火,"你想申请多少人?"

应喜看了看陆何欢,"五个就行。"

包康点点头,"好,就给你们五个人,这次只许成功不许失败。记住了要低调行事,所有人必须便装。"

"是！"陆何欢跟应喜齐声答道。

"出去吧。"包康大手一挥，示意二人离开。

陆何欢跟应喜转身出门，临出门时，应喜故意把春宫图掉落在包康办公室里。

"哎，东西掉了。"包康站起身。

陆何欢跟应喜假装没有听到，赶紧关门离开。

包康走过去，捡起春宫图一看，脸立刻羞红起来，他摸摸自己的额头，不由得暗暗纳闷，"怎么忽然这么烫，不会是发烧了吧？"

包康打开门，想把东西还给应喜，却又听到应喜跟陆何欢聊起寻芳巷。

陆何欢知道包康在偷听，假装讨好地看着应喜，"应探长，你说的那个寻芳巷就在四马路上吗？"

"想去？"应喜一脸坏笑。

陆何欢故作害羞，"我就是好奇。"

"那个地方很好找，过了繁荣路，走三好街……"应喜拖着长调，故意放慢语速。

蠢蠢欲动的包康趁机赶紧拿出随身携带的钢笔和本子。

"然后拐进文化街，就在文化街通向四马路的一条隐蔽的小巷里，一走进去就能看见花枝招展的姑娘们，各个儿如花似玉。"

应喜的声音飘过来，包康竖起耳朵一边偷听一边匆匆记下地址，然后转身回到办公室。

这一切都被站在走廊上的陆祥看得清清楚楚，陆祥想了想，脸上浮现出一丝坏笑。

包康关好办公室的门窗，拿着春宫图坐在椅子上，兴致勃勃地看着图，耳边不由自主地响起应喜的话。

"去不去随便你，难道你想做一辈子老处男不成？那不是白活了？人生苦短，应该及时行乐！"

想到这，包康心一横，咬了咬牙，"说得没错，人生苦短，应该及时行乐！总不能一辈子因为害怕和女人说话就打光棍！该尝试的也要尝试一下，说不定这害怕女人的毛病就好了呢！"

包康说着伸手摸了摸春宫图，又看了看刚刚记录地址的小本子，

"今晚就去四马路'练练胆'。"

蓦地,包康似乎想起什么,站起身来,"先去跟小瑢撒个谎,告诉她今晚不回去了。"

包康开门奔向警署法医室,片刻,陆祥蹑手蹑脚地走进来。他走到包康办公桌前,看到春宫图,又看到小本子上记录着四马路的地址,已经猜到七七八八。

陆祥笑了笑,"包康啊包康,想不到你也春心荡漾了,让你揭出我和寡妇喝茶的事,今晚我就抓住你去寻芳巷这个把柄,看你以后还敢不敢跟我作对!"陆祥一边说,一边在心中暗暗谋划。

到了警署下班的时间,警员们陆陆续续地离开。

包康一本正经地拿着公文包走出警署大门,待走到一个街口,他偷偷掏出笔记本找路。

"先走繁荣路,然后是三好街……"包康一边喃喃自语,一边谨慎地环视四周,在确定没有熟识的人在附近后,他迅速改变方向,向寻芳巷的方向走去。

傍晚时分,寻芳巷格外静谧。

包康按照手里的笔记本,大步地走进巷子。在他身后,陆何欢和应喜带着一群便衣警员远远地跟着。

应喜压低声音,向便衣警员们示意,"记住,抓捕过程中不能透露我们的警察身份。"

"是。"警员们点点头,齐声答道。

应喜心想终于有望擒获龙震天,得意地笑笑,他一抬眼,突然发现陆祥出现在前方,正小心翼翼地跟踪包康。

应喜一脸惊愕,看向陆何欢,"你爹怎么来了?"

"不知道啊!"陆何欢一头雾水。

"糟了,要坏事!"应喜大呼不妙。

情急之下,陆何欢无奈地抿了抿嘴,"我去叫我爹过来。"

陆何欢说着就要起身。

应喜一把拉住陆何欢,皱起眉头,"恐怕来不及了,再说多一个诱饵胜算也更大。"

陆何欢张了张嘴，无奈同意，和应喜一行人继续远远跟着包康。

前头的包康走着走着，隐隐察觉出什么，故意在拐弯处守株待兔。陆祥一个不留神，包康便没了人影，他快步走过去，不料被包康一把抓住。

包康定睛一看，原来是陆祥，登时气恼，"陆祥！你跟踪我想干什么？"

"谁跟踪你了，路又不是你一个人的。"陆祥故意装糊涂。

包康冷笑一声，忿忿地揪着陆祥不放，"不是跟踪我？那你是不是又要去找寡妇喝茶啊？"

"你说什么？你来这种地方还有脸说我？"陆祥恼羞成怒。

"我是路过，你是老不正经！"包康心虚，连忙掩饰道。

"你，你敢再说？"陆祥气急。

"老不正经！"包康偏说。

"我让你嘴贱！"陆祥说着一把揪住包康的衣领。

陆祥和包康扭打在一起，这时，一个黑影渐渐靠近，但是二人谁都没有注意到。

黑影越来越近，正是龙震天。

龙震天端着一个小盒子站在陆祥和包康身后，她手一抖，小盒子展开，片刻伸展成一把明晃晃的大刀。

龙震天手持大刀高高举起，冲着陆祥和包康怒吼，"贱男人，受死吧！"

正在扭打的包康和陆祥同时转头，见龙震天大刀高高举起，两人互相拉住对方做肉盾。

龙震天举刀横扫向二人，包康和陆祥因为互相拉扯无法闪躲，只好同时蹲下身。大刀扫过，同时削去了二人天灵盖上的头发。

包康和陆祥毛骨悚然，抱在一起厉声大叫，"救命啊！"

龙震天一击未成，继续挥刀追砍二人，两人狼狈逃窜。龙震天把陆祥追到墙角，举起大刀猛地劈下。陆祥惊恐地闭上眼睛。

千钧一发之际，陆何欢突然冲过来，挡在陆祥身前。大刀劈下，猛地砍在陆何欢胸前。

"陆何欢！"应喜在旁惊恐大叫。

陆何欢奋力一脚将龙震天踢倒在地，陆祥闻声睁开眼睛，一看竟然是陆何欢，连忙凑到跟前。

"儿子，你没事吧？"陆祥一脸关切。

陆何欢看看胸前被劈开的衣服，伸手在胸前摸了摸，摸出被大刀劈得变形的金斧子，他登时松了口气，看向陆祥，"是娘救了我。"

一旁的应喜跟着松了口气，"你他娘的吓死我了！"

几人说话间，龙震天举起大刀冲向包康，包康吓得惊叫连连。

陆何欢和应喜急忙冲过去，联手对抗龙震天。龙震天刀刀致命，险象环生。

一个警员扑过来，龙震天一刀砍向警员的腰部，警员大叫一声，猛往后退，再看看自己，腰带被砍断，裤子掉下来，露出大花底裤。警员面露尴尬，急忙提起裤子跑开。

龙震天一刀直劈陆何欢头顶，陆何欢敏捷闪身。龙震天随即横扫一刀至应喜腰腹，应喜就地滚翻躲过。

龙震天又一刀劈向陆何欢肩头，陆何欢闪身躲过，借势伸手抓住刀背。二人僵持时，龙震天突然抽出一把匕首，刺向陆何欢腹部。

第五十二章　缉凶归案

陆何欢一时无处可躲，应喜突然飞身扑过来，撞开陆何欢。匕首擦伤应喜的腹部，应喜趁机倒地装死。

一旁的警员们作势冲上来，龙震天眼神一狠，警员们捂住腰部，又吓得纷纷后退。

陆何欢以为应喜真的中刀昏迷，大喝一声，悲愤交加地对抗龙震天。就在龙震天的注意力被陆何欢吸引之时，倒地装死的应喜突然一跃而起，从背后一脚将龙震天踢倒在地。

陆何欢迅速冲过去，按住龙震天，便衣警员们见状一拥而上，将龙震天死死按在地上。

包康惊魂未定地看向陆何欢和应喜，陆何欢和应喜瞄了一眼包康，准备趁包康反应过来前押着龙震天逃走。

"龙震天，你真是丧心病狂，走，去警署送死吧！"应喜说罢，和陆何欢押着龙震天就走。

经过便衣警员们时，应喜连连使眼色，警员们会意，默默跟着应喜离开。

包康看看应喜和陆何欢后面跟着的一堆便衣警员，顿时恍然大悟，"你们两个给我过来！"

陆何欢和应喜闻之一惊，无奈地挠挠头，将龙震天交给警员。

应喜唯恐在龙震天面前暴露身份，随手指向远处，朝警员们示意，"把她带到那边去。"

警员们将龙震天带到远处，陆何欢和应喜低着头走向包康。

包康一脸怒气，恶狠狠地瞪着陆何欢和应喜，"你们两个真是胆大包天，竟然拿我作饵钓鱼！"

应喜最懂见风使舵，讨好地笑笑，"包署长，之前是你亲口说的，不管用什么办法，都要把龙震天抓回来。"

"其实我们也没想到包署长能配合。"陆何欢一脸耿直地在旁插话。

"你们……"包康哑巴吃黄连，有苦说不出。

"包署长，应探长只是说了一下寻芳巷的地址，是你自己找来的，可怪不得我们。"陆何欢把实情全盘托出。

包康咬咬牙，"你们两个给我记住了，回警署不该说的不要乱说！"

应喜一听连连点头，"包署长，我们也是为了抓住龙震天，这件事一定保密，您放心。"

包康怒气未消，白了二人一眼，"哼，既然如此，当初龙震天也是你们两人放跑的，现在就算抓到了也理应是你们两个善后，我不会再派任何帮手，只能你们两个独自将龙震天送回总警署。"

陆何欢和应喜无奈地对视一眼。

天色越来越暗，陆何欢和应喜押送龙震天去往警署总部。一路上，龙震天眼珠乱转，想方设法地逃走。

龙震天摆出一副弱女子的样子装可怜，一边抽泣，一边诉说自己的凄惨身世。

"两位大哥，震天命苦啊……当年我爹想要男孩，所以在我出生前为我取名震天，不想我娘生下来是个女儿，所以他从小就虐待我。我娘生下我不久就死了，我爹好赌如命，欠了好多债。我才八岁，就被我爹卖到了青楼，从小受尽嫖客的打骂。刚满十二岁，老鸨就让我接客，受尽了嫖客的凌辱，他们根本不把我当人……"龙震天说着嘤嘤地哭了起来。

一向怜花惜玉的应喜叹了口气，有些动容，"我知道你身世凄惨，可你也杀了太多人了，整整十三条人命啊！"

龙震天捂住樱桃小嘴，"是他们逼我杀人，那些丧心病狂的嫖客，他们毫无同情心，想方设法践踏我，虐待我，是他们让我一步一步沦为杀人狂魔。"

应喜张了张嘴，还想说些什么。一旁的陆何欢见状清了清嗓子，"别忘了，可怜之人必有可恨之处。"

应喜颓然地扭过脸，不再说话。

一计不成，龙震天又生一计，她看了看陆何欢和应喜，"两位大哥，你们到底是什么身份，我跟你们无冤无仇，为什么要如此拼命抓捕我呢？"

陆何欢怕应喜说漏嘴，抢先答道："我们是做小生意的，总警署挂出对你的悬赏，赏金十分可观，我们是为了赏金才抓你的。"

龙震天一听顿时喜上眉梢，"如果是为了赏金，我也有一大笔钱可以给你们。"

陆何欢摇摇头，板起脸，"君子爱财取之有道，我们绝不会稀罕杀人犯的钱。"

龙震天笑笑，打趣看着陆何欢和应喜，"我龙震天在风月场阅人无数，二位一定不是做小生意的。"

"何以见得？"陆何欢不解。

"商人求财，如果有更合适的交易不会放弃，而且不会带枪，带枪会结怨。"

陆何欢一时语塞。

"你真想知道我们的身份？"应喜在旁插话。

龙震天点了点头，目光决绝，"死也想死得明白。"

应喜刚要开口，陆何欢连忙用眼神示意应喜。

应喜会意，干笑几声，"其实我们是……青帮的人。"

"青帮？"龙震天大吃一惊。

应喜煞有介事地点点头，陆何欢竭力忍住笑。

青帮是上海滩著名的帮会，龙震天在江南一带漂泊多年，对青帮早就有所耳闻。

龙震天信以为真，恭敬地看着陆何欢和应喜，"我和青帮无冤无仇，如果有什么得罪之处，还请二位大哥包涵。"

"第一次见面就想杀我们，怎么包涵？"应喜有些生气。

龙震天理亏，挤出一丝笑意，"那时我并不知道二位的身份。"

应喜摆摆手，"晚了，青帮有青帮的规矩，对青帮兄弟下杀手者，杀无赦。"

"两位大哥，我知道错了，我去青帮请罪，把我的钱都给青帮兄弟们。"龙震天低声下气地苦苦哀求。

"你还是别费心思了，青帮有青帮的规矩，怎么能朝令夕改？"应喜不依不饶。

龙震天不甘心地咬咬牙，"你们送我去总警署也没有什么好处，我什么都不会承认，你们一分赏钱都别想得到。"

"随你。"应喜不以为意地搓搓胡子。

眼看就要到达警署总部，龙震天心急如焚，她拉了拉衣服，露出香肩，拐了拐一直不发话的陆何欢，"哥哥，不要这么对我嘛，我们去一个人少的地方，让我服侍二位哥哥怎么样？"

龙震天说着伸出舌头轻舔嘴唇，试图挑逗陆何欢。陆何欢洁癖发作，忍不住一阵干呕。

应喜见状哈哈大笑，"你找错目标了，他有洁癖。"

龙震天一阵尴尬，赶紧整理好衣服。

"你还是乖乖跟我们去总警署吧。"应喜知道龙震天要耍滑头，厉声警告。

三人走了一阵，龙震天眼珠一转，突然捂住肚子，蹲在地上，"哎哟，我肚子好疼，我想方便一下。"

"那怎么办？"陆何欢一下慌了手脚。

"什么怎么办？"应喜不以为意地看着龙震天，"你要是不介意，就就地解决吧，反正我们不介意。"

"可你们是男的。"龙震天窘迫不已。

应喜摸了摸鼻子，"你别把我们当男的就行了。"

"你……"龙震天气结。

"用我帮你脱裤子吗？"应喜一脸坏笑。

"流氓！"龙震天恼怒。

应喜不怒反喜，洋洋自得地抱起胳膊，"你说对了，青帮的人就是流氓。"

龙震天咬牙切齿，无奈地跟着陆何欢和应喜继续前行。

包康和陆祥头顶各自少了一块头发，都变成了"地中海"，但二人却不自知地指着对方头顶哈哈大笑。

"你的样子太可笑了，像头老秃驴一样，哈哈哈……"包康一边笑，一边嘲讽陆祥。

陆祥反手一指包康，"你以为你的样子有多好吗，像老秃驴的儿子——小秃驴，哈哈哈……"

旁边的便衣警员们站成一排，看着二人忍俊不禁。

陆祥和包康突然意识到什么，尴尬地收起笑容，摸了摸各自的头发，随即异口同声地互相指责。

"都怪你这个老秃驴！"

"都怪你这个小秃驴！"

二人说罢惶然捂住各自的脑袋。

便衣警员们见平日威风凛凛的署长和副署长如此滑稽，纷纷咬紧嘴唇，好不容易才忍住笑。

陆祥知道手下暗暗嘲笑自己，大为光火，"还傻站着干什么？还不快去给我买顶帽子！"

警员们面面相觑，谁也不想蹚这趟浑水。

"你们几个谁去买？"陆祥恼怒地催促道。

其他警员见状不约而同地后退一步，一个才进警署不久的小警员被迫"站"了出来。

小警员长相俊俏，眉目间透着几分稚气。他无辜地挠挠头，瞥了一眼合伙陷害自己的同事，不由得懊恼万分。

陆祥没好气地看了看小警员，"你快去吧。"

"是。"小警员认命般地点点头。

"给我也买一顶，我要黑色的……"包康叫住小警员，一脸坏笑地看了看陆祥，"给陆副署长就买一顶绿色的好了！"

陆祥恼怒，戳指大骂，"包康，你别欺人太甚！"

小警员愣在原地，为难地看看包康。

"快去啊！"包康催促小警员。

小警员一动不动，小心翼翼地看看陆祥，"陆副署长，帮您买什么颜色？"

"你这个蠢货，不是绿色什么颜色都行！"陆祥不耐烦地答道。

"是。"小警员迅速跑开。

陆祥和包康眼神交锋，冷哼一声，背过身去。

炊烟四起，归鸦绕林。陆何欢和应喜押着龙震天向警署总部走去，途中，龙震天仍在搜肠刮肚地想着逃脱的方法。

恰在此时，三人迎面走过来一个五大三粗的壮汉。龙震天灵机一动，娇滴滴地朝大汉扬声求救。

"大哥，救命啊！这两个流氓欺负人家！"

陆何欢跟应喜一见大汉的块头，纷纷咽了口口水，不由得担心起来。

壮汉闻声走近几步，如同一头怪物堵在前面。陆何欢跟应喜心中七上八下，唯恐大汉真的会"拔刀相助"。

"大哥，只要你救我走，我的一切都给你。"龙震天一边向壮汉抛媚眼，一边暧昧地暗示。

陆何欢跟应喜一听慌忙地抓紧龙震天，警惕地盯着壮汉。

应喜摸了摸配枪，警告壮汉，"你少管闲事啊！"

忽地，壮汉脸色一变，竟然竖起了兰花指，他矜持地拂拂面，瞪了一眼龙震天，扭捏着朝前走了几步，"少来了，一看你就不是什么正经女人，哼。"

陆何欢和应喜见大汉一张嘴满口娘娘腔，惊得张大嘴巴。

壮汉向二人抛了一个媚眼，"两位小哥，这个女人一看就不是省油的灯，你们可要小心哦。"

陆何欢和应喜木木地点点头。壮汉瞪了一眼既惊讶又尴尬的龙震天，转身离开。

过了半晌，应喜才反应过来，他推了一把龙震天，语气不善，"你给我老实点！再要花招，别怪我不客气！"

龙震天望着大汉远去的背影，懊恼万分。

天色将晚，一群群倦鸟从寻芳巷的长空中飞过，包康和陆祥背对着背等待小警员买帽子回来。

片刻，小警员拿着一顶红色礼帽和一顶黑色的女士帽子跑回来，他喘着粗气，跑到陆祥和包康跟前，"包署长，陆副署长，帽子买回来了。"

包康和陆祥脸上一喜，瞟了眼买回的帽子，登时恼怒。

小警员迎着二人火辣辣的目光，一脸委屈，"这附近就一家卖帽子的店铺，男士帽只剩下这顶红色的，其他都是女士帽，包署长要黑色，陆副署长除了绿色什么颜色都行，所以我就……"

"所以你就买了这种不伦不类的帽子？"陆祥冷冷地打断小警员。

"这还是好不容易才买到的……"小警员为难地低下头，拿着两顶帽子好似握着两个烫手的山芋。

"废物！"包康说完伸手要去拿红色礼帽。

陆祥见状一个箭步上前，抢先将红色礼帽拿过去戴在头上，得意洋洋地看着包康，"包署长不是点明要黑色吗？"

包康瞪了一眼陆祥，拿起黑色帽子，将上面的装饰粗暴地扯下来，满意地戴在头上。

陆祥见包康的帽子扯下装饰之后跟男帽没什么区别，不禁妒火中烧，他冷哼一声，板着脸走在前面。

包康不屑地笑笑，向愣在一旁的警员们示意，"走，回警署。"

警员们点点头，跟在包康身后朝警署走去。

包康一行人才走了几步，迎面走来一个妇人，但见她三十来岁，上身着一件大红对襟小袄，一方丝巾别于腋下，头上盘着发髻，保养得当的脸上涂着厚厚的雪花膏。

包康一见女人直直走过来，立刻"恐女症"发作，脸色发白。好在女人径直走向陆祥，包康暗暗松了一口气。

女人径直走向陆祥，陆祥一见女人，忙不迭地压低帽檐躲开。

陆祥拿手挡住脸，女人拿开陆祥的手，一脸惊喜，"陆副署长，真的是你啊？想不到在这遇见你，我们还真是有缘。"

陆祥清了清嗓子，板起脸，"我有公务在身。"

一旁的包康见状猜想其中必有隐情，他连忙收住脚步，饶有兴致地看向陆祥和女人。

女人伸出一只手搭在陆祥的肩头，"陆副署长，最近怎么不去我那喝茶了？你不是说我死了男人怪可怜的，没事去陪我说说话嘛。"

陆祥登时尴尬不已，偷偷瞄了一眼包康。包康一副看好戏的样子，警员们也都低着头偷笑。

陆祥满脸通红，敷衍着拿开女人的手，"不早了，你快回去吧。"

女人不识趣，一脸委屈地缠住陆祥，"陆副署长又不是不知道，我男人死了以后家里冷冷清清，我回去也是孤孤单单，还不如跟你在这说说话。"

"我还有公务在身，先走了。"陆祥微微恼怒，逃也似的离开。

包康赶紧跟上去，"看来陆副署长去寡妇家喝茶的毛病还没改啊？哈哈哈……"

陆祥恼怒，扭头看向包康，"包康，你自己的屁股还没擦干净，少来说我。"

包康一愣，旋即恢复镇定，"我怎么了？我只是路过四马路。"

"路过？"陆祥的冷笑僵在脸上，出其不意地一把扯出包康放在外衣口袋的春宫图，"包署长能不能给我解释一下这是什么？哎哟哟，还没成家，竟然就看这种东西，真不害臊！"

包康窘迫不已，破口大骂，"陆祥，你有老婆还去喝寡妇的茶，吃寡妇的豆腐，你不要脸！"

"你哪只眼睛看见我吃寡妇豆腐了？"陆祥气急败坏。

"你这个老不正经，我用脚趾都可以想到……"包康顿了顿，冷哼一声，"说不定旧闸的寡妇都被你吃过豆腐，不要脸！"

陆祥见包康肆意在警员面前诋毁自己，立时恼羞成怒，"你这个色情狂，你找野鸡被抓却倒打一耙！卑鄙无耻！"

"你无耻下流！"包康火冒三丈。

"你下流成性！"陆祥目眦欲裂。

警员们站在一旁面面相觑，噤若寒蝉。

包康忍无可忍地揪住陆祥的衣领，陆祥顺势扯住包康的胳膊，二人一边对骂，一边扭打在一起。

"你这个没德、没品、没下线的老不正经！"包康骂陆祥。

"你这个卑鄙、无耻、下流的色情狂！"陆祥还嘴。

小警员左右观望了一番，压低声音，"拉开他们吧。"

其他警员纷纷点头赞成。

众人一起冲上去拉架，"包署长，陆副署长，有话好好说，别打了。"

天色愈加暗了一些，陆何欢跟应喜押着龙震天前行，眼看就到总警署大门，应喜突然趁龙震天不备，一拳打晕了龙震天。

第五十三章　春风得意

陆何欢吃惊地看着晕倒的龙震天，"Why？应探长，你这是干什么？打晕已经被控制的犯人不合规矩。"

应喜瞪了陆何欢一眼，没好气地解释，"你是不是傻？不打晕她怎么把她交给总警署？你当她是小猫小狗不会说话？被她知道我们警察的身份，一定会把那天我们从元督察手里救走她的事说出来。"

陆何欢不以为意地耸耸肩，"就算她说出来又能怎么样？我们已经将功补过，把她抓回来了，我也正想着向上级如实汇报呢。"

应喜瞟了一眼陆何欢，忿忿地鼓起腮帮子，"你真是傻得可以，抓龙震天难度多大你又不是不知道！那可是你跟我还有你爹，还有包署长一起冒着生命危险抓到的。"

"所以呢？"陆何欢不明所以。

"你忘了包署长说抓到龙震天有一笔丰厚的奖金吗？只要我们把龙震天送到总警署，不让他知道我们的身份，这样包署长就可以以旧闸警署的身份向总警署申请奖金，就算这笔钱不全给我们，他总要分一半的吧？"应喜竭力耐着性子，心平气和地说道。

"应探长，别忘了我们当初犯过错，没资格领奖金。"陆何欢一脸认真。

一向好大喜功的应喜有些急躁，他摸了摸陆何欢的脑门，"陆何欢啊陆何欢，你的脑子不会转弯吗？就算我们放走过龙震天，那也是无意之举，不算错，况且只要龙震天不知道我们身份，不把我们咬出来，这件事就不会有人知道。龙震天杀人无数，很快就会被执行死刑，那我们之前的失误就不会再有人知道。"

"没人知道不代表没发生过，做错了事就要认。应探长，你想升职加薪我理解，我可以帮你再多破几起案子。"陆何欢态度坚决。

应喜见陆何欢耿直病发作，情绪激动地驳斥，"龙震天连环杀人案十三条人命，一辈子能遇到几回？破获这么大一件案子有多光荣你知道吗？"

"可这不是完整的真相！"陆何欢固执己见。

"是真相就行了！人最后是我们抓到的，是真刀真枪拿命拼来的。"应喜顿了顿，拉起衣服给陆何欢看抓捕龙震天时自己为了救陆何欢所受的伤，"这伤是真实的！"

陆何欢微微动容，皱起眉头，"可是如果我们当初没有救龙震天，她早就被抓了，那样就不会有后面的两条人命，也不会有你身上的伤。"

应喜气得直瞪眼，"那是意外！"

"不管是什么，我们都要负责！"陆何欢毫不让步。

应喜耐心耗尽，指着陆何欢，"你……好，你去坦白，凌嫣的案子以后你别再想查。"

陆何欢一听心下骇然，反手指着应喜，"你……想不到你是这种人！竟然用凌嫣来威胁我。"

"我就是这种人！是要坦白还是去查凌嫣的案子，你自己选。"应喜有恃无恐地扬起下巴。

"你……"陆何欢气结，一时语塞。

二人僵持时，警署总部的值班巡警走过来，他见两个男人在门口押着一个昏厥的女子，好奇地走过来，"你们在这干什么呢？"

应喜立马换上笑脸，客客气气地点点头，"你好，我是旧闸警署探长应喜，这位是探员陆何欢，我们抓到了通缉犯龙震天。"

巡警闻之一惊，瞟了一眼二人押着的昏迷不醒的龙震天。

陆何欢想要插话，应喜眼神如钝刀一般，狠狠剐了他一眼，陆何欢欲言又止。

应喜收起怒容，看向巡警，"那我们就把龙震天交给你了，详细情况我们旧闸警署的包署长会向戈登总督察长汇报。"

"龙震天是你们抓的？"巡警回过神，脸上现出钦佩之意。

应喜假装谦和地点点头，"没错。"

"你们先别走，事关重大，我这就去上报给总督察长。"巡警说罢匆匆跑进警署。

日暮四合，大街上行人稀少。陆祥大步流星地走在前面，包康跟在陆祥身后，编词哼曲奚落陆祥。

"寡妇的茶浓，寡妇的茶香，寡妇的茶让人想断肠……"包康的嬉笑声传入便衣警员们的耳中，众人个个忍俊不禁。

"非礼勿听……"小警员说着捂上耳朵。

其他警员看看小警员，也跟着捂上耳朵。

陆祥见包康对自己冷嘲热讽，心中不禁生恨，他咬牙切齿地暗骂了几句，转头突然看见包康头顶上的帽子，登时生出一计。

陆祥悄悄落后包康两步，装作不小心踩到包康的鞋后跟。包康没留神，一个趔趄，帽子掉在地上，瞬间露出光秃秃的头顶。

陆祥乐得哈哈大笑，街上的行人循声看过去，见到包康奇怪的发型，纷纷窃窃私语。

包康恼羞成怒，他知道是陆祥搞鬼，站起身，直接上手掀掉陆祥的帽子。陆祥闪躲不及，露出光秃秃的头顶。

两人的发型相映成趣，警员和路人们纷纷窃笑。

"看那两个人的头发像什么？"

"地中海，哈哈哈……"

"那两个人为什么把头发弄成那个样子，太难看了。"

"一定是得了什么怪病。"

"不会传染吧？"

"我们还是走吧。"

行人议论的声音传入包康和陆祥的耳中，二人顿时面红耳赤，羞得无地自容，慌乱地捡起各自的帽子戴上。

"看什么看，有什么好看的？"包康扶了扶帽子，朝围观的行人怒吼。

"赶紧散了，散了！"一旁的陆祥厉声呵斥。

行人纷纷离开。

陆祥偷偷瞄了一眼包康，心想这种杀敌一千自伤八百的招数行不通，这样下去自己跟包康都没有好果子吃。与此同时，包康也偷偷瞄了一眼陆祥，心想这样下去不行，必须想办法先跟陆祥和解，免得再生事端。

陆祥和包康心照不宣地想到一起，同时清了清嗓子，态度一百八十度大转变。

"包署长……"陆祥挤出一丝笑。

"什么事？陆副署长？"包康堆着一脸笑。

"既然你的秘密我知道，我的秘密你知道，不如我们都当作不知道？"

"陆副署长真是说到我的心坎里去了，那就一言为定？"

"一言为定！"

包康顿时觉得无事一身轻，长长舒了一口气。

"包署长一定要说话算话，为我保守秘密，千万不能让我内人知道。"陆祥不放心地嘱咐道。

包康故意装糊涂，"陆副署长是指你跟踪我这件事？"

"还有遇见李寡妇的事。"陆祥尴尬地补充道。

包康佯装恍然大悟地点点头，"哦，陆副署长放心，这件事我早就忘了。"

陆祥感激地笑笑。

包康瞄了一眼陆祥，同样不放心地嘱咐道，"那也请陆副署长说话算话，那件事千万不能让小瑢知道。"

"包署长是指春宫图的事？"陆祥跟着装糊涂。

包康一脸尴尬，压低声音，"还有我来寻芳巷的事。"

"险些忘了。"陆祥皮笑肉不笑地笑笑。

二人打着哈哈，旁边的警员都在费力憋笑。

陆祥抬头望了一眼天色，朝包康示意，"那我们走吧？"

"陆副署长请。"包康说着做了个请的手势。

"还是包署长先请。"陆祥谦让地退到一旁。

包康不好意思再客套，径自走在前面。陆祥收起脸上的笑容跟了上去。

便衣警员们登时松了口气，纷纷跟上。

天色越来越暗，陆何欢和应喜拖着晕倒的龙震天站在总警署门口等待巡警。

应喜时不时看一眼龙震天，忍不住向陆何欢抱怨，"那个巡警怎么还不回来，再晚一会龙震天醒了就全完了。"

陆何欢冷哼一声，"做了亏心事，心里就没办法踏实。"

"就你不亏心！"应喜狠狠瞪了一眼陆何欢，反唇相讥。

二人说话间，值班巡警大步走到门口。

应喜顿时松了口气，笑着看向值班巡警，"你可算回来了，犯人给你，我们得走了。"

"二位别急，戈登总督察长马上就赶来警署，要亲自表彰你们二位。"巡警一脸欣喜。

本想溜之大吉的应喜一时怔住，他为难地看看昏迷的龙震天，支支吾吾，"现在？可是，犯人……要不先把犯人押下去？"

巡警赔着笑，"戈登总督察长说要给二位跟犯人合影，龙震天可是近十年来抓捕的头号杀人犯，你们二位英勇不凡，应该拍张照片留作纪念。"

应喜一听叹了口气，忧心忡忡地瞟了一眼龙震天，转而凑到陆何欢耳边，压低声音，"怎么办？万一龙震天醒了一定会把我们咬出来！"

陆何欢幸灾乐祸地看看应喜，"做了亏心事，你就等着担惊受怕吧，搞不好竹篮打水一场空！"

应喜见陆何欢见死不救，焦躁地跺了跺脚，转而看向巡警，"抓捕疑犯，保一方平安，是我们应尽的责任和义务，其实也没什么特别的，合影留念就不必了。"

毫不知情的巡警赞赏地看着应喜，"应探长果然是淡泊名利的高义之士，不过二位还是稍等片刻，总督察长交代过，一定要等他。"

应喜彻底慌神，苦着脸看向龙震天，心里七上八下。一旁的陆何欢倒是显得无比坦然，无奈地看着应喜。

巡警仍是一脸崇敬地看着二人，时不时期待地看向远处，等待着戈登总督察长的到来。

天色越来越晚，包瑢将饭菜端到桌上，看了看时间。

包康下班前就告诉她临时有事，可能会迟些回家，但这么晚了还不见包康回来，包瑢不禁有些担心。

这时，房门吱嘎一声响了。包康开门进来，下意识地将帽子向下压了压。

包瑢迎上去，面露喜色，"哥，你回来的时间正好，刚好开饭。"

"哦，好。"包康木讷地坐在饭桌前。

包瑢帮包康拿来碗筷，奇怪地看着包康的帽子，"哥，你怎么不摘帽子？"

"哦，我头有点疼。"包康惶然掩饰道。

包瑢微微皱眉，"头疼戴帽子怎么能解决？你说说什么症状，我帮你看看。"

"不，不用了，已经好了。"包康神色慌张。

包瑢笑笑，不管不顾地伸手帮包康摘帽子，"好了还戴着帽子干什么。"

包康想阻挡已经来不及了，包瑢直接摘下包康的帽子，二人一块僵住。

"哥，你的头发呢？"包瑢看着包康光秃秃的头顶，惊愕失色。

"我，我……"包康尴尬不已，吞吞吐吐。

"哥，身体发肤，受之父母，不敢毁伤，孝之始也……你怎么能轻易地把头发弄成这个样子？"包瑢生气地教育起包康。

包康苦着脸，"小瑢啊，你听我解释。"

"不管有什么事，都要爱惜自己，我们的身体、毛发、皮肤是爹娘给我们的，我们必须珍惜它，爱护它，你怎么这么不小心呢？"包瑢板起脸，正色道。

包康眼珠一转，急中生智，"小瑢啊，我是在抓捕龙震天的过程中，为了保护应喜跟陆何欢才被龙震天的大刀砍断了头发。我知道对不起爹娘，我这就跪在他们的灵位前道歉。"

包康一边说一边装可怜，站起身作势要走。

"哥……"包瑢一听包康是为了保护陆何欢才搞成这样，动容地叫住包康。

包康立马站住，心中窃喜。

包瑢收起怒容，口气转柔，"你是为了保护下属，为了抓捕杀人犯，为了一方安宁祥和，爹娘会原谅你的。"

包康装作感动地点点头。

包瑢笑笑，给包康饭碗里夹了一大块肉，"吃饭吧。"

"好。"包康坐下拿起碗筷，想起自己被砍掉头发的瞬间。他咬了咬牙，把一切都归咎在陆祥身上。

陆家大厅亮起了灯，陆祥正往头上缠着纱布，忽然，他听到开门声，慌乱地用纱布将头包好。

林芝搓麻将尽兴而归，进来见陆祥头上缠着纱布，不禁大吃一惊，"你的头怎么了？"

陆祥避开林芝问询的目光，"哦，没事，不小心撞到头，受了点伤。"

"撞到头？怎么撞的？我看看。"林芝信以为真，一脸担忧地走过来，伸手就要打开陆祥头上的纱布。

"不用看了，已经包扎好了。"陆祥一边闪躲，一边搪塞道。

"给我看一下，我帮你上点药再好好包扎。"林芝有些心疼。

"不用。"陆祥继续推托。

"给我看看。"

陆祥闪躲，林芝偏要打开纱布看伤口，二人拉扯中，纱布掉落。

林芝看到陆祥光秃秃的头顶，顿时大怒，"陆祥！你的头发怎么回事？"

陆祥支支吾吾，突然灵机一动，"哦，是抓捕龙震天的时候被大刀砍的。"

"抓捕龙震天？"林芝突然想起什么，慌慌张张地拉着陆祥，"那儿子呢？儿子没事吧？"

"他能有什么事，没事。"

林芝顿时松了口气，她嫌弃地看向陆祥的头顶，"还不如挂点彩看着舒服。"

"乌鸦嘴。"陆祥瞪了一眼林芝。

"你堂堂警署副署长，这样怎么去上班？还不被那些警员笑掉大牙？"

陆祥想起林芝屡屡把自己打破相,现在反倒替自己担心,立时哭笑不得,"这些不用你操心,饿死了,快去做饭吧。"

林芝白了一眼陆祥,一边走进厨房,一边犯起嘀咕,"都什么形象了,还想着吃。"

陆祥气呼呼地坐在沙发上,想起自己被砍掉头发的瞬间。他咬了咬牙,在心中大骂包康。

薄暮冥冥。陆何欢和应喜架着龙震天,跟巡警一起在总警署门口等待戈登。

应喜看着晕倒的龙震天,担心不已,暗暗祈求她千万不要醒来。

忽然,巡警大叫一声,"总督察长来了。"

应喜闻之一振,循着巡警的视线望过去。

总督察长戈登的轿车由远及近,在总警署门口停下,陆何欢、应喜跟巡警赶紧走过去迎接。

戈登和车内一个戴着网纱帽的时髦女郎吻别,应喜见状连忙朝陆何欢挤眉弄眼。陆何欢会意,看向车内的女郎,觉得有些眼熟。

蓦地,陆何欢想起自己曾在包康办公室见过女郎的海报。

那是他刚来警署不久,有一次向包康汇报完工作,正要出门,突然看到门后挂着一张时髦女郎的海报。他不自觉地多看了一会,但见画中女子正值妙龄,相貌姣好,身材火辣,颇有几分西方女子的神韵。

包康见状从椅子上站起来,"这是女明星胡一曼,漂亮吗?"

陆何欢转过头,"包署长,你喜欢这个人吗?"

"谁,谁说我喜欢她?"包康立刻慌乱起来。

陆何欢笑笑,"我就是随便说说。"

"这种事怎么能随便说?给我出去!"包康恼怒,没好气地呵斥陆何欢。

"是。"陆何欢低头走出去。

想到这,陆何欢细细打量了一番车内的时髦女郎,看向应喜,"这个女人好像是电影明星胡一曼。"

"你怎么知道?"应喜没想到一向不近女色的陆何欢竟然认识电影明星,一脸不解。

"我在包署长办公室看见过她的海报，包署长好像很喜欢她。"

"不会吧？"应喜感到不可思议，"包署长有'恐女症'，一见漂亮女人就发抖。"

"肯定没错，我在苏格兰场学过读心术，包署长的微表情说明他喜欢胡一曼，不，是爱。"陆何欢不容置疑地说道。

应喜想了想，瞟了一眼戈登，忍不住偷笑，"不管是喜欢还是爱都没用，已经被人捷足先登了。"

戈登走下车，来到陆何欢和应喜跟前。

二人一边扶着昏迷的龙震天一边急忙肃立，向戈登敬礼，"总督察长好。"

戈登点点头，与应喜和陆何欢一一握手。

这时，一名警员拿着相机走过来，准备为几人照相。

戈登看了一眼晕倒的龙震天，向陆何欢和应喜示意，"把杀人犯龙震天的头抬起来。"

应喜抬起龙震天的头，戈登站在应喜旁边，向拿着相机的警员示意，"给我们拍一张合影。"

警员点点头，为几人拍了一张照片。

戈登侧脸看向陆何欢和应喜，满意地笑笑，"应喜，陆何欢，你们两个是警队的骄傲。"

一旁的应喜高兴不起来，他担忧地看了看龙震天，暗暗着急，极力挤出一丝笑，"总督察长过奖了，这都是我们应该做的。"

戈登一听更加高兴，他看着陆何欢和应喜，继续侃侃而谈。

"你们做得很出色，龙震天是全国通缉的要犯，抓捕难度非常大，你们能抓到她，证明你们是有勇有谋的好警察，也是我们警队不可或缺的人才。"

"谢谢总督察长夸奖。"应喜开始有些得意忘形。

陆何欢鄙视地看了一眼应喜，应喜装作没看见。

戈登欣赏地看着二人，"我已经下令，明天在总部召开表彰大会，向百姓宣布龙震天落网这一重大喜讯，同时也要让大家认识你们这两位神勇警探！"

"表彰大会？"应喜既兴奋又好奇。

戈登点点头，"你们回去准备一下，明天为大家讲述一下破案

423

经过。"

应喜一听登时傻眼。

三人说话间，一个小贩推着杂货车从旁经过，他看了一眼应喜，想了想，匆匆走开。

第五十四章　自食其果

夜色渐浓，包康吃过晚饭，戴上帽子，准备出门。饭桌旁，包瑢正在收拾碗筷。

"小瑢啊，我出去散散步。"

包瑢见一向不爱走动的包康竟然主动提出要外出散步，不禁感到有些奇怪，"哥，你不是有什么事瞒着我吧？"

包康连连摇头，"没有，我哪有事瞒着你，别乱想，我就在附近转转。"

"好。"包瑢点点头，目送包康出门。

与此同时，陆祥戴着帽子站在门口，也正准备出门。

林芝坐在椅子上，瞟了一眼陆祥，"大晚上的散什么步啊？平时也没见你去散步，你不会是有什么事情瞒着我吧？"

"哎呀，我有什么事能瞒得住你？"陆祥有些心虚。

"那倒是。"林芝一脸得意。

"我今天吃撑了，想去附近转转。"陆祥着急出门，解释道。

林芝摆摆手，"去吧去吧，早点回来啊。"

"知道了。"陆祥说着逃也似的走出门。

夜色笼罩下，方才推着杂货车的小贩急匆匆地冲进霜喜侦探社，站在柳如霜和白玉楼对面报告情况。不用想，他一定又是柳如霜埋伏在应喜周围的眼线。

"总督察长要召开表彰大会表彰喜哥？"柳如霜听小贩说完，一脸惊喜。

小贩点点头，"我听见旁边的警察叫那个人总督察长，然后那个总督察长下令明天召开表彰大会，说是应探长抓捕龙震天有功，要表彰他。"

"不就是抓了一个杀人犯嘛，一个警察分内的事，至于开表彰大会这么兴师动众吗。"白玉楼在旁一脸嫉妒，低声犯起嘀咕。

柳如霜拿出一些钱给小贩，"这个消息送来得相当及时，记你一功，这是赏钱，继续努力，以后我也给你开表彰大会。"

小贩一看赏钱，眼都直了，"哎，柳小姐，那我就先走了。"

"走吧走吧。"柳如霜心情大好。

小贩高兴地数着钱离开。

柳如霜侧脸看向身旁的白玉楼，"白白，你说我送喜哥点什么呢？"

"不是开表彰大会了吗，还用送什么吗？"白玉楼语气敷衍。

柳如霜想了想，一脸认真，"表彰大会是警署给他开的，又不是我开的，我当然要送点什么表示祝贺了。"

白玉楼见柳如霜执意要送应喜礼物，无奈地咧咧嘴，"应喜喜欢百乐门的舞女，霜姐送他个舞女他一定喜欢。"

柳如霜恼怒，一把掐住白玉楼的脸，"你想死是不是？"

"哎哟，疼死了，人家是在开玩笑嘛。"白玉楼挣脱开柳如霜，捂着脸求饶。

柳如霜怒气未消，狠狠地瞪着白玉楼，"再乱开玩笑有你好看！"

"可是应探长只有喝酒和去百乐门找舞小姐两个爱好……"白玉楼一脸委屈。

柳如霜见白玉楼还是不长记性，抬手又要掐脸，白玉楼赶紧把后面的话咽了回去。

柳如霜放下手，静静想了想，突然灵光一闪，"有了！"

"送什么？"白玉楼不解地问道。

"风光！"柳如霜神色得意。

"风光？"白玉楼仍是一头雾水，"风光怎么送？"

柳如霜信誓旦旦地点点头，"喜哥好面子，我要让喜哥风风光光地参加表彰大会！"

夜色中，包康鬼鬼祟祟地趴在陆家大门口向里面看，突然，他听到院子里有脚步声，赶紧闪到门边躲起来。

片刻，陆祥走出家门，径自离开，包康在一旁窃笑，待陆祥走远，他迅速地走到大门口，敲了敲门。

过了一会，林芝打开门，一看是包康，不禁感到有些好奇，"包署长？"

走出家门的陆祥装作散步的样子走了一阵，他见四下无人，便偷偷从后门跳进包康家的院子。

陆祥来到包瑢房间的窗边，向里面看了看，见包瑢正在看书，他料定包康不在，轻轻敲了敲窗户。

包瑢闻声放下书，走过来打开窗子，一看是陆祥，不禁感到诧异，"陆伯伯？"

如水的月光透过窗户洒在宿舍的地板上，陆何欢和应喜推门进来，好似踩在一汪流动的清泉上。

折腾了一整天，应喜无精打采地坐在椅子上。陆何欢看看应喜，猜想他一定是在为明天的表彰大会发愁。

"Self do, self have。自作自受。"陆何欢一脸无奈。

应喜没好气地瞪了一眼陆何欢，皱起眉头，"够义气就帮我想想对策。"

"想什么对策？"

"想想怎么能让龙震天别出现在明天的表彰大会上。"

陆何欢不敢相信地看着应喜，"你还想着要这份功劳呢？"

"为什么不要？"应喜理直气壮地反问道。

陆何欢气呼呼地坐在应喜对面，"应探长，你醒醒吧，别被名利冲昏头脑！听我的，明天早上我们一起去找总督察长说清楚，坦白我们之前放走龙震天的事，至于是奖是罚，听从上级安排。"

应喜一听霍地站起来，情绪有些激动，"陆何欢！你知不知道，在这个社会名利才是站稳脚跟的根本，你的地位越高，欺负你的人就越少，相反，如果你没钱没地位，任何人都能踩在你头上！我是追求名利，那是因为我怕，我怕被欺负，被藐视，我没做什么伤天害理的事，只是想隐瞒一点小失误而已！"

陆何欢跟着站起来，直直地盯着应喜，"你这次隐瞒一点小失误，下次可能会隐瞒一点大失误，慢慢的你隐瞒的会越来越多……应探长，不要做那样的人。"

"我是什么样的人我自己清楚，用不着你一个小小探员来教我。"

"你……"陆何欢气得哑口无言。

"我什么？"

陆何欢见应喜冥顽不灵，咬咬牙，"我不管你怎么想，明天一早我就去总警署坦白。"

"好啊，你去啊，不过凌嫣的案子你这辈子都别想再查！"应喜故伎重施。

"应喜！"陆何欢一时无语。

应喜抬高了嗓门，"陆何欢，别忘了你的身份，你应该叫我应探长！"

陆何欢和应喜大眼瞪小眼，一时陷入僵局。

包康把陆祥又去寡妇家喝茶的风流韵事透露给林芝后，鬼鬼祟祟地从陆家出来，往自己家走去，不料，在路上竟然迎面撞上陆祥。

陆祥和包康看到对方俱是一惊，尴尬地打起招呼。

"陆副署长，出去啦？"

"我出来散散步，你这是？"

"我也散散步。"

忽然，二人意识到什么，怨毒地看看对方，快速向自己家走去。

包康推门进屋，见包瑢正坐在客厅，茶几旁边的地上放着跟他身高差不多的一摞书，包康顿时暗暗感到不妙。

"小瑢，看这么多书啊？"包康试探着问道。

包瑢站起来，板着脸，"凡兵上义，不义，虽利勿动。非一动之为利害，而他日将有所不可措手足也。夫惟义可以怒士，士以义怒，可与百战。这是作为将领的原则。"

包康一个字都听不明白，咽了口口水，"小瑢，这是什么意思啊？"

包瑢冷冷地解释道："作为将领，应当首先修养心性。必须做到泰山在眼前崩塌而面不改色，麋鹿在身边奔突而不眨眼睛，然后才能够控制利害因素，才可以对付敌人。"

"小瑢，你到底要说什么？"包康还是一脸懵懂。

包瑢收起怒容，一副恨铁不成钢的样子，"哥，你身为旧闸警署署长，也算是将领，怎么能因为别人聊到风月场所之事，就去寻芳巷寻花问柳呢？你这样做，是品行不端，让手下怎么服你？爹娘在天有灵，会汗颜的。"

"我……"包康理亏地苦着脸。

包瑢指着地上的一摞书，带着命令的口吻，"五天之内，把这些等身的诗书抄写完，这是我替爹娘对你的惩罚。"

包康看着跟自己身高相等的一摞书籍，眉头拧成一团，气急败坏地咬咬牙，"陆祥，我跟你势不两立！"

陆家客厅一片狼藉，陆祥和林芝闹得不可开交。陆祥抱头鼠窜，林芝拿着扫把在后追打。

"我让你去寡妇家喝茶，让你喝！"林芝边打边骂。

"老婆，那都是过去的事了，我保证以后再也不去寡妇家喝茶了。"陆祥一边躲扫把，一边告饶。

"我也保证以后再也不信你的鬼话！"林芝不依不饶，一扫把拍在陆祥的腰上。

陆祥仰天惨叫。

"我打死你这个老不正经的东西！"林芝仍紧追不舍。

陆祥欲哭无泪，咬牙切齿地怒吼，"包康，我跟你势不两立！"

夜深人静，警署宿舍熄了灯。陆何欢和应喜背对着背躺在床上，二人谁也不理谁。

应喜转过身，叹了口气，"算了，各退一步。"

"怎么退？"陆何欢跟着转过身。

"明天我们躲起来不去参加表彰大会，你也别去找总督察长坦白，行吗？"

"你别以为我不知道，你不去参加表彰大会是怕龙震天在场，怕她知道你身份会反咬你一口。"陆何欢没好气地驳斥应喜。

应喜恼怒，猛地坐起来，"不管因为什么，明天这个表彰大会都不能参加。"

陆何欢跟着坐起来，不屑地看着应喜，"是啊，被当众拆穿的滋味多难受。"

"陆何欢，你别太过分！"应喜有些气急败坏。

陆何欢斜了应喜一眼，"过分的是你，竟然拿凌嫣的案子威胁我。"

应喜狠狠瞪了陆何欢一眼，气呼呼地躺下，闭眼睡觉。

黑暗中，陆何欢无奈地叹了口气。

清晨的阳光洒进警署宿舍，应喜睁开眼，突然猛地坐起来，一把推醒身旁的陆何欢，"快起来，我们得躲一躲，等表彰大会结束再回来。"

陆何欢不情不愿地坐起身。

二人穿戴整齐刚打开房门，就看见门口站着两名总警署的警员。

"你们是？"应喜忐忑不安地问道。

"应探长，陆警员，总督察长派我们来接二位去参加表彰大会。"其中一名警员答道。

应喜当场愣住，这下不参加也得参加了。

轿车直接开进总警署的院子，一名警员下车打开车门，陆何欢和应喜走下车，震惊地看着表彰大会现场。

只见院子里搭着一个简易舞台，舞台上方挂着写有"杰出警探表彰大会"的条幅。舞台上摆着一个演讲台。台下，总警署领导们坐在前排，各分警署的人站在后面，包康、包瑢和朱卧龙站在旧闸警署的队伍中。

舞台周围，附近的群众和上海大大小小报社的记者站在一旁围观，林芝拉着陆祥和其他市民站在一起。

陆何欢和应喜被警员带到舞台边，准备登台。应喜一边装作无意地挡着脸，一边环视四周有没有龙震天的身影。

万众瞩目下，戈登昂首阔步地走上台，开始讲话，"Ladies and Gentlemen，大家好。今天，我们警署总部在这里召开杰出警探表彰大会，对抓捕到全国通缉的特大逃犯龙震天的两位警探应喜、陆何欢予以表彰。在此，我代表总警署全体人员，向应喜和陆何欢警探致以亲切的慰问和崇高的敬意！下面，请这两位神勇警探上台接受表彰。"

戈登话音一落，台下响起雷鸣般的掌声。

朱卧龙见包瑢一脸期待地看向台上，不禁醋意翻涌，"抓个逃犯有什么可表彰的，如果连逃犯都抓不到，那还要警察干什么？"

包瑢趁机拿话敲打朱卧龙，"朱老板，应探长跟何欢是为民除害，这个龙震天专杀流连烟花间的嫖客，说起来也是在间接保护你。"

朱卧龙顿时尴尬不已，无言以对。

一旁的包康见包瑢存心挖苦朱卧龙，忍不住凑到近前，"小瑢，不许对朱老板无礼。"

包瑢不再说话，转而看向台上。

台下的陆祥和林芝见陆何欢受到总督察长的表彰，俱是一脸欣喜。

"我就知道，儿子一定有出息。"林芝一边翘首以盼陆何欢登场，一边得意洋洋地对陆祥说道。

陆祥的嘴角逸出一丝微笑，不是不想大笑，而是因为昨晚林芝把他的脸伤得乌青，一笑就疼，他接过林芝的话茬，"那当然了，虎父无犬子嘛。"

林芝鄙夷地瞥了一眼陆祥，"儿子是遗传了我，要是遗传你还不是草包一个。"

"草包能当警署副署长？"陆祥不服气。

林芝拿手比划了一下，"你那个警署小得像蚂蚁窝一样，我儿子可是被总警署表彰，能是一个等级嘛。"

"你……"陆祥气结。

台下的观众热情地等待着陆何欢跟应喜登场，应喜担心被认出，装作不经意地一步步往外蹭去，眼见就可以溜走，却突然被热心肠的巡警拦住。

"应探长，总督察长让您上台发言呢。"巡警催促道。

应喜摇摇头，"我不会说什么，就不去了。"

巡警不听，拦住应喜。应喜无奈地用眼神示意一旁的陆何欢，求他帮忙拉开警员。陆何欢还在跟应喜生气，装作没看见。

这时，台上的戈登注意到二人，他清了清嗓子，"各位，这两位就是我们的神勇警探应喜、陆何欢，大家掌声有请二位上台！"

掌声雷动，应喜硬着头皮跟陆何欢走上台，站在讲台前。

戈登为两人佩戴上写着"神勇警探"的绶带。应喜遮遮掩掩地捂脸接受表彰。戈登误以为应喜生性害羞内向，笑着拉下应喜捂脸的双手，再次和陆何欢、应喜握手合影。

上海大大小小各大报社的记者举着相机捕捉到这一幕。

《申报》的记者更是挤到近前，"二位神探，能不能给我们说说你们捉拿杀人魔龙震天的经过？"

应喜一听心惊胆战，迅速在台下寻找龙震天的身影。

"自作自受。"陆何欢在旁低声嘀咕。

戈登正好要借报社的渠道把此事宣扬出去，提高警署在百姓心中的声望，他笑着看向应喜和陆何欢，"二位就给大家说一说吧。"

应喜无奈地低着头，语速极快，"其实我们做的事是警署每一个警员都会做的事，没什么好说的，抓捕也没什么特别，谢谢大家。"应喜说罢拉着陆何欢就要下台。

台下的记者纷纷拿笔记下，交头接耳地互相补充信息，纷纷抱怨应喜说话太急。

应喜刚迈开步子就听到场外锣鼓喧天，鞭炮轰鸣，他抬眼望去，原来是柳如霜和白玉楼带着一队人敲锣打鼓地来到总警署院子。

柳如霜宛如一名将军，威风凛凛地指挥众人，"布置现场！"

众人迅速在舞台周围摆满花篮，随后将印着应喜和陆何欢照片的横幅挂在台上，横幅上写着"旧闻第一——欢喜神探"。

应喜的脸臊得通红，咬牙切齿地瞪着柳如霜，"成事不足败事有余的柳如霜！"

陆何欢看着应喜，忍不住发笑，"还是坦白吧，应探长。"

应喜环视四周，突然笑了，"坦白什么？龙震天都没在。"

陆何欢一听，迅速环视四周，确实没有发现龙震天的人影，不由得也暗暗松了口气。

林芝看见柳如霜，拿胳膊拐了拐陆祥，"那个女孩子叫柳如霜，我很喜欢她，要是她能做我们的儿媳妇就好了。"

陆祥见柳如霜指挥工人摆花篮，猜到这个丫头性格野蛮，他不想让儿子娶个悍妻步自己后尘，连忙摇摇头，"不怎么样嘛，女孩子家一点都不稳重。"

"她可是旧闸首富柳山的女儿。"林芝补充道。

"是吗？"陆祥语气一下缓和了许多，他又看看柳如霜，"细看看也挺稳重的，不错。"

台下，包瑢倾慕地看着台上的陆何欢。一旁的朱卧龙见包瑢眼神倾慕，急忙用眼神示意包康。

包康会意，故意挪到包瑢面前，挡住包瑢的视线，包瑢向左包康就向左，包瑢向右包康便向右。

"哥，你为什么老挡着我？"包瑢有些生气。

包康意味深长地看着包瑢，"我是在提醒你，不该看着跟你不搭边的人，要珍惜眼前人才对。"

朱卧龙笑着看向包瑢，往前凑了凑身子。

包瑢心下了然，知道包康和朱卧龙蓄意不让自己看陆何欢，无奈地叹口气。

戈登走下台，向站在一旁的警员低声示意，"去把龙震天带来。"

"是。"警员转身走开。

第五十五章　乐极生悲

台上，陆何欢见应喜一看龙震天不在便得意忘形，压低声音，"你就不怕我们救过龙震天的事被总督察长发现？"

"别傻了，龙震天根本就不在，除了她只有包署长知道这件事，你觉得包署长会说出来吗？"应喜不以为意。

陆何欢气恼，冷哼一声，"一丘之貉。"

应喜瞪了一眼陆何欢，仍是一脸得意。

龙震天缩在牢房一角，似火的骄阳被层层叠叠的栅栏过滤，漏到她身上变成了淡淡的、圆圆的、摇曳的光晕。龙震天忍不住伸手摸了摸身上的光影，曾几何时，她期待能够从容地走在阳光下，不再与黑暗为伍，不会再被仇恨驱使，但终究放不下年幼时的伤痕和蹂躏。

"当啷"一声，两名警员打开牢房门，朝龙震天大喊，"龙震天，出来。"

"干什么？"龙震天木木地站起来。

"外面在开表彰大会，你是重要人物，必须到场。"

龙震天莫名其妙地跟着两名警员离开。

台上，应喜见龙震天不在场，得意洋洋地清了清嗓子，"既然大家热情这么高，那我就给大家讲一讲龙震天这个杀人魔王是如何的罪大恶极以及我和陆探员是如何跟她斗智斗勇的。"

闪光灯此起彼伏，台下群众情绪激动地望着应喜和陆何欢。

应喜顿了顿，佯装一脸认真，"众所周知，龙震天流窜江南几省，作案十几起，一共杀了十三人，手上沾满罪恶的鲜血。此人心狠手辣，诡计多端，擅长使用一把三尺长的折叠大刀，杀人一招致命，所有受害人都被腰斩。"

"严惩龙震天……枪毙这个杀人魔……"群众激动不已，纷纷大喊。

恰在此时，龙震天被元督察手下的几名壮汉从舞台侧方带上台，龙震天看着条幅上应喜和陆何欢的照片，又看了看台上的二人。

陆何欢和龙震天目光相对，登时愣住，他慌忙向应喜低声示意，"龙震天……"

应喜没有发现龙震天被带到台上，继续激情演讲，"龙震天虽然狡猾，但魔高一尺道高一丈，我跟陆警员根据龙震天的作案信息找出了她的杀人规律。龙震天因为从小被卖到青楼，心理极度扭曲，所以专杀嫖客。"

龙震天听到应喜的演说后恍然大悟，咬牙切齿地盯着台上的陆何欢和应喜，"原来你们两个是警察，竟然把我当猴耍！"她说着反手一指二人，对台下大喊，"你们不要被应喜和陆何欢骗了，他们两个和我是同谋！"

台下众人吃惊不已，顿时议论纷纷。

应喜这才发现龙震天，顿时愣住，他忿忿地瞪着龙震天，"你撒谎，你这个杀人犯，竟然信口雌黄！"

龙震天来到舞台中央，朝着台下众人大喊，"我没撒谎！他们两个是我的同伙，之前救走我的满脸红斑的人就是他们乔装而成，我杀了嫖客后抢的钱全都给了他们，后来因为我受了伤，没有了利用价值，便被他们送来警署当替死鬼，换取赏金，榨干我最后的价值！"

一时间全场哗然，记者们纷纷拍照。

戈登愤怒不已，面朝台上的陆何欢和应喜，"What？这到底是怎么回事？"

陆何欢和应喜骇然失色。

"是误会，误会，大家听我解释！"应喜惊慌失措。

龙震天冷笑一声，继续盯着陆何欢和应喜，"你们太不义气了，怎么能把我丢到警署做替死鬼呢？"

"你……你血口喷人！"应喜指着龙震天，脸色涨红。

龙震天得逞地笑笑。

陆何欢赌气地看向应喜，"利欲熏心，到头来作茧自缚！"

"都这个时候了还埋怨什么！"应喜烦躁不已。

台下乱成一锅粥，围观群众议论纷纷。

"怎么回事？难道真是一伙的？"

"真是警署败类啊！"

"差点被这两个人骗了！"

戈登快步走上台，对着麦克风安抚众人，"大家静一静。"

台下暂时安静下来，戈登又看向不远处的元督察，"元督察，带着你的人上来辨认一下，看看先前是不是他们救走了龙震天！"

知道内情的柳如霜顿时紧张不已。

包康想说什么，但看看一脸担心的包璐，欲言又止。朱卧龙倒是一脸幸灾乐祸。

陆祥和林芝看着台上的陆何欢，一时不知所措。

片刻，元督察带着几名壮汉走上台，壮汉们仔细辨认陆何欢和应喜，纷纷摇头。

戈登不解地看向壮汉们，"不是？"

"看不出来，那天救走龙震天的人脸上都是红斑。"元督察答道。

陆何欢和应喜暗暗松了口气，就在二人以为逃过一劫的时候，戈登突然开口，"红斑？事关重大，不能错放，去找一支口红来。"

一名警员点点头，快步离开。

应喜忐忑不安，心提到嗓子眼。陆何欢凑到应喜耳旁，一脸紧张，"现在坦白吧？"

"已经来不及了。"应喜急出了哭腔。

片刻，警员拿着一支口红上来，戈登示意警员，警员用口红在陆何欢和应喜的脸上一番涂抹。

未等警员涂抹完，壮汉们便齐齐指着陆何欢和应喜，"是他们！那天在知音楼，就是他们两个救走了龙震天！"

警员们话音一落，所有人的目光都注视着陆何欢和应喜。应喜有些紧张，吞了口口水。

现场静了几秒，随即炸开锅。

"严惩这两个警队败类……枪毙杀人魔头……"围观百姓群情激奋，纷纷高喊。

记者们一窝蜂地冲上去拍照，应喜下意识地用胳膊挡住脸，向后退去。陆何欢扶住应喜，用力握了握应喜的胳膊，以示安慰，"没事，有我在。"

应喜本以为陆何欢会趁机嘲笑自己，没想到危急关头还在好心宽慰自己，不禁心生感动。

一旁，龙震天阴险地看着陆何欢和应喜的窘态，嘴角微微上扬。

陆何欢与龙震天对视，龙震天挑衅地看着陆何欢，想起自己暗杀二人时接连失手，而现在终于能够拉上二人陪葬，不禁感到格外得意，"这回我看你们死不死。"

陆何欢瞪了一眼龙震天，眼神里充满鄙视和不屑。龙震天被陆何欢的眼神激怒，她咬了咬牙，"跟我一起等死吧！"

台下，记者们纷纷向戈登提问。

"总督察长，你对应喜和陆何欢的所作所为一点都没有怀疑吗？如果犯人龙震天不揭发二人，你是不是会一直被蒙在鼓里，甚至会给这两个杀人犯的同伙升职加薪？"一名记者问道。

"总督察长，之前龙震天被救走，你为什么没有下令彻查事情真相？你在这件事上是否存在失职？"另外一名记者问道。

"你对刚刚在大庭广众之下，被两个罪犯愚弄，并且为他们表彰嘉奖的事怎么看？这件事会不会成为警界笑谈？"又有一名记者问道。

警员们拦住蜂拥而上的记者，戈登勃然大怒，白了一眼陆何欢和应喜，"你们两个警界的败类！"

应喜苦着脸，"总督察长，这是误会……"

"Shut up！"戈登暴怒地打断应喜，厉声呵斥，"你们这两个不知死活的家伙，竟然跟杀人犯同流合污，还来我这里邀功！你们让我这个总督察长的面子往哪儿放！让总警署的面子往哪放！"戈登说着转而向身旁的警员示意，"把他们两个给我关起来！"

在场警员一拥而上，控制住陆何欢和应喜。

台下，林芝见陆何欢被警员逮捕，激动地要冲上台去，却被陆祥死死拦住。

林芝杏眼圆睁，瞪着陆祥，"你拉我干什么？儿子被冤枉了，我要去找那个洋鬼子评理！"

"你就别跟着添乱了，容我先弄清楚这件事到底是怎么回事，我会想办法救儿子的。"陆祥一边拉着林芝，一边安慰道。

"他们凭什么抓我儿子！你现在就去问！"林芝不听，仍在大吵大闹。

"不要闹了，那可是总督察长，我的顶头上司，你这么去闹对我影响很不好，你给我点时间，我会解决的！"陆祥可怜兮兮地恳求林芝。

林芝终于忍不住，放声大哭，"儿子都被当成杀人犯抓了你还想着影响？陆祥，你这个没良心的草包！"

陆祥无奈，一边安抚林芝，一边愁眉苦脸地看了看台上被警员押着的陆何欢和应喜。

包瑢见陆何欢被抓，径直向台上走去。

"你干什么去？"包康见状立马拦住包瑢。

包瑢着急，抿了抿嘴，"我要去问问怎么回事，应探长跟何欢不可能是龙震天的同谋。"

"是不是同谋等着警察去调查，你问什么？"包康一副明哲保身的样子。

"我相信何欢是无辜的，我要去问问那几个警员，凭什么说救走龙震天的就是应探长跟何欢？一定是他们看错了！"包瑢说罢执意要去台上。

包康死死拉住包瑢，一脸严肃，"不要多管闲事，跟我走。"说着就要拉包瑢离开。

"应探长跟何欢是我的同事也是我的朋友，这件事我必须管。"包瑢语气坚决。

包康无奈，示意站在一旁的朱卧龙，二人一起拉走包瑢，但包瑢仍然挣扎着不肯走。

"他们两个是自作自受，你别管，跟我回家。"包康跟包瑢较劲。

"包小姐，多一事不如少一事，况且这件事跟你也没有关系，还是别蹚这趟浑水。"朱卧龙在旁附和道。

包瑢恼怒，朝二人大吼，"你们放开我！"

包康和朱卧龙不听，硬拉着包瑢离开。

陆何欢和应喜被警员按住带走，应喜挣扎着寻找包康的影子，却发现包康和朱卧龙正拉着包瑢走开。

包康与应喜不经意间对视，应喜用眼神向包康求助。包康视而不见，冷冷地转过头，带包瑢离开。

应喜心灰意冷，没想到包康如此薄情寡义，枉费他多年为警署效劳，到头来，却换来包康的见死不救。

人群中，柳如霜见陆何欢和应喜被警员押走，焦急地命令旁边的白玉楼，"白白，我们去拦住总督察长，我要给喜哥作证。"

白玉楼点点头，"好。"

"一会配合我帮喜哥解释。"柳如霜不放心地嘱咐道。

白玉楼点点头，帮助柳如霜努力冲破人墙围阻，拦住正要离开的戈登。

戈登一愣，不知道为何会突然冒出来一男一女拦住去路。

"总督察长，喜哥跟陆何欢不是龙震天的同谋！他们两个为了抓捕龙震天，还和龙震天展开过殊死搏斗。"柳如霜正色道。

戈登疑惑地看着柳如霜，"What？"

柳如霜向身旁的白玉楼示意，"白白，配合。"

白玉楼点点头，开始用肢体配合柳如霜的解释。

"开始喜哥也不知道那个女人就是龙震天，以为龙震天是个弱女子，还让我照顾她，龙震天几次想暗算我，都被我机智躲过。后来喜哥和陆何欢知道了龙震天的身份就赶来抓捕，龙震天为了逃脱挟持了我，喜哥跟陆何欢神勇配合，一招声东击西打伤了龙震天，把我从那个杀人魔的手中救出来，喜哥为了救我手臂还受了伤，不信你可以检查喜哥的手臂。总督察长，我说的都是真的，喜哥跟陆何欢是被冤枉的，我可以给他们作证！"

柳如霜把事情的来龙去脉原原本本地告诉戈登，白玉楼跟着结束了夸张的示范动作。

"你叫应喜'喜哥'？你是谁？"戈登看了柳如霜一眼，见她三句话不离"喜哥"，甚是不解。

"我叫柳如霜。"

"柳如霜？"戈登打量柳如霜。

跟在戈登身后的警员见状，附在戈登耳边，"总督察长，这个柳如霜是应喜的追求者，对应喜言听计从，百依百顺，经常在大庭广众之下向应喜示爱，行事十分高调和大胆。"

戈登似乎明白了什么，一脸严肃地看着柳如霜，"你是应喜的追求者？"

柳如霜微微一怔，诚恳地点了点头。

"你的证言无效。"戈登没好气地说道。

"我说的都是真的，凭什么无效啊？"柳如霜不服。

戈登板起脸，压住心中的怒火，"因为我有理由相信，你因为对应喜有爱意，救人心切编造所谓的证据。"

柳如霜心急如焚，推了推一旁的白玉楼，"白白，你也在场，你也能作证。"

"哦。"白玉楼反应过来，胸膛一挺，佯装强势地看着戈登，"我来作证。"

戈登看着白玉楼，"你又是谁？"

"我叫白玉楼。"白玉楼兰花指拂面，娘里娘气地答道。

"白玉楼？"戈登斜眼看着白玉楼。

戈登身后的警员补充道："他是柳如霜的小跟班，对柳如霜言听计从，百依百顺，柳如霜说东他不敢往西，柳如霜打狗他不敢追鸡。"

戈登微微皱眉，不耐烦地瞪着白玉楼，"你的证言也无效。"

"凭什么？"柳如霜愈加不服。

"因为他对你言听计从，我有理由相信，他是听从你的命令帮应喜作伪证。"戈登说罢就要走。

柳如霜急了，上前拉住戈登的胳膊，"我不管，你放了喜哥，喜哥是被冤枉的，你不放了他们就别想走。"

戈登忍无可忍，命令身旁几个警员，"拉开她。"

警员们拉开柳如霜，白玉楼见状立马跑过去帮柳如霜，最终，二人一起被警员按在地上。

"你们放开我，你们放了喜哥……"柳如霜一边挣扎，一边咆哮。

戈登置若罔闻，在警员们的簇拥下头也不回地走了。

第五十六章　大祸临头

尽管是在大白天，总警署牢房仍然显得十分昏暗。陆何欢和应喜被两名警员推推搡搡地押入牢房。

应喜一个趔趄差点摔倒，陆何欢慌忙扶住应喜。颜面尽失的应喜心中窝火，目光如刀，狠狠剜了随行警员一眼。

其中一名警员觉察，怒气冲冲地回瞪应喜，"看什么看？"

应喜刚要回嘴，被一旁的陆何欢拉住。

另外一名警员鄙视地看着二人，"想不到你们两个竟然是披着神勇警探外衣的恶魔，竟然利用龙震天一个弱女子杀人敛财。"

应喜气急败坏，梗着脖子呛声警员，"我们是恶魔？龙震天是弱女子？你这个警察是怎么干的，一点辨别真假的能力都没有吗？"

先开口说话的警员冷哼一声，指着陆何欢和应喜，"幸好我们发现得及时，不然就被你们骗了。你们这两个害群之马，今天让我们总警署丢了大人了。"

"害群之马都是抬举他们了，我看他们就是两只过街人人喊打的臭老鼠。"另外一名警员撇撇嘴，接过话茬。

"你再说一遍！"应喜说着就要冲过去。

陆何欢一把拉住应喜，"应探长，不要错上加错。"

应喜作罢，一屁股瘫坐在地上，陆何欢叹了口气，自顾自蹲在角落里。

两名警员鄙视地瞟了一眼二人，锁好牢门离开。

牢房里只剩下陆何欢和应喜，二人谁也不理谁，陷入僵局。

过了一会儿，陆何欢转过头，动了动嘴唇，"早就叫你坦白了，你偏不听，现在倒好，不但被反咬了一口，还咬得这么严重。"

应喜自认理亏，不愠不火地叹了口气，"如果今天龙震天不出现，就不会发生这种事。"

陆何欢见应喜仍不知悔改，皱起眉头，"你难道还不知道自己错在哪吗？根本就不是龙震天的原因，是你自己犯了错不敢承担，又贪得无厌。"

"不知者不怪，我是在不知道那个女人就是龙震天的情况下才去救她的，又不是明知故犯。"应喜固执己见。

陆何欢忍无可忍，瞪着应喜，"那就更应该勇于承认，向上级坦白！现在倒好，偷鸡不成，自己反被关进了鸡笼。"

"行了，现在后悔有用吗？你有时间指责我，还不如想想怎么出去。"应喜不耐烦地别过头。

陆何欢拿应喜没有办法，想了想，"错救龙震天这件事我们跟包署长汇报过，他知道我们是清白的，可以给我们作证。"

应喜一听转过身，冲陆何欢摇摇头，"如果他真想给我们作证，今天就不会离开了。"

"可是他没理由不帮我们作证啊？"为人坦荡的陆何欢到底是无法理解心胸狭隘的包康。

应喜自嘲地笑笑，"你不是说过我们是一丘之貉吗？如果给我们作证，就证明他知道我们错救龙震天的事却没有向上级汇报，这也是他的失职。还有，你忘了我们是怎么抓住龙震天的了吗？"

"用包署长做诱饵。"陆何欢耿直地答道。

应喜叹了口气，一脸颓然，"如果只是用包署长做饵还好，关键是包署长去寻芳巷的事被你爹知道了，你爹跟包署长一直面和心不合，有的时候甚至都懒得面和，这次被你爹抓住把柄，他一定懊恼得很，肯定会把这笔账算在我们头上。"

"包署长不会那么狭隘吧？"陆何欢有些难以置信。

"包署长是有名的有仇必报。"在旧闸警署任职多年的应喜倒是对包康了如指掌。

天色正好，街上行人熙熙攘攘。包康抓着包瑢的胳膊一直往前走，包瑢一脸不情愿。

朱卧龙开着车慢慢跟在包康和包瑢身后，方才，他和包康不管不顾地拉走包瑢，实在是伤了包瑢的心。包康毕竟是包瑢的亲哥哥，包瑢不会真跟自己的哥哥置气，而他就不同了，恐怕包瑢会越发讨厌自己。想到这，朱卧龙一边开车一边小心翼翼地观察包瑢的脸色。

包瑢皱了皱眉，"哥，你就帮帮应探长跟何欢吧。"

"不是我不肯帮忙，只是他们两个犯了法，我作为旧闸警署的署长总不能徇私枉法吧？"包康装出一脸委屈。

"我不相信龙震天的话，应探长跟何欢不可能与她是同谋。"包瑢笃定地说道。

"就算你不相信龙震天的话，那元督察他们呢？人家可是亲眼看见应喜跟陆何欢救了龙震天。"

"那一定是误会。"包瑢语气坚定。

包康见包瑢处处维护陆何欢，耐住性子，"小瑢，你不要那么片面。"

包瑢愠怒，板起脸，"哥，片面的是你，应探长跟何欢是你的手下，难道你不知道他们的品行吗？"

"人心难测，说不定平时他们只是装装样子。"包康故作狠心地吓唬包瑢。

"就算应探长会装装样子，何欢呢？我跟何欢既是邻里又是同学，我深知他的品性，何欢德才兼备、光明磊落，绝不会做犯法的事。"包瑢据理力争。

包康有些生气，咬咬牙，"那个陆何欢看着挺耿直，其实一肚子坏水，竟然把我当诱饵……"他忽然意识到什么，立马住嘴。

"什么诱饵？"包瑢疑惑不解。

包康敷衍地摆摆手，"别问那么多了，反正这件事你不许管。"

"好，你不帮他们也不要管我，我会想办法帮应探长跟何欢申冤的。"包瑢说着赌气地挣开包康的手。

"你……"包康气结。

一辆黄包车从旁经过，包璔招招手，黄包车停下。

"师傅，麻烦您去旧闸警署。"包璔径自坐上黄包车。

"小姐坐稳了。"黄包车师傅拉着包璔离开。

包康愣在原地，无可奈何地叹了口气。朱卧龙见状把头探出窗外，"包署长，上车吧。"

包康坐上汽车，尴尬地笑笑，"朱老板，小璔被我惯坏了，动不动就任性耍脾气。"

朱卧龙眉头深锁，怀疑地看向包康，"包署长，包小姐是不是对那个陆何欢有意？"

包康一听连连摇头，"没有没有，小璔跟陆何欢以前是同学，只是比较熟悉而已，小璔怎么会看上那个呆头鹅呢？朱老板放心，小璔只是一时没想开，我一定会做好她的工作。"

朱卧龙点点头，似乎想起了什么，眼前一亮，"这次陆何欢伙同杀人魔杀人敛财，被抓起来，说不定会被枪毙，就算包小姐对他有意，也无所谓了。"

包康一怔，敷衍地笑笑，没有再说话。

陆家一片冷清，原本去庆祝儿子受到表彰的夫妻俩没想到竟然亲眼目睹儿子身陷囹圄。林芝坐在沙发上捧着一沓纸巾，一边哭一边擦鼻涕，地上已经堆满了废纸。

陆祥烦躁地背着手，在一旁来回踱步，他时不时地看一眼林芝，见她哭哭啼啼，不禁感到越发烦躁。

"哎哟我的祖宗，你别哭了，我被你哭得脑子像浆糊一样怎么想办法救儿子？"

林芝忍着眼泪看向陆祥，顺从地点点头，"好，我不哭，你想。"

陆祥愣了一下，继续焦急地来回踱步。

"你快点想啊。"林芝眼神跟着陆祥，见他半晌不说话，忍不住催促。

陆祥停下来，皱起眉头，"你就别催了。"

"你到底能不能想出办法？"林芝一边抽泣，一边问道。

"现在何欢被龙震天咬住，又有总警署的人作人证，救出他谈何容易？"陆祥愁眉不展。

林芝一听又开始放声大哭，"我不管，你要把儿子救出来，不然我就不活了！"

陆祥烦闷地跺了一下脚，"哎哟，你容我想想办法。"

林芝收住哭声，眼珠一动，"你托托关系，正的不行就走走歪的。"

"抓何欢的命令是总督察长亲自下的，我认识的人哪有大过总督察长的？"陆祥的眉头皱得更紧了。

林芝一听又哭起来，恼怒地瞪着陆祥，"你这个草包，连儿子都救不了，要是儿子有什么事，我不活了，你也别想活，我们一起死！"

陆祥不胜其烦地捂住耳朵。

应喜和陆何欢一被押进警署总部牢房，柳如霜就拉着白玉楼跑到牢房大门口，想方设法进去探监。

"警察大哥，求求你们了，就让我进去说一句话。"柳如霜不住地恳求守门警员。

守门警员冷着脸，"半句话也不行，总督察长下令，不允许任何人探视应喜跟陆何欢，你再继续纠缠，我告你妨碍公务。"

柳如霜白了一眼看守，走到白玉楼身旁，压低声音，"白白，你带钱了吗？"

白玉楼摇摇头，"没带。"

"你出门怎么不带钱呢！"本想贿赂看守的柳如霜忍不住埋怨道。

白玉楼委屈地嘟起嘴，"不是都用来买花篮了嘛。"

囊中羞涩的柳如霜有些发愁，突然，她灵机一动，开始摘手上的玉镯。

"霜姐，你要干什么？"

"收买看守啊，我要见喜哥。"

"这镯子价值连城，可是你娘留给你的嫁妆！"

"用嫁妆来救要嫁的人不行吗？"柳如霜一脸不在乎。

"可是，霜姐……"白玉楼还想说些什么，但想到柳如霜反正不会听劝，便把后面的话咽了下去。

柳如霜不理白玉楼，摘下玉镯，径直走向看守。

"警察大哥，这个孝敬您，让我见见应喜，行吗？"柳如霜一脸堆笑，讨好地说道。

警员冷眼看了一眼柳如霜，"你这是行贿，知道吗？"

"哪有那么严重，不过就是一个见面礼嘛。"柳如霜不以为然。

警员不再理睬柳如霜，厉声向身旁的同事示意，"把她抓起来，上报给总督察长，就说这个女人行贿！"

同事闻声上来按住柳如霜，柳如霜惊慌地挣扎。

"哎，你干什么……"

白玉楼见状赶紧护住柳如霜，讨好地冲警员们笑笑，"各位警察大哥，我们错了，以后再也不敢了，我们这就走，这就走。"

白玉楼说罢急忙拉走柳如霜。

艳阳高照，街道上一片繁华热闹的景象。柳如霜背着手，快步走在街边，白玉楼生怕她再做傻事，紧紧地跟在后面。

"有钱能使鬼推磨，我就不信，用钱还砸不开牢房的门！"柳如霜想起方才守门警员冷冷拒绝了她的贿赂，忍不住喃喃自语。

"霜姐，你刚才不是拿价值连城的玉镯砸门了吗，差点人财俱损。"白玉楼在旁低声嘀咕。

柳如霜一听，生气地站住，回头狠狠地瞪着白玉楼。

白玉楼有些害怕地眨眨眼，"霜姐，刚才的话我是开玩笑。"

柳如霜板起脸，"立刻派我们的线人去打听怎么才能跟喜哥见面，不管用什么办法，一定要救喜哥出来。"

"霜姐，不是我打击你，这次应喜摊上的不是小事，想救他恐怕没那么容易。"白玉楼有些担忧地看着柳如霜，小心翼翼地说道。

柳如霜恼怒，"呸呸呸！容不容易都得救，快去！"

"知道了。"白玉楼一脸委屈，转身跑开。

包璆回到旧闸警署，直奔档案室，不料，却被楠姐拦在门外。

"对不起小璆，没有包署长的同意，我不能把他们的档案给你。"楠姐一脸歉意地站在包璆对面。

包璆救人心切，言辞诚恳，"楠姐，应探长跟何欢为我们警署破奇案立功争光大家有目共睹，现在他们遇到难关了，我不知道该怎么帮他们。我要档案只是想向总警署的元督察证明应探长跟何欢是好警察，不可能做犯法的事。难道连举手之劳你都不肯吗？"

"小瑢，包署长的脾气你清楚……"楠姐欲言又止，不知所措。

"楠姐，你放心，如果有什么事我会承担，算我求你好不好？"包瑢一把拉住楠姐的手，言辞恳切。

楠姐看看包瑢，无奈地叹了一口气，"你等一下。"

楠姐走进档案室，片刻，拿着应喜和陆何欢的档案出来。

"这是应探长跟陆何欢的档案，还有他们破案的具体材料。"楠姐把档案交给包瑢。

包瑢接过档案，感激地笑笑，"谢谢楠姐。"

五黄六月，烈日炎炎，包瑢却觉得手脚冰凉，她拿着材料等在总警署门口，心慌意乱。

片刻，元督察走出来，包瑢赶紧迎上去，"元督察您好，我是旧闸警署的法医，我叫包瑢。"

元督察有些疑惑地看向包瑢，"你找我有事？"

包瑢把应喜和陆何欢的资料交给元督察，言辞恳切，"元督察，应喜跟陆何欢真的是好警察，是当之无愧的神勇警探，这是他们的档案，还有他们一起破案的资料。"

元督察迟疑地接过资料翻看，面露窘色，"其实他们的事迹我早有耳闻，我也很敬佩他们的能力……只是……"

包瑢见元督察欲言又止，往前凑了凑，"元督察，我跟陆何欢是同学，也是邻居，我很清楚他的为人，他绝对不会跟一个杀人魔头同流合污。"

元督察摸了摸手上的资料，"包小姐，我说的都是事实，当天的确是应喜跟陆何欢从我们手里救走了龙震天。"

"元督察，这里面一定有误会，或许你们认错人了，我希望您能跟总督察长说清楚。"包瑢不甘心。

"不好意思包小姐，这件事我恐怕帮不上什么忙，你应该也知道，总督察长对这件事非常生气，现在只能让证据说话，其他的恐怕都不行。"

"元督察……"

元督察打断包瑢，"我理解你的心情，但这件事我真的帮不了你，你还是想想怎么去帮应喜跟陆何欢找证据，证明他们跟龙震天确实没关系吧。"

包璎想了想，"那您能不能让我见见龙震天？"

元督察看向包璎，点了点头。

第五十七章　难兄难弟

总警署审讯室静悄悄的，包璎坐在桌前，心事重重。

片刻，戴着手铐脚镣的龙震天在一名警员的带领下慢慢走进来。包璎站起身，冲龙震天礼貌地点点头。

龙震天不屑地看了一眼包璎，坐在包璎对面，包璎跟着坐下。

"你是谁？为什么要见我？"龙震天冷冷地问道。

包璎温婉一笑，"我叫包璎，是陆何欢的朋友。"

龙震天嘴角溢出一丝轻蔑的笑意，"原来是为这件事。"

"你为什么要冤枉他们？"包璎开门见山地问道。

龙震天扬起下巴，挑衅地看了一眼包璎，"我说的是事实，他们指使我杀人，从我身上榨取钱财……"

"你说的话我一个字都不信，因为我了解何欢，他不会与你苟合。"包璎不客气地打断龙震天。

龙震天见包璎如此维护陆何欢，饶有兴致地看着包璎，"你跟那个叫陆何欢的不是普通朋友吧？"

包璎没有回答，一脸严肃地盯着龙震天，"你手上有十三条人命，拉上他们两个对你的判决不会有任何改变，为什么不在离开这个世界前，做一件善事，放过两个无辜的好警察！"

"就是因为我一定会被枪毙，所以才找他们两个当垫背的，我要让他们两个陪我，一、起、死……"龙震天哈哈大笑，声如利锥。

包璎愠怒，拍桌而起，"龙震天！"

龙震天随意地向椅背靠了靠，有恃无恐地看着包璎，"我连杀人都不怕，会怕你拍桌子？"

"我不会让你得逞，无论如何，我一定会查明真相，还他们清

446

白！"包瑢口气坚决。

龙震天脸上始终挂着笑，她漫不经心地看向别处，"好啊，你还不快去查？再晚恐怕就来不及了，我听说法庭很快就要提审我了，然后很快就会判我死刑，那两个警察贪赃枉法、徇私舞弊，而且每一起命案都有参与。哦，对了，最后一次杀那两个嫖客的其实是他们两个，因为我当时受了伤，没能力杀人……"

龙震天顿了顿，挑衅地看向包瑢，"我一个弱女子，没人帮忙怎么能杀得了十三个成年男子？"

"你……"包瑢见龙震天信口雌黄，登时气结。

龙震天一脸得意，"你猜法官会相信我还是相信他们？"

"卑鄙！"包瑢忍无可忍，脱口骂道。

龙震天不以为意地笑笑，"有人陪我一起死，真好！"她说着起身就要走。

包瑢深吸一口气，脸色苍白，嘴唇颤抖，"我求你……"

龙震天猛地站住，却没有转过头。

"我求求你，放过何欢，我陪你死……"包瑢眼圈泛红，不住地恳求道。

"为什么？"龙震天的脸上褪去了方才的挑衅和冷笑。

包瑢咬咬牙，忍住眼泪，"我愿意为我爱的人去死，你只是想有人陪你，我来，我陪你死，你放过他们。"

龙震天有些动容，"这世上的男人都不值得爱，爱只会让女人更痛苦。"

龙震天说罢决绝地离开，仿佛狼狈逃窜的罪人。

包瑢失望地流下眼泪。

傍晚时分，霞飞路一片人来人往的繁华景象，霜喜侦探社早早关门歇业。几个小商贩、卦师、家庭妇女和柳如霜、白玉楼围在桌前，商量如何解救陆何欢和应喜。

一个小贩打扮的男人往柳如霜跟前凑了凑，"柳小姐，我打听到了，今晚看守应探长的警员绰号'包青天'，谁的账都不买，想买通他基本上是不可能了。不过明早换班后的看守魏财就好办多了，他娘病重需要钱，应该可以买通。"

"听名字应该就可以买通。"白玉楼阴阳怪气地补充道。

柳如霜想了想，眼神一狠，"那就从他下手！白白，明早你去买通那个叫魏财的看守，然后我跟喜哥见面，告诉他我们的计划。"

"什么计划？"白玉楼疑惑不解。

柳如霜看向白玉楼，一脸认真，"劫狱！"

"劫狱？"众人齐声惊呼。

柳如霜点点头，托着下巴，"实话告诉各位，因为找不到证人救喜哥，我打算劫狱把喜哥救出来。"

"柳小姐，你爹是旧闸首富，你求你爹找找关系，把应探长买出来不就行了？还用得着劫狱？"一旁的小贩局促地缩着脖子。

柳如霜叹了口气，"你以为我没试过吗？一哭二闹三上吊，能用的方法我都用了，可我爹怕得罪警方，说什么也不同意帮忙。所以现在只有劫狱一条出路！"

柳如霜说完眼神扫视众人，众人纷纷看向别处，不敢与她对视。

柳如霜见状直接拿出一沓钱放在桌上，"这些钱是定金，跟着我一起的，我绝不会亏待他。"

众人知道柳如霜一向出手大方，但再贪财也不能去做掉脑袋的犯法事，纷纷摇摇头。

"不行不行，这事不能干，太危险！"众人齐声推辞。

"富贵险中求嘛！"柳如霜有些着急。

众人依然摇头。

柳如霜尴尬地眨眨眼，"其实劫狱也没那么难……"

柳如霜话还没说完，一名妇女突然站出来。

"柳小姐，我还没做饭呢，我先走了。"

柳如霜张张嘴，想接过方才的话头，没想到又有一名小贩站出来。

"我老婆叫我早点回家吃饭，不好意思。"

卦师摸着胡子，"今日不宜走夜路，我也先走了。"

众人一哄而散。

"哎，别走啊，酬金翻倍！翻两倍！翻三倍！"柳如霜不甘心地挽留众人。

没有人听柳如霜的，纷纷离开，只剩下白玉楼一脸担忧地看着柳如霜。

柳如霜有些尴尬地清了清嗓子，把钱推给白玉楼，白玉楼赶紧把钱推回柳如霜面前。

柳如霜生气地把钱硬塞进白玉楼怀里，"现在你收了定金了，不干就是违约，要赔偿十倍违约金！"

"霜姐……"白玉楼欲哭无泪。

柳如霜握住白玉楼的手，"白白，不要怕，只要计划周详，我们两个一样可以劫狱成功，救出喜哥。"

白玉楼见事到如今已经无路可退，只好顺从地点点头，"你有周详的计划吗？"

柳如霜摸着下巴，一脸认真，"现在还没有，明天我跟喜哥一起想。"

白玉楼无奈地叹了口气。

"喜哥，再等我一晚。"柳如霜握紧拳头为自己打气。

牢房里灯光昏暗，一如应喜和陆何欢的心情。

一个警员过来打开牢门，将饭菜放进牢里，"吃饭了。"

陆何欢和应喜坐在牢房角落一动不动。

"我劝你们珍惜每一顿饭，吃一顿少一顿。"警员见状没好气地说道。

应喜恼怒，瞪着警员，"你怎么说话呢？"

警员不屑地笑笑，"旧闸警署的包署长已经签了字，你们两个已经被批捕了，马上就会被提审，判刑，你们犯下的罪不被枪毙也会被判终身监禁了。"

应喜一听当场傻眼。

陆何欢不敢相信地看着应喜，"包署长真的不给我们作证？"

"意料之中。"应喜颓然地叹了口气。

警员不耐烦地瞟了一眼陆何欢和应喜，"少废话，没有几顿饭了，快吃吧。"

警员说罢将牢门锁好离开。

应喜抬头看向陆何欢，一脸歉意，"对不起，何欢，连累你了。"

"别这么说。"陆何欢释然一笑，毫不介意地说道。

应喜苦笑着坐在角落，靠在墙边，"贪婪真的会害人，可是人又放不下贪念。"

陆何欢走过去，坐在应喜旁边，"很多事都是一念之差，一念天堂，一念地狱，所以，不管有多么无能为力都要心存善念，善念可以抵挡一切。"

"现在明白会不会太晚？"应喜看着陆何欢，自嘲地笑笑。

"我相信正义，放心吧，会有真相大白的那一天。"陆何欢淡然自若。

应喜脸上虽然挂着笑，但笑容却蒙上了一层苦涩，"你太不了解这个社会了，含冤而死的人太多了。"

陆何欢握住应喜的手，"应探长，相信我，正义会战胜一切。"

应喜笑笑，挣脱开陆何欢的手，背对着陆何欢躺下，许久，他才开口说话。

"放心吧，陆何欢，实在不行我会一个人扛下来。"

陆何欢被应喜的话感动，他微笑地看着应喜的背影，"应探长，为什么你总是用外表的恶去伪装内心的善呢？"

"听不懂你在说什么。"应喜故意装糊涂。

陆何欢躺在应喜身边，"我说你是一个好探长，更是一个好兄弟。"

应喜没有说话，眼中闪烁着泪花，过了好大一会儿才开口说话。

"好肉麻。"

陆何欢微微一笑，调整了一下姿势，看向窗外的夜空。

"我们一定会出去，我还要为凌嫣翻案。"陆何欢似乎在对应喜说，又似乎在自说自话。

应喜跟着望向窗外，"我知道你爱过凌嫣，但是已经这么久了，也该放下了。"

"不是爱过，而是一直爱，所以不能放，也放不下。"陆何欢纠正道。

应喜有些动容，嘴角动了动，"睡吧，养精蓄锐，明天想办法出去。"他说着闭上眼睛。

"好。"陆何欢跟着闭上眼睛。

牢房重归寂静，晚风拂过，无痕无声。

清晨，一缕阳光透过牢房小小的通气窗，照在陆何欢和应喜身上。陆何欢慢慢睁开眼睛，突然听见外面传来柳如霜的声音。

"喜哥……"

"柳小姐，你小点声，总督察长下令不准探视应喜跟陆何欢，被人发现就麻烦了。"警员魏财跟在柳如霜身后。

"知道了，我小声点。"柳如霜压低声音。

陆何欢缓过神，推了一把仍在昏睡的应喜，"应探长，好像是柳小姐来了。"

应喜一听立马坐起身，和陆何欢一起望向门口。

片刻，柳如霜在魏财的带领下走过来。

"柳小姐，你只能在这待一刻钟。"魏财打开牢门，不放心地叮嘱柳如霜。

柳如霜微微愠怒，"知道就一刻钟还在这儿啰里啰唆地浪费我的时间！"

魏财点点头，慌忙离开。

柳如霜迫不及待地跑进牢房，一脸关切地看着应喜，"喜哥！你怎么样？他们没打你吧？"

应喜摇摇头，"柳如霜，你怎么来了？"

"我来救你啊！"

"救我？"应喜讶然，不知道柳如霜有什么本事能把自己从这里救出去。

柳如霜凑近应喜，压低声音，"喜哥，我这次来是跟你商量一件很重要的事。"

"什么事？"应喜不自觉地跟着压低声音。

柳如霜一脸认真，"劫狱。"

陆何欢忍不住在旁插话，"柳小姐，你还真是有胆量，劫狱罪很大的！"

柳如霜倔强地扬起下巴，"为了喜哥，就算被枪毙也无所谓，只要能跟喜哥一起死就行。"

"我还不想跟你一起死呢！都什么时候了，你还胡闹，还追到牢房胡闹！"应喜一脸无奈。

柳如霜委屈地撇撇嘴，"我没胡闹，我是认真的。"

应喜突然想到什么，一本正经地盯着柳如霜，"你要是真想帮我，

451

就去找包署长来总警署解释，他知道我跟陆何欢是清白的，只要他肯给我们作证，我们就没事了。"

"真的？"柳如霜惊喜万分。

"看你有没有本事请得动包署长了。"应喜一脸认真。

"这个好办！保证完成任务！"

柳如霜说着一溜烟地跑走。

柳如霜马不停蹄地来到包康办公室，恳求包康为应喜作证。包康不为所动地坐在柳如霜对面。

"我不知道你在说什么。"包康揣着明白装糊涂。

柳如霜一怔，"包署长，你不能不承认啊，喜哥跟陆何欢救龙震天的事只是个误会，况且他们早就向你汇报了，是你让他们低调行事将功补过的，现在他们被龙震天陷害，你得帮他们证明清白啊！"

"我不知道你在说什么，他们什么时候向我汇报了？"包康还在装糊涂。

柳如霜板起脸，痛心地看着包康，"包署长，你这会害死他们的！"

包康终于忍不住，发起火来，"那也是他们自作自受！谁叫他们两个拿我当诱饵抓龙震天？我的头差点被龙震天砍掉！"

"所以你就怀恨在心，不替他们作证？包署长，你也太狭隘了吧？"柳如霜不可思议地盯着包康。

包康不以为意地侧过脸，"随你怎么说，反正我是不会给那两个家伙作证的。"

二人说话间，戴着一顶礼帽的陆祥突然冲进来，忿忿地指着包康，"原来你早就知道我儿子是被冤枉的！"

"怎么？知道又怎么样？我就是不给他们作证，你能拿我怎么样？打我啊？"包康一脸挑衅地看着陆祥。

陆祥心系陆何欢的安危，他咬咬牙，收起怒容，"包署长，我求你了，救救何欢，以前是我不好，我不对，你要是生气就打我出气，只要你给何欢作证，让我做什么都行！"

包康见自己的死对头向自己服软，十分得意，他低头想了想，看着陆祥，"想让我救陆何欢也行，除非你把帽子摘了，站在我门口大声说三次'我陆祥爱去寡妇家喝茶，老不正经'！"

陆祥一听目瞪口呆，木木地看着包康。

包康见陆祥愣在原地，冷下脸，"不愿意就算了，等着你儿子被判刑吧。"

陆祥心一横，咬了咬牙，"好，我答应你！"

"陆副署长……"一旁的柳如霜同情地看着陆祥，欲言又止。

陆祥摘下帽子，露出头上的"地中海"发型，快速地走到门口打开门，扬声大喊，"我陆祥爱去寡妇家喝茶，老不正经！我陆祥爱去寡妇家喝茶，老不正经！我陆祥爱去寡妇家喝茶，老不正经！"

走廊里，一些警员听见声音，纷纷从办公室里走出来，看见陆祥，又赶紧回去。

陆祥回到包康办公室，忍住怒气，"这样行了吧？你可以救何欢了吧？"

"不救。"包康安静地坐在椅子上，冷冷说道。

"包康，你这个言而无信的小人！"陆祥气急败坏。

包康不以为意地耸耸肩，"我这是在替你好好教导儿子。"

"卑鄙小人！"陆祥说罢愤然离去。

柳如霜见包康如此戏弄陆祥，指了指包康，"卑鄙小人。"说着转身去追陆祥。

走廊上，陆祥气呼呼地往前走，柳如霜追上陆祥。

"陆副署长，包康有怕的人吗？"

陆祥停住，看向柳如霜，"包康很听他妹妹包瑢的话。"

柳如霜眼珠一动，"走，我们去求包瑢。"

陆祥想了想，跟着柳如霜离开。

第五十八章　自作自受

警署法医室房门敞开，晨光透过窗户直直地照进来。包瑢坐在桌前查找法律书籍。

"一定能找到可以帮何欢的法律条款。"包瑢一脸伤感地喃喃自语。

话音刚落，陆祥和柳如霜大步流星地闯进来。

"小瑢。"陆祥苦着脸。

包瑢闻声站起来，一脸不解，"陆副署长，柳小姐？"

"小瑢，陆伯伯有事求你。"陆祥开门见山地表明来意。

包瑢恭敬地看着陆祥，"您说。"

陆祥看向柳如霜，柳如霜会意，走到包瑢近前。

"喜哥跟陆何欢的确救过龙震天，但那时候他们根本就不知道那个女人就是龙震天，这件事他们一回来就向包署长汇报了，是包署长让他们别上报，抓回龙震天将功补过的。"

"我哥？"包瑢一脸懵懂。

陆祥点点头，"现在包康不肯给何欢作证，小瑢啊，陆伯伯求你去劝劝你哥，一定要跟总警署说清楚，不能让何欢蒙受不白之冤啊！"

包瑢恍然大悟地点点头，"陆副署长，柳小姐，你们放心，我这就去找我哥，让他去给应探长跟何欢作证。"

陆祥和柳如霜神色释然，各自松了口气。

包康悠闲地坐在办公室的椅子上，腿搭在桌上，一副悠闲自得的样子。

"让你们拿我做诱饵，吓得我天天做噩梦，这次也让你们吃点苦头，等到你们被判了刑，绝望无助的时候，我再去作证，也让你们尝尝做噩梦的滋味……"包康自言自语。

突然，包瑢推门进来，包康惊得差点摔倒，急忙站起来。

"小瑢？"

包瑢冷着脸，看着包康，"哥，大丈夫有所为有所不为，这个道理你懂吧？"

"这算什么道理。"包康有些心虚。

"隐瞒事实真相，见死不救，就不是大丈夫应该做的事。"包瑢竭力压制怒火。

"你……你别听他们胡说。"包康料定柳如霜和陆祥已经把事情的原委告诉了包瑢，说起话来不禁有些支支吾吾。

包瑢耐心耗尽，没好气地盯着包康，"哥，我也不跟你绕弯子了，你要是不去帮应探长跟何欢作证救他们，就跪在爹娘的灵位前，再抄一次与你等身的诗书！"

包康连连摆手，"不抄了不抄了，我现在就去总警署作证还不行吗？"

"这才是我的好哥哥。"包瑢欣慰地笑笑。

包康懊恼地瞟见躲在门口偷听的陆祥和柳如霜，怨恨地瞪了二人一眼，二人毫不客气地回瞪包康。

傍晚时分，陆何欢和应喜被两名警员带出来，二人走到总警署门口，发现包康正和元督察谈话。

包康向元督察深深鞠了一躬，"不好意思元督察，都怪我解释晚了，不然也不会出现这样的误会。"

元督察不介意地笑笑，"没关系，只要结局是好的，过程不重要。"

"总督察长那边，还请元督察多帮我美言几句。"

"你放心，总督察长虽然骂了你，但是他的心里还是高兴的，毕竟应喜跟陆何欢这两个人他还是很喜欢的。"

陆何欢和应喜见自己虎口脱险，不禁对视一笑。不料，包康瞥见，狠狠瞪了一眼二人，二人赶紧收起笑容。

包康侧过脸，继续看向元督察，"元督察，上面对他们两个的处分是？"

"开始是他们俩的过失才放跑龙震天，后来又是他们抓住的龙震天，所以功过相抵，原有的表彰赏金统统取消。"

"那我们警署？"包康追问道。

"没有处分，不过也没有奖励。"元督察直截了当地答道。

包康有些失落地点点头，"那我们就先走了。"

元督察点点头。

包康带着陆何欢和应喜走下台阶。

"包署长，谢谢你能来帮我们作证。"应喜立马拍起包康的马屁。

一旁的陆何欢却耿直病发作，"不过包署长，你怎么来这么晚？"

包康怒气未消，忿忿地瞪了陆何欢和应喜一眼，"你们两个给我闭嘴，要不是你们当初放走龙震天，哪有后面那么多事！别以为这事就算完了，诗书我已经给你们准备好了，就放在警员办公室，你们两个今天不抄完不准回去睡觉。"

"为什么要抄诗书？跟破案有关系吗？"陆何欢不解。

应喜也是一头雾水，"警署里好像也没有这种惩处办法啊。"

包康怒视二人，厉声呵斥，"让你们干什么就干什么，哪那么多废话！"

陆何欢不以为意地耸耸肩，"我OK啊，抄诗书对我来说一点也不难。"

应喜眉毛一挑，"对我来说也是小事一桩。"

陆何欢和应喜回到警员办公室时，天已经黑了，但是他们的脸色更黑。二人吃惊地看着面前一人高的诗书，当场傻眼。

应喜搓着胡子，"太夸张了吧？简直丧心病狂啊！"

"抄这么多就有点难了。"陆何欢面露窘色，他想了想，觉得多说无益，径自拿起两本书，交给应喜一本，"为了早点睡，开始吧。"

应喜叹了口气，无奈地接过书，和陆何欢一起趴在桌子上抄书。

灯光下，应喜趴在桌前认真地抄写，不时地发起牢骚。

"这么多书，会不会抄到头发都白了。"

陆何欢看向应喜，嘴角微微上扬，不由得想起往事。

放学后的教室空空荡荡的，但依稀可闻沙沙的写字声，少时的陆何欢和凌嫣留在学校抄书，稚嫩的笔迹仿佛记录着年少时的喜怒与哀乐。

陆何欢和凌嫣趴在课桌上，二人面前放着一摞书。

"天都黑了，还有这么多书没抄完。"凌嫣看看窗外，不禁微微皱眉。

陆何欢不以为意地笑笑，"慢慢抄嘛，反正我也不急着回家。"

"可是我着急啊，再不回去，我娘要担心了。"

陆何欢想了想，"那就带回去抄吧。"

"都怪你，上课的时候干吗要给我传纸条？不然老师也不会罚我们抄书了。"

"那个时候很想跟你说话啊，就给你传纸条了。"

"可是再等等就下课了。"

"等不及了。"陆何欢一脸委屈。

扑哧一声，凌嫣被陆何欢无辜的表情逗笑。每回都是这样，明明生气得不得了，但还是会忍不住笑出来。

陆何欢见凌嫣气消了，狭促地笑笑，"天黑了，我送你回去吧。"

凌嫣点点头，顺手拿起一大半课本放进自己的书包里。

"你干什么？"陆何欢不解地问道。

"拿回去抄啊。"

"你拿那么多干什么？"陆何欢说着去抢凌嫣手里的书。

"我写字快，我多抄点。"凌嫣不给陆何欢，硬塞进自己的书包里。

陆何欢摸摸凌嫣的头，眼里全是宠溺，"知道你是心疼我。"

凌嫣笑笑，"走吧。"

陆何欢点点头，搂着凌嫣离开。

夜色将至的长街，青涩如水的笑靥，萧冷清丽的背影，还有秋水明目，如香暖语，镌刻在陆何欢的心底。

应喜看陆何欢又是一脸伤感，不由得叹了口气，"又想起凌嫣了？"

陆何欢回过神，点点头，情不自禁地讲起往事，"我上学的时候顽劣，也经常被老师罚抄书，那时候都是凌嫣帮我一起抄。"

"那都是过去的事了，你帮凌嫣翻案我可以帮你，我知道你是个对真相较真的人。但是感情上，毕竟那么久了，如果凌嫣想回来早就回来了，还是忘了她，重新开始新的生活吧。"

"如果能忘早就忘了……"

应喜打断陆何欢，"能有多难忘？每天忘记一点点，时间长了就忘光了。"

陆何欢没有回答，苦笑一声，悠悠地看向窗外。

月光照进警署走廊，柳如霜提着饭盒和包瑢并肩前行，小跟班白玉楼提着一些水果，愁眉苦脸地跟在后面。

"这份宵夜是我按照喜哥的口味亲手做的，他一定感动死了。"柳如霜一脸欣喜。

白玉楼一听醋海翻波，不屑地撇撇嘴，"他要是懂得感动，也不用你这么费心了……"

柳如霜狠狠斜了一眼白玉楼，白玉楼急忙闭嘴。

一旁的包瑢见柳如霜对应喜用情至深，不由得挽住柳如霜的胳膊，"真羡慕应探长，有一个愿意为他付出一切的女孩这么喜欢他。"

柳如霜得意地笑笑。

夜色渐浓，警署办公室里，陆何欢和应喜还在埋头抄书。

陆何欢突然停下笔，侧脸看向应喜，"应探长，你心里是不是也有一个忘不掉的人？否则为什么这么久一直不接受柳小姐？"

应喜微微一怔，动了动嘴唇，却没有说话。

"柳小姐这次为了你到处奔波求人，难道你一点都不感动吗？"陆何欢追问道。

"我跟柳如霜不是良配，我怕我会辜负她的深情。"应喜沉默良久，终于开口。

"我觉得你应该试试。"

应喜不想再深谈下去，岔过话题，"还是说你吧，要我看，你跟凌嫣也不是良配，眼里别老是只有凌嫣。"

"不但眼里，心里也都是凌嫣，装不进去其他人。"陆何欢脸上挂着苦笑。

二人说话间，包瑢、柳如霜和白玉楼走到办公室门口。包瑢听到陆何欢的话，顿时僵住，一脸失落。

屋里，陆何欢和应喜并未察觉到外人走近，仍在闲聊。

"感情的事就是这样，柳如霜虽然好，可是永远也不可能走进我的心里。"应喜叹了口气，接过陆何欢的话茬。

柳如霜听到应喜的话，猛地一怔，她想冲进去，但想了想又停下，哭着扔掉饭盒，转身跑开。

"柳小姐！"包瑢在旁没能拦住柳如霜。

"霜姐！"白玉楼追了上去。

柳如霜不理白玉楼，快速跑走。

陆何欢和应喜听到门口的响动，诧异地看着门口，但见包瑢一个人站在门口。

白玉楼没追上跑开的柳如霜，掉头怒气冲冲地冲进警员办公室，一拳打在应喜的脸上。

"白玉楼！你干什么？"应喜捂着脸，既恼怒又不解。

"你这个禽兽，你伤透了霜姐的心！"白玉楼疾言厉色。

应喜思忖片刻，看到掉在门口的饭盒，立刻明白过来，他怒气已消，无奈地看着白玉楼。

"霜姐为了你什么都可以放弃，你就这么对她！你以为你是谁？我今天就打醒你！"白玉楼说着冲上去又要打应喜。

应喜没有还手，只作防守，顷刻间，脸上被白玉楼打得一片乌青。

陆何欢见状连忙拉住白玉楼，"白玉楼，你冷静点，有什么话好好说。"

站在门口的包瑢看着陆何欢，想起陆何欢对凌嫣痴情不改，不禁发出一声短促的苦笑，默默离开。

夜色已深，但包康仍未入睡，他在客厅里来回踱步，时不时地瞟一眼窗外。

"都几点了，小瑢怎么还不回来？"包康低声犯起嘀咕。

话音刚落，吱嘎一声，房门被推开，包瑢失落地走进来。

包康赶紧迎上去，一脸关切，"小瑢，这都几点了？你怎么才回来？"

包瑢没有回答，脑海中闪现着陆何欢对凌嫣所说的情话。

"出什么事了？"包康见包瑢神色不对，关心地问道。

包瑢缓过神来，看着包康，"哥，你为什么让何欢和应探长抄书？"

"我……"包康一时语塞。

"我让你抄书是为了让你明是非知道理，代抄就失去了意义。"包瑢语重心长地教育起包康。

包康讨好地笑笑，"知道了，我答应你，一定会自己抄完，行不行？"

包瑢点点头，唯恐包康再耍滑头，不放心地嘱咐，"那你明天自己抄完，不然我会告诉爹娘。爹娘在天之灵也会不安。"

"好好好，我抄，我抄。"包康连连点头。

夜雾迷蒙，朱卧龙提着一个皮箱在郊外小路上狂奔，慌乱之中，他绊到一块碎石，猛然跌倒。手里的皮箱摔在地上，散落出一些金银细软。

朱卧龙忍痛从地上爬起来，胡乱将散落在地的东西塞进皮箱，然后将皮箱紧紧抱在怀里。

远方突然火光闪耀，朱卧龙身后传来一阵嘈杂声。

"他跑不远，追……"声音越来越近。

朱卧龙惊恐不已，急忙钻进旁边的草丛里，胡乱抓起一些枯草盖在身上。

少顷，一群举着火把的男人追过来。草丛里，朱卧龙吓得大气都不敢喘。

男人们没有发现藏在草丛里的朱卧龙，继续向前追去。

待众人离开，朱卧龙狼狈地爬出草丛，他抹了把额头上的冷汗，抱着箱子大步向反方向跑去。

旭日东升，哈欠连天的应喜拿着一袋花生，一边往嘴里抛花生，一边跟陆何欢往警署宿舍走去。

"奶奶的，终于抄完了，可以回去睡一会儿了。"应喜昏昏欲睡。

陆何欢摸着手腕，"好久没写过这么多字了，手好酸。"

"手酸还好，我这脖子……哎哟……"应喜表情痛苦地活动着脖子。

二人经过阿花身旁时，应喜脚下一滑，摔倒在地，手上的花生撒了一地。阿花嗅到香气，跟见了宝似的，昂首阔步地跑去啄食花生。

"我的花生！"应喜大惊，仿佛自己的心肝宝贝被人抢去似的。

陆何欢扶起应喜，"都什么时候了，你就别想着花生了，你没事吧？"

应喜摇摇头，显得颇为痛心，"我没事，就是可惜了花生。"

"你可真抠门。"陆何欢一脸无奈。

应喜跟陆何欢刚走出警署大门，就发现一群人气势汹汹地向警署围过来。二人不自觉地停下脚步。

应喜瞟了一眼浩浩荡荡的人群，搓了搓胡子，皱起眉头，"来者不善啊！"

陆何欢点点头，向应喜使了个问询的眼色，"什么案子会牵扯这么多人呢？"

"反正不是什么好事，能躲就躲。"应喜说罢正想拉着陆何欢走开，不料，壮汉们突然冲过来将二人团团围住。

第五十九章　天降孽缘

"别走！"壮汉们齐声叫住应喜跟陆何欢。为首的一名满脸横肉的壮汉甚至直接拉住应喜的胳膊。

应喜害怕地向后退了两步，但仍故作强势地警告壮汉，"你，你干吗？袭警罪很大的！"

却不想壮汉扑通一声，直接跪在应喜跟前。紧接着，壮汉身后的人群齐刷刷地跪倒在地。

应喜跟陆何欢俱是一惊。

"警官，你要给我们做主啊！"壮汉带着哭腔恳求应喜。

应喜越听越糊涂，木木地杵在原地。陆何欢反应过来，上前拉起壮汉，"有话起来说，到底出什么事了？"

壮汉不吭声，自顾自地哭了起来。

应喜跟陆何欢对视一眼，见壮汉如此伤心，不好再继续追问下去。二人只好无奈地望着跪地的人群。

这时，包康从街对面走过来，看见一众人跪在应喜跟陆何欢面前，登时冷下脸。

"干什么干什么？这是警署门口，搞什么跪拜仪式？应喜、陆何欢，你们到底在搞什么名堂？"包康咆哮着朝应喜跟陆何欢走来。

应喜跟陆何欢满脸委屈地指指壮汉，又指指自己。

"包署长，我们也不知道怎么回事……"

包康摆摆手，"不知道怎么回事他们就给你们下跪？你们当我是三岁孩子那么好骗吗？"

众人一听眼前这位男士就是警署署长，纷纷止住哭声。

"原来这位是署长大人！"壮汉说着带头转移方向，跪向包康。

陆何欢见众人齐刷刷地跪在包康面前，忍不住开口，"包署长，现在他们给你下跪了，你知道怎么回事吗？"

包康自知理亏，瞪大了眼怒视跪倒的众人，"你们到底有什么事？"

"署长大人，我们是朱氏房地产公司的员工，我们的老板朱卧龙卷走了我们的血汗钱，现在不知所踪，求您下令把这个黑心老板抓回来！"壮汉说着说着，情不自禁地哭起来。

包康一怔，以为自己听岔了，逼视壮汉，"你说谁？"

"朱卧龙。"

"不可能，朱老板前两天还开着轿车送我回家，轿车开得起还会欠你们工钱？"包康难以置信。

壮汉抹去眼泪，直直地看着包康，"就是他，他投资槐花弄失败了，欠了一屁股高利贷，还拖欠了我们一年的工资。他骗我们说要我们出钱入股，等公司资金周转后会十倍返还我们本金。我们也是看他人模狗样，还开着轿车，所以把棺材本都拿出来了，可是昨天他竟然连夜逃了！我们去他家，发现所有值钱的东西都没了，连房子也被高利贷的人收走了，我们这些人都是一家老小指着工资过活，他这么做是要我们全家的命啊！"

"朱老板竟然破产了！"包康仍是不愿相信。

众人见状，异口同声地请求，"署长大人，你要为我们做主，抓回黑心老板朱卧龙啊！"

这回包康终于信了，脸上罩上一层失望之色，他抚住胸口，不住地唉声叹气。

应喜最懂曲意逢迎，见包康陷入窘境，他立马上前安抚众人，"大家先回去，你们放心，我们一定尽全力追捕朱卧龙！"应喜说完看向包康，"包署长……"

包康叹口气，接过应喜的话头，"发布抓捕朱卧龙的通缉令！"他说完，落寞地向警署院子里走去。

陆何欢见包康已经决定抓捕朱卧龙，赶紧扶起众人，"大家都回去吧，抓到朱卧龙我会第一时间通知大家。"

一旁，应喜扭头望向包康颓然的背影，忽地，他似乎想起什么，眼珠一转，悄悄跟了上去。

包康无精打采地走进办公室，从窗格射进来的阳光不仅不能带给他温暖，反而让包康觉得一股股凉意袭来，他支撑不住，一屁股瘫坐在椅子上。

"这下小瑢嫁入豪门的事算是泡汤了……唉……怎么好好的一个

大老板说破产就破产了呢？"包康一边揉太阳穴，一边喃喃自语。

这时，应喜敲门进来，"包署长……"

包康冷目一翻，瞟了一眼应喜，"什么事？"

应喜堆着一脸笑，毕恭毕敬地来到包康近前，"我知道您在犯愁小瑢的婚事，其实朱卧龙和我一样留恋风尘，也未必适合小瑢……"

应喜说到这，包康狠狠地瞪了他一眼。

应喜讨好地笑笑，接过方才的话茬，"我倒认识一个人，觉得跟小瑢很合适。"

"你能认识什么人？"包康狐疑地看着应喜。

应喜故作神秘地压低声音，"这个人年纪跟小瑢相仿，相貌堂堂，才华横溢，有责任心，有担当。家世也不错，父亲是做官的，母亲性格直爽。"

包康的兴趣被点燃了，激动地站起来，目光灼灼地看着应喜，"这个人条件还真不错，是哪家公子？给小瑢介绍一下！"

应喜狭促地笑笑，"不用介绍，小瑢认识。"

"哦？"包康兴趣愈浓。

"就是陆何欢啊！"应喜说完嘿嘿一笑。

包康一听立马冷下脸，厉声呵斥，"应喜，你给我滚出去！"

"包署长，陆何欢不错，你考虑一下……"应喜不甘心地继续劝说包康。

包康恼羞成怒，粗暴地打断应喜，"考虑个屁，就冲他是陆祥的儿子就不行！"

"可是包署长……"

"滚！"包康忍无可忍，大喝一声，几乎要把房顶掀开。

应喜捂着耳朵，灰头土脸地跑走。

骄阳似火，万道金光普照在江面上。不远处的码头上，穿着一身洋装的柳如霜站在父亲柳山身旁，望向一艘由远及近的客轮。二人身后站着一众仆人。

柳如霜似乎十分不情愿，暗暗扯着裙摆的蕾丝边，而柳山则显得格外高兴，嘴角洋溢着止不住的笑意。

柳如霜一脸烦躁，终于忍不住抱怨，"爹，她回来干吗这么兴师动众的，让司机和祥叔来接一下不就行了？"

柳山皱起眉头，"如霜，她是你姐姐！"

柳如霜噘起小嘴，"那又怎么样？从小她就欺负我，一点姐姐的样子都没有，只要是她看上的东西，什么时候轮到过我？我看爹你就是偏心。"

"手心手背都是肉，你们两个都是我女儿，我怎么会偏心呢！你姐姐性格是有些要强，不过这也没什么不好的。"柳山显得有些无奈。

柳如霜生闷气，"我可不觉得她那个性格有多好。"她顿了顿，学着柳似雪傲慢的样子，"整天把头抬得高高的，眼睛好像长在头顶上，谁都看不见。"

柳山宠溺地拍拍柳如霜的肩膀，打起圆场，"好了，你姐姐留洋三年才回家，我们总要热情迎接吧？"

柳如霜无奈，噘着嘴点点头。

客轮渐渐靠岸，旅客们纷纷下船。人群中，柳似雪穿着一身洋装，烫着一头波浪发，提着皮箱，踩着高跟鞋，以一副高傲不可一世的姿态走下客轮。

柳似雪和柳如霜长得有几分相似，二人都是圆脸蛋大眼睛，不同的是她鼻子较高，嘴唇丰润，带着些许西方女郎的神韵。

柳似雪才走了几步，就看见等候的柳山，她高兴地向父亲挥手。

"似雪。"柳山高兴地望着柳似雪。

"Daddy！"柳似雪走过来，优雅地将皮箱交给仆人。

柳山听不懂洋文，疑惑地嘀咕，"呆的？"

一旁，柳如霜噘起嘴，指着柳似雪，"爹，她一定是说我呆！"

"不许这样说妹妹。"柳山嗔怒地看着柳似雪。

柳似雪秀眉一挑，看着柳如霜直摇头，"唉，无知真可怕，柳如霜，你不是念过洋学堂嘛，怎么连父亲的英文都不懂？"

"我……"柳如霜气结，转而看向柳山，"爹，你看她，不就是喝了几天洋墨水嘛，连爹都不好好叫。"

柳山拍了拍柳如霜的肩膀，"好了，几年不见面，见面就吵架，快跟你姐姐道歉。"

"凭什么每次都是我道歉！"柳如霜不服气。

柳似雪撇撇嘴，"算了，爹，我才不跟这个傻丫头一般见识。"

"反正我们是亲姐妹，我傻，你也好不到哪去！"柳如霜故意气柳似雪。

"你……"

柳山见二人你一言我一语，谁都不肯退让，气得猛拍胸口，"哎哟，你们两个就让我多活几天吧，不要一见面就掐在一起好不好！"

"好！"柳如霜和柳似雪异口同声地应下。

柳似雪瞥了一眼柳如霜，转而冲柳山笑笑，"爹，你有没有想我？"她说着挎住柳山的胳膊，一边撒娇，一边拉着柳山离开。

"爹当然想你了，怎么样，在美利坚过得好不好？"柳山拉着柳似雪嘘寒问暖。

柳如霜尴尬地跟在二人后面，暗暗冲柳似雪翻白眼。

晌午时分，柳宅里，柳山、柳似雪和柳如霜围坐在客厅吃饭，餐桌上摆满了上海的特色菜。

柳山热情地给柳似雪夹菜，"似雪啊，这都是你爱吃的，多吃一点，外面的东西一定吃不惯吧？"

柳似雪不以为意地笑笑，"我适应能力强，所以都 OK 啊。"

"欧什么？欧开？"柳山一时摸不着头脑。

"就是都可以的意思。"

柳山点点头，"留过洋是不一样，如霜啊，当初你跟你姐姐一起去美利坚留学多好，你看你姐姐现在，多有气质。"

柳如霜见柳山偏袒柳似雪，毫不客气地还嘴，"我适应能力差，洋鬼子的东西我可吃不惯。"

柳山恨铁不成钢地摇摇头。

柳似雪暗暗得意，含笑看向柳山，"对了，爹，我在国外学的是服装设计嘛，这次回来我想学以致用，你能不能交给我一个布庄打理？我想把布庄改成服装店。"

"好啊，你想干事业爹当然要支持。"柳山高兴不已。

柳似雪喜上眉梢，"谢谢爹。"

柳如霜见二人父女情深，不屑地撇撇嘴。

过了半晌，柳山若有所思地看向柳如霜，"如霜啊，你也学学你姐姐，想着帮爹打理生意，不要搞什么侦探社，整天跟着应喜、陆何欢那两个小子混在一起。"

柳似雪一听柳山提起陆何欢，微微一怔。

柳如霜见柳山看不起应喜跟陆何欢，立马维护二人，"爹，他们可不是一般的小子，他们是上海滩大名鼎鼎的'欢喜神探'！"

"什么'欢喜神探'，就是两个不入流的小警员罢了。"柳山不屑地驳斥柳如霜。

"爹，我不许你这样说我朋友。"柳如霜生气，直接和柳山吵起来。

柳山不愿再和柳如霜起争执，严肃地板起脸，"好了，吃饭！"

"我不吃了。"柳如霜憋了一肚子闷气，放下碗筷离开。

"你这孩子……"柳山话还没说完，柳如霜就跑出了客厅。

柳似雪见柳如霜惹怒父亲，佯装通情达理地安慰，"爹，别生气嘛，妹妹任性惯了，随她吧，不是还有我陪您吃饭嘛。"

柳山无奈地叹口气，"你妹妹要是有你一半懂事，爹就省心了。"

柳似雪装作懂事地笑笑，蓦地，她想起什么，眼神随即暗下来。

天色已近黄昏，霞飞路一带车来人往，好不热闹。霜喜侦探社大门虚掩，柳如霜郁闷地坐在桌边，双手托腮，似乎在思索些什么。

白玉楼一边修指甲，一边劝慰柳如霜，"我说霜姐，你跟柳似雪怎么跟仇人似的，真怀疑你们两个到底是不是亲姐妹。"

柳如霜回过神，轻轻叹了口气，"唉，我也怀疑我们到底是不是亲姐妹，我们两个人的性格一点都不一样，而且从小到大，我姐姐好像从来都没把我当妹妹。"

"不把你当妹妹？那当什么？"

"我也不知道。"柳如霜一脸委屈地摇摇头，片刻，她悠悠吐出两个字，"丫鬟？"

幼年的柳似雪和柳如霜坐在柳府后花园的凉亭里玩耍，石桌上摆着一盘水果。二人玩得正尽兴，柳似雪忽然拿起一个橘子递给柳如霜。

柳如霜高兴地接过橘子，"谢谢姐姐。"

柳似雪以命令的口吻示意柳如霜，"把橘子皮给我剥了。"

"啊？"柳如霜一怔。

柳似雪不耐烦地催促，"啊什么啊？快点！"

"为什么要我给你剥皮，你是姐姐，应该你来剥皮。"柳如霜不服气地瞪着柳似雪。

柳似雪气极，一把将橘子抢过来，嘴角挤出莫测的坏笑，"好啊，我来剥。"她三下两下剥完皮，将橘子皮猛丢向柳如霜，正好砸在柳如霜娇小的脸上。

柳如霜委屈地哭了起来。

白玉楼一脸惊讶地看着柳如霜，柳如霜拿食指挠了挠鼻子，想了想，"打手？"

儿时的柳如霜跟在柳似雪身后，走在一条狭长的小巷里，一个跟柳如霜年纪相仿的小男孩莽莽撞撞地跑过来，无意撞在柳似雪身上。

柳似雪嫌弃地推开小男孩，"你瞎了吗？连我也敢撞？"

小男孩唯唯诺诺地缩着身子。

柳似雪扭头看向柳如霜，不依不饶地指着小男孩，"柳如霜，给我打他！"

柳如霜感到莫名其妙，"我为什么要打他？我跟他又没仇。"

柳似雪怒火愈盛，一把揪住柳如霜的耳朵，"他撞了我！你打不打？"

"你干吗？我回去要告诉爹！"柳如霜疼得直掉眼泪。

柳似雪见柳如霜仍是不肯动手，开始狠掐她脸蛋，"你打不打？打不打？"

一旁，小男孩早已被吓得哇哇大哭。

"好疼……"柳如霜叫苦不迭。

"给我打他！"

柳如霜被逼无奈，哭着打了小男孩几下，然后和小男孩齐声大哭起来。

白玉楼嘴巴张得更大了，柳如霜挠挠头，一本正经地看向白玉楼，"仆人？"

少时的柳如霜跟着柳似雪走在集市上，长街两侧各色商品琳琅满目。

柳似雪停在一个卖花灯的摊位前，指着十几盏花灯，"老板，这些花灯我都要了。"她说着拿出一些钱递给老板。

"好的。"老板喜上眉梢地接过钱，取下花灯给柳似雪。

柳似雪瞟了一眼柳如霜，毫不客气地命令，"拿着。"

"为什么要我拿？你是姐姐，应该你拿着才对！"柳如霜不服气。

"好啊。"柳似雪一脸坏笑。

一路上，柳如霜身上挂着十几盏花灯，被柳似雪揪着耳朵往前走。

"你拿着花灯，我拿着你，这回你满意了？"

"柳似雪，你干什么！"柳如霜气得小脸通红。

柳似雪傲慢地看着柳如霜，"你不是该叫我姐姐吗？竟然直呼大名，目无尊长。"

柳如霜一脸委屈，带着哭腔低吼，"你算什么姐姐嘛……"

白玉楼夸张地张大嘴巴，过了良久，他才缓过神，"柳似雪怎么那么卑鄙无耻啊？跟我们霜姐简直差着十万八千里呢！"

柳如霜没精打采地叹了口气，"可我爹就是喜欢她，说她聪明，知书达理，说我任性，爱耍小姐脾气。"

白玉楼想了想，有感而发地脱口而出，"柳似雪跟霜姐你都是表里不一的人。"

"你说什么？"柳如霜恼怒。

"你先别动气，听我说完……"白玉楼一本正经地清了清嗓子，翘起兰花指，"霜姐你是刀子嘴豆腐心，而柳似雪是豆腐嘴刀子心。"

话音刚落，门口突然传来柳似雪冷冰冰的声音。

"谁是豆腐嘴刀子心？"

柳如霜和白玉楼惊讶地看向走进来的柳似雪。

第六十章　不知所措

"你来这干什么？"柳如霜冷着脸。

柳似雪毫不介意地笑笑，"来看看我的好妹妹开的侦探社什么样。"

"现在看见了，回去吧。"

"你……"柳似雪气结，她强压下火气，微笑地走到柳如霜对面，"我的好妹妹，有一件事我想求你帮忙。"

"你求我？"柳如霜不敢相信地看着柳似雪。

柳似雪点点头，"对，求你。"

柳如霜见柳似雪果真有事求她，得意地扬起下巴，"那要看我心情了，先说来听听吧，心情好我就帮你，心情不好就再说。"

柳似雪不屑地笑笑，"是啊，凡事都得看心情，我心情好呢，你这家侦探社就好好开张，我心情不好，我就让它关门。"说到最后，柳似雪故意提高了音量。

"你以为你是谁啊？"柳如霜气急。

柳似雪笑笑，"我是你姐姐啊，我要是想带着你一起打理布庄的生意，你猜爹是会让你继续开侦探社，还是跟着我？"

"柳似雪，你……"柳如霜气愤不已，一时不知道该说些什么。

一旁，白玉楼见柳似雪如此恶毒，不禁低声犯嘀咕，"真是道高一尺魔高一丈。"

柳似雪冷冷地看了一眼白玉楼，"你要是还想做我这个傻妹妹的跟班，就给我小心点，管好嘴巴。"

白玉楼被柳似雪的气势震慑住，眨了眨眼。柳似雪眼神阴狠地盯着白玉楼，白玉楼终于支撑不住，咽了口口水，连连点头，"柳大小姐放心，我一定管好嘴巴。"

柳似雪得意地笑笑，"算你聪明。"

"别为难他了，你到底要我做什么？"柳如霜从旁开口。

柳似雪转而看向柳如霜，口气软下来，"这些年，我对陆何欢的心意你应该知道，既然你现在跟他走得很近，不如就从中穿线，帮我约陆何欢一起吃顿饭。"

柳如霜想了想，"我帮你约他可以，不过他愿不愿意去就不知道了。"

"想留住这个侦探社，就想办法让他去。"柳似雪坏笑了一下。

柳如霜急了，"你这不是强人所难嘛，他不愿意去我还能绑着他去不成？"

柳似雪点点头，"也是个不错的主意。"

"你……"柳如霜一时无话可说。

"我走了，明天晚上五点，百惠西餐厅，我不管你是绑还是抬，总之我要跟陆何欢吃饭。"柳似雪说完，不等柳如霜回答，转身离开。

柳如霜气急败坏，冲着柳似雪的背影，"这个女人实在是太讨厌了！她为什么要回来？怎么不在美利坚待一辈子！"

白玉楼托着下巴，由衷地感慨，"霜姐，原来我一直看错你了，跟你姐姐比，你简直就是观世音菩萨转世！"

柳如霜怒气未消，侧脸看向白玉楼，白玉楼连忙看向别处。

翌日一早，警员办公室里，柳如霜和白玉楼恭恭敬敬地站在陆何欢旁边，二人脸上都挂着谄笑。

陆何欢坐在办公桌前，连连摇头，"不去，我跟你姐姐不熟，跟她吃饭会很尴尬的。"

白玉楼见陆何欢不为所动，苦口婆心地规劝，"何欢，你要是不去，霜喜侦探社可能就没了。"

陆何欢耿直地看着柳如霜，"说实话，我也觉得柳小姐不是开侦探社的料，不如就顺其自然。"

"那怎么行呢！霜姐不开侦探社我怎么办？"白玉楼急了，不自觉地尖着嗓子。

陆何欢想了想，"你可以跟着柳小姐去打理布庄的生意，反正柳小姐到哪都需要个帮手。"

白玉楼恍然大悟地点点头，"你说得也对。"他说着向柳如霜投去问询的眼神，"哦？霜姐？"

柳如霜阴沉着脸，厉声呵斥白玉楼，"对个屁！不开侦探社我跟喜哥的距离不是越来越远嘛！"

白玉楼低头想了想，"你这么一说我还越来越觉得不错了，霜姐，我赞成你回去打理布庄生意，只要带上我就行。"

柳如霜气恼，冲白玉楼的屁股狠狠踹了一脚，"你给我滚蛋！"

"哎哟……"白玉楼捂着屁股呻吟。

柳如霜往前凑了凑，放下架子恳求陆何欢，"陆何欢，算我求你还不行吗？你就陪柳似雪吃个饭，最多也就是再陪她喝点酒，我保证她不会再提出别的无理要求了，就算她还想提别的，喝酒不是你的强项吗？你可以喝倒她啊！"

突然，应喜推门进来，"喝酒也是我的强项啊。"

众人齐刷刷看向应喜。

应喜不以为意地搓搓胡子，"怎么了？"他大步走过来，拍拍陆何欢的肩膀，"该来的迟早要来，这次不去还会有下次，我看倒不如一次性说清楚，免得以后她缠着你。"

蓦地，陆何欢似乎想起什么，"我要去赴约。"

柳如霜吃起飞醋，气急败坏地指着陆何欢，"陆何欢，我说那么半天你油盐不进，喜哥说一句你就答应了？你到底什么意思！"

陆何欢一脸无辜地耸耸肩，"What's up？"

傍晚时分，应喜跟陆何欢如约来到百惠西餐厅。餐厅匾额上亮着五颜六色的光芒，大门两侧站着黄头发绿眼睛的门童。

二人走到餐厅门口，应喜期许地望望餐厅里面，整理了一下衣服，"进去吧。"

"你劝我赴约，其实是想蹭饭吧？"陆何欢开起应喜玩笑。

应喜毫不生气地笑笑，"被你猜对了，柳家大小姐请客，一定是山珍海味了！"

陆何欢无奈地跟着笑笑。

忽然，应喜想起什么，认真地看着陆何欢，"想好怎么拒绝了吗？"

"拒绝什么？"陆何欢一怔。

"你不是为了拒绝柳似雪的爱慕之情来赴约的吗？"

"我只是想起凌嫣的案子，想从柳似雪的嘴里找到一些线索。"

应喜没想到陆何欢如此耿直，深深叹了口气，"随便吧，反正我蹭饭的计划不变。"

应喜跟陆何欢走进餐厅，一抬头就看见精心打扮的柳似雪坐在角落里冲陆何欢摆手。

柳似雪穿着一袭落地长裙，优雅地坐在座位上。陆何欢和应喜一前一后走过来。

"何欢，好久不见。"柳似雪笑靥如花。

陆何欢笑笑，指了指身后的应喜，"给你介绍一下，这位是旧闸警署探长应喜。"

柳似雪冷下脸看向应喜，"应探长，你今天没事情做吗？"

应喜知道柳似雪不欢迎自己，故作豪爽地堆着一脸笑，"今天刚好不忙。"

"你要是不欢迎，我跟应探长可以去别处吃。"陆何欢板着脸。

柳似雪赶紧改口，"欢迎欢迎，快坐。"

应喜跟陆何欢坐在柳似雪对面。

柳似雪喜滋滋地看着陆何欢，"何欢，你还跟上学的时候一样，一点都没变。"

"是吗？"陆何欢敷衍地回了一句。

柳似雪推了推自己的波浪发，"我是不是变化很大？"

陆何欢仔细看看，摇摇头，"没什么变化。"

"我的头发是在美利坚烫的，时下最流行的发型。"

"我对这个不太懂。"

应喜见陆何欢如此不解风情，忍不住在旁捂嘴偷笑。

柳似雪不满地瞪了一眼应喜。

片刻，侍应生端来三份牛扒，放在三人面前。

柳似雪伸出纤纤玉指指了指陆何欢面前的牛扒，"这里的牛扒不错，尝尝。"

陆何欢点点头，拿起刀叉。

柳似雪淑女地将牛扒切成小块，优雅地吃着。

陆何欢也在轻轻切割牛扒，只有应喜直接拿起叉子，叉起牛扒咬着吃。

陆何欢被应喜逗笑，"应探长的吃法还真奔放。"

"我的原则是，不管用什么方法，吃饱了就行。"应喜头也不抬地吃着。

陆何欢赞赏地冲应喜竖起大拇指。

一旁，柳似雪鄙夷地看着大快朵颐的应喜。

陆何欢看看柳似雪，开始旁敲侧击，"柳似雪，当年我出国留学以后，凌嫣到底出了什么事？"

柳似雪一愣，叉子失手掉在地上。

陆何欢盯着柳似雪，微微皱眉，继续开口说道："警署的卷宗上

472

写着，凌嫣是因为嫉恨你和玛丽她们成立的'四美帮'，抓了一条毒蛇想害你们四人，结果误杀了你的母亲……"说到这，他有意顿了顿，小心翼翼地接口询问，"我想知道这件事是真的吗？"

柳似雪表情伤感，低头默认，"何欢，能不能不说这件事，我一想起我娘就……"她说着擦了擦眼泪。

陆何欢犹豫了一下，不好再追问下去。

夕阳西下，饱餐一顿的陆何欢跟应喜并肩走在小路上，落日的余晖将两人的身影拉得老长。

陆何欢望着他和应喜的影子，思绪飘荡。在他的记忆中，他和凌嫣也一起走过这条僻静的小路。

陆何欢还记得那天，夕阳的余晖将他和凌嫣的影子拉得老长，他慢慢抓住凌嫣的手，两个影子快乐地并肩前行。

"何欢，真希望时间就这样停住。"凌嫣一脸幸福。

陆何欢侧脸看向凌嫣，显得颇为不解，"为什么要停住？"

"因为幸福啊。"

陆何欢笑笑，刮了刮凌嫣的鼻子，"傻瓜，幸福才要继续啊。"

凌嫣不说话，脸上的笑意蒙上了一层苦涩。

陆何欢心下了然，抓紧凌嫣的手，"相信我，一切阻碍都是暂时的，我们会这样牵着手走一辈子。"

凌嫣幸福地点点头。

陆何欢走出思绪，把目光从自己和应喜的影子上面移开。

应喜察觉到陆何欢的伤感，语重心长地劝慰，"其实我觉得小璐不错。"

"是不错，所以呢？"陆何欢看着应喜。

"所以你可以考虑一下。"

陆何欢发出一声短促的苦笑，摇了摇头。

应喜会意，一脸严肃地看着陆何欢，"还是忘不了凌嫣？"

陆何欢沉默片刻，缓缓开口道："有些人并不是想忘记就能忘记的。"

陆何欢加快脚步，应喜摇了摇头，跟上去。

警署宿舍，一缕晨光照在应喜熟睡的脸颊上，他翻了个身，伸手摸了摸陆何欢的床位，随即睁开眼睛，发现陆何欢竟然不见了。

应喜一惊，忍不住低声喃喃，"这小子不会是去干什么愣头愣脑的事了吧？"想到这，他一骨碌翻身下床，随手抓起一件衣服套上出门。

一大早，警员们懒散地坐在警署办公室，个个睡眼惺忪，哈欠连天。

应喜嘭的一声推门进来，警员们吓得慌忙立正站好。

应喜瞟了一眼办公室，"谁看见陆何欢了？"

警员们纷纷摇头，光头补充道："应探长，何欢今天没来警署。"

应喜失望地转身离开。

"应探长，出什么事了？"光头的声音从身后传来，应喜头都不回地跑开了。

应喜匆匆走到苏州河边，在晨练的人群中寻找陆何欢。蓦地，他看见一个身形酷似陆何欢的男人站在河边。

应喜面上一喜，过去拍了一下男人的肩膀，"一大早你来这干什么？"

待男人转身，应喜才发现眼前之人不是陆何欢，立马低下头，"不好意思，认错人了。"

应喜转身，继续焦急地寻找陆何欢。突然，他似乎想到什么，快步离开。

应喜来到凌嫣曾经居住过的老宅，透过门缝往院内望去，果然见到陆何欢的身影。

院子里，陆何欢坐在天井角落的一把木头椅子上，清晨的阳光泻下来照在他棱角分明的脸颊上。良久，陆何欢一动不动地坐着，手中拿着一张自己和凌嫣的照片，专注地看着这张已经发黄的合影。

应喜立在门外，神色复杂地望着陆何欢，或许是因为门缝过于狭小，他眼中的陆何欢显得格外瘦削。

过了半晌，应喜悄悄转身离开。

日上三竿，应喜靠在警署院子里的一棵古树旁，一边向嘴里丢花生，一边望着警署门口。在他身旁，阿花来回打转，时不时扑棱一下翅膀。

忽地，应喜一颗花生没接住，直接掉在地上，阿花眼明嘴快地啄起吃掉。

应喜气急，起身追打阿花，"阿花，你给我吐出来，那是我的花生，我的……"

这时，陆何欢走进来。应喜见了赶紧停下，若无其事地向陆何欢打招呼。

"何欢，这么早你去哪里了？"

"我去了一趟凌嫣的老宅。"陆何欢神色有些落寞。

应喜走过去，一本正经地拍拍陆何欢的肩膀，"放弃凌嫣吧，你要学会珍惜眼前人。"

陆何欢苦笑一下，强打起精神开玩笑，"我对男人可没什么兴趣。"

应喜努努嘴，示意陆何欢看向法医室的窗户，此时的包璐正站在窗边向二人微笑。

应喜对包璐笑笑，转而看向陆何欢，"论家世、样貌、品性、才华，小璐哪一样输给那个凌嫣？最重要的是小璐对你也是一片痴心，这一点，整个警署的人都看得出。"

"小璐确实是个好女孩，只是我一直把她当妹妹，并无他心，应探长，你就不要费心撮合了。"陆何欢不为所动。

应喜有点着急，板起脸，不自觉地提高了音量，"哎，你这家伙，好心当成驴肝肺是吧？我跟你说，现在朱卧龙逃债不知所踪，包署长正发愁妹妹的婚事，你要是这个时候跟小璐凑成一对，我相信包署长也不会多说什么……"

陆何欢抬手打断应喜，一脸认真，"应探长，我爱的人只有凌嫣一个，就算一直没有凌嫣的消息，我也会一直等，一直找下去。"他说完径直向警署办公楼走去。

"你真是一块木头！"应喜恨铁不成钢地望着陆何欢的背影。

话音甫落，阿花围着应喜来回扑棱翅膀，作势跳跃。

应喜看了一眼阿花，接过方才的话茬，"连阿花都比你机灵！"

陆何欢一走进警员办公室，就发现办公室里到处插满玫瑰花，他疑惑不已，询问身旁警员，"有关于玫瑰花的案件发生吗？"

警员们纷纷摇摇头。

"那这些花是？"

"是送你的。"光头喜笑颜开地看着陆何欢。

"送我？谁送的？"陆何欢越发摸不着头脑。

二人说话间，柳似雪推门进来，"是我送的。"她含笑走到陆何欢面前，"怎么样？漂亮吗？"

陆何欢正不知如何回答，门外突然传来应喜恼怒的声音。

"警署搞得跟花店一样成何体统！把这些植物统统给我扔出去！"应喜烦躁地地走进警员办公室。

警员们应声动作，将玫瑰花统统拿走。

柳似雪咬牙切齿地看向应喜。

应喜看着柳似雪紧皱眉头，"我说你们柳家没有什么家规吗？怎么做事情都是不分地点不分场合？这里是警署，不是柳大小姐花前月下的地方。"

柳似雪傲慢地扬起下巴，"我柳似雪做什么还轮不到你一个小小探长来管！"她说完从身上拿出一支玫瑰别在陆何欢衣服上，媚笑一声，"何欢，今天是'玫瑰日'，明天还有其他惊喜，以后我会让你的每一天都有不一样的精彩。"

柳似雪说完，不屑地瞟了一眼应喜，转身离开。

应喜摇头叹息，"本来已经有一个胡闹的柳如霜，现在又来个更会胡闹的柳似雪，这下警署热闹了。"

陆何欢想了想，发愁地拧紧眉头。

第六十一章　抗婚遭囚

一连几日，柳似雪每天都到警署办公室送礼物。到了第七天，陆何欢实在招架不住，召集应喜、柳如霜和白玉楼商量对策。

夕阳的余晖透过办公室的窗户斜剪过来，照在陆何欢愁云笼罩的脸上。他坐在椅子上，应喜、柳如霜和白玉楼坐在旁边。陆何欢若有所思地望着办公桌上的水果和糕点。不用说，这些水果和糕点一定是柳似雪送给陆何欢的礼物。

　　片刻的静默后，应喜终于忍不住哈哈大笑，"这算什么惊喜？什么苹果日，香蕉日，糕点日，哈哈哈……不知道明天会是什么日。"

　　柳如霜挠挠头，"想不到柳似雪竟然还搞这一套！真不像她的风格。"

　　白玉楼窃笑一下，似乎深有感触，"这就是爱情的力量。"

　　应喜一听立即冷下脸，怒视白玉楼，"什么呀就爱情，你懂个屁！"

　　白玉楼不服气地还嘴，"本来就是嘛，柳似雪那种高傲的女魔头，能每天来警署纠缠陆何欢献殷勤，她得做出多大牺牲？你是没见识过柳似雪那种杀人的目光，跟她在陆何欢面前判若两人。"

　　"是你胆子小被她吓，你以为我们都跟你一样？"应喜不耐烦地驳斥白玉楼。

　　柳如霜想了想，帮腔应喜，"白白，喜哥说得对，柳似雪就是一个布老虎，也就欺负欺负你和我。"

　　应喜拍了拍陆何欢的肩膀，"你怎么想的？要不就从了她？"

　　陆何欢打开应喜的手，"你想从你来。"

　　"这又不是想来就能来的。"应喜没羞没臊地驳斥陆何欢。

　　陆何欢瞪了一眼应喜，"我都要烦死了，你就别火上浇油了。"

　　应喜嘴角挤出莫测的笑意，"你不喜欢柳似雪就好办。"

　　"好办？"陆何欢有些不解。

　　应喜坏笑一下，看向柳如霜，"柳如霜，现在是考验你的时候，看看你能不能为了我们的友情'大义灭亲'！"

　　柳如霜微微一怔，担心地看着应喜，"你不会是要杀了柳似雪吧？"

　　"你能不能用脑子想问题，别用脚想！"应喜无奈地以手扶额。

　　柳如霜嘟着嘴，"那你说'大义灭亲'……"

　　应喜正色道，"我想联合你跟白玉楼，一起整一整柳似雪。"

　　柳如霜笑笑，"你说她啊，她不算亲。"

　　陆何欢和应喜没想到柳如霜这么爽快就答应，齐齐惊讶地看着柳如霜。

柳如霜挠挠头，"不过，我了解柳似雪，她这个人不达目的不罢休，就算整到她，她也未必放弃。"

应喜眉毛一挑，拍着胸脯，"那我还有办法。"

"什么办法？"陆何欢、柳如霜和白玉楼异口同声地问道。

此时，包瑢敲门进来，"应探长，何欢……"

应喜看看包瑢，意味深长地笑了。

警署办公楼下，柳似雪提着一个果篮走向警署办公楼。她一抬头，突然注意到白玉楼提着一桶水站在楼上一扇窗口处。

柳似雪心下了然，不屑地撇撇嘴，"这点小把戏我早就用过了。"她不动声色，左手悄悄伸进果篮，握住一把洋伞。

待柳似雪走到办公楼门前，白玉楼在楼上将一桶水泼下来，柳似雪优雅地打开洋伞，水从伞的周围散开流下。

柳似雪向后退了几步，抬头冲窗口的白玉楼挑衅地招了招手。白玉楼吓得赶紧退到窗户后面。

柳似雪走到楼梯前，见楼梯擦得油光锃亮，她不屑一笑，"以为在楼梯上涂黄油就能作弄我吗？未免太小儿科了。"

柳似雪脱下身上的披肩，将披肩在楼梯上一甩，披肩稳稳搭在楼梯上。她昂首挺胸，踩着披肩，女王一般走上楼。

藏在暗处的柳如霜一阵懊恼。

柳似雪走到警员办公室，刚好看到光头出来。

光头热情地打招呼，"柳大小姐，你来找何欢吧？他在法医室。"

"谢谢。"柳似雪说罢直奔法医室走去。

法医室里，包瑢和陆何欢正在应喜的指挥下借位"接吻"。

应喜躲在角落，压低声音，"再靠近一点。"

陆何欢逐渐靠近包瑢，包瑢有些紧张。

应喜指挥包瑢，"小瑢，你的头再抬高一点。"

包瑢抬起头，迎上陆何欢的目光，二人瞬间觉得有些尴尬，不约而同地错开视线。

"哎呀，你们两个要看着对方，深情一点。"应喜见二人如此拘谨，急得直跺脚。

陆何欢和包瑢有些尴尬地看着对方，包瑢盯着陆何欢英俊的脸，渐渐流露出真情。

此时，柳似雪提着果篮来到法医室门口，见房门虚掩，她轻轻推开门，赫然看见包瑢跟陆何欢在里面接吻。

柳似雪妒火中烧，丢掉手中的果篮，愤然离去。

应喜悄悄看看门口，向二人摆手，"她走了。"

"小瑢，谢谢你。"陆何欢终于松了一口气。

包瑢羞涩地笑笑，"客气什么，你不是也帮过我。"

一旁，应喜笑嘻嘻地看着二人，"男才女貌，真是天作之合。"

"你胡说什么！"陆何欢低声呵斥应喜。包瑢倒是什么也不说，羞涩地低下头。

应喜搓搓胡子，一脸坏笑着走开。

夜幕降临，柳府中灯火次第亮起。

柳如霜蹦蹦跳跳地向自己房间走去，脸上洋溢着笑意，不过这份喜悦并没有维持太久。

柳似雪迎面走来，轻蔑地瞟了一眼柳如霜，"这么大人了还像只兔子一样，一点大家闺秀的样子都没有。"

柳如霜笑意顿敛，"懒得理你。"她说完冲柳似雪做了个鬼脸。

柳似雪冷笑着瞪了一眼柳如霜，径直向柳山房间走去。

柳如霜继续蹦蹦跳跳地离开。

屋子里弥漫着浓浓的茶香，柳山正坐在桌边喝茶。

柳山呷了一口茶，突然听见门外响起敲门声，他连忙放下茶杯，"谁啊？"

"爹，是我，似雪。"柳似雪的声音从外面飘进来。

柳山起身打开门，"似雪，这么晚了，有什么事吗？"

柳似雪一进门就跪在地上，"爹，您要是不答应，我就不起来。"

柳山慌了神，赶紧扶起柳似雪，"傻孩子，有什么事好好说，快起来。"

"不，爹，你先答应女儿。"

"好好好，爹答应你。"

见柳山答应，柳似雪这才站起来。

柳山一脸宠溺地看着柳似雪，"到底什么事啊？"

柳似雪抿了抿嘴，终于开口，"爹，我跟陆何欢两情相悦，我想请爹去陆家提亲。"

柳山一怔，不可置信地张了张嘴，"你说的是那个警员陆何欢？"

柳似雪点点头，"爹，何欢跟我是同窗好友，后来我们互生好感，渐渐就走到了一起。"

"他的职业爹不太喜欢。"柳山心存顾虑。

柳似雪拉着柳山的衣角，"爹，以后我嫁过去，可以让他辞职回来打理我们柳家的生意嘛，他爹是旧闸警署的副署长，也算是政界之人，我们家从商，也算门当户对。况且，何欢相貌堂堂，又在大不列颠留过洋，可谓德才兼备。"

柳山宠溺地笑笑，"既然我女儿对这个陆何欢如此看重，那爹也只能去陆家走一趟了。"

"谢谢爹！"柳似雪高兴地拎住柳山的胳膊。

父女二人相视而笑。

翌日一早，柳山把陆祥约到儒墨茶楼，商议柳似雪和陆何欢的婚事。

"不知陆副署长意下如何？"柳山说完，端起桌上的茶杯，呷了一口茶。

陆祥受宠若惊，忙不迭地点点头，"柳老板是一跺脚旧闸也要颤三颤的人，您家小姐能屈尊下嫁到陆家，自然是陆家的荣耀，这门婚事我岂有不答应的道理……"他顿了顿，面露难色，"只是这彩礼方面……"

柳山抬手打断陆祥，"陆副署长不必在这件事上操心，关于他们婚事操办的费用和嫁妆都由我来出。似雪是我的掌上明珠，只要她幸福，不管花多少钱我都愿意。"

"柳老板果然是大气之人，那我这就回去让犬子准备一下。"陆祥高兴不已。

柳山满意地点点头。

天色尚早，陆何欢被陆祥急匆匆地叫回家。

林芝端来一盘水果放在茶几上，顺手从里面拿出一个苹果递给陆何欢，"儿子，吃个苹果。"

陆何欢坐在沙发上，接过苹果咬了一口，"娘，我爹这么急叫我回来，到底什么事啊？"

林芝正要回答，陆祥忽然高兴地开门进来，接过二人方才的话茬，"爹找你当然是好事。"

"爹。"陆何欢向陆祥点了点头。

陆祥走进来，满面春风地坐到陆何欢对面，"儿子，你走大运了，不对，是我们陆家走大运了！"

陆何欢一听，疑惑地看看林芝，"娘，你不是中了马彩吧？"

"中什么马彩。"林芝摆了摆手。

陆何欢越听越糊涂，不解地看着陆祥，"那还能有什么事跟走大运有关系？"

陆祥神秘地笑笑，"旧闸首富柳山来向我提亲，他的大女儿柳似雪看中你了，要跟你结为连理。"

"什么？爹，你不会是答应了吧？"陆何欢大吃一惊。

"当然要答应了！"陆祥脱口而出。

陆何欢急了，一本正经地板起脸，"我不同意！爹，你赶紧去跟人家说清楚。"

"我说你这孩子是不是傻？那可是旧闸首富的女儿！"陆祥冷下脸。

陆何欢站起来，"爹，我只喜欢凌嫣，我要等凌嫣回来。"

"你说什么？你再说一遍！"陆祥火气一下上来了。

陆何欢倔强地重复道，"我要等凌嫣！"

陆祥站起来，狠狠打了陆何欢一个嘴巴。

一旁，林芝见父子二人起争执，慌忙打起圆场，"陆祥，有话好好说，你干吗打儿子！"

"你这个不成器的东西，凌嫣是个杀人犯！"

"凌嫣不是，我要帮她翻案！"

陆祥气急败坏地随手拿起立在一旁的鸡毛掸子，一边胡乱抽打陆何欢，一边厉声呵斥，"我让你翻案！你这个不知好歹的家伙！"

"陆祥，你这是干什么？"林芝拉住陆祥。

陆祥一把推开林芝，"你想让他为了那个杀人犯错过这段大好姻缘吗？"

林芝一时犹豫。

"那这件事你就别管！"陆祥说完继续抽打陆何欢。

陆何欢倔强地躲都不躲，"你就算打死我，我也要等凌嫣回来，这辈子我非凌嫣不娶！"

"那我就打死你这个不孝子！"陆祥气急，狠狠抽打陆何欢。

林芝不忍心看，痛心地别过脸去。

天黑了，陆祥将满身是伤的陆何欢推进房间。

陆何欢忍着痛，缓缓开口，"爹，我不娶，我说什么都不会娶的。"

"婚姻大事由不得你。"陆祥毫不退让。

"爹，如果你再逼我，我就离家出走！"

"往哪走？在你答应这门婚事之前，休想出这个门半步，警署那边我会帮你请假。"

"如果你再逼我，我就死给你看！"陆何欢气急。

陆祥见陆何欢竟然以死相逼，走进来狠狠踹了他一脚，"长本事了，学会以死相逼了？"

陆何欢向陆祥靠近，"你打，打死我算了，打死我就一了百了，谁也不用娶了！"

"我告诉你，这门亲事已经板上钉钉，你是死是活都得把柳似雪给我娶回来！"

"爹，我心里已经有了凌嫣，已经容不下别人了。"陆何欢苦苦哀求。

陆祥见硬的不行便使软的，苦口婆心地劝说陆何欢，"我的傻儿子，不是所有人都要放在心里的，你把柳似雪娶回来，放在房里就行了，你喜欢把凌嫣放在心里，那就继续放在心里好了。"

陆何欢难以置信地看着陆祥，"爹，你怎么能这么想。"

"是你死脑筋，儿子，爹是过来人，以后你就知道了，爹都是为了你好。"

陆何欢摇摇头，"不，我不会娶柳似雪，更不会对不起凌嫣！"

陆祥见陆何欢软硬不吃，恨铁不成钢地叹了口气，"你这个不成器的东西，柳似雪做我们陆家的媳妇做定了，你娶也得娶，不要也得娶！"

"爹……"

陆祥粗暴地打断陆何欢，"现在开始闭门思过，想不通就别出来。"他说完丢下一盒药膏，随即出门，将门锁好。

"爹……"

门外传来陆祥离开时沉重的脚步声。

陆何欢狠狠拉了几下门，发现房门被锁死，他又拉了拉窗户，发现窗户也打不开。陆何欢无奈地叹了口气，捡起陆祥扔进来的药膏，陷入回忆。

夜色如水，野外虫鸣声声。少时的陆何欢满脸伤痕，跟凌嫣坐在草地上，凌嫣一边帮陆何欢擦药，一边劝慰陆何欢。

"你爹下手也太重了，很疼吧？"凌嫣心疼不已。

陆何欢忍着痛，"没事，已经习惯了。"

"你呀，就是不会变通，你爹说什么你就答应什么，做不做是另一回事，何苦挨打呢。"

陆何欢倔强地看着凌嫣，"在你的事上，不管是说还是做，我都不能妥协。"

凌嫣刮了刮陆何欢的鼻子，嘴角不由得露出苦笑，"傻瓜。"

陆何欢紧紧抓住凌嫣的手，"凌嫣，我一定会娶你过门。"

尽管不知道这番话何时能兑现，凌嫣还是微笑地点点头。

漆黑的房间里，传来陆何欢微不可闻的叹气声，他伤感地擦了擦湿润的眼角，打开药膏为自己擦药。

突然，窗台传来声响，陆何欢向窗外望去，但见一个黑影正爬进来。陆何欢吓了一跳，刚要喊出声，翻窗进来的人影冲陆何欢做了个噤声的手势。

借着蒙眬的月光，陆何欢才看到进来的人竟是应喜。

"应探长，你怎么来了？"陆何欢一脸惊喜。

应喜拍了拍身上的灰尘，"我听柳如霜说柳似雪骗她爹向你爹提亲，你今天又被你爹紧急召回，晚上又不见你回宿舍，根据线索这么一分析，推测出你可能是因为拒绝婚事被你爹软禁了。"

陆何欢见应喜说得头头是道，开起玩笑，"破案怎么没见你这么会分析。"

应喜得意地笑笑。

"窗户我刚才没打开，你是怎么打开的？"陆何欢感到有些奇怪。

应喜笑嘻嘻地着拿出一把被撬开的锁，"窗户是从外面锁的，里面开不开，外面很方便。"

陆何欢竖起拇指，"营救成功，我们走吧。"他说着就要往外走。

应喜连忙拉住陆何欢，"这么走没用，治标不治本。"

"那总不能连标都不治吧？"

"我来就是给你吃颗定心丸，放心吧，我已经想好了，你订婚当天我会大闹订婚典礼，把你抢走。"

"成功率是多少？"陆何欢不放心。

应喜一愣，挠挠头，"没计算过。"

"有周详的计划吗？"陆何欢着急。

应喜梗着脖子，"硬抢！"

"这算什么定心丸！"陆何欢没好气地看着应喜。

应喜笑笑，"我开玩笑的，放心吧，我跟柳如霜、白玉楼已经计划好了，订婚当天会帮你逃走，绝对万无一失。"

陆何欢叹了口气，"逃得了一时，逃得了一世吗？"

"不用逃一世，你一逃婚，柳家没了脸面，自然就会退婚的。"

陆何欢想了想，点点头，"那你们只许成功，不许失败。"

应喜点点头，拍拍陆何欢的肩膀，翻窗离开。

第六十二章　云消雾散

很快到了陆何欢和柳似雪订婚的日子，这天，金碧辉煌的宴会厅坐满宾客，包康、包瑢、应喜、白玉楼以及警员们纷纷落座。大厅中央贴着写有"陆何欢先生与柳似雪小姐订婚庆典"的横幅。

包瑢想到陆何欢将要迎娶柳似雪，脸上难掩失落，坐在一旁的包康见陆祥能和柳山结亲，脸上写满嫉妒。

穿着西服的陆何欢跟陆祥、林芝坐在桌前，陆何欢愁眉苦脸，陆祥却显得喜气洋洋，今天特意把皮鞋擦得油光锃亮。

订婚庆典的吉时到了，林芝焦急地看着门口，"柳家怎么还不来人呢。"

话音刚落，光头突然跑进来，冲陆祥低语，"陆副署长，柳家人说柳似雪还没准备好。"

陆祥不动声色。

"都晚了快一个时辰了，怎么还没准备好？"林芝有些按捺不住。

"越是重视，越要好好准备嘛，别着急。"

片刻，柳山冷着脸，带着柳如霜来到宴会厅。

陆祥赶紧迎上去跟柳山握手，"柳老板，快落座。"

柳山并没有动，一脸尴尬地站在陆祥面前。陆何欢不见柳似雪，脸上的愁云一扫而光。

陆祥察觉到柳山情况不对，又见柳似雪不在，眉头皱紧。

林芝疑惑地看着柳山，"柳老板，似雪怎么没来？还没准备好吗？"

柳山尴尬不已，给陆祥和林芝鞠躬致歉，"陆副署长，陆夫人，实在抱歉，订婚一事可能要延期了。"

"为什么？是不是我这边有什么做得你不满意？"陆祥大惊。

柳山连连摆手，"不是，不是，是，是小女似雪……失踪了。"

"失踪？"陆祥不可置信。

柳山点点头。

柳如霜看到应喜坐在一边，悄悄溜过去。

应喜低声询问柳如霜，"出什么事了？你姐姐怎么会失踪呢？"

柳如霜下意识地看了看左右的旁人，压低声音，"我姐姐不是失踪，我们在她的卧室里发现了一封留信，她说她珠胎暗结，无颜面对家人和邻里，所以只好和留学时结交的男友私奔了。"

"你姐姐这么奔放？"应喜惊讶得下巴都要掉了。

柳如霜摇摇头，"留过洋的人就是做事大胆。"

应喜看向陆何欢，点点头，然后拿出一张字条交给柳如霜。

柳如霜接过字条，一脸好奇，"这是什么？"

"把这个给陆何欢。"应喜说完起身离开。

柳如霜不管不顾地打开字条，看见上面写着"如意茶楼等你"，她登时吃飞醋，"神神秘秘地写什么字条啊，让我转达一下不就行了，真是的。"

晌午时分，如意茶楼人满为患，往来的商人、旅客纷纷在此短暂休憩。

应喜坐在靠窗座位，一边喝茶，一边望着窗外。少顷，陆何欢、柳如霜和白玉楼走过来，坐在应喜身旁。

应喜看看柳如霜和白玉楼，"你们怎么也来了？"他说着似乎想到什么，盯着柳如霜，"你偷看字条了？"

"你又没说不让我看。"柳如霜有些理亏。

"那你一定看到我说的是如意茶楼等你，不是等你们喽？"

柳如霜嬉笑着往应喜身旁凑了凑，"喝茶我请，喜哥，你想喝什么茶，尽管点。"

"那就要最好的。"应喜坏笑了一下。

柳如霜豪爽地打了个响指，"老板，最好的茶给我来两壶。"

陆何欢被柳如霜和应喜逗笑，白玉楼则有些不是滋味。

应喜想起正事，看向陆何欢，"何欢，这回你不用再为定亲的事发愁了。"

陆何欢点点头，一脸认真，"柳似雪失踪跟你们有没有关系？"

应喜搓搓胡子，"我们哪有那个本事？柳如霜说柳似雪留了一封信给家里人，说她珠胎暗结无颜面对家人和邻里，所以只好和留学时结交的男友私奔了。"

"私奔？"陆何欢半信半疑。

应喜笑了笑，"我绞尽脑汁帮你想出来的逃婚计划还没来得及实施，柳似雪就这么识趣，自己走了。"

陆何欢思忖片刻，"我总觉得有点蹊跷，柳似雪不会是出什么事了吧？"

柳如霜摇摇头，"我打听过了，订婚前夜确实有目击证人看见我姐姐和一个男人相拥去了码头方向，而且两人买的还是开去美利坚的船票。"

"我只是觉得奇怪，既然她有意中人，为何还要让你父亲来我家提亲呢？"陆何欢皱眉凝思。

"我姐姐在留洋时期就思想新潮开放，陆何欢，你就不要浪费头脑了。"柳如霜不以为然。

应喜在旁附和柳如霜，"还是包瑢人好。"

陆何欢越想越觉得不对劲，摇摇头，"我总觉得柳似雪的突然私奔有些奇怪，应探长，我们应该再继续查查。"

柳如霜急了，连连摆手，"不行不行，我们柳家怕丢人，已经绝口不提这件事了，陆何欢，我拜托你别查了，我爹现在火大着呢。"

应喜见陆何欢紧咬不放，忍不住嬉笑着调侃，"陆何欢，你不会是想找回柳似雪继续跟你定亲吧？"

陆何欢一愣，想了想，"好吧，既然这样，我也就不再调查了，还是想想怎么找机会为凌嫣翻案吧。"

"不查柳似雪，就查凌嫣，陆何欢，你不查案子难受是不是？"应喜不满地犯起嘀咕。

夜色降临，霞飞路上华灯初上。醉酒的包康摇摇晃晃地走在街中央，嘴里发出断断续续的歌声。

冷风拂面，包康突然放声大笑，"陆祥，你的如意算盘打散了吧，哈哈哈……说我妹妹嫁入豪门成泡影，你儿子又怎么样？娶豪门不是也没娶成，哈哈哈……"

此时，一辆受惊的马车冲包康横冲直撞地冲过来。

赶马车的洋人大声提醒包康，"Get out of the way！ Get out of the way！"

不懂英文的包康毫不知情，依然在街上摇摇晃晃地走着。

陆何欢跟应喜刚好从一条小巷出来，看见马车直奔包康而去，二人俱是一惊。

"是包署长！"应喜大叫一声。

千钧一发之际，陆何欢飞快地冲过去，就在马车撞上包康的一瞬间，他抱住包康滚到一边，救了包康一命。

马车在包康身边疾驰而过。

包康惊魂未定地坐起来，顿时酒醒了一半。

应喜跟着跑过来，"包署长，你没事吧？"

包康摇摇头，看向陆何欢，"是你救了我……"

陆何欢不以为意地笑笑，"刚巧赶上了。"

包康沉默片刻，拍了拍陆何欢的肩膀，"谢谢。"

陆何欢笑笑，"包署长不用客气。"

应喜惊得张大嘴巴，低声对陆何欢耳语，"想不到包署长竟然会谢你。"

"这有什么奇怪的。"陆何欢一脸茫然。

应喜跟陆何欢筋疲力尽地回到宿舍，应喜挽起袖子直奔厨房。

"你干什么？"陆何欢一头雾水。

应喜笑笑，"为了庆祝你这个问题标本兼治，我打算亲自下厨弄几样小菜。"

"这有什么可庆祝的。"

"我新学了一道菜，做给你尝尝，再来点小酒。"

陆何欢紧盯着应喜，"让我陪你喝酒才是关键吧。"

应喜眉毛一挑，"越来越了解我了。"他说着兴致勃勃地拿起一个萝卜，"我这道菜就叫……"

应喜话还没说完，突然晕倒在地。

陆何欢赶紧冲过去扶起应喜，"应探长，应喜，你怎么了……"

陆何欢焦急万分，背起应喜就要出门。

应喜悠悠醒来，虚弱地拍了拍陆何欢的背，"放我下来。"

陆何欢赶紧停下，将应喜扶到床上。

"你醒了？"陆何欢担心地看着应喜。

"没事了，别担心。"

"你脸色不好，还是去医院看看。"

"我这是老胃病，吃点药就好，去医院也看不出什么。"

"还是去医院看看。"

"我自己的身体我知道，去什么医院啊，那些医生还不如我呢。"应喜固执己见。

"应探长……"

应喜不耐烦地挥手打断陆何欢，"行了，我都饿了，你去做饭吧。"

"还是去医院吧。"陆何欢有些犹豫。

应喜粗暴地推了陆何欢一把，"到了医院我都饿死了，少废话，快做饭去。"

"那你躺着休息一下，我去做饭。"陆何欢无奈地答应。

应喜点点头。

翌日清晨，包康早早来到办公室，坐在椅子上思绪万千。正思索时，门外突然响起敲门声。

包康回过神，"进来。"

"包署长。"应喜推门进来。

"应喜啊，找我有什么事？"

应喜笑嘻嘻地凑近包康，"包署长，有件事其实我不该多嘴……"

"那就不要多嘴。"包康呛声打断应喜。

应喜一愣，尴尬地搓搓胡子，"可是我不多这个嘴，这件好事有可能就不会成。"

"好事？什么好事？"包康来了兴致。

"陆何欢和小璐啊，男才女貌，天作之合。"

包康犹豫了一下，"陆何欢能冒死救我，是不错。"

应喜见包康松口，顿时高兴不已，继续劝说，"陆何欢有胆有识，有责任有担当，小璐跟了他一定幸福。"

包康叹了口气，点点头，"我现在也想开了，只要小璐自己觉得幸福就好。"

"所以啊，要撮合他们。"

包康不解地看看应喜，"怎么撮合？就是我不拦着，也总要陆何欢愿意娶小璐吧？再说了，还有陆祥呢。"

应喜胸有成竹地笑笑，"这件事包在我身上。"

傍晚时分，应喜回到宿舍，发现陆何欢把整个宿舍翻了个底朝天，所有抽屉都开着，东西扔得到处都是。

应喜愣了愣，不解地看着陆何欢，"怎么跟遭劫了似的，你在找什么？"

"照片。"陆何欢脸上写满焦急。

"什么照片？"

"我跟凌嫣的合照。"

"不就是一张合照嘛……"

陆何欢打断应喜，"我跟凌嫣只有那一张合照。"

陆何欢紧张地翻找抽屉，应喜跟着一起找。

过了良久，陆何欢仍是没有找到照片，他不禁懊恼地犯起嘀咕，"那张照片我明明一直放在身上的，怎么会不见了呢？"

应喜不以为意地抱着胳膊，"不就是一张照片嘛，丢就丢了，有什么大不了的。别找了，走，我带你喝酒去。"他说着伸手去拉陆何欢。不料，陆何欢粗暴地甩开应喜，失控地怒吼，"走开！我不去，要去你自己去！"

应喜见陆何欢对自己动粗，也有些愠怒，"陆何欢，老子好心请你喝酒，你跟老子发什么疯！"

陆何欢低下头，失落地坐在椅子上，"对不起，我现在没心情喝酒。"

应喜一听怒气全无，本想好好安慰陆何欢，但张了张嘴，最终还是没有开口，他叹了口气，自顾自地收拾凌乱的房间。

夕阳的余晖扫进包瑢飘满书香的房间里，包瑢端坐在书桌前，拿着一本诗词出神。她的脑海里一遍遍地浮现出白天在法医室与陆何欢"接吻"的情景。

晚风吹过，包瑢缓过神，她伤感地翻开书，低声吟诵着书中的诗词，"山有木兮木有枝，心悦君兮君不知。"

房门虚掩，包康站在门口悄悄望着包瑢，尽管听不懂诗词的含义，但他却觉察出妹妹定是思索着什么烦心事。

包康抬起手想要开门，想了想又默默放下。

日暮四合，白玉楼送柳如霜到柳府大门口。

柳如霜冲白玉楼挥了挥手，"我到了，你回去吧。"

白玉楼恋恋不舍地站在原地，望着柳如霜清丽的背影。

柳如霜刚要进门，转身看见白玉楼站在远处望着自己，甚是不解，"白白，你怎么不走啊？"

"霜姐，有件事……我想跟你探讨一下。"白玉楼支支吾吾。

柳如霜不以为意地走过来，"什么事？"

"既然你姐姐追求陆何欢，可为什么到了定亲这天，又跟别人私奔了呢？"

柳如霜一听，赶紧捂住白玉楼的嘴，压低声音，"你疯啦，被我爹听到就惨了……"她四下望了望，见无外人在场，这才放下手，低声叮嘱白玉楼，"我不是跟你说了嘛，我姐姐是因为跟她的同学珠胎暗结，所以才私奔。"

"既然她喜欢陆何欢，为什么又跟别人珠胎暗结呢？"白玉楼微微皱眉。

柳如霜诚惶诚恐地把白玉楼拉到角落里，"你今天是怎么了？怎么老问这种奇怪的问题！"

白玉楼嘴角动了动，一脸认真地盯着柳如霜，"我的意思是，会不会是她以为她喜欢的是陆何欢，但其实内心真正喜欢的未必是陆何欢。"

柳如霜越听越糊涂，不悦地皱起眉头，"白白，你到底想说什么？"

白玉楼鼓起勇气，郑重其事地开口道："霜姐，我觉得你对应喜的感情就像柳似雪对陆何欢一样，只是以为自己喜欢这个人，因为得不到而不甘心，其实你仔细想想，应喜根本就不适合你，只是他一直不接受你，所以你才会一直觉得他好。"

"我跟柳似雪才不一样呢！我对喜哥是真心的！"柳如霜嗔怒，不自觉地提高了音量。

"那如果应喜一直不接受你呢？"

柳如霜听了怒火愈盛，"不会的！我会一直对他好，总有一天他会感动，就会接受我！"

"那我一直对你好，怎么不见你感动，接受？"白玉楼脱口说完，跟柳如霜一起愣住。

少顷，柳如霜缓过神，尴尬地看着白玉楼，"白白，你，你今天怎么这么奇怪啊？"

"霜姐，我……"白玉楼深情地看向柳如霜，想要表白，但他话还没说完，柳如霜就慌了神，"我，我爹叫我回家吃饭，我先走了。"

柳如霜说完，慌乱地跑进门。

白玉楼不甘心，冲柳如霜的背影大喊，"霜姐，明天能不能跟我去照相？我想留一张我们的合影。"

"我太饿了，明天再说。"柳如霜头都不回地跑进门。

白玉楼看着紧闭的大门，脸上难掩失落。

第六十三章　情同手足

皎洁的月光从窗外洒进警署宿舍，房间内的一切清晰可见。

熟睡中的陆何欢似乎被梦魇纠缠，他额上渗出细密的汗珠，神情痛苦地呢喃自语，"凌嫣，不要走，凌嫣……"

陆何欢的梦境里，晨光熹微，空旷的码头上升起一片轻柔的雾霭，远处的天际被涂抹上一层柔和的乳白色，白皑皑的雾色把一切渲染得蒙眬而迷幻。

凌嫣站在一条小船上，望着站在岸边的陆何欢。

"凌嫣，不要走，凌嫣……"陆何欢神色焦虑。

"陆何欢，你根本就不在乎我。"凌嫣冷艳的脸上挂着一抹失望。

"我怎么会不在乎你呢？凌嫣，我们一定是有什么误会，你快回来。"

凌嫣决绝地摇摇头，"如果你在乎我就不会离开，不会把我丢下一个人去大不列颠。"

陆何欢急了，嘶声朝凌嫣大喊，"我是为了我们能在一起才离开的呀！这三年，我每天每时每刻都在想你！"

凌嫣发出一声短促的冷笑，"是吗？"

陆何欢慌忙将手伸向衣服口袋，"不信你看，我一直把我们的照片放在身上，每天都看一遍你的样子，每天都回忆我们在一起的日子……"他翻了半天，却没有找到照片。陆何欢越发慌了，"照片怎么不见了，我一直放在身上的……"

凌嫣失望地笑笑，"陆何欢，我不会再相信你了。"

话音刚落，小船开始向远处驶去。

陆何欢沿着码头，一边追凌嫣的船，一边大喊，"凌嫣，不要走……"

寒风凛冽，凌嫣动容地流下苦涩的眼泪，"陆何欢，永别了……"

492

陆何欢倔强地追上去，"不要，我不要永别……"

陆何欢痛苦地在梦魇中挣扎，他微微摇晃着脑袋，口中发出的声响从含糊不清的呢喃变成焦急的呼喊。

"不要，不要……我不要永别！"

陆何欢猛地坐起身，大口喘着粗气。一旁的应喜被陆何欢惊醒，跟着坐起身。

"怎么了？"应喜睡眼惺忪地盯着陆何欢。

过了半晌，陆何欢平静下来，情绪低落地看向应喜，"我梦见凌嫣了。"

应喜不以为意地长舒口气，"你不是每天都梦见她。"

"我梦见凌嫣走了，再也不回来了。"

应喜拍了拍陆何欢的肩膀以示安慰，"别胡思乱想了，睡吧。"

陆何欢和应喜重新躺下，二人却谁也睡不着。

应喜终于忍不住打破沉默，"睡不着吗？"

"嗯。"

应喜一听索性坐起来，向陆何欢使了个问询的眼色，"要不要喝一杯？"

"都说了不喝！"陆何欢有些烦躁。

夜色愈浓，警署宿舍的灯突然亮起来。

小小的桌子上摆着几样简单的小菜和一瓶白酒，应喜跟陆何欢相对而坐。

应喜给自己和陆何欢倒上酒，举起酒杯跟陆何欢碰杯。

"你没听过'抽刀断水水更流，举杯消愁愁更愁'吗？"陆何欢显得情绪不高。

应喜不以为意地笑笑，"我只听过'今朝有酒今朝醉，明日愁来明日忧'。"

陆何欢转念一想，认同地点点头，"有道理。"

"干杯。"应喜说罢，跟陆何欢一饮而尽。

一杯酒下肚，不仅没能让陆何欢忘掉烦闷，反而让他想起不少伤心往事，他懊恼地叹了口气，"应探长，我真后悔去大不列颠留学，如果我不离开，也许凌嫣就不会出事。"

"哪有那么多如果。"应喜不以为然。

"就算出事，我也会保护凌嫣，不会让她被冤枉。"陆何欢说到最后，神色不禁变得恍惚起来。

应喜见陆何欢如此自责，沉默片刻，开口劝慰道："有些事可能是冥冥之中注定的，不怪任何人。这都是她的命。"他说罢举起酒杯跟陆何欢碰杯。

陆何欢端起酒杯一饮而尽，"我曾经向凌嫣保证会保护她一辈子，可是现在，我连跟她唯一的合照都弄丢了，我真的很没用，我对不起凌嫣。"

"别傻了，就凭你对凌嫣这一片痴心，你就没有对不起她。"

"应探长，你说，凌嫣为什么不回来找我？"陆何欢向应喜投去问询的目光，眼角不知何时已经微微湿润。

应喜想了想，一脸认真地看着陆何欢，"你既然那么爱凌嫣，当初为什么要抛下她离开呢？真不明白你们这种人，国外有什么好的，非要出去学洋鬼子那一套。"

陆何欢叹了口气，"我当初也是为了我和凌嫣的将来才去大不列颠的，我爹说只有我同意去大不列颠留洋，他才同意我跟凌嫣在一起。"

"原来是这样……"应喜恍然大悟地点点头，"那，凌嫣知道吗？"

陆何欢连连摇头，"我怕凌嫣知道我为了她去留洋，心里有负担，所以没告诉她。"

应喜将杯中酒一饮而尽，无奈地摇摇头，"陆何欢，你真是不懂女人，你以为你不告诉凌嫣原因直接离开，她就没负担了？女人嘛，都会胡思乱想，她可能会觉得你不爱她，或者是不够爱她。"

陆何欢一怔，"会吗？我以为她会像我相信她那样相信我。"

"这跟相不相信没关系，怎么跟你说呢……"应喜一时语塞。

"直说就行。"

应喜喝了口酒，接过方才的话茬，"直说我怕你这块木头理解不了……"

"你都能理解的东西我怎么会理解不了？"陆何欢赌气地打断应喜。

应喜笑笑，"你也知道，我是百乐门的常客，跟那些舞女混熟了，也多少了解一些女人的心思……其实女人吧，跟我们男人在意的事情不一样，我们往往在意的是事情的结果，但女人不是，她们在意的是过程和细节。"

"什么意思？"陆何欢不明所以。

"就好比你跟凌嫣这件事，你在意的是这件事的结果，也就是最后能不能跟凌嫣在一起，但凌嫣更看重的是你在这个过程中所做的每一件事。"

陆何欢摇摇头，"还是不明白。"

"怎么跟你说呢……"应喜抓耳挠腮地想了想，"就是，你可能觉得不管做什么，只要能跟凌嫣在一起就行，可是凌嫣在意的恰恰是你做了什么。"

"凌嫣不在意是不是能跟我在一起？"陆何欢越听越糊涂。

"当然也在意，不过你在这个过程中做的事可能会伤凌嫣的心，她可能会因为你做的事做错决定……"应喜顿了顿，若有所思地看着陆何欢，"比如她不回来找你，可能就是因为她觉得你不够爱她。"

陆何欢低头想了想，向应喜投去问询的目光，"应探长，如果你是我，当初你会怎么做？"

应喜思忖片刻，"我会把这件事原原本本地告诉凌嫣，然后跟她商量是不是去大不列颠留洋。"

陆何欢怔住。

应喜自斟自饮，以戏谑的口气开玩笑，"况且这件事摆明了是你爹的缓兵之计，他根本就没打算让你娶凌嫣。"

"我爹不会骗我。"陆何欢难以置信地看着应喜。

应喜忍俊不禁地横了一眼陆何欢，"傻小子，你爹就是知道你一根筋，才把你弄到国外去，不然你跟凌嫣会分开吗？"

陆何欢咬咬牙，郁闷地拿起酒瓶直接喝起来。

应喜一脸嫌弃地从桌子下面又拿出一瓶酒，一边给自己倒酒，一边发起牢骚，"还说不喝，是不少喝吧。"

陆何欢喝着喝着，眼角流下泪来。

应喜见状有点慌，不可思议地眨了眨眼睛，"怎么了？喝不进去就别喝了，怎么还一边往进喝一边往外流呢？"

陆何欢不说话，将瓶中酒喝光，伸手又去抢应喜的酒。

应喜连忙按住酒瓶，规劝陆何欢，"别喝太多，借酒浇愁愁更愁。"

陆何欢眼中含泪看着应喜，"你不是说，明日愁来明日忧吗？今天就让我高兴高兴吧。"

应喜犹豫片刻，缓缓松开手。

陆何欢拿起酒瓶一饮而尽，恍惚中，他看着应喜微微一笑，"凌嫣，对不起……"

陆何欢说罢，直接醉倒趴在桌上。

应喜深深叹了口气，起身走到陆何欢身边，把他扶到床上。

应喜帮陆何欢脱掉衣服和鞋子，盖好被子，然后站在床前看着陆何欢，良久，他忍不住摇摇头，有感而发地从嘴中挤出一句，"傻小子，何苦为难自己呢……"

夜深了，柳如霜躺在床上，翻来覆去睡不着觉。

"白白不会是喜欢我吧？"想到这，柳如霜烦躁地抓了抓头发，"不会不会，我们是好朋友嘛！柳如霜，你别胡思乱想，白白只不过是打了个比方，别把事情想得太复杂。"

柳如霜自我安慰似的点点头，"嗯，没错！"她深深吸口气，平复一下心情，"跟朋友拍一张照片也没什么，这个要求很合理，不好拒绝。"

柳如霜再次安慰自己似的点点头，"嗯，就这么定了，睡觉。"她调整好睡姿，将被子拉了拉，终于安心地闭上眼睛。

旭日东升，金色的晨光照耀着旧闸警署宿舍楼。

一缕晨光洒在陆何欢脸上，陆何欢揉了揉太阳穴，慢慢睁开眼睛，看见应喜正背手站在窗前。

"应探长，你在干吗？"陆何欢的嗓子有些嘶哑。

应喜转过身，只见他西装笔挺，头发梳得一丝不乱，跟平时邋遢的形象判若两人。

"应探长，你今天有约会吗？"陆何欢一脸惊讶。

应喜点点头，嬉皮笑脸地没个正经，"正打算约你，怎么样，赏不赏脸？"

"约我？约我做什么？"陆何欢一脸茫然。

应喜神秘地冲陆何欢眨了眨眼睛，悠悠吐出两个字，"照相。"

"照什么相？"

"你不是丢了一张跟女人的合影吗？我补你一张跟兄弟的合影！"

陆何欢苦着脸低声嘀咕，"这能一样嘛。"

应喜兴致勃勃地走过去，一把将陆何欢拉起来，"走吧，兄弟情才情比金坚。"

不到一会儿工夫，应喜跟陆何欢就来到了上海滩最大的宝记照相馆。

应喜拉着跟他穿着同款西服，头发一样梳得一丝不乱的陆何欢，来到照相机前。

照相师傅站在照相机后面看着两人，"二位想要一张什么感觉的合影？"

应喜回头看了一眼蓝色的背景，"这个背景要换一下，换成白色的。"

"好的。"照相师傅点点头，将二人的背景换成白色，然后走到照相机后。

应喜摆出之前陆何欢和凌嫣合影中凌嫣的姿势，将头靠在陆何欢的肩膀，然后拉起陆何欢的胳膊搭在自己肩上，用眼神向陆何欢示意，"快点，配合一下。"

"我们两个也这样照？"陆何欢有些尴尬。

应喜一脸认真地点点头。

陆何欢清了清嗓子，尴尬地跟应喜摆好与自己跟凌嫣合影中相同的姿势——陆何欢和应喜站在白色背景下，陆何欢搂着应喜的肩膀，应喜幸福地将头靠在陆何欢的肩头，只是陆何欢姿势有些僵硬。

照相师傅忍住笑，朝应喜跟陆何欢示意，"二位，笑得自然一点。"

应喜低声提醒陆何欢，"兄弟情，别想太多。"

陆何欢释然，微微一笑。

照相师傅按下快门，为二人照了一张与陆何欢和凌嫣相同姿势相同场景的照片。

二人刚照完，白玉楼就拉着不情不愿的柳如霜走进照相馆。

柳如霜见应喜也在，登时吓了一跳，她赶紧甩开白玉楼的手，"喜哥！"

应喜看看柳如霜和白玉楼，立时明白过来。

柳如霜慌忙向应喜解释，"是白白非得拉着我来照相，我只是陪他，喜哥你千万别误会。"

白玉楼见柳如霜如此在乎应喜，一脸敌意地盯着应喜。

应喜笑而不语，拉着陆何欢离开。

欧式风格的总警署办公室里，戈登正在整理桌上的文件。房门被轻轻从外面推开，穿着一身粉色洋装的玛丽悄悄走到戈登身后，猛地蒙住戈登的眼睛。

玛丽是戈登的外甥女，她是一个金发碧眼的混血女孩，鼻梁高挺，薄唇粉红，嘴角带着一丝邪气的媚笑，宛如一只高傲的波斯猫。

"猜猜我是谁？"玛丽调皮地眨眨眼睛。

戈登暴怒，以命令的口吻说道："是谁在警署还敢开这种玩笑？快放开我！"

玛丽放开戈登，委屈地努起嘴，"舅舅，你也太严肃了，本来想给你一个 surprise！"

"Mary，You come back！"戈登一见玛丽，登时惊讶不已。

"舅舅，人家可是刚到家就来看你了。"

戈登拍拍玛丽的头，"怎么样？在国外过得好吗？"

玛丽点点头，"还不错，就是特别想念舅舅。"

戈登一听显得颇为受用，宠溺地刮了一下玛丽的鼻子，"知道了，想吃什么？舅舅晚上请你吃大餐。"

"不用吃大餐了，妈妈叫你晚上去家里吃。"

"好，舅舅忙完就过去。"

玛丽点点头，片刻，她眼珠一动，似乎想起什么，"对了舅舅，我刚刚跟一个佣人吵了几句，她说要去警署告我。"

"没事，舅舅会处理。"戈登脱口而出。

"谢谢舅舅。"玛丽说罢，高兴地离开。

天色正好，警署办公楼的雕花小窗半开着，洒了一地的莹莹亮光。

包瑢拿着材料从法医室出来，在走廊上迎面遇见陆何欢。陆何欢冲包瑢点点头，"小瑢。"

包瑢微微一笑，蓦地，她想起什么，"何欢，听说玛丽也从美利坚留学回来了。"

陆何欢不以为意地点点头，"哦。"

包瑢犹豫着开口，"记得上中学的时候，她也一直追求你……"

陆何欢笑笑，"那都是很久以前的事了，不要再提了。"

"你知不知道玛丽跟戈登的关系？"

"什么关系？"

包瑢刚要说话，走廊尽头突然传来一个女人的哭声，二人循声望去，只见一个佣人模样的女人一边哭，一边直奔包康办公室。

这个女人不是别人，正是玛丽的佣人田姐。田姐三十多岁，长得落落大方，头上盘着一丝不乱的发髻，但她身上的衣服却破陋不堪，露出道道血痕。陆何欢和包瑢见了不禁一愣，不知田姐到底遭遇了什么。

一个警员跟在田姐身后阻拦，"这位大姐，你等等……"

田姐不顾阻拦，一边继续向前走去，一边执拗地开口道，"我要找警署署长讨说法，有钱人就可以不把人当人吗？"

陆何欢朝包瑢示意，"看看怎么回事。"

包瑢点点头，和陆何欢一起跟了上去。

第六十四章　身陷囹圄

田姐冲进包康办公室，直接跪倒在包康面前，"署长大人，请你给我做主。"

"怎么回事？"坐在椅子上打盹的包康顿时吓了一跳。

门外的警员闻声跑进来解释，"包署长，这个人说她被雇主殴打虐待，要告雇主。"

田姐撸起袖子展示自己身上的伤痕，"署长大人，你看我身上的伤，都是她用鞭子打的，就因为水果里有一条虫，就把我打成这样，洗水果又洗不到里面，我怎么知道水果里有虫呢！"

走廊上，陆何欢跟包瑢站在门口看着包康。

"这也太不讲道理了，到底是哪户人家竟然这么可恶！你别怕，我给你做主！"包康有些动怒。

"是苏寿山家，打我的人是她的女儿玛丽。"

包康闻之一惊，心想玛丽是戈登总督察长的外甥女，要是受理了这件案子岂不是会得罪戈登？想到这，他冷下脸，向警员示意，"把这个疯女人给我轰出门去。"

"啊？"警员一怔。

包康不耐烦地催促，"啊什么啊？还不快把她轰走。"

田姐没想到包康翻脸堪比翻书，难以置信地张了张嘴，"署长大人，你不是要给我做主吗？"

包康避开田姐直视的目光，装腔作势地咳嗽了一声，"拿了雇主的钱，不好好伺候雇主，还要在这里无事生非，轰你出去算照顾你了，再无理取闹，小心抓你坐牢。"

"署长大人……"田姐不服气。

警员上前作势要拉走田姐。

陆何欢走上前拦住警员，转而看向包康，"包署长，有人报案就该受理，为什么要把报案人轰走？"

"你知道她要告的人是谁吗？"包康眯眼看着陆何欢。

"不管是谁，都要按照程序接下案子调查。"陆何欢一身正气凛然，他扶起田姐，"这位大姐，请你跟我去审讯室做笔录，我要了解详细情况。"

田姐点点头，在陆何欢的搀扶下离开。

"这块木头！"包康气急败坏。

陆何欢迅速地了解案情的原委，然后拉着应喜一起奔向玛丽家。

陆何欢疾步走到苏府门口，应喜不情不愿地跟过来，"陆何欢，我觉得这件事最后会费力不讨好。"

"什么费力不讨好？"陆何欢不明所以。

"就算我们现在抓了人，她也不会被定罪，反而我们两个会被罚。"

陆何欢倔强地抿了抿嘴，"我就不信他们能颠倒黑白。"

应喜见陆何欢不撞南墙不回头，无奈地拖着长音，"作为好兄弟，那我就陪你试试，看看他们是怎么颠倒黑白的。"应喜说完抬手敲门。

片刻，一个佣人打开门，好奇地看着应喜跟陆何欢，"请问你们找谁？"

应喜掏出证件，"我是旧闸警署探长应喜，这位是警员陆何欢……"他话还没说完，玛丽听见陆何欢的名字便跑过来。

"何欢，真的是你！"玛丽看见陆何欢一脸惊喜。

陆何欢冷着脸，开门见山地说道，"玛丽小姐，有人告你虐待，请你跟我们去一趟警署协助调查。"

"警署？"玛丽不解，"调查什么？"

"你对佣人田姐做了什么，你应该最清楚不过。"陆何欢冷言冷语。

玛丽微微一怔，想起自己对田姐施加的暴行。

今天一大早，田姐正在勤勤恳恳地擦地。忽然，门铃声响起，她赶紧放下拖把，跑去开门。

玛丽拖着箱子走进房间，她鄙夷地瞟了一眼田姐，把箱子推给她。

田姐毕恭毕敬地接过箱子，"大小姐，你回来啦？"

"我回来还用向你汇报吗？"玛丽语气不善。

田姐唯唯诺诺地低下头，"是。"

"傻站在这干什么？还不把箱子送到我房间去！"玛丽不知道哪儿来的火气。

"知道了，大小姐。"

田姐抱着箱子跑上楼，玛丽不满地瞪了一眼田姐，忿忿地坐在沙发上。

片刻，田姐跑下楼，将水果盘端过来。玛丽随手拿起一个苹果，刚咬了一口，就发出一声刺耳的尖叫。

田姐慌了神，"怎么了大小姐？"

玛丽气急败坏地将苹果砸在田姐头上，"Shit！你是干什么吃的？苹果里面有虫子还给我吃！"

"大小姐，我怎么可能知道苹果里会有虫呢？"田姐一脸委屈。

玛丽暴躁地站起身，"好啊，你还敢顶嘴，真该好好教训教训你！"玛丽说着抄起墙上挂着的一条马鞭，狠狠抽打田姐。

田姐吃痛，一边哭，一边求饶，"大小姐，求你别打了。"

玛丽不理田姐，继续狠狠抽打田姐。田姐被打得蜷缩在地上，痛叫不已。

想到这，玛丽缓过神，慌忙向陆何欢解释，"何欢，你听我解释，那个佣人真的很没规矩，我只是象征性地教训了她一下……"

不待玛丽说完，陆何欢冷着脸，拿出手铐给她铐上，"有什么话回警署再说吧。"

"哎，何欢，你这是干什么？你们的总督察长是我舅舅……"玛丽没想到陆何欢真会带她去警署，一脸惊恐，"何欢，你弄疼我了……"

陆何欢不为所动，押着玛丽离开。应喜无奈地叹了口气，跟在二人后面。

天色尚早，大街上人来车往，甚是热闹。应喜、陆何欢带着玛丽走向警署。

陆何欢的手跟玛丽的手拷在一起，玛丽故意靠近陆何欢，"何欢，好久不见了。"

"没想到会以这种方式见面。"陆何欢始终冷着脸。

"这都是误会，我舅舅是总督察长，到了警署误会自然会解开。"

陆何欢侧脸看了一眼玛丽，"我相信法律是公正的。"

玛丽厚颜无耻地笑笑，"法律当然是公正的。"

陆何欢想起什么，一本正经地看向玛丽，"玛丽，有件事希望你能如实回答我。"

"什么事？"

陆何欢稍一停顿，"柳似雪的母亲是怎么死的？"

玛丽一怔，笑意登时僵在脸上，有些慌乱地低下头，"是，是凌嫣杀的。"

"怎么杀的？"陆何欢眼神犀利地盯着玛丽。

"是凌嫣她，她拿着毒蛇要杀我们，结果杀错了人……"玛丽支支吾吾。

陆何欢不信，追问道，"凌嫣怎么可能要杀你们？那天到底是怎么回事？"

二人说话间，应喜好奇心大发，默默盯向玛丽。

玛丽将头转向一边，"那么长时间了，我哪记得住……"

"你仔细想想。"陆何欢紧咬不放。

"我想不起来了。"玛丽有些急躁。

陆何欢有些激动地拉着玛丽，"你好好想想……"

玛丽一把甩开陆何欢，"我真的想不起来了！"

陆何欢还要说些什么，却被身旁的应喜拉住。

应喜拍拍陆何欢的肩膀，"算了，人家想不起来了，时间太久了。"

陆何欢有些不甘心地叹了口气。

玛丽见陆何欢不再追问，暗暗松了口气。

夕阳西下，旧闸警署笼罩在蒙眬的暮色中。

陆何欢跟应喜站在包康面前，认真地汇报案情。

"报告包署长，田姐遭虐打案件事实清晰，证据确凿，嫌疑人玛丽已经被抓捕归案……"

包康抬手打断陆何欢，"放人。"

陆何欢一时没反应过来，"田姐已经走了。"

包康咬咬牙，竭力压抑住心中的火气，"听不明白我的话吗？我叫你现在、立刻、马上，无罪释放玛丽小姐。"

"包署长，这件案子事实清晰，证据确凿，玛丽也已经承认确实打过被害人田姐……"陆何欢不服气。

包康不待陆何欢说完，狠瞪了他一眼，"玛丽是总督察长戈登的外甥女，现在总督察长亲自出面保释玛丽，你不放人还想怎么样？"

一旁，应喜看了看包康的脸色，拉住陆何欢的胳膊，低声提醒，"何欢，算了。"

陆何欢气不过，情不自禁地大着嗓门，"凭什么算了！王子犯法与庶民同罪，何况玛丽只是总督察长的外甥女！"

话音刚落，戈登带着两名警卫突然推门进来。

戈登怒视着陆何欢和应喜，朝警卫示意，"把这两个滥用职权的警员给我抓起来！"

应喜和陆何欢有些不知所措。

尽管夜已经深了，但陆家仍是灯火通明。陆祥在客厅里来回踱步，林芝坐在沙发上抹眼泪。

陆祥停下来，不耐烦地发起牢骚，"慈母多败儿，现在哭有什么用？"

林芝皱起眉头，"这件事明摆着就是那个总督察长公报私仇，儿子是秉公办案，他凭什么就给儿子强加一个滥用职权的罪名？"

陆祥气急败坏地拿手指点点林芝，"你呀你，就是你这种想法教坏了儿子，在这个社会上，没有绝对的对错，拼的就是权势地位，何欢这小子就是不懂变通！一根筋能闯天下？闯祸还差不多！"

"这是什么世道啊，太不公平了！"林芝哭得越发伤心。

"行了，别哭了！"

"那你倒是想办法救儿子出来啊！"

陆祥无奈地叹口气，"只能我豁出这张脸，明天去求求总督察长了。"

阳光透过通风窗照进狭窄的牢房，几个身材魁梧的囚犯正坐在各自的床上等待放风。门外突然响起脚步声，一名警员将牢门打开，囚犯们纷纷一脸不善地看向门口。

"应探长，何探员，不好意思，你们进去吧。"警员一脸歉意。

片刻，应喜跟陆何欢抱着洗漱盆出现在牢房门口，二人都身着囚服，脸上没有一丝神采。

警员待应喜跟陆何欢走进牢房，重新锁好牢门，转身离开。

领头的囚犯向床边靠了靠，坏笑着示意其他几名囚犯，"是两位警官，好好招呼招呼。"

其他囚犯会意地笑笑。

应喜找到自己的床铺，刚要坐下，一个脸上带着一道疤的囚犯便将应喜的被子扔到地上。

应喜气恼，怒视带疤囚犯。带疤囚犯不仅不犯怵，反而阴阳怪气地挑衅应喜，"怎么？以为你在这里面也是探长吗？"

应喜忍住怒火，"把被子给我捡起来。"

"哟，探长生气了……哈哈哈……"囚犯们一阵嬉笑。

应喜咬着牙，暗暗攥紧拳头。

这时，陆何欢走过来，一边帮应喜捡被子，一边劝慰，"算了，我帮你捡。"陆何欢说着准备抓起被子，一个独眼囚犯过来，一脚踩

504

在被子上。

"给老子把脚拿开。"应喜怒火中烧。

独眼囚犯不屑地笑笑，"看来你还不清楚这里的规矩。"

应喜握紧拳头，作势要动手。陆何欢赶紧拉住应喜的胳膊，压低声音，"算了，不要惹事，我们去那边。"

应喜咬咬牙，跟陆何欢向角落走去。不料，一个秃头囚犯突然伸出脚绊应喜，应喜一个趔趄就要摔倒，陆何欢赶紧扶住应喜。

应喜忍无可忍地咬咬牙，"没完了是不是？你们以为老子是好惹的？"

领头囚犯见应喜不服，恶狠狠地瞟了他一眼，朝同伴示意，"看来得让这位警官知道，在这谁才是老子！给我打！"

话音刚落，带疤囚犯一拳打向应喜。

陆何欢眼疾手快挡在应喜面前，抓住带疤囚犯的手腕，厉声警告，"别欺人太甚。"

几名囚犯一听哈哈大笑，摩拳擦掌着向陆何欢跟应喜靠近。应喜跟陆何欢背靠背，做好备战准备。

囚犯们冲过来，与二人打斗在一起。带疤囚犯揪住陆何欢的衣领，应喜趁机挥拳猛击对方腹部，带疤囚犯不得不放开陆何欢。秃头囚犯一脚踹向应喜，陆何欢看准时机对准他另一条腿一个扫堂腿，秃头囚犯应声倒地。

领头囚犯没想到二人战斗力惊人，忙不迭地从床下拿出几根铁棍，恶狠狠地朝同伴叫嚷，"给我抄家伙！"

陆何欢一见铁棍，登时又惊又怕，"牢房里面竟然还有武器？你这个探长是怎么管理的！"

应喜不可置信地张了张嘴，"等老子出去一定好好整顿牢房。"

陆何欢咬了咬牙，"能出去再说吧！"

二人说话间，囚犯们纷纷拿起铁棍，向应喜跟陆何欢围攻过来，劈头盖脸地袭击二人。

陆何欢和应喜互帮互助，却敌不过铁棍的攻击，最终还是被众囚犯制服。

应喜跟陆何欢被囚犯们按住，领头囚犯慢慢走过来，饶有兴致地看着二人，"把头抬起来。"

二人不抬头，囚犯们抓着二人的头发强迫二人抬起头。

"竟然还都是美男子，这里多长时间没来这么好的货色了。"领头囚犯看着应喜和陆何欢，一脸邪笑，他转而看着身旁的同伴，"这回咱们可以尝尝鲜了。"

陆何欢和应喜一听，震惊对视。

第六十五章　逢凶化吉

一大早，陆祥在林芝的胁迫下，硬着头皮来到戈登办公室前。

陆祥深吸一口气，刚想敲门进去，却发现房门虚掩。他想了想，从门缝向里面窥视。

办公室里，玛丽正拉着戈登的胳膊，缠着戈登为陆何欢求情。

"舅舅，我从中学就一直喜欢何欢，现在想讨好他还来不及，你还要定他的罪！"

"我的外甥女天生丽质，怎么还要讨好别人？"戈登有些不满。

"舅舅，何欢长相英俊又有才华，我们学校好多女同学都喜欢他。"玛丽说着搂住戈登的脖子，"舅舅，你就放了何欢吧，这样我还能向他讨个人情。I'm begging you。"

戈登想了想，宠溺地拍拍玛丽的头，"OK，舅舅答应你，就放过陆何欢。"

"Thanks，舅舅。"

站在门口窥视的陆祥将一切尽收眼底，高兴离开。

牢房里，应喜跟陆何欢以趴在墙上的姿势被几名囚犯死死按住，二人动弹不得，惊慌不已。

"你们想干什么？不要胡来，这是警署的牢房！"陆何欢厉声警告众囚犯。

领头囚犯不屑地耸了耸肩，"哈哈哈……"

应喜挣扎着回头怒视领头囚犯，"你敢！"

"没错，我敢！"领头囚犯说罢，搓着手，一脸坏笑地向应喜靠近。

陆何欢看看应喜，咬了咬牙，"等等！"

领头囚犯一怔，转而看向陆何欢。

陆何欢心一横，闭上眼睛，"别碰他，冲我来！"

领头囚犯捏了捏陆何欢的下巴，"好，就满足你的愿望。"他说罢淫邪地舔了舔嘴唇，将手伸向陆何欢。

应喜不忍地看向陆何欢，一咬牙，"混蛋，有本事冲我来，别碰他！"

"好啊……"领头囚犯一脸淫笑。

陆何欢不忍应喜受辱，一咬牙，"别听他的，冲我来！"

"别碰他，冲我来！"应喜坚持。

"应探长，别争了，让他们冲我来吧！"

"知道叫我探长就听我的，来，冲我来！"

领头囚犯受不了二人争来争去，不耐烦地大喊，"别争了，都给我闭嘴！"

应喜跟陆何欢同时看向领头囚犯，一脸期待地齐声问道，"你改变主意了？"

领头囚犯点点头，"没错。"

应喜跟陆何欢各自松了口气。

"你们两个一起来。"

领头囚犯说完，应喜和陆何欢登时傻眼。

领头囚犯朝身旁的同伴示意，"把他们两个扒光！"

囚犯们开始动手脱应喜跟陆何欢的衣服，二人死命挣扎。

应喜急了，扯着嗓子大喊，"来人！狱警呢！你们是干什么吃的！来人！"

陆何欢一边挣扎，一边示意众囚犯，"你们冷静点，别这样！"

片刻，应喜跟陆何欢的衣服被扯开，露出白花花的后背。

"放开我，放开！"应喜声嘶力竭。

陆何欢涨红了脸，"放开！"

领头囚犯见二人仍在挣扎，嘴角挤出一丝冷笑，"省省吧，就算你们喊破喉咙也不会有人来救你们。"

几个囚犯开始撕扯应喜跟陆何欢的裤子，二人拼死挣扎，却敌不过囚犯们人多势众，二人的腰带被扯下来，裤子同时掉下，露出相同的四角底裤。

囚犯们微微一怔，随即爆笑，"他们竟然穿一样的，哈哈哈……"

应喜和陆何欢窘迫不已。

领头囚犯呵斥囚犯们，"傻笑什么？动手啊！"

囚犯们点点头，几双手同时伸向应喜跟陆何欢的底裤，危急关头，牢门突然被狱警打开。

狱警见状，呵斥囚犯们，"你们在干什么？"

囚犯们老老实实地站在一边。

狱警恭敬地看向衣服破烂、只穿着底裤的陆何欢跟应喜，"应探长，陆探员，你们可以走了。"

"什么？"应喜喜出望外。

"总督察长下令，放了你们。"

陆何欢和应喜对视一眼，高兴地拥抱在一起。

囚犯们面面相觑，有些恐惧。

应喜意识到失态，赶紧放开陆何欢，他穿好裤子，眼神阴狠地盯着囚犯们。

囚犯们惊慌，纷纷跪倒在地，"探长饶命！"

应喜冷眼一翻，"我不会要你们的命……"

囚犯们松了口气。

应喜怒气冲冲地看了看狱警，话锋一转，"给我把这几个畜生阉了。"

囚犯们大惊，纷纷护住下体，"探长饶了我们吧！"

陆何欢拉住应喜，"算了，我们是警务人员，不可以这样，走吧。"

囚犯们感激地冲陆何欢连连作揖，"谢谢警官，谢谢警官……"

应喜被陆何欢拉到门口，他不甘心地转头看向囚犯们，"你们几个，给我互踢下体一百次，否则我跟你们没完！"

几个囚犯面面相觑，犹豫着站起来，两两面对面站着，看看对方下体，又看看自己下体，苦着脸咬了咬牙。

应喜拉着陆何欢离开。二人身后，传来此起彼伏的哀叫声。

天色尚早，霜喜侦探社就已经关门了。柳如霜一脸焦急地坐在办公桌前，时不时看向门口。

508

过了半晌，白玉楼匆匆跑进来，"霜姐，不用了。"

"什么不用了？"柳如霜一脸不解。

白玉楼拿起桌上的水一饮而尽。

柳如霜着急地站起来，"哎哟，白白，你要急死我了！"

白玉楼喝完水，放下水杯，接过方才的话头，"不用想办法救应喜跟陆何欢了，他们已经被放出来了，现在都回警署上班了。"

"不是说他们滥用职权吗？"

白玉楼不以为意地翘起兰花指，"黑的白的，那还不是一句话的事。"

柳如霜懊恼地挠挠头，"美救英雄这事又泡汤了！"

灿烂的阳光洒在陆何欢和应喜肩头，二人步履轻快，踏进警员办公室。

警员们看见二人纷纷高兴不已，光头忙不迭地迎上去，"应探长，何欢，你们可算出来了，我们都要联名去保释你们了。"

陆何欢听了有些动容。

应喜哈哈一笑，"兄弟们的情谊我跟何欢领了，晚上让何欢请大家喝酒。"

"你也是当事人，为什么你不请？"陆何欢斜了应喜一眼。

应喜嬉笑着搓搓胡子，"我是给你一个讨好大家的机会。"

一番话引得众人哄堂大笑。

光头想起正事，往二人近前凑了凑，"应探长，何欢，听说这次你们惹到了戈登总督察长，包署长应该不会蹚这趟浑水吧？到底是谁把你们救出来的？"

陆何欢摇摇头。

这时，玛丽突然推门进来，接过方才的话茬，"当然是我。"

众人纷纷看向玛丽，玛丽冲陆何欢笑笑。

"你？"陆何欢不可置信地看着玛丽。

玛丽傲笑着点点头，"何欢，我救了你一次，你怎么也要请我吃个饭，表示一下吧？"

陆何欢不好拒绝，犹豫着点点头，"好啊。"

"那就今晚五点一刻，明月酒楼，不见不散。"玛丽高兴不已。

陆何欢点点头。

玛丽开心地冲陆何欢摆手，"那我先走了，Bye。"

"Bye。"

玛丽转身离开，应喜不解地看着陆何欢，"你们两个年龄相当，怎么还要拜一下？"

陆何欢被应喜逗笑，耐心地解释，"Bye 是英文，再见的意思。"

应喜尴尬地皱起眉头，"再见就再见，好话不会好好说，甩什么洋词儿。"

"应探长，晚上陪我去赴约吧。"陆何欢脸上挂着无奈地笑。

应喜慵懒地坐在椅子上，"不去，我看不惯这种有钱人家大小姐的做派。"

"我也看不惯，所以才要你跟我一起去。"

应喜不明所以地看向陆何欢。

陆何欢神秘地笑笑，"到饭店以后你就装病，这样我们就可以趁机离开了。"

"我为什么帮你？"应喜还是不愿意。

"今晚酒管够。"

"成交。"美酒当前，应喜没有一丝犹豫。

傍晚时分，陆何欢和应喜一起来到明月酒楼。

餐桌上摆满山珍海味，陆何欢、应喜和玛丽围坐在桌前。

玛丽白了应喜一眼，面露不满，"'欢喜神探'破案的时候在一起也就罢了，没想到连吃饭睡觉都在一起。"

应喜笑嘻嘻地看看玛丽，又看看陆何欢，"你们聊你们的，可以把我当空气。"

玛丽笑了笑，"好啊，你吃你的，我们把你当空气。"

说话间，应喜肚子突然叫了一声，他不好意思地笑笑，"那我就不客气了。"应喜说完，开始大快朵颐。

桌下，陆何欢偷偷用脚踢应喜，低声提醒，"快点装病啊。"

应喜一边吃，一边含糊不清地低声回应，"这么好的东西，不吃糟蹋了。"

"你能不能有点出息！"陆何欢懊恼。

"出息值几个钱，这顿饭要你一个月工资，不吃白不吃。"

玛丽笑着看向二人，"你们在嘀咕什么？"

陆何欢尴尬笑笑，"没什么，我就是问问应探长好不好吃。"

玛丽赶紧夹起一个鲍鱼放在陆何欢的碗里，"自己尝尝不就知道了？"

陆何欢愈加尴尬地笑笑，有些不知所措地拿起筷子吃菜。

席间，玛丽一直含情脉脉地盯着陆何欢，盯得陆何欢浑身不自在。

玛丽故作矜持地撩起耳边的头发，"何欢，你记不记得中学的时候，我们还做过一次同桌？"

陆何欢摇摇头，"我记得我一直跟凌嫣同桌。"

玛丽脸上闪过一丝不快，随即整理好情绪，"那你还记不记得，有一次我们去春游，有一条蛇差点咬到我，是你救了我。"

"是吗？我不记得了。"

玛丽含情脉脉地微笑，"没关系，我记得就行了。"玛丽说罢，继续眼神炙热地盯着陆何欢。

陆何欢被盯得如坐针毡，忍不住用脚偷偷踢应喜，暗示应喜装病，"应探长，再不行动我顶不住了。"

应喜会意，赶紧将嘴里的东西咽下，接着往后一倒，口吐白沫。

应喜逼真的演技让早有准备的陆何欢也吓了一跳，陆何欢慌忙扶住应喜。

玛丽大吃一惊，看向陆何欢，"怎么回事？"

陆何欢假装着急，"玛丽，真对不起，应探长旧疾犯了，我现在送他去医院。"

"我跟你一起去吧？"

"不用了，你慢慢吃，我先走了。"陆何欢说完，一个"公主抱"抱起应喜，快步离开。

"哎，何欢，何欢，何……"玛丽一时没反应过来，气急败坏地猛拍桌子，却不小心拍到菜里，被菜汤溅了一脸一身。

夜色蒙眬，宿舍里静悄悄的。应喜和陆何欢躺在床上，各自想着心事。

应喜似乎想到什么，笑嘻嘻地调侃陆何欢，"刚走了一个柳似雪，又来了一个玛丽，陆何欢，盯着你的女人也太多了，你小子艳福还真不浅。"

陆何欢无奈地皱起眉头，"应探长，你就别取笑我了，这算哪门子艳福。"

应喜饶有兴致地翻过身，看着陆何欢的侧脸，"陆何欢，跟你商量件正经事。"

"说吧。"陆何欢一脸认真。

"你身边的烂桃花太多，想要尽快解决这些烂桃花，只能尽快确定另一半，经过我长时间细致入微的观察，我觉得只有小瑢最合适。"

陆何欢瞪了一眼应喜，"这也叫正经事？"

应喜急了，紧盯着陆何欢，"终身大事当然是正经事，你看，小瑢才貌双全又贤惠，而且是包署长的亲妹妹，如果你娶了小瑢，后面一定仕途通达。"

陆何欢不耐烦地翻过身，背对着应喜，"应探长，我求求你，有空还是想想自己的正经事，别一天到晚替别人瞎操心。"

应喜看着陆何欢的后脑勺，"陆何欢，你能不能尊重一下我，有用后脑勺跟人谈正经事的吗？"

"对不起，应探长，你的正经事我不感兴趣，我要睡觉了。"

应喜不服气地用拳头在陆何欢头上比划一下，然后压住脾气，心平气和地继续劝慰，"哎，有机会还是要试试的，小瑢不错，你可以多接触一下，没坏处的。"

陆何欢语气中充满无奈，"你就别操心了，我谁也不想接触，有时间我还不如去帮凌嫣收拾房间。"

"你还在帮她收拾房间？"应喜讶然。

陆何欢点点头，"凌嫣爱干净，等她回来会住得舒服些。"

应喜愣了愣，"她不会回来了。"

"乌鸦嘴！凌嫣一定会回来！"陆何欢恼怒。

应喜咂咂嘴，摇摇头，"你真是没得救了。"

"有救我也放弃治疗。"

应喜见陆何欢死心眼，低声犯起嘀咕，"不能指望这块木头开窍，还是我来想办法吧。"

陆何欢闭着眼睛警告应喜，"我警告你，别乱搞事情。"

应喜白了一眼陆何欢，不再说话。

第六十六章　爱侣魂销

翌日一早，应喜来到警员办公室，趴在桌上认认真真地写了两封情书。

应喜将其中一封情书折好交给站在一旁的光头，不放心地叮嘱，"任务艰巨，不得有误。"

光头敬了个礼，"是！"他接过情书飞快跑开，在门口撞上刚刚进来的陆何欢。

应喜见陆何欢进来，赶紧将另一封情书放在陆何欢的椅子上。

光头点点头，"何欢。"

陆何欢奇怪地看着光头，"什么事这么着急？"

应喜生怕光头露馅，赶紧岔开话题，"我让光头送点东西，光头，你快去吧。"

"知道了，应探长。"光头说完，赶紧跑开。

陆何欢走进来，直接坐在椅子上，并未注意那封信。

应喜盯着椅子，着急地向陆何欢示意，"你的椅子上好像有东西。"

"什么东西？"陆何欢站起来，拿起椅子上的信，只见信上的落款是包瑢。看到这，陆何欢感到有些奇怪，"小瑢？离得这么近干吗写信？"

陆何欢打开信，微微皱眉，"死生契阔，与子成说。执子之手，与子偕老。"

应喜在一旁假装吃惊，"想不到小瑢主动向你表白了？何欢，你要珍惜眼前人啊！"

陆何欢怀疑地盯着应喜，"应探长，这不是小瑢的风格……"他顿了顿，"倒很像你的风格。"

应喜听得出陆何欢话里有话，清了清嗓子，故作事不关己地看向别处。

法医室里，光头站在包璐面前，包璐正看着手里的情书。

"死生契阔，与子成说。执子之手，与子偕老……陆何欢……"

包璐有些激动地看向光头，"这封信是何欢让你给我的？"

光头挠挠头，"应探长没说是谁给的，只是让我以最快的速度给你送过来。"

"应探长？我就知道不会是他，替我谢谢应探长的好意。"包璐有些失落。

光头不明所以，犹豫着点点头，转身离开。

走廊上，应喜拦住光头，低声询问，"小璐那边怎么样？说什么了？"

光头笑笑，"她说让我替她谢谢你的好意。"

"谢我？"应喜一头雾水。

光头耿直地点点头。

突然，应喜意识到什么，盯着光头，"你说那封信是谁给的？"

"我说是你让我送去的，不知道是谁给的。"

"你这个笨蛋！"应喜懊恼不已。

光头莫名其妙地挠挠头，"我怎么了？"

应喜叹了口气，"算了，算了，看来我得打一套'组合拳'了……"

烛光下，陆何欢跟包璐面对面坐在西餐厅角落里。

片刻尴尬后，陆何欢跟包璐同时开口，"应探长约我……"二人说完不禁相视一笑。

这时，侍应端来一份心形牛扒，放在二人面前，"永结同心牛扒，二位慢慢享用。"

"永结同心？"包璐面上绯红。

"应探长真是的……"陆何欢也有些尴尬。

话音未落，一位小提琴手走过来，为二人拉起了浪漫的音乐。

侍者拿出一张纸，随着音乐念起情诗，"不要再冷眼观世间浮沉的时光，给彼此幸福与快乐的能量，他是你旧时梦中那倜傥的郎，爱他的心潮后浪推着前浪，多年后情意依然是今朝缠绵的模样，忘掉过去，牵起彼此的手走向幸福的小巷……"

陆何欢听得冷汗直冒，尴尬地看着包璐，"小璐啊……应探长他……"

包璐更加尴尬，"我知道……何欢，我们……"

陆何欢咽了口口水，"我们就当吃个便饭好了。"

包璐连忙点头，"好，好。"

二人尴尬地低头吃饭，不敢再看对方。

大白天，包璐正在法医室整理材料。

陆何欢走进来，"小璐，你找我？"

包璐莫名其妙地摇摇头，"没有啊。"

突然，房门被从外面关上，接着传来钥匙锁门的声音。

"好好聊天，好好培养感情，祝你们愉快。"应喜的坏笑声从外面飘进来。

陆何欢和包璐尴尬地齐声叫了一句，"应探长！"

应喜的脚步声渐渐消失。

屋子里，陆何欢和包璐手足无措地看着对方。

"你……"二人齐齐愣住，再次异口同声，"我……"二人终于不好意思地低下头。

陆何欢尴尬地打开窗户，"小璐，我从窗户爬出去。"

包璐赶紧拦住陆何欢，"危险，何欢。"

"没关系，我可以的。"

包璐见状，赶紧转移话题，"不如我们借着这个机会交流一下法医学？"

陆何欢一听眼前一亮，"好主意！"

包璐从柜子里拿出几本书，和陆何欢翻看起来。

皓月当空，苏州河波光粼粼，微风拂过，吹起一圈圈涟漪。

夜色中，陆何欢匆匆走到河边，片刻，包璐提着工具箱赶到河边。

包璐四下望了望，"何欢，尸体在哪？"

陆何欢摇摇头，"我也没找到，应探长说……"

突然，陆何欢和包璐同时看到河边有一个用蜡烛摆的心形，蜡烛中间立着一块木牌，借着烛光可以看见上面写着"小璐，我爱你"。

二人尴尬不已。

陆何欢看看包璐，包璐羞涩地低下头。

陆何欢想了想，"小璐，这应该又是应探长做的。"

"那你呢？怎么想的？"包璐羞红了脸。

陆何欢沉默片刻，窘迫地开口道，"小璐，我心里只有凌嫣，我知道你是一个好女孩，但是我没有这个福气，我只把你当妹妹。"

包璐伤心地看着陆何欢，"妹妹？我知道了。"

包璐说完，转身哭着跑开。

陆何欢看着包璐的背影，欲言又止。

这时，应喜从暗处走出来，恨铁不成钢地看着陆何欢，"你也太无情了吧？小璐多好的女孩子，被你伤成这样！"

陆何欢瞪了一眼应喜，"都是你没事找事，如果没有你的撮合，也不会给小璐希望，她也不会这样伤心！"

应喜情不自禁地叹了口气，"我还不是为了你好。"

"为了我好就帮我找到凌嫣，而不是乱点鸳鸯谱！"陆何欢不领情，生气地离开。

应喜沉默片刻，追了上去。

天色已晚，包璐还未回家。

包康忧心忡忡地坐在沙发上，不时瞟一眼挂钟，"怎么还没回来……"

突然，房门被推开，包璐哭着跑进自己的房间。

包康赶紧跟过去，"小璐，出什么事了？"

包璐不说话，只是趴在床上流泪。

包康急得直皱眉头，"你倒是说话啊，谁欺负你了？"

包璐含泪摇摇头，"哥，你让我一个人静一静好吗？"

"是不是陆何欢那小子欺负你了？"包康猜测。

包璐站起身，哭着往外推包康，"是我自己的事，跟任何人都没关系，哥，我就是想一个人待一会儿。"

包璐把包康推出房间，倚在门上泪流满面。

夜色阑珊，包康怒气冲冲地来到应喜宿舍门口，他一脚踹开宿舍门，正在吃饭的陆何欢和应喜吓了一跳，愣愣地看向包康。

"包署长……"陆何欢跟应喜齐声叫了一句。

"陆何欢，你还有心情吃饭！我问你，你到底把小璐怎么了？"

陆何欢神色暗下来，站起身向包康道歉，"对不起，包署长，都是我的错。"

应喜明白过来，挡在陆何欢面前，"包署长，这事不怪何欢，都怪我从中撮合，才给了小璐希望，要是没有希望就不会失望。"

包康怒不可遏，走过去一脚踹翻二人的餐桌，"我让你们吃！去，给我刷厕所！"

"什么时候？"二人异口同声地问道。

"现在，立刻，马上！"

"还是用牙刷刷吗？"陆何欢试探着问道。

"用手指！"包康怒火愈盛。

应喜埋怨地瞪了一眼陆何欢，"多嘴！"

"滚！"包康怒吼。

应喜跟陆何欢立正，"是！"

二人小跑着离开。

红日冉冉升起，阳光透过凌嫣旧宅破烂的窗格洒在地上，床铺的纱帘不知被谁放下，透过纱帘，隐约可见一个女人优雅地躺在床上。

吱嘎一声，摇摇欲坠的房门被轻轻推开，陆何欢提着扫把走进凌嫣旧宅，他准备打扫老房子。

蓦地，陆何欢看见纱帘后仿佛躺着一个人影，他微微一怔，"凌嫣？"

陆何欢眼含热泪，激动地冲过去，"凌嫣，你终于回来了！"

陆何欢撩开纱帘，震惊地发现原来床上躺着的是一具女尸。死者颈动脉被利刃割开，身上的白色旗袍已经被鲜血染透。女人脸上被用刀刻满符咒，已经看不清她的本来面目。

陆何欢迟疑片刻，仓皇跑开。

两名警员守在旧宅门口。

屋子里，包瑢站在床前，为女尸尸检。应喜跟陆何欢站在一旁。

陆何欢惊魂未定，"早上我来帮凌嫣打扫房间，看见一个女人躺在床上，我以为是凌嫣回来了，撩起纱帘就看见了这具女尸。"

应喜同情地看着陆何欢，"希望，失望，一个早上都被你经历了。"

"房间的每个角落我都查看了，没有发现任何血迹和搏斗的痕迹，这里应该不是杀人现场。"陆何欢分析着。

应喜想了想，"别忘了，没有痕迹也可能是自杀。"

"谁会来凌嫣家里自杀呢？这一点说不通。"陆何欢眉头紧蹙。

"你多久没来过这里了？"

陆何欢想了想，"差不多半个月。"

二人说话间，包瑢轻轻转动女尸的头部，女尸的嘴角带着一抹诡异的微笑，面部被用刀刻满奇怪的符号，血肉翻张，可怖之极。

包瑢发现女尸右手握着一把匕首，枕边放着一块铜镜，铜镜上还滴着一些血迹。

包瑢将匕首和铜镜放进证物袋，递给陆何欢，"这里应该是第一现场，死亡时间大概在昨晚午夜十二点左右，死者脸上的符号，从刀法和伤口来看，应该是生前自己刻的，致命伤是脖子上的一刀，直接割破颈动脉。从这些情况看……像是自杀。"

应喜看着尸体染红的血衣，"她的血应该很快就流光了。"

陆何欢盯着尸体颈部伤口，接着眼神向下，突然，他发现了什么，直接抬起尸体右手腕仔细观察，惊讶地发现尸体的手腕上有一条陈旧的伤疤。

陆何欢突然想起凌嫣右手腕也有一个这样的伤疤，顿时大惊失色。

一旁，应喜不解地拍了拍陆何欢的肩膀，"怎么了？"

"没什么，尸体手腕上的疤痕跟凌嫣手腕上的疤痕有点像。"陆何欢心绪不宁。

包瑢见状，温声安慰，"别多想，只是巧合。"

陆何欢点点头，应喜却拧紧眉头，"如果是巧合，那么谁会死在凌嫣的家里呢？"

应喜翻了翻女尸身上的口袋，发现一张身份证，他看了一眼，见身份证被血染透，应喜擦了擦身份证上的血迹，发现上面写着"凌嫣"。

应喜一惊，迟疑着将身份证交给陆何欢。

陆何欢难以置信地看着凌嫣的身份证，"不会的，不会是凌嫣……"

应喜问询地看向陆何欢，"除了你，还有谁对凌嫣比较熟悉？"

"住在隔壁的凤婆。"陆何欢目光变得有些呆滞。

应喜向站在门口的警员示意，"去把凤婆叫来。"

陆何欢难以置信地盯着女尸，"不会是凌嫣，不会的……"

包瑢心疼地看着陆何欢，张了张嘴，却不知该如何安慰他。

片刻，一名警员将凤婆带来，凤婆一见女尸顿时大惊。

"凌嫣？怎么会发生这种事啊？"凤婆伤心不已。

应喜好奇地看着凤婆，"凤婆，你怎么知道她是凌嫣？"

凤婆指着尸体右手腕的伤疤，流下眼泪，"我认得她右手臂上的伤疤，那是小时候凌嫣淘气翻篱笆被竹子划破留下的，当时好大一个伤口……"

"最近你有没有见过凌嫣？"应喜追问道。

凤婆擦了擦眼泪，"有，昨晚我看见凌嫣穿着这一身白旗袍回来，我问她这些年去了哪里，她也不答话，只给我鞠了一躬……没想到……这孩子的命怎么就这么苦呢……"

陆何欢难以置信地盯着女尸，瞬间崩溃，"不是，你们撒谎，这个人根本就不是凌嫣！"

"陆何欢，你是一名警员，现在所有证据都指明死者就是失踪的凌嫣。"应喜表情坚决。

"我不信，你们骗我，你们骗我！"

陆何欢不顾应喜和包瑢的阻拦，冲了出去。应喜和包瑢眉头紧锁，不知所措地愣在原地。

入夜，应喜一个人躺在宿舍床上，他翻来覆去睡不着，索性起来站在窗前，看向窗外的漫天繁星。

繁星渐渐散去，天空泛起鱼肚白。

应喜两眼通红，依旧盯着窗外，陆何欢彻夜未归。

太阳渐渐升起，应喜穿上外套走出宿舍。

应喜焦急地走在路上，注意来往行人的面孔，寻找陆何欢。

另一边，柳如霜和白玉楼也匆匆走在街上，二人手里拿着陆何欢的照片，时不时停下询问路人，路人纷纷摇头。

晌午时分，应喜筋疲力尽地走进一家面馆，看见坐在角落里的白玉楼和柳如霜，他忙不迭地走过去坐在二人对面。

"找到了吗？"

柳如霜和白玉楼摇摇头。

白玉楼嘟着嘴，"线人也都放出去打听了，目前还没有何欢的消息。"

"我再去找找。"应喜脸上写满担忧。

柳如霜见应喜折腾了半天，心疼地提议，"喜哥，吃点东西再去找吧。"

"我吃不下，你们吃吧。"应喜说完，快步离开。

身后，柳如霜无奈地叹了口气。

暮色时分，应喜终于在一家小酒馆里找到了烂醉如泥的陆何欢。

应喜赶紧跑进酒馆，扶起陆何欢，"你怎么喝成这样。"

陆何欢甩开应喜，"你别管我，我要喝酒，喝酒！"

陆何欢说完，继续坐下喝酒。

应喜知道陆何欢借酒消愁，耐心地劝慰，"何欢，人死不能复生，我知道你难过，但是你不能作贱自己，你不光是个男人，也是一名警员，你只能节哀顺变振作起来！"

陆何欢不理会应喜，继续喝酒。

"别喝了，你已经喝得够多了。"

"我要喝酒，喝了酒我就什么都忘了，我就想不起凌嫣……"陆何欢说着哭了起来，"为什么我还能想起凌嫣？我还要喝，还要喝……"

应喜怒从中来，一把抢过陆何欢手中的酒瓶摔在地上，破口大骂，"陆何欢，你就是个懦夫！你给老子听好了！凌嫣已经死了，不管怎么样你都要面对现实，你这样不爱惜自己，不仅对不起死去的凌嫣，更对不起你爹娘！"

陆何欢痛哭失声。

应喜冷下脸，"包署长已经吩咐凌嫣死亡案要以自杀结案，既然你什么都不管，我只好自己回去处理了，今天就算我多管闲事了。"

应喜说罢，作势要离开。

陆何欢听闻包康要以自杀结案，情绪激动，一把拉住应喜，"等等！我跟你回去……"

应喜欣慰地点点头。

陆何欢眼神一凛，"我要彻查此案抓住凶手，决不能让凌嫣不明不白地就这么死了……"

第六十七章　桃花之劫

明媚的阳光照进玛丽的闺房，玛丽趴在松软的床上，手里拿着一张学生时代的合影。照片中，柳似雪、玛丽、宋晓婉、文慧围在陆何欢周围，但陆何欢却深情地看向站在角落里的凌嫣。这令素来爱慕陆何欢的玛丽心生醋意，她恶狠狠地盯着照片中的凌嫣，将凌嫣一点一点地撕掉。

"你早晚是我的。"玛丽一边抚摸着照片中的陆何欢，一边喃喃自语。

门外响起敲门声，玛丽慌忙将照片藏在枕头下。

玛丽的母亲正站在门外，端着一碗还冒着热气的粥，她是一个英国女人，眉眼间和玛丽有几分相似。

"玛丽，妈妈给你做了你最爱吃的蜜汁八宝粥。"

"我不吃！"玛丽一口拒绝。

玛丽母亲一双碧瞳泛起涟漪，"你已经两天没吃东西了，这样下去身体会受不了的。"

玛丽烦躁地皱起眉头，"你们不要管我了！"

"玛丽，你舅舅来看你了，不要耍脾气了。"

"Mum, I have said for several times！我不想吃饭，也不想见任何人，OK？"

玛丽母亲又是心疼又是担忧地叹了口气，"这孩子，自从跟那个叫陆何欢的男孩子吃了一顿晚餐，回来就把自己关在房间里不肯出来，也不肯吃东西。"

站在一旁的戈登安慰地拍拍玛丽母亲的肩膀，"让我跟她谈谈。"

玛丽母亲无奈地点点头。

戈登轻轻敲了敲门，"玛丽，舅舅想跟你谈一谈关于陆何欢的事……"他话还没说完，玛丽就将门打开，把戈登拉进房间，"舅舅进来，妈妈不许进来。"玛丽说罢重新将门关上。

玛丽母亲看着关上的房门，情不自禁地又叹了口气。

房间里，戈登怜爱地看着玛丽，"怎么了？有什么心事，跟舅舅说说。"

玛丽坐在床边哭诉，"舅舅，我喜欢何欢，我真的喜欢他，可是他好像对我没什么感觉。"

戈登拍拍玛丽的头，一脸宠溺，"傻丫头，哭什么，舅舅知道你的心意了。"

"舅舅，我想嫁给何欢，你一定要帮我。"

戈登笑笑，"好了好了，这件事舅舅会帮你做主。"

玛丽一听顿时破涕为笑，"谢谢舅舅。"

警署法医室房门敞开，包瑢正在给凌嫣的尸体做尸检。陆何欢站在一旁，脸上仍然挂着哀色。

过了半晌，包瑢开口道，"死者脸上的符咒，从伤口来看，应该是生前刻上去的。"

"是谁这么狠毒，如此残忍地对待凌嫣。"陆何欢嘴唇微微颤抖。

包瑢思忖片刻，费解地皱起眉头，"奇怪的是，从尸体表面完全看不出他杀的痕迹。"她顿了顿，指着尸体微微上扬的嘴角，"死者死前最后的表情是微笑，好像是能从死亡中得到解脱一样。"

一旁，陆何欢盯着凌嫣脸上的符咒出神。

"何欢，凌嫣会不会真的是自杀？"包瑢一番话如同一道闪电瞬间惊醒陆何欢。

陆何欢摇摇头，"不会，我不相信凌嫣会自杀，况且如果是自杀，她脸上的符咒又是谁刻上去的？"

话音刚落，应喜走进来，"可能是她自己刻上去的。"

陆何欢跟包瑢纷纷看向应喜。

应喜耸耸肩，接口道，"我已经查到这些符咒的含义了，这是一个古老的南洋邪咒，大致内容是天有天将，地有地祇，斩邪除恶，解困安危，如干神怒，粉骨扬灰。"

"那是什么意思？"包瑢一脸不解。

"阴年阴月阴日割颈自杀、脸上刻满符咒、身穿白旗袍、放干血——这就是失传已久的南洋邪术'血衣咒'，这是最恶毒的邪术，练这个邪术死的人，以后会不停地杀人。"

包瑢似懂非懂地皱起眉头，"你的意思是，如果凌嫣是自杀，那么她极有可能是受到了什么冤屈，所以才会以'血衣咒'结束生命，为的就是报仇？"她想了想，恍然大悟地接口道，"这样看来，我的推理很有可能是真的。"

"什么推理？"这回换应喜不解了。

"当初凌嫣沦为杀人犯可能确实有冤屈，所以选择自杀，但她又想找害她的人报仇，所以按照'血衣咒'的步骤去死，将报仇之事交给鬼神之说。"

应喜点点头，"你说的有点道理。"

二人说话间，陆何欢一直在旁皱眉沉思，脸上的哀色越发浓重。

时至正午，明月酒楼座无虚席，人头涌涌，但凭借戈登的权势和财力，老板还是为他预留了一间厢房雅座。

陆祥坐在厢房靠街的坐席上，一脸受宠若惊地看着坐在对面的戈登。二人中间摆满了山珍海味，但陆祥和戈登光顾着谈论正事，谁都没有动筷。

陆祥小心翼翼地试探道，"总督察长，您刚刚说的是真的？"

"当然，陆副署长，你的意思是……"戈登话音未落，陆祥就迫不及待地应下，"这简直就是天降的喜事，我自然高兴都来不及啊！"

戈登满意地点点头，"我只有玛丽这一个外甥女，非常疼她，我希望你能理解我的心情。"

陆祥点头哈腰，"理解，理解，您放心，我保证，玛丽嫁到我们家一定不让她吃一点苦。"

"你保证没有用，要让陆何欢保证。"

陆祥忙不迭地点点头，"是是，总督察长放心，今晚我就跟何欢说这件事。"

"三天之后，我们再谈订婚事宜。"

"这么快？"陆祥喜出望外。

戈登会错了意，以为陆祥觉得操之过急，"如果你觉得急了点，我们完全可以将订婚时间延后。"

陆祥一听连忙摆手，"不急不急，越快越好。"

陆祥披着满身午后的阳光，哼着小曲，一脸得意地走向警员办公室，却不小心和刚从办公室出来的包康撞个满怀。

"包署长，这么大人，走路怎么还不长眼睛呢？"陆祥底气十足。

包康看不惯陆祥，白了他一眼，"明明是你撞的我，你还有理了？"

陆祥冷哼一声，"我有重要的事，没工夫跟你吵。"

"你以为我有工夫跟你吵吗？"包康火气上来。

陆祥正要还击，忽然见陆何欢、应喜和包瑢从法医室走出来，他赶紧跑过去，"何欢，何欢……"

陆祥冲到陆何欢面前，"爹有重要的事跟你说。"

"爹，什么事啊？我还要查案。"陆何欢心系凌嫣的案子。

陆祥一脸兴奋地拉着陆何欢的胳膊，"天上掉下一个大馅饼砸在你头上，还查什么案！"

"什么馅饼？"陆何欢不明所以。

"玛丽跟你是同窗对吧？"

陆何欢点点头，"怎么了？"

陆祥瞟了一眼包康，故意提高音量，"他舅舅戈登总督察长亲自跟我谈了一下你们两个的事，我们决定，三天之后，谈你和玛丽的定亲事宜。"

包瑢闻之一怔，就连身旁的应喜都震惊地张大了嘴，"三天后？"

陆祥不满地看向应喜，"你有意见吗？"

应喜赶紧摇摇头，"没有，我是替何欢高兴。"

包瑢一脸失落。

陆祥见包康愣愣地杵在原地，心中暗暗得意。

陆何欢没想到从天而降一桩婚事，无奈地皱起眉头，"爹，你转告总督察长，这门亲事我不同意。"

"你小子是不是傻了？那可是总督察长的亲外甥女！"陆祥气急。

陆何欢板起脸，正色道，"爹，我的想法已经跟您说了，就算您私自答应这门亲事，我也不会娶玛丽的，到时候只会更难堪。"

"你……"陆祥气结。

"爹，我还有事要忙，先走了。"陆何欢说罢转身就走。

应喜冲陆祥点点头，跟着陆何欢离开。

包璇叹了口气，黯然神伤地跟在陆何欢身后。

包康幸灾乐祸地看着陆祥，说起风凉话，"原来是落花有意流水无情啊，陆副署长，我看你的攀权附贵梦未必做得成。"

陆祥一脸气急败坏。

天色将晚，霞飞路上人来车往，汽车的轰鸣声、自行车的叮铃声和商贩的叫卖声不绝于耳。

柳如霜坐在办公桌前，若有所思地双手托腮，望着窗外的天空。白玉楼坐在旁边，也双手托腮看着柳如霜。

柳如霜无意中发现白玉楼看着自己，心中一阵紧张，"白白，你看着我干吗？"

白玉楼有些慌乱地收回目光，"这屋里除了你也没什么好看的。"

柳如霜有些尴尬，赶紧转移话题，"我姐姐私奔的事搞得旧闸人尽皆知，我爹嫌丢人，不让我去警署，还说被他发现就会关了我的侦探社。"说到这，柳如霜郁闷地低下头，"也不知道喜哥最近怎么样，白白，你有什么消息吗？"

"哦。"白玉楼缓过神来，"我听说陆何欢一直喜欢的那个叫凌嫣的女人死了，他们正在调查这件案子。"

"凌嫣死了？"柳如霜讶然。

白玉楼见状愣了愣，"你认识她？"

柳如霜点点头，接着又摇摇头，"她是我姐姐的同学，比我高几个年级，我只知道她是我姐姐最讨厌的人，以前我姐姐总是找机会欺负她，后来，凌嫣记恨我姐姐，找了条毒蛇来，打算报复，结果毒蛇咬了我娘……"柳如霜顿了顿，语气有些黯然，"因为那条蛇的毒性太大，我娘当场就死了，后来凌嬷就不见了。"

"原来你娘是这样过世的。"白玉楼一脸同情。

柳如霜想起亡母，不禁感到心中一阵灼痛，她沮丧地低着头，"我娘在世的时候很疼我。"

白玉楼迟疑地开口，"你恨那个凌嬷吗？"

柳如霜叹了口气，"恨有什么用，我娘也活不过来了。"

白玉楼含情脉脉地看着柳如霜，"霜姐，你真善良。"

柳如霜叹了口气，黯然神伤。

白玉楼安慰柳如霜，"算了，都过去了。"

柳如霜点点头，"是啊，都过去了，只是我娘再也回不来了。"

白玉楼看着柳如霜，脸上写满心疼。

夜色蒙眬，林芝心事重重地靠在床边。片刻，陆祥哼着小曲走进卧室。

陆祥自顾自地躺在床上，"睡觉了。"

林芝看向陆祥，正色道，"我觉得这次不能再替儿子做主了，你还是听听他的意见。"

陆祥举手挺足地伸了个大懒腰，"听他什么意见？他说不娶难道还由着他？那可是总督察长的外甥女，多少人想攀还攀不上呢。"

"可毕竟这是儿子的终身大事，总要考虑一下他的感受。"

陆祥有点不耐烦，"何欢还小，不懂自己需要什么，等到了我这个年纪后悔就来不及了。"

林芝怒视陆祥，"你什么意思，后悔娶我啦？后悔当初没有攀龙附凤？"

陆祥无奈地咧咧嘴，"哎哟，怎么什么事都能扯到你身上呢！现在说的是何欢，他要是娶了玛丽，那戈登就是我们陆家的靠山，以后我跟儿子都会仕途通达。"

"我就是看不惯你这官迷的样子！"

"这不叫官迷，这叫上进心。"

林芝躺在床上，没好气地回了陆祥一句，"狗屁上进心。"

"你……"陆祥气结，但拿林芝没有丝毫办法，他不耐烦地关掉灯，"睡觉睡觉。"

月朗星稀，月光透过纱窗洒进警署宿舍。应喜和陆何欢并排躺在床上，二人毫无睡意。

应喜侧脸看向陆何欢，"你爹的话，你仔细考虑过吗？"

"什么话？"陆何欢面色凝重。

"关于你跟玛丽的亲事。"

陆何欢不说话，木木地摇摇头。

应喜沉默片刻，小心翼翼地端详着陆何欢，"何欢，以前有凌嫣牵绊，现在凌嫣已经死了，你是不是也应该考虑自己了？"

陆何欢脸色沉下来，"应探长，凌嫣现在尸骨未寒，我不想说这些事。"

"什么尸骨未寒，人死如灯灭，活着的人就要想活着的事。"应喜说着，用胳膊拐了拐陆何欢，"玛丽的舅舅是总督察长，对你的仕途很有帮助。"

陆何欢叹了口气，"说实话，凌嫣死了，我的心好像也跟着死了，不想再谈儿女私情了。"

应喜有些着急，"那可不行，人生苦短，你不能因为一个凌嫣，就看破红尘了啊。"

陆何欢赌气地翻过身，"可是我现在真的没心情想这些，你要是觉得玛丽好，我帮你去跟戈登总督察长说，你娶她好了。"

"算了吧，玛丽脾气暴躁心胸狭隘，还是小瑢更好一点。"应喜又故意把话题扯到包瑢身上。

"小瑢就不用我帮你介绍了吧？你可以自己去追。"

应喜瞪了陆何欢一眼，"傻小子，小瑢眼里心里装的都是你，我追她有什么用？"

陆何欢有些无奈，"应探长，我现在不想考虑这些，只想快点破案，找出杀害凌嫣的凶手。"

应喜苦口婆心地继续劝说陆何欢，"凌嫣的案子摆明了是自杀，你就不要在这件事上费心思了，还是多把心思放在感情的事上。"

陆何欢转过头，煞有其事地看着应喜的脸，"我觉得有兄弟情就够了。"

应喜笑了笑，"那倒是，兄弟情，比金坚。"

"没错。"陆何欢掷地有声。

少顷，应喜似乎想起什么，笑意顿敛，"那你打算怎么应付你爹？"

"我会去找玛丽说清楚，让她放弃跟我在一起的打算。"

"好，明天我陪你一起去。"

陆何欢嘴角露出一抹微笑，"睡吧。"

应喜微笑着闭上眼睛。

第六十八章　香消玉殒

翌日一早，陆何欢就派人约玛丽中午到百惠西餐厅吃饭。中午时分，陆何欢和应喜来到餐厅。玛丽还未到，陆何欢跟应喜坐在一张靠窗的桌子前，二人手上拿着英文的餐牌，侍应站在一旁。

应喜扫了一眼餐牌，情不自禁地摸着下巴，"这么贵！"

陆何欢侧脸看着应喜，"你又不认得英文，怎么知道贵？"

应喜白了一眼陆何欢，"我不认得英文，但我认得数字，你看这个6，后面就有两个0。"

"那是菜单编号，不是价钱。"陆何欢忍俊不禁，就连一旁的侍应都忍不住捂嘴偷笑。

应喜尴尬地挠挠头。

陆何欢见状，立马解围道，"不过这家店确实也不便宜。"

"反正也是要不欢而散，哪有心情吃东西，我看就点几杯猫尿算了。"

"什么猫尿，那是猫屎咖啡。"

"猫屎还不如猫尿呢，给我要杯水就行。"

陆何欢说不过应喜，无奈地向侍应示意，"两杯咖啡，一杯柠檬水。"

"请稍等。"侍应转身离开。

这时，玛丽高兴地推门进来，来到陆何欢对面坐下，"何欢，想不到你会主动约我。"

一阵浓烈的脂粉香气笼罩在玛丽周围，看得出她今天是精心打扮过的，衣装整洁，高跟鞋鞋面上没有一粒灰尘。

陆何欢敷衍地对玛丽笑笑。

应喜嬉皮笑脸地跟玛丽打招呼，"玛丽小姐，你好，我们又见面了。"

玛丽不屑地瞟了应喜一眼，"应探长还真是照顾下属，连何欢出来约会吃饭你都要贴身保护。"

应喜厚着脸皮点点头，"这是我应该做的。"

玛丽脸上的不屑转变为鄙视，"我看应探长破案不行，混吃混喝倒是很有一套。"

"玛丽小姐过奖了，不过后者确实是应某的强项。"应喜脸上仍然挂着微笑。

玛丽撇撇嘴，低声犯起嘀咕，"脸皮厚得真是可以。"

应喜笑笑，不以为意地补充道，"玛丽小姐，脸皮厚也是我的强项。"

"你……"玛丽刚想要发作，但看了一眼陆何欢，生怕在他面前失了淑女风姿，只好生生忍住。

玛丽狠狠瞪了应喜一眼，不再理会他，转而含笑看向陆何欢，"何欢，最近还好吧？"

陆何欢敷衍地点点头，"你也还好吧？"

"我很好啊，能见到你就更好了。"

桌底下，应喜偷偷踢了一脚陆何欢，低声提醒，"别兜圈子，直奔主题。"

陆何欢清了清嗓子，"玛丽，你舅舅找过我爹说我们俩的事……"

玛丽不待陆何欢说完，开心地接过话茬，"何欢，只要我们在一起，我舅舅一定在工作上全力支持你！"

陆何欢摇摇头，"我不是这个意思，我的意思是，我们两个不合适。"

玛丽的笑意僵在脸上，"都没在一起过，怎么知道不合适？"

"玛丽，你应该知道我对凌嫣的感情。"陆何欢言辞恳切。

"那又怎么样？我听说凌嫣已经死了，难道你还要跟死人过一辈子？"玛丽有些恼怒。

陆何欢点点头，"没错，我就是要跟死人过一辈子，凌嫣死了，但是她在我的心里却还活着。"他犹豫了一下，一脸认真地看着玛丽，"玛丽，我对你没有那种感情，死也不会答应这门亲事。"

"答不答应你说的不算，不管怎么样，我都要跟你在一起。"玛丽被陆何欢彻底激怒。

应喜见二人起了争执，着急地在旁插话道，"这位玛丽姑娘，强扭的瓜不甜，就算你得到陆何欢这个人又有什么用？还是得不到他的心。"

玛丽将矛头对准应喜，"你算什么东西，没资格跟我说话！"

应喜言语讪讪，"我是好心劝你别钻牛角尖。"

"不用你好心，再多嘴多舌，信不信明天我就让我舅舅扒了你这身皮！"玛丽丝毫不领情。

"你……"应喜气急。

陆何欢见状，拿胳膊拐了拐应喜，"应探长，别跟她说了，不管怎么样我都不会答应这门亲事。"

玛丽冷哼一声，不依不饶地看着陆何欢，"这由不得你，陆何欢，你的人和心我要定了，不信我们走着瞧！"

玛丽说罢起身离开。

应喜望着玛丽的背影，止不住摇头叹息，"现在的女孩子都怎么了……"

玛丽家里，阳光斜斜地射下来，洒了一地斑驳的光影，映照出屋舍的奢华。大厅里，枣红的地毯和深紫色的沙发煞是抢眼。玛丽母亲正坐在沙发上，跟戈登打电话。

"哥哥，玛丽的事就拜托你了，这孩子太任性，想得到的东西就一定要得到，不然不会罢休……"玛丽母亲话还没说完，就看见玛丽哭着跑进门。

玛丽母亲心疼地看着玛丽，"怎么了宝贝？"她顾不上电话另一头的戈登，"哥，我先不跟你说了，玛丽回来了……"

话音未落，玛丽抢过电话，哭着央求戈登，"舅舅，你答应我的事什么时候办？"

电话另一端，戈登极力安抚玛丽，"好好好，你别哭，舅舅已经约了陆祥明晚见面，舅舅明天就向陆家提亲。"

玛丽放下电话，得意地扬起嘴角，露出一抹阴险的笑。

一条小巷里，应喜跟陆何欢踏着石板砌成的路面并肩前行。

应喜想起什么，摇摇头，"无论是柳似雪还是玛丽，她们都不是真正爱你，这些有钱人家的小姐，把不甘心和爱弄混了。"

陆何欢沉默片刻，缓缓开口道，"这世上只有凌嫣对我的爱是真的，我唯一爱的人也只有凌嫣，可惜老天却让我们阴阳相隔。"

应喜搂住陆何欢的肩膀，"真心爱你的人还有小瑢。"

"都说多少遍了，小瑢只是妹妹。"陆何欢眉头皱紧。

"好好好，是妹妹行了吧？那以后你就好好照顾小瑢这个妹妹。"

"应探长，你还有完没完！"陆何欢终于忍无可忍。

应喜看着陆何欢，摆出一副苦口婆心的架势，"看不到你幸福就没完，小瑢这姑娘我越看越喜欢，何欢，我阅女无数，你相信我的眼光。"

陆何欢嫌弃地推开应喜，"你不做探长改作媒婆了？"

应喜一听，立马故作高傲地扬起下巴，"我可是只给你做媒，别人的事我还懒得管呢！"

陆何欢看着应喜的样子，忍俊不禁，他搂住应喜，"要不我们两个过一辈子算了。"

应喜撇撇嘴，"男人和男人怎么过一辈子？"

陆何欢开起玩笑，"谁说男人和男人不能过一辈子，莫非应探长有心上人了？"

应喜皱起眉头，"我的问题不是有没有心上人，而是心上人太多才不想成家。"

陆何欢笑笑，"那不正好？我没有心上人不想成家，你心上人太多也不想成家，我们俩凑合一下挺好。"

应喜笑笑，"说的好像还挺有道理。"

阳光下，二人勾肩搭背，有说有笑地向前走去。

傍晚时分，戈登约陆祥和林芝到明月酒楼。包厢里，饭桌上摆满山珍海味，陆祥端坐在桌前，毕恭毕敬地等待戈登。

林芝坐在陆祥旁边，嫌弃地瞟了一眼陆祥，"是他要跟我们家结亲，又不是我们主动攀的他们，至于这么毕恭毕敬的嘛。"

陆祥嘘了一声林芝，"那可是总督察长，平时我想给人家擦鞋人家都未必用。"

林芝见陆祥畏手畏脚的模样，不屑地撇撇嘴，"没出息。"

"妇人之见。"陆祥低声嘀咕了一句。

二人说话间，包厢的房门突然被从外面推开，戈登迈步走进来。陆祥见状立马拉着林芝站起来，向戈登敬礼。

戈登堆着一脸笑意，"不必了，以后都是自家人，这种形式上的礼仪就免了吧。"

陆祥高兴地点点头，"都听您的。"

戈登点点头，朝二人示意，"坐吧。"

三人落座。

戈登看向陆祥，"陆副署长，我来就是要跟你们商量一下玛丽跟陆何欢的定亲事宜。"

陆祥一脸讨好地点点头，"总督察长，有什么要求您直接吩咐。"

"我只有一个要求，就是陆何欢一定要对玛丽好。"

陆祥不假思索地点点头，"这是一定的，总督察长放心，以后玛丽到了我们家，我们一定把她当公主一样对待。"

话音未落，一名警员突然神色慌张地跑进来，对着戈登一番耳语。

不知警员到底说了什么，戈登听了骇然失色，随即悲痛不已地扶着额头，"My god！ No！"

一旁，陆祥见戈登情绪不对，试探着问道，"总督察长，出什么事了？"

戈登从哀痛中短暂抽离出来，"玛丽出事了……"他才吐出几个字，又忍不住垂首自哀。

陆祥和林芝闻之一惊，俱是手足无措地愣住。

夜幕降临，苏府大院灯火次第亮起。

两名警员站在玛丽闺房门口，陆何欢、应喜和包瑢正在屋里勘查现场。

闺房内灯光昏暗，玛丽的尸身躺在床上，枕边放着一枚铜镜，她嘴角带着一抹诡异的微笑，右手拿着一把匕首，脸上刻满符咒，颈动脉被利刃割断，身上的白色旗袍早已被鲜血染得通红。

玛丽母亲被仆人搀扶着站在玛丽尸体旁，这个原本优雅的英国女人仿佛一下衰老了十岁，眼泪止不住地往下流，"玛丽，my darling，到底是谁害了你啊……"众人不忍听她歇斯底里的哭诉，纷纷别过头去。

一旁，包瑢俯身进行尸检，应喜跟陆何欢在周围寻找线索。

过了半晌，包瑢向陆何欢和应喜示意，"死法跟凌嫣一致，看上去依然像是自杀。"她又扫了一眼尸体，"尸体没有拖动痕迹，这里是第一现场。"

应喜费解地搓搓胡子，"奇怪，房间里没有任何血迹和搏斗痕迹。"

陆何欢看着玛丽微微上扬的嘴角，疑惑地喃喃自语，"为什么死者都是微笑着死去呢？"

这时，戈登和陆祥、林芝匆忙赶来。

陆祥一见尸体，大惊失色，林芝害怕地躲在陆祥身后。

"玛丽……"戈登无语凝噎。

玛丽母亲悲痛地扑到戈登怀里痛哭，"哥哥，你一定要抓到杀害玛丽的凶手！"

戈登盯着玛丽的尸体，震怒不已。片刻，他缓过神，看向应喜和陆何欢，"应喜、陆何欢，我命令你们立刻调查此案，一定要尽快找出杀害玛丽的真凶。"

"是！"陆何欢跟应喜齐声答道。

突然，应喜痛苦地捂住腹部，陆何欢赶忙扶住应喜。

应喜硬撑着笑笑，"这该死的胃……"

翌日一早，包康把光头叫到办公室，以期了解有关玛丽暴毙在家一案的消息进展。

包康不解地托着下巴，"奇怪，总督察长怎么会越过我直接派应喜跟陆何欢调查玛丽被杀案呢？而且事后也没电话通知我。"想到这，他忐忑地攥紧拳头，冷眼一翻，"难道他看中应喜跟陆何欢，想给他们升职的机会？"

光头挠挠头，"这我就不知道了，总督察长下完命令之后就没再说其他的话。"

包康低声犯起嘀咕，"平日里总督察长对这个唯一的外甥女十分宠爱，这件案子对他来说一定非常重要，他一定会把晋升的机会给破获这起案件的人。"

包康说着陷入思索，他思来想去，决定不能把这个机会拱手让人，他准备亲自调查玛丽之死。

包康马不停蹄地来到玛丽家，他整理了一下衣服，拢了拢头发，恭敬地敲了敲门。

片刻，玛丽母亲红着眼睛，情绪低落地打开房门。包康忙不迭地奉上笑脸。

玛丽母亲一看见包康，不禁微微怔住，"你是？"

包康看见玛丽母亲，立刻犯了"恐女症"，他面上绯红，浑身像筛糠一样颤抖起来。

"我，我，我是，旧闸……警署……"包康支支吾吾地说不出成句的话。

玛丽母亲不耐烦地皱起眉头。包康不甘心，仍在艰难地介绍自己。在玛丽家安慰妹妹的戈登闻声走过来。

戈登一见来人是包康，登时黑脸，他瞪了一眼包康，"包康，你来这干什么？"

包康盯着玛丽母亲的视线无法转移，但见他嘴唇颤抖，身形摇晃，样子有些猥琐。

"总……总督查长，我来……我来了解……一下……玛丽的案情……"包康紧张地涨红了脸。

玛丽母亲伤心地低下头，"我已经跟警察说过一次了，不想再提了。"

包康着急，目不转睛地盯着玛丽母亲，"我……我……"
玛丽母亲下意识地护住自己的身体，皱眉打量包康。

一旁的戈登见包康竟然对自己的妹妹如此不敬，十分生气，他挥手示意玛丽母亲离开。

玛丽母亲一走，包康立马松了口气，他毕恭毕敬地看向戈登，"总督察长，我来是想了解一下案情，亲自调查玛丽这件案子……"

戈登极其不耐烦地打断包康，"不必了，这个案子我已经交给应喜和陆何欢了，他们两个的能力很强，相信能够很快破案，抓住真凶。"

"我是担心他们两个年轻，经验不足……"包康试图挽回局面。

戈登再次不耐烦地打断包康，"你的担心是多余的，以后不要再来烦我妹妹，玛丽的死对她的伤害很大，我不想有谁再因为这件事来打搅他。"

包康讪讪地点点头，"是，总督察长……希望您和令妹能节哀顺变。"

戈登点点头。

"那我就告辞了……"包康话还没说完，大门已经被戈登关上。

包康无精打采地离开，肚子突然咕咕叫了起来，他摸了摸还饿着的肚子，"先把肚子填饱再说。"

包康抬头看到街对面就是一个馄饨摊，一脸欣喜地走过去。

包康来到馄饨摊前坐下，一个五十多岁的大婶正在包馄饨。

包康迫不及待地冲卖馄饨的大婶叫喊，"大婶，给我来一碗馄饨。"

"马上就好。"片刻，大婶将一碗馄饨放在包康面前，"您慢用。"

包康一边吃馄饨，一边向卖馄饨的大婶询问，"大婶，对面那户人家你认识吗？"

大婶点点头，"认识，那家的女主人是个英国女人，是警署一个大官的亲戚，家里有个女儿叫玛丽，脾气特别暴躁，经常打骂下人，不过听说昨天晚上死了。"

包康见大婶消息还算灵通，立马放下馄饨，"大婶，我打听个事，昨天晚上有没有什么可疑的人在他们家附近出现？"

大婶想了想，眼珠一动，"我想起来了，昨晚有一个男人慌慌张张地从他们家跑出来，还撞了我一下。"

包康一愣，紧紧盯着大婶，"那个男人长什么样？"

"长什么样我有点想不起来了，不过那个人脸上有伤。"大婶努力回想着。

包康疑惑地低头喃喃，"一个脸上有伤的男人……"他抬起头，突然发现大婶的衣服上有根鸡毛。

包康赶紧将鸡毛拿下来，"大婶，你身上这根鸡毛是哪来的？"

大婶一头雾水地看着鸡毛，"不知道啊，我家里也没养鸡，哪来的鸡毛？"

包康拿起鸡毛仔细查看，突然想起什么，"大婶，你昨天穿的也是这身衣服吗？"

大婶点点头，"是啊，这身衣服是昨天早上刚穿上的。"

包康试探地问道，"这根鸡毛会不会是那个男人撞到你的时候粘到你身上的？"

大婶点点头，"有可能。"

包康看着手里的鸡毛，陷入沉思。

第六十九章　血衣邪咒

玛丽的尸体摆放在停尸台上，阳光透过窗户照在她刻满符咒的脸上，透出一种别样的诡异和恐怖。

一旁，包瑢正在一台显微镜前认真观察，她的鼻端渗出密密的汗珠。

这时，应喜跟陆何欢推门进来。陆何欢迫不及待地走到包瑢近前，"小瑢，玛丽的尸检结果出来了吗？"

包瑢侧过脸点点头，"玛丽的死法跟凌嫣完全一致，脸上的伤口很像生前自己刻上去的。"她顿了顿，"死者右手握住匕首割破颈部动脉，导致失血性休克死亡。"

"凌嫣和玛丽死亡当晚都有大雾……"陆何欢说着若有所思地皱起眉头，脑海中闪现出凌嫣和玛丽交错着在一个虚空的世界里诡异地微笑的画面。

片刻，陆何欢回过神，似是询问旁人，又似喃喃自语，"为什么死者脸上都有诡异的笑？"

应喜盯着玛丽的尸体看了看，"因为'血衣咒'会不停复制死者。凌嫣用'血衣咒'自杀，知道自己可以报仇，所以含笑死去，之后死掉的替身会完全按照凌嫣的死法死去，当然包括嘴角的微笑。"

"无稽之谈。"陆何欢脱口而出。

应喜不以为然地耸耸肩，"这个世界有很多事是我们没见过，没经历过的，但也许就是真的，我相信'血衣咒'真的存在。"

陆何欢盯着玛丽脖颈上的伤口摇了摇头，"这应该是一起有预谋的连环凶杀案，根本不是什么'血衣咒'杀人。"

包瑢疑惑地看向陆何欢，"可是凶手为什么会选择凌嫣和玛丽呢？我觉得应该不会是随机杀人。"

陆何欢点点头，"没错，凌嫣和玛丽都毕业于明德中学，而且两人是同一个班级的同学，如果是随机杀人，这一点就太巧合了。"

应喜显得有些不耐烦，"这有什么巧合的！凌嫣用'血衣咒'自杀，玛丽因'血衣咒'而死，显然是因为玛丽和凌嫣之间有什么恩怨。"

陆何欢无奈地看看应喜，摇了摇头。

日上三竿，包康拿着从卖馄饨的大婶身上取下来的鸡毛，来到旧闸最大的养鸡场——千凤园养鸡场。他站在千凤园养鸡场门口，看着写有"千凤园"的匾额，高兴地抹了抹额头上的汗珠。

"竟然让我顺着一根鸡毛的线索追踪到这家养鸡场，我包康果然宝刀未老。"包康说罢，得意地笑笑，走进养鸡场大门。

千凤园养鸡场内，一个养殖工人正在喂鸡。

包康走进养鸡场，来到工人身边，"你们老板呢？"

工人警惕地打量一番包康，"你是？"

"我是旧闸警署署长包康。去找你们老板。"

工人一听应声跑开。

片刻，养鸡场老板走过来，他四十来岁，面相富态，蓄着八字胡。养鸡场老板一见包康，显得格外激动，"包署长，你可来了！我正想去警署报案呢！"

包康疑惑地看着养鸡场老板，"怎么了？"

"包署长过来看看。"养鸡场老板拉着包康来到一处鸡舍门口，只见鸡舍里面，从一头到另一头，死鸡遍地，苍蝇乱飞。

包康愣了愣，"老板，这？"

养鸡场老板重重地叹了口气，"一晚上，死了几百只鸡啊！我怀疑有人下毒！"

包康转念一想，开口问道，"这鸡平时都是谁喂？"

养鸡场老板一边四处寻找，一边大声叫嚷，"罗四！罗四——"

片刻，罗四出现在鸡舍另一端。包康一眼扫过去，见他二十来岁，长得鼻正梁直，双目明朗，甚是俊俏。

罗四恭敬地弯着腰,"老板,您叫我?"

养鸡场老板没好气地冷哼一声,"过来!"

罗四点点头,穿过两旁都是死鸡的鸡舍走过来,他见有生人在场,警惕地看着包康。

养鸡场老板指了指包康,"这位是旧闸警署的包署长,你把昨晚的情况跟署长说说。"

包康上下打量罗四,罗四胆怯地看看包康,见包康一直盯着自己看,突然转身就跑。

包康愣了愣,张口大喊,"站住!你给我站住!"

包康赶紧追上去。

罗四脚下不停,径直向大门跑去。包康见状拔出手枪,朝天鸣枪示警,罗四吓得摔倒在地,包康冲上去按住罗四。

罗四很快被押到警署。审讯室里鸦雀无声,包康坐在椅子上,目光犀利地看着对面被绑在椅子上的罗四。罗四目光躲闪地低下头,不发一语。

一声门响,卖馄饨的大婶被光头请进来。光头拉过椅子让大婶坐下,然后绕到罗四身后,一把抓住罗四的头发。罗四痛得大叫一声。

光头抓着罗四的头发朝大婶晃动,"是他吗?"

大婶上下打量罗四,"看起来很像……"

光头拿过本子和印泥递给大婶,"按个指印就行了。"

大婶按好指印,走出审讯室。

包康猛地一拍桌子,恶狠狠地逼视罗四,"说!"

罗四浑身一激灵,"说……说什么啊包署长?"

"昨天晚上你去玛丽家干什么?"包康逼视罗四。

"我,我去她们家送鸡。"罗四支支吾吾,似是有所隐瞒。

包康怀疑地看着罗四,"送鸡?"

罗四眼神闪躲。

包康白了一眼罗四,"那你脸上的伤是怎么回事?"

"是,是不小心摔伤的。"

"胡说!"包康火气上来。

罗四没底气地坚持说道,"我没胡说。"

包康紧盯着罗四，"如果你不配合，那只能给你点厉害尝尝了。"包康说着拿过一条皮鞭，在地上甩得啪啪响。

罗四害怕地咽了口口水，"你要干什么？"

包康不说话，猛地挥鞭打向罗四。罗四惊叫一声，"我说，我说……"

包康见状连忙放下鞭子，两眼放光地盯着罗四。

罗四顿了顿，终于开口，"苏寿山家后厨的鸡一向都是佣人义叔亲自去养鸡场取的，昨天义叔病了，老板就叫我去送鸡。我本来只是想找点值钱的东西拿走……"罗四一边说，一边陷入回忆。

当日傍晚，罗四提着两只鸡，跟着玛丽家的一名下人走进苏府。

下人朝罗四示意，"把鸡送去二楼厨房吧。"

罗四点点头，走上楼，经过一个房间时，罗四见房门虚掩着，他环视四周见没人，便悄悄溜进去。

罗四走进房间，鬼鬼祟祟地寻找值钱的东西。突然，他听见洗手间里有水声，便悄悄走过去。罗四透过虚掩的门缝看过去，发现玛丽正在浴缸里洗澡。

罗四一脸兴奋地偷看玛丽洗澡，不自觉地向前移动身子，碰到浴室门发出声响。

玛丽抬头看向门口，发现罗四，惊叫一声，"来人啊，来人！"

罗四惊慌想走，但几个佣人已经从门外冲进来。

玛丽一边穿衣服，一边命令佣人，"给我把这个色狼抓住！"

佣人一拥而上，死死按住罗四。

罗四磕头如捣蒜，"玛丽小姐，饶了我吧，我是无心的！"

玛丽穿好睡衣走出来，恶狠狠地瞪着罗四，"给我打！打死这个色狼！"

"饶命啊，饶命！"罗四的惨叫声一声高过一声。

几名佣人对罗四一阵拳打脚踢，罗四仓皇逃走。

想到这，罗四追悔莫及，他可怜巴巴地看着包康，"我脸上的这些伤，都是玛丽指使他们家佣人打的。"

包康抿了抿嘴，"因此你就怀恨在心，报复杀人，对不对？"

"杀人？我没有啊。"罗四大惊失色。

"还狡辩，说，你是怎么杀了她的？"

"我没杀人！我真的没有杀人啊！"

"还嘴硬！"包康挥动皮鞭继续狠狠抽打罗四。

罗四带着哭腔求饶，"包署长，我没杀人啊，我是被冤枉的……"

包康冷笑一声，冲罗四再次挥动皮鞭。

天色正好，陆何欢和应喜走进警署办公大楼，迎面遇到一脸喜庆的光头。

应喜不解地看着光头，"光头，什么事这么高兴？"

"应探长，玛丽的案子破了，凶手已经抓住了。"

应喜跟陆何欢一听，齐声问道，"抓住了？"

光头点点头，"是包署长亲自出马抓住的嫌犯，经过两个时辰的审讯，犯人终于交代是他杀死的玛丽。"

应喜面上一喜，"想不到包署长这么有本事，这么快就破案了。"

陆何欢疑惑地皱起眉头，"现在嫌犯在哪？"

"已经被关进牢房了。"

陆何欢看向应喜，"我们去看看。"

应喜、陆何欢跟一名警员来到牢房门口。牢房里，罗四正畏畏缩缩地坐在墙角，身上满是鞭伤。

陆何欢见状不禁叹了口气，"我就觉得事有蹊跷，果然是屈打成招。"他侧脸向警员示意，"打开牢门。"

警员打开牢门，应喜和陆何欢走进去。

罗四瞪了一眼二人，没有说话。

陆何欢蹲下身，"罗四，我知道你是被冤枉的。"

罗四听了眼前一亮，情绪激动地看着陆何欢，"那你放我出去。"

应喜在旁插话道，"是署长抓你进来的，他一个警员怎么放你出去？"

陆何欢脸色一沉，缓缓说道，"罗四，想要出去就必须说实话。"

罗四点点头。

陆何欢正色道，"昨天晚上你去过哪里，有什么人可以作证？"

"我，我去了……"罗四支支吾吾，苦着脸恳求二人，"两位警官，我真的是冤枉的，求你们救救我……"

陆何欢看着罗四，"你放心，只要你说明实情，我就可以帮你脱罪，否则一旦结案，总督察长第一个不会饶了你。"

罗四受惊，急忙坦白，"我昨天晚上去了药铺偷东西，后来我就回了养鸡场。"

说话间，陆何欢注意到罗四的手，发现他两只手掌都长满了红斑。

陆何欢好奇地指了指罗四的手掌，"你的手是怎么回事？"

罗四一边搔痒，一边回答，"昨晚我在药铺偷东西的时候打翻了一个罐子，里面的药粉撒了出来，我用手又把药粉装了回去，回来后手就开始痒。"

应喜忍不住插话，"什么药铺？"

"回春堂。"

应喜跟陆何欢对视一眼。

陆何欢和应喜来到药铺门口，看了一眼写着"回春堂"的匾额，并肩走进去。

药铺老板立马迎上来，"二位想买点什么药？"

应喜亮出证件，"我是旧闸警署探长应喜，这位是探员陆何欢，我们来是想问一些事。"

药铺老板点点头。

陆何欢看着老板，试探地问道，"老板，昨天晚上药铺里有没有进贼？"

药铺老板点点头，"有，这个笨贼还打翻了一罐砒霜。"

陆何欢想了想，"如果人的皮肤直接接触砒霜会有什么反应？"

"会得皮炎，长红斑。"

陆何欢侧脸看向应喜，"罗四的手上有红斑。"

应喜会意地搓搓胡子，"这么说罗四说的是真的？那他就不是凶手。"

"还不能完全确定，我们得找上小珞去罗四工作的养鸡场看看。"陆何欢说罢，和应喜一起去往千凤园养鸡场。

千凤园养鸡场内，包瑢专心致志地化验几只死鸡，随后和陆何欢低声交谈，陆何欢陷入思索。

陆何欢推着一个装满鸡粮的小车，一把一把地抓起鸡粮喂鸡，从鸡舍一头一直喂到另一头。

喂完鸡，陆何欢看看怀表，若有所思。

应喜好奇地走过来，"神神秘秘的，干吗呢？"

"我验证过了，罗四不具备作案时间。"

话音刚落，包瑢似乎想起什么，惊慌失措地看着陆何欢，"糟了，我哥要召开新闻发布会，宣布结案呢。"

应喜补充道，"一旦结案，罗四就会被送上法庭，必死无疑。"

陆何欢眉头一皱，朝二人示意，"走！"

三人匆匆离开。

艳阳普照，包康站在警署大门口，召开新闻发布会宣布结案，两名警员押着罗四站在包康旁边。各路记者围住包康，正在对准包康和罗四拍照。

包康清了清嗓子，"玛丽被杀案件终于告破，今天我们就要将凶手罗四送上法庭，接受法律的裁决……"

包康话还没说完，陆何欢和应喜突然挤进来。

陆何欢扬声大喊，"包署长，不能结案！"

包康不等陆何欢开口，就粗暴打断他，"陆何欢，现在是在召开新闻发布会，你不要乱说话。"

陆何欢看看周围的记者，一时有些犹豫。

罗四情绪激动地看着陆何欢，"你这个骗子，你不是说只要我说出实情就能救我吗！大骗子！我要杀了你！"

罗四竭力挣扎，突然，他夺下身后警员腰间的匕首，刺向陆何欢。

危急关头，应喜一个闪身挡在陆何欢身前，一把握住匕首的利刃。应喜指缝间鲜血渗出，两名警员赶紧过来治服罗四。

陆何欢缓过神，关切地看着应喜，"应探长！"

应喜按住手掌，强忍疼痛，"没事，小伤。"

陆何欢看着应喜受伤的手掌，一脸自责。

应喜见状，忙不迭地安慰陆何欢，"我没事，做你要做的事吧。"

陆何欢点点头，奋力站出来，"罗四不是杀害玛丽的凶手。"

包康怒视陆何欢，陆何欢置若罔闻，朝在场众人朗声说道，"我去养鸡场做过调查，玛丽被害那天晚上，罗四负责喂养的那个鸡舍的鸡一夜间全部死掉。经过检验，那些鸡是砒霜中毒而死。而罗四之前曾去过回春堂药铺偷东西，过程中碰洒了一罐砒霜，罗四担心留下痕迹，便徒手将砒霜放回了药罐……"

"回到千凤园后，他忘了洗手就喂了鸡，所以毒死了整个鸡舍的鸡。根据检验，那些鸡的死亡时间不一，鸡舍一头的鸡和鸡舍另一头的鸡死亡时间有大约两个小时的间隔，死亡时间大概是在那天的凌晨十二点到两点……"

"我亲身试验过，发现从鸡舍一头开始喂鸡，到另一头喂完整个鸡舍的鸡需要两个小时，根据砒霜在鸡体内的发作时间大概一个小时的时间推断，罗四喂鸡的时间就应该是在夜里十一点到一点，而玛丽的死亡时间大概在夜里十二点左右。简言之，罗四喂鸡的时间和玛丽死亡的时间重合，所以，据此可以推断，罗四有明显的不在场证据，他不可能是杀人凶手。"

罗四一听转怒为喜，顺势翻供，"我是被冤枉的。"他说着指向包康，"我之所以认罪，全是因为这个包署长屈打成招！"

一时之间，舆论哗然。

记者们如潮水般涌到包康近前，一名记者抢先问道，"包署长，现在有证据证明罗四没有作案时间，你应该立刻释放罗四。"

众人纷纷附和，"对，应该立刻放人……"

包康愤怒地说不出话来。

人群里议论纷纷。

陆何欢趁机来到包康跟前，言辞恳切地开口道，"包署长，放人吧。"

包康又气又无奈，来到罗四跟前，亲手给罗四打开手铐。

罗四揉着胳膊，满脸欢喜地跑开。

警署办公室里，陆何欢默默地坐在椅子上，看着凌嫣和玛丽的尸检报告。一旁，应喜手上的伤已经包扎完毕，他一脸悠闲地看着陆何欢。

忽然，光头神神秘秘地跑进来，"你们听说没有？"

应喜闻声看向光头，"听说什么？"

光头表情夸张，"整个旧闸都传疯了！都说玛丽的死是因为凌嫣练'血衣咒'杀人，何欢，你也小心点，听说这个'血衣咒'很邪门，粘上的人会倒大霉的。"

陆何欢不屑地撇撇嘴，"无稽之谈。"

应喜担忧地看向陆何欢，"鬼神之事虽不可尽信，但也不能不信，我看还是暂停调查为好。"

"应探长，你怎么能信这些？"陆何欢有些生气。

应喜见陆何欢不领情，登时收起脸上的忧色，口气转硬，"我是关心你，爱听不听！"

"谢谢你的关心，我不信凌嫣会练什么邪咒自杀，她一定是被人害的，我一定要查出杀害凌嫣的凶手，这个案子我不会放弃。"陆何欢神色坚决。

二人说话间，陆祥突然走进来，指着陆何欢的鼻子，"这个案子你必须放弃！"

陆何欢看向陆祥，"爹……"

陆祥抬手打断陆何欢，"我这里有一件茶庄失窃案，你去调查这件案子。"

"不。"陆何欢没有一丝犹豫。

陆祥压低声音，提醒陆何欢，"何欢，旧闸现在是满城风雨，'血衣咒'的传言满大街都是！我可告诉你，少掺和这个案子！你娘让你赶紧去观音庙拜拜……"

陆何欢执拗地打断陆祥，"爹，我不会放弃的。"

"你……"陆祥恼怒，指着陆何欢，"我以副署长的身份命令你，终止凌嫣案的调查。"

陆何欢倔强地摇摇头，"陆副署长，凌嫣被杀案和玛丽被杀案牵扯在一起，现在是戈登总督察长命令我调查这个案件，对不起，我不能服从您终止调查的命令。"

"你！"陆祥气结。

陆何欢看向应喜，"应探长，我们走。"

应喜一脸为难地跟着陆何欢离开。

第七十章　逆流而上

陆何欢气呼呼地走出警署大门，应喜跟在陆何欢身后，"他是你爹，不管要求你什么都是为你好。"

"要不是他，我跟凌嫣也不会悲剧收场。"陆何欢言辞间带着些许的怨气。

"那是凌嫣的命苦，跟你爹有什么关系。"

陆何欢懊恼地叹了口气。

这时，一个年轻人突然鬼鬼祟祟地跑进警署，差点和陆何欢撞个满怀。

应喜生气地看着年轻人，"干什么的？"

年轻人神秘兮兮地凑到应喜跟前，"警官，玛丽的案子，我有线索要提供给你们。"

陆何欢神色一凛，"什么线索？"

年轻人谨慎地环视四周。

应喜不耐烦地催促，"快说！"

年轻人压低声音，"我觉得林绍良很可疑！"

陆何欢和应喜对视一眼，神色吃惊。

警署审讯室里，前来提供线索的年轻人坐在桌前，应喜跟陆何欢坐在年轻人对面。

应喜扫了年轻人一眼，开口正色道，"李文瀚，你说的林绍良是林源米业老板的公子？"

李文瀚点点头，"就是他。"

陆何欢想了想，盯着李文瀚，"你是怎么认识玛丽和林绍良的？"

"我爹在林源米业做工，所以我认得林绍良，至于玛丽……"李文瀚顿了顿，"认识林绍良的人都知道他追求玛丽。"

这时，光头敲门进来，他瞟了一眼李文瀚，转而看向应喜跟陆何欢，"应探长，何欢，已经调查过了，这小子说的是真的，玛丽被杀当天，他整晚泡在烟花间，有不在场证据。"

应喜跟陆何欢点点头。

李文瀚一听光头所言，底气立马足了不少，他重拾方才的话头，"我都说玛丽不是我杀的了。"他故作神秘地压低声音，"警官，一定是林绍良追求玛丽不成，才下了杀心！"

陆何欢目光犀利地盯着李文瀚，"你为什么怀疑林绍良是凶手？"

李文瀚往椅子后背靠了靠，"玛丽被杀那天，我在街上看见过林绍良和玛丽吵架……"他一边说，一边陷入回忆。

那天天气晴好，玛丽和女同学相约一起去逛街。二人望着琳琅满目的商品，饶有兴致地走走停停。

玛丽身后，一名年轻人亦步亦趋地跟着玛丽。但见年轻人和玛丽年纪相仿，长相英俊，高高的鼻梁上架着一副眼镜，显得文弱而秀气。这名年轻人正是林源米业老板的公子林绍良，因为他爱慕玛丽，便悄悄在大街上尾随意中人。

玛丽无意间回头，林绍良赶紧躲在一个摊位后面。尽管如此，玛丽还是发现了他。

玛丽一见林绍良，厌恶地皱起眉头，她拉着同学，"快走。"

玛丽跟同学快步离开，林绍良紧跟上去，玛丽突然转身停住，林绍良来不及躲藏，尴尬地站在原地，冲玛丽笑了笑。

"怎么又是你这只苍蝇？"玛丽的眉头皱得越发紧了。

"玛丽……"

玛丽不耐烦地打断林绍良，"林绍良，你又想干什么？"

"我想让你知道我爱你的心，玛丽，I love you！"林绍良一脸真诚，但玛丽并不领情，"Sorry，I don't love you！"

玛丽示意女同学，"我们走吧。"

林绍良见玛丽转身要走，突然不管不顾地单膝跪在地上，引起众人围观。

"玛丽，不要走，我真的爱你，嫁给我好吗？"林绍良说着，拿出一个钻戒奉上。

玛丽没想到林绍良会在众人面前求婚，顿时恼羞成怒，"真恶心，林绍良，你真是无可救药！"玛丽说罢转身离开。

林绍良起身，急忙追上去，"玛丽，我是认真的，你给我一次机会……"

玛丽不待林绍良说完，厌恶地瞪了他一眼，"你也不照照镜子，我玛丽会找你这种人做我的夫君吗？看到你这副样子就觉得恶心！"

林绍良的眼眶开始发红，"玛丽，你不要这样对我……"

玛丽再次粗声打断林绍良，"林绍良我告诉你，我们不可能！你以后不要再缠着我了！"

玛丽说完，推开林绍良快步离开。

林绍良盯着玛丽的背影，有些失控地大吼，"玛丽，你生是我的人，死是我的鬼！"

一旁，李文瀚站在角落里，看看林绍良，又看了看走远的玛丽，转身离开。

想到这，李文瀚情不自禁地抓着椅子的扶手，"我看见林绍良的眼神，就是要杀人的眼神，玛丽一定就是他杀的。"

陆何欢将口供笔录递给李文瀚，"看看有没有遗漏。"

李文瀚看了看笔录，摇摇头，"没有。"

陆何欢拿出印泥，指着一处空白处，示意李文瀚，"在这里按手印。"

李文瀚点点头，一边按手印，一边有些担心地乞求，"两位警官，你们千万别说这个线索是我提出来的，我爹在林家做工……"

应喜心下了然，不客气地打断李文瀚，"这个不用你教，我们知道该怎么做。"

一旁，陆何欢似乎想起什么，若有所思地盯着李文瀚，"既然你爹在林家做工，你为什么要来提供线索呢？别告诉我你是为了配合警署工作，我不信。"

李文瀚犹豫了一下，缓缓开口道，"林绍良打过我……有一次我去找我爹，不小心撞到他，就被他和他的跟班打了。"

应喜眉毛一挑，"你不会是怀恨在心，编故事吧？"

李文瀚赶紧摆手，"不会不会，我怎么敢呢，再说这件事发生在街上，好多人都看到了。"

陆何欢点点头，"知道了。"

李文瀚站起身，“两位警官，那我就告辞了。”

陆何欢点点头，“谢谢你。”

李文瀚笑笑，迈步离开。

应喜靠在椅子上，搓了搓胡子，“林绍良求婚不成被玛丽刺激，所以怀恨在心，杀人泄愤，听起来好像很合理。”

陆何欢思忖片刻，费解地皱起眉头，“凌嫣的案子因为没有告破，并没有向公众公布案情细节，但是玛丽的死状却跟凌嫣一致。如果林绍良是连环杀人案的凶手，那么他杀凌嫣的动机又是什么呢？”

应喜一拍手，“把林绍良抓回来审审不就知道了？”

陆何欢摇摇头，“我觉得应该先核实一下李文瀚的话是否属实，然后暗中调查一下林绍良的社会关系，看看林绍良跟凌嫣有没有什么恩怨，到底有没有杀人动机。”

应喜不以为意地耸耸肩，起身跟着陆何欢离开。

天色微明，柳如霜悄悄来到柳宅大门口，她刚想开门，身后就传来父亲柳山的声音。

“你要去哪？”

柳如霜一怔，慢慢转过身，“爹，我想……”

柳山一脸严肃，“你最好什么都别想，乖乖待在家里，爹想好了，以后你就别出去抛头露面了，那个什么侦探社也不要搞了。女孩子就是不能太放纵，你姐姐就是个例子！”他一说起柳似雪，就气不打一处来，恨声接口道，“跟人私奔，败坏门风！”

“爹，我都在家待了好多天了，您就让我出去透透气吧。”柳如霜一脸苦闷。

柳山冷哼一声，“别以为我不知道你的小心思，当年目睹你娘被毒蛇咬死的人死了两个，你一定是想去查这件案子。我警告你，这些案子你不许碰。”

柳如霜被说中，微微心虚，“爹……”

“你要还把我当是你爹，就听话，乖乖待在家里，别出去让我操心。”

柳如霜不情愿地噘起嘴巴。

柳山火气上来，直接冲柳如霜怒吼，“回房间！”

柳如霜身子一颤，不情不愿地向自己房间走去。

柳如霜回到房间，郁闷不已，她一边来回踱步，一边思考着什么。突然，她灵光一闪，若有所思地看向窗户。

一大早，包瑢拿着一沓资料刚要走出法医室，应喜跟陆何欢就推门进来。

包瑢脸上一喜，"何欢，我正要去找你，玛丽的尸检报告出来了。从她脸上伤口的着力点和力度判断，符咒是她自己刻上去的……只是不知道凶手到底用什么方法让被害人拿刀毁了自己的脸。"

陆何欢点点头，"现在可以确定这就是一宗连环杀人案。"

应喜不以为然地挠挠头，"既然符咒是自己刻上去的，那一定就是'血衣咒'在作怪。"

陆何欢侧脸看向应喜，"应探长，鬼神之事不可信，查案要让证据说话。"

应喜不满地板起脸，"那你来让证据说话好了。"

陆何欢白了一眼应喜。

包瑢生怕二人再起争执，连忙岔过话题，"何欢，你那边查得怎么样？"

"我调查过，玛丽去美利坚后，林绍良也去了，只是在那边不适应，待了半年就回来了。"

包瑢忍不住感慨，"想不到林绍良对玛丽还真是一片痴心。"

"但林绍良跟凌嫣并不认识，没有杀人动机。"

包瑢费解地微微皱眉，"这就奇怪了，如果林绍良是杀玛丽的凶手，为什么作案手法会跟杀凌嫣的手法一致呢？"

说话间，光头拿着一沓资料走进来，"小瑢，楠姐给你的资料。"

包瑢对光头笑笑，"谢谢，放桌上就行。"

光头将资料放在桌上，看看应喜，又看了看陆何欢，"我听见你们刚才在说林绍良？他怎么了？"

应喜好奇地看着光头，"你认识他？"

光头点点头，"我去参加过林绍良的生日会，是一个朋友带我去的。"

"林绍良可是林源米业的大公子，你还能跟他混到一起去？"应喜一脸怀疑。

光头笑笑，"林绍良喜欢听稀奇古怪的破案故事，所以愿意结交一些警署的朋友……"

一旁，陆何欢突然想起什么，逼视光头，"那你有没有给他讲过凌嫣的案子？"

光头一愣，有些支支吾吾，"没……没有。"

应喜抬手拍了光头的脑袋一下，"臭小子，说实话！"

光头揉揉头，一脸犹豫。

应喜作势又要打光头，光头赶紧护住脑袋，"那天我多喝了几杯，林绍良听说了'血衣咒'的传闻，偏要打听这件案子，我就把凌嫣的案子说了。"

陆何欢急了，直直地盯着光头，"细节都说了？"

光头有些理亏地点点头，"我看过凌嫣的尸检报告，所以比较熟悉……"他顿了顿，可怜巴巴地看着应喜，"应探长，其实这也没什么事吧？"

"没事？"应喜板起脸，冷哼一声，"事大了！"

光头苦着脸，"啊？"

应喜没好气地瞪了一眼光头，但事已至此，多说无益，他想了想，转而看向陆何欢，"如果是这样，那么这件案子就说得通了，林绍良追求玛丽不成怀恨在心，无意中得知凌嫣案的细节，所以模仿凌嫣的死法杀了玛丽。"

陆何欢眉头紧锁，若有所思。

应喜搓搓胡子，"我看可以抓人了。"

站在门口偷听的包康一脸得意，低声自言自语，"是可以抓人了，不过这个功劳轮不到你们。"

不到一会儿工夫，陆何欢和应喜来到林绍良家。应喜敲了敲门，片刻，一个下人打开门。

应喜亮出警员证，"我是旧闸警署探长应喜，这位是探员陆何欢，林绍良在家吗？我们想找他了解一些情况。"

下人一听惊恐地往门后缩了缩，"我家少爷刚刚被几个警员带走了，说是犯了杀人罪……"

陆何欢跟应喜对视一眼，齐声道，"什么？！"

警署审讯室里，包康和林绍良对桌而坐。

包康看着手里的资料，"林绍良？"

林绍良点点头。

包康向林绍良投去问询的目光，"你和玛丽什么关系？"

林绍良抿了抿嘴，"我能抽支烟吗？"

包康点点头。

林绍良从衣兜里掏出一盒香烟，双手颤抖着抽出一支烟叼在嘴里，接着，他从兜里摸出火柴盒，拿出一根火柴，一擦却没擦着火，火柴掉在地上。林绍良又拿出一根火柴，却再次失手掉在地上。

包康不耐烦地夺过火柴盒，擦着一根火柴给林绍良点烟。

林绍良吸了一口烟，烟雾笼罩在他充满忧色的脸上。少顷，他缓缓开口道，"我一直喜欢玛丽，追求了她好多年，可她始终拒绝我……"

包康没耐心听林绍良诉说衷肠，打断他直奔主题，"玛丽死的那天晚上，你在哪里？"

林绍良想了想，"在房里睡觉。"

"有人能证明吗？"

林绍良摇摇头。

包康猛地一拍桌子，"玛丽几次三番当着众多人的面拒绝你的求爱，你恼羞成怒，就杀了他！是不是！"

林绍良被包康吓了一跳，"我……我没有！"

包康恶狠狠地逼视林绍良，"'玛丽，你生是我的人，死是我的鬼'，这句话是不是你说的！"

林绍良一愣，"我……我是说过，可那都是气话呀！"

"林绍良，我已经掌握了你杀人的所有证据，容不得你抵赖！"包康怒目圆瞪。

林绍良脸色煞白，连连摇头，"我没有……"

"你有！你怕杀了玛丽会被怀疑，所以利用曾经听到的凌嫣案细节，故意模仿，制造'血衣咒'杀人的假象！"包康连珠炮般。

林绍良蒙了，惊慌失措地看着包康，"我不知道你在说什么。"

包康情不自禁地扬起嘴角，看向站在门口的警员，"我看你是不见棺材不落泪！给我打，打到他认罪为止！"

警员过来，林绍良眼中瞬间闪出恐惧之色。

街道上，拘捕林绍良未果的陆何欢和应喜匆匆往回赶。

应喜一边走，一边向陆何欢发牢骚，"想不到竟然被人截了胡了。"

"一定是包署长。"陆何欢脱口而出。

二人加快脚步，往警署的方向走去。

审讯室里，林绍良满脸伤痕，被两名警员架着坐在椅子上。

坐在对面的包康冷眼一翻，"林绍良，你认不认罪？"

林绍良点点头，"我认，认，别打我了。"

包康面上一喜，连忙示意手下，"把纸笔拿来让他写供词。"

片刻，一名警员拿来纸笔放在桌上。

突然，审讯室的门被从外面撞开，陆何欢和应喜冲进来。

包康看见二人，神色愠怒，"你们干什么？"

应喜立刻换上一副笑脸，"包署长，我们就是看看林绍良审得怎么样了。"

"林绍良已经认罪了。"包康一脸得意。

陆何欢听罢蹙紧眉头。

包康看向林绍良，催促道，"林绍良，赶紧把你的作案过程写下来。"林绍良眼神有些恐惧，慢慢伸手拿桌上的笔。

陆何欢发现林绍良握笔姿势奇怪，根本无法着力，他眼神暗下来，"等等。"

包康不满地看向陆何欢，"陆何欢，杀人时间和杀人动机都对上了！你还想干什么？"

应喜在旁附和道，"何欢，不是我说你，林绍良已经认罪了，这件案子包署长审得清清楚楚明明白白，你就不要再搞事情了。"

陆何欢脸色一沉，"包署长，所谓的杀人时间和杀人动机说明不了什么。"

包康一时语塞，怒不可遏地看着陆何欢。

陆何欢看看林绍良，又看看应喜，"带上他，跟我来。"陆何欢说罢起身出去。

应喜不明所以，带着林绍良跟了上去。

"陆何欢，你会为你做的事后悔的！"包康气急败坏地也跟了上去。

第七十一章　邪咒再现

阳光透过天窗照在一间空荡荡的牢房里，牢房中间，一把梯子直通天窗。

吱嘎一声，牢门被打开，陆何欢把林绍良带进牢房内，他打开林绍良的手铐，一言不发地转身出去。

林绍良疑惑地皱起眉头，突然，他的目光落到身旁的角落，顿时吃了一惊。

牢房阴暗处，一双眼睛正幽幽地看着他，一只狼狗低吼着朝他走来。

牢房外，陆何欢示意包康和应喜透过一扇小窗观察里面的情况。

包康冷哼一声，慢慢趴在小窗往里看去。

陆何欢朝林绍良大喊，"天窗！"

林绍良会意，慢慢向通往天窗的直梯靠近。

陆何欢突然吹了一声口哨，狼狗像受了刺激一样向林绍良扑过去。林绍良疾步冲到直梯旁，拼命地往上爬，可双手似乎抓不住梯子的横梁，怎么也爬不上去。

狼狗向林绍良的小腿咬来，林绍良猛地一跃，双手抓住梯子，可很快又滑落下来。狼狗开始撕咬林绍良的裤子，林绍良挣扎着使劲往上爬，却始终爬不上去。

牢房外的陆何欢又是一声口哨，狼狗顿时安静下来，躲到阴暗处。

陆何欢看看一旁的包康和应喜，"你们没看出他双臂有残疾？一个连梯子都爬不上去的人，怎么进到玛丽在二楼的闺房？我们调查过，以玛丽对林绍良的厌恶程度，不可能主动让林绍良进自己的闺房。"

包康和应喜一时被说得哑口无言。

陆何欢接口道，"所以包署长，靠屈打成招破案是不行的。"

待陆何欢说完，应喜惊恐地看了他一眼，又看看包康。包康果然暴怒，忿忿地瞪着陆何欢，"要不是你这个窝囊废迟迟不能破案，我会给嫌疑人动刑吗？破案不行，拆台就一个顶两个，你要是真这么厉害，早就抓住凶手了！"

"包署长，话不能这么说，何欢已经很努力在查找线索了，毕竟破案的事要让证据说话。"应喜忍不住替陆何欢出头。

包康一听立刻把矛头对准应喜，"你也是！整天游手好闲，还说得头头是道！你们两个去给我刷厕所！好好检讨！"

应喜跟陆何欢顿时傻眼，"又刷厕所？"

包康大吼，"现在，立刻，马上！"

夕阳西下，警署里的工作人员都下班了。应喜和陆何欢每人拿着一把牙刷，挤在厕所里刷厕所。

陆何欢看着应喜熟练的右手，"伤好了？"

应喜笑笑，"皮糙肉厚。"

陆何欢看着低头刷厕所的应喜，"你都成熟练工了啊。"

应喜笑笑，麻利地刷着厕所。

傍晚时分，应喜和陆何欢捶着后背从厕所里出来，二人俱是一脸的苦相。

应喜一抬眼，突然看见阿花正在偷吃自己放在椅子上的花生，他大叫着冲阿花跑过来，"畜生！敢偷吃我的花生！"

应喜一脚踢开阿花，火急火燎地拿起纸袋查看，发现纸袋已经空了。他仇恨地看着一瘸一拐逃跑的阿花，转而看看陆何欢，"帮我收拾它！"

二人手忙脚乱地抓鸡，应喜气急败坏地扔出牙刷去打阿花。不料，包康突然出现，牙刷不偏不倚地打在他的脸上。

包康愣了片刻，抹了一把脸，朝应喜和陆何欢大吼，"你们打我可以，但你不可以打我的阿花！"

应喜见状，拉起陆何欢拔腿就跑。

晨光从教堂高大的窗子照射进来，玛丽穿着素雅的连衣裙，躺在鲜花簇拥的棺木里，她神色安详，嘴角带着恬静的笑痕。

神父拿着十字架，站在棺木旁为玛丽祷告，"我们怀着沉痛的心情，向鲜花一样的玛丽姑娘道别，你会在天堂继续幸福快乐地生活，阿门。"

一旁，戈登扶着痛哭的玛丽母亲，二人脸上悲痛万分。

应喜、陆何欢、包瑢和警员们排着队瞻仰玛丽的遗容后，依次将手中的鲜花放在棺木中。

随后，玛丽的朋友也拿着鲜花走过来，排着队瞻仰遗容。

队伍中，玛丽的两个同学，穿着一身黑色洋装的宋晓婉和一身白色洋装的文慧走到玛丽的棺木前，瞻仰玛丽的遗容。

宋晓婉眉目如画，长相清秀，小巧的鼻子上缀着一颗美人痣。文慧则显得比较内秀，眯着一双幽深的墨瞳。

宋晓婉伤心地看着玛丽，"玛丽，一路走好。"她说罢将鲜花放在棺木中。

文慧随后走过来，"玛丽，一路走好……"她话还没说完，突然注意到站在不远处的陆何欢。

文慧赶紧用胳膊拐了一下宋晓婉，"看见了吗？陆何欢！"

宋晓婉点点头，"早就看见了。"

"走，我们过去。"

宋晓婉和文慧来到陆何欢面前，站在一旁的包瑢微笑着要跟二人打招呼，二人却视而不见。包瑢收起微笑，尴尬地站到一旁。

宋晓婉假装偶遇陆何欢，"何欢，真的是你！"

文慧跟着向陆何欢打招呼，"何欢，好久不见。"

陆何欢看向宋晓婉和文慧，想了一阵，终于想起二人的名字。他指着宋晓婉，又指了指文慧，"文慧？宋晓婉？"

宋晓婉笑笑，"我才是宋晓婉。"

文慧笑笑，"我是文慧。"

陆何欢不好意思地挠挠头，"不好意思，把你们两个弄混了。"

宋晓婉和文慧齐声道，"没关系。"

陆何欢笑笑，忽然，他想起什么，紧盯着二人，"我记得你们跟柳似雪关系也不错吧。"

文慧点点头，"上学的时候是不错。"

"那你们知不知道柳似雪在美利坚的男朋友是谁？"陆何欢看着二人，急于得到答案。

宋晓婉疑惑地看着陆何欢，"何欢，你该不会是对柳似雪有意思吧？"

陆何欢摇摇头，"我随便问问。"

宋晓婉和文慧误会陆何欢的意思，眼中立时升起妒火。

宋晓婉撇撇嘴，"柳似雪去了美利坚以后我们联系得不多，只知道她思想开放、作风大胆，在那边交了好多男朋友，生活特别不检点。"

文慧点点头，"对，我听说她回国之前刚刚打了胎。"

陆何欢闻之一怔，心想柳似雪既然刚刚堕胎，那么根本不可能这么快就再次怀孕。想到这，他拧紧眉头，暗暗猜测柳似雪有可能是失踪而不是私奔。

一旁，应喜瞄了一眼陆何欢，又看了看深情盯着陆何欢的宋晓婉和文慧，一脸的不屑。

阳光透过路边密密的树叶照下来，零零星星地洒了一地。小路上，应喜跟陆何欢并肩前行。

应喜一边往嘴里丢花生，一边佯装无意地问陆何欢，"刚才那两位姑娘是谁啊？"

"是我中学同学。"

"她们两个对你有意思。"

陆何欢侧脸看向应喜，"怎么会呢？应探长，你别乱说。"

应喜拍拍陆何欢的肩膀，"我经手的女人比你见过的还要多，相信我，她们看你的眼神里面藏着东西。"

"藏着什么？"陆何欢不明所以。

应喜微微皱眉，吐出两个字，"爱慕。"

陆何欢以为应喜在胡诌，忍不住叹了口气，"Ridiculous。"

"你是不是在骂我？"应喜恼怒。

"我在夸你。"

"夸我要用我能听懂的话。"应喜信以为真。

陆何欢认真地看着应喜，"应探长的洞察力真的好敏锐！"

应喜格外受用地眯眼微笑。

陆何欢话锋一转，"不过拜托你把这敏锐的洞察力用在查案上，OK？"

应喜不以为意地别过脸，从袋子里拿花生，发现花生已经吃完了，他索性直接扔掉袋子，"我是好心提醒你，不要害人。"

"我害谁了？"陆何欢一脸不解。

"凌嫣和玛丽啊。"

陆何欢难以理解地看着应喜，"你不会离谱到怀疑我杀死她们吧？"

"不是杀死她们，是克死了她们。"应喜一本正经。

陆何欢站住，皱了皱眉，"应探长，你到底想说什么？"

应喜摸了摸鼻子，"我找人帮你算过八字，你命硬克妻，凡是跟你有姻缘的人都有性命之忧。"

陆何欢没好气地白了应喜一眼，"无稽之谈。"

"什么无稽之谈，你想想凌嫣和玛丽，她们都是跟你有了姻缘才死的。"

陆何欢赌气地接过应喜的话茬，"既然这样，我就一辈子不娶，不害人！"

"别着急啊，有一个人跟你八字很合。"

"你？"陆何欢开玩笑。

应喜不满地咂咂嘴，"我是男人，跟你八字合有什么用？"

"你不会是想说小瑢吧？"

应喜高兴地打了个响指，"陆探员就是陆探员，我还没说就猜到了。"

陆何欢笑笑，"那是因为我也有敏锐的洞察力。"

应喜一脸正色，"我是在认真地跟你分析，你想想，接近你的女人不是关键时候跟别人跑了就是死在家里，但小瑢一直和你在一起却相安无事，小瑢的八字一定很硬……"

二人说话间，包瑢从后面追上来，"应探长，何欢，我也要回警署，我们一起走吧。"

应喜一见包瑢，高兴地笑笑，"小瑢，你来得正好。"

包瑢不明所以地看着应喜，"你们在讨论案情吗？"

"比案情重要多了。"应喜一本正经地搓搓胡子。

"小瑢，你别听应探长胡说。"陆何欢忍不住插话。

包瑢眨眨眼，仍是不明所以。

应喜接过方才的话头，"小瑢，你跟凌嫣、何欢都是同学，如果你们两个在一起，我想凌嫣在天有灵，一定安心。"

包瑢的脸上掠过一丝红晕，无奈地向应喜解释，"应探长，我已经想通了，一切顺其自然就好。"

陆何欢咳嗽几声，尴尬地岔开话题，"小瑢，我们还是来探讨一下案情吧。"

包瑢尴尬地配合，"好啊。"

天色已晚，雾气尚未散去，陆何欢和应喜朝酒馆走来。

二人登上酒馆二楼，走到靠窗的位置坐下，服务员赶紧跑过来招待他们。

隔着沾满雾气的玻璃窗，街对面的电影院灯火闪烁，陆何欢抹了一把玻璃上的水汽，若有所思地望向窗外。

十几年前的电影院还不似如今这般繁华，儿时的陆何欢和伙伴们挤在影院门口，争抢着看西洋镜。

少女时代的凌嫣从一旁出现，"看什么呢？"

"哦……"陆何欢一愣，"没……没什么……"

凌嫣推开陆何欢，自行趴到镜头前细看，发现里面竟然是一张张泳装女人的画片。她挪开视线，生气地看着陆何欢，"好啊你！"

凌嫣转身走开，陆何欢赶紧追上去。

"凌嫣你别生气，是他们让我看的，我……"

凌嫣怒气未消，抬手打了一下陆何欢的头。

陆何欢一愣，不高兴地皱起眉头，"不许打我的头！"

凌嫣又打了一下陆何欢的头，"让你什么都看！"

陆何欢生气地掐了一下凌嫣的脸蛋，凌嫣还手，二人撕扯起来。

一不小心，陆何欢跟凌嫣齐齐摔进路边的泥坑里。

二人缓过神来，看着狼藉的对方一阵傻笑。

酒馆里，应喜看着望向窗外出神的陆何欢，大着嗓门，"喂，想什么哪！快喝酒！"

陆何欢扭过头，端起酒杯，跟应喜一饮而尽。

酒至半酣，陆何欢看着窗外的雾气，若有所思。

翌日一大早，陆何欢和应喜迷迷瞪瞪地走进警署。一见站在办公室门口怒目看着他们的包康，二人顿时清醒起来。

包康冷哼一声，"有本事就别回来！"

应喜嬉皮笑脸地朝包康走过来，"包署长，我们知道错了，改天一定当面向阿花道歉……"

"不需要！"包康抬手打断应喜，"刚刚有人报案，又发生一起命案，死者是旧闸银行行长的独生女宋晓婉。"

陆何欢一惊，"宋晓婉？！"

包康一脸懊恼地犯起嘀咕，"最近怎么老发生这么棘手的案子……"

应喜点点头，"包署长，我们立刻去案发现场。"

包康不放心地嘱咐二人，"你们两个听着，总督察长惹不起，银行行长也惹不起，两件案子都要快速侦办，尽快查明真凶！"

应喜跟陆何欢异口同声，"是！"

清晨时分，郊外的水汽还没有散去。宋晓婉的尸体躺在一处草丛上，脸上刻满符咒，颈动脉被割断，身上的白色旗袍被鲜血染透，死法与凌嫣和玛丽二人无异。

陆何欢和应喜赶来时，包璇正在查验尸体。

二人走到女尸旁查看，应喜煞有介事地拍拍陆何欢的肩膀，"我说了你命硬克妻，你还不信邪，这位宋姑娘还没来得及对你表示爱意就遭了不测。"

"应探长，现在不是说这些事的时候。"陆何欢有些生气。

包璇验尸完毕，看看陆何欢，"又是第一现场，死法跟凌嫣、玛丽一样，死亡时间应该是昨天午夜十二点左右。"

陆何欢一听紧锁眉头，"凶手在向我们挑衅。"

应喜咧咧嘴，"什么凶手啊！这么邪门，一定是'血衣咒'！我看咱们应该找一位大师给看看！"

陆何欢不理应喜，自顾自地俯下身，盯着湿漉漉的草丛，他伸出手指在一片叶子上弹了一下，叶子上的露水散开。

陆何欢一边思索，一边喃喃，"昨晚又是大雾……"

包瑢补充道，"昨晚大概十一点的时候起雾的。"

应喜好奇地看向包瑢，"你怎么知道？"

包瑢笑笑，"最近失眠，经常午夜后入睡。"

应喜意味深长地看了陆何欢一眼，低声嘀咕，"都是你害的。"

陆何欢会意，不悦地板起脸，"应探长，我觉得现在勘查现场比说那些闲话更重要。"他说罢向周边走去。

陆何欢正在仔细检查周边是否有线索遗漏时，突然发现不远处的树丛后有一个鬼鬼祟祟的人影。

陆何欢大叫一声，"什么人？"

黑影见被人发现，疾速跑走，陆何欢和应喜在后穷追不舍。

第七十二章　难以置信

应喜加速绕到前面，回头看看陆何欢，"推我一把！"

陆何欢加速，使劲一推应喜，应喜冲出去，却不小心绊到地上折断的树枝，整个人飞出去，肚皮贴在草地上向前滑行。

应喜猛地抱住黑影的腿，"往哪跑！"

黑影摔倒在地，陆何欢赶紧冲上去扯下黑影的面纱。

陆何欢和应喜看着黑影，二人同时愣住，原来黑影竟然是柳如霜。

陆何欢不解地看着柳如霜，"柳小姐？你怎么在这？"

柳如霜站起来，有些心虚地看看应喜，"喜哥……"

应喜不待柳如霜说完，便粗暴地打断她，"柳如霜，你搞什么鬼？又不是见不得人，戴着面纱干什么？"

"我怕被人认出来。"柳如霜苦着脸。

应喜越听越糊涂，细细看着柳如霜，"你做什么亏心事了，怕被人认出来？"

柳如霜委屈地嘟起嘴，"自从姐姐和人私奔后，我爹对我的约束多了不少，而且当年目睹我娘被毒蛇咬死的人死了两个，我爹就更是管着我不让我碰这些案子，连侦探社都给我关了，今天还是我偷偷溜出来的。"

应喜不耐烦地摆摆手，"这些案子本来就不是你该碰的，跟着捣什么乱，赶紧回家去。"

"人家也想来看看你嘛。"柳如霜赖在原地不走。

"我有什么好看的？再说看我还用这么偷偷摸摸的？"

柳如霜抠着手指，一脸委屈。

陆何欢看看柳如霜，"柳小姐，凌嫣、玛丽和宋晓婉是不是都是你娘死亡案件的当事人？"

柳如霜点点头，"姐姐上中学时，跟她当时的好朋友玛丽、宋晓婉、文慧一起组成一个什么'四美帮'，她们整天形影不离，我娘出事那天，她们都在场。"

陆何欢眼前一亮，"那你知不知道，你娘出事那天，到底是怎么回事？"

柳如霜摇摇头，"我也不知道，当时我爹特别伤心，也特别生气，还打了我姐姐，那是我爹唯一一次打她，后来还不让我们提起这件事。"

"如果真的是凌嫣杀了你娘，你爹为什么要打你姐姐呢？"陆何欢顿生疑窦。

柳如霜摇摇头，"不知道，我爹打她的时候什么话都没说。"

陆何欢听罢陷入沉思。

柳如霜突然想起什么，"对了，明德中学当年教我姐姐班级的袁老师回旧闸了，这件事她应该清楚。"

陆何欢的眼中重燃起亮光，"袁老师不是去美利坚养老了吗？"

"好像是有一位故友去世，她回来看看。"

陆何欢点点头，若有所思。

当日晌午，陆何欢跟应喜来到袁老师家，二人坐在沙发上。满鬓斑白、戴着一副老花镜的袁老师端着两杯水走过来。

陆何欢赶紧接过水杯，"袁老师，您别忙了。"

袁老师坐在二人对面，含笑看向陆何欢，"何欢啊，想不到你子承父业做了警员。"

陆何欢笑笑，"从大不列颠回来，我爹就让我进了旧闸警署当差，我也挺喜欢这份工作的。"

袁老师点点头，"你脑子活，心思细，又有韧劲，做什么都不会错。"

陆何欢谦虚地笑笑。

袁老师转而看看应喜，"这位应探长看着有点眼熟，也是明德中学毕业的吗？"

应喜摇摇头，"我是前两年才来旧闸的。"

袁老师点点头。

陆何欢拿出一张柳似雪、玛丽、宋晓婉和文慧的合影，"袁老师，你看看这四个人，你还记不记得她们？"

袁老师接过照片，眯着老花眼看着手里的那张照片，娓娓道来，"柳似雪、玛丽、宋晓婉、文慧，我记得她们……她们四个都是大家闺秀，最要好，叫个什么'四美帮'。"

陆何欢稍一停顿，"袁老师，您还记得凌嫣吗？"

袁老师点点头，"当然记得，凌嫣是我最喜欢的学生。"

陆何欢试探着开口，"那您知不知道凌嫣杀害柳似雪母亲的事？这件事到底是怎么回事？"

袁老师深深叹了口气，"那时候，这个'四美帮'就经常欺负家里贫苦的凌嫣。"她看看陆何欢，"你去留洋了以后，她们更变本加厉地欺负凌嫣。有一次，她们四个捉弄凌嫣，玛丽、宋晓婉和文慧不知从哪儿弄来一条蛇，怂恿柳似雪放到凌嫣的书包里……"

陆何欢喝了一口水，双手微微颤抖。

袁老师叹了口气，"蛇爬到凌嫣身上，凌嫣慌乱之间把蛇扔出去，柳似雪的娘刚好路过，就被蛇咬了……"

一旁的应喜忍不住插话，"柳似雪她娘也够倒霉的。"

袁老师扶了扶眼镜，"唉，凌嫣更倒霉，后来，柳似雪、玛丽、宋晓婉和文慧凭着家里的关系都没有事，可是她们四个人却异口同声咬定是凌嫣因为对她们怀恨在心，所以抓毒蛇害死了柳似雪她娘。"

陆何欢咬牙切齿，"就没人为凌嫣说句公道话吗？"

"当时的目击证人不多，柳似雪、玛丽、宋晓婉和文慧的家庭背景又很强势，谁都不想惹这个麻烦，也不敢出面作证，所以凌嫣最后被判为杀人凶手。"袁老师说到最后，神色有些黯然。

陆何欢追问道，"后来呢？"

袁老师情不自禁地又叹了口气，"后来凌嫣就失踪了，凌嫣她娘本来身体就不好，知道凌嫣杀人被警方通缉后，心力交瘁不久就去世了。"

陆何欢恨恨地咬了咬牙，"这些人实在可恶！"

应喜好奇地看着袁老师，"袁老师，既然您知道内情，为什么不作证人？难道也是碍于她们四人的家庭背景吗？"

袁老师一脸愧疚地点点头，"当时我丈夫在旧闸银行上班，而银行行长正是宋晓婉的父亲，当时我丈夫正是晋升的关键时期，所以……唉，一念之差，害了一个人，我也是因为这件事一直内疚不已，才离开旧闸。"

陆何欢忍住气，"袁老师，后来凌嫣去哪了您知道吗？"

袁老师摇摇头，"我也一直想找到她，向她当面道歉请罪，可惜一直没有她的消息。"

"想不到凌嫣受了这么多痛苦和冤屈。"陆何欢心痛不已。

应喜颇为感慨地搓搓胡子，"一切都是命。"

夜色下，屋内灯光柔和昏暗，四处弥漫着暧昧的气息。

包康穿着睡衣躺在床上，忽然，门开了，一个穿着蕾丝裙的妙龄女郎走进来，性感妖媚的眼神直勾勾地看着包康。包康激动地坐起来，咽了一口口水。

女郎性感地靠在墙上，舌头舔了舔嘴唇，然后伸出食指勾了勾包康。

包康想向女郎靠近，却突然"恐女症"发作，身如筛糠，嘴唇发抖，脸色惨白。

女郎吓得惊叫一声跑出门。包康懊恼地打了自己一个嘴巴。

包康被自己一个嘴巴打醒，发现自己竟然半躺在办公室椅子上。原来方才的一切都是一场白日春梦。

"该死的恐女症，害得老子连春梦都做不成！"包康叹了口气，将搭在桌上的双脚拿下来。

包康转念一想，不甘心地犯嘀咕，"不行，我得去烟花间练练胆子，我就不信了，一个恐女症还能让老子一辈子打光棍？今晚必须破处，治好恐女症，成为一个真正的男人！"

夜色掩护下，包康提着公事包在小巷急行。

罗四突然从后面追上来，将一些东西塞进包康的公事包。

包康不解地看着罗四，"罗四？你往我包里塞的什么？"

罗四不自然地笑笑，"包署长，没什么，就是我为了感谢你送你的小礼物，一点心意。"

包康不耐烦地搪塞，"知道了，我还有事先走了。"

罗四点点头，向反方向跑去。

包康有些疑惑地看了罗四一眼，没有多想，转身快步离开。

天色已晚，街道上人烟稀少。陆何欢跟应喜并肩而行，二人一边走，一边分析案情。

陆何欢托着下巴，"凌嫣、玛丽、宋晓婉，都是柳似雪母亲出事时的当事人，这起连环凶杀案会不会跟当年的凌嫣杀人案有关呢？"

应喜想了想，"柳似雪突然失踪，接着凌嫣、玛丽、宋晓婉相继被杀，凶手不会是柳似雪吧？"

陆何欢一怔，陷入沉思。

突然，应喜用手肘碰了碰陆何欢，陆何欢朝应喜示意的方向看过去，发现包康正鬼鬼祟祟走在街边。

"这么晚了，包署长这是要去哪里？"

应喜坏笑一声，"跟上去看看就知道了。"

陆何欢点点头，和应喜一起朝包康跟上去。

夜色下，包康拐进一条小巷，陆何欢和应喜偷偷跟上。

忽然，一截白布从包康的公事包里露出来，陆何欢和应喜对视一下，跟紧了些。

应喜上前，轻轻拉出那截白布，他仔细一看，发现竟然是一件和几名受害者死时所穿一样的旗袍。

陆何欢一怔，"白旗袍？"

包康有所察觉，猛地回头，发现应喜从自己公事包里拉出来的白旗袍，一时也愣住了。

应喜朝陆何欢使使眼色，陆何欢会意，二人扑上去抓住包康。

包康一边挣扎，一边大喊，"你们两个混蛋干什么！"

应喜打开包康的公事包，在里面乱翻一通，从里面拿出一把匕首。

三人一见匕首，齐齐愣住。

陆何欢和应喜面面相觑，看着包康一脸震惊。

包康缓过神，向二人投去问询的目光，"哪儿来的白旗袍和匕首？"

陆何欢和应喜不作声，同时看了看地上的白旗袍和匕首，对视一眼，又同时看向包康。

包康被陆何欢和应喜盯得发怵，"你们两个混蛋想干什么？"

话音甫落，陆何欢和应喜一齐冲上去制住包康。

陆何欢逼视包康，"包署长，你鬼鬼祟祟地带着白旗袍和匕首想去干什么？"

"我……"包康一时语塞，片刻，他胸膛一挺，口气转硬，"我去干什么关你们什么事？"

"包署长，你去干什么当然不关我们的事，但你带着白旗袍和匕首就不一样了。"应喜一脸为难地顿了顿，"你也知道，最近的连环杀人案死者都穿着白旗袍，脸上刻满符咒。"

包康一时无语，忽地，他想起什么，"我刚才在路上遇见罗四，他偷偷往我包里塞东西，被我发现后说是为了感谢我送的谢礼，我急着赶路也没注意看，这些东西一定是他放进来的，你们两个放开我！"

陆何欢一听顿生疑窦，追问道，"你急着赶路要去哪里？"

"我……"包康敷衍地摆摆手，"哎呀，这跟案情无关。"

应喜见包康似乎刻意隐瞒什么，紧盯着他，"包署长，你不配合我们，很难洗脱嫌疑的。"

"应喜，我看你这个探长是不想干了，竟敢怀疑我！"包康勃然大怒。

应喜连连摆手，"包署长，不是我怀疑你，是证据在说话……"

包康越听越生气，挣扎着作势要打应喜，却被陆何欢按住。

陆何欢继续逼问包康，"包署长，你到底要去哪？"

"我为什么要告诉你们！"包康态度蛮横。

陆何欢眉头一皱，"如果你不肯配合，我只能按程序办事了。"他说着拿出手铐。

包康蒙了，狠狠瞪了一眼陆何欢，"你敢！"

陆何欢麻利地将包康铐住，正色道，"包康，你现在是连环杀人案的嫌疑人，请你跟我们回警署协助调查。"

"放开我，放开我……"包康连连挣扎，却无济于事。

夜色浓郁，旧闸警署笼罩在一片漆黑中，唯独审讯室的窗户亮着灯光。

审讯室里，包康被绑在椅子上，对面的应喜和陆何欢面无表情，直直地盯着包康。

片刻，陆何欢嘴角动了动，朝包康示意，"说吧。"

包康火气未消，大吼一声，"说什么？"

应喜故作镇定地抱着胳膊，"作案过程。"

包康一边使劲挣扎，一边失控地怒吼，"什么作案过程！你们两个挨千刀的，脑袋是不是长到屁股上了！快放开我！有人陷害我，陷害我！"

陆何欢想了想，"那您之前去过哪里？公文包里怎么会出现白旗袍和匕首？"

"我……"包康有些不自然地挪了挪屁股，"我去哪里要向你们汇报吗！我已经说过了，是罗四陷害我！"

陆何欢眼神犀利地盯着包康，驳斥道，"第一，你说是在街上遇到罗四，如果你们是偶遇，罗四又怎么会准备白旗袍和匕首？我想罗四应该不会整天将旗袍和匕首放在身上，指望偶遇你然后陷害你吧？"

"我哪知道罗四那个混蛋怎么想的！"包康没好气地瞪着陆何欢。

陆何欢接口道，"第二，你说罗四放东西的时候，说的是为了感谢你送的谢礼，既然是谢礼，为什么会变成陷害你？"

"他神经病！"包康咬着牙辩解。

"第三，罗四往你的公事包里塞东西，你为什么当时不查看？"

"跟你说了，我着急赶路！"包康眼珠子越瞪越大。

陆何欢继续追问，"你急着去哪里？要干什么？"

"我……"包康情急之下差点说出实情，他咽了口口水，忿忿地瞪着陆何欢，"你管不着！"

陆何欢料定包康心中有鬼，善意地提醒包康，"包署长，你不说清楚，只能加大我们对你的怀疑。"

应喜嘴角挤出一丝狡黠的冷笑，"看来不用一点你常用的手段，你是不能说实话了……"

包康知道应喜要刑讯逼供，厉声打断他，"混蛋！你要是敢动我，我就枪毙了你！"

应喜看看陆何欢，又看看包康，"包署长，法不容情啊！"应喜说着从一旁的竹筐里拿过一把红辣椒撕碎，硬塞进包康嘴里。

第七十三章　峰回路转

包康辣得直喘粗气，含糊不清地呻吟，"辣死了，辣死了，应喜，你给我等着，哈，好辣……"

应喜见包康如此狼狈，心下一软，"包署长，要不你就招了吧？"

包康辣得红了眼睛，大着舌头，"王八蛋……反了，真的反了你们了……"

应喜咬了咬牙，拿过一个洋葱，来到包康身边。

包康警觉地缩着身子，"混蛋，你要干什么！"

应喜不回答，将头高高扬起以此躲开洋葱，然后开始在包康眼前剥洋葱。

"你！"包康话还没有说完，便开始不停地流鼻涕和眼泪。

应喜自己也被洋葱呛得不轻，眯着眼规劝包康，"包署长，别硬撑了，说吧。"

包康凶狠地瞪向应喜，却因为洋葱呛眼睛，不得不将眼睛闭上。

应喜一边剥洋葱，一边观察包康的反应，"还不说？"

包康一边流泪一边怒吼，"王八蛋，你们给我等着！我一定要让

'欢喜神探'再也欢喜不起来！你们给我等着！"

应喜坏笑着拿出一卷胶带，来到包康身边。

包康一怔，"混蛋，你要干什么！"

应喜扯出一块胶带，"怕您骂得太累了……"

"你！"不等包康说完，应喜三下两下便用胶带把包康的嘴牢牢缠住，"等什么时候您想说了，就使劲眨眨眼。"

包康仍在竭力挣扎，但只能发出含糊不清的呜呜声。

片刻，应喜拿着一把梳子走过来，他弯腰脱去包康的鞋，用梳子一下一下地刮着包康的脚底。

包康顿时呜呜地狂笑起来，但仍不忘拼命地挣扎。最终，他支撑不住，使劲眨了眨眼睛。

一旁，陆何欢看看应喜，"眨了！"

应喜立马站起身，撕去包康嘴上的胶带。

包康大口大口地喘着粗气，"王八蛋……我，我是被陷害的……"

应喜挠挠头，看向陆何欢，"怎么办？"

陆何欢思忖片刻，"还是要让证据说话，走。"

"去哪？"

陆何欢没回答，直接拉着应喜离开。

二人身后，包康一边扭动着身体挣扎，一边大喊，"你们这两个蠢货去哪？把我放开！"

夜深了，包康家一片寂静，借着蒙眬的月光可以看到卧室的墙上挂着包康的照片。照片中，包康身着警服，显得英姿飒爽。

窗户突然被从外面打开，陆何欢和应喜一前一后地从窗户外翻进卧室。

应喜不解地看着陆何欢，压低声音，"你疯啦，小瑢在家！"

陆何欢低声解释道，"我们悄悄地搜查，如果真的是包署长做的，说不定会留下证据。"

应喜点点头，不放心地提醒陆何欢，"那就小心一点，千万别吵醒小瑢。"

陆何欢跟应喜跳下窗台，一转身，却发现包瑢竟然站在门口，二人顿时吓了一跳。

包璿打开灯，屋内瞬间明亮起来。

包璿微微一怔，"应探长，何欢，你们……"

应喜赶紧掩饰道，"哦，我们是来帮包署长取东西的。"

包璿疑惑地指了指门，"取东西？那为什么不走门？"

陆何欢见包璿起疑，索性直言道，"小璿，包署长今天行动诡异，被我们撞见，我们从他的公文包里发现了与凌嫣、玛丽、宋晓婉一样的白色旗袍，还有一把匕首，因为包署长拒不交代他要去哪里，要干什么……所以……"

包璿心下了然，打断陆何欢，"所以你们打算搜查我哥的房间，看看有没有线索？"

陆何欢点点头，"希望你能配合。"

包璿点了点头，"我帮你们一起搜。"

应喜一听，忍不住竖起大拇指，"小璿，你大义灭亲的举动真的让我很感动。"

包璿冷着脸，"我只是想帮助我哥洗脱嫌疑，我相信我哥不会杀人。"

应喜尴尬地笑笑。

审讯室里，包康坐在椅子上，像蛇一样用力扭动身体，想挣脱绳子，但却无济于事。他不死心，再次扭动身体，可依然无济于事。

包康忍不住咒骂，"这两个该死的家伙，怎么把绳子绑得这么紧！"

包康环视四周，看到旁边尖锐的桌角，他灵机一动，带着椅子站起来，狼狈地走到桌子前。

包康扭动身体，用桌角摩擦绳子。摩擦了一会儿，绳子丝毫没有断裂的痕迹，包康累得满头大汗，他气急败坏地骂了一句，"奶奶的，这绳子怎么这么结实！"

包康站起来，看了看桌子与地面的距离，咬了咬牙，"看来不吃点苦头是不行了。"

包康背着椅子，笨拙地爬上桌子，故意侧身摔下来，痛得直咧嘴，却不敢喊出声。

包康爬起来，扭动身体，终于发现椅子稍微有点变形。包康再次爬上桌子，咬了咬牙，再次摔下来。

如此往复几次后，包康痛苦不堪地爬起来，他再次爬上桌子，一脸悲壮地闭上眼睛，奋力摔下来，这次椅子终于变了形。

　　包康忍着痛，扭动身体挣脱绳子。绳子终于被解开，重获自由的包康恨恨地咬牙切齿，"应喜，陆何欢，你们这两个王八蛋，给我等着！"包康说罢跟跟跄跄地逃走。

　　灯光下，包康的屋子一片狼藉。

　　应喜跟陆何欢会合，他开口问道，"搜到什么了吗？"

　　陆何欢摇摇头。

　　片刻，包瑢走过来，"我也没找到什么。"

　　应喜见没有发现包康的犯罪证据，讨好地冲包瑢笑笑，"小瑢，打扰了。"

　　陆何欢跟着看向包瑢，"小瑢，早点休息，我们走了。"

　　陆何欢跟应喜向门口走去。

　　包瑢稍一迟疑，"何欢，你要查明真相，还我哥清白。"

　　陆何欢点点头，"放心吧小瑢。"

　　一番折腾后，应喜和陆何欢回到警署审讯室。二人刚一进门，就吃了一惊。只见绑着包康的椅子侧倒在地，绳子散落在一边，包康早已不知踪影。

　　应喜和陆何欢赶紧转身跑出警署，四处打望。

　　忽然，暗处传来一声响动。二人循声望去，见隐约中有一个身影跑远。

　　"快追！"应喜说着和陆何欢朝黑影追过去。

　　深更半夜，街道上空无一人。忽地，一道身影滑过，借着星星点点的亮光可以看清此人正是包康。

　　包康拼命地往前跑去，应喜和陆何欢在后面穷追不舍。

　　包康一边跑一边回头看，见应喜和陆何欢紧随而来，忍不住怒骂，"王八蛋！你们想赶尽杀绝呀！"

　　应喜看看陆何欢，"看你了！"

　　陆何欢会意，加速跑到应喜前面。

应喜看准时机，猛地一推陆何欢，陆何欢飞速跃起，向前扑去。

包康一激灵，闪身跑进身旁的一条小巷。

陆何欢扑空，重重摔在地上。

应喜见状赶紧停下，上前扶起陆何欢，一脸关切，"你没事吧？"

陆何欢表情痛苦地看着应喜，"下次还是看你吧……"

小巷里，包康回头看了一眼，见应喜跟陆何欢没有追来，他双手扶墙，稍稍松了一口气，"他奶奶的，累死老子了！"

包康气急败坏地捶了一拳头，"先把罗四这个混蛋抓了洗脱我的罪名，再去收拾那两个蠢蛋！"

包康匆匆离开。

夜凉如水，晚风习习，应喜和陆何欢筋疲力尽地走在街上。

二人走不动，索性直接坐到街边的石阶上，陆何欢低着头陷入沉思。

应喜捅捅发呆的陆何欢，"想什么呢？"

陆何欢缓过神来，费解地看向应喜，"我们去包署长家里什么都没发现，如果包署长是真凶，家里却不留一点痕迹，说明他是个心思缜密的人，以你对他的了解，你觉得他是吗？"

"当然——"应喜拖着长音，话锋一转，"不是。"

陆何欢懊恼地皱起眉头，"怪我们破案心切，包署长说的可能是真的，白色旗袍和匕首应该是罗四放进他包里的。"

应喜点点头，突然，他似乎想到什么，惊恐地看着陆何欢，"那我们不是会死得很惨？"

陆何欢尴尬地搓搓手，"我想，我们现在应该回警署等包署长回来，花一些时间跟他道歉。"

应喜想了想，一脸生无可恋。

翌日清晨，陆何欢和应喜早早来到警员办公室。二人坐在桌前昏昏欲睡，突然，门被猛地踹开，陆何欢跟应喜惊起。包康揪着罗四进来，应喜和陆何欢傻眼。

包康把罗四向二人推过去，厉声呵斥，"告诉他们怎么回事！"

罗四战战兢兢地缩着身子，"那件旗袍和匕首是我放到包署长公事包里的……"

陆何欢和应喜理亏地朝包康低下头。

包康怒斥罗四，"继续说！"

罗四接口道，"是我小人之心，怪包署长对我逼供，我听说之前死的女人都是穿着白旗袍被匕首刺死的，所以就趁着包署长去烟花间的时候，把旗袍和匕首放到了他的包里……"

应喜和陆何欢同时一愣，"烟花间？"

应喜看看包康，忍不住笑了。

包康一瞪眼，"笑个屁笑！只有你能去，我就不能去了吗！"

应喜拼命忍住笑。

陆何欢转而看着罗四，"那旗袍和匕首，你是从哪儿弄的？"

罗四身子一颤，"匕首就是大街上买的，旗袍……"

应喜不耐烦地催促，"说！"

罗四咬咬牙，"旗袍是我去柳家偷东西时发现的……"

陆何欢和应喜同时一惊，"柳家？"

罗四点点头，"就是旧闸首富柳山家。"

陆何欢追问道，"在他家什么地方发现的？"

罗四想了想，"那个房间应该是他家二小姐的房间，因为我听见丫鬟喊二小姐，那房里的人就出去了。"

陆何欢跟应喜对视一眼，"柳如霜？！"

包康朝罗四屁股狠狠踹了一脚，"你可以滚了！"

罗四转身逃命似的跑开。

应喜看着陆何欢，"柳如霜应该不会跟这件案子有关……"

陆何欢打断应喜，一脸认真，"例行公事，要请柳小姐回警署协助调查。"

应喜看看凶神恶煞般的包康，连忙躲开目光，捏着下巴，"那咱们赶紧去找柳如霜例行公事吧！"应喜说着拉起陆何欢要走，却被包康拦住。

包康嘴角挤出一丝冷笑，"不急在这一时吧？"

包康说完跳起来抡圆了胳膊打了一下应喜的脑袋。

应喜捂着脑袋惊叫，包康仍然不解气，继续劈头盖脸地猛打应喜，"昨晚的事都忘了吗！混蛋！"

一旁，陆何欢不知所措地愣在原地。突然，包康向他扑来，"还有你！苏格兰场回来的糊涂蛋！"

包康一边说一边向陆何欢打来，应喜赶紧挡在陆何欢面前，包康一拳打在应喜的鼻子上。

陆何欢一脸感激地看着应喜，眼神透着关切。

应喜流出两道鼻血，可怜巴巴地看着包康，"包署长，这回您消气了吧？"

包康冷哼一声，"想得美！你们两个给我滚出去举牌游街，恢复我的名誉！"

"包署长，昨晚的事没人知道，根本没有损害您的名誉，何谈恢复啊？"应喜讨好地笑笑，"游街就更不必了吧？"

陆何欢忙不迭地点点头，"Right。"

"什么？"包康不解地看着陆何欢。

陆何欢慌忙解释道，"我的意思是，应探长说的对，昨晚的事一直是秘密，谁都不知道，包括阿花都不知道！"

门突然被推开，包瑢一脸担心地走进来，"哥，你的嫌疑洗清了吧？"

包康眉头一皱，怒气冲冲地瞪着应喜跟陆何欢，"这就是你们所谓的秘密？！"

应喜和陆何欢对视一眼，一时无言以对。

包康大手一挥，嘶声怒吼，"你们两个现在，立刻，马上，给我去游街！"

艳阳高照，大街上人来车往。

人群中，陆何欢和应喜一人举着一个用纸板制作的牌子，牌子上面写着"包康，包康，保一方安康"几个醒目的黑色大字。

"包康，包康，保一方安康……"二人一边踢着正步前行，一边抑扬顿挫地喊着牌子上的内容。

经过的路人看到二人的模样，纷纷哄笑。

应喜忿忿地看了看围观的人群，"我堂堂旧闸警署探长，竟然窝囊到游街示众！简直是耻辱！"

陆何欢附和道，"应探长，士可杀不可辱！包署长这是公报私仇！"

"包康欺人太甚！走，不干了，找他要说法！"应喜越想越生气。

陆何欢义愤填膺地点点头，跟着应喜离开。

第七十四章　旗袍疑云

陆何欢和应喜被包康踹出来，包康办公室的门重重地关上。

"你们两个给我把警署所有的厕所刷干净！"包康的怒吼声从屋里传出来。

应喜急了，扯着嗓子大喊，"包署长，我们还要调查连环杀人案。"

话音刚落，包康打开门。

应喜跟陆何欢讨好地笑笑。

陆何欢凑到包康近前，"包署长，毕竟破案重要一些。"

包康不满地板起脸，"警署厕所的卫生也一样重要，刷完厕所再去调查！"

陆何欢和应喜面面相觑，异口同声地问道，"这次用什么刷？"

"手指！"

陆何欢和应喜一惊，苦着脸看了看各自的手指。

晌午时分，刷完了警署厕所的应喜和陆何欢来到旧闸最大的成衣铺。

商铺柜台旁站着一位戴着眼镜的老人，陆何欢走到老人近前，"老板，麻烦你把店里所有款式的旗袍都拿过来我看一下。"

老板疑惑地看着陆何欢，应喜连忙掏出证件，老人会意地点头应允。片刻，他抱着一大堆旗袍走过来。

应喜和陆何欢合力在衣服里翻找。

突然，陆何欢眼前一亮，拿出一件白色旗袍，"就是这个！"

应喜看了看，"没错！"

陆何欢把白旗袍递给老人，"老板，这种白旗袍，除了您这卖，还哪里有卖的？"

老人看了看，"这是最普通的款式和布料，很多家成衣铺都有。"

应喜想了想，看向陆何欢，"既然这种旗袍随处可以买到，那柳如霜家里有这种旗袍也没什么奇怪的。"

陆何欢低头默然，摸着旗袍的手突然怔住，"柳小姐家底殷实，平日穿戴都是上品，为何家里会有这种随处可见的廉价旗袍？"

应喜不以为意地搓搓胡子，"陆何欢，你就别多疑了，柳如霜什么样你不清楚？她不可能跟这件案子有关。"

"我是对事不对人。"陆何欢一脸正色。

应喜瞪了陆何欢一眼，转身走开，陆何欢跟了上去。

天色正好，灿烂的阳光从窗外照进来。包康伸了个懒腰，从办公室走出来，刚好看见戈登从陆祥办公室出来，他赶紧退回办公室，躲在暗处偷偷观察。

陆祥恭送戈登，"总督察长放心，玛丽的案子我一定督促何欢尽快侦破，严惩杀人凶手。"

戈登点了点头，"陆副署长，这件事你就费心了。"

陆祥堆着一脸笑，"应该的。"

包康将一切尽收眼底，他心事重重地回到办公室，坐在桌前，不禁犯起嘀咕，"戈登来警署为什么直接去了陆祥的办公室？之前越过我直接派陆何欢跟应喜调查这件案子，现在又越过我直接跟陆祥联系，他到底什么意思呢？"

包康皱眉思索，突然，他心头一惊，"戈登不会是有意让陆祥取代我的位置吧？"

包康站起来，越想越担忧，"虽然玛丽死了，戈登已经不可能再和陆家结亲，但我的位子仍然随时都可能被陆祥顶替……不行，不能把功劳拱手让给陆祥，我必须尽快找到凶手，去戈登那领功！"

包康在办公室来回踱步，一边揉太阳穴，一边思索案件线索，"到底会是谁杀的玛丽呢？"突然，他想起罗四栽赃陷害他的旗袍是去柳家偷东西时发现的，而那个房间正是柳如霜的闺房。

想到这，包康微微皱眉，自言自语地分析，"旗袍就是物证，至于杀人动机……凌嫣、玛丽、宋晓婉一起害死了柳如霜的娘！"包康恍然大悟地点点头，"原来一切都是柳如霜做的！"

包康匆匆打开办公室的门，冲走廊大喊，"光头，带人跟我去捉拿杀人凶手！"

包康带着包瑢、光头和几个警察来到柳如霜家门口。

包瑢犹豫着看向包康，"哥，你确定柳如霜跟这件案子有关吗？"

包康点点头，"小瑢，我知道你平时跟柳如霜走得近，不过这件案子涉及总督察长的外甥女，你一定要公私分明。"

包瑢一脸正色，"不管涉及谁，我都会公私分明。"

包康面色欣慰，"那就行了。"

包瑢点点头。

包康用力敲了敲门，片刻，一个佣人打开门，好奇地看着包康等人，"请问你们找谁？"

"柳如霜在吗？"包康直奔主题。

佣人迟疑着点点头，"二小姐在房间里。"

包康示意众人进入柳府，佣人见状急忙拦住包康，"哎，你不能随便进去……"

包康冷下脸，亮出证件，"我是旧闸警署署长包康，我怀疑你家二小姐柳如霜跟一起连环杀人案有关，现在要请她回警署协助调查。"包康说完一把推开佣人，直接冲了进去。

此时，久不出户的柳如霜正坐在床边，突然，她听见外面传来一阵嘈杂声。

"警官，你们不能随便进去……"

"我们是在查案，再敢阻拦连你一起抓……"

柳如霜听出来人是包康，起身走到门口，她刚要打开门，包康就已经推门进来。

"包署长？"柳如霜讶然。

包康板着一张臭脸，"柳如霜，我们怀疑你跟一起连环杀人案有关，请你跟我们回警署协助调查。"

柳如霜迷茫地点点头。

一旁，佣人委屈地看着柳如霜，"二小姐……"

柳如霜摆摆手，"你先下去吧。"

佣人应声离开。

包康紧盯着柳如霜，"柳小姐，那我们就不客气了。"

柳如霜点点头。

包康示意众人，"给我搜。"

包瑢走进屋子，对柳如霜点了点头，柳如霜也点点头。

光头、包瑢和警察们开始搜查屋子。

柳如霜不解地看着包康，"包署长，我跟什么案子有关？"

包康眼神犀利地盯着柳如霜，"罗四在你家偷东西时，无意中偷到了一件白色旗袍。"

"旗袍？"柳如霜莫名其妙。

"这件旗袍跟凌嫣、玛丽、宋晓婉死亡时穿的白色旗袍一模一样，所以我有理由怀疑，你就是杀人凶手。"包康语气坚决。

"什么？"柳如霜大惊，不可思议地看着包康，"你怀疑我杀了她们？怎么可能呢！"

"可不可能要让证据说话。"包康脸上挂着冷笑。

二人说话间，包瑢走过来，"桌子下面有血迹。"

柳如霜一惊，"血迹？"

包康得意地笑笑，"这下你还有什么好说的？"

柳如霜一脸的不知所措。

午饭时分，面馆内坐满了人。应喜跟陆何欢对桌而坐，二人面前摆着两碗热腾腾的葱油拌面。

陆何欢看着葱油拌面出神。曾几何时，年少时的他也是这样和凌嫣对桌而坐，二人面前摆着两碗热腾腾的葱油拌面。

陆何欢宠溺地看着凌嫣，"葱油拌面，你的最爱。"

凌嫣笑笑，"知道我为什么爱吃这种面吗？"

陆何欢摇摇头。

凌嫣笑笑，但笑意却蒙上一层苦涩，"我觉得这种面跟调味料搅拌在一起，没办法分开，人吃的时候会把碗里所有的东西一起吃掉，不像那些汤面，把面吃光后会剩下一碗汤，孤零零的。"

陆何欢刮了一下凌嫣的鼻子，以戏谑的语气开起玩笑，"我们两个人会像葱油拌面一样搅在一起，谁也不会孤零零的。"

凌嫣听了，嘴角荡漾着幸福的微笑。

应喜举着筷子在陆何欢眼前晃了晃，"这碗面里有线索？"

陆何欢缓过神来，摇摇头。

"那你发什么呆？"

陆何欢轻轻叹了口气，"应探长，你知道我为什么喜欢吃葱油拌面吗？"

应喜不以为意地一边吃，一边问陆何欢，"为什么？"

"因为凌嫣曾经说过，这种面跟调味料搅拌在一起，没办法分开，人吃的时候会把碗里所有的东西一起吃掉，不像那些汤面，把面吃光后会剩下一碗汤，孤零零的。"

应喜听了，一口面差点喷出来，"陆何欢，不就是一碗面吗，用不用这么矫情？再说了，吃汤面的时候你把汤喝光不就好了。"

陆何欢摇摇头，叹了口气，"真是对牛弹琴。"

"对，牛弹琴。"应喜一脸坏笑。

陆何欢无语地晃晃头。

这时，白玉楼突然慌慌张张地跑进来，"不好了，不好了！"

应喜扭头看向白玉楼，"什么事就不好了？"

"霜姐，霜姐她……"白玉楼喘着粗气。

应喜没好气地白了一眼白玉楼，"把气喘匀了说。"

白玉楼急了，带着哭腔，"霜姐被包康抓走了！"

"什么？"应喜吃了一惊。

陆何欢忍不住插话道，"怎么回事？"

白玉楼忍不住哭起来，"今天我去霜姐家找霜姐，刚到大门口就看见包康带着光头他们把霜姐铐了起来，包康说霜姐是连环杀人案的凶手！我看他就是破不了案胡乱抓人顶罪！"

陆何欢明白过来，点点头，"你先别急，我跟应探长这就回去问问究竟是怎么回事。"

"包康习惯屈打成招大家都知道，霜姐这次肯定要遭罪了。"白玉楼一脸担心。

"柳山没阻止包康吗？"应喜跟着有些着急。

"柳老爷阻止了，还想用钱买通包康，可是包康说这个案子涉及总督察长的外甥女，谁的面子都不会给。"白玉楼说着，再次哭了起来，"应探长，何欢，你们一定要救霜姐啊。"

陆何欢拍拍白玉楼的肩膀，"你放心，我们一定会查明真相。"

应喜紧皱眉头，向陆何欢示意，"走，回去看看。"

陆何欢跟应喜离开。

几缕阳光透过审讯室的窗户照在柳如霜茫然的脸上，她被铐在椅子上，包康坐在柳如霜对面。

突然，包康使劲一拍桌子，"柳如霜，你还有什么话说！"

包瑢走进来，一脸同情地看看柳如霜，又看看包康，"根据柳如霜和她父母的血型推断，在柳如霜房内发现的血迹的血型应该和柳似雪的相符。"

包康点点头，"我的猜测果然没错。"

柳如霜茫然地摇摇头，"我都说过了，那旗袍是我姐姐的，我穿都没穿过。什么血迹，我根本就不知道怎么回事！"

包康恶狠狠地瞪着柳如霜，"别狡辩了！让我给你理理思路吧。我调查过，你跟你姐姐从小关系就不好，甚至可以说是水火不容，而你们家你娘最疼你，你娘去世对你的打击很大，你曾经说过，一定会为你娘报仇！"

"没错，我是说过为我娘报仇，可我已经报了仇了。"柳如霜极力解释。

包康眼前一亮，"你承认柳似雪、凌嫣、玛丽和宋晓婉是你杀的了？"

柳如霜连连摇头，"我没有杀她们，我只是杀了那条蛇，还把那条蛇烤了吃了！"

包康火气一下子涌上来，"狡辩！怪不得你总是来警署，你假装追求应喜，其实就是为了刺探消息、混淆视听，你先杀柳似雪，然后制造她私奔的假象，然后杀凌嫣，再杀玛丽、宋晓婉，就是为仇杀人，因为你觉得是她们害死了你母亲！"

柳如霜一脸无奈，"包署长，你要我说几遍你才相信？我真的没杀人！退一万步说，就算人真的是我杀的，你总要拿出证据来才能定我的罪吧？"

"白色旗袍和你房间里柳似雪的血迹就是证据！"包康语气坚决。

包康话音刚落，陆何欢和应喜推门进来。

陆何欢看看柳如霜，又看看包康，"包署长，我跟应探长调查过，白色旗袍的款式和面料都非常普通，到处都能买到，不足以作为证据。"

"喜哥！"柳如霜一见应喜，像看到了救星。

应喜不理柳如霜，在旁帮腔陆何欢，"是啊，包署长，柳如霜不可能杀人……"

包康粗暴地打断应喜，"你凭什么说她不可能杀人，有证明她没有杀人的证据吗？"

陆何欢和应喜面面相觑。

包康没好气地瞪了二人一眼，"来人哪！把柳如霜给我押下去！"

两名巡捕应声进来，押着柳如霜要走。

应喜见况不妙，壮着胆子开口道，"包署长，我觉得现在收监柳如霜有点草率。"

包康怒视应喜，"我办案不用你教。"

陆何欢刚要说话，包康指着陆何欢的嘴，"你给我闭嘴！"

"包署长，你这是滥用职权！"陆何欢一脸正色。

包康鼓着气看向包璐，"小璐，告诉她，我为什么收监柳如霜。"

包璐看了看陆何欢，"我们在柳如霜房间发现了柳似雪的血迹。"

应喜跟陆何欢一阵惊讶。

柳如霜急了，辩驳道，"喜哥，陆何欢，我根本就不知道什么血迹！"

包康耐心耗尽，示意警员，"带走！"

两名警员将柳如霜带走。

第七十五章　目瞪口呆

夜幕降临，牢房里一片昏暗，柳如霜坐在角落里，神色黯然地望着窗外。

突然，过道里传来一阵响动，应喜和陆何欢前来探监，值班警员打开牢门。

柳如霜闻声望过去，一见二人，既惊又喜，"喜哥，何欢……"

值班警员为难地看着应喜跟陆何欢，"应探长，您快点，别让我难做。"

应喜不耐烦地白了一眼警员，"少跟我来这套，多说几句话你有什么难做的。"

"包署长他交代……"

应喜作势要打警员，警员赶紧住嘴。

"还学会用包署长压我了。"应喜一脸不屑。

"不敢。"

"滚一边去！"

警员乖乖走到一边，不敢再多言。

应喜跟陆何欢走进牢房。

陆何欢一脸认真地看着柳如霜，"柳小姐，把今天的经过给我讲一遍。"

柳如霜点点头，"今天包署长带着几个警员去我家搜查，说是要找杀人的证据，后来他们在我房间发现了一些血迹，之后就说那些血迹是我姐姐的，接着就诬赖我杀了我姐姐，还说我是'血衣咒'杀人案的真凶。"

陆何欢不解地皱起眉头，"你房间里怎么会有柳似雪的血迹？"

柳如霜懊恼地捶了一拳额头，"我怎么知道……"突然，柳如霜眼前一亮，"我想起来了……"

那是不久前的一个晚上，柳如霜正坐在房间里看书，门外突然响起敲门声。

"来了。"柳如霜走过去，开门一看，是柳似雪。

柳如霜不客气地看着柳似雪，"你来干吗？"

柳似雪冷着脸推开柳如霜，径直走进屋子，坐在桌前，她自顾自倒了一杯茶，喝了一口，"是你跟参说何欢不喜欢我的？"

柳如霜理直气壮地叉着腰，"我只是把实情说出来，免得参去陆家逼婚。"

柳似雪眼神发狠，将手中的茶杯往桌上一顿，杯子碎掉，她的手被碎片割破，鲜血直流。

"你，你想干什么？"柳如霜大惊。

"柳如霜，我告诉你，再敢破坏我跟陆何欢的好事，我不会饶你！"柳似雪声音冰冷，手上的血一滴一滴地落到桌子下面。

柳如霜满眼惊恐地盯着柳似雪滴着血的手，"你的手……"

柳如霜瞪了一眼柳如霜，转身离开。

想到这，柳如霜看向应喜跟陆何欢，"那些血迹一定是那天我姐姐滴在地上的。"

应喜急躁地挠挠头，"那你怎么不早点跟包署长说清楚！"

"我刚刚才想起来嘛。"柳如霜一脸委屈。

陆何欢看向柳如霜，"你说柳似雪因为你阻止你爹向我家提亲而威胁你？"

柳如霜点点头，"你没看见她的眼神，简直可以杀人！"

陆何欢不解地皱起眉头，"既然这样，柳似雪又为什么会跟别人私奔呢……"

应喜不耐烦地打断陆何欢，"哎呀，现在不是想柳似雪为什么会私奔这件事的时候，还是先想想怎么帮柳如霜脱罪。"应喜有些担忧地搓着胡子，"以我对包康的了解，为了向戈登领功，他一定会尽快结案。"

柳如霜跟陆何欢俱是一惊。

夜深了，包康还未入睡，他坐在自家客厅沙发上和包瑢聊天。

包瑢站在房间门口看着包康，"哥，我觉得柳小姐的案子还是要慎重一点，虽然在她的房间找到了柳似雪的血迹，但这些血迹也可能是意外造成的，她们两个毕竟是亲姐妹，血浓于水。"

包康苦口婆心，"小瑢啊，你以为所有的亲兄弟亲姐妹都像我们一样相亲相爱吗？为了利益互相残杀的比比皆是，人性本恶，你不要太善良，太容易相信人。"

"哥，你也不要把别人想得太坏。"

"总之这件案子你不要再过问了，我已经向戈登总督察长汇报过了，明天就将柳如霜移交法庭。"

"这么快？"

"总督察长为外甥女报仇心切，恨不得立刻惩办凶手，当然快了。"

包瑢犹豫地张了张嘴，"哥，你可别冤枉了好人。"

包康摆出一副胸有成竹的架势，"你以为你哥哥这个署长是混来的吗？哥哥查过的案子比你听过的案子还多，那个柳如霜一定是杀人凶手，我从她的眼睛里看到了血腥。"

包瑢无奈地摇摇头，转身回房。

清冷的月光洒进警署宿舍，应喜跟陆何欢躺在床上，辗转难眠。

应喜看向陆何欢，"何欢，柳如霜不会杀人，答应我，一定要帮她。"

陆何欢点点头，"我答应你，我一定会查明真相。"

应喜迟疑了一下，点点头。

突然，陆何欢似乎觉察到什么，若有所思地看向应喜，"你是不是喜欢上柳小姐了？"

应喜苦笑着摇摇头，"我只是被她的真心感动，既然感情上注定要负她，其他事情上就想尽量帮她。"

"为什么一定要负她？我和凌嫣已经是悲剧，你和柳小姐为什么不能成为喜剧？"陆何欢情绪有些激动。

应喜深深叹了口气，"有些事，命中注定……我和柳如霜就是命中注定。"他说完翻过身，背对着陆何欢，闭上眼睛。

陆何欢看了看应喜的背影，也闭上眼睛。

审判日，法庭里坐满了人。

柳如霜站在被告席上，身旁站着两名法警，她无助地扯着衣角。不远处，白玉楼坐在旁听席，一脸忧色。柳山在佣人的搀扶下坐在第一排，原本就上了年纪的他似乎显得越发苍老，目光灼灼地盯着被告席上的女儿。

陆何欢跟应喜坐在最后一排旁听席，二人心中俱是不安。

法官环视全庭人员，最后把目光定格在柳如霜身上，开口朗声道，"柳如霜连环杀人案事实清楚，证据确凿。罪犯柳如霜手段残忍，对社会影响极其恶劣。现在本庭宣判，判处柳如霜死刑，三日后行刑！"

话音刚落，法庭现场一片哗然，柳如霜如被钉子钉住般愣在原地。

"我的女儿是被冤枉的……冤枉……"柳山痛哭失声。

白玉楼激动地站起来，"霜姐没杀人，你们搞错了！重审！重审！"

法官见众人不服判判结果，狠敲审判锤，"肃静！肃静！"

陆何欢跟应喜对视一眼，脸上难掩失落之色。

陆何欢和应喜默默走在大街上，来往行人的议论声不时传入耳内。

一个老者道，"听说连环杀人案破啦！凶手是个女的！"

一个年轻人听了不禁叹口气，"如花似玉的，明天就要处决了……"

陆何欢和应喜对视一眼，快步离开。

包康从警署办公楼出来，正看见陆何欢和应喜围着阿花打转，他生怕阿花受欺负，赶紧跑过去呵斥二人，"应喜，陆何欢，你们两个要把我的阿花怎么样！"

应喜和陆何欢看着包康，满脸堆笑。

包康走近，见阿花穿着一件小洋装，身边放着一盒虫子，正高兴地啄虫吃。

应喜讨好道，"包署长，我知道阿花爱漂亮，特意在旧闸最高级的成衣铺为阿花私人订制了一款时下最流行的洋装，阿花穿上真是娇俏了不少。"

陆何欢补充道，"包署长，我知道阿花爱吃虫，特意给阿花捉了一百条虫，让它吃个够。"

包康满意地点点头，突然感觉不对劲，他疑惑地盯着应喜跟陆何欢，"你们两个想干什么？"

应喜讨好地笑笑，"我们就想对阿花好。"

包康冷哼一声，"我看你们是黄鼠狼给鸡拜年。"

陆何欢一脸耿直，"包署长，我们确实有求于你，但不是没安好心。"

包康冷眼看着二人，"柳如霜的事？"

应喜点点头，"包署长，以我对柳如霜的了解，她绝对不会杀人。"

陆何欢在旁帮腔应喜，"包署长，目前这件案子事实不清，证据不足，我想申请继续调查。"

应喜从旁附和，"包署长，求您再给我们一些时间查明真相。"

包康见两人你一言我一语地替柳如霜求情，心下一软，"你们跟柳如霜是朋友我知道，只是现在审判结果已经出来了，三天后就会处决柳如霜，你们要查就尽快查吧。"

陆何欢和应喜高兴地点点头。

夜深，应喜已经睡熟，一旁的陆何欢却躺在床上辗转反侧，突然，他从床上坐起来。

陆何欢坐在桌前，灯光下，他拿着笔在一张白纸上依次写下凌嫣、玛丽、宋晓婉、柳如霜、柳似雪等名字。

陆何欢咬着笔头，在各个人物之间标记人物关系。借着微弱的亮光，他盯着被写得密密麻麻的白纸，在柳似雪和凌嫣之间画了一条线。

突然，应喜翻了个身，见陆何欢坐在桌前，"你怎么还不睡？"

陆何欢将那张纸团起来，随手放进兜里，"想起一些事，睡吧。"

陆何欢说着躺到床上，闭上眼睛。

翌日清晨，陆何欢早早来到凌嫣旧宅，他推开破旧的大门，迈步走进去。

望着陈旧的屋子，零碎的回忆在陆何欢脑海中不停交错盘旋：被鲜血染透旗袍的女尸、女尸身上凌嫣的身份证、玛丽和宋小婉的死状……

陆何欢从兜里拿出之前画着人物关系的那张纸，若有所思地盯着凌嫣的名字，口中喃喃，"大雾的夜晚，柳似雪失踪，接着是凌嫣、玛丽、宋晓婉被害，然后是柳如霜被抓……'四美帮'在学校常年欺负凌嫣并且陷害凌嫣杀人，那么最有杀人动机的似乎就是凌嫣，但是凌嫣是最先死的，然后是'四美帮'……"

突然，陆何欢心头一惊，"如果凌嫣没死，那么……"他顿了顿，赶紧将纸放在桌上，拿出笔在柳似雪的名字上画了个圈，"柳家人一直以为柳似雪是跟人私奔，所以羞于提及，如果她根本也是同样遇害了呢？"

想到这，两具女尸被刻满符咒的脸在陆何欢的脑海中急速闪过。

冷风拂面，陆何欢神色一凛，"每具尸体的脸上都刻满符咒，难以辨认容貌……难道是凶手为了掩人耳目，混淆视听？"

陆何欢耳边回响起应喜的声音，"阴年阴月阴日自杀、脸上刻满符咒、身穿白旗袍、放干血——这就是失传已久的南洋邪术'血衣咒'！这是最恶毒的邪术！练这个邪术死的人，以后会不停地找'替身'。"

陆何欢摇了摇头，"不会有什么'血衣咒'杀人，难道这一切都是……"他痛苦地皱起眉头，"凌嫣的出现太过巧合了，失踪多年，却刚好在那个时候出现，又刚好被风婆看见，刚好就死在这间老房子里……"

陆何欢颓然地坐在椅子上，盯着凌嫣的床。恍惚间，凌嫣好像就坐在床上。

凌嫣坐在床边，手中拿着刺绣，一边挑针，一边含笑将刺绣的图案展示给陆何欢。

"何欢，喜欢吗？"

陆何欢一看图案是一对比翼鸟，沉默着点点头。

凌嫣深情地看着陆何欢，"在天愿作比翼鸟，在地愿为连理枝。"

陆何欢忍不住湿了眼眶，凌嫣的身影在泪眼蒙眬中渐渐消失。

"凌嫣，我好痛苦……"陆何欢看着那张纸上凌嫣的名字，握紧拳头，"这一切背后，真的是你吗？"

陆何欢神情低落地走到河边，坐在草地上，望着河面发呆。他随手捡起一块石子，丢到河里。石子在河面一荡一荡，激起层层涟漪。

清风拂面，陆何欢低声喃喃，"凌嫣，我不知道应不应该继续查下去……"

陆何欢望着河面，微波粼粼的水面上隐隐浮现出昔日的画面……

天朗气清，少时的陆何欢抱起凌嫣在草地上旋转。凌嫣的裙摆随风飘扬，银铃般的笑声在陆何欢耳边荡漾。

陆何欢放下凌嫣，深情地望着她的明眸，"凌嫣，不管多难，付出多大的代价，我一定会娶你。"

凌嫣点点头，眼中闪着莹莹泪光。

盎然春色下，陆何欢将凌嫣拥入怀里。

苏格兰场的清晨，陆何欢穿着警服，与其他新警员一起站在大不列颠国旗下宣誓。

"我宣誓，作为一名警察，我将尽忠职守，保卫民众的生命和财产安全，秉公执法，践行正义……"

陆何欢收回目光，躺在草地上，望着蔚蓝的天空，眼神迷茫而忧郁。他不敢想太多，索性闭上眼睛，但往昔的种种还是如潮水般涌入脑海。

镶嵌在警署办公楼上的警徽、法官手里重重落下的法锤、威严地站在法庭的警察、日记本上写着"罪恶在蔓延，所以正义应得到声张……"

想到这，陆何欢猛地睁开眼睛，"罪恶在蔓延，所以正义应得到声张……"他反复咀嚼着这句话，咬了咬牙，起身飞奔离开。

第七十六章　真相大白

警署牢房里，柳如霜和白玉楼坐在角落，白玉楼正从带来的糕点匣子里拿糕点给柳如霜吃。柳如霜接过糕点，狼吞虎咽地吃起来。

柳如霜一边大口吃糕点，一边含糊道，"白白，还是你对我最好。"

白玉楼开心地笑笑，笑着笑着突然泪流满面。

柳如霜见状，惊慌地看着白玉楼，"白白，你哭什么？这又不是断头饭。"

白玉楼抹了一把眼泪，"我是看霜姐吃得香，这心就难受……霜姐，你慢点吃……"

"哎呀，你别哭，别哭，我慢点吃还不行吗？"

"霜姐什么时候受过这种苦，平日里这些糕点顶多也就尝个一两口，现在这副吃相，跟几辈子没吃过似的……"说到这，白玉楼忍不住抽泣，"你说我这心里能好受吗……"

柳如霜听了微微动容，拍了拍白玉楼的肩膀，"好了，我这不是昨晚上饭菜不合口味没吃吗。"

白玉楼拿手帕擦了擦眼角，突然，他想起什么，面露怒色，"应喜跟陆何欢那两个王八蛋去哪了？他们到底想没想到救你的办法啊？"

柳如霜沉默片刻，认真地看向白玉楼，"白白，如果，我是说如果……"她迟疑地顿了顿，"如果他们没找到证据救我，你能不能答应我，以后帮我照顾我爹？"

白玉楼愣了愣，终于忍不住放声大哭，"霜姐，你别说这样的话，不管怎么样我都不会看着你死，实在不行，我就劫狱！反正怎么都要救你出去。"

柳如霜苦笑一下，侧过脸没再说什么。

突然，陆何欢匆匆忙忙地跑进来，"柳小姐……"

白玉楼伸出兰花指指着陆何欢，埋怨道，"陆何欢，你死哪儿去了，想到救霜姐的办法了吗？"

陆何欢没有理会白玉楼，径直来到柳如霜跟前，眼神痛苦地盯着柳如霜，"柳小姐，你好好想一想，你姐姐身体上有没有什么特征？比如伤疤、胎记或者痣之类的。"

"她……"柳如霜想了想，"左手无名指内侧有一颗红痣。"

陆何欢一愣，转身跑开。

白玉楼不满地瞪了一眼陆何欢，"奇奇怪怪的，真不知道指着他们两个能不能把你救出去。"

柳如霜不说话，木木地望着陆何欢离开的方向出神。

陆何欢急急忙忙跑进警署停尸间，他拉开停尸柜，翻开凌嫣尸体的手查看，发现死者左手无名指内侧果然有一颗红痣。

陆何欢心头一颤，不由得往后退了几步，"凌嫣，难道真的是你把柳似雪骗到旧宅，然后杀死柳似雪，用'血衣咒'的方式伪装成你的尸体，然后你在暗中杀人复仇？"他不敢相信地摇摇头，"不会的，你怎么会这么做？一定是哪里弄错了……"

陆何欢突然脸色一沉，翻看尸体左手腕上的伤疤，"这道伤疤……如果尸体真的是柳似雪，那么这道跟凌嫣一样的伤疤是怎么回事？"

陆何欢痛苦地抓着头发，快步跑出门。

日头沉沉，陆何欢躲在宿舍里一杯接着一杯，直喝到酩酊大醉。他爬上床，倒头就睡。

不知过了多久，四下一片漆黑。警署宿舍外突然传来类似公鸡打鸣的声音，吵醒了昏睡中的陆何欢。

陆何欢揉了揉头，"哪来的公鸡？"他迷迷糊糊地起床，打开门刚要出去，突然看见站在走廊里的阿花。

"阿花？"陆何欢一下清醒过来。

突然，阿花发出了一声公鸡的鸣叫，似乎在打鸣。陆何欢走近细看，不禁费解地发现阿花的头上竟然长出了大大的鸡冠、身上长出了翎羽，看起来极似一只公鸡。

陆何欢慢慢靠近，一把抓住了阿花。

夜色笼罩，警署法医室里亮着灯。包瑢正在翻看一些资料，陆何欢抱着阿花进来。

包瑢抬头一看，"何欢？"

陆何欢点点头，"小瑢，你帮我看一下阿花这是怎么了？"

"阿花？"包瑢有些疑惑。

陆何欢把阿花交给包瑢，紧皱眉头，"你看，阿花明明是母鸡，现在怎么长出了鸡冠，变成公鸡的样子了？而且我刚刚还听见它在打鸣。"

包瑢一脸不可思议地看向阿花。

阿花被控制在实验台上，包瑢拿着一份资料朝陆何欢走过来。

"阿花因为摄入了大量的雄性激素，才导致第二性征变成公鸡的模样。"

陆何欢听了不禁一愣，脑海中闪现出阿花啄食应喜的花生的画面。

"难道是花生？"

"什么花生？"包瑢不明所以。

陆何欢没回答，匆匆跑出门。他跑回宿舍，打开应喜的柜子，拿出花生，匆匆离开。

法医室里，包璐把花生放进试管，仔细查验。陆何欢从旁等候。

过了半晌，包璐看着手里的一张纸，开口道，"花生被某种药液浸泡过，里面有大量的雄性激素。"

陆何欢想了想，"人如果吃了这些花生，会怎么样？"

"男人吃了不会有太大的变化，女人吃了，会改变她的外貌特征。"

陆何欢略一沉思，"会让她变成男人？"

包璐摇摇头，"不是变成男人，确切地说，她的性别不会改变，还是女人，但雄性激素会改变她的第二性征，让她看起来像一个男人……"

陆何欢缓缓点头，"还有吗？"

包璐想了想，"还有副作用。"

"什么副作用？"陆何欢情绪变得激动起来。

"长期服用大量的雄性激素，会严重影响人的肝功能……"

陆何欢神色惊变，脑海里闪现出应喜几次胃病发作的情景，现在看来，那或许根本就不是胃病，而是肝病。想到这，陆何欢差点晕倒，他赶紧扶住一旁的桌子。

包璐关切地走到陆何欢近前，"何欢，怎么了？"

陆何欢摇摇头，"没事。"

陆何欢说罢心事重重地转身出门。

夜间，警员办公室空无一人。

陆何欢急急忙忙地来到应喜的办公桌边，四处查看，他想打开最下面的抽屉，却发现抽屉上了锁。陆何欢找来工具撬开抽屉，看着里面的几本书愣住了。

若干本书籍上的文字映入陆何欢的眼帘，"南洋巫术概说""失传已久的邪术""灵异传说""凶咒""鬼说"……

"练这个邪术死的人，以后会不停地找'替身'！"陆何欢耳畔响起应喜的声音。

陆何欢愣了愣，自言自语，"难道血衣咒是你编的？"他似乎又想起什么，"那道疤是怎么回事？"

法医室里，包璐切开"凌嫣"尸体上的伤疤，陆何欢在一旁观望。

包璐一边查看伤疤，一边对陆何欢讲解，"看伤疤里面，这个伤疤应该没有十几年，最多一个月，外面之所以看起来像一枚旧伤疤，可能是用了快速愈合的药物。"

"快速愈合的药物？"陆何欢突然想起之前应喜为救自己挡下罗四手中的利刃，手掌受伤，却没几日便痊愈，可以熟练地刷厕所。现在看来，应喜很可能就是用了这种快速愈合的药物。

陆何欢法接受这个事实，他虚弱地靠在墙上，"难道你真的是他……"

应喜和陆何欢的一幕幕在陆何欢的脑海中浮现：互相给对方擦药、一起喝酒、一起抄书、一起拍照……

想到这，陆何欢恍悟，"难怪如此熟悉，难怪跟你在一起我总是能想起凌嫣。"

包璐担心地看着陆何欢，"何欢，到底发生什么事了？"

"小璐，你知不知道应探长在哪？"陆何欢神情变得焦急。

包璐诧异地皱起眉头，"连环杀人案终于破了，明天我哥要在乘风酒楼举办庆典，应探长在现场帮忙布置呢，我一会儿也得过去了。"

陆何欢点点头，"我怎么把这事给忘了。"

陆何欢马不停蹄地来到乘风酒楼宴会厅，警员们正在布置庆典现场。

陆何欢四处寻找，却不见应喜的踪影。他看向窗外，发现不知何时外面又起了大雾。

"大雾……"陆何欢突然一惊，"'四美帮'最后一个成员……文慧！"

陆何欢急忙跑出门，直奔文慧家。

陆何欢冲到文慧家，文慧的父母拦着陆何欢，"警官，这么晚了到底什么事啊？文慧已经睡了。"

"文慧在哪个房间？快点告诉我！"陆何欢红着眼。

文慧的父母不明所以，战战兢兢地指了指文慧的房间。陆何欢直接冲进去，一切为时已晚。

文慧躺在床上，脸上刻满符咒，颈动脉被割断，身上的白色旗袍被鲜血染透，死法跟宋晓婉等人无异。

文慧父母大惊，齐齐跑进去抱着女儿的尸体哀嚎，"我的女儿……这到底是怎么回事……"

陆何欢一拳砸在墙上，气急败坏地咬了咬牙。

月白风清，乘风酒楼灯火齐明。

应喜笑容满面地走进宴会厅，"兄弟们，布置得怎么样了？"

光头赔着笑，"马上就好了。"

包康见应喜这时才现身，不悦地皱起眉头，"应喜，你跑哪去了？赶紧跟着大伙一起布置会场。"

"知道了，包署长。"应喜说着忙不迭地跑去布置会场。

包瑢手里拿着一些花束，侧脸看向应喜，"应探长，刚才何欢在找你，你没看见他吗？"

应喜摇摇头，"没有啊，他人呢？"

光头扫了一眼宴会厅，"刚才还在，这会不知道去哪了。"

说话间，白玉楼怒气冲冲地闯进来，径直走向应喜，他谨慎地环视四周，见众多旁人在场，便压低声音，"应喜，我问你，你到底什么时候救霜姐？"

应喜拍拍白玉楼的肩膀以示安慰，"你放心，在她被行刑之前，我一定救她出来。"

白玉楼半信半疑地盯着应喜，"千万别骗我！"

话音刚落，陆何欢突然冲进来，百感交集地看着应喜，轻唤了一声，"应探长。"

应喜看见陆何欢出现，微笑以对，"何欢……"

陆何欢抬手打断应喜，"我不应该叫你应探长，应该叫你凌嫣。"

众人一听纷纷怔住，包瑢惊讶地看向应喜跟陆何欢，"何欢，你叫应探长什么？"

"她不是应探长，她是凌嫣。"陆何欢眼含热泪。

应喜微微一怔，随即变得坦然，他目光宁和地看着陆何欢，"你都知道了。"

陆何欢泪眼模糊，缓缓向应喜走近，恍惚中，面前的应喜已然幻化为成年的凌嫣，温婉而美丽，他不可置信地张了张嘴，"真的是你？她们都是你杀的？"

凌嫣冷笑一声，"没错，人都是我杀的。"

警员们不明所以，慢慢围上来。

陆何欢不可置信地审视着凌嫣，"为什么？你到底为什么要这样做！"

"因为我恨她们，是她们改变了我的命运，把我变成一个杀人犯。"凌嫣满脸痛苦。

陆何欢一时无言以对。

凌嫣不待陆何欢说话，自顾自地接过方才的话头，"当年你留洋走后，'四美帮'变本加厉地欺负我……"

凌嫣一边说，一边回忆起不堪回首的过往。

朝阳初上，少女时代的凌嫣背着书包去上学，习习晨风吹皱了她身上的白色旗袍，少女的美好曲线毕露无余。

凌嫣拐进一条小巷，迎面被柳似雪和玛丽拦住，她转身想走，却发现宋晓婉和文慧从后面走过来。

柳似雪瞟了一眼凌嫣，"哟，买新衣裳啦？"

玛丽不屑地撇撇嘴，"陆何欢都走了，穿给哪个野男人看呀？"

宋晓婉双眉倒竖地瞪着凌嫣，"你这穷身子，配得上这新旗袍吗！"

文慧附和地点点头，"就像你一个贱人，配不上陆何欢一样！"

凌嫣心中忐忑，但仍不甘示弱地抬头挺胸，"我怎么样跟你们无关，你们别无理取闹！"

柳似雪发出一声短促的冷笑，"无理取闹的在后头呢！"她说着一把扯开凌嫣的衣襟。

凌嫣慌乱推开柳似雪，"柳似雪，你干什么！"

"你个贱人敢推我！"柳似雪恼怒，慌忙示意一旁的文慧、玛丽和宋晓婉，"你们还愣着干什么？快过来帮忙！"

其他人闻声过来，一下一下地将凌嫣的旗袍撕碎。

"你们别碰我！放开我！救命，来人啊！"凌嫣奋力挣扎却无济于事，喊声被四人戏谑的笑声所淹没。

不知过了多久，凌嫣满脸是伤，衣着暴露地偎依在墙角。小巷里飘荡着她呜呜咽咽的抽泣声，就像风吹过无叶的树枝，无人问津。

又是一天放学后，少女时代的柳似雪、玛丽、宋晓婉和文慧走在路上，一条蛇从草丛里爬过。

玛丽看见蛇，捅捅身边的宋晓婉和文慧，凑到二人耳畔一番低语，宋晓婉和文慧坏笑着点点头。

玛丽上前一把捉住蛇，宋晓婉从包里拿出一个妆粉盒，玛丽将蛇放了进去。

走在前面的柳似雪回头看见三人，"你们仨偷偷摸摸地干什么哪？"

文慧招招手，"似雪，过来！"

柳似雪疑惑地走过去，三人附在柳似雪耳边一番低语。

"这……不会出事吧……"柳似雪面露难色。

文慧不以为意地眨眨眼，"又不是毒蛇，怕什么！"

宋晓婉眉头一皱，"柳似雪，你不会真怕了吧？"

玛丽见柳似雪沉默不语，故意激怒她，"孬种。"

柳似雪一听果然中计，故作高傲地撇撇嘴，"你们说什么呢，我会怕？"

玛丽、宋晓婉和文慧朝柳似雪竖起大拇指。

少顷，柳似雪拿着妆粉盒从后面跟上背着书包一人独行的凌嫣。

凌嫣见况不妙，加快脚步。

柳似雪直接上前搂住凌嫣，"凌嫣，别生我的气了，我知道以前都是我不对，我们做好朋友吧？"她说着把妆粉盒递给凌嫣，"这盒妆粉是我爸爸从英国带回来的，送给你了。"

凌嫣信以为真，感激地冲柳似雪笑笑，她刚要接过妆粉盒，柳似雪又把妆粉盒拿回来，"我帮你放包里吧。"

"好。"凌嫣说着转过身。

柳似雪把妆粉盒偷偷打开一条缝，塞进凌嫣包里，她紧走几步，"凌嫣，我还有事，先走了。"

凌嫣笑笑，和柳似雪挥手道别。

柳似雪坏笑着跑开。

过了半晌，凌嫣走在街上。蛇从背包里爬出来，爬上凌嫣的后背。

柳似雪、玛丽、宋晓婉和文慧从后面出现，一路窃笑着跟着凌嫣。

这时，柳似雪的母亲和另一个妇人提着菜篮从对面走过来，她看见柳似雪，不悦地板起脸，"似雪！放学了不回家又在街上鬼混什么？"

柳似雪立刻收起笑容。

凌嫣闻声回过头，发现背后的蛇，立刻吓得大叫，在街上乱跑。

柳似雪、玛丽、宋晓婉和文慧见凌嫣出丑，纷纷哈哈大笑。

凌嫣一咬牙，抓起蛇一把甩开。不料，蛇正好落在柳母身上，一口咬住柳母的胳膊，柳母痛苦尖叫。

柳似雪等人见状吓得目瞪口呆。

凌嫣跑走，柳母慢慢倒下。柳似雪恍然大悟，忿忿地看着玛丽、宋晓婉和文慧，"那是毒蛇！"

三人目瞪口呆。

乘风楼宴会厅一片死寂，众人默默听着凌嫣的哭诉。

凌嫣含泪看着陆何欢，"我突然变成了人人喊打的杀人犯，我不敢回家，娘很快就病死了……那时候我只想死，可我舍不得你！我偷听到你爹说你回来会到旧闸警署当差……可你是警察，我是杀人犯，我知道我不可能再以凌嫣的身份回到你身边了，所以我想变成另一个人回到你身边！"

陆何欢流着泪，心疼地看着凌嫣，"你怎么那么傻……"

第七十七章　尘埃终落

时间仿佛又回到数年前。傍晚时分，华灯初上，还没来得及亮灯的图书馆一片昏黄。

化装成老妇模样的凌嫣在写有"医学"的书架前仔细寻找着什么，最后，她挑中一本书，拿下来认真地翻看着。

夜色掩护下，凌嫣走进一个小诊所，她不安地环视四周后，坐在椅子上等待。

良久，一个外国医生从屏风后面走出来，将手里的几瓶药交给凌嫣，凌嫣从衣兜里掏出钱交给医生。

凌嫣看着药瓶，咬了咬牙。

数年前的一个早上，陆祥急急出门。

林芝追出来，"吃了饭再走啊。"

陆祥头都不回地往前冲，"不吃了，来不及了！包康让我到码头接新来的探长，我给忘了！"

长出胡须和喉结，看起来已是男人的凌嫣在门边偷听，她眼珠一动，似乎想到什么，转身跑开。

晨光熹微，泛黄的霞光照在起起伏伏的海面上。新到任的探长应喜提着皮箱，在码头等待着什么。

片刻，看起来已是男人的凌嫣出现，嗓音与男人无异，"是新来的探长吧？包署长派我来接你。"

探长点点头，跟着凌嫣走开。

待走到小巷僻静处，凌嫣趁探长不备，一刀刺入探长的胸口。

凌嫣从探长的尸体里翻出一张巡捕证，上面写着"探长，应喜"。看到这，她阴险地笑了。

日上三竿，陆祥焦急地在码头等待应喜。

凌嫣伪装成应喜，提着皮箱出现在码头，掏出证件迎上去。

陆祥接过证件看了看，热情地握住凌嫣的手。

凌嫣看着陆何欢，"就这样，我变成了旧闸的应探长，确切地说是花天酒地的应探长……其实我常去烟花间，无非是为了掩盖身份……"

夜色撩人，烟花间一片灯红酒绿。应喜从姑娘们身旁经过，故意对姑娘们动手动脚。

其中一个娇小的姑娘故作嗔怒地看着应喜，"讨厌。"

应喜笑嘻嘻地凑上去，"讨谁的厌啊，哈哈哈……"

"你真坏。"

"好，今晚我就坏给你看，走吧。"应喜说着搂着姑娘上楼。

应喜搂着姑娘走进烟花间包房，二人相拥着坐在床边，姑娘搂住应喜亲了一口，接着要解应喜的衣服。

应喜掏出一些粉末，吹在姑娘脸上，姑娘昏倒。

警员们惊讶地看着应喜，个个目瞪口呆。

陆祥震惊地指着凌嫣，"原来你杀死了真正的应喜！"

包康缓过神，难以置信地张了张嘴，"应喜……你不是应喜，是凌嫣？不可能啊！"

包璐既震惊又同情地看着应喜，轻轻叹了口气。

"凌嫣，你怎么这么傻……"陆何欢本想说些什么，但觉得多说无益，再多的安慰都显得苍白无力，他唯一能做的就是目不转睛地看着凌嫣。

凌嫣凄苦地笑笑，"变成另外一个人的日子其实也挺好，旧闸治安不坏，做探长逍遥自在，有时候我想，就这样以应喜的身份死在这里也挺好……何欢，你知道吗？跟你一起做'欢喜神探'的日子真的很开心，我很享受以应探长的身份跟你相处，我几乎忘了自己曾经是凌嫣，几乎忘了我和'四美帮'的仇恨。"

"就这样继续下去不好吗？为什么还要继续杀人？"陆何欢一脸痛苦。

凌嫣突然怒火中烧，"因为那几个贱人一个一个回来了，是她们逼我的！她们对你蠢蠢欲动，我恨透了她们！"凌嫣的眼神阴狠起来，"所以我决定，一个个铲除她们……"

陆何欢心痛地摇摇头。

凌嫣接口道，"我发现她们四个当中，柳似雪和我的体貌特征最相似，用她做我的替死鬼最合适不过了。我先是模仿你的笔迹给柳似雪写了一张字条，约她在我家旧宅见面……"

那天天色正好，柳似雪走出家门散心。突然，一个小孩拿着一张字条交给柳似雪。

柳似雪打开字条，发现上面写着"今夜子时，凌嫣旧宅见"。落款是陆何欢。

柳似雪有些疑惑，随即高兴地笑了。

当夜子时，柳似雪有些战战兢兢地推开门，走进凌嫣旧宅。

"何欢，何欢你在哪……"

屋外，应喜悄悄走到窗前，从窗户吹入迷药。

屋内，柳似雪昏倒。

天亮时，柳似雪已经被绑在一个野外木屋的床边，嘴巴一并被封住，她既不能动弹，又不能呼救。

凌嫣持刀出现，比对着自己胳膊上的伤疤，在柳似雪的胳膊上狠狠割下去。

鲜血滴在地上，柳似雪痛苦地呻吟着。

凌嫣拿出一包药，把药撒在柳似雪伤口上。

凌嫣看看陆何欢，又看看白玉楼，"之后我制造了柳似雪私奔的假象，待柳似雪的伤疤好了以后，我再故意换回女装，回到苏州河边旧宅，故意让凤婆看见，以便制造凌嫣归来、怨恨自杀的假象。"

夜色蒙眬，化身为应喜的凌嫣穿着白旗袍躲在暗处。待凤婆出门，凌嫣走出来，朝门口走去。

凤婆看见凌嫣，仔细辨认，"凌嫣回来了？"

凌嫣站定，朝凤婆弯腰鞠了一躬，然后转身走进旧宅。

包瑢惊讶地看着凌嫣，"既然是你杀了柳似雪，为什么她脸上的符咒像是自己刻上去的，而且死前嘴角还挂着笑？"

凌嫣笑笑，"那是因为肉豆蔻的果实，它是一种治幻药物，无色无味，人一旦吸入，就会产生幻觉，快活无比。我在给柳似雪的迷药里加了肉豆蔻的果实粉末，这种果实有治幻和麻醉的功效，所以她感觉不到疼痛，整个死亡过程都沉浸在快乐里。"凌嫣说着，邪恶地笑了。

那天晚上，月黑风高，柳似雪坐在凌嫣旧宅的角落里，惊恐地看着向她靠近的凌嫣。

凌嫣微笑着拿出一个竹筒，冲柳似雪一吹，一股烟从竹筒飞出，一起飞出的还有一些粉末。

柳似雪眼神渐渐迷离起来，产生幻觉的她站起身，妖媚地舞动腰身。

柳似雪看着凌嫣，眼中的凌嫣幻化为眼神暧昧的陆何欢，她情不自禁地解开自己的衣扣。

柳似雪妩媚地靠近凌嫣，在凌嫣身前纠缠，"何欢，我爱你……"

凌嫣从背后抱住柳似雪，柳似雪贪婪地在凌嫣身上摩挲，一脸享受。

凌嫣从后面环住柳似雪，从身上摸出匕首放在柳似雪手里，然后握着柳似雪的手，在柳似雪的脸上刻起符咒。柳似雪的脸上鲜血直流，但她似乎感受不到疼痛，而是无比享受地呻吟，嘴角微微上扬。

穿着白色旗袍的柳似雪躺在床上，凌嫣将旗袍的纽扣扣好，然后握住柳似雪拿着匕首的手，向柳似雪的脖颈狠狠割了一刀。

鲜血流出来，渐渐染红了旗袍。凌嫣掏出一张身份证，翻开看看，上面写着"凌嫣"的字样，凌嫣把证件塞进柳似雪的衣襟。

包瑢难以置信地看着凌嫣，"你真是煞费苦心。"

凌嫣得逞地笑笑，"这样，凌嫣归来、怨恨自杀的第一步计划就成功了。之后我又编造了'血衣咒'杀人的恐怖传说，全城四处散布，以转移侦破方向。"

包瑢神色一凛，走向凌嫣，"为什么选择雾天杀人？"

凌嫣正要回答，陆何欢抢先开口，"选择雾天杀人，只不过是想让案件看上去更神秘一些，制造'血衣咒'恐怖传说的气氛，还有，就是雾天气压较低，便于迷药扩散……"陆何欢顿了顿，看向凌嫣，"对吗？"

凌嫣点点头。

众人震惊，在现场的警员们迅速将凌嫣团团围住，以防她逃跑，但是凌嫣却毫不在意。

陆何欢见凌嫣如此平静，反而不知所措，他痛苦地看着凌嫣，"真希望这只是我做的一场噩梦。"

凌嫣动容地叹了口气，"何欢，我早就让你忘掉凌嫣，让你得过且过……我们开开心心做一辈子'欢喜神探'，做一辈子好兄弟，多好。"

陆何欢伤心不已地低下头。

白玉楼看向包康，"包署长，现在可以证明霜姐是清白的了，可

599

以放人了吧？"

包康恼怒，厉声呵斥白玉楼，"你小子！现在是说这件事的时候吗！"

白玉楼急了，"霜姐还在牢房里吃苦头呢，我要去放霜姐出来。"

包康不耐烦地摆摆手，"去去去！你爱怎么样就怎么样吧！"

白玉楼一听高兴地转身跑出去。

夜色笼罩，牢房显得更加昏暗。

白玉楼带着一名警员跑到柳如霜的牢房门口，"霜姐，你没事了！"

柳如霜惊喜地凑过来，"喜哥跟陆何欢找到证据了？"

白玉楼迟疑了一下，没有回答，催促警员，"你快点开门。"

警员打开牢门。

柳如霜走出来，见白玉楼情绪不对，"怎么了？出什么事了？"

白玉楼有些不自然地搓搓手，"没，没什么。"

"白白，你可从来都没瞒过我。"柳如霜看出白玉楼定是心中有鬼。

白玉楼看看柳如霜，"霜姐，你做好心理准备，可一定要挺住啊！"

"到底怎么了？"

"那些人都是凌嫣杀的。"

"凌嫣？"柳如霜大吃一惊。

"不是凌嫣，是，是应喜。"

"白白，你到底在说什么啊？"柳如霜莫名其妙。

白玉楼挠挠头，"霜姐，应喜其实不是应喜，是凌嫣，当年凌嫣被你姐姐她们冤枉成为杀人凶手之后，吃了一种叫雄性激素的药，外貌就变成了男人，后来她杀了真的应喜，冒充应喜的身份混进警署，就是为了接近留洋回来的陆何欢……"

"你说什么？喜哥是吃了雄性激素药的凌嫣？"柳如霜震惊不已，伸出手在白玉楼眼前晃了晃，"白白，你不是又被催眠了胡说八道吧？"

"不是胡说八道，是真的！"

柳如霜踉跄一步，险些晕倒。

白玉楼赶紧扶住柳如霜，"霜姐，你没事吧？"

柳如霜站稳，摇了摇头，"我没事，你继续说。"

白玉楼有些担心地看着柳如霜，"后来，后来好像是你姐姐她们追求陆何欢，让应喜，哦，让凌嫣再次产生怨恨的念头，所以就把她们一个一个除掉了。"

柳如霜被真相震惊，抓着白玉楼的肩膀，"喜哥现在在哪？快带我去找他！"

二人匆匆跑开。

乘风酒楼宴会厅一阵沉寂，在场众人面面相觑，不知所措地愣在原地。

凌嫣向陆何欢靠近几步。

陆何欢拔出手枪对准凌嫣，握着枪的手微微颤抖，"别动……"

凌嫣微笑着站住。

"为什么，为什么……"陆何欢眼中含泪，慢慢将枪放下。

凌嫣突然捂着腹部咳嗽起来，喷出一口血。

陆何欢担心地要过去，"凌嫣……"

凌嫣向后退了几步，"你别过来……"

凌嫣拿出手帕擦拭嘴角的鲜血，陆何欢不禁感到一阵心疼。

凌嫣深吸一口气，"何欢，我早就因为一直服用雄性激素得了肝病，命不久矣。"

"不会的……"陆何欢不愿相信。

凌嫣凄凉地笑笑，"'生亦何欢，死亦何哀'……何欢，我们一起做'欢喜神探'的日子是我最幸福的日子，这辈子，我已经没有什么遗憾了……"凌嫣说着从身上拔出配枪，对准自己的头。

陆何欢拼命摇头，"不……"他看着凌嫣，视线渐渐模糊，往昔二人一幕幕的美好时光涌上心头……

应喜气定神闲地坐在陆何欢身后，一只手环着陆何欢的腰。

陆何欢局促地皱起眉头，"为什么搂着我的腰？"

"万一你跟柳如霜一样把我摔下来，老子就算是金刚不坏之身，也招架不住。"应喜理直气壮。

自行车颠簸了一下，应喜搂紧了陆何欢的腰。

清晨，阳光洒进宿舍的每一个角落。床上，应喜熊抱着陆何欢睡得正香。

忽地，二人一起睁开眼，看清对方后立刻互相推开，俱是一脸嫌弃。

"你为什么抱着我睡，是不是又梦见凌嫣了？"应喜恶人先告状。

陆何欢见应喜无理取闹，顿时皱起眉头，"明明是你抱着我。"

应喜想起什么，"哎，你今天念那个是什么诗啊，对女人挺管用啊。"

"哦，是英国著名诗人拜伦的一首情诗，叫《我见过你哭》。"

"能不能教教我？"

"干吗？"

"拿来讨女孩欢心啊！教教我。"

陆何欢有些不情愿，但又拗不过应喜，"好吧。我念，你听着。"

应喜点点头，一脸难得的认真。

陆何欢来到窗边，看着夜色，缓缓念着，"我见过你哭，晶莹的泪珠，挂在蓝色的双目，就像一朵紫罗兰沾满晨露。我见过你笑，璀璨的宝石，光焰也不再闪耀，它怎能与你回眸一瞥的灵光比较。夕阳给云海染上了绚丽的色彩，冉冉的暝色也不能，不能把这奇彩逐开。你的微笑让抑郁拥有了欢乐，像明媚的阳光，在我的心头闪烁……"

应喜看着陆何欢读诗的背影，泪流满面。

陆何欢把袜子盆放在地上，痛不欲生地将手伸进袜子盆，他忍不住感慨了一句，"不愧是包署长的得力干将，你们为了治好我的洁癖真是操碎了心。"

应喜偷笑，放下花生，又摆出一副仗义的架势走到陆何欢旁边蹲下，帮陆何欢一起洗。

"你，干什么？"陆何欢讶然。

应喜不以为意地笑笑，"帮你一起洗啊，我们是欢喜神探嘛，有福同享，有难同当，有案同破！"

应喜看着陆何欢，"你是不知道柳如霜的厉害，想当初我去百乐门被她抓个正着，她在百乐门大闹一通不说，还在我宿舍门口整整哭了三天三夜，那哭声比狼嚎还难听，我实在是怕了。这次被她抓到，准又没完没了。"

陆何欢笑笑，"那是因为她爱你，才会做过激的行为。"

"算了吧……"应喜坏笑着看看陆何欢，"有你在，不缺她这份儿爱。"

陆何欢面露尴尬，转身就走，"不早了，赶紧回宿舍。"

应喜坏笑着跟了上去。

龙震天把陆祥追到墙角，举起大刀劈下，陆祥惊恐地闭上眼睛。

紧急时刻，陆何欢挡在陆祥身前，大刀砍在陆何欢胸前。

"陆何欢！"应喜惊恐大叫。

陆何欢一脚将龙震天踢倒在地，看看胸前被劈开的衣服，他伸手在胸前摸了摸，摸到被大刀劈得变了形的金斧子，顿时松了一口气，"是娘救了我。"

应喜跟着松了口气，差点哭出来，"你他娘的吓死我了！"

罗四竭力挣扎，突然，他夺下身后警员腰间的匕首，刺向陆何欢。

危急关头，应喜一个闪身挡在陆何欢身前，一把握住匕首的利刃。应喜指缝间鲜血渗出，两名警员赶紧过来制伏罗四。

陆何欢缓过神，关切地看着应喜，"应探长！"

应喜按住手掌，强忍疼痛，"没事，小伤。"

陆何欢从回忆中醒来，痛心地看着凌嫣，咬了咬牙。

凌嫣用枪指着自己的头，眼中含泪，"这辈子跟你爱过，也做过好兄弟，够了……"

陆何欢摇了摇头，"凌嫣，把枪放下……"

凌嫣闭上眼睛，流下两行热泪。

片刻，凌嫣睁开眼睛，把枪扔给陆何欢。围住凌嫣的警员们登时松了一口气，但见凌嫣又将手伸进口袋，不由得再次紧张起来。

凌嫣从口袋里拿出两张照片，一张正是陆何欢找了好久找不到的凌嫣和他的合照，另一张则是应喜为了逗陆何欢开心两人一起照的合照。她用力撕碎相片，目光灼灼地看着陆何欢，"何欢，忘记我吧，忘了应喜和凌嫣，好好地生活下去……"

突然，凌嫣病发倒下。陆何欢一惊，冲过去扶住凌嫣，"凌嫣……"

凌嫣猛咳一阵，再次吐出一口鲜血。

陆何欢为凌嫣擦拭血痕，一脸担心，"凌嫣，你怎么样啊，凌嫣……"

凌嫣虚弱地抓住陆何欢的手，"何欢，答应我，要珍惜身边的幸福。"

这时，白玉楼和柳如霜冲进来。

柳如霜泪眼婆娑，不知所措地看着凌嫣，"喜哥……你告诉我这不是真的，不是真的……呜呜呜……"柳如霜终于忍不住哭了出来。

凌嫣愧疚地看向柳如霜，"如霜，谢谢你一直以来对我的关心和照顾……这辈子，我怕注定负你，下辈子如果我是个男人，一定娶你……"

柳如霜哭着点点头。

凌嫣极力挤出一抹笑痕，温声接口道，"傻丫头，要珍惜身边的幸福，知道吗？珍惜那个一直守候着你的人……"

柳如霜点点头，流着泪牵起白玉楼的手。

凌嫣看向包瑢，"小瑢……"

包瑢上前一步，"凌嫣……"

"我撮合你跟何欢，是想让你好好照顾何欢，这辈子，我没办法再陪着他了，以后的日子，我就把他交给你了，你答应我，一定要好好照顾何欢……"

包瑢迟疑地看看陆何欢，但见他眼中含泪，痛苦不已。

"答应我……"凌嫣说着又吐出一口血。

陆何欢慌乱地替凌嫣用手擦拭血痕，"凌嫣，我们去医院……"陆何欢作势要抱凌嫣离开。

凌嫣虚弱地摇摇头，"没用的，我的肝病已经到了晚期，治不好了……"

凌嫣握紧陆何欢的手，艰难地看向陆何欢，"何欢，答应我，不要对我念念不忘，别的小路也一样能通往山顶，看见最美丽的风景……"

陆何欢还来不及回答，凌嫣就这样死在陆何欢的怀中。

陆何欢的眼前模糊一片，恋人凌嫣和挚友应喜两人似乎融为一体又再次分离，他的嘴唇张了又合，却什么也说不出口，仿佛有些东西一旦说出口，就会像是冬日里呵在铜镜上的暖气，转瞬散去，仅剩回忆的线索在他手中。

陆何欢终于承受不住，失声痛哭起来。

朝霞泛金，白露沾草，郊外的墓园笼罩在蒙眬的晨色之中。

陆何欢和包瑢站在凌嫣墓碑前，但见墓碑上写着"陆何欢之妻凌嫣之墓"，墓碑前放着一束清新的百合，沾着清晨的雨露。

陆何欢缓缓开口，"应喜，我的好兄弟，凌嫣，我最爱的人，希望你在另一个世界能够没有烦恼，开心地生活。"

包瑢侧脸看着陆何欢，"何欢，为了追求所谓的正义，失去了最爱的人，你会不会后悔？"

陆何欢嘴唇动了动，却迟迟没有开口，他转身离开，包瑢跟着离开。

不远处，柳如霜站在另一处墓碑前。墓碑上写着"先母柳王氏之墓"，墓前点着香烛，摆着祭品。

柳如霜跪地三拜，从怀里拿出柳似雪、玛丽、宋晓婉和文慧当年的合影，她把合影放到蜡烛上点燃。看着照片烧成灰烬，柳如霜脸上露出一丝笑容。

柳如霜起身走开，来到凌嫣的墓前，她看着凌嫣的墓碑，脸上浮现一丝苦楚。呆立了许久，柳如霜转身走远。

陆何欢从暗处走出来，看着柳如霜的背影，若有所思。

图书在版编目（CIP）数据

欢喜神探 / 石铭华，石铭晖 著. -- 北京：作家出版社，
2017. 5
ISBN 978-7-5063-9492-5

Ⅰ.①欢… Ⅱ.①石… ②石… Ⅲ.①长篇小说 - 中国 -
当代 Ⅳ.①I247.5

中国版本图书馆CIP数据核字（2017）第104709号

欢喜神探

作 者：	石铭华 石铭晖
文学统筹：	闵 航 张瑞丽
责任编辑：	秦 悦
装帧设计：	回归线视觉传达
出版发行：	作家出版社

社 址：北京农展馆南里10号 邮 编：100125
电话传真：86-10-65930756（出版发行部）
　　　　　86-10-65004079（总编室）
　　　　　86-10-65015116（邮购部）

E-mail:zuojia@zuojia.net.cn

http://www.haozuojia.com（作家在线）

印 刷：三河市华业印务有限公司
成品尺寸：152×230
字 数：586千
印 张：38.25
版 次：2017年5月第1版
印 次：2017年5月第1次印刷
ISBN 978-7-5063-9492-5
定 价：58.00元

作家版图书，版权所有，侵权必究。
作家版图书，印装错误可随时退换。